恰克圖遺事

The Lost Chronicl of Kyakhta

聞人悅閱

Yueyue Wenren

起初
這只是一個夢

後來夢醒

付出的代價
已經太多

彷彿已經別無選擇
於是他又
墜入沉沉夢境

然而
緊鑼密鼓之聲
又在夜之深處響起

這個故事始於恰克圖
記憶中熠熠生輝的
漸漸融入史前

關於團結
是夢想
也是童話

恰克圖遺事

The Lost Chrinicle of Kyakhta

目次

人物列表　09

恰克圖遺事

第一章　革命年代　15

第二章　解嚴年代　79

第三章　啟蒙年代　187

第四章　學習年代　245
第五章　質疑年代　341
第六章　求索年代　393
第七章　分離年代　459
第八章　遺逝年代　527
第九章　輪迴年代　601
參考書目 Bibliography　636

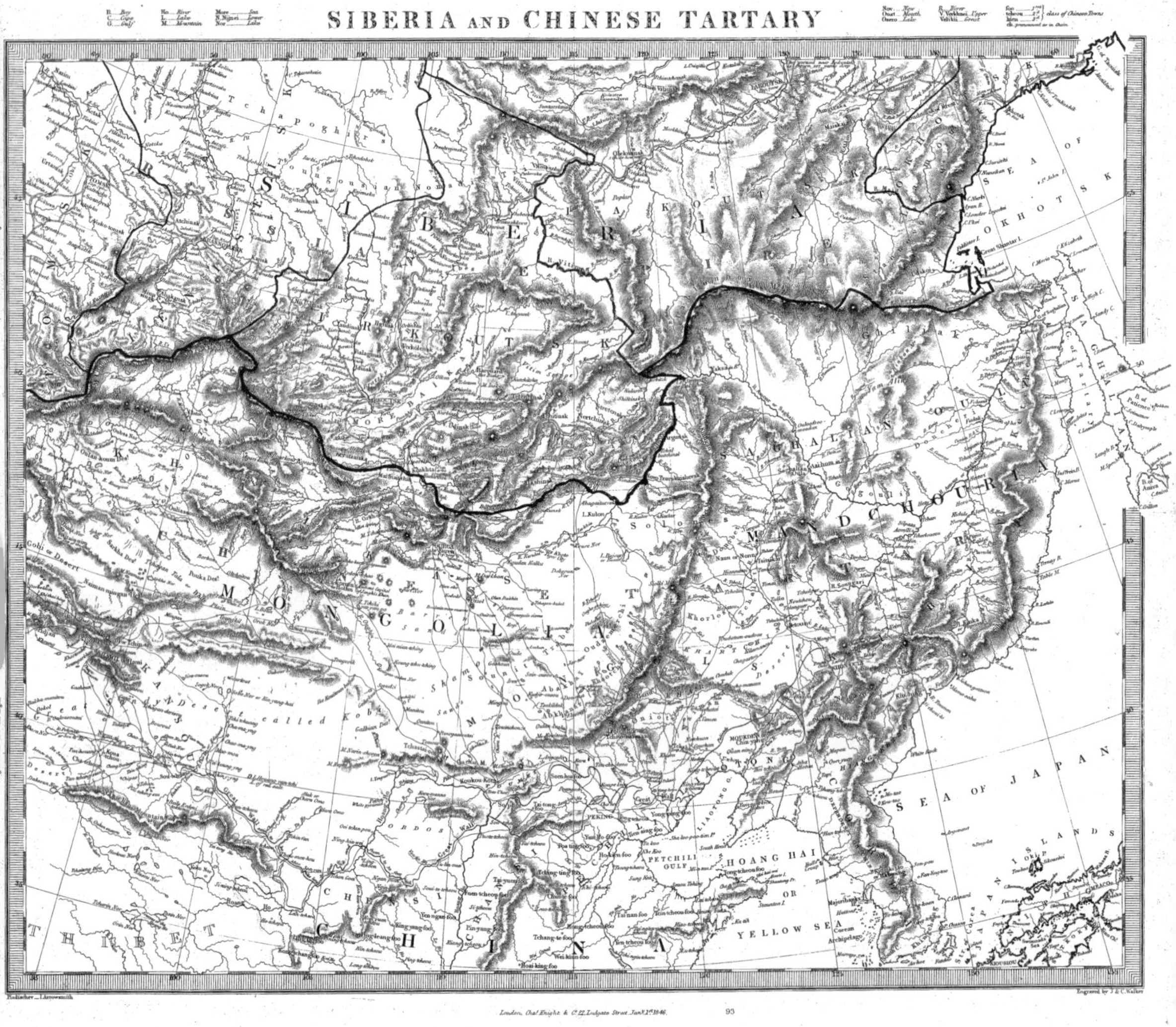

蘇寧於一八九零年左右在聖彼得堡從英國僑民社區尋獲。地圖由Chas Knight於一八四六年出版，由Diffusion of Useful Knowledge（使用知識傳播協會）發行。

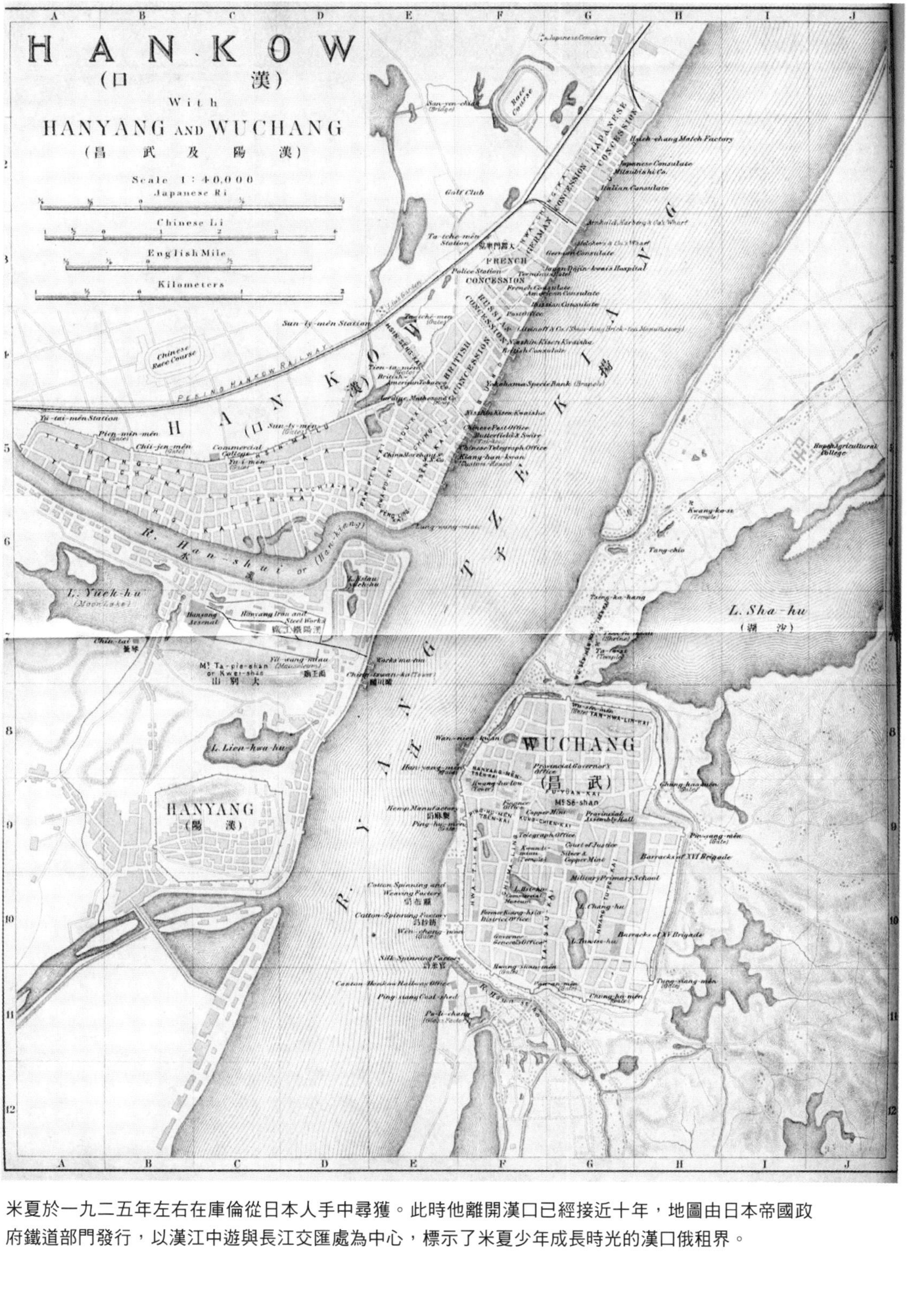

米夏於一九二五年左右在庫倫從日本人手中尋獲。此時他離開漢口已經接近十年，地圖由日本帝國政府鐵道部門發行，以漢江中游與長江交匯處為中心，標示了米夏少年成長時光的漢口俄租界。

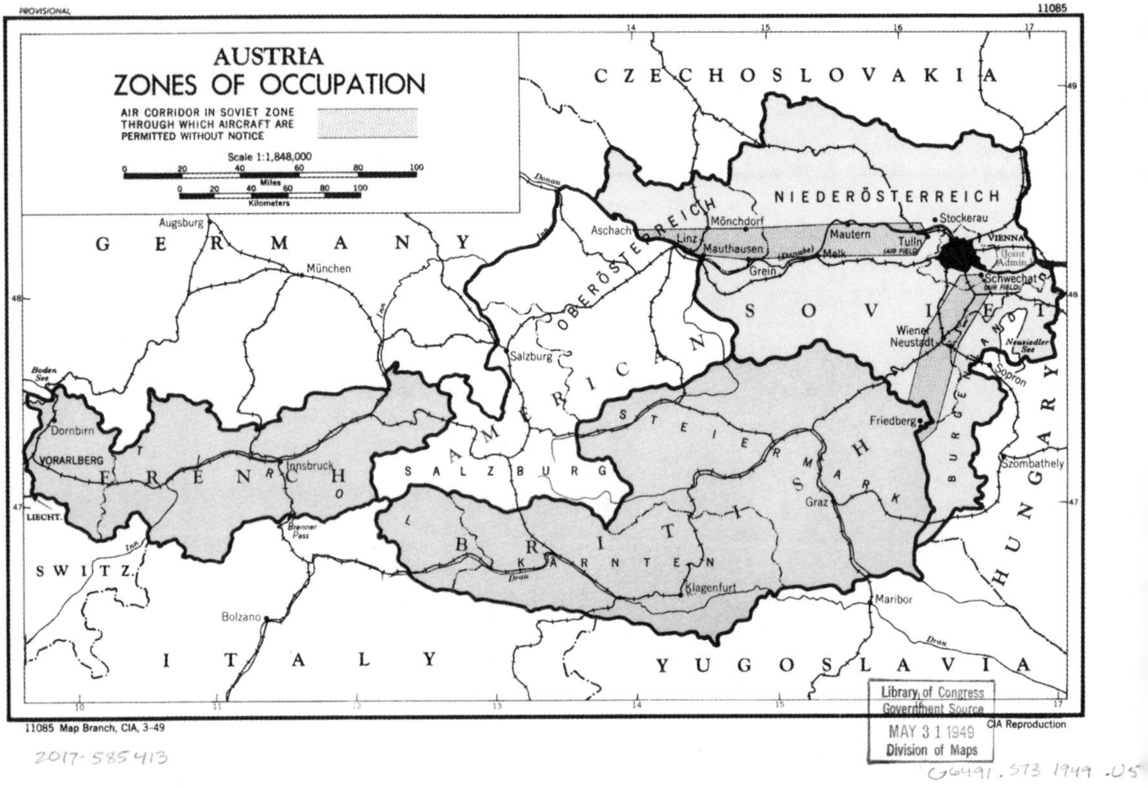

杜亓於一九五五年抵達紐約後，從史密夫手中得到。地圖由中情局繪製，標識戰後奧地利由盟軍四國劃分占領的分布圖，占領於一九五五年《奧地利國家條約》簽署後結束，奧地利恢復主權，成為中立國。

人物列表

米夏　一九一八年之後更名為康斯坦丁諾夫，俄國十二月黨人後代，出生於新疆，幼年雙親亡故，由蘇家收留，與蘇家兄妹，應之和素之結下友情。少年時代由父輩舊識德米特里舉薦前往漢口俄租界學習茶葉生意，而後前往維也納，接受早期革命思潮的同時，亦接受祕密警察訓練。

康斯坦丁諾夫　一九一八年俄國十月革命後，米夏改名為康斯坦丁諾夫。

亓亓格（女童）　生於一九一四。蘇素之與莫福祥女兒。一九一八年，在恰克圖數日間展露非凡語言天分。是米夏心目中的可造之材。

蘇素之　亓亓格母親，米夏少年時代結下的友情。

蘇應之　素之的雙生哥哥，早期革命追隨者。

蘇寧　鬼谷子後代，有縱橫家的理想，追隨左宗棠至新疆，官場失意，以茶商身分來往於蒙古與聖彼得堡之間。與蒙古王女聯姻，有一子一女，應之及素之。受大同思想影響，是最早接受革命思潮的一批追隨者。

莫福祥　亓亓格父親，蘇素之丈夫，早期革命追隨者。

德米特里　米夏的啟蒙者。沙皇祕密警察，亦是早期布爾什維克成員。醉心發展與所謂遠大理想相匹配的人才。

伊萬・葛都賓　恰克圖商人，蘇家與米夏的舊識。

奧嘉　葛都賓家大女兒，安德烈的未婚妻。

瑪黎　葛都賓家二女兒。
馬林　葛都賓的客人，布爾什維克，堅定的革命者。
丹東　葛都賓家的客人，捷克人，隸屬捷克兵團。
安德烈　奧嘉·葛都賓的未婚夫，高爾察克追隨者。
藤本　日本人，潛心尺八和音樂。
席德寧（席老）　英文名詹姆士，父親是蒙古人，母親是漢人，因為父親追隨康斯坦丁諾夫，而繼承衣缽，涉足情報工作。家族一九四零年代開始立足香港，以此為家，立志成為橋梁式人物，並選定孤兒費烈作為自己的繼承人。
費烈　孤兒，師從席德寧。一九七零年代生，對革命有羅曼蒂克的念頭。
茉莉　孤兒，師從席德寧。
Adam　費烈的弟子，二零一九之後跟隨費烈。
慧慧　隸屬台灣情治機關，席德寧的戀人，戰友兼對手。
杭老　隸屬台灣情治機關，慧慧的長輩。
劉祕書　台灣情治機關人員。
杜亓　定居紐約，家族金控公司擁有巨大財富，情報界神祕的中間人。出現在幾個重要歷史場合。
杜家律師　律師，服務於杜家。
肖恩　隸屬英國情治機關，久居香港，席德寧父親的朋友，席德寧父親過世後，他以長輩的姿態出現在席德寧生活中。
年輕康斯坦丁諾夫　俄國人，因為其父母與康斯坦丁諾夫的淵源，走上相同道路後，亦改名為康斯坦丁諾夫。

米夏叔父　十二月黨人後代，居於伊爾庫茨克。

康有為　清末維新變法派，與梁啟超推動戊戌變法。

陸明雲　東南亞富商之女，家族與流亡中的康有為有密切關係，因此出現在蘇寧與康有為的維也納相會。與蘇家兄妹相遇，是蘇應之多年心中愛慕的影子。

奧斯丁小姐　英國人，陸明雲的保母。

托洛斯基　俄國革命家。

春蘭　旗人，武昌新軍統制家眷。米夏在漢口的戀人。

羅曼　俄國人，華俄道勝銀行職員。

盛宣懷　清末官商，洋務運動代表人物，實業家。

湯瑪斯　英國人，隸屬早期英國情治組織，一九零五年左右以匯豐銀行職員身分常駐漢口，與德米特里在中亞結下友情，同時擔負起指點米夏的責任。

瑞澂　末任武昌總督，武昌革命中棄城而降。

廖克玉　末任武昌總督夫人。

羅家少奶奶　羊樓洞茶商，羅家管事的少奶奶。

李巡捕　漢口俄租界工部局巡捕房巡捕。

巴諾夫　漢口阜昌茶磚廠廠主，俄國末代沙皇尼古拉二世的表兄。

任天知　中國早期話劇奠基人。

敖康夫　俄國駐漢口領事。

老先生　穿過歷史的洞察者。

潘科夫斯基　蘇聯上校，冷戰期間為美國和英國提供大量情報。

史沫萊特　美國左派記者。

李大釗　中國最早馬克思主義者之一。

拉鐵摩爾　美國左派學者，在麥肯錫時代被調查。

杜琥珀　杜亓孫女，杜家繼承人。

莫邪　杜家養子。

蘇景臣　杜家養子，杜琥珀未婚夫。

涂彌　與莫邪交往，而後與費烈交集。

何年　中共早期情治組織成員。

何尚平　何年之子，接受何家衣缽。

何作　何尚平之子，繼承衣缽。

秦秦　由何家安排出現在費烈身邊。

亓亓格（少女）　蒙古土謝圖汗部郡主，與蘇寧識於新疆惠遠新城司牙孜會讞，素之與應之的母親。

王府管家　土謝圖汗部王府管家。

領館廚娘　米夏母親。

沈微揚　漢人，中華民國駐維也納公使家眷。米夏在維也納時代愛慕的對象。

沈瑞麟　一九一零至一九一二年任中華冥國駐維也納公使。

寇巴　俄國革命者。

德國年輕人　擁有德意志強烈民族主義情懷。

史密夫　美國情報機關人員，與杜亓從二戰維也納時代開始有深遠合作關係。

羅伯特　美國情報機關人員。

郝爾　美國情報機關人員。

阿罕　蘇家兄妹的表兄，少王爺。

志銳　烏里雅蘇台參贊大臣，滿洲正紅旗他塔喇氏，參與新疆參與司牙孜會讞。

長庚　任清政府伊犁將軍。

第一章
革命年代

恰克圖1918

恰克圖，一九一八

一九一八，革命告一段落，他去了一趟恰克圖。當時他已改名，可在她面前，他仍用原先的名字米夏，因為那是她熟悉的。少時初識，她總是稱呼他明夏，那是他唯一用過的中國名字，與他的本名相得益彰。

也許，他仍舊有些依戀過去的時光；不過革命至此，他自覺已是個新人，正大踏步地往前走。雖然世界尚存著未掃清的障礙，甚至還醞釀著一些無法預知的動盪，但他充滿了信心，覺得過去的遲早要遠離。俄羅斯已經不是過去的俄羅斯，而這世界也將會完全不同。

他不只一次到過恰克圖。

第一次到恰克圖的時候，他還是個孩子，印象中這邊陲小城有種異樣的繁華和生氣勃勃。人們到這裡來多半是為了做生意。俄國商人住在邊境線北面的恰克圖；中國商人則在南面的買賣城安置。按照慣例，買賣城沒有女眷，他不知道現在是否還因循守舊。這次他來恰克圖就是為了見她，他們還是跟少年時代一樣在葛都賓家相聚。蘇家與俄國人素有生意來往，跟葛都賓家的交情也自上一代已經結下。

他又將與她見面，與她同行的應該還有她的兄弟，她的丈夫，以及她的孩子——他與蘇家兄妹相識的時候，他們都還未成年，世界簡單明朗，那時的快樂至今還讓他難忘不捨，只是不知不覺時光已經流逝。這一次，因為要見到她的孩子，他心中竟有些忐忑。

清晨的恰克圖正在一片金色的陽光中慢慢甦醒。他站在城中大道一端，遙望另一端的東正教堂。此地居民為了彰顯地位，不遺餘力堆砌奢華，教堂圓頂的金箔此刻正在晨光中熠熠生輝，一片璀璨輝煌。他真正注意的卻是大道兩旁商人的宅邸，有些住宅看上去已經人去樓空，他在心中猜測究竟已經有多少人倉皇離開。這個念頭讓他稍微躊躇——人們害怕的無非是戰亂離散，可是否有必要如同潮水般逃離，難道他們不相信未來不遠處的光輝和燦爛？但他心中其實也並不過分擔心，因為他覺得自己深信不疑的，也將會是世人熱情擁抱的——稍微的艱難之後將會是歡聲笑語的康莊大道，會在盡頭出現的美麗公平的世界誰不嚮往？只不過一切要假以時日而已——但是此刻，他的注意力很快被轉移，因為他看見了那個小女童。

那小女童大概是偷偷從屋子裡溜出來的，沒有穿夠外套，只裹了件素白的袍子，被晨光映成了銀白色。她並不畏冷，好奇地站在路的中央，仰頭望著不遠處東正教堂的圓頂，煞有介事地打量，纖小的身影與巨大一團金色光影對峙。他大踏步走過去，同時脫下自己的外套，彎腰將女孩一把裹住，抱起。沒有錯，就是她——此刻出現在恰克圖這般年紀的中國女孩不會再有他人。女孩的臉被凍得通紅，既沒表示驚訝，也不顯得膽怯。他抱著她，她便近距離地凝視他的眼睛，讓他不由自主擔心自己的瞳仁是否看上去還像過去那樣清澈。

女孩子眼神專注，慢慢露出笑容，這讓他鬆口氣，彷彿通過她重新驗證了自己仍是一個純潔的人。這一刻，他鼻子驀然一酸，覺得彷彿與她是久別重逢，呼出的一口氣，在冷冽的空氣中立刻凝成了一層薄薄的霧。

天上的一抹雲也同時移動，整個天空驀然一亮。他覺得這巧合是個好兆頭，因此微笑。女孩子不畏生，毫不猶豫抬起手，竟然在他臉上拍了拍，好似嘉許。天氣實在太冷，孩子還是受了涼，吸了吸鼻子，沒忍住，打了個噴嚏，鼻水眼看要流下來。米夏笑著單手抱緊她，騰出手找到帕子幫她抹乾淨，同時開口問，妳母親呢？是妳一個人偷偷跑出來的？

他說的是俄文。女孩子好奇地看著他，顯然沒有聽懂。他又重複，她仍舊茫然。他隨即失望——她居然沒有教自己的女兒學俄文。

這時，女孩突然指著他身後，用蒙文說，媽媽來了。同時掙扎下地，披著他的外套拖在身後奔向自己的母親，嘴裡唧唧呱呱地說個不停，報告著適才發生的事——這次說的是漢文，不說自己從屋裡偷跑出來，只說外頭景色好看，這個大個子的客人把衣服借給了自己，但他恐怕是迷路了，這可要怎麼辦。

他饒有興味地瞧著她，覺得自己太過高大，不由自主彎下腰，好將她看得更清楚——她站在地上，個子只有那麼一點點，彷彿春天草原上第一批出現的毛茸茸的動物幼崽，分外弱小。這時，披在她身上的衣服一滑，差點要掉下來。他啊了一聲，正要伸手，她的母親已經擁住了她，連帶將那過大的外套一並抱起。她鑽入母親的懷裡，動作矯捷靈敏，彷彿一頭精力旺盛的小獸。於是他笑了。

這時，他聽見她喚他明夏。他們四目交投，彼此眼中都藏著一汪深潭。他一陣恍惚，不知自己從那幽深處看到了什麼。他想要掩飾瞬間的徬徨，耳邊卻彷彿響起一把耳熟能詳的聲音，是這些年與同志們一起高歌的進行曲的調子，節奏鏗鏘，不適合為溫情伴奏。他還來不及分辨這下意識出現的曲調是否屬於自己的心聲，小女孩子嘰嘰喳喳又開了口。

母親摟一摟孩子，望著他，微笑解釋道，剛學會說話，一說就停不下來，像要把這輩子能說的都說完……

她說著說著停下來，在他的凝視中驀然沉默，米夏卻回過神來，若無其事問，她幾歲？

快四歲了。

米夏微微揚眉，一時間對如何計算時間失去了把握，因為他忽然不能確定自己到底有多久沒有見到她；過去的幾年，他與她之間相隔著太多驚天動地的變化，他來不及找她傾訴，歷史已經轟轟烈烈地堆積造就；那孩子突然靜下來，他們一開口說俄文，她便咬著大拇指，專注地來回看著他們說話的表情。

母親抱著孩子往回走，米夏跟在後頭，忍不住道，素，妳還是與以前一模一樣。

米夏不願用她的漢名——素之，而是用「素」這個小名。因為她替他起名，他也須得禮尚往來；少年時代一時興起用過的稱謂，此時變成了心中的執念，要與什麼較勁似的。

素之停下腳步，側一側身，倉促點了點頭，然後帶著他繼續往前走，一面說，我們也才剛剛到。

他沒看清她的表情，但覺得她的口氣過分客套；小女童趴在她母親肩上，目不轉睛看著他，睫毛微顫，雙眸中有幾點光影，似乎裝著整個天空。米夏一怔，他已經許久沒有接觸這樣清澈的眼神，不由緩緩吐出一口氣，將目光放遠，眺望她身後的天幕，正見一團雲從天邊滾滾而來；他下意識地覺得耳邊應該升起革命的號角，彷彿看見人潮洶湧；他與人群共進向前，一定要做到勢不可擋；人群裡當然也有這樣天真安靜的眼睛，但在高昂的進行曲中，只有狂熱澎湃才能跟得上腳步……這些年原本是這樣過來的，那才是革命的樣子——他下意識伸手抵住額頭，像要抵擋腦海中排山倒海的喧囂。

女孩拍了拍母親的肩膀，說了句什麼，素之回頭看他一眼，匆忙加快腳步，穿過房子前的拱門。葛都賓家的宅子還是跟以前一樣，拱門裝飾著花式浮雕的大理石拱頂有橫空出世的姿態，工藝一絲不苟像是為了永世傳承而造。主宅有兩層，二樓的窗戶全都頂天立地，視野一覽無遺；外牆裝飾與拱門有一樣的風格，遠遠看去莊嚴華麗的大宅平地而起顯得理直氣壯。宅子後頭有個園子，旁邊連著個大院。為了生意來往便利，倉庫，馬房，馬夫駝客的棧房，平時經營所需的林林總總都聚攏在一處，這時候整排庫房都鎖著，只有馬房還有幾個人影。

素之走側門，在屋子前打了個轉，孩子扭頭盯著他，咬著嘴唇，伸手指指他身上，擔心他衣裳單薄。他笑了笑跟上去，側門推開便是寬闊的玄關，一腳踏進，便有一團溫暖包圍上來，只鼻尖還是冰涼的，與外邊冰冷徹骨的世界藕斷絲連。他一直看著她的背影，也知道孩子在注視著自己。

門已經在身後關上，四周出奇安靜。葛都賓家裡還是有股若有若無的薰香味道，這讓米夏覺得賓至如歸，也許他喜歡的是其中淡淡的異國東方情調，此時才忽然想起這正是繚繞在草原廟宇裡的香火氣息，只不過降落到人間，變得世俗可親，好像整筐杜松子的松針剛剛被揉碎傾倒在地，散發出沒有被洗禮過的清冽辛香。

素之彎腰放下孩子，鬆了口氣，女孩子忙不迭從大外套內鑽出來，往裡跑，一面脆生生搶先宣布，客人來了，客人來了。素之直起身子，手中抱著他的外套，那外套又厚又沉，差點挽不住。他不知是否應該伸手接過來，素之卻轉身淡淡說，我幫你把衣服掛好，你先進去，他們在等你。

米夏嗯了一聲，並不移步，素之回頭望他一眼，恍然在那表情裡，看見了他少年時候的模樣，微微嘆口氣，出聲問道，你這次來，除了看我們，還有沒有……別的事要辦？

米夏不回答她的問題，卻低聲問，她叫什麼名字？

素之略遲疑，道，亓亓格。

米夏立刻恍然大悟般說，是花的意思。然後不等素再開口，便推門往裡走了進去。素猶自站立，心中忽覺忐忑。有陣冷風灌進屋子裡，她才想起門還沒有關嚴，於是走過去將門拴插上，手裡一鬆，那件毛皮大衣滑到了地上。

她把大衣撿起來，重新抱在手裡，像抱著一隻冬眠的獸。

ℰ

底層屋子間的走道鋪著五六英尺長寬的石板，這房子是不同時期建造而成，拼接的方式不太統一，走幾步就會看到不同的幾何圖形。素之穿過走道，推開通往沙龍的門。他們都在裡面。

屋子裡太暖，她額頭已經冒出一層薄汗——迎面牆正中的大壁爐燒得正旺，一左一右懸掛著兩隻麋鹿的巨角，下方卻突兀地空著，以前掛的獵槍不知所蹤，只剩了幾個鉤子。沙龍按早時彼得堡時髦的會客室布置，幾件華麗的細木家具從巴黎伯德萊公司運來時頗費了些功夫，同時訂購的洛可可復興式軟緞沙發和扶手椅圍在壁爐前圍了一圈。素之記得上次來，葛都賓家的女孩們正興緻勃勃計畫要將緞面翻新，但看樣子什麼都耽擱了——短短一年，奧嘉和瑪黎似乎已經有了成年人的神情，心事重重地嚴肅著。此時兩人挨坐在一起，膝上鋪著象牙色的紗緞，那料子輕軟，層層堆疊，一不留心就會從膝上一瀉而下。兩人努力挽著輕紗，如同小心翼翼抱著滿懷珠光和火影，一面從身邊的籃子裡挑出小粒的珠子，穿針引線細細釘到那料子上去。

亓亓格瞧了一會兒，學著樣從籃子裡挑揀出幾粒小珠子，撩起輕紗，回頭用蒙古話問她母親——誰要穿這麼漂亮的袍子？

素之說，奧嘉姐姐要結婚了，這是新嫁衣的頭紗。

奧嘉聽到自己的名字，抬起眼，多少猜到她們在說什麼，臉上有個不確定的笑容，像是怕惹麻煩而陪著小心，眼梢飛快朝窗邊掠過。蘇應之正好側身，捕捉到那目光，心中會意，眼鋒掃過素之——兩人相對，如同對鏡微笑，雙胞胎總能心意相通——素之於是坐下，攬了攬奧嘉肩膀，為了讓她寬心。

靠窗有張牌桌，兩個男子面對面坐著，可當然沒有打牌的意思，一位是俄國人，另一位有張東歐人的面孔，他們都是葛都賓家的客人。

蘇應之轉身正將他們介紹給米夏——俄國人是馬林，丹東來自捷克。丹東掛著過分熱情的笑容起立，又坐下，分明不介意放下身段討好；馬林穿一身半新不舊的蘇維埃式制服，神情透出擁抱時代的決心，矜持地點頭，像避嫌一樣將位置讓出來，乾脆走到窗前，抬頭打量雲層積壓的天空。天邊雲層還在不斷湧來，擋住了日光，陰影徐徐推移，轉眼要蓋住整個原野。

窗戶高大，馬林顯得欣長挺拔，背影輪廓帶著某種甩不掉的氣質——這樣的站姿可能是在聖彼得堡士官學校那樣的地方訓練出來的，養成了習慣，就算刻意地要把周身的線條磨礪得粗礦一些，也難免露出馬腳。

米夏一直留心著馬林的背影，素之疑心他見過馬林，心中忽而咯噔一下，馬林和丹東固然沒有主動表明來此地作客的原因，就連米夏恐怕也不願把自己的目的說破，童年的朋友居然生分了——誰想得到世界好像突然被分成了兩半，他們都站在兩個世界的邊緣，如履薄冰。

女童卻興致勃勃擠到素之跟奧嘉中間，不安分地挪動身子占領了地盤，像春天裡能夠融冰的一團陽光；奧嘉握住她的手，她卻要單捏著奧嘉的拇指，指腹有意無意輕輕摩挲著拇指的指甲，微微側頭，專心傾聽，好像發現了細微動聽的音律，自得其樂的表情讓奧嘉啞然失笑，另一隻手將女孩攬住，斜一斜身子，與孩子頭抵頭，心中定了一定。

米夏這時問應之道，福祥呢？

應之回答，福祥一直在買賣城，被生意絆住了。

他們說的都是俄文。丹東鬆了口氣，插話問，現在買賣城還有生意人？我在海參崴的時候，聽說中國南方運到俄國的茶葉早都已經改走海路，先到海參崴，然後經過西伯利亞鐵路往西，費用便宜，時間也快。恰克圖早就冷清了吧？你們在這兒還剩下多少生意？

應之似無奈開口道，的確是比不上從前，利潤雖然差強人意，但生意能做就得做下去，再說庫倫那邊，蒙古人也一樣要喝茶的。

正在這時，一陣腳步由遠及近，一把宏亮的聲音還沒進門就已經響起，問，客人都到了？

話音未落，沙龍的門已被大力推開，男主人伊萬·葛都賓邁著大步走了進來，他的歡欣鼓舞讓那女孩子也一躍而起，拍著手從座位上跳下來。伊萬紅光滿面，臉上有一把酷肖沙皇尼古拉二世的鬍子，修剪得相當漂亮。他拉著女孩的手原地跳舞般轉了一圈，然後彎腰摟一摟自己的兩個女兒，跟素之問候，仔細看一眼她手中忙著的針線活，禮數周到地表示讚揚；然後起身繼續與別的客人打招呼，滿臉洋溢著熱情，這些年送往迎來，只要出現在這間屋子裡的都是他的客人，悉心宴客是他的習慣。挨個問了好之後，他張口高聲問道，薩姆瓦已經備好了？

被稱作薩姆瓦的茶炊早就熱氣騰騰。常見的俄式茶壺是銀製或銅製的，葛都賓家的薩姆瓦不同凡響，銀胎壺身上了琺瑯彩釉，掐絲圖案明豔繁縟，看上去一派花團錦簇，杯碟成套，端放的琺瑯盤子也一樣——伊萬喜歡富麗堂皇，繁花似錦的人生一向給他安全感。

薩姆瓦頂端鼺鼺溫著一壺熱茶，壺下直通一根銅管，同時加熱內膽的水。銅管裡通常放置熱炭，但葛都賓家一向使用燒紅的乾松果；此時，那些周身通紅的松果應該還沒有化成灰燼，隱隱傳來鱗片爆裂的劈啪聲響，瀰漫出松香味道，不斷織入已經薰暖的空氣。米夏這時才想起滿屋子淡淡的木香原來出自這裡，可是那一抹屬於新鮮松針的清綠味道還是不知來自何處，讓他疑心是不是根本是自己的想像。

奧嘉起身，取下茶壺，在茶杯中逐一倒入深濃的茶汁，然後從一柄金色的水龍頭斟水，將茶湯調到合適的濃度，再調入果醬。伊萬卻擺手讓她稍等，自懷中掏出扁扁一枚銀壺，小心翼翼往茶湯注入無色透明的液體，那無疑是伏特加烈酒——伊萬還是忍不住亮出私藏，彷彿孩童獻寶，全然不顧奧嘉的眼色。

他親自斟茶遞與米夏，問，今早才到？真是辛苦了！貨已經在路上？

米夏回答，不要擔心，我今天早上從托斯高薩維斯克出發，來之前都已經查驗過，貨車沒跟我走是因為有幾樣東西遲了，但明後天也該趕到了。他看應之一眼，道，朋友交代的事，我一定辦到。

伊萬一時喜形於色，搭著米夏的肩，在他耳邊叮囑道，你先別跟奧嘉講帶來了什麼，等東西到了才讓她驚喜。然後，他吸了口氣，躊躇滿志道，恰克圖是時候又該熱鬧熱鬧了。我的女兒出嫁，我要整個恰克圖為她高興……此時，他聲音宏亮，話說一半，自覺失態，立刻低了半度，掩飾道，喝茶，喝茶。

這不是平日喝茶的時間，離午餐也還有個把小時，但對遠道而來的客人無論如何總要周到——何況米夏見過葛都賓家過去的排場。點心早就布好，煙燻的鯡魚片捲成長卷，醃漬的鮭魚切成小丁，沙拉醃菜點綴，小鬆餅配鱘魚卵和酸奶油；剛從廚房端過來的是黑蕎麥麵團烘製的小開口卡累利阿奶酪餡餅和熱騰騰的肉餡餃子。漿過的桌布一塵不染，銀盤子光可鑑人，如鏡子般將一屋子的人和物悉數收入，伊萬遠遠瞅著那微縮的世界裡邊人頭濟濟，總覺得缺少了什麼，忍不住皺眉對身邊的奧嘉低聲抱怨。

奧嘉反駁道，眼下是什麼時候？除了咱們，誰還能擺得出這樣一桌……

伊萬急忙抓住女兒的手臂搖了搖，不讓她說下去，露出老好人般的笑容，眼神飛快地掃過馬林。馬林的注意力卻在那小女孩身上——她獨個兒托腮坐著，認真打量著一屋子的人，撞見米夏的目光，便展露笑容，像擊破雲層的一縷陽光，米夏笑著取過幾片鬆餅塗上果醬，遞給瑪黎，讓她給小女孩拿過去。馬林雙手抱在胸前，格外專心看著這一幕；女孩眼神一轉落到他身上時，他像猝不及防，嘴角牽動，勉強笑了笑，雙手緩緩垂下，站姿略為輕鬆。

伊萬連忙請他坐下，自己抹了一把額頭，也在旁邊揀了把椅子。蘇應之有意寒暄，抿口茶，問伊萬道，這是斯里蘭卡的茶葉？

伊萬笑道，你們的好茶葉都積壓在庫倫還是張家口？老運不過來，我只能從彼得格勒買英國茶喝。

馬林哼了一聲，伊萬的聲線就戛然而止了——事實上從彼得格勒買茶已經不可能，英國的外僑都已離開，那些賣英國貨的鋪子也早就關門。可他總是想說服自己，一切都沒有改變。

蘇應之不動聲色道，英國的茶產自斯里蘭卡。英國人精於生意，覺得中國的茶貴，就暗中將茶苗帶到錫蘭和印度去種植，後來的勢頭反而蓋過祁門紅茶了。

伊萬接口道，你跟你父親的心思不在做生意上。你們真的想用心，就該跟我們俄國人一樣在漢口開自己的茶葉工廠，走西伯利亞鐵路——現在這年月，往蒙古走陸路哪還有利潤可賺。現在的人不知道那條茶道運茶的好處——茶葉穿過大漠，白日受熱氣烤曬，晚上篝火燻炙，有股子特別的味道，鐵路運來的茶哪裡比得上？英國茶都是海運，茶吸飽了海上的水氣，口感自然要差一些。

他說到這裡，搖搖頭，嘆道，往後，漢口那些俄國的工廠怕都開不下去了——然後問應之——你們在買賣城的倉庫還有以前的存貨？你父親打算怎麼處理？倒不如先運去庫倫——這次……他打算過來嗎？

蘇應之回答，他這段時間都在烏梁海，有些事絆住了，走不開。

馬林咦一聲道，原來那位活躍在烏梁海和庫倫一帶的漢人就是你的父親。我路過伊爾庫茨克的時候，也聽到了他的大名。

蘇應之微微揚眉，禮貌但疏遠地聽他繼續道，你父親可是相當的活躍啊——當然，現在這樣的時刻，誰都在想著今後的路要怎麼走……

馬林徐徐說出這話，看著應之的眼睛，也許是想尋找共鳴，可忍不住挑剔地打量——這種看上去堅定不移的年輕人他在這些年見得太多了——擺出堅不可摧的樣子，只要認定理想就會奮不顧身地衝在最前面，但只要能與自己站在一起，就可以算作長處。他眼睛一瞥，屋子另一端那女子是蘇應之的妹妹，他總覺得她目光中帶著些無名的戒備——他在心中提醒自己，這兄妹倆到底不是俄國人。

伊萬顧自想著心事，為著寒暄，絮絮叨叨地抱怨——可不是，往後要怎麼辦？眼下鐵路停運，什麼都耽擱了——其實革命前的鐵路也是如此，一堵斷了生機，彼時許多糧食堆積在農村無法運進首都，白白浪費，飢餓促生革命……

他總是言多必失，說到這兒倉促收口，轉向馬林，突兀地問，你說那些在漢口的俄國茶廠要怎麼了局——以前真是盛況空前哪，採茶製茶熱火朝天，難道就這樣結束了？往後新政府會全盤接手俄國的茶生意？

馬林哼了一聲，模稜兩可道，如有必要，新政府還是可以出面在上海設立貿易行的。

伊萬一廂情願地說，生意到底還是要做的。

馬林看著他像看著不懂事的孩子，冷笑一聲。

折。

伊萬臉上一僵，覺得自己跌跌撞撞，趕不上馬林的話中有話，就像趕不上時代，眼前的路上都是挫

丹東事不關己，淡淡道，聽說現在俄羅斯境內的存茶都在紅軍的手裡，軍隊還可以免費供應茶飲，但除了紅軍，整個俄羅斯誰也買不到一星子茶葉——從莫斯科到西伯利亞遠東，大家恐怕只能統統喝伏特加了。這樣下去，白軍只有酗酒一條路，那是絕沒有可能打贏這場仗了。

他用的是說笑話的口氣，可馬林似笑非笑，舉一舉手中茶杯，意味深長說，看來，這茶來之不易，

伊萬啊了一聲，心不在焉道，茶是舊年備下的——你放心，我這裡茶還是不缺的，就連酒也……他為避嫌及時收口，打起精神，招呼客人。

伊萬替馬林揀了幾樣點心，往鬆餅上再加薄薄一層鱘魚籽，耐心解釋道，這是西伯利亞阿穆河的鱘魚卵，我這兒剩下的也就只有這麼一點了。以前那些美國來的罐頭魚子醬，現在再找不到了。

伊萬摸不清馬林的想法，只覺得他的表情高深莫測，接下去道，捕魚的人太多——原本鱘魚長到了十幾歲才適合取魚卵——現在的小魚根本沒有機會長大就已經被捕撈，我看我們俄羅斯里海的鱘魚遲早會消失殆盡……

馬林打斷他，乾脆道，這種事只有一個解決的辦法——依靠政府的干涉，統一管理限制捕魚——這只有現在的新政府才能做到。沙皇的政府管不了，臨時政府也管不好，想要指望資本主義市場經濟的那一套顯然是沒有用的。

伊萬彷彿頓悟，一味點頭，若有所思將馬林空了的杯子倒滿，添上酒，酒瓶裡剩下的他下意識一飲而盡，酒精喝下去，滾下一團火，平添了滿腔豪情，可堵成一團，沒有去處，反而燒了自己；他於是走到落地的大窗前，站在那裡，希望可以將自己嵌在一幅畫中，從此一動也不用動。

窗戶南望，無論如何也不會錯過那座壯麗的東正教堂，教堂後頭就是茶葉交易所，視線被擋住了大

半，但他閉著眼睛也知道那地方每個角落的樣子；再後面就是俄蒙邊界，風景越遠卻越歷歷在目——低矮的山丘在視線內向南延伸，東邊的平原在冬天裡蓋著一層白雪，底下的黃草影影綽綽；西邊遠處是古老松林，長春的松樹夾著落葉松和白樺，一片鬱鬱蒼蒼——都是他再熟悉不過的風景，曾經以為日復一日，年復一年，不會有太多的變化，而且天地永遠廣闊可以任意馳騁……他忽地轉頭，聚積起的一點豪情鼓勵了他，於是道，往年客來客往熱鬧，客人們來了就正好一起去獵熊。

馬林不慌不忙喝一口茶，問，今年又有什麼不同？

酒精起了作用，伊萬大言不慚反問，有什麼不同？不同的太多了！就說年初吧，一月三十一日我們晚上睡下去，第二天醒來就已經換了新曆，一下子跳到了二月十三日，這一年白白地少了兩個禮拜——你說這時間去了哪裡——他兀自咕咕笑了幾聲，接著道——到四月，布爾什維克政府發了公告，所有的武器都屬於國家，只有獵人才可以在手上留著滑膛槍——我們是商人。現在我們手上沒有槍，怎麼去獵熊？

馬林瞧著他，揶揄道，不是也禁了酒？你既然私藏了禁酒，難道沒有順便藏幾把槍？

伊萬臉色忽然蒼白，搓著手，浮現一個古怪的笑容，好像做了錯事被抓個正著的頑童，但他的大女兒奧嘉這時候搶先開口，說，酒是小事，通共那麼一兩瓶，喝幾口也就見底了，與全交出去了也沒分別；但誰敢擔待違禁持槍的責任？槍當然全都已經上繳。我們也不需要槍，送出去正好，心中踏實。

她手上攥著自己的婚紗，停在胸前，輕紗上的無數點珠光修飾了她的憂容，也在眼神裡添加了嚴厲，望向伊萬時彷彿變成了家長。伊萬攤開雙手，彷彿瞬間疲極放手，乾脆一切聽女兒說了算，呵呵笑了幾聲，讓人瞬間看出了他的老態——這好客成功的商人曾經站在大好年華的巔峰，然而此刻，他只能順從生命的軌跡，沿坡下行慢慢謝幕，連那坡度也由不得他自己控制。

馬林慢悠悠道，打獵是件危險的事，大家都把槍拿在手裡，這年頭，最怕背後放冷槍啊。何況那是過時的貴族的玩意兒。

米夏卻用毋庸置疑的口氣說，不打獵，也可以騎馬，去兜一圈也好。

奧嘉一聽，忙不迭站了起來，顧不上緞子墜了一地，語氣急切地說，我這就去準備。

丹東往窗外張望，判斷道，晚一點可能要下雪，乘天氣沒變，我們趕緊去跑一圈。

蘇應之對馬林道，他們家有幾匹好馬，值得試試……

馬林像被勉強說服，猶豫著起立。

米夏走過小女孩子身邊的時候，摸摸她的腦袋，把掛在她耳邊髮絲上的一點線頭拂去，將那一縷髮絲替她順到耳後，女孩子卻故意扭頭一晃，讓那一縷亂髮又跳了出來，然後仰頭望向米夏，頗有得色，米夏俯下身去，聽她說了什麼，然後微微一笑——他覺得自己與這女孩似乎已有默契，但稍一側身，接觸到素之視線就知道她可不這麼想，但他覺得這不急在一時。

素之目送他們魚貫而出。素之在瑪黎身邊坐下。

瑪黎雙臂籠著輕紗，像坐擁著一團雲，一針一線專心釘著珠子。素之問，丹東和馬林來恰克圖做什麼?他們自己怎麼說?

瑪黎搖頭，小聲道，他們當然說自己是生意人——馬林要借住在這裡，我們不好拒絕——他從莫斯科來……

素之咦了一聲。

瑪黎說，只有父親還記掛著做生意，他是不肯承認世界變了，可誰都知道，俄羅斯在變，恰克圖也早已不同。

素之問，往後你們有什麼打算？

瑪黎咬著嘴唇說，往後？……先等姐姐的婚禮之後再說？她遲疑一下，憂心忡忡道，聽說西伯利亞鐵路東線被捷克軍團控制了。

素之嗯一聲，道，現在亂得很，誰有槍，就可以宣稱自己控制了西伯利亞，但事實上，誰也作不了主。

會客室南北都有窗子，呼呼的風聲總在房子的某一邊伺伏著，此時夾雜著馬的嘶叫，小女孩連忙跑到窗前，摟著厚重的深紅天鵝絨窗簾往外看，回頭用蒙文說，他們要出去了。

瑪黎的手一抖，針脫了線，有些懊惱，索性擱下針線，走到窗前，果然看到一眾人馬正在大門下緩緩離開，丹東走在最後。

瑪黎俯身看著，眼見丹東回頭，便下意識退了一步，抱怨道，這些日子買賣城好像一窩蜂地去了好些人，俄國人，日本人，德國人，什麼人都有，湧進湧出，亂紛紛的，讓人心慌，不知到底出了什麼事？

素之嘆道，這邊的事我真也鬧不明白了。

瑪黎一怔，勉強笑道，妳不明白，問你們家的人，不就清楚了？他們對我們這邊的形勢比我父親還要了解，對聖彼得格勒和莫斯科發生了什麼，大概也是瞭如指掌——剛才你哥哥說你丈夫一直在買賣城，我看他去了伊爾庫茨克才真。

素之不能反駁，也不想搪塞，但說來話長，只好無奈道，誰都為難得很……

瑪黎追問道，福祥為什麼要去伊爾庫茨克？今天米夏就是從那兒過來的，有什麼事你們幹嘛不都交給他辦？現在正是危險的時候，高爾察克的軍隊遲早要往那邊去，戰事一定會爆發。

素之喃喃自語道，高爾察克？就是現在白軍的最高統帥？

瑪黎心神不寧，彷彿非要開口說些什麼才好，於是逕自說下去——高爾察克原先是俄羅斯海軍裡最年輕的上將，黑海艦隊的司令。去年二月革命的時候他效忠臨時政府，臨時政府卻不信任他，將他派去外國考察；等十月革命之後，他從日本回來，卻還是依舊一心支持臨時政府。父親也說不懂這個人的心思——接著，他改變了主意，發動政變，成為臨時政府的領袖，宣稱自己是全俄海陸軍隊總司令，許多外國政府也開始承認他是全俄最高領袖，但是誰知道接下來會怎麼樣呢？你知道西伯利亞現在有多少人自稱能代表整個俄羅斯？各據一方，誰也不買誰的帳；雖然捷克軍團如今表態支持高爾察克，但未必永遠站在他這一邊。

素之仔細聽著，待她說完，嘆道，瑪黎，妳長大了。

瑪黎啊了一聲，微微嘆氣，神情索然，說，這些，妳未必不清楚吧。然後她拉著素之坐下，撒嬌般靠著她，耳語道，誰想長大呢？我小時候就聽人在這間屋子裡談革命，可沒想到革命到來的時候是這樣子的。我父親一直贊成變革，可現在卻一心只想離開，我真的不明白——妳覺得我們是不是應該走？

素之握住她的手，誠懇道，先離開一陣子也好，其實未必要等婚禮之後才離開？你們可以先去海參崴，然後去滿洲，接著慢慢考慮到底要在哪裡落腳。生活安定下來，妳還是可以繼續念書——妳父親一直為妳的學識覺得驕傲，對妳抱著很大的希望。我知道妳想念女子學校的生活……世界很大，變化也快……也許一切是暫時的，過幾年，便就又回來了。

瑪黎握緊素之的手，推心置腹道，如果走得了，誰還理會婚禮這個幌子——姐姐一定要等安德烈一起走，安德烈要能過得來才行，過來了也得走得出去——妳……覺得有辦法嗎？

素之尋思道，那丹東與捷克軍團是不是有什麼關係？

瑪黎頹然說，眼下，我倒分不太清楚了……他確實在捷克斯洛伐克軍團服過役。四年前戰爭爆發，捷克人向沙皇申請組建了一支部隊，與協約國協同作戰，他是最初幾百名捷克志願者中的一員。

素之問，那麼說，這些年他一直在西線作戰？

瑪黎道，丹東說自己早就已經離開軍團，一直待在法國，這次回來俄國是為了接應捷克兵團回歐洲。

素之說，捷克兵團如今跟高爾察克站在一起？

瑪黎搖頭說，那也未必。這些捷克人一心想要建立自己的國家，目的是要從奧匈帝國獨立出去，他們在乎的才不是俄國的命運。三月俄國與德國一停火，他們也立馬在烏克蘭跟德軍談判交出武器，之後就迫不及待向海參崴撤退，原本指望能夠順利回歐洲，可卻在車里雅賓斯克絆住了——

素之點頭道，聽說他們跟奧匈戰俘起衝突，出了人命。

瑪黎道，沒錯，當地蘇維埃政府因此逮捕處決了幾個軍團的士兵，隨後兵團以牙還牙，起兵占領了車里雅賓斯克，還槍決了當地蘇維埃領導，這樣一來就徹底跟布爾什維克決裂了。接下來，他們居然勢不可擋，西進到了海參崴，宣布海參崴脫離蘇維埃，成為協約國的保護地。

素之搖頭道，但他們到了海參威，卻不急著回歐洲了？

瑪黎聳聳肩，但臉上因為這新得到的指點江山的機會熠熠生輝，被鼓勵著增加了繼續高談闊論的勇氣，道，誰想到軍團會重新沿鐵路西返，一路進攻當地新政權，到了七月，更是協助高爾察克控制了貝加爾湖一帶，並且攻克了喀山——總之，軍團控制了鐵路，所以丹東才能夠順利從海參威過來。可父親說不知他到底替誰做事——妳知道，我們也是很小心的——誰也不知道最後誰同誰會結成同盟……我和姐姐都勸父親，現在不同往日了，過去他喜歡的那種熱鬧，已經不合時宜，而且危險——

素之說，是的，妳父親好客，誰來了都是他的客人……

瑪黎低聲說，他就是這個脾氣，哪裡改得了，姐姐不知說過他多少次了——他聽說丹東這次是從海參崴過來，就定要邀請他住下——想跟他打聽遠東的情形，覺得可以提早打點打點……可丹東一來，馬林便也到了——也不知是不是巧合，我只求不要再惹額外的麻煩……

素之皺眉問，馬林是誰介紹來的？

瑪黎揚眉道，是謝苗諾夫的人帶來的——謝苗諾夫就是二月革命之後臨時政府在貝加爾湖區的代表……

素之吃一驚，道，不可能，你不是說馬林是莫斯科來的？謝苗諾夫在赤塔成立了外貝加爾臨時政府之後，跟莫斯科一直勢不兩立……

瑪黎氣惱道，我們怎麼趕得上形勢的變化？我們只知道他是從莫斯科一路坐火車轉道赤塔過來的——也許他是布爾什維克，或者孟爾什維克，也可能是社會革命黨人，沒準什麼也不是，不過是個跑腿的——我們是生意人，誰來也拒絕不了，都得招待。

素之低聲問，那他知道你姐姐要嫁的是什麼人嗎？

瑪黎咦了一聲，更是憂心忡忡，她不知素之話中的他指的是誰，可那也沒什麼分別，於是籠統地說說，他們住在這兒，遲早會曉得。

瑪黎頭一低，見紗緞上幾粒珠子脫了線，呀一聲，將散珠一顆顆聚到手心裡，一面道，丹東跟父親說海參崴現在來了好些新的軍隊，妳再也猜不到那些人是誰。

素之略一思忖，道，三月俄國單獨跟德國簽了條約退出戰爭，可協約國跟德國在西線的戰爭還沒了結，恐怕是想重新開辟東線的戰場……這些是協約國的軍隊？會因此開始干涉俄國的內戰？

瑪黎說，對，正是協約國的軍隊，現都在那裡觀望呢，可到最後指不定他們會支持誰。來的有法國人，美國人，加拿大人，義大利人，英國人從香港和中國的租界調動了軍隊，都在海參崴待命呢，還有，日本也悄悄地派遣了軍隊——他們來了，恐怕不肯輕易離開——另外……聽丹東說，中國北洋政府也加入了協約國軍團。

素之哦了一聲，並沒有顯得驚奇，說，這我知道——中國有許多僑民還滯留在西伯利亞，北洋政府要接他們回去派出軍隊也是應該的。

瑪黎啊一聲，說，原來如此，可他們打出的旗號也是援助捷克軍團，要幫他們從海參崴撤離回去歐洲。

素之解釋道，也只有這樣，日本反對中國出兵，所以北洋政府當然要跟別的協約國站在一起，才有理直氣壯的理由。

瑪黎仔細看她表情，忽然噗嗤笑了，道，剛才妳還跟我推說什麼也不知道。瑪黎停下手裡的動作，仔細瞧著她，又想一想，恍然大悟道，難怪妳丈夫去了伊爾庫茨克，那裡是有許多中國的僑民——但他要怎樣送他們去海參崴，然後再設法回國？恰克圖的人都說你的父親是布爾什維克，他打算從紅軍這邊想辦法？

素之沒有否認，道，各種辦法都要試一試罷。她嘆口氣，瞧了瞧門口，那門此刻關得嚴嚴實實，她躊躇了片刻才道，北洋政府的軍隊不單去了海參崴，還去了烏梁海……

瑪黎一聽心中猛地一跳，卻不知說什麼，表情卻像雲開見太陽，生出了些期盼。

素之拍拍她的手臂，道，妳別急，現在的局勢一天一個樣，如果那邊的路走得通，我們自然會知會你們的。現在只能靜觀其變。

瑪黎嗯了一聲，一轉頭，看到亓亓格也聽得專心，煞有介事地皺著眉頭，不禁啞然失笑。女孩子鑽進母親懷裡，順勢靠在她母親膝上。

瑪黎問，你們怎的不教她俄文？

素之不好解釋，道，福祥要她先把漢文學好。

瑪黎笑著搖頭，道，漢文太難，我看到你們鋪子上標的那些字就暈頭轉向了。她一面說，一面撩起墜在地毯上的白紗，她自己也有些恍惚——珠子才綴了一小半，輕紗如雲，綿連不斷，這功夫像要永遠也完成不了了，她自言自語道，剛才那粒大一點的珠子怎麼不見了？

瑪黎說的是俄文，亓亓格一聽就伸出手，從筐裡揀了一顆圓而大的珠子遞給她……

瑪黎還沒有覺察異樣，素之卻遽然一驚，望著自己的小女孩，女童眼睛黑白分明，展露無辜笑容，也許還有些得意，可立刻意識到這一次賣弄得不到讚賞，失望之餘咬著嘴唇不出聲。

這時門被推開，奧嘉抱著一隻貓進來；那貓體型巨大，一身淺灰的皮毛油光水滑，頸部的長毛好似圍了一圈毛領子。亓亓格歡呼一聲撲過去，把貓搶到懷裡。她人小，貓大，貓在懷裡抱也抱不住，彷彿一頭巨獸；可孩子攔腰抱著不肯放開，貓也好脾氣地忍著彆扭，並不掙扎。

女孩重心不穩，一歪，跟貓一起倒在了地上，她依舊摟著貓，忽然開口說，考特！聲音響亮清晰。

那是貓的俄文發音。

奧嘉一愣，隨即對著素之笑道，你看，根本不用教，她聽聽就會說了，像天生的一樣——你們家的人全都如此。

米夏覺得有些話最好不要在那些女孩子面前說，尤其素之的孩子也在場。

幾匹馬馳騁而出，幾隻獵犬跑得比馬還快。

恰克圖建在草原上，放眼辨識遼闊的原野。前夜下過點雪，放眼望去，黃綠相間的色塊間不均勻地抹了一團團白色；雖然積雪尚薄，但空氣冷冽，氣溫明顯在往下掉，看來又要下雪。

米夏落在最後面，葛都賓一馬當先，蘇應之緊隨其後。丹東與馬林有意無意保持著一樣的速度，一左一右，若即若離，距離始終一樣。米夏驅馬上前，正好夾在了兩人中間。

馬林瞥了米夏一眼，放馬緩行，丹東卻低喝一聲驅馬往前直追而去，剩下後面兩人並駕齊驅。

馬林的目光故意落在米夏右手上，口氣不善地問，你那手還能拉得住韁繩？

米夏咦了一聲。馬林道，你在察里津的時候不是傷了手？

米夏左手單手握著韁繩，木然沒有表情，伸一伸右邊的胳膊，將韁繩換到右手，旋即又換了回來，若無其事地說，只要不太使勁，就沒有問題。

馬林側臉看著他，策馬靠近一些，繼續打量，絲毫不掩飾好奇，問，你真是為了救約瑟夫·維薩里奧諾維奇·朱加什維利——才弄傷了手的？

兩人在馬背上顛簸，視線上下交錯，迎面的風吹散了出口的話，米夏像側耳費了些勁才能捕捉到他說的話，不緊不慢大聲回答，他的馬受了驚，我剛巧在邊上拉了他一把……這種小事，沒什麼人知道，你又是從哪裡聽說的？

馬林答非所問道，約瑟夫五月被派往察里津征糧，現在他不單是列寧組建的五人主席團之一，在軍隊也很有影響力——不同往日了，連名字也改了，他現在用的是他創辦《真理報》時寫稿用的筆名，叫……史達林？

米夏不接口，馬林難以覺察地一笑，對方的沉默無關緊要，他則掂量著自己話語的分量，忍不住又開口道，察里津戰役勝了，往後他的影響力不可限量——他雖然不擅演說，但聽說組織能力超強——早年在列寧身邊，就已經展示了這樣的才能……

米夏不答，卻策馬加快了速度。

馬林緊隨其後，追問，這趟你是從哪邊過來的？北面，還是南面？

米夏轉頭看他，道，我從伊爾庫茨克過來的。

馬林意味深長道，我還以為你已經去過買賣城了——聽說你在這附近生活過？你跟這些人的關係都不錯？

米夏望了望馬林，說，你是指這兩兄妹？對，我們從小就認識。

馬林策馬，保持與米夏的距離，望著遙遙領先在前頭的中國人，道，有人跟我說他們是布爾什維克，可是我很懷疑，他們這樣的人，是否能夠對組織忠誠。

米夏淡淡說，你今天才第一次碰到他們——何必對一切都充滿了懷疑。

馬林開始跑得氣喘吁吁，哼一聲道，對一切充滿了懷疑的是他們吧。如果不能擁抱變化，就不可能在這個時代頂天立地地生存。

米夏緩了緩速度，皺眉道，人總會有些不同的想法。

馬林鬆口氣，用眼角掃了米夏一眼，揶揄道，人們都說歐洲部分的俄國與亞洲部分的俄國是不一樣的，人的想法也不同——我看你已經被同化成了一個黃種人。我真不明白你怎麼能夠習慣這個地方？他瞇起眼，視線掃過眼前所謂的這個地方，下巴輕抬，彷彿睥睨一切。

米夏在馬背上坐得筆直，淡淡回答，我曾祖父是十二月黨人，當年我曾祖母跟著他離開莫斯科，流放到西伯利亞——這世界上沒有什麼是不能習慣的。

馬林並不露出驚訝，深深看他一眼，微微扭轉身子，推心置腹道，原來你是十二月黨人的後代——那些貴族——在聖彼得堡鬧革命，是改變不了什麼的，不是嗎？革命歸根結底是一場又一場階級的鬥爭，只有用我們的方法才能成功——他們會為今天的你感到驕傲的。

他一面說，一面徐徐轉身，重新找回馬背上完美的平衡，可是口氣仍舊咄咄逼人，道，但不知發生了什麼，他們居然走得那麼遠，從西伯利亞走到了蒙古，即便如此，但遲早還是要回來，聽說你幼年時候重新回到俄羅斯是由某人促成。那人行事當真是有獨特的個人風格，受了他的影響，多半也會沾染一樣的作風……

米夏揚眉，打量身邊並騎的人，坐騎的速度不由慢了下來，馬林卻揚揚下巴，示意他跟上去，同時道，他是在你多小的時候看中了你，將你帶上他走的道路的？馬林並不在乎是否得到回答，臉上掛了一個先知先覺的表情，問，你現在是不是也想學他，甚至要用這一套來訓練成立自己的人馬——確實，繼承人要從小培養，這樣用起來才得心應手，那樣的過程的確會令人感到不一般的滿足——只是，你有耐心放那樣的長線嗎，而且你也要問問人家的母親願不願意。

米夏終於沉不住氣，微微變色，馬林輕笑一聲，驅馬靠近，道，他一手帶出來的人不止你一個。馬林自始至終不提那人的名字，可吃準了米夏知道自己在說什麼。

米夏臉上陰晴不定，轉頭看著馬林，那視線裡隱隱含著刀鋒。

馬林的表情沒有變化，把笑意固定在臉上，口氣輕鬆地說，他是他，你是你。他即便犯過錯誤，也與你無關。何況，這麼多年過去了，

米夏冷冷打斷他的話，道，你說得對，但與自己無關的事——還是少碰，不是嗎？

馬林油然生出的優越感已經生了根，用說教的口吻道，他犯的那些錯誤，你倒不必介懷，況且，現在革命成功了，之前不管發生過什麼，都是為了今後的目標，不是嗎？話說到這裡戛然而止，馬林意識到自己正在得罪米夏，這也許不是明智的。

前面不遠，伊萬還是一馬當先，也許是年紀的關係，身姿中出現了幾分勉強和張皇，顯得蘇應之亦步亦趨是為了照應他。馬林忽然問，那幾個中國人是做什麼生意的？

米夏皺眉，簡單地回答，茶葉。

馬林盯著應之的背影，道，茶葉在過去固然是門好生意，但新時代了，也都該與時俱進了。

米夏不再看他，駕一聲催馬，驟然加急速度。

馬林哪肯落後，倉促地驅馬前進，一面急忙道，你最近回過莫斯科嗎？往後要多回去走走，我有幾個人可以介紹給你。

丹東聽到後頭的馬蹄聲驟然急促，一回頭，卻見馬林越過米夏，直追上來，轉眼又超過了自己；然後米夏也趕了上來。

丹東往前張望著，猶豫中勒了勒馬，米夏也與他保持一致的速度。丹東呼出的一口氣凝結成了水霧，他在那霧氣中迫不及待，說，我要找高爾察克，他要的那個人可以把我帶去見高爾察克。——說到「他」的時候，丹東下巴揚了揚，指著馬林的背影。丹東驅馬與米夏靠得更近，低聲道，你得把那人交給我，若讓馬林帶走，便是害了他。

米夏不語，炯炯地看著前方地平線，呼吸卻格外平穩，好像思考著什麼，丹東急急加了一句，你的國家不斷地革命，你到底與哪一場革命站在一起？去年二月的時候，我在彼得格勒……

米夏冷冷打斷他的話，說，不錯，我的國家正在不斷地革命，但這不是你的國家。那不是你的革命。

丹東嘴裡的話被堵了回去，手一緊，馬長嘶一聲煞住腳步。米夏也在前面不遠停下，等他趕上去，丹東提口氣，驅馬近前，卻聽米夏說，馬林並沒有問我要什麼人。

丹東一愣，米夏已經丟下他向前趕去。

眼看米夏要在前面跑遠，丹東冷笑一聲，道，你們的領袖不是說過，這將是一場世界的革命？

米夏回頭笑道，你要找的高爾察克跟莫斯科的革命者不是一路人，你找我是不是找錯了人？

丹東微微一愣，再次跟上去，模稜兩可道，你們為的不都是俄羅斯？難道沒有一個妥協的可能？

米夏保持昂首遠眺的姿勢，淡淡道，往下走，路只有一條。

丹東回味著他的話，抬頭見馬林已經趕上了蘇應之，兩人愈靠愈近，交頭接耳，他有些心煩意亂，喃喃自語道，那幾個中國人在這裡湊什麼熱鬧？這兒的一切與他們有什麼關係。

米夏瞥了他一眼，道，你錯了。如果有人向你提問——你們捷克人在這裡做什麼，這裡一切與你們有什麼干係。你會怎麼回答？這些中國人比你們更有理由在這裡，這是他們的亞洲。

丹東一時啞口無言，陣陣冷風呼呼席捲而來，他下意識縮了縮脖子，天色越發晦暗不明。

米夏亦沉默，他在丹東面前占了上風並沒有用；他的視線追著前面馬林的身影，覺得自己胸中隱藏的一隻野獸正在甦醒，那拱起背雙目炯炯的貓科動物正精神抖擻進入理想的迎戰狀態——說不清敵人在哪裡的時候，要鞭策心中強烈的求生慾望，這是戰勝的前提——多年前他被教導過的話猶在耳邊，說這話的人已經不在了，真是讓人悵然，他環顧四週曠野的時候這樣想。

恰克圖以北是一片丘陵，他們已經策馬翻過幾個山坡，本來遙遠的那些山丘靠得越近反而感覺不到高度；山坡下的樹林，這個季節，看上去仍舊枝杈茂密。伊萬有備而來，一馬當先鑽進了林子，蘇應之緊隨其後，馬林亦步亦趨。丹東瞻前顧後，遠遠提高嗓門，大聲喊道，別進去，我們不是來打獵的……但話出口已經太遲，前面幾個人已經消失在樹林裡。

丹東徘徊在林子邊緣，頂著凌厲的風，覺得櫟樹林突然顯得巍峨，好像一座有去無回的迷宮，已經把前面三人吞沒；他忽然膽怯，朝米夏大聲喊道，要下雪了，我們該回去了。然後低聲抱怨——伊萬是怎麼想的？別出事才好，這種天氣裡出沒的野獸都會格外兇猛——而且你聽到馬林剛才說的是什麼？這種時候，誰知道放冷槍的是誰。

天空飄起雪來，轉眼間漫天都像飄著一蓬蓬鵝毛；地上積雪雜亂地留著幾行淺淺的馬蹄印子。這時，林子深處驟然傳來一聲短促的驚呼。丹東陡然一驚，身下那匹馬高高抬起前蹄，又落下，小心翼翼在原地踏著小步，再不肯往前。米夏皺眉，感覺到注視的目光，一回頭，果然見兩三隻麋鹿在不遠處打量著他們，見人回望，就嗖地散了；天邊的雲越壓越低，光線暗如黑夜。

米夏反而鎮定下來，沉著策馬也進了林子。

丹東猶豫間聽到前面傳來一聲驚呼，丹東也跟啊了一聲，勒馬再退開一步，側頭分辨隱隱傳來的嘈雜聲響，卻又聽到一陣哈哈的大笑。他於是鬆了口氣。

他們一行五人回轉的時候，興高采烈像一群貪玩的孩子，跟在馬邊上的大狗也推波助瀾，跑前跑後狂吠不停，原來是帶回了戰利品——女孩子們還在會客的沙龍裡，亓亓格跟那隻大貓玩了大半天，是貓最先聽到外頭的聲響，警覺地豎起耳朵伸長脖子站起來，女孩早就跑到窗邊去觀望。

然後，沙龍的門被撞開，丹東探頭激動地大聲嚷嚷著又消失在門後，奧嘉和瑪黎啊了一聲，互望一眼，撂下手上的針線活就站起來；亓亓格早從窗邊箭一般穿過屋子，搶先比誰跑得都快，眨眼沒了影子。素之嘆口氣，屋子裡轉眼只剩了她一人，她慢慢將散落一地的白紗挽起，堆在一起，變成了厚厚的雲層。

大院裡，庫房的門都敞著，所有人都聞風聚到了院子裡。原來伊萬帶回了一頭幼熊，綁在馬背上的小熊撲通滾下地來。棕黑色的熊張著嘴，哈著氣，歪倒在地上，黑眼睛骨溜溜地望著周圍這許多陌生的人，露出懼意。

素之走到大院卻沒看見亓亓格，蘇應之扯住她，興奮道，伊萬給亓亓格找了個大玩具回來。

素之駭笑，反問，那麼危險的動物，哪能當作玩具？你們都是大人，怎的這般不懂事？

正在這時候屋子大門被嘩一聲推開，亓亓格從裡頭衝了出來，手裡舉著一個圓罐子，一看見自己母親，就撲了過去，晃著手裡那個罐子，用蒙古語問，那個吃蜜的人在哪裡？

素之聽了一愣，然後會意，笑著彎腰把她抱起。

蘇應之疑惑問，她說什麼？

素之但笑不語。

蘇應之看清她手裡拿著的東西，分明是一罐蜂蜜，恍然大悟，笑道，俄文裡熊的意思就是吃蜜的傢伙——她一定是剛才聽到了這個名稱，以為真來了個吃蜜的人。然後他忽然省悟，道，她已經聽得懂俄文？他絲毫沒有驚訝，口氣理所當然，轉身指了指那被縛在地的小熊，對亓亓格說，這就是那個吃蜜的傢伙。

女孩子走過去背著手繞著小熊打量，煞有介事將自己當作大人；蘇應之湊近素之耳邊，不無得意道，這孩子聰明得很。

素之潦草地嗯了一聲，往院中人群看去，滿院都是人，她一眼望見米夏，他那雙眼睛像是畫布格外的點睛之筆；他也看見她，點了點頭，便迂迴地穿過人群走近來。素之忽而倉促轉頭低聲對應之道，孩子聰明，可還小，你們做什麼不要把她算計在內。

蘇應之愕然，來不及回答，一抬頭米夏已經走到了跟前，他聽素之抱怨道，你們不該把熊帶回來，讓孩子接近這樣的野獸太危險。

米夏不以為然說，不妨的，幼熊不懂得傷害人。

那躺在院子中間的小熊此時已經忘記害怕，反客為主，迎著眾人目光，黑眼珠子裡好奇中有些咄咄逼人，盯著孩子手中的罐子，張嘴喘著氣。

米夏待要走過去，素之拉住他，催促道，你們不是有事？先去忙吧。

米夏端詳著她的眼睛，素之卻不去看他，推著她哥哥，催他們進屋。米夏低聲道，我們可能要去趟買賣城。

素之一怔，待要細問卻已經太遲，米夏已經跟蘇應之一起轉身。屋內大窗後一樣看得到院裡的動靜——伊萬指揮幾個農夫抬來一隻木籠子，七手八腳放下來，女孩子乘機走近，把蜜罐子塞到熊的嘴邊——農夫們全都笑了起來。

可是米夏神色凝重，應之也心中忐忑——這是這一天中他們第一次獨處，也是革命之後他們第一次相聚，革命這個詞在他心中激起波瀾，可少年時代勾畫的藍圖對跟眼前的風景應該還是不盡相同。他心中躊躇，不知米夏會如何開口。

女童拍手繞著幼熊打轉，跑了一圈又一圈，快樂彷彿周而復始，沒有盡頭。他們都像看入了迷，那樣的歡樂似乎可以讓某些憂慮暫時付予東流。

應之一時轉著無數念頭，只是不想先開口。

米夏這時問道，你父親在烏梁海是否跟北洋政府的軍隊在一起？

應之沒想到他問得這樣直接，含糊著嗯了一聲。

米夏緊接著又問，伊萬知道你父親的打算？

應之話音抖了一下，答非所問道，我們兩家是兩代的再世之交，我無論如何要保證他們的安全。不是嗎？他一直是革命的同情者，你當然還記得我們在他家中的那些集會？他從來沒有做過對不起革命的事……我不明白，如今，像他這樣的好人要怎樣做才夠保證自己的平安？我們本來不是站在一起的嗎？

米夏詫異道，你不明白什麼？口氣中有種冷冰冰的不耐煩。

應之吃驚，抬頭接觸到米夏的雙眸，他想告訴自己那雙眼睛還是屬於多年前他熟悉的那個少年，可是同時又下意識想舉手去擦拭一些什麼，好把一些模糊不清的塵霾抹去，但也許隔在他們之間的根本不是灰塵，而是那些被稱作意志的堅不可摧的值得驕傲的東西。

他無法與米夏直視，轉開視線，吞吞吐吐說，莫斯科的人已經到烏梁海了，他們找了許多人問話，提了各種問題。

米夏立刻打斷他，乾脆地說，這你不必擔心，他們是有一些手段，可是說到底一切為的是說了那麼多年的理想。我們誰都明白一切來之不易，成果需要維繫。然後，他避重就輕道，時間過得真快，誰想到連孩子也要長大了。

應之啊了一聲，心不在焉回答，是的，我們不再年輕，世界也不一樣。這總結一切的感慨似乎終結了他們的交談內容。

外邊的風大起來，一時飛沙走礫，人群正在散去。素之的裙裾在風中擺動，讓她看上去好像是凌波而行；大風將她的披肩吹開，向身後拉扯而去，走幾步就顯得步履艱難。米夏心中咯噔一下，竟然覺得有些驚心動魄，想要幫她一把，可又無法施展力氣，心中因此徬徨起來；也不過是一瞬間，他定一定神，甩開這個荒謬的念頭，但也覺得自己適才對應之是不是太過嚴厲了，正想挽回，可應之似乎並不在意，瞧著外頭風沙，隨口說，沒想到馬林也愛瞧熱鬧。

米夏果然看見馬林的背影，往屋子另一邊轉了過去，大屋的側門就在那邊。他心中一沉，手一擺，顧不得說其他的，丟下應之，就沿著窗邊的長廊往側門的方向匆匆走去。光影在地板上織下方正排列的格子，他一步步匆匆踏在那些框框裡邊，轉一個彎，光線驟暗，一切彷彿融入到了一團更難測的混沌裡。他的手伸入衣袋，不用確認，就知道那東西不在那裡，而是剛好留在了那件毛皮的大衣的口袋裡了。

再走幾步，便聽到窸窣的聲響，馬林果然就在玄關處，聽到背後腳步，噠地一聲將什麼掉在地上，然後緩緩俯身撿起，再慢慢轉身，並沒有掩飾的打算。

兩人四目相對，馬林嘴角向上動了動，攤開手，正是那串琥珀色的希臘念珠。馬林沒有立刻遞還的意思，單手拇指盤捻著一粒粒珠子，不慌不忙，像在執意檢驗著每顆珠子的質地，一圈圈盤轉下去，樂此不疲。終於開口時，由衷讚美道，這串成色好，漂亮。他一面說，一面將手串遞過來，口氣有種熟人之間才有的輕快。

米夏也不伸手去接，簡單說，如果喜歡，可以拿去。

馬林搖了搖頭，這次停下把玩的動作，將手串托在手心裡重新端詳，說，我不需要你的。然後抬頭正視米夏，賣著關子說，去年底，列寧要求創立一個新的機構——為了繼續一貫的鬥爭——這樣的機構會如何運作真是讓人拭目以待，必會有一番作為。聽說他們同僚之間對這樣的希臘念珠有特別的興趣。原先我一直琢磨著原因，後來也就明白了——拿在手裡確實有好處，珠子轉一轉，躁氣便少一些，鬥爭嚴峻，要用非常的手段，沉得住氣是必須的……

米夏伸手將念珠拿回。昏暗中，他們彼此打量，彼此心知肚明這是個可以達成默契的時機，可是如同久經歷練的精明的獸，虎視眈眈中誰也不願先出手。米夏將珠串在手中握了握，物歸原主收入袋中，對於暗示，既不承認，也不否認，彷彿眼前是對手或者同志根本不是他關心的。

馬林並不介意，反正他布下了棋局，接下來棋子一個個擺，對方總得接招，因此胸有成竹不緊不慢道，去年你去過彼得格勒？

米夏揚眉。

俄歷二月二十三日。馬林提醒道，那一天，你在哪裡？當時，我剛從莫斯科抵達彼得格勒，我是搭運送麵包的火車過去的——他們說彼得格勒快要連一枚麵包也找不到了，這樣也好——正好催生革命——結局果然沒錯吧。

米夏嗯了一聲，道，那天是國際婦女節。

馬林說，沒錯，這個社會主義者的重要日子在彼得格勒已經深入民心，男男女女走上街頭，高喊著「給我們麵包」的口號，真是激動人心——接著，人群唱起了《馬賽曲》。在那之前，你聽過那麼多人唱《馬賽曲》嗎？你知道《馬賽曲》最早是誰唱出來的？

米夏道，那應該是法國大革命時候唱響的曲子……

馬林知道米夏終於被自己打動——當然，那潮水般湧動的歌聲，誰聽過了都會難以忘記。於是他語氣更為熱烈地鼓動說，沒錯，但法國人唱響這首歌的時代已經過去了百年，那一天我聽到的是我們俄國自己的版本。

回憶有催眠的效果，曾經的感動讓人神往，米夏彷彿又身臨其境，由衷贊同說，是的，當時我們在戰神廣場，人們驟然唱起這首歌曲，如同一道突然降臨的陽光，可是具備排山倒海的氣勢——你只要聽過那天人們高歌的曲調，會覺得這歌曲唯有這樣唱才是最合適的。

馬林被鼓舞，眼中燃起一團火焰，追問，那天你還去了哪些地方？

米夏立刻回答，彷彿打算開誠布公，知無不言，道，那天晚上，亞歷山大林斯基劇院有一場果戈里的《欽差大臣》，那幾天的演出還是一票難求，當天正是有人漏夜排隊買麵包，有人醉生夢死趕劇場。

馬林意外，吃驚道，那樣的日子，你竟然還有閒情去看表演？

米夏道，我的票是從美國大使館拿到的。

哦？馬林不由近前一步。

米夏稍退後半步，但配合著他一問一答，繼續說，你不也知道彼得格勒當時幾乎斷糧，那幾個月所有人都在想方設法尋找食物的渠道，大使館的廚子當然也不能例外……

馬林心急，復踏上前一步，幾乎逼到了米夏鼻子跟前，道，聽說美國大使館的廚子是個黑人，是大使自己的僕人，深得大使的信任，他有求於你？

這次米夏沒有後退，聳聳肩，淡淡道，他的確非常忠心，想方設法要替他們的宴會弄到白麵包和冰淇淋，他還想要培根，這我就幫不上忙了，那只能靠美國人自己郵寄，路上花的時間可不短。

馬林往後退了退，哼一聲道，白麵包和冰淇淋？我們寵壞了這些外國人！大使知道他的廚子在跟你這樣的人打交道嗎？

米夏就事論事說，美國人想跟俄國做生意，他們需要我們，我們也需要他們，這位美國大使在俄國的首要任務就是談貿易。而且你也知道——我們不是沒跟外國人做過生意，英國人在彼得格勒設置工廠已經有幾十年了，有些英國外僑在彼得格勒住了好幾代……

馬林露出鄙夷的表情，說，那些英國人根本沒有把俄國放在眼裡，在彼得格勒圈出一個小不列顛帝國，窩在狹小的圈子裡一味經營自己那一套生活方式，恨不得永不踏出半步——俱樂部，網球場，奢侈品商店還不夠，還要蓋高爾夫球場，簡直忘乎所以。

然後他斷然下結論道，俄國不需要他們，革命也不需要他們，幸好他們現在都離開了。然後，他口氣自豪地說，革命才是壯舉，令人難忘——那些晚上我在工廠區的街道，那裡發生的一切是多麼激動人心；你為什麼要把大好時光浪費在劇院那種無聊的地方？外頭發生著翻天地覆的變化，你居然還有心思對著一個狹小的舞台一起鼓掌？或者——你根本身懷別的任務？

米夏看了他一眼，伸手過去攬住他的肩膀，拍了拍他的肩，彷彿一切盡在不言中，不過同時劃清界線，他不打算分享的已經深埋在過去，即便是同志也一樣。

馬林並不介意，像一個醉心崇高理想的孩子，敞開心胸，對米夏說道，那個月，我見過你。我知道我們是同志。

第二天是女眷洗浴的日子。浴房的熱鍋爐一早已經打開。

素之帶著亓亓格從後門穿過花園，叫作班亞的浴房在園子盡頭。那是午後，天空盤旋著幾隻鷹，雲層厚而低，又將是個雪天。她們裹著厚厚的毛皮外套，腳踏羊毛氈鞋。浴房進門是個小小的玄關用來更衣。空氣潮暖，從裡間的蒸氣室擠出來，一股濃郁的松木氣息將她們包圍；素之將門在身後關緊，把身上的外套掛在松木的圓椿子上。小女孩樣樣覺得新奇，抬手讓母親除去貼身的衣服，卻因為怕癢，扭著身子，小聲咕咕地笑，觸到母親光滑溫暖的肌膚，便膩在她身上，故意要哈她癢，素之笑著將她一把抱起，從牆角木桶裡取了一束細細的樺樹枝條，推開間隔的小門進入裡邊的浴室。整間屋子呈圓形，由松木圍成，木頭的清香更加熏人；亓亓格深深呼吸，將自己的身子緊緊貼著母親，像戀巢的小獸，永遠也不打算離開母親似的。

靠牆有一圈木階梯，由低到高正好是三層長木凳。素之才將女孩子在最底層的長凳放下，她就輕巧地竄上了最高那層。素之拉之不及，可她呀地一聲，滿嘴喊熱，又竄回到剛才的位置端然坐好，在腦後挽起的頭髮全散落了下來。素之用小木桶舀水，澆在火爐滾熱的石子上頭，白色的霧氣騰地升起。

女孩子如同坐在氤氳的雲霧之中，連手裡的一把帶葉的樺樹細枝也模模糊糊看不真切，她揮了揮枝條，問，這要作什麼用？

素之讓女孩子在長木凳俯身躺下，女孩子側過臉，瞇起眼睛，看她母親用樺樹枝的浴帚拍打自己的背；素之的手勢輕巧，枝條悠然劃了個弧線，落在背上，不輕不重接觸肌膚，身體卻緩緩甦醒，深處的汗意徐徐冒出來，周身有說不出的舒暢。女孩子咕咕笑著，伸手搶過那枝條自己揪打起來，力道蠻不講理，好像要努力鞭策，肌膚接觸到那枝條微微泛起粉紅；她咕咕咕笑著與母親倒在一處，又趕緊爬起來，緊挨著半坐，一手抓著枝條在她母親身上一下一下地拍打起來，這時小心翼翼，手勢均勻溫柔。

雲霧中松木的香味被愈蒸愈濃，女孩子滾出了一身汗，有些疲倦，扔下枝條，從背後抱住自己母親，心滿意足，像要墜入睡夢中。素之抱著女孩替她沐浴洗髮，女孩子瞇著眼靠在母親身上，身子軟軟的，臉上紅彤彤的，均勻地深呼吸，像一隻滿足地打著呼嚕的小貓。

等重新換上乾淨的衣服，亓亓格卻扭著身子再不肯穿上厚重的毛外套，素之微笑搖頭，替她套上毛氈鞋，先將門拉開。困在屋子裡的蒸汽一湧而出，冷空氣清冽涼爽撲面而來。素之將外套搭到女孩子肩上，輕輕裹了一圈，擁著她往主屋走回去。

天空飄起雪，先是一粒粒撒下，緊接著開始一堆堆厚厚地簇擁到一起，像撲著一團團羽毛的鳥。

女孩子掙脫了外套，站在雪地裡，神清氣爽，蹦跳著伸手接那雪花，一邊哼著草原上的蒙古調子。蒸汽室裡帶出來的熱氣還暖烘烘環繞著她們，冷冽的空氣貼著滾燙的臉有種妥貼的怡然；女孩聲音異常清澈，像一灣溪流，冬天裡沒有封凍，轉眼便要流向春天。

素之深吸口氣，一抬頭，看見主屋客室的窗簾一動，後頭分明有雙眼睛，她知道那是誰——他們昨晚去了買賣城，誰想到這麼快已經回來。女孩子還不肯進屋，仰起頭，拉著母親的手，繞著她跑起來，跑成了一個飛揚跋扈的圓，雪花在身邊飛揚撒開，隱隱構成一圈光暈，但嗖嗖冷意畢竟還是逼了上來，素之拖緊女孩的手，緊走幾步就回到了屋裡，穿過走道，走上樓梯。

推開沙龍的門，站在窗子前的人果然是米夏，他若無其事轉身。火爐前散坐著幾人——除了蘇應之，別的客人全在。素之心中不由一緊。亓亓格一進門就開心地低呼一聲，掙脫她的手，撲向火爐前那頭熟睡的西伯利亞貓，摟在一起。

這屋子裡的松木清香一成未變——那隻華麗的茶炊永遠暖烘烘的，旁邊盤子裡也擺上了點心。瑪黎跟奧嘉如雙生子般靠在一起，繼續往那襲白紗綴珠子，與前一天一個樣子，時間好像凝滯了，一點點積壓著——伊萬承受著那重量，深陷在沙發裡，手肘擱在扶手上，支著頭，瞧著兩個女兒身前那一堆像閃著光亮的雲，不知想著什麼。

馬林正耐著性子聽丹東說話，丹東說得七情上面，只坐了半邊椅子，好像隨時會因為激動站起來，雙手使勁比劃著，聽他大聲說道，那傢伙比幾輛馬車還大，誰也沒有見過這樣的武器，分明是個鋼鐵的怪物，龐然無匹，轟隆隆開過來的時候，聲勢驚人——雖然那是我們自己的武器，但一見之下，讓人心中全都凜然。

素之聽得有些恍惚，彷彿丹東說的是屬於聊齋故事中的那種志怪故事，可即便是怪力亂神的傳奇也已經進入了一個新的時代，超越了她周圍的草原；她怔怔站著，好像一時無所適從，奧嘉拉著她坐下，輕聲道，一會兒要下大雪，哪兒也去不了，只好都在這兒坐著。

窗外天色還是暗沉沉的，外面好像一貫是黃昏。亓亓格忽然安靜下來，抱著貓一動不動，一雙眼睛黑白分明注視著丹東，貓的眼睛因為正對著壁爐的火光，瞳仁瞇成了一條線，也定定望著同一個方向。米夏在素之的身邊坐下，眼睛看著小女孩，嘴角有絲不易覺察的笑容。

丹東多了新的聽眾，一鼓作氣繼續說下去道，這個厲害的傢伙就是我剛才說的坦克！當時我們捷克軍團跟協約國的軍隊一起在法國北方的索姆河地區，要擊破德軍的防禦將他們逼退到法德邊境。我是在七月加入到陣地中去的，戰役從一九一六年六月已經開始，一直持續到十一月。

女孩咳嗽了幾聲，看上去卻仍舊聚精會神，丹東等她咳完，才繼續說，那本來是典型的壕溝戰，雙方都有固定防線，各自用戰壕構成大面積防守。德國人的防禦工事其實做得非常出色，有兩個相距一公里的完整的戰壕系統，後頭還有第三個正在建造當中。我們的步兵在德軍火力下損耗巨大，根本沒法將陣線往前推移，在那種情形下，騎兵也完全發揮不了作用。

瑪黎靠著女孩坐下，不由自主問，那可要怎麼辦？

丹東笑一笑，眉飛色舞道，後來，英國人帶來了三百多輛坦克——我們在凌晨五六點發起進攻，幾百輛坦克穿過雙方之間的陣地，迎著德軍的子彈前進。德軍一定已經得到了情報，因此在我們進攻前已經開始壓上一輪輪的砲火。坦克這大傢伙簡直是太棒了，真正是軍人夢想中的武器，既能借它行動，又自帶攻擊，還可以保護自己——只不過，當時那些坦克還不能抵擋機槍的子彈，要改進的地方還很多——但讓我告訴你，這坦克就是包了盔甲的堅不可摧的怪獸——我預言今後的戰爭會越來越危險，因為武器只會更強大，更堅固，遲早會具備更摧毀性的力量——這個世界會越來越不一樣。

瑪黎下意識重複丹東最後那句話——這個世界會越來越不一樣？丹東循聲看向她，她臉一紅，問道，這武器為什麼叫作坦克？

丹東解釋說，那是因為它的形狀有些像裝水的TANK，在英文裡就是大容器的意思。英國人在工廠加工組裝的時候，工人不知道是在做新的武器，他們當時還以為自己製造的是一些裝東西的工具。

這時，小女孩抱著貓走近，隨手拿起桌上一隻最大的杯子，托在手裡，拿來遞給自己的母親。米夏遠遠注意著女孩的動作，遇見素之的目光，兩人都一怔，各懷心事，彼此心知肚明，可反而像打著啞謎，不願去猜對方的想法。

伊萬一直垂首托腮，彷彿盹著了，此時忽爾睜眼，出聲感慨道，如果俄國擁有這樣的武器，在東線也不至於輸給德國人，以至於戰爭慘敗，革命應聲而起……

馬林打斷他的話，道，謝天謝地，革命應聲而起！這才是最好的結果。你明白麼？過去的俄羅斯為什麼沒有能力製造這樣的武器？坦克需要內燃機，要開發這樣的武器要有強大的工業基礎，歐洲的國家已經走在了俄國的前面，像俄國這樣的國家要完成工業的革命一定要通過真正的革命來完成——你以為革命是為了什麼？

伊萬微微吃驚，張了張嘴，彷彿自辯，喃喃道，你問我革命是為了什麼？以往我們葛都賓家的客廳招待過多少革命者，如今我們卻只能站在這新世界的邊緣，膽顫心驚，我們應該怎麼做？新世界的邊緣？馬林冷笑了一聲起身，看也不看伊萬一眼，分明不屑他提出的問題。

這時，天色更加陰沉，大團雪花鋪天蓋地傾瀉而下，吞沒了一切風景。人在午時特別容易疲倦，尤其在這樣的天氣裡；只有貓與小女孩精神抖擻地又玩到了一起，貓安靜而執拗地跟女孩子糾纏著，有無限的精力，而女孩子唧唧咕咕地自說自笑，先前臉上被蒸汽蒸出來的紅暈還沒有褪下去，周身像在徐徐放出熱和光，竟然有種耀眼的歡愉。

馬林離開窗邊，瞥了米夏一眼，踱出那間屋子。外邊走道一端有張鋪著蕾絲桌布的小桌，點了盞燈，燭光微紅，映得一個銀十字架搖曳生輝，光影投在牆上，照著上頭一幅費拉基米爾聖像。拜占庭風格的木板聖像畫有著熠熠生輝的金色背景，周圍鑲著一圈厚重的銀框。

馬林立定打量，聽到背後腳步聲，氣閒神定回頭，點了點頭，早算准那是米夏，輕描淡寫道，這次我在察里津，見到有人在辦公室掛了一幅列寧的像，上面還安了一隻小燈泡。

米夏一聲不響。

馬林說，人們都想要一個寄託，而我覺得我們現今唯一的寄託應當是革命。

米夏沉默片刻，開口道，列寧同志本來的名字是費拉基米爾。

馬林說，這個基輔大公的名字本來就受俄羅斯人歡迎，但往後俄羅斯人給新生兒取名，就會有新的選擇──這是新的時代了──我們誰也不要忘記。然後他緩緩轉頭，看了米夏一眼，道，你一早回來的？中國人呢？他被什麼絆住了？──我還在等你帶回來的消息，我時間有限，你也別忘了你是誰。

米夏說，沒錯，是新時代了，連你也改了新的名字，結合兩位先驅者的名字應該是張好用的通行證吧──他不動聲色看著馬林的反應，但是在他回應前，換上堅決的語氣──可是像葛都賓這樣的人，在新時代裡應該有什麼樣的位置？他們本來都是革命的同情者，我們應該團結他們，而不是把他們嚇走。

馬林聽清他說了什麼，露出不可置信的表情，退開一步，臉上滿是嘲諷，瞧著米夏道，這不是你這樣的人該說的話。嚇走？嚇跑的都是懦夫，根本不值得同情。你知道我為什麼走上這條道路的嗎？我不是沒有選擇，可是我親眼目睹的一切證明了革命的必要，我們迫切需要一個新的世界──你受過苦嗎？你看到過人民受苦的樣子嗎？同情是不夠的——他說到這裡，加重了語氣，道，至少我不會同情那些阻礙社會發展的障礙，所有一切障礙都應該掃除，我們很快就能接近我們的目標，我們的速度和效率會比所有別的國家都快。我願意盡我一切所能，別人不願意做的我來做，我願意付出，犧牲也在所不惜。——他壓低聲線，抑揚頓挫說出最後那句話，顯示著決心。

這樣的語調是米夏熟悉的，那口號式的說話方式反而讓他鎮定下來，等馬林說完，不慌不忙平靜道，我還要再跑一趟買賣城，你等我的消息。

素之一直在等蘇應之回來，直到夜深也沒有消息，心緒不寧，只好先照顧亓亓格睡下。

葛都賓家的客房很舒適，大床鬆軟溫暖。亓亓格閉眼躺在大床正中央，卻抓著自己母親的手不放，攥緊大拇指下意識在指甲上摩挲著，滿臉稚氣，可眼觀鼻，鼻觀心神情專注——她知道母親在打量自己，唇角忍不住彎起藏不住的笑意。

素之讓她握著手，一面想著心事，一面隨口問道，你拉著我的手磨蹭也罷了，總也這般拉著別人的手這樣磨呀磨的有什麼意思？

小女孩閉著眼笑嘻嘻說，每個人指甲的聲音不一樣。

聲音？素之奇道。

小女孩嗯一聲肯定地點頭，回答，不同的指甲有不同的聲音，有的聲音好，有的聲音不好。

素之不以為然，不過側身坐起，瞧著她表情一本正經的小臉，逗她問道，那我的聲音好不好？

小女孩一本正經想一想，說，早些時候比較好，現在卻不好了。

素之咦一聲，女孩子安慰她，很篤定地說，明天可能又會好了。

素之笑了，輕輕拍著她。女孩子的動作慢下來，不一會兒，就睡著了。燭光下，那一張小臉籠罩在忽明忽暗的光線之中，恍然有種不變應萬變的篤定。

素之起身，將燭火吹滅了，站了片刻，回想起適才下午在沙龍裡聽到的話，只覺得心咚咚直跳，於是打開房門，黑暗中感覺撞到了什麼，那毛茸茸的一團悄然無聲擦過她腳邊，是那隻西伯利亞貓。貓估計在門外等了很久，這會兒一忽兒功夫已經嗖一聲竄上了床，熟門熟路似地在熟睡的孩子腳邊蜷成了一團，黑暗中一雙眼睛兀自亮晶晶看著她。素之與它對視，那貓顯然倦了，緩緩闔上眼睛，好似吹熄了兩盞燈，素之啞然失笑，心中略定，掩上房門。

她沿著昏黑的走道，一時不知自己該走到哪裡去，這時卻隱隱聽見馬車聲，外面大院的門被緩緩推開。

她心中一寬，急走了幾步，在走廊拐彎處看見米夏立在一扇大窗前，正撩起窗簾。他見是她，點點頭。內窗開了條縫，正好從外窗的縫隙望見外頭，蘇應之剛下馬車，丹東卻已經站在院子裡，好像專程在那兒等候。酷寒冷風裡，兩人只管站著說話。

素之想去招呼，剛要轉身，米夏一把拉住她，搖搖手，示意她別動也別說話——這時聽到大門被哐啷推開的聲音，走出去的是馬林。

米夏這時鬆開她的手臂，貼著她的耳朵，低聲道，妳哥哥夾在那兩個人之間，不好辦事。他沒法同時向兩邊交代。

她感覺到耳邊溫暖的氣息，可是陡然一驚，分明打了個冷顫；她身子偏一偏，可昏暗中看不清他的表情，只好問，他們要什麼。

米夏避開她的眼神，低聲說，妳哥哥去見的這個人，馬林想要他死，丹東卻是等著他來才好辦事。

素之詫異反問，那個人？你為什麼不直說那是安德烈？你不也是為他而來？

米夏淡淡道，沒錯，我們都是為了他而來，沒有他，奧嘉這婚要怎麼結？

素之掃了他一眼，那淺色眼眸像一汪靜止的水，吸收了所有光影，看不見絲毫風吹草動。素之一呆，問，你們見到他了？安德烈，他自己有什麼打算？

米夏靜靜望著窗外，想一想，放下窗簾，和盤托出道，他前不久在庫倫組織了一支支持老政府的衛隊，你知道革命之後，有不少俄國人滯留在庫倫。他打算支持高爾察克，也許他根本從頭到尾是高爾察克的人……

素之脫口道，但這跟葛都賓家沒有關係。

米夏轉過臉來看著她，雙眼炯炯像要說什麼，但口氣忽然一轉，無奈道，素，這個世界錯綜複雜，牽一髮而動全身，我們身邊的人做的，我們都脫不了關係……

素之打斷他，說，你是葛都賓家的朋友；安德烈你也從小認識……

米夏不語。

素之欲言又止幾次，幾乎放棄，終於還是開口道，我知道，現在一切已經不同。革命成功了。可是革命成功之後，你們打算怎麼面對故人……

米夏冷笑一聲，兩人均都一愣。米夏收回不了那聲冷笑，心中後悔，卻聽得素之低聲道，我心中慌得很——她吐出口氣，像散盡了力氣，喃喃道，是不是每個人都要踏著一模一樣的步子才能走得下去？

米夏一呆，不知如何回答，顧左右而言他道，高爾察克手上有批貨，要運出去，他想跟協約國做筆交易，換他需要的東西。安德烈是這批貨的經手人……

素之咦一聲道，我總覺得他還是個孩子。

米夏不耐煩打斷她說，這年月誰還能不早點長大？

素之像沒聽到他的話，低頭尋思著，忽然抬頭，說，我哥哥和福祥，要想辦法把滯留在伊爾庫茨克的一批華工送回國——都是要往外走，正好順路，大家上了車再作商量。

米夏這時笑了，說，妳總要撇清，可你哥哥他們在做什麼妳還不是都一清二楚？

她抿嘴不答，他從她臉上看到種倔強，這才是他心目中她的樣子。米夏暗暗嘆口氣，此時難免想起之前的某些時光，那時他跟蘇家兄妹並肩站在一起，他們毫無疑問都是鬥士，那樣親密無間實在是讓人念念難忘，也激動人心。

這時傳來門開啟又關閉的聲音，院子裡的人都進了屋。米夏草草截斷話頭，說，明天早上妳再找妳哥哥去聊吧，現在還是先回屋子去。

他的口氣是命令式的，側頭又催促一句，先回去休息。他克制著語氣，盡量溫和，轉身要大步離去。

素之卻拖泥帶水，在他身後追問，你要怎麼幫他們？

米夏停下來，回頭，眼睛炯炯地看著她，道，我們以前說過的那些話，妳不要都忘記了⋯⋯

素之猛然抬頭，眼若點漆，他心中一動，輕輕道，你我第一次見面的時候，妳那麼小，還是個小娃娃。那時妳那麼相信我，現在也應該一樣。

說完，他匆忙而去，留下素之一人在黑暗當中。

那麼多年了，這是米夏第一次提起他們的初次相遇。

素之其實也記得一清二楚，那是一九零五年，轉眼十多年過去了，世界已經翻天地覆地起了變化，他怎麼還可以這樣理所當然地要求她——相信一切。

她站著沒有動，房子裡的細微聲音都清晰可辨，他們想必又回到了那間會客的沙龍，不知道此刻那屋子裡的爐火是不是已經熄滅，但火熄了可以再點燃——也許他們會在那兒談到後半夜？

沙龍的門關上之後就再無動靜，葛都賓家的人都睡了，誰也沒有起來，也許是故意逃避難題，不眠夜裡，都在輾轉反側。

素之睡不安穩，醒來還未到黎明，身邊的小女孩睡夢正酣，那隻白色的長毛貓也仍舊俯在腳邊上，均勻地打著呼嚕。素之輕手輕腳打開房門，穿過走廊；應之的那間房門虛掩著，她往裡推開，屋內空著，隔壁的房間卻應聲開了條縫，門後的視線像刀刃，寒光一閃，她一恍惚才看清是米夏。米夏將門拉開一些，示意她過去——她哥哥也在那裡。

應之身上還穿著前一晚的衣裳，他們居然都一夜未眠。

米夏抵著門，她進去的時候，與他擦身而過，他低一低頭，在她耳邊說，我有辦法。聲音低不可聞，素之為之一震。

應之在書桌坐著，手肘靠著桌子撐著額頭，一身疲倦，可還在苦苦冥思，琢磨著什麼，素之走到了跟前，他才醒覺，對她說，福祥從伊爾庫茨克回來了，這會兒在南面的買賣城。

米夏毫無倦意，臉上有種被曙光籠罩著的光輝，他身上總是有這樣的熱情，好像永不會停止的機器，分秒必爭，要跑在所有人的前頭……這時，他似為了振奮人心，充滿希望地說，今天，我們一起去買賣城。

這一個早晨，誰也沒有錯過早餐。

對於伊萬來說，按部就班進行日常是最重要的，任何打亂生活秩序的事都會讓他張皇失措，所以他的客人按時出現在他的餐桌上的時候，他鬆了口氣，早餐簡單，但伊萬拿出好茶來招待。茶確是好茶，用的不是茶磚，而是上好的茶葉，與前一天的不同，是往年按主人的喜好特別調製，有股淡淡蜜香。

馬林板著臉，故意要人看自己的臉色，好比手中握著一把拉線木偶的線，眼前的一齣大戲得由他來操作，決定角色的喜怒哀樂。馬林緩緩喝完一杯茶，才悠悠開口問，安德烈要到什麼時候才回到恰克圖來？

伊萬正往自己的茶裡加酒，手一抖，小心翼翼將酒壺蓋好，收入外套口袋，回答，他此時正在庫倫，回來的時間還說不準。

馬林哼了一聲，冷冷問奧嘉，回來的時間還說不準？難道妳的未婚夫不打算結婚了？他不是就在對面的買賣城？

伊萬臉色變了變，一口將茶喝盡，像慣性一般，又拿出酒壺，往杯子裡接著倒了半杯酒，動作才忽然停頓，不知要拿這酒怎麼辦，全忘了回答馬林的問題。

這是馬林第一次提到安德烈這個名字，而且當著奧嘉的面，口氣頗為不善，分明失去了耐心。素之轉頭看自己的哥哥和米夏，他們倆卻只是互相交換眼神，誰都沒有看她。

伊萬覺得膽戰心驚，硬著頭皮開口道，他也還是個孩子，現在這些年輕人滿心想的還不是自己國家的將來？

馬林瞥了他一眼，口氣嚴厲道，如果是為了俄羅斯的未來你就閉嘴！孩子？要不讓我親自去會一會這個孩子？看看他到底還有多少孩子的天真想法？

丹東不以為然道，你要過境去蒙古？在這種時候？還是絕了這個念頭吧。

馬林將手掌在桌上一拍，道，我就不相信我不能去買賣城——不過隔了道門，有人去得，我為什麼去不得。

素之這才明白原來他一早上光火是為了什麼。

伊萬連忙陪著小心解釋，道，我答應過要保證你的安全，在恰克圖我還可以說了算，可是過了境，我沒法一一顧全，只能小心為上。

馬林冷笑一聲，道，那幾個月前你周旋安排那支德軍戰俘組成的紅軍在買賣城簽投降書，怎麼就能照顧得面面俱到？

伊萬尷尬地張了張嘴，露出苦笑，還沒回答，馬林接著揶揄道，聽說你辦事的能力非同一般，邀請了各種各樣的賓客，將一場投降儀式搞得勝似慶典——滿族官員穿起青石色蟒袍，蒙古王爺也盛裝出席，披上猩紅洋紅的正裝，那些邊境軍官居然還把沙皇時候的黑色制服搬了出來，再加上捷克人，德國人，一群無政府主義者敲鑼打鼓站在一起，是為了慶祝策反德國人成功，把布爾什維克堵在這個小城外面？你知道反對革命的結果會是什麼？

伊萬臉色慘澹，瑪黎卻在這時開口，護著她父親道，那些人只想回家，他們雖然說德文，但其中多數是奧地利人和匈牙利人，俄國與德國之間的戰爭一開始，他們就當了戰俘，在戰俘營消耗著時間，早就厭倦了戰爭。二月，革命之後，俄國與德國停戰，他們被釋放，條件是加入紅軍，可俄國革命跟他們沒有關係，他們根本不想耗在西伯利亞繼續打戰。這跟支持或反對革命無關——所謂的戰爭，還不就是這麼回事，到了最後，人們的願望只不過是想要回家……

馬林突然提高聲線，語氣冰冷道，葛都賓小姐，這番話你應該跟你的未來的姐夫講。像他這樣——滯留在不該待的地方，當然是永遠也回不了家了。

奧嘉臉色一變，不由自主抓住妹妹的胳膊，馬林看了她們一眼，口氣緩和些許，道，他若要改變主意，總是有機會的。

丹東輕咳了幾聲，用息事寧人的口氣對馬林說，我也去不了買賣城，在這裡陪你。讓他們忙去吧，有些事急不了……要來的誰也擋不住……

馬林皺眉看著丹東。米夏這時道，讓我再跑一趟買賣城，你先等我的消息。

馬林嗯了一聲，回頭見米夏神色如常，舉杯喝茶——他喝茶從不添加任何東西，跟中國人的習慣一樣。

米夏跟應之與素之打個眼色，說，我們準備一下，去買賣城也該出發了。

素之站起來，略猶豫，道，我帶上孩子一起去，她跟貓在廚房玩呢，我去找她……

奧嘉忙拉著瑪黎也起身，道，我來看看，幫著打點。

等他們都走了，丹東搭訕問伊萬，米夏怎麼在這個時候還能去對面的買賣城？

伊萬想也沒想，張口就回答說，他是做生意的，一向在兩邊走，從來沒出過問題。

馬林冷笑一聲，說，做生意的？他自稱是生意人？

伊萬愕然，驚奇地看著馬林，不明白他語出何意。

馬林哼一聲，問道，你是怎麼認識米夏的？

伊萬抹了抹額頭，說，他跟蘇家兩兄妹打小認識，兩兄妹是雙生子，他們的父親與我有好些年的生意來往。米夏的父母過世之後，是蘇家的人把他從新疆接回來的，後來他們送他去了漢口學做茶生意——我第一次見著他，倒真是在漢口。我去漢口看茶廠，蘇家托我帶東西給他——他在那兒過得不錯。

那麼後來呢？他是什麼時候改行的？馬林問。

伊萬咦了一聲，遲疑看著馬林，小心地回答，他改行了？不做茶生意了？可做什麼買賣還不是一樣？我要找難找的貨，一樣得找他？——他最善於幫人解決難題。你是專程到這兒來等他，不也是要他幫你解決些問題？

他說完這句話，像忽然增加了勇氣，直視著馬林，道，我的難題，與你的難題，會不會有可能同時迎刃而解？

馬林像聽到了個笑話，笑出了聲，口氣倒不再咄咄逼人，繼續問，你說他在新疆待過？

伊萬想了想，才道，他是在新疆出生的——這我知道，可他家是怎麼去的新疆，我就不清楚了。

聽說他是十二月黨人的後代。馬林提醒道。

伊萬輕輕啊了一聲，點頭說，對了，確是如此。他曾經去伊爾庫茨克找過親戚。那些十二月黨人被流放到西伯利亞各地，這附近也曾住過幾位十二月黨人，我祖父與父親都跟他們打過交道。記得我還是孩子的時候，附近有位能寫詩的老貴族，喜歡做家具，每天敲敲打打，給自己做了一張書桌，那是我見過的最華麗的書桌，傳說中加洛林帝國，修建了許多圖書館的查理曼國王自己的書桌也不過如此，雖然沒有黃金寶石的點綴，可功夫都花在雕刻上，不遺餘力，繁而不亂，精妙細緻……

帝國？國王？滿腦子還想著這些過時的東西，這便是你最大的問題。馬林不屑道，寫詩？做家具？他就這樣把大好的時間花在那上面了？

伊萬忽然氣餒，唯唯諾諾，說，他能做什麼？他還有大好的時間嗎？一個理想被剝奪了的人，勉強打發時間而已。

丹東好奇插嘴問道，十二月黨人？你們在說什麼？

伊萬瞧著馬林臉色，猶豫著開口解釋道，你不是俄國人，難怪不知道十二月黨人，一八二五年，有一群年輕的俄羅斯貴族十二月在聖彼得堡起義，因此被稱作十二月黨人。

丹東點頭，說，他們是想改變俄國？

伊萬瞄著馬林的表情，得倒鼓勵，於是繼續說道，當時，亞歷山大一世突然去世，那些年輕的孩子想讓新沙皇和樞密院作出改革，用西歐的方式改造自己的國家，督促俄國放棄農奴制和貴族享受特權的法令，建立共和國，或退一步建立君主立憲制，然而，他們儘管發動了政變，卻優柔寡斷，雖然有數次機會可以占領冬宮，但他們最後選擇在冬宮前的廣場上，等待尼古拉一世的妥協，結果沙皇選擇了鎮壓，他們最終失敗。這些起義者有的被處決，剩下的被流放西伯利亞。其實，那些年輕人都受過很好的教育，想為自己的國家做一些事，並不想與沙皇為敵……

馬林冷冷道，他們做不到的事，如今我們卻做到了。

伊萬趕緊附和說，是的，是的。

馬林目光掃過丹東，丹東只好表態道，的確是做到了。革命終於來了，而且更加徹底，尼古拉二世全家在葉卡捷琳堡被處決——沒有回頭的路可走了。

馬林冷笑一聲，道，你們根本不懂革命。

伊萬意興闌珊，無意爭辯，頹然道，我的確不懂，我只是想要將日子過下去。我也同情無產者的遭遇，也懂革命的口號，想要站在正義的一邊。就在這間屋子裡，我招待過多少多少革命者，彼此間都以同志相稱——他憂傷地看著馬林，說，我只是不明白，你們的那些同志，為什麼有的會在一夜間就變成了你們自己的敵人：這敵人的名單會不會越來越長，無辜者也會名列其中，沒有申辯的機會……

馬林淡淡道，也許這正是每個人需要檢討的時刻，是同志，還是敵人，是自己的選擇。

伊萬喃喃道，檢討？如果有需要的話，我當然可以檢討——可我從未做過愧對別人的事。

馬林起身，好像不耐煩再聽下去。他站立的時候，有一種高瞻遠矚的演說者的姿態，同時鏗鏘有力說道，革命將是每個人的日常。一個新的時代到來了，為了理想，所有的犧牲都將是偉大的。

恰克圖雖與買賣城毗鄰，但來往大半還是坐馬車。女孩子異常雀躍，率先爬上車夫的座位，雙手袖在毛絨絨的皮套子裡，笑咪咪賴著不下來，等著應之坐到她旁邊一起趕車。素之站在原地，略有遲疑，然後頭一低，踏入車廂，米夏緊隨其後。

他們面對面坐下；在那一刻，米夏恍然覺得整個世界突然都湧進了這狹窄的空間，而素之好像被這龐然的存在擠到了一邊，而且是她主動讓出位置。米夏下意識往旁邊挪了挪，好讓她放心安頓下來，素之卻拉住他胳膊，輕輕拍了拍，叫他坐好。她近在面前——他望入她雙眸中去，驚奇地發現裡邊彷彿還有個安靜悠遠的世界，自己竟然完全忘記了，心中咯噔一下，突然被不知道哪裡來的溫柔占據，他沒想到在這些年所有的暴風驟雨之後，自己居然還能有這樣柔情滿懷的時刻，有些新奇地端詳起這個彷彿來自遙遠彼岸世界的自己。

此時馬車動了一下，又停滯。女孩子清脆的笑聲從前頭傳來，還有馬鞭揚起落下啪的一聲，馬車晃了晃往前走。他索性放眼打量，他總覺得她跟所有人都不一樣——因為住在葛都賓家的關係，她這兩天的打扮隨葛都賓家的女孩子，但早上已經換回了蒙古式長袍，這會兒外邊裹了件俄羅斯式的大衣，頭上的貂毛帽子有些俏皮，讓她看上去像個彼得格勒街上的俄國姑娘。她明明可以與他站在一起，緊跟著新時代的潮流；他沒有不合理的自私的念頭，一心想指給她看沿途的風景，他相信她有融入那風景的能力，可是她卻偏要跟他生分起來——他感覺到自己有些惱火，像個賭氣的孩子。轉過臉去，撩起窗幔往外看。

他們的車經過交易市場一端仿希臘式的三角眉牆，穿過石砌的拱門。中間的交易廣場是長方形的，周圍環繞了兩圈建築，外圍一圈仿古典式，有七十二間房間，內圍建築則是磚木結構，分成四個部分。庫房未必空著，可商人不在，交易廣場這段日子一直冷冷清清。馬車這端進，那端出，離開恰克圖的南門，便進入兩國邊界，買賣城的北門在望。

這邊是俄國，那邊是你們的地方……米夏忽然開口。

話音剛起，素之便打斷他，輕輕笑道，這句話，你曾經說過。

妳記得？

是。素之回答。那是你去漢口之前，我們送你到恰克圖，我們就站在那場子的中間，你跟我父親這麼說。她看著窗外，神情有些疏離。

米夏一動不動看著她，懷疑她想說的其實是——那些他們曾經熟悉的生活已經不再——沒錯，屬於她父親蘇寧的世界早已漸行漸遠。蘇寧與葛都賓家的伊萬一樣，喜歡生活在客似雲來，貨如輪轉的熱鬧裡面——那些吆喝聲，駝鈴聲，鼻息間永遠縈繞不去的茶香，人來人往的喧譁讓人上癮沉迷。

可是。米夏不甘心，提醒她，你父親不單單是個商人……

這時，車子猛地一震，外頭傳來吆喝的聲音——馬疾走兩步，停下來。米夏往外探視，素之沉默下來——米夏看她一眼，意識到兩人又一次錯失了推心置腹的機會。

應之跟邊境官員交涉，米夏將門拉開，從口袋裡掏出一頁文件遞過去，對方掃了一眼，立刻點頭放行。馬車緩緩前行，興高采烈的還是外頭那小女孩子，她一直嘰嘰喳喳地與舅舅說著話，此刻覺得目標在望，便踮腳尋找買賣城八角樓的影子，想聽清角樓上風鈴的悅耳聲響。馬車正上坡，她站不穩，不得不靠後坐下，馬上回身拍著車廂的頂，扯高聲線脆生生宣布，快要到了，快要到了，額吉，要看到阿爸了。

買賣城是正方形的，城內由十字大街貫穿而過，正中心有一座鐘鼓樓，街巷兩邊一溜都是平房，烏瓦白牆，完全是漢地之城的模樣。他們穿街過巷，沒有遇見行人，孩子安靜下來，抬頭數著屋簷上冰棱，數了一會兒就亂了次序，又重新開始，周而復始，馬車終於停了下來。

車還未停穩，一旁房子臨街的門率先打開，女孩子雀躍歡呼，走出來的年輕男子抱起小女孩。米夏下車的時候聽見應之說，福祥，米夏也來了。

女孩子連忙回頭補充道，這是我的阿爸。

米夏笑著回應她說，我知道。我們早就見過。在福祥面前他總是有種格外的周到禮貌。

素之從福祥手中接過孩子。

福祥跟他點頭，招呼他進門，態度不卑不亢，總是恰到好處。米夏跟他握手。他初次聽到福祥的名字時，完全被誤導；他懂一點漢文，覺得那樣一個名字當然是屬於一個典型的市儈商人，可是沒有想到後來見到的福祥竟是這樣的一個挑不出毛病的人，即便稍後站在革命的立場，也稱得上是一名理想的戰友。他提醒自己需要把革命的需要放在第一位，這不難做到，自覺不會被私人感情影響，可是心中疙瘩畢竟難以瞞過自己。

女孩子從她母親懷裡掙扎落地，要跟著大人們進屋，卻被素之一把拉住。

買賣城的房子都一樣，進門先是一進院子，米夏要見的人在那兒等他——正是安德烈。米夏上前，兩人擁抱，真情流露，像都要切切實實感受到對方的存在才放開手，然後同時退後一步彼此打量。

應之遲一步進來，他們三人再次擁抱，像孩童時代做的那樣，肩並肩，頭靠頭，伸長手就可以摟住自己的朋友——故人又見面了。福祥見他們如此親密無間，鬆口氣，露出笑容，他知道自己與他們錯過了耕耘友誼的少年時光，無法參與到那樣的團結中去，心中不是沒有一絲遺憾。

此時聽到兩聲擊掌，彷彿半空裡有人打了記竹板子，堂屋門敞開著，門邊站著的是位日本人，正撫掌拍手。

應之摟著兩位朋友的肩，下頷抬一抬，示意他們進屋再說。屋子門口掛了幅對聯——但願世間人無病，寧可架上藥生塵，橫批是天下平安。這是間藥鋪，青石板鋪地，滿室藥香，櫃檯後頭滿滿一牆是一排排烏木小抽屜，嵌著銅栓，紙簽上標著藥名。蘇家做的是茶生意，但哪兒也少不了藥鋪，經營起來也是有聲有色，蘇家待客一向在這兒，也常備著幾樣好茶，溫著煮水的銅壺。

女孩子從她母親懷裡跳下來，熟門熟路，推開櫃檯後面的一扇小門，跑了進去。過了片刻，掌櫃匆忙出來張羅。櫃檯上邊卷著一疊地圖，最上頭一張半開，壓著兩個印花的茶葉罐子，罐子上有俄文和幾個笑靨如花的俄國少女。掌櫃的待要收拾，福祥跟他擺擺手。掌櫃便索性把地圖展開，將兩隻茶葉罐收了下去，換兩個木嵌玉紙鎮壓上。

安德烈招手讓米夏上前觀看，米夏猜是西伯利亞地圖，果然沒錯，地圖簡單，勾勒出地形和路徑，用不同顏色劃分現今西伯利亞不同派系的勢力範圍——鄂木斯克是高爾察克的地盤；赤塔的是謝苗諾夫；西伯利亞鐵路沿線的藍色代表捷克軍團；東部綠色是協約國的軍隊，畫了幾面國旗，日本的太陽旗比較顯眼；紅顏色則聚集在莫斯科至烏法一帶——米夏伸手，手指正點著這片紅色，打了個圈，然後手指劃過別的那些色塊，似乎不以為然——此時想插手西伯利亞或者俄國事務的勢力當然比地圖上標示的更多，轉眼就會有新的風雲突變。米夏回頭問安德烈，你打算站在哪一邊？

安德烈吸了口氣，緩緩吐出，抬頭，迎著米夏的視線，語氣倔強道，怎麼到這時候，還問我這樣的問題。

米夏深深看了他一眼，目光滑開去，落在日本人身上，安德烈連忙說，藤本是我的朋友，他跟我們不一樣……然後，遲疑著似乎不知如何解釋。

他這話說得奇怪，米夏眉毛微揚，安德烈解釋說，他是專程來找福祥的，要跟他切磋曲藝。頓一頓，好似自己也覺得驚奇，定定瞧了藤本幾眼，摸了摸頭，才接著說，這樣的時候，居然還有這樣的人，專程從日本穿過滿州千里迢迢到蒙古來，就為了聽支曲子——真是不可思議啊。米夏瞥了福祥一眼，微微皺眉。

安德烈幾句話匆匆將前因後果交代完畢，接著便顧著向米夏打聽，問道，住在葛都賓家的那個馬林，他是來找我的嗎？他到底是布爾什維克，還是幫謝苗諾夫辦事的？

米夏瞧了他一眼，彷彿是調侃，說，你知道我們這兒有好幾個布爾什維克。

安德烈脫口道，你們怎麼一樣？

應之聽聞，似要反駁，可米夏沒說什麼，瞧著他微微搖頭，同時拍了拍安德烈的肩，若無其事問，你的打算呢？手指緩緩在地圖上的莫斯科，鄂木斯克，赤塔的位置依次點過，沿著西伯利亞鐵路自西往東，又順著中東鐵路，到了滿洲里才停下，並不掩飾探尋的目光，看著藤本，藤本倒是坦然自若，欠一欠身，微微頷首顯得禮數周全。米夏便問他道，你是走哪一條路過來的？

藤本道，我在庫倫已經住了將近一年，我跟我的老師在滿州分手後，就從滿洲里坐火車到貝加爾湖附近，再往南走的。

老師？

藤本點頭道，是的，我的老師，我跟他學尺八，過去兩年，他在俄國和滿州表演……我一直跟著他。

他猶豫一下，看了看安德烈道，我在滿洲里的時候，曾在哈爾濱遇見過謝苗諾夫——就是你剛才提到的那個人。

安德烈咦一聲道，我沒有聽你說起過。

藤本道，我不知道你會感興趣。謝苗諾夫有布里亞特血統，有人說他是草原上的強盜，可我們日本軍方非常看重他。

米夏道，此話怎講？

藤本想了想，道，在哈爾濱的時候，我見到日本駐南滿的滿鐵守備隊特別派人來找謝苗諾夫——他們想拉攏他——那一個飯局上，他們請了我的老師去表演……

藤本的視線游離在安德烈跟米夏之間，想了想說，當時整個哈爾濱都在談論他——我也是道聽塗說，分不清真假——他們說去年二月革命之後，俄國成立臨時政府，謝苗諾夫是臨時政府在貝加爾湖的代表，但十月革命之後，他與莫斯科的新政府分道揚鑣，反叛失敗，撤退到哈爾濱。後來他能在東清鐵路沿線招募了新的義勇軍，重新拿回一些地盤，是因為得到了日本的支持……他說到這裡，避開福祥的目光。

福祥不客氣地說，謝苗諾夫控制的是從赤塔到滿洲里的鐵路。日本人已經掌握了滿鐵，卻還不滿足，定要染指中東鐵路，想把整個滿州放在自己口袋裡——可是為了這個目的扶植謝苗諾夫沒有用，他在滿州成不了氣候，除非你們日本人另有更大的野心。

米夏很少見他咄咄逼人，心中一凜，道，謝苗諾夫熟悉蒙古。

福祥看他一眼，加重語氣道，這就更不是任何外國人該有的野心。

藤本站直了些許，又微微躬身，回答，嗨，大日本帝國的軍方是不是對蒙古有野心，我不敢替他們說話啊，可我確實只對蒙古的樂曲感興趣啊。

福祥認真說，你可以這麼講，但是在大局之下，誰也不能獨善其身。你要聽我的簫聲，要讓我聽你的尺八，還不是想一比高下——這種逞強的念頭，在一個國家中，從上到下，潛移默化，漸漸深入民心，到時候難免會要一爭長短。

藤本吃驚，道，你怎麼會這麼想，如果你覺得我要與你爭鋒，也許是你先有想要勝過我的心思——我只是對這兩種樂器感興趣，尺八與洞簫本來應該是同宗同族，但是如今變成了不一樣的樂器，我想認清楚差別到底在哪裡。他越說語氣越執拗，看樣子還想辯解下去。

安德烈連忙打圓場道，這樣吧，藤本，他們都沒有聽過你奏樂，不如讓我們先欣賞你的尺八？

藤本眼中一亮，但因為性格畢竟迂腐，猶自多禮而客套地說，可你們有事要商量，是不是改日更為方便……

安德烈急忙說，這不妨，客人剛到，我覺得正該以樂迎客。他瞧了米夏一眼，米夏微微頷首，對藤本以禮相請。福祥亦欠身相讓。

藤本於是起身，原來他早有準備，繞到櫃檯後，從自己帶來的藤箱取出一個長條形的布包，小心翼翼打開，捧出尺八；那一管顏色暗沉的竹器雕著花紋，管身有五個孔，前四後一。他肅然屏息而立，像剛剛與神請命，手中是一個高於生命的物體。

應之建議道，室內擠逼，不如移步屋後小院。一面說，一面推開櫃檯後的小門。

藤本嗨一聲，鞠一躬，率先而行，門後另有間屋子，布置中西合璧——牆上裝飾著杏色底花鳥紋的手繪塔夫綢壁紙，地上一張古銅地藏藍卍字邊青花紋四季花卉的寧夏毯，幾把中式椅子按照西式客廳的格局擺放著——屋子布置得精巧，原本像有專門的用途，但此時閒置著，有種空落落的寂寞。

穿過這一室裝飾，另有扇小門通往天井，兩邊圍著白牆，對面一堵牆上開了扇月洞門，曲徑通幽引向個小園子，中間方方正正圍著幾畦花草，現在上頭薄薄覆了層霜雪，看不出種的是什麼，貼著園子後牆有個亭子，這會兒裡邊坐了個小小的人兒——正是亓亓格，她坐得高，所以晃蕩著兩條腿，只管仰頭看著天，見所有人湧進來，便靈巧地一躍跳下，揚聲叫自己母親。

福祥用蒙古話跟她叮囑幾句，她歡聲應了，回頭便往天井跑，與藤本擦身而過，卻驀地停下來好奇打量他手裡那管尺八，回頭向他父親詢問，藤本聽不太懂他們的蒙古話，但耐心蹲下來，好讓她能夠看清自己手上的樂器，女孩子低頭瞧了瞧，伸手去摸上頭刻的花鳥紋。藤本跟她說，Shakuhachi——一慢慢發出一個個音節。

她抬頭莞爾一笑，重複那發音，道，Shakuhachi?

藤本哈哈笑道，這孩子認識它了，對，這就是Shakuhachi。

女孩子咦一聲，卻轉身跑了。

藤本看著她消失在月洞門後面，才站起身，仰頭張望。隔壁的屋子緊臨著這邊的院牆，屋瓦相接，連綿成片，有的房子蓋了塔樓，高高聳起，在灰藍的天空下一眼望去頗有幾分漢地風貌，可也畢竟還是有些邊陲之地的零丁之感。

藤本在園子中間站定，將尺八舉到嘴邊，深吸口氣，樂聲驟然響起。隔壁院子傳來吱呀一聲，不知是不是有人開了窗，但立時回歸靜寂，天地間只剩下這樂聲，古曲調像拂過寒冷大地的風，捲起片片落葉，葉子在飛揚中盤旋墜落，可是那出現的風景並不悲愴，也許吹奏的人不過是在潛心描述四季輪迴的規律而已，甚至打算說服自己接受宿命。

安德烈心神不屬，他在這園子裡已經待了幾日，面對同樣的風景讓他覺得快要窒息失去理智，此時他悄悄靠近米夏，欲言又止，米夏心知肚明，低聲在他耳邊道，我聽說，高爾察克正在病中，得的是肺炎，沒有辦法料理日常事務；謝苗諾夫那邊也有狀況，不久前有人刺殺，他受了傷，現在也正在休養，他們說痊癒是沒有問題——話雖如此，但他們的健康狀況不是重點，事實是你不能將自己的未來維繫在這些人的身上。

安德烈躊躇不回答，米夏望了一眼園子中央的藤本，道，那麼容易相信人，好嗎？

安德烈避開米夏視線，抬頭正看見雲層破了幾條縫，陽光慢慢地擠了出來，他被那光線晃了眼，垂下眼瞼，低聲道，我相信你。

米夏不語，安德烈卻靠得更近，繼續耳語道，我相信他，也相信你，一個人如果什麼也不能相信，即便能成大事，又有什麼意思——我們少年時候就相識，我知道你是什麼樣的人。

他目光熱切，米夏點一點頭，同時吃驚發現自己多少有些敷衍，因為心中不能完全苟同他的想法，耳邊樂聲同時勾起滿腔傷懷煩惱，他一時分不清改變的是安德烈，還是自己；可是安德烈卻因為他的回應鬆口氣，臉上有種天真的興高采烈。米夏微微皺眉，低聲問，你要運出去的貨還在喀山？

安德烈回答，在喀山的不歸我負責，我負責的那部分現在在恰克圖——所以，我非回去不可。米夏，你要幫我……

米夏心中遽然一驚，低頭尋思。一陣腳步聲卻歡欣鼓舞而來——是那小女孩子，拖著她母親的手——他看見素之的另一隻手裡拿的正是一管洞簫，而女孩子有些急不可待，走了幾步便搶先拿過那簫，雙手擎著，小跑著去拿給福祥，叫了一聲阿爸。

福祥將簫接過來，摸了摸孩子的頭，女孩此時突然嚴肅沉靜，屏氣凝神，慢慢走回到母親身邊，好像知道有什麼將要發生。

藤本原本半閉著眼，此時望向福祥，樂聲未到緩和的時候，他的眼神不無挑釁，似乎要盡情釋放體內所有的情緒，只圖一時的暢快。福祥則緩緩吸口氣，舉簫在口邊，比起藤本的勇往直前，他顯得舉重若輕，第一個音符出現的時候，在寒風中帶來一絲明亮，那光線若有若無，以緩慢幾乎不為人知的速度流淌出去，漸漸好像懸停在某處，方才尺八之音帶來的蕭瑟猶如被刺穿了一個洞。

藤本不甘下風，聚精會神應對，音色略顯纖弱，一時彷若蚊蟲嚶嚶細不可聞，看他表情有絲得意。此時兩種音樂的音色幾乎合在了一起難以分辨彼此，簫聲有種清秀的氣質，彷彿剔透的一件玉器，但是尺八的樂聲慢慢重新變得強悍，像返身纏繞上來，要報復，把那件玉器周身纏得密不透風，失去了玲瓏有致的形貌。到這時，這已經不能成為一曲合奏，兩人都不想落敗，只能竭盡全力，各吹各的，猶如交戰。尺八本來那源自體內收放自如的氣息被橫插入的簫音隔斷了，進不得，退不得，變得焦躁難忍，而簫聲切斷了對方的進退，自己也不能婉轉自如，音色中出現淒惶。兩支曲調相撞，竟然異常壯烈淒涼，彷彿只有兩敗俱傷一條路。他們兩人自己也不知要如何了局，如何策動發聲已經不受自己的控制，只能隨著慣性一路走下去，卻分明無路可走，氣喘吁吁。

米夏微微皺眉，誰想在這時小女孩子突然彎腰撿起腳邊一顆石子，朝著園子靠牆置的一口陶缸扔過去，啪的一聲，清脆銳利，裊裊回音竟然穿透空氣中膠著纏繞不清的聲氣，意外之中，兩人的樂聲終於峰迴路轉，在一點點自然而然出現的顫音後，同時戛然而止。兩人均緩緩吐出一口氣。

藤本朝福祥深深彎腰鞠躬，福祥亦抱拳回應。藤本知道女孩做了什麼，有心表示謝意，可一轉頭，看到她表情嚴肅，一動不動看著自己，眼裡彷彿裝著戒備，頓時不知道說什麼好，只微微彎腰，動作生硬，但到底是朝這小小的孩子致了意。

藤本鞠躬完畢就逕自穿過園子往回去了，應之看了米夏一眼，便緊隨其後跟了上去。

藤本一步踏入藥堂，木無表情，將尺八重新用布細細包好，語氣微有抱怨，對應之說，你的妹夫是此中高手，但是他沒有要與我切磋之意向。今日若不是他的小女兒堅持，恐怕還是不會與我共奏。

應之笑道，你還不是一樣，心中其實只是好勝，切磋不是這樣的。

藤本一怔，也不辯駁，埋頭將樂器小心收入藤箱，起身朝應之行一禮，口中說道多多關照，口氣卻生硬得很。應之不以為意，略欠一欠身，藤本目光朝四周望了一圈，問道，我聽說你們家明明是做茶葉生意的，怎麼開的是一家藥店。

應之回答道，治病吃藥，藥店在哪裡都是需要的。

藤本道，什麼需要做什麼豈不是投機取巧？

應之淡淡說，你要這麼講未嘗不可，做生意不正該如此？

藤本瞧著他，眼色有些古怪，猶豫間問，我聽人說，你學識淵博，懂的東西很多，尤其對俄國革命的道理最了解——我覺得你對做生意並沒有真正的興趣？

應之心頭一震，藤本卻若無其事接著說，是安德烈告訴我的，他擔心少年時候的朋友長大了卻越走越遠。

應之將櫃檯上的地圖捲起，想一想，漫不經心道，朋友間不需要顧慮這些，你與安德烈是在滿洲相識的？

藤本未及回答，半掩的門被應聲推開，安德烈一腳踏進來，搶先回答，道，對，我們是在滿洲碰見的，五月我跟著高爾察克到了哈爾濱，藤本也在那兒——我們聽過他的表演。

藤本點頭說，是的，那時安德烈君跟高爾察克司令剛剛結束日本之旅，所以跟日本人聯繫緊密……

米夏在安德烈身後，打斷他的話，說，但我聽說高爾察克與日本人之間並沒有共識，去年他去日本的確想在軍事方面獲得支持，但日本人覺得他仇日，甚至想要將他拘留在日本。

安德烈聽了一怔，奇道，你竟然知道得這般清楚？不過，這些與藤本沒有關係，他是真正的藝術家。轉念一想，接著解釋道，沒錯，我們去了趟日本，雖然沒有找到解決俄羅斯目前處境的辦法，但畢竟已經努力過了。這些年我一直跟著高爾察克司令，他被尼古拉二世任命為黑海艦隊最年輕的司令的時候，我就打算追隨他到底，他是個真正的愛國者，一心想的是為祖國造福。

米夏不以為然地問，那麼說，二月革命之後，你一直跟他一起待在國外？

安德烈點頭，和盤托出道，沒錯，二月革命之後，司令與臨時政府意見相左，在俄國沒有作為，所以先去了英國和美國。後來他接受黑海艦隊區立憲民主黨候選人提名，正要回國就職，十月革命卻應聲爆發，臨時政府被推翻；當時俄國跟德國的戰爭還沒結束，他仍想為祖國而戰，於是我們從美國取道日本，可一時回不了符拉德沃斯多克，只好去了上海，結果還繞道去了趟新加坡……

米夏替他說下去道，你們原本想去英國尋求資助，但到了新加坡卻接到密令，緊急返回滿洲里，要在西伯利亞有所舉動，繼而就成立了反布爾什維克武裝。

安德烈聽他對事件來龍去脈已經瞭如指掌，一時語塞。米夏嘆道，你錯過了革命，本來我們有機會並肩共戰的。

安德烈分辨道，我們都是為了祖國，這難道不能算是站在一起？

米夏勉強一笑，但那笑容在嘴角滑落，帶上了嘲諷的意味，即便不置可否，也已經擺明了態度。安德烈有些著急，搓著手，不知要如何說服他，並且也說服自己。

藤本的視線在他們之間來回跳動，他不完全明白他們爭論的緣由，但察言觀色也覺得最好能夠息事寧人，徬徨中忽然側耳傾聽，問道，那是什麼曲子？

米夏也聽到了那游絲般一縷聲線，在他心底一盪，他非常清楚聲音的來處。他知道素之彈琴，適才福祥一拿起那柄簫，他就忍不住想像他們倆合奏會是什麼樣的光景。

樂聲逐漸清晰，藤本推門而出，臉上有一抹誠摯的神往，回頭問應之，誰在與你妹夫合奏？那是什麼曲子？

應之點頭，道，《墨子悲絲》。想來是舍妹。

藤本咦一聲，問，墨子？就是春秋戰國的那個墨子？他再凝神細聽片刻，臉上漸漸露出遺憾，道，琴簫當真配合得天衣無縫。這琴曲非常迷人，可是若要做到與簫聲相合，技巧要求極高，可謂千難萬險，恐怕百不得一，可是這簫卻偏偏願意屈意去襯托，才使得音色這樣美妙——他做得到，完全游刃有餘，但是他適才卻不願與我配合——是他攪局在先，我為了要抗拒，才使得誰也沒法繼續下去……

應之嗯了一聲，若有所思道，你知道《墨子悲絲》的典故？

藤本搖頭道，你們中國的文人最愛說典，我不懂那麼多。

應之於是道，墨子身處的世道跟現在很像，紛爭四起，人和國家的命運都飄忽難定。墨子提倡兼愛非攻，反對戰爭，主張平等。這首曲子相傳是他見到有人染絲時的感嘆，他覺得「染於蒼者蒼，染於黃者黃，所入者變，其色亦變……」他想說的是，最初的時候，誰都有純潔的本質，可是後來漸漸被所遇所見改變。我們的遭遇會左右我們的命運，一個國家的興衰也這樣被影響。

藤本一愣，對應之多行一禮，道，話是沒錯，但有時改變未必是壞事。不過，你妹妹妹夫彈奏這樣的曲子，心中憂國憂民的不知是哪一位，或者他們兩人都是有抱負的人。他瞇起眼，努力捕捉著空氣中的每一個音符，手指不由自主在櫃檯上輕輕打起了拍子。

安德烈臉上陰晴不定，退後到櫃檯邊坐下，與米夏和應之隔開了一段距離。他不是第一次聽琴簫合奏，可此時忽然覺得從來沒有過的寂寞不堪，這幾年在國外奔波也沒有感覺過這樣的孤獨——他一直以為這是屬於亞洲人或者中國人獨有的傷懷情緒，將故國之情寄託在詩中曲裡，此時自己的情緒好像要失去控制。

ẞ

樂曲漸近尾聲，應之推說還有一兩件雜事纏身，暫先告退。

掌櫃的端了茶來，招呼客人去隔壁坐，米夏見安德烈仍舊迴避自己的目光，像個氣鼓鼓的孩子，瞧了瞧一旁的藤本，不想當日本人的面與安德烈發生爭執，便也說，我去去就回。掌櫃熱心地奉上茶水，他俄文說得不太流利，但還能應付幾句，跟藤本解釋屋內幾件裝飾物的來處，藤本捧起一個青花的罐子細細端詳；安德烈百無聊賴，仰頭自窗格子看出去，盯著青灰的天出神。

藤本放下罐子，看了安德烈一眼，道，在滿洲的時候，你可沒有這般消沉。

安德烈嗐了一聲，嘆口氣，抱怨說，我童年的朋友變成了一個嚴厲的人。

藤本在他旁邊坐下，坐姿筆挺，手擱在膝上，說，我明白你的意思。我最好的朋友變成了軍人。在哈爾濱的那次飯局上，我在演奏，他與他穿制服的同僚坐在一起。他一定覺得我沒出息，也許他說得有道理。他不再對音樂的事感興趣了，我看著他的眼睛，他的視線卻不願與我交流，我知道他坐在那裡，一個音節也沒有聽進去……

安德烈看他一眼，哦了一聲，即便是坐在中式的椅子裡，他也把自己深陷在懶散的坐姿裡，不願直起腰來。

藤本說，過去的友情呀，挨著碰著，漸漸變成了帶刺的花。

米夏問清伙計應之跟福祥在哪裡，待要推門進屋，還是改變主意，篤篤敲了幾下。門應聲而開，應之見是米夏，笑道，我們正要把這兒的書整理一下，好騰出位置，這兩天來往人多，多個地方坐，也好聊事。

米夏往裡一看，裡邊地上桌上果然堆著好些書冊。他拿起一本翻了翻，便知道那是蘇寧早年特地從上海江南製造局翻譯館收藏的一批譯本書，沒想到這些書不在烏梁海，也不在庫倫，居然擺在這裡。福祥手上拿了一疊，抬頭見是米夏，便將書在桌案放下，先讓座。米夏拿了最上面一冊看，卻是《法國新志》，隨口便問，你看這些書？不等他回答，就將書放下，理所當然地說，這些書過時了，蘇寧自己不是看了許多俄文書嗎？他沒有介紹給你們？

福祥卻點頭笑道，你是說關於革命的書籍？那是當然。不過，岳父與應之兄妹俄文都比我強。

米夏心中一動，問，素也看了應之帶回來的那些書？

福祥道，看的。那些書當然看過，不過，這些書也沒有過時啊，天文，地理，格致，氣化裡總是有一些恆常的定律；說到人文，政史，歲月時移，總有新的學說，但有一些做人的根本道理是亙古不變，四海皆通的。現在革命，是要把大道理想透，把許多人可以走的路走通，更應該看一看各種不同的想法。

米夏斷然道，別的路是走不通的。東方在尋找新的出路，西方這些年發展的結果是這樣一場大規模的戰爭，只有我們找到了捷徑，如果俄羅斯可以提早進入先進的社會，別的想要尋求發展的國家也可以。

福祥將書一疊疊在靠牆架子上重新壘起來，此時猶豫，點了點頭，回頭道，我明白。烏梁海也來了好些人，他們說的跟你一樣，要教牧民怎麼做新人的道理——好似太快了一些，需要這般著急地往前嗎？何況前邊誰也沒有去過。

米夏沉默不語，他心中其實早就生成了一幅藍圖，將革命的熱情凌駕於個人的情感之上，並且覺得值得驕傲；福祥的話讓他微微皺眉，他就這樣看著福祥忙前忙後，自己倒變成了一個旁觀者。

應之卻笑呵呵道，你別擔心，凡事可以商量，歷來不是如此。此路不通還有別的路可走，你說是不是，米夏？

米夏嗯了一聲，心不在焉問，這些書往後要放在哪裡？

福祥停下來，手摩挲著書封，道，放在哪裡都不打緊，反正家裡的孩子能讀到就好。

說到孩子，應之極快地瞥了福祥一眼，然後瞧著米夏暗暗地搖了搖頭。福祥卻抬頭若無其事般對米夏道，應之跟我們提過你的建議，送孩子去莫斯科學習我沒有意見，那確是個難得的機會，但是素之捨不得，那就還是算了，孩子在這裡看看這些書，往後能走多遠看她自己的造化。

米夏一怔，言不由衷說了一聲，那是當然。

素之還在園子裡，面前的一張琴也沒有收起。亓亓格緊挨母親而坐，握著母親的手，用手指一下一下覆著母親的指甲有意無意地劃著，總也不停下來，表情嚴肅像做著大事。米夏本來憂心忡忡，見了這一幕，也不由啞然失笑，走上前去，故意將自己的手伸過去，用蒙古文，半開玩笑地說，你摸摸看我的？

亓亓格一本正經將手伸過去在他指甲上劃了幾下，卻搖搖頭，將手收回來，依舊握著自己母親的手，重複剛才的動作，臉上認真，彷彿在努力傾聽。

米夏用俄文對素之道，難道不同人的指甲摸上去還真的不同？

素還沒有回答，亓亓格已經開口，說，不一樣。你的不一樣，我喜歡，我母親的。

她脆生生的聲音說的是俄文。

米夏呆了一呆，長長鬆了口氣，一動不動地看著素之，唇角慢慢漾起一個笑容。

素之無奈搖頭，道，她不過是個孩子。

米夏握了握她的胳膊，不讓她說下去，道，她已經會說俄文。這短短數天，她光聽我們說話，自己就學會了。妳家又多了一個天才——語言的天才。你想想，這樣的天分應該被埋沒嗎？

他一面說，一面端詳她的表情，詫異地問，妳為什麼這般畏首畏尾？是因為這條路上的危險？到最後，這終歸要看她自己的意思——我怎麼會對這種事強求呢？

素之道，你跟應之說什麼，他便信什麼。你跟他說未來該怎麼樣，他就一心跟著你去做，不遺餘力。

妳呢？難道妳不信？還是福祥不信？米夏沉聲反問。

我記得很多年前你跟我說過的那些願望。我也被深深吸引。素之這樣說，可是……

他的語氣充滿了熱情，說，不光是俄羅斯，這個世界將要改變——你難道不相信我們手中握著改變這個世界的鑰匙？

素之低聲反問，那會是怎麼樣的改變？如果有人跟不上那樣的變化呢？你們有沒有替那樣的人留下位置？

他毋庸置疑地說，所以我們要努力，我們有一個偉大的目標，我相信所有人到最後都會站在一起的。

話出口，他見她正定定望著自己，四目交接，彼此看清楚自己在對方瞳仁的影像。她在那一刻似乎願意妥協，說，希望如此。然後似乎自言自語，嘆道，不知以後的恰克圖會變成什麼樣子。

他想也不想，便回答道，妳別擔心，一切當然是會越來越好。

第二章

解嚴年代

恰克圖2019-香港1980S-台北1987-海參崴 1974-
恰克圖1989-維也納1959

恰克圖，二零一九

費烈帶著少年緩緩沿著一條大路朝前走，滿懷心事。少年便也一路沉默，不發一語。這是俄蒙邊境的一個小城，看上去偏僻寂寥，少年不知道他們此行的目的。本來他們應該從香港直飛莫斯科，少年同樣也不清楚去莫斯科的理由，反正一切由費教授決定。

出發前費教授突然決定在烏蘭巴托停留，中間費了點周折，最後他們坐一架直升機到了蒙古邊境的阿勒坦布拉格，然後過境到俄國境內的恰克圖。在空中的時候，少年有錯覺，覺得彷彿要降落在荒漠的正中，而那將是一切探險的起點或者終點。對少年來說，也許一趟神奇之旅正拉開序幕，人生就此展開新的一頁。他允許自己進入費教授的那個世界，或者說是費教授的世界最終接納了他——他雖然還不完全明白那個世界的格局和規則，但是已經作好了接受各種意外和未知的準備。

他很清楚暑期擔任費教授的實習生其實是對自己今後的道路作出了一個選擇，這一點，連他自己的父母也不清楚，可是他們很高興孩子能在這個夏天得到這樣一個職位，能在一個非營利為目的基金公司，跟著費教授參與一些有益社會的項目簡直是意外之喜——在這個時候暫時離開香港，即便只是短短幾週也好——他們的城市正在經歷從所未有的動盪，上百萬人的請願變成逐漸升級的街頭衝突，父母擔心孩子捲入是非也在情理之中，他們希望他暫時避開風頭，而少年卻有自己的打算。

此時路的盡頭是恰克圖的地標東正教堂，教堂白色的圓頂非常醒目，一抬頭就能望見。少年在出發前已經自行查過恰克圖的資料，不難認出這教堂就是所有恰克圖全景老照片中最為壯觀的那一組建築，從黑白照片上穿越了時空；只是文字裡輝煌璀璨的金箔圓頂換了一番樸素的模樣，有些落拓的超然。

到了教堂跟前，卻發現建築不如想像的那麼高大，不久前應該整修過，通體白色，一塵不染。正門鎖著，費教授繞著教堂走了一圈，一直沉默。如果在他們南方，現在已經到了夕陽西下的光景，但在這北方高原，日照依舊強烈，把教堂的白牆照成了一個發光體，把夕陽的餘暉反射成了自己的光芒。

他們背靠教堂而立，眼前視線一覽無遺，越過近處道路和羅列有序的低層木結構房子，遠處是大片緩緩起伏的山丘和原野。少年心中有些莫名的湧動，彷彿自己的天地陡然一寬。

離開教堂不遠有個小廣場，塵土覆地，中間立著一座高大塑像，面向教堂。塑像的高度其實跟真人差不多，但因為被高置在一個台座上，所以產生了石像該有的巍峨。台座與塑像都是灰白色。少年跟著費烈走過，停下來抬頭仰視打量，費教授此時才開口，淡淡道，是列寧。這樣的塑像，原先整個蘇聯到處都是。蘇聯解體之後，無數廣場上的無數巨像被推倒，沒想到這一座卻留了下來……說到這裡，他環視四周，廣場一端有座房子，只剩下了個空架子，不知是正在拆除當中，還是已經敗壞空置良久。少年看著費烈的表情，忽然明白了他沒有說出口的意思——這塑像沒有被推倒的原因，大概是因為忘卻，而不是為了保留。

少年猶豫，開口問，蘇聯解體是一九九一年？

費烈看他一眼，道，對，一九九一年，十二月二十六日。你還沒有出生。

少年似乎要為自己的年紀和認知辯解，衝口而出，像背書一般說，俄國革命在一九一七年，先是二月革命，推翻羅曼諾夫王朝，建立臨時政府，然後同年十月革命推翻臨時政府，成立了蘇維埃俄國，直到一九九一年，蘇聯解體……

費烈點頭，口氣平常道，這都是歷史，已經過去。

廣場上空無一人，明明空曠，卻不知為何讓人覺得擁擠，好像剩下的空間正在被某種未知的力量悄悄吞噬。費教授帶著少年繼續往前走，一道巍峨巨大的仿羅馬式柱廊突兀地出現在眼前，希臘式石柱頂著三角眉牆，裝飾著一道拱門，幽深門洞盡頭是大片藍天——這顯然是某組宏偉建築的一部分，如今兩邊延伸出去的牆面已經成了斷壁殘垣，柱廊牆面的繪彩也已經駁落，隱約留了些模糊的人影，但拱門上方卻依舊清晰可辨橫架了一幅以工人為主角的宣傳畫，構圖和色彩清晰地顯示了這畫作的年代——高舉拳頭齊喊口號，所有人都需要充滿驕傲亦步亦趨緊跟著。

他們穿過門洞，少年面對眼前的景象微微吃驚，上前幾步，深吸一口氣，茫然四顧。

費烈嘆道，世事殊難預料，這片廢墟其實是當年繁華熱鬧的茶葉交易所。

茶葉交易所？少年反問。

正是。費烈答道，在恰克圖的鼎盛時期，眼前這片雜草叢生的荒地曾經是每年幾百萬箱茶葉交易的市場，那邊一排紅磚的斷牆是以前海關的位置，前邊長方形空地是中庭廣場，四面曾是兩層樓的倉庫——現在已經是一片廢墟，看不到完整的建築——那些庫房在蘇聯時期被改造成國營紡織廠，後來毀於一場大火。他遙指向斷牆後面幾座紅牆綠頂的塔樓，道，你看到的這幾座邊境巡視塔已經在蒙古境內，沒錯，邊境線就是這麼近。在以前，穿過界河，對面就是買賣城，那是中國商人聚居的地方——在上世紀二十年代，整座城池在一場大火中被徹底抹去。熊熊大火燒過，什麼也沒有能夠留下。

少年心中一凜，他的老師的口氣卻雲淡風輕，道，我上次來的時候，這裡還不是這個樣子，那時茶葉交易所已經變成了工廠，機器正轟隆隆熱鬧地轉動著。星移斗轉，時代不一樣，人們就換一種生活方式，總得繼續走下去。生命的規律就是如此——生而長，到巔峰再墜落凋零——地方也一樣，繁華總有消逝的一天，一切都會沉入歷史。

少年覺得傷感，彷彿被煙雨天氣的薄霧徐徐蔓延滲透，忽而想起自己城市的種種，有些失神，脫口問道，全都會這樣嗎？難道您覺得今後的香港也會成為……？他找不到合適的詞說下去。

費烈看了他一眼，立刻會意他心中想著什麼，這難解的問題像個時時擾人的夢魘，在風雨飄搖的時候，就糾纏上來，他說，很久以前，有位長輩也提過類似的問題——香港會不會也墮入那些所謂偉大城市的宿命——很長一段時間裡，香港也是個人來人往的貿易城市，高光時刻儼然就是時代的寵兒——但不是有「人無百日好，花無百日紅」那樣的說法嗎？也許繁華不過是過眼雲煙，熱鬧總有消聲匿跡的一天。

少年不甘心辯解道，香港不一樣……

費烈接著道，我知道，那是你的城市，你對她有感情——我們誰不是這樣……過去的這些年，我好像在慢慢地說服自己，覺得香港的命運早就被寫好，剩下的也許只有一種接受的可能，也許大家都要作些妥協，歲月悄悄過去，改變慢慢到來，今日的繁榮也許會持續，也許會消失了——在一段長遠的歷史中，這是一種時光循序漸進——但是，如今，我竟也不能確定自己的想法，好像我從來沒有了解過我自己的這個城市，也沒有真正看懂過歷史。

少年輕嘆口氣，似乎微微失望。

費烈沒有開口安慰，年輕人總是需要一些時間看清現實，形成自己的看法，眼前的廢墟漫長著青草，別有一番風景，不能不說也有幾分賞心悅目，生命是個龐然大物，永遠在替自己擴張領土，他接著說，我第一次來恰克圖也是十七歲。

少年正好也是十七，不由笑了，覺出時間的奇妙，同時意外道，原來是故地重游。

費烈微微頷首，道，是的。距離上一次，一晃三十年了，真不敢相信。

此時，從背後看他們，兩人站在藍天之下，廢墟之上，彷彿站在一齣史詩的面前。少年踢到腳邊一塊石頭，彎腰撿起，是塊紅磚的一角，遠遠扔出去，噗一聲落在雜草之中，若說是掉入了深潭也不過如此。他等了一會兒，只等來一點輕微的風吹草動，好像什麼也沒有發生，忍不住抱怨道，他們不會再作任何修繕了？難道一點點也不在意自己的歷史？

費烈搖頭道，也不能這麼說。這不見得是不珍惜過去，也許只是不知道要怎麼辦。未必是遺忘，千里迢迢專程來緬懷的恐怕不止你我二人罷——願望和現實間總有差距——這些年你不用急著做任何事，先用你的眼睛看一看，用你的心聽一聽……

可是，我覺得我對歷史好像一點也不瞭解，變化已經開始。再不做點什麼，就要太遲了。少年回答，語氣顯得焦灼。

Adam。費烈看他一眼，頓了頓，然後理所當然說，怎麼會太遲？你還年輕，有的是時間。我明白，誰都想做些大事，為自己，為社會，尤其是在年輕的時候——當然會有機會的。

費烈伸出左手拍了拍少年肩膀。叫作Adam的少年認真點了點頭，眼光掠過他老師緊貼著身子一動不動的右臂——他對所有的過去都好奇，比如老師的手臂是如何受傷的，但也明白還沒到開口詢問的時候。

他們往回走，穿過空地，在拱門褪色的宣傳畫下走出這片廢墟，經過列寧塑像的時候，費烈忍不住回頭，拱門下的門洞黑魆魆的，看上去深邃悠長，盡頭卻格外光亮，流淌著綠油油的光影，可全擠在遙遠的彼端，寂寞地熱鬧著。

費烈沒有停下腳步也沒有回頭，對於他來說，自重新踏上恰克圖，就覺得彷彿走在歷史鏡頭中，那是他自己的鏡頭，這條路他走過，就連說的話也是他重複另一個人說過的。

那是三十年前的事了。

那年，費烈要去美國念書，啟程前。席老帶他去了一趟蒙古。

彼時，席老說，許多故事都是從那裡開始的。

那些故事費烈後來才瞭解。

但費烈自己的故事卻明明始於香港。

香港，一九八五

費烈從小在香港的孤兒院長大，他一直渴望找到一個領養家庭，卻過了十幾年也沒有如願，自始至終住在保良局的兒童院，直到中學快畢業的時候，才遇見席德寧。席德寧為保良局的孤兒捐了一份去美國讀書的獎學金。這份殊榮自然落在了成績極其優異的費烈頭上。

他們在簡單的頒獎儀式上一見如故。席德寧甚至說，如果早一些遇見，他一定早就把費烈接到身邊去照顧，接受教育。

因為這句話，費烈眼圈一紅，轉過臉去，心中對自己起了個誓，今後無論席德寧有什麼差遣，他都義不容辭。這感動來勢太猛，在後來的歲月中，便真成了一言既出，駟馬難追。

席德寧始終沒有告訴他，自己其實已經暗暗觀察了他好幾年。

他知道這少年所有的迷惘和愛憎，也深知費烈這些年被無數領養家庭拒絕的原因。孤兒院的人太過熱情地向領養家庭宣揚他的聰明，反而讓人遲疑；而他也不擅於討好，人前顯得木訥，落在陌生人眼裡就顯得心機重，讓人在猶豫中最後卻步了。

席德寧第一次看到費烈是一九八五年，他見到這少年在樓上書店站著看書，背著書包，穿白色短袖襯衫，不知是哪間學校的制服。老闆驅趕別的孩子，嫌他們貪便宜，擠在書架前只看不買，單單不趕他。別的孩子悻悻走出書店，一窩蜂抱怨說，為什麼只有他能白看書。店主不耐煩道，他跟你們不一樣。然後把幾個忿忿不平的孩子盡數推出去，關上門，門上小鈴叮一聲響，老闆回身招呼正要結帳的席德寧。費烈聽到動靜，不好意思再看下去，提著書包往外走，路過櫃檯，朝老闆欠一欠身，半鞠了個躬。席德寧轉身看他背影，門闔上，小鈴又叮了一聲，餘音裊裊的。

老闆一面結帳，一面解釋道，他是孤兒，在保良局長大的。這孩子想看點書，我怎麼好拒絕？聲音刻意壓低，好像還顧忌那孩子聽見。

他在看什麼書？席德寧問。

他這兩天迷武俠書——眼下，哪個孩子不迷？店主又朝門口張了張，說，人很聰明，在學校裡成績一流，只可惜……他搖了搖頭，嘆口氣，幫席德寧把厚厚一疊書裝進袋子，搭訕道，您對歷史感興趣？我們有一些政治人物的書，您要不要看一看——那些書現今很受歡迎。

席老不語，老闆就陪笑說，也是，您看的都是嚴肅的史書，當然對野史不感興趣。

席德寧卻說，您那些書還是很有意思的，我改天來看。

他從窄小的樓梯往下走，不太確定還能不能看到那少年的蹤影，結果他們有緣。

少年還在街角沒有走遠，被轉角一家音像店門口高懸的電視螢幕吸引。

席德寧站在街對面，遠遠看見螢幕上群星薈萃的大合唱，歌聲被喇叭放大，填滿了整個世界；聽清了居然不是粵語歌，已經唱到尾聲，反覆都是同一句歌詞——明天會更好，明天會更好……用國語唱得婉轉充滿希望。

一曲唱罷，又重播。少年仰著頭，看得津津有味。席德寧仔細聽那歌詞——輕輕敲醒沉睡的心靈，慢慢張開你的眼睛……連他聽了也心動。

少年原來在等人，來的是一個穿白色學校制服裙的小女生，一起沿著謝斐道慢慢走下去；兩人都穿白衣服，在灰色的街上是一抹乾淨的剪影。席德寧慢慢踱在後頭，走到波斯富街。時近黃昏，舊街區的大排檔開始熱鬧，空中霓虹的招牌還沒有亮，空氣中已經充滿了煙火氣息，如同炊煙四起般烘托出一個熱鬧的人間；兩個孩子穿過喧譁的市井人群，背影有些單薄安靜，站在一起也還是顯得孤單。

兩人熟門熟路在一間賣魚蛋麵的大排檔坐下，老闆認得他們，不用點菜就端上了兩小碗魚蛋，分量看上去比別人的小一點，看樣子是一碗拆成了兩碗，可又比半碗的料多上了許多。

女生坐下來卻不吃東西，眼睛只朝下望著桌面，然後嘴一扁，眼淚就開始往下掉，那少年坐在她對面，也是愁容滿面，可好像不知道怎麼勸她，愣愣地看著。小女生哭夠了，抽抽噎噎停下來，淚眼婆娑抬起頭，自己掏出紙巾擦乾眼淚。這時少年從書包裡掏出一個娃娃，小女生立刻破涕而笑，驚喜莫名。

少年說，是舊的。

小女生說，只要是你送的，我都喜歡。她把娃娃小心翼翼放在膝上，那是個芭比，金色長髮，粉色紗裙，一抹淺淺的夢降落在她身畔，觸手可及。

兩個人這時才開始動筷子。

吃完，付了帳，他們還不走，坐著說話，周圍人群熙攘，免不了都是營營碌碌為著生活奔忙的人，芸芸眾生中他們倆看上去像在擺家家。小女生一直抱著那個娃娃，愛不釋手，直到有個外籍傭工提著一大堆東西，在路口張望，那兩個孩子才站起來。女生不太情願，少年這時拉起她的手。少年跟大排檔老闆告別，小女生卻執拗地繼續嘟著嘴，忘了說再見。離開的時候，少年要幫著那傭工提那一堆裝著雜物的袋子，傭工推辭，但還是讓他拿了過去。

席德寧一直坐在他們旁邊的一張小桌子邊，目睹了整個過程。等他們走遠，他問小攤的老闆，道，他們是兄妹？

小攤上沒有新客人，老闆一面抹桌子，一面說，看上去像兄妹？他們感情倒是很好，沒有血緣關係，兩個都是孤兒，以前住附近保良局的孤兒院，後來女孩子被收養了，男孩子大了，沒人要。他們喜歡我這兒的魚蛋，不知打什麼時候開始——好像是上了中學以後——每個月都會來一次，可能那女仔家裡傭工來附近買東西順便跟著來，養成習慣了。最近，收養女孩子的那家好像要移民了，所以剛才哭了。但有什麼辦法？孩子小，做不了主——都不容易。那男孩還問過我能不能在這兒幫幫忙，想賺點零花錢吧，不過這也難，我這小生意哪裡需要再加人手。

老闆說一句，席德寧就嗯了一聲，有問有答一般，鼓勵他繼續說下去。

老闆拉起了家常，打開了話匣子，就免不了感慨道，這些天，怎麼誰都急著想要移民似的？

空出來的桌邊這時坐下新的客人，是熟客，接茬說，我倒也想移民，從現在到九七，十來年一晃就會過去，你說香港回歸以後會變成什麼樣？

老闆笑了一聲，說，我看還好，天塌下來也有高個子撐住，影響不到我們這種小老百姓頭上來。

熟客搖頭，言之鑿鑿說，被影響的就是小老百姓，有錢人想走就走，我們說移民，還不就是動動嘴皮子，過過乾癮而已……

他一面說，一面轉過臉來打量坐在旁邊的席德寧，要尋找共鳴，可這位客人的神態打扮，分明正是自己口中那些說走就能走的有錢人，於是尷尬地咧了咧嘴。

老闆打圓場，對席德寧說了句中肯的話，別聽他的，誰都一樣，說走就走——哪有那麼容易。

席德寧笑了笑，起身付款，順口問，你說剛才那兩個孩子是孤兒？那是怎麼一回事？

老闆啊呀一聲，扼腕嘆道，那女孩子家情形我不清楚，那男孩子呢——不知你記不記得一九七一年有一場大颱風，颱風的名字好像叫……露絲？——對，就是這個名字——他父親是港澳佛山輪的船員，那艘船被吹翻，九十多個船員只救回了四人——偏偏母親那天也上了那艘船……都是命……他沒親戚，只好進了孤兒院……

&

第二天，席德寧重新去那家書店，挑了幾本書。

付款時候，老闆認出他來，說，您又來了？您挑的這幾本書現在正受歡迎呢。

席德寧說，您書店的書選得很好。

老闆說，也不是我會選，去年中英簽了聯合聲明，香港九七年不是要歸還主權了？所以書店進了一批跟內地有關的書，讀者感興趣嘛。做生意要靈活。

席德寧又閒閒問起昨日看書的那個少年，問，除了武俠小說，不知道他還看不看別的書，懂不懂英文，能看英文書嗎？

老闆呵呵笑了，說，他是聖保羅的學生，應該是能看英文書的。

聖保羅是私校，因此席德寧咦了一聲，恍然記起他那件白襯衫上確實繡了個徽章。書店老闆立刻自豪地說，聖保羅是名校，給他獎學金，上學不用花一分錢——你看，他成績應該很好吧——看英文書總不會有問題，只不過小孩子還小，大概不知道去哪兒找什麼樣的英文書看。其實武俠小說熱鬧又好看，反正也不影響他念書，讓他開心開心也好。

席德寧拿出一張名片，遞給書店老闆，說，這家曙光書店，開了不久，專門賣英文書，在莊士敦道上，老闆也喜歡愛看書的年輕人。你給那孩子，讓他有空去看看，可以找這個店員，如果他有興趣，可以介紹一些書給他。

書店老闆意外，隨即忙不迭地說謝謝，將名片收好，保證道，我一定交到費烈的手上——他叫費烈——那孩子是該有人引導引導。我替他謝謝您……那店是您的嗎？我怎麼讓他跟您道聲謝？

席德寧搖頭，說，我跟那家店也沒有什麼關係，只是碰巧知道那位老闆跟您一樣也是熱心人，順水人情，不用謝我。

書店老闆隨即有點擔心，問，那家書店賣的是什麼書？有孩子看的書？

席德寧篤定地說，那家書店賣的是大人的書，但他看得懂，這個年紀，也該看看那種書了。

老闆聽他話中透著誇獎的意思，更加高興，說，我轉告他就是。臨走，另送了幾本雜誌給席德寧，席德寧看是《爭鳴》和《動向》，便笑笑收下了。

後來，費烈果然去了曙光書店。店員受過席德寧囑託，熱心介紹書給他看，甚至讓他借回去。費烈小心翼翼，書還回來時總是嶄新如故。少年覺得是奇遇，問店員該謝誰，那位店員說得滴水不漏，道，大家都知道我們老闆喜歡愛看書的年輕人，常會介紹一些人來，我們老闆願意給人一些方便。

費烈擔心問，你們如果把書借給每個人，豈不是不用做生意了？

店員笑笑，說，你不用擔心這個，你如果覺得不好意思，有空的話，週末來幫忙照應照應就是了，我們不嫌人手多。

費烈來書店幫忙，另外還是算了工錢給他，並不多，但是他自己勞動換來，他覺得心安理得，生活終於有點按部就班的意思。

那些書起先對他來說太深奧，不過他知道一句話，滴水之恩，湧泉相報——這樣的知遇之恩，他當然要報答，介紹給他看的書，囫圇吞棗也要看完，結果受益的當然是他自己。一開始看小說，後來看的是非小說的哲學書籍。

這是他生命中的奇遇，簡直跟武俠書中的橋段一樣。

後來，他自然還是知道了事情的原委——對於早就介入他的生活這件事，席德寧之後也沒有刻意隱瞞。對費烈來說，恩情已經接受，企圖感恩的心意也早就先入為主，一切動搖不得了。

香港，一九八六

茉莉是在一九八六年離開香港的。說要移民說了兩年，眼淚也流了無數次，到最後還是離開了。

她的養父母家原本做玩具生意，六十年代開始在本地設廠，到八十年代工廠北遷到廣東，生意做得不大不小。他們自己有一個孩子，但是二十幾歲的男孩不幸在假期去廣東看廠的時候出了車禍，司機與乘客都沒能倖存。產生領養孩子的念頭是在一年的煎熬之後，而茉莉的年齡剛剛好——他們不想領養嬰兒，希望孩子已經懂事，凡事可以自理，只要年齡沒有過大就可以。領養茉莉的時候他們就已經作了移民的打算——廣東的工廠早已盤給別人，香港的生活雖然讓人留戀，可是所有回憶裡都織進了密密的痛楚，總之，在這個充滿變數的世界裡，他們需要一個新的開始。手續辦了幾年，離開的時候卻匆忙而果決，沒有留太多時間給孩子告別，而且他們也不覺得孤兒院的那段歷史值得戀戀不捨，總之一刀切斷一切也好。

費烈用自己的積蓄給茉莉買了告別的禮物，是一個嶄新的芭比娃娃，但茉莉卻沒有在約定的那一日出現在大排檔。等到週末，費烈按地址尋上門去，一個人坐渡輪過海，再坐小巴到九龍塘，但大廈管理員告訴他這家人已經搬走了。

費烈拿著禮物站在大廈門口，說不清心中是失望，還是傷心。他轉身要走的時候，大廈的管理員忽然指著他手中的玩具說，那一家開工廠，做的就是這種娃娃……

費烈看看手中的芭比一時沒有搭話，他想起兩年前自己送給她的那個舊娃娃，她這般珍愛地抱在手裡，誰知道她家就是做這種玩具的——他好像受了騙，心中煩躁，充滿了更多的傷感。

管理員又說，現在這些廠都搬了——大家都想著走。這孩子看上去成熟，讓人忍不住跟他說大人的話，但說著說著，忽然醒悟到他的年齡，管理員於是抬頭看看天色，催促費烈道，快要掛三號風球了，趕緊回家吧，一會兒就要下雨了。

費烈坐渡輪從九龍回香港島的時候，天上已經烏雲密布，維多利亞港風浪很大，天星小輪好像乘風破浪一般被甩上一個個浪尖，左右大幅搖晃，乘客不時發出驚呼，有幾個年輕人東倒西歪撞在一起嘻笑著，大約覺得緊張刺激。浪濺上甲板。費烈雙手緊緊抓著座位，臉色有些發白，他不敢看著水面，只好遠遠瞪著船前行的方向——香港島越來越近，天上的雲暗沉沉蜂擁而至，壓在沿海岸線此起彼伏的摩天大樓之上——在那一刻，他想到多年前那場叫作露絲的颱風，想到父母俱失的悲哀，心中難過，覺得自己被拋棄了。

船準備靠岸的時候，老船員走近艙門，搖搖晃晃中幾乎摔倒，在他身邊抓住他身後椅背，看到他臉色，笑著拍拍他的肩，道，細路仔，不用擔心，船翻不了。

在這時，蓬一聲，船身猛地一盪，像被大力地推開去，搖晃中又被拽回來——船靠岸了。在那一刻，他分不清自己懼怕的到底是什麼。

那個新買的娃娃，他交給了孤兒院的嬤嬤，最後應該到了另外一個小女孩手裡。

席德寧當然知道茉莉一家是什麼時候走的，沒花多少周折就打聽到他們移民去了哪個城市。不過，那時茉莉還沒有成為任何計劃的一部分，將她的資料暫且歸納收錄在案，是他辦事的習慣。

那時，他手上正有一些棘手的事要處理，與許多人一樣，覺得歷史又到了一個拐點，對未來充滿了各種憧憬和忐忑。舊的世界格局已經讓人覺得疲累，如果能有機會擁抱新的世界，誰都會歡欣鼓舞。

台北，一九八七

席德寧在那年十月底從香港飛往台北，從一座島嶼飛向另一座相對更大的島嶼，兩個城市一般炎熱潮濕。在機場去台北市區的公路上，他忽然覺得窗外天廣地寬——相比之下，香港景致更顯島嶼風情，遠近總讓人感覺一覽無遺，好像施展不出拳腳——此刻，他躊躇滿志，自信天高地遠不止眼前目光所及之處，心中充滿了無名由的樂觀情緒。接近市區，新起的樓宇逐漸林立，他清楚這座城市這些年所有標誌性建築落成的年分，此時遠遠看去，有種共創一切的感覺。

他下榻在中泰賓館，賓館門前一左一右有兩頭木象，成了他這些年來去台北少不了的固定景觀。杭先生的車黃昏之後來接，他在酒店大堂逗留了一會兒，然後到門口等候，許多衣著入時的年輕人正好在這個時候蜂湧而至，像一列青春的列車進站，讓所有別的風景都靠了邊。他知道他們的目的地是酒店三樓開張不久的Kiss迪斯可舞廳——這讓他想起早幾年陪慧慧去地下舞廳跳舞的日子，那時他在追求她，兩個人都是青春跋扈正好瘋狂跳舞；在那還沒解嚴的日子中，舞場中央的光與影，音樂和節奏帶來令人愉悅的刺激，只可惜他們慢慢過了忘乎所以的年齡，年紀還小時沒有因為快樂而衝動地跑去結婚——如此這般錯過了機會，真是可惜。

車載他到陽明山，夜行經過漆黑的山路，黑魆魆的山林像頭微微喘息的獸，若即若離地依偎過來，眼看要靠近，又倏忽地退開去。杭先生的房子可以看到台北夜景，穿越暗夜而來，俯瞰燈火時有一種由眾生忽而昇華的錯覺——這也許是杭老先生一直挑這個時候與他見面的原因。杭老的書房連著露台，席德寧熟門熟路推門，裡邊陳設這些年沒變過，牆上一幅溥心畬的行草，寫的是「長江風送客，孤館雨留人」；旁邊的水墨山水是為了配合字的行雲流水，畫面墨氣氤氳，山水樓台都在煙雨中；另一邊，書架占滿了一面牆，全是書和雜誌，其中一排是香港美國新聞處的《今日世界》，這些舊月刊還是他往年帶過來的，一景一物都習以為常，就連露台上那個身影也是。此時滿山靜謐，山下燈火把遙遠人間妝點得沉實可靠；那背影卻倚欄望著天上一彎月，姿態蕭散，像融入了一團明月清風中，要飄開去。他聽到自己嘆了口氣，不過臉上不由自主露出了笑意。

露台上的人轉身，臉色皎潔，笑意盎然，穩穩地站在人世間，正是慧慧，只是他熟悉的那一把長髮在後腦鬆鬆盤成了一個圓髻，盤得隨意，髮梢掉了出來，倒有點俏皮。背後的萬家燈火勾勒出她的輪廓，室內的光照在她臉上，倒被她輕而易舉借用，彷彿變成了她自身發出的光亮。一閃身，她已經走了進來。

席德寧叫一聲慧妹妹，說，沒有想到妳今天會在這裡。

慧慧在一張單人沙發上坐下，還是笑意盈盈看著席德寧，讓他也坐，說，叔叔有點事絆住了，我剛好下午過來，他讓我留一留，陪你等一會兒——怎麼，你不想看到我？

席德寧說，怎麼會？妳想要見我，我任何時候隨叫隨到。

慧慧兩首抱在胸前，手腕上一隻羊脂玉鐲子鬆鬆地往下落了落，身上那件小立領的洋裝前襟綴著幾粒與布料同色的小圓釦，有一點旗袍的韻味，可跟她的髮髻一樣，不肯中規中矩。席德寧認真地看著她，問，要結婚了？打扮也不一樣了！

慧慧裝作賭氣說，你不肯娶我，我只好跟別人結婚去。還有，我比你還大上幾個月，往後別叫我慧妹妹了，如今人都老了，讓人笑話。

席德寧卻一本正經逐一回答她的話，說，首先是妳不願嫁給我的，怪不得我。第二，不叫慧妹妹，那叫什麼？——稱呼還是別改了罷。這些年都習慣了。

慧慧蹙了蹙眉，可臉上笑意一直沒褪下，眼睛一轉，換了話題，問，聽說你去了趟美國，你找叔叔，是要替南老傳話嗎？

席德寧搖頭，說，我去印第安納州大學走了一趟，他們有個教職，我們雙方都覺得合適……

慧慧似笑非笑看著他，揶揄道，我倒忘了你還是個教書匠。

席德寧陪笑說，沒錯，我的確見了南懷瑾，但是要替他傳話的人多了去了，用不著我湊熱鬧。

慧慧將信將疑看著席德寧。席德寧攤攤手，道，他的目標那麼大，什麼事有他參與，還沒有開始，就滿城風雨了，最後恐怕落個風聲大，雨點小。

慧慧眉頭稍展，想一想，問，難道你有別的渠道？

席德寧明知故問，什麼渠道？

慧慧雙手擱在膝上，像個認真的小學生，坐得筆直，詫異反問，你是跟我敷衍嗎？叔叔是想讓你找個在兩岸間說得上話的人。

席德寧搖頭說，還沒有找到，我還想請妳給我指個明道呢。

慧慧哦了一聲，往後靠在沙發背上，仍舊看著席德寧，卻咬著嘴唇不說話。

席德寧言不由衷問，聽說開放老兵探親的政策快要宣布了？到時候，能回去的人不就多了？總可以找到幾個可靠的傳話的人。

慧慧無動於衷地嗯了一聲，瞟了他一眼，臉上神情冷了下來。

席德寧知道這樣子兜著圈子兩人都覺得累，這些年可不都是如此，像撞在一張網裡走不出去，他也只得笑嘻嘻接著開口道，對於接班人的事，你可有聽到什麼風聲？若讓這中間人跑一趟，總得有幾樁事情可以說……

慧慧冷笑一聲，打斷他的話道，請你牽線搭橋，橋還沒有一個影子，倒要想著準備大禮了。

席德寧連忙道，慧妹妹，那妳跟我說，這橋要怎麼搭起來。

慧慧深吸口氣，眼珠一轉，臉色放鬆下來，低頭想一想，嘆口氣，說，你看，難怪我們結不了婚，你成天光顧著算計我這兒有限的一點資源，這才是你跟我交往的原因罷？我叔叔做的這些事，我有說不清的厭倦，往後只想離得遠遠的……

席德寧聽了臉色一變，慧慧卻停下來，重新瞅著席德寧，瞅了一會兒，倒笑了，說，我跟你說件事，你別跟叔叔提是我告訴你的——說完這個，我跟你們做的這些就再沒有關係了，以後我走我的陽關道，你走你的……她沒說完，倒噗嗤一聲笑了。

席德寧佯裝惱了，道，假如這樣，妳還是別說了。

慧慧卻笑吟吟道，你還是聽我說完。我知道你們都想找到這樣一個合適的人，這些年，也不知道有多少人在悄悄使勁，往後還有更多人要蹚這渾水，不多一個，不少一個。

席德寧哼一聲，道，瞧妳說的，怎麼是蹚渾水？在很多人眼裡，這是建功立業的機會。

慧慧不以為然道，這時候該想想的是這麼多年來那些被生離死別分隔兩岸的小人物，當年那些要建功立業的人哪裡想到過這樣的局面。大局撐起來了，可多少家庭卻粉碎了——啪一聲，被砸得稀爛。她瞥席德寧一眼，席德寧訝然，不知她何時變成了吹著號角的女童軍，充滿了他自己缺乏的正義；他疑心她是在怪他沒有始終跟她站在一起，可她若無其事繼續說下去，該做點什麼了。你剛才說的沒錯，既然還得找密使，當然是在暗處的，外頭傳得沸沸揚揚的那些人只能說是在做戲……

席德寧正想細問，卻聽見門口的腳步聲，門被推開，是杭老先生回來了。慧慧便不說下去，起身告辭，走出門口，在杭老背後回身朝席德寧擠了擠眼，還是不忘記淘氣，手指按在唇上，飛了一個吻，食指中指做出個V晃了晃，全然心無芥蒂的樣子。

杭老回頭，只看到慧慧背影，無奈搖了搖頭，招呼席德寧坐，一面說，德寧，原本我一直以為我們是會做親戚的。語氣中不是沒有真誠的遺憾。

席德寧欠欠身，不便回答，只是微笑。

杭老又說，我這個姪女太任性，戀愛，結婚，事業，一切自己說了算，我們長輩都拿她沒辦法。但她做起事來是牢靠的。她入了我這行，你們因此才認識，可是也由於這個原因最後沒能走到一起……她說這次結婚以後不會再幫我——看來她是不耐煩跟我們這些長輩廝混了——我們也只好由她去，她都跟你說了？

席德寧一怔，他沒想到慧慧剛才的話竟然是當真的，嘴中說自然自然，心裡卻不是滋味。

杭老又嘆口氣，道，現在是各路神仙，各顯神通啊。

席德寧還在怔怔地出神，隨口說，可不是，時代不一樣了。

杭老意味深長看他一眼，問，你這麼覺得？

席德寧正色說，像慧慧這一代，在這兒長大，今後想要不理政治，就可以不理了，時代可不是不一樣了？

杭老哈哈大笑，道，說得好。但是，你呢？你跟慧慧是同代人，你不會也撒手不管了？

席德寧心中想著慧慧的決定，覺得意興闌珊，勉強笑道，杭老，您放心，我是俗人，比不得慧慧無拘無束。

杭老點點頭，道，她是自由散漫，但這也是她的福氣——我們天生是營營碌碌的命，不要說你還年輕，我這把年紀了也閒不下來，都撒手不管了，反而心慌。

席德寧苦笑，客氣道，營營碌碌的是我，您是有理想的。

杭老擺擺手，說，不提理想，我們都跟不上時代了，勉強做點什麼，只求個心安罷了——你這一趟去美國，見到南懷瑾了？

席德寧點頭，道，是的，我們聊了一聊。

聊了什麼？他怎麼說？

談到正事，席德寧臉上帶著恰到好處的笑，道，自然是聊佛經和《易經》——他還是那麼樂觀，總是覺得從今往後，屬於中國的盛世就要來了——他有他的故國情懷，自小在對岸的度過的那些時光畢竟難忘，在別處遊山玩水總是不一樣，那片山河始終讓人耿耿於懷啊。

杭老沉吟，過了一會兒道，這不是一廂情願說說就能實現的——他這個人有意思，講佛經，講得那麼通透，不過還是拋不開塵世。

席德寧道，誰不戀戀紅塵，他這樣的人真出世了也不好，不然我們要找誰去？——憑他前些年在台灣的影響，多少政壇要人，文人商人都聽過他開的課，要跟著他學佛——有這一層關係，對岸若要談，肯定也會動找他的念頭，他跟副總統身邊的蘇先生關係也不錯，到時候兩邊真想坐到一起，牽一牽頭是水到渠成的事，豈不是省力氣？

杭老搖頭說，省力氣？你說的這些，如果發生了，擺在明面上的都是美談，但別的功夫也是省不了的——要多少鋪墊支持去襯托才成。也罷，他們忙他們的，我們忙自己的。

席德寧試探道，不是還有位沈誠先生，傳說他已經從北京帶了信到總統府？

杭老看他一眼，道，你消息倒靈通——只不過，目前總統府裡這一位身體不好，不管有沒有帶信，信上說什麼，一時都急不了——但各位元老也各有心思，也說不好這位沈先生會不會因此惹麻煩上身……他說到這裡語氣一轉，又問，所以，你覺得南懷瑾遲早會回來？

他是出去避避風頭，往後台灣或香港，免不了還是會走走？——其實回到香港更好辦事，大家都在那兒中轉一下，有個緩衝。然後他看著杭老，小心翼翼問道，您的意思是不在他們身上留意，還想找別的方法。

杭老點了點頭，緩緩道，想走最上層路線的人大把在，我想聽一些實在話，有時旁敲側擊聽下面的人怎麼說會更有意思。

席德寧想起剛才慧慧說的，心中打不定主意，半開玩笑道，杭老，我還等您給我指一條明路。

杭老卻推搪道，有明路，我還會來麻煩你？然後，他像想起什麼，問，聽司機說你帶了瓶酒來？

席德寧說，是，我知道您喜歡威士忌，這一瓶有點特別。他起身，走到門邊，把擱在案桌上的一瓶酒拿過來，請杭老過目。琥珀色的酒裝在一個多稜瓶裡，瓶上赫然貼著長白山註冊商標，底下酒牌印著

「長白山高級威士忌」幾個字。

杭老一看，就說有意思，從酒櫃拿了兩個杯子，立刻說要試一試，而且什麼也不加。席德寧自然也陪著他純飲。杭老喝一口，微微傾倒入口的酒在嘴裡逗留，然後緩緩落肚，過一會兒才開口說，有一股高粱酒的味道——東北的高粱酒。然後連說了兩聲有意思。

杭老品酒出神，過了一會兒意猶未盡說，我在東北待過。話說完，一抬頭，見席德寧正笑嘻嘻看著自己，便恍然大悟道，原來你知道？

席德寧收斂表情，謙虛道，我聽慧慧提過，知道您去過東北，剛巧看到這瓶酒，覺得剛好碰上了，就順手拿來了，不過您什麼時候去東北的？慧慧還真沒細說。

杭老呵了一聲，嘴角經緯牽動，不期然滲透出一些塵封良久的沉重，他斟酌著說，打仗那幾年，我在國軍第十四軍。一九四八年，我們在東北的錦州差不多待了一年。不過，那時不怎麼喝酒，戰事那麼吃緊，得隨時候命——後來潰敗，長春，錦州，瀋陽全都失守，我是最後一批從葫蘆島撤退的——對於吃敗仗這個說法，我從來不忌諱，這是事實——只是不論輸贏，犧牲真是太大——我說的不是軍隊的傷亡，而是普通人糊裡糊塗在戰亂中送了命，那真是說也說不清，只能說是運氣不好——光拿長春圍城的時候說，城裡沒東西吃了，人被圍著，一個也出不來，我們空投的降落傘十有八九落到了城外——那些空軍眼睜睜看著也沒有辦法——活不下去的人不知道要怪誰，只能怪自己投胎投錯了地方……太慘了——不知到最後，歷史要怎麼寫——杭老出了會神，然後咦一聲，道，這酒你是從哪裡得來的？難不成你真去了趟東北？

席德寧聽得惻然，覺得自己失策，也許不該碰觸這段往事，思量著說。真巧，我去的就是錦州，是陪一位朋友去的——是個俄國人，現在住在美國，他曾經是蘇聯紅軍的一名軍官，去錦州是想去看看以前自己參加過作戰的戰場……

杭老哦了一聲，盯了他一眼，說，你現在開始跟俄國人打交道了？不等他回答，似乎已經意興闌珊，嘆道，他參加過當時的戰役？沒錯——二戰結束的時候，是蘇聯紅軍控制了東北，我們去接收敵產，他們也還沒走。後來內戰開始，我們面對的就是一支混合軍隊，不單是蘇聯紅軍，那些留下來的日本關東軍一樣也被整編到了跟我們作戰的軍隊裡——誰想得到會這般混亂，總之我們是一敗塗地啊。到最後，全部軍隊退到那個島上——像一場夢魘一樣，這噩夢讓人毫無回想的意願。還說這些做什麼？現在，我只想往前走，再不要回頭了——錦州，現在看上去怎樣？記得老城有座古塔，非常醒目；新城區有學校，政府大樓，百貨公司廣場，規劃得還不錯……杭老回憶中刻意勾勒的是一幅安寧的古城新貌的畫卷，全然與戰爭無關。

老人的口氣影響到他，席德寧覺得自己彷彿看到歷史盡頭要吞沒一切的巨大的黑洞，也無法確定老人幾點閃爍的眼光是倦怠，還是醞釀著新的決心，不過他有責任幫他補全殘缺的記憶，於是打起精神回答，古塔還在，你那時候的新城區到現在已經成了老城了。錦州以前是老工業城市，現在還是在發展工業。我們這趟去，他們還特別介紹，中國第一支半導體晶體管是在錦州製造出來的——有工業基礎，到底是不一樣，一旦條件成熟，馬上又可以往前走——這好像是所有人的想法。我們碰到一些年輕人，對外面的世界也很好奇，想出國留學——大門已經開了，就差跨一步走出去了——想出去看一看的人是越來越多。

杭老嗯了一聲，若有所思，蓋上了回憶的蓋子，神情若常，開口問，你說的這個俄國人，跟你父親同輩？

席德寧不置可否一笑，卻不說下去。

杭老看看他，話外有音道，若跟你父親同輩，這個年紀移民美國的蘇聯人不多吧？

席德寧模稜兩可回答，想做的事，總找得到辦法的。何況到現在，最艱難的時候也過去了。

杭老聽他這麼說，突然有了共鳴，點頭道，是，最艱難的時候的確應該是過去了。他沉醉在這一句話裡，自己也覺得醺醺然起來，接著說，謝謝你帶了酒來，我也請你喝瓶好的。他起身去拿酒，席德寧知道他這是打算換個話題了。拿回來的新酒是蘇格蘭三十年銀璽威士忌，席德寧知道杭老先生對酒挑剔，便客隨主便。

席德寧乘機問，開放老兵探親的政策快宣布了？聽說阻力也不小？

杭老說，沒錯。黨內有些人還在猶豫，反而是解嚴前剛剛成立的民主進步黨一力要推進……當然要推進，連老總統也說過——當年把你們帶來，也一定會把你們帶回去——蔣總統經國先生大概也明白，只有他有能力辦成這件事——他最近身體不好，覺得自己是在跟時間賽跑，無論如何，他想解決這個問題，他可以通過退除役官兵輔導委員會向其他黨內保守派施壓——總之他一定會宣布的……對岸也得有個說法——你看對岸的反應？——北京的態度已經明朗？

席德寧看著他道，去年那邊拍了一本電影《血戰台兒莊》。您知道這片是講什麼的？

杭老輕出一口氣，道，講的是徐州會戰？是怎麼個拍法？

席德寧說，這本片子以李宗仁為主線，講的正是一九三八年的徐州會戰，國軍在台兒莊首次擊退了日軍——這是對岸第一次大張旗鼓表現抗戰時期的正面戰場，其中還有先總統鎮定自若面對敵機轟炸的鏡頭。

杭老呵了一聲。

席德寧再說，您也知道，從年初老兵開始示威要求回家探望親人開始，大家都在關注事件進展。三十八年跟家人相隔兩岸——太不容易——誰都想促成這事。如果這邊宣布，對岸就肯定會跟進，會讓香港的中國旅行社代理簽發旅行證明——看來老人們回家之前要先在香港逛一逛了。

杭老點頭，說，那就好。香港那邊，到時候可能也要麻煩你打點打點。

席德寧問，杭老也打算回去看看？

杭老先生道，我不急著一時。倒是我有幾個老朋友，到了台灣以後，就從沒有出去旅行過，這趟回家長路漫漫，你幫我照應著一點……

席德寧說，當然。

杭老嗯了一聲，席德寧抬頭見杭老目光炯炯看著自己，便咦了一聲。杭老於是笑笑，開口道，我跟你的父親開始合作也快四十年了，當初想不到他突然走了，可是幸好有你接班，我們相處一向很愉快。

席德寧等他說下去。

杭老道，我想問你個問題，可這也許是畫蛇添足。

席德寧道，您儘管說。

杭老不疾不徐開口道，你與你父親都一再表示你們只幫人擺渡過河，不會參與任何黨派紛爭，也不代表任何一個黨派的利益——這固然是一個讓人羨慕的境界。但是，我有些好奇，最開始的時候，是誰領進門的——你們做的需要積累資源，一開始跟的是誰，似乎還是有一些微妙的差別的。

席德寧坦然道，父親跟您認識的時候就在做一樣的事。您知道這行的規矩，也知道他的脾氣，很多東西是他一開始就打算帶進棺材也不會跟任何人交代的，這麼多年過去了……一開始的事，如果他還在世，自己也未必說得清楚。何況，您也知道這些年，我是在努力地走自己的路，跟我父親的初衷也未必完全一致……

杭老聽到這裡，擺擺手，說，你不用再解釋了，完全是我多事。

席德寧似乎過意不去，又道，父親是在蒙古出生的……

杭老卻微抬下頷，點一點頭，讓他不用再說下去。

席德寧知道老人的脾氣，想必不會就此罷休，當下先一笑置之。

告別出門的時候，他停下來端詳牆上的山水畫，忽然問，杭先生是江浙人？怎麼不找一幅江南的山水？這畫上像是北國風光。

杭老呆了一呆，緩緩踱到他身邊，也仰頭望著那幅畫，江水浩蕩，峰巒崢嶸，近處的茅屋裡隱約有兩人對坐，秉燭夜談或者對酒澆愁都說得過去，總之是漫天漫地風雨滿樓。杭老拍拍席德寧的肩膀，像是解釋，也像是自問，道，江南的風景，自然是在心裡的。你這麼一說，我忽然糊塗了，這些年掛念的到底是什麼，竟然一時說不上來了。

杭老退後一步，重新細細打量牆上的畫，忽然推心置腹，問席德寧道，我們究竟是怎樣站到了今天這樣的位置上的？

席德寧剛想開口。

杭老卻擺擺手，說，你們沒有發言權，你們太年輕，之前的事根本沒有經歷過。這口氣頗為剛愎自用，好像負著氣，但也就是那麼一瞬間，他自己又已經繳械讓步，長歎一口氣，好像什麼也不想計較了，口氣中甚至帶著一絲不易覺察的委屈，道，他們說讓人們過上好日子的制度就是好的制度，那你站在今天看，倒評一評，是不是已經有一個答案，還是還得走下去看？……

&

席德寧回到酒店的時候，不忙著走進大門，而是繞到酒店側面，找到Kiss的招牌，原來迪斯可舞廳還有個入口在這裡。他左右看了看，並沒有打算上樓去。年輕的孩子們與他擦身而過，有的進，有的出，全都興高采烈——那些大捲髮且將半邊瀏海吹成半屏山的女孩子咕咕笑著，臉上妝容鮮明，衣服也色澤亮麗，在燈光下無處不熠熠閃著光；孩子們大呼小叫，像是為了加入某場盛宴，打算奮不顧身，最要緊是融入眼前生氣勃勃的姣好青春場景裡——動作張牙舞爪，想要勾勒出自己成熟的風範，可神情卻還是少年的。

他站了一會兒，知道自己的直覺不會錯，等慢慢轉身，身後出現的正是慧慧——果然該來的就來了。慧慧的一把長髮已經放了下來，筆直如飛瀑，而且也換過衣服，一件格子襯衫和粗布丹寧褲，顯得長身玉立。她笑嘻嘻解釋說，我在車裡等你，剛才看到你下了車往這邊來，就跟過來了——怎麼，要跳舞？

席德寧搖頭，說，我請你去吃蒙古烤肉。

慧慧失笑，道，你想去後面巷子裡的天然亭？這會兒快打烊了吧。

席德寧笑笑，拉起她的手就走。走了幾步，兩人就並肩而行，像最早兩人初識時一般親密無間。

席德寧說，還不算遲，我們坐下來慢慢吃，妳有問題，也不妨慢慢問，要不卸職前不好向妳叔叔交代……

慧慧一聽，臉上笑容消失，賭氣摔開他的手，停步不前，恨恨道，我好心來跟你提個醒……

席德寧笑著重新拉起她的手，不由分說繼續往前走，好像重拾著屬於少年的好心情。天然亭有個庭院，未進門，已經聞到各種食材爆炒的熱烈香味。

慧慧任由他拉著手，落後半步，沉默著，這時忽然嘟噥著說，蒙古真有這樣的烤肉？是編排出來的吧？

席德寧乾脆地回答道，蒙古烤肉是編出來的，我這個蒙古人卻是真的。

慧慧眼睛一轉，掃他一眼，席德寧回頭瞧了瞧她，笑容裡帶了點抱歉說，你叔叔剛才對我們家過去感興趣，想起要溯源了。

慧慧恍然大悟，頭一低，沉思起來，腳步沒有停下來。

席德寧隨她自己思量，一面熟門熟路領著她坐下。他知道慧慧的喜好，率先替她搭配各種食材——羊肉，蔬菜，淋上醬油，麻油，薑蔥辣椒，蒜和檸檬汁，廚師當他們面把所有材料在平底大圓鍋的鐵板上翻炒，嗤拉拉熱氣撲面。慧慧看廚師用兩根長筷子熟練地操作，看得出神，或者只是不想開口，等那一大盤菜，燒餅，酸菜白肉鍋，啤酒都端上來放在了面前，才搖頭說，宵夜哪裡吃得了這麼多。

席德寧看上去像個大大咧咧的少年，心無城府笑嘻嘻說，可能不合妳口味，我也好久沒來這裡了，但剛杭老一問起以前的事，我就想起還有這個地方——這蒙古烤肉明明是台灣菜，跟蒙古一點關係也沒有，可叫多了也像那麼回事，連我也情願被騙，反正我的鄉愁也是紙上談兵。

慧慧皺眉，輕輕抱怨道，他要我問你，自己又忍不住先開口，這是何苦？

席德寧瞅著她，輕描淡寫問，怎麼突然對我們家家史感興趣？最近出了什麼事嗎？

慧慧負氣道，他自己不肯說？

席德寧卻道，他不肯說最好，我巴不得有機會可以跟妳好好說會子話。

慧慧瞟了他一眼，眉頭一展，似笑非笑，倒了啤酒抿著嘴喝了一口，賣個關子開口說，去年，美國跟蒙古建交了。

席德寧哦了一聲，似乎她的話在他意料之中。慧慧輕快地接下去道，這跟我剛才來不及說完的其實是同一件事，說起來也許真跟你家有關係——也是事有湊巧，你知道叔叔在香港安插了人，專盯著幾家跟那邊有關係的貿易公司。本來蒙古不是叔叔的範疇，可巧蒙古人自己找上門來——急著要在美國找個人，可能線斷了好些年了，再加上這幾年蒙古人沒怎麼出來活動，章法有些亂，居然同時在幾家老貿易行裡打聽。我們看他們樣子太著急，也想做個順水人情，看能不能幫上忙；他們大概也想在我們這兒撞撞運氣，卻支支吾吾不把來龍去脈說清楚，只說是幫人找個老朋友，純粹是私人事務——這可不是個笑話了？一群做情報的上竄下跳，上天入地打探消息，只為了做件好事？

慧慧講到這裡，一抬頭，卻見席德寧嘴角還勾著絲笑意，表情卻有些肅然，問，你叔叔幫蒙古人的忙，上頭知道嗎。

慧慧說，這倒不妨，上頭問起，他自有說法；只是蒙古人也不是那麼容易打交道的，大家都有顧忌。

席德寧打斷她問，結果人找到了嗎？

慧慧搖頭，說，沒有——至少他們自己說不找了。奇就奇在他們興師動眾一窩蜂跑去香港，然後突然就全都撤了，沒了下文。

席德寧皺眉道，事還沒完吧？

慧慧說，的確沒完。今年六月，美國在烏蘭巴托設立大使館，蒙古也派了一支規格很高的代表團去華盛頓訪問，中間他們有人悄悄去了趟紐約，專為見一個人——事情就是有這麼巧，他們見的這人，正好我叔叔也派人去找她——在香港打過交道的人就這麼又撞上了——這次是他們黨內一位老人專程去紐約拜訪——只是那幾個護駕的蒙古人不肯承認跟他們先前在香港找的人有關，一味跟我們的人打馬虎眼——他越否認，就越可疑。

席德寧想了想，問，妳先告訴我紐約的這人是誰？

慧慧臉上有個捉摸不定的笑容，手肘支在桌面，一手托腮，欲言又止，彷彿咀嚼著無法消化的事實，下意識要求助於老習慣——伸手在兩人之間微微畫了個半圈，食指中指才晃了一晃還沒有指向席德寧，就被他按住了手。席德寧眼睛裡藏了一團溫軟包容的笑意，但堅決搖頭，道，不是說不吸菸了嗎？我身上也沒帶。

慧慧將手抽回來，靠後點坐，像受了委屈的孩子，雙手繼續托著腮幫，不忙著開口。席德寧只好繼續追問，杭老是想找那人做中間人去趟北京？

慧慧一怔，訕訕道，被你猜中了——叔叔的確有這樣的想法，只不過這次他看錯了人，對方拒絕了。

席德寧點點頭，道，可是他還不死心，還要想辦法？

慧慧嘆口氣，道，你們倒是心意相通，可不知為什麼要費事讓我在中間傳話，真是太辛苦。

席德寧打趣道，那妳就別賣關子，索性一次通通說完就解脫了，以後不必再理我。

慧慧重新墜入沉默，眼神沒有焦點，不知在想什麼，讓席德寧覺得非推心置腹不可，道，慧慧，妳做這一行做得也算隨心所欲，我說的是真心話，凡事要見好就收——妳叔叔不能罩著妳一輩子。現在就這樣全身而退也好——往後，妳索性好好地去跟人過日子。

慧慧冷笑一聲，依舊凝視他，說，隨心所欲的人是你吧——我這樣的人存在，難道不是為了配合你的天馬行空？——可是，用冠冕堂皇的理由把自己置身在所謂的各種黨爭之外，可是背後到底有沒有不可告人的目的，誰又說得準呢？

席德寧呵一聲輕笑出聲，道，慧慧妳怎麼到這時候反跟我說這樣的話？他沒有避開她的目光，口氣輕鬆道，這是妳自己想跟我的抱怨，還是杭老對我不放心？這些年我們合作不是一直好好的？

慧慧在這質疑面前躲避著，好像氣力用盡，懶懶往後靠著，口氣變得敷衍，道，他怎麼會懷疑你？是我不甘心，想挑你毛病，但是要怨也怨我自己，進不了你的心裡，左右是因為你不愛我，說什麼也沒有用。

席德寧臉上有些掛不住，正要辯解，慧慧卻不讓他開口，伸手在他胳膊上拍了一拍，瞬間又變得善解人意，接著道，叔叔只說了一句——他說紐約的那個人的路數跟你倒是很像，一心只做穿針引線的活。

席德寧咦了一聲。

慧慧看著他，說，你去打聽打聽，這人叫杜亓，跟她打過交道的人不少，但她為人處世相當低調，做過的事從來不肯張揚。杜是夫姓。杜先生五十年代在香港就過世了，她在一九五四年帶兒子到了紐約，據說是經營家族生意，現在金控公司聲勢做得很大……

席德寧又哦了一聲。

慧慧搖頭，揶揄道，是你疏忽了吧？在這行混，居然沒有掌握有這樣一個人存在的事實。

席德寧反駁道，你們不也一樣。眉頭不自覺一蹙，眼光一跳。

慧慧知道他心中頗為計較，便得意地笑了一笑，道，至少我們比你先知道這個人的存在。我們查過，結果發現她已經跟我們的人打過交道，十多年前，她來過台北，那時美國反對台灣研製核武，加上台灣被迫退出聯合國，兩邊關係緊張，她替美國人跑了一趟，作點非官方的調解。美國跟對岸建交之後，據說她也幫著跟北京作過協調，促成了一些投資項目，所以叔叔才會想到請她來做中間人……

席德寧道，但她拒絕了？

她說已經有人在忙著，就讓他們能者多勞。可是叔叔始終覺得她是合適人選，所以想讓你來想想辦法。

席德寧皺眉，道，為什麼是我？

慧慧說，起先不是說蒙古人找她嗎？我們就想到了你，你父親是早年在蒙古入行的吧，你說能不能想辦法往蒙古查一查，也許憑過去的某些淵源說動她？——還有，叔叔這邊總有人吹耳邊風，說你們席家起家，跟蘇聯人有關係，受過蘇聯式的訓練，身上有蘇聯式的烙印……

席德寧不以為然，笑著說，跟蘇聯人有關的可不只我一人。你們總統不也是留蘇的？

慧慧唉一聲道，你這麼說就沒意思了，別扯不著邊的，還是說眼前吧。她有些猶豫，席德寧便收斂了漫不經心，真心實意地聽她說下去。她認真說，叔叔對蒙古事務不熟悉，所以花了些力氣從頭打聽，可跟這個杜亓有關的基本上打聽不出來。我們查到一些模糊的軼事，在二戰結束的時候，蒙古人似乎幫杜亓從蘇聯運過一些東西出來，途經蒙古，大費周章……也不知運的是什麼，連KGB也有興趣，十多年前還有人專門去蒙古調查過這件事。她說到這兒停下來，瞅著席德寧。

席德寧哦了一聲，問，妳怎麼想？

慧慧的聲線卻弱了，口氣飄忽道，這算是我沒根據亂猜——杜家傳說富可敵國，財富來源誰也說不清，你覺得……

席德寧心中一跳，打斷她道，妳想說什麼？

慧慧一本正經地說，你提到過，你父親以前為了查一批俄國黃金的下落，去過西伯利亞，還特地從蒙古恰克圖入境？

席德寧不耐煩道，妳還記得那些事？

慧慧咦了一聲，頓一頓，卻笑了，道，怎麼不記得，我倒是很懷念那個一心鑽研尋寶的少年，說起來真是相當可愛，專心描摹尋寶圖，繪聲繪色講歷史，還做出了周詳的基金計畫，只等手握橫財，好助人為樂……

席德寧卻不起勁，淡淡道，是嗎？年輕時無處安放的熱情，瞎起勁，難為妳還記著。那口氣像要把某些印跡一抹而去。

慧慧皺眉，瞧著他的目光在空氣中折斷，草草點了點頭，公事公辦道，總之，即便杜亓不願意幫忙，我們還是需要找一找合適的中間人，大家都需要知己知彼嘛。

席德寧以為慧慧會跟自己抬槓，沒想到她亦毫無留戀甩手丟開了他們共有的那些年輕時光，一失神，機械地問，知己知彼？要知道什麼？

慧慧此時像個電視台一絲不苟的新聞播報員，不帶感情地說，兩年前胡耀邦接受訪問，談到對台動武的問題——這兩年沒有下文，也許大家都不急著改變，但這些問題不會自動消失。

席德寧沉吟片刻，問，杭老的態度是什麼？

慧慧模稜兩可說，他是老派人，以前有三不政策，不接觸，不談判，不妥協——但現在時代不一樣了，大家心中都有些活絡起來，不是嗎？老兵都要回去探親了，往後什麼可能都會有，總要作點準備，對方怎麼想，知道總比不知道強，多個中間人，永遠不嫌多。

席德寧說，探親的事這兩天會宣布？

慧慧笑笑說，聽說上面已經打算接受《華盛頓郵報》葛蘭姆的訪問，就為了要透口風吧，總之快了。

席德寧心中忽然一動，低聲說，他剛才跟我提到了當年內戰，他不太願意追憶戰場上的種種，顯然到今天都沒有能夠忘記戰爭的慘象。

慧慧打斷他說，就是因為見過戰爭殘酷，才會覺得爭端不能再用武器解決。唉，時代在變，大環境不同，潮流也推著我們走，國民黨也許不得不作出改變……所以，他這些年孜孜不倦地想要找到各種合適的中間人，未雨綢繆，希望可以應對今後可能出現的各種問題。

席德寧嘿嘿一笑，道，那我是什麼？難道是中間人的中間人？

慧慧眉眼稍微舒展，瞅了他一眼，還是取笑說，你有什麼可抱怨的？你跟我一樣，也沒吃過苦，將危險當作遊戲，代價都等著別人來付出。

席德寧一呆，脫口叫一聲慧慧，道，這不公平。然後為了掩飾失態，長嘆一聲，道，也罷，原來妳是這樣想的，那的確該抽身了。

慧慧嗯了一聲，說，我真累了。鬧了這麼些年，什麼是對，什麼是錯，你覺得都能明明白白對著自己良心說清楚嗎？

席德寧又喚了一聲——慧慧——這一聲五味雜陳，一時竟說不下去了。

慧慧不依不饒道，就說你自己吧，你到底把自己當作是蒙古人，還是漢人？

席德寧失笑，道，這我從沒瞞過你，我本來就既是漢人，又是蒙古人。

慧慧專心瞧著他，問，那對於蒙古，你是怎麼看的？南邊一個蒙古，北邊一個內蒙古，對你們蒙古人來說，這是個尷尬的狀態吧？

席德寧的確覺得尷尬，敷衍道，我能說什麼，不能夠改變的多說無益。

慧慧滿臉不以為然，席德寧只好勉強解釋道，我父親年輕時候為蒙古民族自決運動出過力，但現在這個樣子是二戰之後雅爾達會議上幾個大國拍板定下的，是地緣政治的產物，跟我作為蒙古人怎麼想，半分關係也沒有。老實說，類似的格局，是在冷戰中產生的怪物，也不是一個地方獨有的……

慧慧說，我們就怕這樣，往後這兒的事也不是自己說了算，變成地緣政治鬥爭的籌碼，我們上竄下跳地瞎折騰只是白費功夫。

席德寧啞然，想要勸說兩句，可是心中竟然覺得她句句在理，無法反駁，只好陪笑道，難道妳覺得妳叔叔也在白費功夫？他們這些老人歸心似箭，難道這樣的願望不是眾望所歸？

慧慧卻說，他老了，不肯聽年輕人的想法，一代又一代，未必抱著一樣的理想呢。

席德寧瞪視著她，掩飾不住表情中的驚訝。

慧慧這會兒聳聳肩，撥開他的視線，看著面前盤子，只剩了殘羹冷炙，盤盤盞盞一片，她刻意帶著點超然的寬容，淡淡道，聽說你在香港看中了個孩子，要栽培他？

席德寧嗯了一聲，卻沒有答話。

慧慧嘆口氣，道，你一心一意要將衣缽傳下去，我卻想要走開，看來我們要的的確不一樣，只能好聚好散。

席德寧低咳一聲，聲線似乎帶著哽咽道，慧妹妹，所以，我是贊成妳的決定的——妳應該去好好地享受正常的生活。

話說完，自己也覺得虛情假意，誰知慧慧卻說了聲謝謝，充滿了真心。他抬頭打量，這一刻她眼睛澄明，好像未開口已經被自己要說的話感動，也許那才是她的心裡話，她說，人與人之間要相處下去，就不能時刻想著要改變對方——所以，我要跟你說聲謝謝，因為你從來沒有勸過我，要我放棄自己的選擇。今後，我們也許真要各走各的路了；這世界不知會變成怎樣。可是，我一直覺得，過去的已成定局，要走下去只能選擇原諒，不急著改變別人，世界才可以好好的。

席德寧聽了一驚，怔了片刻，道，慧慧，妳真的長大了。

慧慧卻說，不，是我老了。她看看外頭天色，淡淡說出夜深人散四個字。

席德寧笑著搖頭，起身結帳。

他們走到外面，與一群群夜歸的年輕人擦身而過，徐徐涼風中夜正斑斕，半空如同掛了一道虹，端詳著徹夜不眠的人們，妝點起一個嘉樣的年華；明明是深夜，卻有一切在逐漸甦醒的錯覺。有個小女生穿著跟慧慧一樣的格子襯衫，路燈下扭著身子踏著舞步，她身邊的小朋友也亦步亦趨動起來，打著節拍，回頭見有人走近，就嘻笑著，拖著手三步並兩步逃一樣跑遠了，放肆的笑聲留了條尾巴。

慧慧被逗笑了，展開雙臂，原地打了個圈，然後踮起腳，像學舞的少女一般小心翼翼踩著一條直線往前走，走幾步，忍不住嘆道，我們的青春小鳥已經飛走了，沒有趕上這樣的年代——這些年輕的孩子雖然在戒嚴中長大，卻已經毫無鬥爭的心念，所有那些政治化的堅硬的東西好像正被他們從身體裡一點一點地剔除出去——也許從此就這樣走入到一個簡單的物質世界中去了，你說這樣是好，還是不好？

席德寧說，不試一試，又怎麼知道好壞。只不過……

只不過什麼？

席德寧說，只不過，不管什麼樣的世界也都是一樣的，快樂愈多，煩惱也會愈多。

慧慧捶了他一拳，笑道，就你喜歡掃興。

席德寧嘻嘻哈哈笑著，像對什麼也不當真，緊跟著她，又走了幾步，看見接她的車子就停在酒店門口，這才又低聲問，七幾年，杜亓來台灣的時候，是誰跟她接頭的。

慧慧見他主動開口，鬆口氣，道，你去找找國防部退下來的張先生，還有……她遲疑一下，補充說，你去香港打聽打聽，當年杜先生在香港過世實則是椿命案，我看不像是真的結了案……

席德寧仔細地瞅著她，神情嚴肅，嘟噥一句，道，抽身未免也太難了吧。

慧慧斜睨他一眼，匆匆上了車。

要找張先生不難，席德寧跟他本來就打過交道；但是張先生年紀大了，總推說過去的事情記不清楚，他與席德寧合作過，每每見面總要說一句後生可畏，這次也不例外。這話一說，前塵往事盡數湧到眼前，這些年共同經歷的一些風雨其實也可圈可點，此時想起來讓張先生深吸了一口氣，猶豫了片刻，似乎覺得自己不應該敷衍，不過他早有打算，也早就習慣不能事事由著自己的心思。

他們在一間台菜小館子見面，坐了一會兒，幾個熱炒小菜就端上了桌，另一位客人也到了，是張先生過去的祕書。席德寧一見，就明白了張先生的意思，有話恐怕只能問這位劉祕書了。果然，當著他的面，張先生跟劉祕書交代道，德寧你一早就見過的，他有些事想找你聊聊，你若想得起來，不妨跟他說說。

小店只有幾張小桌，陳設也簡陋，不過角落不忘供著一尊財神，桌上的菜齊了。都是些尋常小菜，無非是蛤蜊絲瓜，白斬土雞，三杯小卷，還有特別找來的兩味野菜，薑絲麻油炒過貓，枸杞炒龍葵，勝在食材新鮮，火候到位。蔬菜青翠與幾個葷菜和配料加在一起，三種原色都齊了，形色味都剛剛好，擺滿一張小桌子，好像一幅田園豐收圖，讓人覺得生機盎然，彷彿眷顧世俗的神靈突然甦醒了。

張先生明明對小菜很滿意，但頗自律，淺嘗輒止，說，這家店的老闆是泉州人，跟老劉一樣——我知道他常來，不過吃家鄉口味不嫌多，所以約在這裡——老闆是熟人，難得吃得自在——你們可以慢慢聊。說完，他便站起來，是要先走一步了，同時解釋說，下午學校不上課，我答應了要帶孫子去公園。

他說這話的時候，臉上有格外的期待，心思迫不及待飄到了陽光燦爛的午後。話中的暗示這樣明顯，席德寧抬頭看他的時候，臉上不由出現一絲詫異——張先生的態度與昨天慧慧的姿態是如此相似，好像一夜之間，他們都打算金盆洗手，與過去的歲月作一個切割，完全沒有後顧之憂——這到底做得到嗎？

在一瞬間，張先生與他四目相投，彼此心領神會。臨走，張先生拍了拍席德寧的肩，站了片刻，一切盡在不言中；席德寧看著他的背影緩緩踱出去，知道自己今後跟他打交道的機會不多了，彷彿目睹一個時代將要謝幕，心中有種說不出的滋味。

張先生剛走，老闆就興致勃勃端上了一盤新炸的小菜，啊了一聲，朝門口張望，說，張先生怎麼走了？這盤醋肉也是他愛吃的——劉先生，您一來，我一定得給您炸這盤醋肉，這菜要做給泉州人吃。然後他朝席德寧笑笑，說，這位先生也試試。

劉祕書一疊聲地謝了，跟席德寧解釋，說，這是泉州的小吃，到了這兒，大家只管做閩南大菜，卻把地道簡單的小菜忘了——外頭的店裡吃不到——作法其實也很簡單，醃製的調料裡加了陳醋，然後起油鍋將肉炸得酥酥脆脆就是了——如果能有一瓶我們泉州的永春醋就更好了。

老闆這時又回來，往桌上放了兩瓶啤酒，兩隻玻璃杯，道，這永春醋哪裡去找？我還想琢磨著自釀，以前永春每家每戶不都有自家的陳醋？但離了那一方的山，那一處的水，就是不行，味道出不來……

席德寧說，你們張部長不早告訴我？大陸糧油產品出口其實一直沒間斷，在香港都找得到。我留意留意，下次給你帶一瓶來。

老闆喲了一聲，客氣了幾句，喜笑顏開地道謝，然後開開心心先去招呼別的客人。

席德寧將啤酒緩緩倒入杯子，看了劉祕書一眼，道，其實也不用我帶了，很快就可以自己回老家去——要帶多少永春醋都可以。

劉祕書唉了一聲，看席德寧一眼，會意地點了點頭，露出笑容，顯然他也得到了消息，他朝左右看看，壓低聲音說，我們部門的人要回去，恐怕還得特別審批，但不是不可能了。他想一想，又加一句，泉州其實很近啊，如果從金門到對面的廈門，根本就是串個門子。

泉州曾經是個大地方。席德寧客套說，是個大港口，真是歷史輝煌啊。

劉祕書一怔道，你也知道？熟悉泉州歷史的人不多。看著席德寧，忽然露出如釋重負的表情，道，你提起泉州，我就想起一個也對泉州有興趣的人來。

哦？席德寧神情不變瞧著他。

劉祕書道，你要打聽的這個人，她也對泉州很有興趣……

席德寧見他說得一本正經，啞然失笑，輕咳一聲，搖了搖頭，舉起啤酒杯敬酒，似乎不熱衷聽他說下去。

劉祕書也有些不好意思，道，我不是敷衍你，你剛才也聽到張部長的話了，有些不能說的，他開不了口，我也一樣。我只能跟你講——當年她的確來過台灣，目的跟當時台灣研發核武有關，這是比較敏感的——他說到這裡停了下來。席德寧注意他細微的表情變化，劉祕書有點不自然，下意識摸了把不存在的汗。

席德寧試探問，核武的研究這幾年是真停了？

劉祕書嗯了一聲，語氣平淡地說，美國不願意讓台灣擁有核武，台灣有什麼辦法。

席德寧皺眉問，她來台灣是替美國人傳話？這種吃力不討好的事，她肯做？

劉祕書搖頭，說，也不能那麼說，她有她的作用……而且，她自己大概也有些私事處理。

席德寧問，你們是怎麼跟她搭上線的？

劉祕書道，是法務部調查局那邊先接觸過的，他們那兒有幾個老人，有些特殊的人脈。

席德寧於是點頭，道，那麼說，那是中統還沒有改名成法務部的時候，他們早有關聯？

劉祕書擠牙膏一般回答，想必如此。

席德寧聽得有些不耐煩，索性閉口不再提問，看他打算怎麼說。劉祕書知道他的心思，也想乾脆爽快一點，便道，她在明裡，你要找她其實很容易，不過這些年我們也不常麻煩她，大家有些生疏——我雖然跟她打過交道，但都是奉命行事。我們實在也幫不上大忙——她有她的自由，我們管不到她。

席德寧聽到這裡恍然大悟，說，原來杭老已經問過你們？

劉祕書點了點頭，臉上有幾分為難，說，所以張先生讓我給你講一些她的事，你自己琢磨還要不要繼續攀著這條線索往下去。

席德寧笑了，說，杭老做事的方法越來越讓人捉摸不透了。

誰知劉祕書嘆口氣，道，杭老年紀大了，已經開始願意妥協，覺得一切可以原諒了，想方設法要成全自己這份心願，覺得誰都可以放下干戈成玉帛，好成就一番美談。

席德寧哦了一聲，問，你呢？你覺得不對？

劉祕書無可奈何道，原諒這種事，不是單方面的。過去——發生的事太多了。我們到了這邊，得罪的人也不少，遲早也需要別人的原諒；但說到去原諒別人，人家可能根本沒覺得自己做錯，這所謂的原諒又從何說起。可你說要怎麼辦？路擺在面前，難道不走下去？現在的形勢總比以前強，我也不想潑人冷水……

席德寧聽了心頭一震，見他畏首畏尾猶豫著，便說，你接著講。

劉祕書接著說，杭老想找的這個人，她自己已經打開一個局面，做事可以隨心所欲，也不喜歡別人摸清她的路數。她認識一些政治人物，但自己是經商的，家族生意做得很大——也許是為了在政界找些蔭庇——可也很難說她到底在政治上是不是另有抱負，也許想用經濟的手段去影響政治。

席德寧想起他起先說的，心念一轉，問，你剛才說她對泉州很有興趣？

劉祕書鬆口氣，點頭說，是的。她跟我聊了很多泉州的通商史，讓我印象深刻——她居然會對歷史這麼了解——我當然樂意跟她聊，故鄉回不去，談一談也是好的。張先生大概也是記得我跟她談得來，才想起找我來跟你交代兩句。

席德寧喔一聲，點點頭。

劉祕書道，她兩次來台灣都是上面專門交代，要張部長代為安排她的行程。法務部可能也幫她作了些鋪墊，那兒應該有她的老朋友，願意給她方便。她要見哪些人，上面事先好像也不清楚，我們要揣摩多方面的意思，隨機應變。通常她要見誰都沒有問題，連想見幾個核子專家也都如願以償；不過，五十年代末她提出要見孫立人——孫立人因為兵變的案子在台中被判長期拘禁——那次沒有被批准。人見不成，她也沒有抱怨，不過有些遺憾。

席德寧沒想到他提起孫立人，便嘆道，孫立人可惜了，現在還沒有行動的自由吧？一九五四年《中美共同防禦條約》一簽，他的命運就決定了。蔣介石不放心，一直怕美國支持他代替自己，跟美國簽了協定，沒有顧慮了就立刻處置了他，不過，至少沒有要他死，在那種年代，比起對岸來，也真是人各有命，真不知道該怎麼說……

劉祕書不願談論先總統的是非，顧左言他道，那時候，風聲鶴唳，抓了許多人，她對我們當時的作法是不贊成的，她說在自己人裡找敵人，這跟蘇聯那一套有什麼區別。但我跟她說，美國不是也怕共產黨嗎，不也抓了很多人？她大約不想跟我爭辯，就跟我聊起家鄉來，這就聊到了泉州，沒想到她對泉州真的很了解，許多冷門的掌故連我也不知道。

席德寧似笑非笑，劉祕書意識到他是在笑自己用了一樣的套路，有些尷尬，無奈陪了個笑臉道，她是明白人，當時的確是因為說時事不方便，只好改談些輕鬆的話題。我想，她之所以說起泉州，是覺得這個世界有過的一些好機會都錯失了，甚為可惜——她雖然是個生意人，但有理想主義的傾向，如果想法沒有改變，眼下的形勢應該是她樂於看到的——或許，你的確可以試著去找找她看，這對於她來說也是新的機會……

席德寧重拾興趣，問，她當時談起泉州，到底說了什麼？

劉祕書道，她有一套自己的想法，聽上去的確對泉州作過專門的研究。她說泉州是在宋元時期成為貿易大港的，在那之前穆斯林的商人已經開通了海上的商路，蒙古帝國建立的政權，以南宋富饒的魚米之鄉作為後盾，在帝國疆域內鼓勵和保護貿易，加強了泉州的地位。從泉州出發的商船經過東南亞，到伊朗，阿拉伯，把內陸與海洋相接，歐亞大陸終於連結在一起，那樣的一個世界經過她的描述，我到今天想想也覺得很動人——海闊憑魚躍，天高任我行——我們自己現實的世界有太多障礙，連家鄉也回不去……

席德寧哦了一聲，道，有意思——那個世界那麼好，到後來全沒了，發生了什麼事？

劉祕書笑道，她倒確實把前因後果頭頭是道說了一遍——歸根結底是運氣不好，元朝末年來了一場黑死病，埃及，敘利亞，地中海東岸，西歐損失了無數人口，中原也是瘟疫連連，加上黃河氾濫，誰還顧得上遠航貿易？——都不敢輕易涉險了，時不再來，從此路途中斷。後來明清兩朝都有禁海令。明朝早年雖有鄭和下西洋，也是循著前朝的海航路線，之後朝廷突然發布片板不得下海的禁令，從此壓根都不能往外走了，更別說對外貿易。再後來的歷史，我們比較清楚，幾場戰爭因貿易而起，路徑總也沒有完全打通。

席德寧聽得出神，這時說，難不成她是相信貿易是劑萬靈藥？靠做生意就能解決各種問題？

劉祕書啊了一聲，如醍醐灌頂，道，您說得對，她很可能就是這麼想的。貿易方面，這些年她的確出了力，他們家族生意也兼顧貿易，有自己的商行。七十年代美國廣設加工出口區，台灣一個個貨櫃往外走，有一些訂單確是她促成的。前兩年，台商開始到多明尼加設廠，他們家跟台商一起過去，也算是幫著打了個先鋒。難怪她對泉州那樣的地方感興趣。

他見席德寧興致不高，自己也沒有更多信息可以提供，為著禮貌硬著頭皮繼續寒暄，打個哈哈道，如果生在泉州鼎盛時期，她這樣的人應該有很多作為吧，藉著貿易可以施展許多的抱負，但是誰也選不了自己所處的時代，一個地方也沒有可能永無止境地昌盛繁榮——她還提到一個很冷門的地方，來作比較，叫作……他側頭想一想，說，叫作恰克圖。

席德寧一聽那名字，陡然坐直，劉祕書疑惑地看著他，頓了頓才繼續道，恰克圖也是個貿易商埠，只不過不臨海，在內陸蒙俄交界處，到上個世紀末，還可以稱得上繁華——自由的貿易帶來繁榮，流動的人口把距離拉近。這一切一旦停止，那個地方便也失去了活力……他絮絮叨叨只管說下去，察言觀色，擔心席德寧又失去了興趣，或者接著糾纏在一些他也說不清的細枝末節裡。

小館子的門敞開著，外面一團炫目的日照，有輛單車慢悠悠駛過，金屬部位反射了一束光，跳躍著落到了那一尊財神的臉上，神靈此時望著人間笑容可掬，一瞬間兩人同時被那彩描的表情吸引，劉祕書似忘了說下去。

那單車的鈴壞了，斷斷續續響著，在路上顛簸著遠去，席德寧忽然別過臉來問道，她去過恰克圖？

劉祕書一時沒領會他的問題，呆了呆，才說，我記不清她是否提過。然後苦思冥想，再想不起什麼來。他抱歉地看著席德寧，遲疑勸道，杭老其實不用太執著，他想讓她做的，如果她願意，不用杭老開口，她也會希望可以水到渠成。

他說得苦口婆心，席德寧意識到劉祕書其實長自己一輩——祕書的稱號用得久了，讓人忽略了他的資歷；但資歷越久，年歲越大，漸漸總會力不從心，也許他不該這樣咄咄逼人為難一個老人，席德寧輕出口氣，像拉家常一般，隨意道，我出生的時候，我們家已經南遷，雖然沒有在那邊成長的經歷，但是近兩年我也去了好些地方，看了許多風景——有些山水在少年時候看過，應該是忘不掉的。

劉祕書聽著他的口氣，如釋重負，舉一舉杯子，將剩下的啤酒沾了沾嘴，笑道，的確，縱然可以列出百般是非理由，難舍還是山河。

他說了這肺腑之言，似乎把一切都已經說盡了。

香港，一九八八

這一年席德寧其實相當忙碌。

他約了一些老朋友，參加各種活動，突然對一些往事產生興趣，但因此牽涉出更多千絲萬縷的關聯，連他自己也突然摸不清楚自己想挖掘的到底是什麼。回溯歲月，美麗，哀愁和壯烈都變成了鏡框裡的老照片，因為完全置身事外，看到的多半是自己一廂情願心裡想的，總是與事實有一段距離——這一切讓他有些徬徨，不能決定是否應該展開杭老託付他的事，覺得暫且擱一擱也好。

他打算先與那個少年見面。

過去數年費烈的生活是筆記本上井然有序的紀錄，一頁頁白紙逐漸被填滿，看上去頗有成就，不知屬於誰。

席德寧第一次與費烈會面是在獎學金發布會之後——獎學金使得費烈求學的夢想成真，而且是留學的機會，未來終於開了一扇寬敞的窗子。少年有些靦腆，似乎還不太相信自己有這樣的好運氣，他那些家境優渥的同學可以擁有的前途也擺在了自己的面前。席德寧跟他聊天，慢慢費烈開始明白眼前這位成年人是想要了解自己，似乎在刻意培養可以長久維繫兩人關係的情感，而且願意負起教導啟蒙的責任，這發現讓他覺得意外，歡喜中慢慢打開心扉——這些年憋在心裡的話一點一點吐露出來，因為急於想給這個成年人留下好印象，話語難免急切，有些不知天高地厚。

席德寧知道費烈這兩年看了些什麼書，不過不知道他到底吸收了多少；此時愈談，愈覺得驚訝，這個少年胸中分明藏著一片河山，不知道在這個小小的島嶼之上，這樣的地貌是怎麼形成的——這證明了自己沒有看錯人，他的確希望在這個少年心中種下一些野心，小小的火焰可以徐徐地燃燒起來——就像少年時的自己。

在一問一答之間，席德寧心中忽然澄明，自己與眼前的少年一樣，寂寞了太久——人生是這樣漫長，那些渺茫的願望和理想始終需要同伴——他覺得失去了慧慧，明眸善睞的慧慧終於成了翻過去的一頁，看來她已經下定決心與自己代表的一切劃清界線——從台北回來以後，他刻意不讓自己墜入傷心的陷阱，然而此刻心中突然覺得格外酸楚，充滿委屈，連他自己也非常驚訝——在這少年面前竟然出現這樣患得患失的心情。

費烈自然不知道席德寧的心事，越說越有些興奮，談到將來，說起自己想要學習的科目。他感興趣的居然是語言學。

席德寧微微覺得意外，隨口問他原因，誰知他說，本來我對歷史感興趣，可是後來發現語言當中就可以看到歷史的態度——

席德寧喔了一聲，打量眼前這個少年，不由問道，小小年紀談歷史，口氣也忒大了點？

費烈的個子已經與他相當，坦然相視，道，年紀小不是我的錯，即便是生在一個小時代，怎麼就斷定我不能懂歷史？

席德寧失笑說，你怎麼斷定這就是個小時代？再說，你才多大年紀，後面的日子還長著呢。

費烈一呆，辯駁道，可是，革命的年代已經過去了。他要在席德寧面前顯示自己的抱負，不能氣餒，連忙又補一句，說，我們已經錯過了革命的機會，可不能再錯過看清歷史。

席德寧噢了一聲，尾音拖得有點長，彷彿一潭靜水中攪出了波紋，可是他願意讓自己的心意隨著那水波蕩漾，他想，原來如此，這少年大概滿腦子都是羅曼蒂克的冒險精神——於是半戲謔，半認真問他，你剛才既然說語言中可以看到歷史的態度，那麼你何不解釋一下語言與革命的態度到底有什麼樣的關係？

費烈等著他這句話，脫口而出道，革命者的夢想就是要掌握話語權，最簡單直接的作法就是發明一種全新的語言，如果錯過了創造，就一定要革新——比如說我們自己的語言，五四的時候，文言改白話，還不是為了表明態度；繁體改簡體，注音改拼音，也是如此。也許因為後來的人都錯過了文字的發明，不能用創造語言來實踐新的理想，最後就只好把發動暴力的革命當作一種必經途徑……

他匆匆說完，就急急煞住話頭，好像是一個疑心自己說了大話的孩子，總歸不能理直氣壯。

可是席德寧卻聽得很仔細，心中震驚，可是表情如常，點了點頭，道，你說得也有些道理。

費烈這時發現自己剛才驟然出了一頭汗，原來對於這位席先生的看法，自己是這樣在意。

席德寧道，確實如此，如果語言學是你感興趣的，可以在這個方向走下去，可以研究的方面有很多，不光是革命，也不單是歷史，各種語系也都可以鑽研一輩子。

費烈點頭答應了一聲。

席德寧瞧了瞧他，看他一臉認真，便笑了，道，聽說你很喜歡看書。

費烈不好意思地點頭，說，是的，我書看得太雜——週末我在一家書店打工，書店什麼書都有，我就什麼都看。

席德寧仍舊微笑，道，喜歡看書是好事——香港有個好處，什麼立場的書都找得到。

費烈連忙說，是的，我都會看，左派的書，右派的書我都讀過。

席德寧不由揚眉，奇道，你這個年紀對左派右派這樣的名詞還有興趣？成年人這兩年也不太提起了。

費烈說，我覺得很有意思，況且我也快成年了。

席德寧哈哈笑了，說，我很贊成你都看一看。你對語言學感興趣，可以讀一篇〈馬克思主義和語言學問題〉的文章，是史達林手筆。

費烈咦了一聲，遲疑問道，你贊成他的觀點？

席德寧說，他的學術觀點倒是其次，以他的權力位置介入學術的爭論，背景和結果值得推敲。在蘇聯，學術研究避不開政治生活，不奇怪，但在別的地方，也不是決然沒有發生過。你要作研究很好，但是方方面面需要了解。等你看了，以後我們可以聊一聊。

既見過面，席德寧便常常在週末的時候約費烈，帶他喝茶吃東西，聊看過的書和時事，其實也希望他順便見見自己身邊的人，讓他看看自己如何與人應對交割，慢慢就會明白各種辦事的方式，不過一切不急在一時。

那一個週末，席德寧說要帶費烈去上環喝茶。費烈以為是去茶樓飲早茶，但約的卻是席德寧在半山的公寓，原來席德寧有廚師，自己家裡就可以做出茶樓的點心。這是費烈第一次進入席德寧的私人空間，他的話變得很少，吃東西的時候更是寡言，也刻意不東張西望——屋子裡陳設以中式家具為主，費烈第一次看到有人真的把古董家具作為日常用途。那幾件明式家具其實線條簡單，牆上的畫與陳設也求精捨繁，但是費烈只覺得琳瑯滿目，像進了一個大觀園，覺得著屋子裡藏著一個他不知道的世界。

席德寧信馬游韁地說些不要緊的話題，挑他喜歡的幾樣放在面前，也都是尋常的點心，叉燒包，糯米雞，蝦餃，炸兩，只是擺在頗袖珍的竹蒸籠裡，顯得精緻討喜。桌上泡了一壺普洱，兩個茶杯，正好他們二人。席德寧看費烈仍有些緊張，便說，我書房裡也有些書，你隨時可以借。如果我不在，阿娥也可以給你開門。——費烈已經見過阿娥，是廣東人，五十歲左右——現下一般香港家庭請家務助理請的都是外傭，還用本地廣東人的不多——聽席德寧這麼講，費烈恍然有些明白，恐怕以後自己會對這間屋子慢慢熟悉起來，因此人便鬆弛了些，開口問，可以看看書房？

席德寧說當然。書房極大至雅，沿牆楠木書櫃鋪天蓋地都是書，費烈從一端走到另一端，滿眼都是繽紛的文字，眼光卻不知道該落在何處，視線掃過，也發現一些他熟悉的名字和標題，但目光來不及停留——書太多了，勾勒出一個可靠安穩的現世空間——他注意到其中一架子標題全是關於中亞和蒙古，便走上一步，正抬頭打量，席德寧在他身後解釋道，我是研究中亞史的，而蒙古可以說是我的故鄉。我出生在香港，但是我既有漢人，又有蒙古人的血統。

費烈這時已經不再驚訝或者納罕，席德寧的話他都聽在耳中，然後整整齊齊擺在心裡。

費烈選了兩本書，一本康熙年間的《蒙古源流》，一本John Le Carre的小說，揣在書包裡。席德寧知道他心思，選的第一本書是為了禮貌，也為逞強，第二本應該是他自己的興趣——他居然對諜戰類小說感興趣，而且選這樣一位以紀實筆觸書寫這種題材的作家——這不知是巧合，還是宿命，席德寧心中不由微微感嘆——對於冥冥中命運之手，他從來充滿了敬畏，他承認自己有野心想要在那神祕莫測的進程中加入個人的影響力，但是也不得不承認，即便一切發展如他所願，也並非是一個人掌控的結果，也許所有人都不過是順應著時勢和心願走著而已。

那一餐兩人都覺得很愉快，雖然沒有聊太多，但彼此感覺更為親密。午後辰光，席德寧與費烈一起沿半山小路往山下走，從堅道落到荷李活道，穿過鴨巴甸街，在蓮香樓跟前經過，飲茶的人依舊坐了半堂，一籠籠點心端上桌，熱氣氤氳，人聲喧譁；費烈一面走，一面回頭，好像依依不捨想要看清那市井的熱鬧，亦步亦趨中，意識到自己曾經羨慕的日常可能已經不再是自己的人間，那世俗的平地正離自己越來越遠，一步一個腳印，走得心驚肉跳，不過他停不下來了。接著他們轉上威靈頓街，然後下到文咸東街，街的兩邊密密麻麻懸著上環老店鋪的招牌，滾滾標記著各式各樣的人生。

原來席德寧約在一間老茶行喝茶。一隻貓坐在門口櫃檯上打盹，見來客便伸展懶腰，優雅一躍，以主人的姿態引客入室；鋪內樓底極高，空間被拉得更為空闊；陳設半新不舊，地上鋪著深淺相間的地磚，深棕的四小方鑲著淺棕大方，之間連著細白長方，幾何形狀的世界四平八穩；牆上高高低低框著些照片，生活照不知不覺變成了老照片——少年時候的老闆在相片中站在同一家門面之前；而老闆本人此刻就坐在他們身邊。

老闆姓倪，正跟兩位客人有一搭沒一搭地閒聊，水在爐上滾，茶已經喝了幾道。客人這時起身告辭，席德寧跟費烈坐下，倪老闆繼續泡茶，換了壺和杯子，客隨主便，這回喝單叢，是廣東茶。

費烈左右張望，找剛才那隻貓，貓卻像掉進了時間的空洞，不見了影子；地上投下了外頭折進來的一束細細的光，像是貓輕手輕腳走過留下了些蹤跡，淡淡地消失在牆角；光影裡漂浮著微塵，也許是極細微的茶末。老闆想起什麼，吩咐櫃檯後面的夥計，費烈聽不懂，席德寧說，老闆是潮汕人。香港的潮汕人抱團，你若去海外華人聚居區準能聽到潮汕話。說起來，潮汕話很大程度上保留了古方言的原汁原味，你要研究語言學，這裡邊就大有學問了。

老闆瞧了費烈一眼，眉稍揚起，留意著年輕人，微微頷了頷首，費烈覺得臉上有些熱，夥計殷勤地從櫃檯後面拿過來幾柄紫砂小壺擺在他們面前，手勢小心翼翼。

那茶壺造型簡單，但線條圓潤飽滿，看上去渾然天成，費烈說不出哪裡好，只覺得分外小巧可愛。席德寧則啊了一聲，說，是「二惠」的手筆？厲害了，哪裡找來的？然後拿起一枚端詳。

倪老闆眼角兜了些笑意，說，您先看看。

席德寧跟費烈解釋，道，明朝有二惠，惠孟臣和惠逸公，都是做紫砂壺的高手。這一柄叫作宮燈壺——恐怕是惠逸公的手筆——轉過來看壺底，果然陰刻有「月下助長吟逸公」幾個字。

費烈打量那茶壺，小小一枚，果然像宮燈，壺身渾圓，壺頸微直，耳把細正，壺蓋上有一顆豎立的珠鈕。席德寧往壺中注水，教費烈看茶壺的好壞，所謂三灣流，要看壺嘴如何出水斷水，水行優雅俐落才是上品。

費烈正看得出神，沒細聽他們一問一答，冷不防聽到倪老闆說了一個數目，接著看席德寧點了點頭，倪老闆露出笑容，起身將其餘幾把壺收了回去，只留了一把下來。席德寧說，就用這柄泡？我們泡鳳凰單叢？

倪老闆說當然好。費烈這才意識道剛才聽到的六位數字應該是茶壺的價碼，不由嚇了一跳，可是他已經學會了不動聲色。倪老闆開始泡茶，接觸到費烈的目光，理所當然笑了笑，還是不問名姓，當他是席德寧的子侄。

彷彿是品茶閒聊，但費烈漸漸明白席德烈所謂喝茶的目的，購壺也許也是計畫的一部分，或者是剛剛好，一舉兩得而已。席德寧與倪老闆你一言我一語，從壺聊到古董市場，眼下格局形勢，引出茶行今昔，貿易行的變遷，自然而然說起往事。

話題點到，倪老闆答得極其自然，說，你若真對他們家有興趣，我可以介紹你去找以前他們貿易行的一位老人，從他那兒可以打聽出一些事情來。
席德寧擺擺手，說，不忙，也不一定現在就要找人打聽，你先給我講講那間貿易行是怎麼一回事？
倪老闆嗯了一聲，說，那當然沒有問題。他看一眼費烈，席德寧笑道，正好你也給他補上一課。
倪老闆便耐心解釋說，這貿易行就是南北行，上個世紀中，香港開埠，南北行貿易就開始了，部分南方省分的貨物最初是經過香港運往北方省分的，因此就有了南北行的稱謂，後來也順便做匯兌，匯款，保險船務這些跟貿易相關的業務；這些年形勢一直在變，但生意做開了，南線自然也做東南亞的土產食品，北線當然就是跟內地的互往。
他說完來龍去脈，專心煎水，執壺在茶盞裡點了茶，才接著對席德寧說，這家南北行的歷史就沒有那麼久了，是一九五零年代才設立的，他們是上海人，五零年左右到了香港，本想待下來，可是生意剛開始杜先生就過世了，結果杜太太帶著兒子去了美國，這家南北行本來要盤給別人，但也算當時那個掌櫃有造化——杜太太臨行改變了主意，把鋪子留了下來，完全交給了這位掌櫃的打理，慢慢的就這盤生意就算送給了他，變成了他自家的產業——因為杜家在美國打開了局面，生意做得很大，根本不在乎貿易行這點小買賣了；不過，貿易行跟杜家生意上還是有各種關聯，但相處得很融洽。
費烈聽得一頭霧水，席德寧但笑不語。倪老闆繼續說，現在管事的其實也不是當年掌櫃的那家人了——他們一家兩年前移民澳洲，南北行也是交給了一個老伙計，看樣子以後也是一樣的路數，這店可能會全給了這老伙計——我們都說這店風水好，旺伙計——這個老伙計對這些年的生意來往還是比較清楚的，你要找他，我幫你約。
席德寧還是同一句話，說，不忙。
倪老闆笑笑，點頭，仍舊說下去，道，這家貿易行跟內地的生意也做得很大，就是在韓戰美國對華禁運的年代，生意也一樣做，尤其是在六十年代，內地糧食嚴重短缺，鬧大飢荒，他們調配了很多小麥，大米運到內地——想來他們在美國也有關係，所以做這種生意不礙事。

席德寧又問，聽說杜先生是意外身亡的？

倪老闆看了一眼費烈，猶豫了一下，席德寧道，他是大人了，不妨的，你儘管說。

倪老闆於是道，當年報紙上有新聞的，說是情感糾紛，爭風吃醋的結果——不過，我聽他們南北行的人說，不是這麼回事，杜先生跟杜太太感情很好的，那個意外是起政治事件……

倪老闆想了想，卻沒說出個所以然來，席德寧也沒有追問下去，好像已經滿足了好奇心，彷彿興之所至隨口問，那家南北行也做茶葉生意？

做，怎麼不做？倪老闆回答，據說他們杜太太娘家老早以前就是做茶生意的，把茶葉賣到俄國去。

哦？席德寧倒覺得意外，問，他們家還跟俄國人做過生意？

那是老早以前的事了。不過我有印象，記得十多年前，他們家有孩子出生，紐約特地來人找這邊的南北行配兩款茶應個景討個喜，說起老太太娘家以前是做茶生意的，想用他們家老爺爺做生意時候茶莊進的那種茶。他們家以前進的是漢口那邊的茶葉，從漢口去俄國的都是磚茶。最早時候的磚茶都是從一個叫作恰克圖的地方運去俄國的。

聽到這裡，席德寧喔了一聲，放下茶盞，手指在桌上輕輕敲著；費烈一動不動坐著，聽到自己咚咚的心跳，他像側身擠進了一支前進著的隊伍，表情隱藏在面具之下，他叫不出別人的名字，隱約地看到有扇門在前方打開，那是他將要走過去的方向，心中因為耳邊劃一的腳步聲，產生一些小小的激盪。

倪老闆顧自說下去，道，也不知道他們是從什麼時候開始做這茶生意的。只是那種磚茶也不能算是好茶。因此雖然找人做了幾塊茶磚，但自家喝的還是另外配的。結果選了普洱，其實最早出口的中國茶不就是雲南的普洱茶磚？也算是應了故事。那款普洱，他們還起了個名字，叫做蘇莫遮；同時順帶還用紅茶配了一款杜記安寶，是用紅茶，口感比較接近西洋茶，口味年輕一些——好像是嵌了他們家孩子的名字在裡面。

那蘇莫遮是什麼意思？席德寧問，用的是那詞牌的名字？

倪老闆說，沒錯——碧雲天，黃葉地，秋色連波，波上寒煙翠——就是這首詞的詞牌，通常是蘇幕遮，這莫恐怕是異體寫法；你不知道的是，這蘇莫遮還是敦煌一種戴面具的踏舞的名字——這也是杜家的人說的，而且那幾個字取的又是杜太太自己原來的姓，她原本姓莫，不過她娘家的姓是蘇。

席德寧說一句，有意思了。

倪老闆附和道，是的，那時候來香港的人多，每個人都有說不完的故事。

ꕥ

轉眼到了年底，席德寧交託出去的事有了回音，於是赴約去見肖恩。

他與肖恩一向約在香港外國記者會碰面。肖恩與他父親同年；他父親在世時，肖恩就以長輩的姿態出現，當他父親過世後，就順理成章負擔起更多監護的責任，介入他的生活。這幾年肖恩老了，總喜歡跟人提往事，常常說起一九四三年外國記者會在重慶剛剛成立時的種種——他一路跟著記者會從重慶到了上海，然後再南遷到香港，說得頭頭是道，讓人誤以為他是位老記者，但其實不過是時間軌跡剛好重合——他現在是港英政治部某個行動小組的負責人，之前做的自然也是一樣的工作——如今他們把自己在香港的部門稱作邵氏，外人還以為是那間同名的影業公司。

肖恩也很珍惜自己與記者會的淵源。外國記者會到香港以後的數度遷址肖恩都參與其中——他一直保留著自己的會籍，記者會有一度幾乎撐不下去，他也焦急地出力奔走；後來向港督提議利用雪廠街的舊牛奶倉庫，由政府斥資購入再租給會所，才總算塵埃落定。老房子有特殊的魅力，裝修之後，裡邊還保留了老派風格，不由讓人緬懷記者會早年的樣子。

肖恩喜歡回憶記者會定址於干德道四十一號的那段日子，那座租借的大房子原先是太古洋行買辦莫乾生的西式大宅，一心為營造宮廷式氣派而建。肖恩總是感慨，說，那幾年雖然車水馬龍地熱鬧著，可是觥籌交錯間總有種末日心態，像懷著羅曼蒂克悲劇情懷，一面狂歡，一面不安，懷疑記者會維持不了多久。屋主曾想以二十五萬把房子出讓——大家衡量著政治風險，下不了決心——在五十年代，這些顧慮情有可原，就這樣錯失機會，使得記者會後面二十年居無定所，不斷搬遷。末了，肖恩道，話說回來，我們這樣的人在這裡，始終不是長久之計。

但事實上，他一直留在香港，始終沒有離開的打算。

眼下見了面，席德寧不免又問，你對現在的時局怎麼看？

肖恩意味深長看他一眼道，你前兩天不是去過一個文化活動，是《新晚報》主持的？

席德寧啞然失笑說，你連這也知道？

肖恩用長輩倚老賣老的口氣道，我知道你會去參加，所以就沒讓我的人去湊熱鬧——我只想了解點情況，你覺得如何？有沒有碰見值得關注的事？

席德寧搖頭，頗有保留地回答，倒不如前幾年的活動有意思。

你指的是哪時候的活動？

席德寧想一想，不由笑了，說，都六、七年前的事了，是八一年？記得那次他們請了廣州作家的代表團來開研討會——你知道以前香港文化圈的活動從來是涇渭分明，立場不同，就不會參加對方的活動，但是那一次，左派右派居然全都出現了——你看是不是有趣？

肖恩嗯了一聲，說，聽上去頗為美妙。

席德寧目光掠過他，忍不住調侃說，這幾年，你動不動就用美妙這個詞，這是代表你們機構對此地形勢的看法？

肖恩不以為意道，看法誰都有，看法變成了做法才算數。

席德寧咦了一聲。

肖恩點點頭，接著又問，八一年那次活動，廣州來了一些什麼人？

席德寧笑道，名單你們不應該都有了？

肖恩既不承認，也不否認。於是席德寧道，我也沒有待滿全程，不過跟一位老作家陳殘雲聊了幾句。

肖恩神情瞭然，想必他們機構當時就對到會的人摸過底，果然他說，陳殘雲是新加坡的歸僑？你跟他聊了什麼？話出口覺得太露了形跡，換種口氣，你這些年的那些的疑問還沒解決？有從他那兒找到答案？

席德寧唉了一聲，道，我倒真想問問他，可沒時間，周圍都是人，沒法問——那是一場文學活動，爭論香港到底有沒有文學。他們全都小心得很，不想碰政治。陳殘雲在廣州待了那麼多年——他一九五零年回到廣州前也不是沒有選擇，這些年經歷了那麼多事，我的確想知道像他們這樣的人是怎麼想的，到底有沒有後悔。

肖恩視線停留片刻，說，後悔有什麼用。當年回去的人是理想主義者，今天問這問題的人一樣不可藥救地抓著理想主義——怎麼想？還重要嗎？我看剩下的只有和解一條路，原諒一切，賭以後不該發生的不會再發生。

席德寧正拿起面前的茶杯，這時緩緩放下，他覺得肖恩在說風涼話，可琢磨著也不能反駁，有些悻悻然，轉而問，那你對今後兩年的形勢怎麼看？

肖恩眼光落在他放下的杯子上，道，你知道我的工作，我從來不懂怎樣預言，只會事後分析而已。他一面說，一面舉手叫服務生，席德寧忙說，我喝這個茶就好，不用另叫。

肖恩側一側身，問，你要喝一杯？

席德寧笑說，這個時間太早了。肖恩朝走過來的服務生擺一下手，專心看著席德寧問，你覺得呢？你不是剛參加了那個活動，這兒文化圈的人怎麼看？

席德寧吸口氣，想一想說，這一年這兒的氣氛好像有點變了，或者早就不同，是我沒有留心而已。去年我去了趟台灣，所有人都在往前看，一幅要把過去都丟下的架勢——總之是要放下姿態，打算和解；我也願意相信這是大勢所趨，香港的左派右派不也願意共處了？但我還是懷疑這到底是否可能——前兩天的這場活動，氣氛又恢復到了以往的樣子，參加的人又變得立場分明，要分出彼此來。

肖恩問他，北京的態度你注意了沒有？

席德寧遲疑搖頭，彷彿自辯道，你剛才不是說出路只能是和解嗎？中國的門開了，跟外面終歸會找到一個共處的方式？

肖恩雙目炯炯，似有千言萬語，嘴角牽動，可中途改變主意，開口只說，你想打聽的人，我找到了。原來我們之前已經打過交道——杜亓跟你們有些像，不屬於任何情報部門，不過願意接一些類似顧問的活，我看她在某些機構應該有一定的安全權限，可以接觸一些敏感信息。這些年，她跟美國人走得近，說起來，也曾經幫我們傳遞過消息。

席德寧咦一聲，奇道，你們是怎麼牽扯上關係的？

肖恩嘆道，說來也巧，其實這事本來應該由你父親來解釋。他最清楚其中來龍去脈，因為跟杜亓接觸的人就是他。那一年，我跟你父親在維也納，她跟著美國外交使團去湊熱鬧，我們注意到她，你父親跟她聊了聊——她顯然是個聰明的女人，話說得滴水不漏，之後我們當然作了背景調查，她的確是商人，生意鋪得很大，不像是專門做情報工作的——看上去沒有這個必要。她跟政府部門的某些人的關係的確非同一般，不過這種私交也不算意外，也許是華盛頓的遊說從業人員牽線搭橋的，為做生意培養這些關係也正常，在那時候就開始著眼遊說政客，也算高瞻遠矚……肖恩說到這裡停下來，似乎也同時在檢驗自己說的事實中有沒有一些以往忽略的破綻。

席德寧哦了一聲。

肖恩繼續道，她本人這些年很少來香港，不過他們家的律師倒常常出現在本地，如果你想約這位律師談談，我可以幫你牽線。

席德寧沒有接話。

一位老服務生端著托盤上前，替肖恩換了一套茶具，將描著鮮明英倫田園花卉的骨瓷換成了藍金鑲邊的，同色的牛奶壺，沒有糖罐。肖恩朝老服務生點點頭，老服務生朝吧檯那邊挪挪下巴，說新來的年輕人，不知道老客人的習慣。肖恩笑了笑，說不妨。

席德寧也覺得適才的青花色調對於肖恩來說還是嫌嫵媚了一點，他看肖恩臉上的線條舒展了些。肖恩向來表現得隨和，可骨子裡還是有些講究，這是他這些年在香港耕耘的生活，若是要人特別遷就也在情理中。此時他慢條斯理拿起壺倒茶調茶，只加奶，不加糖，按部就班，以就事論事的口吻問，你父親在行業內的那些訓練是俄國人教給他的。

他用陳述事實的口氣說話，並非提問，席德寧吃了一驚，不由想到在台北的時候，杭老的試探，心中詫異不知怎麼這般巧。他點頭說，是的，家父跟我提過，可是他……

肖恩擺擺手，道，我沒有要追究往事的意思——我很清楚那時你父親還在蒙古，一切早在與我們合作之前，等四十年代你們家搬到香港，跟過去已經作了一個交割，不再替俄國人跑腿了——這我沒有懷疑過。不過，你既然提起杜先生五十年代在香港遇害那件案子，我難免要調當時的卷宗來看看——原來杜先生是被槍殺的，最後以情殺糾紛結案，我看這是敷衍了事。稍早之前，灣仔也有件槍殺案，死的是個俄國人，事發地點在一間酒館的後巷——我們知道那間酒吧有美國人的線人——這就大有文章了，而且死的那個俄國人找過你父親，你父親又曾跟我商量，坦言說那俄國人是來自過去的幽靈，要求他返回組織幫他們做事，他當然不願意——後來這俄國人死了，你父親的疑難倒是迎刃而解。

席德寧啊了一聲，肖恩眼梢鋒芒一閃而過，沉聲道，杜先生的案子有好幾方打過招呼，都不想繼續追究，警務處也沒查到危害英方利益的可能，樂得賣個人情早早把案結了，但舊事重提，我記起你父親跟我說這個俄國人辦事手段太無賴，他一味敷衍也不是辦法，只能替他找了幾個黑道人物給他差遣，省得他來麻煩自己——我仔細看了當年紀錄，懷疑槍殺杜先生的人是你父親認識的，應該就是他介紹給那個俄國人的。

席德寧心中一跳，肖恩道，人都已經去了，這中間的緣故就斷了線索。明明俄國人已經死了，那幾個人為什麼還要去尋杜先生麻煩，就有些蹊蹺。現在你有心要找杜家，這段往事不能不知道——自己也得斟酌一下，跟杜先生命案有關的，雖然過了這麼些年，杜家未必就放下了……

席德寧知道他說得沒錯，但剝繭抽絲得到的卻是這樣一個結果，心中煩惱，問，這俄國人跟杜先生之間有什麼糾葛？

肖恩道，當時蘇聯有一批貨扣在香港港口去不了阿富汗，杜先生在幫他周旋。

席德寧嗯一聲，尋思問，怎麼會找杜家辦這種事？

肖恩手指輕扣著桌面，道，杜家跟美國人關係不錯，當時也不是祕密？

席德寧又問，那幾個幫俄國人做事的人呢？後來找到了嗎？

肖恩搖頭說，沒有線索，也許死了，也許跑路了。他瞧了瞧席德寧，遲疑道，那時候你還小，這些事不會清楚？

席德寧有些氣餒，因此負氣說，也不小了，何況人是會被逼著長大的。他直視著肖恩的眼睛，他清楚老人的弱點，也深明能屢屢以此作為籌碼並不是因為自己可以挑戰，而是老人不會計較，這次他忽然打算再試一次，故意道，我父親過世在那不久之後，他走的時候，我其實已經十七歲。

肖恩果然臉色一暗，語氣傷感回答說，你父親帶全家南渡，只換得了中間十來年的安生日子，他心中也許一直為可能來臨的危險作著準備，但避不開的還是避不開。那一次，也許是杜先生替他擋了災，可是六一年他去莫斯科替我辦事，是我們都疏忽了，結果出了意外，這始終是我的責任……

席德寧輕輕搖頭，打斷道，那要怪他早年與俄國人結下的梁子，債遲早要還，不能怪你。

肖恩一怔，席德寧就事論事道，您不是也清楚，他早年接受過俄國人的訓練，這就算入了行，想要離開，可沒那麼容易。父親不太願意提往事，那時我該多跟他交流，但你也知道那個年紀的孩子多半叛逆，跟長輩說半句也嫌多。

肖恩聽到這裡笑了，說，你那時倒是願意跟我聊天，你父親也跟我抱怨過孩子教養的難處，我自己沒有孩子，你們就是我的家人，可是我沒有照顧好你們。他一面說，一面嘆道，終歸是因我而起，那一次我讓你父親去辦的事太棘手，才引來了不必要的麻煩……肖恩手指在桌上輕敲了幾下，瞧著席德寧篤定又期待的眼神，忽然恍然大悟，搖頭道，看我險些忘了你的伎倆，其實你小時候找我聊天，次次必有所求，對不對？——哈哈，這樣吧，你要打聽杜亓，她到香港之前的事，可以找這個人問問，他對那個年代的蘇聯還是有些瞭解的——你早該找他聊聊，即使不為了打聽杜家，也應該知道一些你父親那個年代的軼事。

席德寧仍舊面露難色，欲言又止，肖恩擺擺手，接著道，你見了他，只要這樣跟他說……他壓低聲，讓席德寧湊近來，如此這般交代，席德寧聽了，臉上終於一喜，接著坐端正，思前想後，終究還是黯然道，許多事，父親都沒有來得及交代。

肖恩舉一舉手中杯子，對亡魂致敬——席德寧知道肖恩對他父親的死一直耿耿於還，心中懷著歉疚——因此他對於自己沒有全盤說真話，並沒有覺得太不合適——他其實說了謊，他父親對各種重要的往事當然都有過特別的交代，比如那個涉嫌杜先生謀殺案的俄國人的來龍去脈，也警告過他今後各種潛在的危險——這些他沒有辦法跟肖恩說明，歷史幽微不堪的部分還是讓它沉入水底算了。

席德寧心滿意足出了外國記者會的小樓，一腳踏入南國潮熱的空氣，立刻出了一頭汗，他急於理清思路——剛才肖恩一提到那個俄國人，他立刻將他對號入座——那年他十四歲，當時他還不清楚自己今後將走的路，而他父親已經開始逐步向他交代家族的過去，包括所有的暗黑歷史——他聽了既忐忑，又興奮，同時不以為然，覺得自己長大成人之後，這世界又將是另一副局面，他願意以一種特別的方式參與其中，而且不介意因此付出努力。

此時，他試圖根據有限的資訊勾勒出一幅縱橫交錯的關係圖，大部分情節依舊缺失，他只好努力回憶五十年代中期那個潮熱難耐的夏末秋初——真是多事之秋。俄國人不請自來，手中抓著往事的把柄，提出各種要求，他父親起先敷衍，但是後來猶豫，因為俄國人提到一個物件，他手上有，他們家也有，只不過口說無憑，而且誰也不肯先亮出來——他的父親最後還是動了心，年輕時的野心像冬眠的獸被喚醒，這些年南國濕潤潮熱的空氣消磨了他的志氣，如果還有機會做一些大事，他也想搏一搏，況且如果他們手上有一樣的東西，說明彼此師出同門。那曖昧的祕盟可能激起心底的波瀾，慾念那一星子火慢慢地燃燒了起來——俄國人逗留在香港不肯離開，他父親其實已經動了合作的念頭，所以事實並不像他父親跟肖恩所說的那樣——只不過俄國人後來暴亡街頭，任何規劃的藍圖全不了了之了。

席德寧的父親沒有瞞著他，這本來也關係著他的前途——那俄國人懷疑在香港另外還有人手上也有一模一樣的東西，只是那人太難駕馭，如果能搜羅歸隊當然最好，要不然得給一個教訓——俄國人急功進取，要求他父親出面替他配置了一班人馬，因為當時蘇聯只在廣州有領事館，在香港沒有正式的機構人員——難道正如肖恩說的那樣，是這批人槍殺了杜先生——他父親說過這俄國人出的酬勞豐厚，那群人在圈內有口碑，收人錢財，交代什麼都務必做到——難道就是因為這樣，即便俄國人死了，他們也要把俄國人交代的事情完成？——他父親曾說過俄國人出事之後，他本該立刻把那群人解散了，可是被別的事絆住，遲了幾天結果釀成了新的命案，難道指的就是杜先生遇害這樁事？

席德寧轉了個彎走上荷李活道，早年因為冬青樹HOLLYWOOD音譯命名，但如今並看不見冬青；窄窄的街道兩邊有許多古董鋪子，老東西新東西真真假假挨挨擠擠在一起熱鬧著，他心中急於想釐清往事，可毫無頭緒，路過一家專營古董地圖的鋪子，便踱了進去。老闆是熟人，拿了幾張新收的地圖給他看，有一幅是民國早年印製，他低頭看那桑葉形狀的中國版圖，下意識去找恰克圖那個地名——在台北時劉祕書說起杜夫人，提到的地名其實他自己父親也特意告知過，此時見到地圖上那小小一點，心中終於豁然開朗，也許是轉了一圈，大家都碰到熟人了。

8

肖恩坐在原處沒有走，他還約了人，是《泰晤士報》的記者，剛從莫斯科到香港。適才肖恩與席德寧聊天，記者坐得不遠，與一位大嗓門的本地人聊得火熱，談論的話題飄過來，說的是莫斯科剛剛結束的美蘇高峰會，都是新聞中出現過的——里根總統與戈爾巴喬夫總書記作出承諾，簽署協議，雙方銷毀中程和中短程核導彈的條約終於開始生效，蘇聯從阿富汗撤軍的計劃也搬上日程，都是可以擺在陽光下的事實，記者口中說出來像例行公事，不過他還是講了段軼事，講得興味十足——蘇聯教育部取消了這一年的歷史課程考試——戈爾巴喬夫不滿歷史教科書的教條主義，要求重新編寫教科書，結果原先研究黨史，共產國際，科學社會主義的一些教研室紛紛關閉，或者乾脆改名研究西方哲學史，歷史領域一片混亂，一切面臨重整，過渡階段只好停止考核，更是挑戰學生應變和認知力。

說到這兒，記者見肖恩一個人坐著，頷首打過招呼，過一會兒結束了他那一桌的談話，那邊收場，這邊重新開始。肖恩笑咪咪看他坐下，接著他剛截斷的話題，說道，蘇聯把歷史課本也改了？戈爾巴喬夫到底想做什麼？

記者聳聳肩，說，誰都在改變作法，這次里根去莫斯科，送了戈爾巴喬夫一本電影《四海一家》，*Friendly Persuasion*，劇本是Michael Wilson寫的——五十年代的時候這位作家因為同情共產黨，上了娛樂業的黑名單，沒法繼續在好萊塢工作，只好去了歐洲——現在他的作品由演員出身的總統當作禮物親自送到共產國家，代表過去的都既往不咎了——這就是大家的意願。

肖恩的眼光彷彿無意中掃過整間屋子，這是他的地盤，裡邊都是他熟悉的，他明明很滿意這裡的一切這些年能夠維持不變，可是開口時卻說，八十年代了，是該有些變化了。

記者不以為然，回答，變化未必人人歡迎。

肖恩不置可否，道，話是這麼說。

記者回答卻更直白，說，我不想掃大家的興，這段時間好像人人都想當然覺得從此要太平了，我也等著看到底會是怎麼一個結果。

肖恩耐心問道，那你覺得？

記者說，人們天性喜歡一決高下，冷戰的雙方也一樣。我不相信妥協有那麼容易。

肖恩不予置評，手指在桌面篤篤敲了兩下，像打出一串省略號，記者便就此打住，言歸正傳，聲線與剛才高談闊論時候不同，只有他們兩人可以聽到，記者話中有話，道，剛才跟你一起喝茶的人，他的背景你熟悉嗎——他頓一頓，像賣關子，道，有人對他非常感興趣。

肖恩喔了一聲，看不出表情變化，可是眼神卻注意盯著記者。記者接下去道，你不是讓我在莫斯科找人打聽些陳年舊事嗎？結果人家找上來，反過來要我盯一盯他——他們有他的照片，從小到大，每個階段都有……你看，這要怎麼辦？

肖恩想了想，說，我知道了。我說過就麻煩你這一次——他的事，你暫不用管了。如果再有人問起，你就說不清楚；後面有什麼動靜交給我來處理。

記者點了點頭，遲疑著似乎有話要說。

肖恩問，怎麼？

記者說，俄國人想知道他手上是不是有樣東西，他有，他們也有。只要這麼跟他說，他就會明白。

肖恩喔了一聲，似乎沒有上心，道，俄國人就是這樣，故作玄虛。

香港，一九八九

八月，盛夏，席老帶費烈飛烏蘭巴托，然後坐火車去俄蒙的邊界城市納烏什基，再從那裡轉往恰克圖。

他們本不應該在這個時候離開香港，這個夏天在香港有忙不完的事。

上半年在北方發生的事件，其後的發展是所有人沒有想到的，但也正因為如此，費烈得以早一步了解了席老工作的性質，也與席老接觸的人有了直接的交集。費烈參與到這其中去，一切發生得比他們預料的都要快，彷彿是提早進行的一場密集訓練——有一點倉促——如果事前，席老對費烈的反應還不太有把握，但對於結果，席老是滿意的——費烈盡職完成交給他的各項工作，不提不必要的問題。他並不覺得自己做的事情有很大的難度——不過是隻身一人從香港過境去廣州，在特定的地方，拿著特定的東西，等待接頭的人，然後將他們帶到指定的地方，接著自有別人接手照顧。他並非不明白其中的危險，最末一次是去深圳，另一位接頭的人來不了，他多留了幾天，等新的指令；也許組織中有許多像他一樣的新手，難免會犯一些錯誤，可是微小的失誤在這種時候會是致命的，這讓他心神不寧。後來，他終於可以去接人，一大早去菜市場，一對年輕的男女靠著賣白菜的擔子坐著，看上去有些狼狽，而且疲憊不堪，他們見來的是個孩子，露出疑慮，可是不得不跟著他走。

整整一天，他們同處一室，那是間一室一廳的舊單元房，隔壁有間小學校，大喇叭彷彿鎮日在帶領孩子們做各種集體操——晨操，課間操，眼保健操，指引著有序的集體生活，可給那兩人帶來顯而易見的焦慮，喇叭裡高昂的聲線避無可避，令人坐立不安。他想當然覺得他們是情侶，覺得幸好兩人在一起，彼此沒有面臨生離死別的顧慮，可是一起徘徊在人生的十字路口，患得患失，也夠他們受的。他問他們想吃什麼，他們互相看一眼，異口同聲道，什麼方便就吃什麼。女生有些嚮往地加一句說，不知有沒有江浙口味的菜。他對深圳不熟，也不知道江浙的味道應該是什麼樣的。他記得見過一家上海賓館，覺得在地理位置上這算是最接近的，於是憑記憶步行前往，沿深南路走到城郊分野處，果然看見賓館大樓，結果他叫了過多的菜，兩手交換提著一路走回來。他留他們在那小小的客廳用餐，他自己則在小學校的周圍漫無目的地行走著，因為一點胃口也沒有。他覺得傷感，因為他與他們始終是陌生人，相聚的時間只有這一日。

深夜時分他帶他們到達海岸，水上一艘快艇搖擺不定慢慢靠近。船頭的老人看了他一眼，緊繃的表情鬆了一鬆，露出一絲笑，叫聲細路仔——他聽出那粵語是香港口音——老人沒有再說什麼，搭了船板讓兩位要遠行的客人登船，見他久立不走，揮手趕他，快艇在發動機的聲音裡，已經快速離岸，好像生離死別的場景。

他回身離去，覺得自己生活在一齣戲文裡，可這分明不是武俠書中的那個恩怨分明黑白清晰的世界，靠著義薄雲天就能立於不敗之地——他覺得自己做了什麼，又彷彿什麼也沒做。風越吹越猛，天空飄起雨來，他有點擔心，回身看那艘船，夜幕裡只剩了個淺淺的影子，近岸的浪變得洶湧起來。他知道他們的目的地是香港——這些人不能由正常程序過境，只好靠這些小船，這些船隻出沒在這帶海域，本來做的都不是光明正大的勾當，但是這一刻，所有人風雨同舟。

末了，席老自己跟他解釋道，在這件事上我完全沒有立場，我這麼做，只是覺得幫這些年輕人一把符合道義，但是，也不是我們做的每一件事都會符合尋常的道德邏輯。我承認，有的時候，為了利益，我不得不作些讓步，可是我想盡量保持一個平衡——我們難免會跟不同的政治立場打交道，你跟著我做事，要學會如何表達自己的立場——也就是不表達。這是一門手藝，技術精湛了，就能以不變應萬變。說到最後，他感慨道，是香港這樣的地方寵壞了我們，能夠超然站在立場之上也只有此時的香港，往後不知道會不會一直如此幸運。

總之，那個夏天，費烈只管聽和做，他想得很多，可總覺得自己的想法還不成熟，於是先閉口不語。他從六月忙到七月，費老卻說可以稍停一停。費烈詫異，席德寧解釋，我們把起始的功夫做了，牽好線，搭好橋，後面自然有人接手把該做的做完，何況這次參與的不止我們，也不止一家，有的聲勢大，行動還有代號，往後幾年還有源源不斷的功夫要做下去，我們沒有細水長流的資源。送人送到橋頭，之後看自己的造化。這個夏天忙完了，你也該去念書了。

七月底，席德寧有訪客，是肖恩引薦過來的。費烈幫席德寧招呼客人，一打照面，他就覺得來者不善，因為對方態度趾高氣揚，也許在他們面前已經收斂了一些，可是那種習慣成自然的優越感可一點也改不了。席德寧似乎不太情願接待這位客人，所以故意讓他在小客廳等了好一會兒，客人卻毫無顧忌，逕自推開書房的門，踱步入內，先打量窗外風景，然後在書架前瀏覽，時不時瞥費烈一眼。費烈被瞧得不太自在，便也不客氣地打量來人，琢磨他剛才說英文的口音，吃不準他是哪裡人。

結果客人接觸到他的眼神，忽然對他發生興趣，在書房的大沙發坐下，兩個手指捏著個小物件把玩著，瞧著費烈，道，你是席先生的學生？像你這樣的學生，我也有幾個。嗯，不錯，這一套師承，他學得倒是不賴，他很會挑人——這一點是最難的，你自己以後就知道了。當然，後面也要看造化，誰都知道一見鍾情容易，然後是一輩子的投入，中間會不會出錯，可說不準。

費烈心中一跳，對視中，發現自己已經落了下風，客人則似笑非笑。席德寧適時出現，進門道，稀客，肖恩說你剛從莫斯科過來，現在有直航的班機？

客人懶懶回答，我取道歐洲，借了架私人飛機過來。他站起來，伸出手跟席德寧握了握，然後瞄了費烈一眼，道，你別走，我說的話，你也可以聽聽，你的老師不會介意。

席德寧朝費烈點了點頭。費烈這時才醒悟客人的口音的出處。

席德寧請客人坐，不急著開口，一時有些冷場。客人似乎沉不住氣，先開口說，我們其實見過。

席德寧不以為然，微微揚眉。

俄國人說，一九七四年，海參崴。

席德寧沒有掩飾意外，眼角的肌肉跳動一下，這讓他瞇起眼睛，彷彿藉此可以看清時光隧道彼端的光景。俄國人眼中閃過試探的光芒，但馬上改變主意，打算單刀直入，道，那時，你到海參崴，一進海關，我們就注意你了。有人指認你是英國間諜，你該感謝我，要不然你一下飛機就被遣返了，或者入了關，中間在海參崴出了問題，豈不更是難堪。

席德寧恍然大悟，說了——當然——二字。當時他自己闖入俄國人的地盤，在明處；暗處不知有多少雙眼睛虎視眈眈，並不奇怪。但他輕描淡寫道，十多年前的事你倒記得清楚，但那時並不是動粗的時候，你們可不想在西方人面前出醜。

俄國人一愣，隨即哈哈大笑，道，我們在跟美國人談判，福特總統在海參崴一心想著要在核武會談中有所成就，如果英國人在一旁探頭探腦，他也未必開心。我們要驅逐你出境，說不好正中美國人下懷。

席德寧淡淡道，誰說我是替英國人做事的，當時我是記者。

俄國人呵呵笑了兩聲，說，沒錯，記者，當時我就是這麼跟他們說的——啪一聲蓋章放行——給你減少了多少麻煩？他笑咪咪地瞧了瞧席德寧，像一個剛送完大禮的聖誕老人，然後神情一肅道，蘇聯與美國終於要在峰會上見面，勃列日涅夫跟福特都抱著好的願望，我看你也一樣，我不想破壞了這種好氣氛——你看，我們是有共識的。他語氣中沒有溫度，瞧著席德寧，接著說，我雖然打包票擔保你是泰晤士報的記者，跟MI6沒有關係，話雖沒錯，但是那一趟，你可並不清閒，是在替中國人辦事？

席德寧瞥了他一眼，道，那時海參崴確實熱鬧，我還專門學了一點俄語。共識是沒錯，我看美國人都興致高昂，滿懷美好願望。

俄國人神情略緩和，哼一聲說道，滿懷希望的美國人？天真又幼稚，可是還不是打著自己的算盤。然後搖頭道，勃列日涅夫沒能改變什麼，他從頭到尾是白忙了一場。他們說蘇聯這節列車早就出了問題，遲早要停下來，他坐在車頭，起勁地做出前仰後伏的姿勢，以為可以造成列車還在飛速前進的錯覺——這不是笑話嗎？俄國人語氣尖刻，盯著席德寧，一絲笑容也沒有，道，希望？希望過期了就一錢不值。我只是覺得可惜，那個時候你沒有經驗，被人利用，也不知道。

席德寧心中有幾分不耐煩，便沒太將他的話放在心上，敷衍地掛了掛笑容。

俄國人嘿嘿笑了一聲，道，你跟你父親一樣都是記者，子承父業，可是你有沒有學到他一成的本事。他不等席德寧反駁，緊接著道，是誰跟你一塊了去海參崴的？你難道從來沒有懷疑過？

席德寧仔細一想，不由倒吸了口氣。

當年去海參崴這件事看似偶然，但如今回想彷彿是中了算計一般。朋友在香港請客，鏞記三樓新設的龍鳳大禮堂，據說特別請木雕師傅參照北京故宮的細節打造，一進門滿眼都是金碧輝煌，看上去格外有種躊躇滿志，好像等不及要衝向未來，卻也把種種過去揣在懷裡，可以回頭一跤又跌回夢裡。

同席有位紐約來的律師。席德寧遲到，匆忙坐下，聽到律師正抱怨，花幾日時間與蘇聯駐香港貿易代表處周旋的經歷，他想辦去蘇聯的證件，甚至找了蘇聯國有遠東航運公司的人打聽，也沒有一個確切的說法。

在坐的除了席德寧之外沒人去過蘇聯，所以都說，這本來就是沒有可能的事。見席德寧到了，便都笑著指向他說，這要問記者。

席德寧與律師握手，淡淡掃他一眼打量，律師看上去三十左右，一口美式英文，是美籍華裔，有種美國大機構員工的典型精幹，席德寧覺得這些大公司的職員看似精明，實則簡單，沒太當回事，隨口說，未必沒有可能。美國蘇聯正在展開阿波羅聯盟測試計畫，第一步各自發射航空器在地球軌道對接，然後兩國太空員在太空握手——看樣子太空合作明年會實現，這也算是冷戰的解凍期開始了，給美國人發個簽證是小事……

律師點頭同意，說，確實是希望蘇聯會對簽證方面網開一面。

席德寧問，你要去哪個城市？莫斯科？還是列寧格勒？

律師回答，莫斯科免不了要去一趟，然後希望能去符拉迪沃斯托克。

席德寧一口打斷他的話，道，去海參崴？這沒有可能，那裡現在是海軍基地，可不是貿易港口，不要說外國人去不了，就是蘇聯人要去也得辦特別的證件。

律師啊了一聲，似乎意外。

席德寧笑笑道，不過，據我所知稍遲的美蘇峰會可能定在海參崴。

律師咦了一聲，問，美蘇峰會？雙方要談什麼？

席德寧耐心解釋道，是兩國戰略武器限制的談判，估計會簽署有關反彈道導彈的條約。

律師想一想，說，這樣一來，去海參崴也許不是沒有可能了？至少你們記者是有機會的。你可有前往採訪的計畫？

海參崴本來不在席德寧的計畫之中，此時他心中一動，遲疑間未答。律師已經忙著回答桌上別的好奇的提問——去海參崴，或者符拉迪沃斯托克，是為了尋人。不，不是華人。律師搖頭說，海參崴不知道還有沒有華人居住，亞洲人大概也很少了——蘇聯在三十年代把亞洲人從遠東地區驅逐出去，華人大多回去了中國，朝鮮族人都被移到了中亞——我要找的是一家俄國人。十月革命之後他們想要離開俄國，當時內戰爆發，他們由西往東穿過西伯利亞，應該是到了海參崴，原本是應該南下哈爾濱的，可是後來就失去了音訊。

律師應該查過些資料，對革命後蘇聯的內戰頗有些瞭解，說了一連串眾人陌生的人名地名。說起戰亂，雖然離戰爭已經隔了二三十年，但是那些關於離亂的往事卻沒走得太遠，香港本來就有很多南來的移民，家家有些往事，提起不免唏噓，滿桌人因此開始說起自己的故事，話匣子打開，一時熱鬧起來。

律師停下來喝茶，轉頭對他點點頭，席德寧鬼使神差，忽然開口保證，說，我倒是可以跑一趟海參崴，美蘇峰會本來我也有興趣走一趟，你要找人，也可以幫你想想辦法。

律師對他重新打量，然後臉上露出希望，道，我也再想想辦法，如果能成行，就在海參崴見。

席德寧自然問他，是誰要尋人？

律師輕描淡寫道，是個老客戶，應該是找故人吧，過了半個世紀，生活安定下來，就像你說的，冷戰好像到了解凍期，覺得想找找故人，也是人之常情。然後他嘆口氣，道，我看這是不可能的任務，也許人不在了，或者壓根不想被人找到？我呢——也是順水人情，能幫到的就幫個忙，何況我自己也想去蘇聯看看，可是，如果我真去不了，可能要拜託您順便打聽打聽，不勝感謝。

席德寧剜了他一眼，斟酌著謙虛道，我也未必去得成，有一大串的手續要辦。

然而，他們兩人居然都成行了。

海參崴，一九七四

海參崴的冬天並不那麼讓人覺得愉快，席德寧並非沒到過蘇聯，但這裡的天寒地凍跟莫斯科的嚴寒不同，所謂亞洲的俄羅斯與歐洲的俄羅斯中間隔著大片廣袤的平原，四千多英里，七個時區——西伯利亞列車一路疾駛，花了一個星期才到達俄羅斯的東方太平洋邊界。整個城市在冬天的雪霾裡灰撲撲的，所以街道上成排紅旗和海報標語格外顯眼，這當然是因為美蘇峰會即將召開的關係。他一路風塵僕僕抵達入住酒店，下了車先好奇打量，這間叫做切柳斯金的酒店在斯維特蘭大街，前身叫作凡爾賽酒店。律師要打聽的人一九一八年也許在那兒住過，在當年這是數一數二的豪華場所。當然在此時此地，對於選擇入住酒店他們其實沒有話語權，席德寧覺得這是個神奇的巧合。

世紀初建造的酒店曾經非常摩登，拱形的窗戶間裝飾著古典主義風格的柱子，材料是新藝術時代的產物，用的是混凝土和金屬，過去的時代的精華在另一個打算要欣欣向榮的時刻開出花來，說明那時侯整個城市也一心看著未來。酒店雖然改了名稱，但還存在著，已經是個奇蹟。

律師比席德寧早一個星期就到海參崴。席德寧一到，他就從酒店大堂迎出來，兩人此時見面已是他鄉遇故知，況且在這樣的世界的盡頭；他們真心誠意大力擁抱，像要風雨同舟一樣。

席德寧安頓下來。記者發布會的地點一直沒有確定，福特總統與勃日列涅夫也都還沒有到，謠傳中會場一天換一個地方。後來可靠消息透露附近一個叫作海洋站的軍隊療養中心是可能的場所，因為一週前有大批工人被緊急調去刷新大樓的外觀。

席德寧在酒店遇見幾位同業，記者除了塔斯社的，多半來自東歐蘇聯陣營的國家，其中一位他見過，是匈牙利人，見了面彼此熱情地握手，可是始終抱著戒心；美聯社的記者顯然被安排住在不同的地方，席德寧是拿著大公報記者的身分入境，他還有泰晤士報的證件，必要時才拿出來。

律師行事出人意表，原來這一次，他與幾位日本商人同行，他們全被安置在同一間酒店，律師約席德寧共進晚餐，幾個日本人在他身後一字排開，一臉雀躍，彷彿將要開始冒險的孩童，席德寧當然願意奉陪。

律師在香港的時候並沒有說真話，這倒反而解開了席德寧心中的疑惑，使得一切合情合理——尋人當然不是律師此行的唯一目的，他是陪幾位日本客戶來遠東考察的——這才是他能夠拿到蘇聯簽證的原因，上一年石油危機之後，日本開始尋求新的能源合作夥伴，蘇聯是近鄰，西伯利亞有天然氣，或者西伯利亞東部石油開發的願景更加吸引人，看樣子兩國之間有許多合作空間。

席德寧與律師並肩走在冬日嚴寒的街道上，律師裹著件皮草，像一隻熊，席德寧忍不住悄悄問律師，怎麼不帶一些美國客戶來看看？

律師笑笑，道，是客戶找我，不是我找客戶。但是這幾天肯定有美國的公司會來，我知道有一些公司確實對西伯利亞油氣開發有興趣，你在這裡沒準會碰上。

席德寧恍然大悟，道，看來美國人與日本人要一爭長短？

律師皺眉，說，日本人未必真的感興趣。他遲疑一下，道，項目本身有不少問題。他搖搖頭，像不勝煩惱，不打算多說。

那一次晚餐是行程中的亮點，居然是一頓朝鮮風味的菜餚，設在一戶朝鮮族人家中，不大的客廳裡擺了炕桌，中央兩口暖鍋噗噗燉著熱氣騰騰的牛骨頭湯，廚房傳來烤肉的味道，在這冰天雪地裡正適合所有亞洲人的胃口。席德寧起先佩服律師的神通廣大，竟然找到這樣的地方，但見他竊笑不已，便明白這其實也是官方為未來合作對象安排的旅遊景點。這一家朝鮮族人這兩年才從中亞搬回遠東，但能在政策剛剛開始變化就搬回來政治成分一定是毫無瑕疵。

席德寧問律師尋人的結果，律師一怔，似乎忘了這事，回過神來才說，我的客戶說他們這一家人到符拉迪沃斯托克計劃要住的是凡爾賽酒店，我也沒想到這酒店今天還在，來的時候頗有期待，可結果發現無濟於事。我問了一些人，原來一九二零年的時候酒店變成了軍事委員會的總部，一九二一年同情白軍的哥薩克領袖謝苗諾夫又把這兒當作了自己的私宅，他們在一九一九年左右要穿越整個西伯利亞，不知會花多少時間，到了也未必能在這裡入住……說到這裡，他聳了聳肩；日本人表示要乾杯，於是他趕緊將暖過的燒酒挨個給大家斟滿，然後一乾而盡。

席德寧記得那一雙眼睛，隔著熱氣升騰的暖鍋，難免有些光與影的閃爍，也許是掛著心事，他以為提起過去，心情難免沉重，但是如今看來人家早有周詳的計劃，布下天羅地網，等著他一步步走進去——他是大意了。

俄國人給他時間讓他摸索著陳年往事的脈絡，不過終究有些不耐煩，哼了一聲，說，你想起來了？那時分明有人不想讓俄羅斯與西方的合作可以順利進行，我們開發西伯利亞東部油田的計畫最終擱淺，你在海參崴不好好做記者的本分，卻志願在日本人與美國人之間起勁地傳話，豈知不是被人利用？他口氣溫和，好像是尋常的抱怨。

費烈看上去非常緊張，視線在兩人之間逡巡。

席德寧沉思了片刻，此時噗嗤一聲笑了，輕描淡寫說，有這回事？我不過作了些採訪的工作，的確跟美國人和日本人都說過話，寫了篇關於油田開發前景的專題，即便說過些什麼，也不過是一家之言，哪裡能夠興風起浪了——何況我說的是實話。

俄國人瞧著席德寧，像玩味著什麼，說，我不與你爭辯，但是你知道發生過什麼事便好。他起身走到桌前，將手中一直把玩著的小物件噠一聲放在桌上，道，這東西，你也有一件，你前輩有沒有跟你講過它的來歷？

費烈遠遠盯著桌上那小小圓形的物件，想要看個仔細；席德寧離那桌子一步之遙，偏偏不瞥一眼。俄國人指示費烈說，你拿給你老師看，看清楚了，我們才好說正事。

費烈等席德寧點頭才走過去，低頭揀起才知道是顆黃銅扣子，正面有顆五角星，中間是鐮刀斧頭的圖案，背面有一行俄文。他看仔細了才轉身，扣子托在掌心，伸過手去；席德寧卻示意他放回去，不慌不忙繞到書桌後，坦然坐下，對俄國人道，您先請說。

俄國人重新在沙發上坐下，不急著開口。

席德寧其實知道那是顆什麼樣的扣子，驀然出現，心中難免一沉——他對這扣子上所有的細節瞭如指掌，他並非對這小物件背後的故事全無了解，可是他願意先聽這俄國人的說辭，他可以確信自己的父親一定漏講了某些關鍵，不是想隱瞞，而是無法了解全貌；那些線索一時深埋，終有露出端倪的一天，可到時也許如同打開潘朵拉的盒子，從此釋放出無限麻煩，可是誰又能拒絕那樣巨大的誘惑。

俄國人看穿了他的心思，說，沒有想到這幾個月，這裡發生了這樣的大事，我看翻天覆地的變化還會接連不斷地到來，你準備好了嗎？

席德寧聽他這麼說，便明白他不打算在往事上糾結，可也吃不準他的意圖，於是道，你說的沒錯，所謂的巨變的確就在眼前，你難道不應該把眼光放在自家的門口？

誰知俄國人直認不諱，道，你說得沒錯。我的確有很多的疑慮，東歐諸國跟蘇聯的制度越行越遠，有人說曾經偉大的革命已經走到了末路——看樣子，蘇聯已經不能再給人們提供一個可靠的答案，多麼令人遺憾。可是時間不會停下來，我們還在這裡，路總要走下去——不是嗎？他口氣誠懇，與其說是挑釁，不如更像是在尋求盟友。

席德寧端坐沉吟不語。俄國人抬抬下頷，示意他看桌上那枚扣子，道，事實上，是我有求於你。如果這事能夠成功，那是雙贏的局面；若不成，於你也沒有害處。再說，據我了解，原本你已經在這樁事上花費了功夫。

席德寧到這時，才將那圓圓一小粒扣子揀起，金屬的觸感如同預期，可心中不由還是一動，像不期然湧起一些波瀾，好像隱約聽到不知來自何處的迴響。他很明白這俄國人話中所指，於是打個手勢讓費烈在書桌的對面坐下來。費烈鬆口氣，但猶豫，覺得本著禮貌至少遞茶奉水，可俄國人也擺擺手，口氣是命令式的，道，你坐下。

俄國人此時反客為主，像重新找到了世界的中心，然後穩坐在自己的山頭，像抹不開一些江湖習氣，優越感油然而生地說，我知道你手上也有這樣一枚扣子，當年那人將扣子分發出去，心中有構想，覺得會有這麼一天，讓手上拿著這扣子的人坐到一起——那些普世價值觀是怎麼宣揚的？他頓一頓，臉上有絲不以為然，可還是接下去說，他們說要手拉著手，心連著心，改變這個世界，把這個世界變成一個更好的地方，但是憑他們能做到嗎？世界怎樣才能變得更好，標準不同——即便用普世價值觀也沒法全解釋清楚吧，但是能者多勞，你說呢？

俄國人說得抑揚頓挫；席德寧已經將扣子放下，依然不說話；費烈覺得自己額頭冒出汗來，緊盯著桌子正中那圓圓一小粒，彷彿覺得那扣子會長出讓人無法掌控的翅膀。

俄國人接著道，另有一人，我懷疑她手上也有一樣的扣子，這個人你猜得到是誰。

席德寧不再推託，點頭說，Tse Dunn？

俄國人輕出口氣，道，台灣方面是不是想請你說服她出馬協調一些事務，可是她拒絕了？

席德寧不置可否。俄國人露出一絲氣餒，道，其實，我也還看不清楚她的路數，甚至她手上是否有這樣一枚扣子，我亦無法百分百確定，但是我知道她與這扣子原先的主人有極深的淵源，若手上沒有，可真說不過去。

席德寧瞧著他，淡淡道，你可以親自去找她問一問清楚，就像你現在不請自來一樣。

俄國人攤開手，道，她不願意與俄國人扯上任何關係。我注意到她是因為東西伯利亞開發那件事，那個跟你一起去西伯利亞的律師是她家的律師。

席德寧一呆，道，竟然如此。

俄國人凝視他的神情，忽然冷笑一聲，吐出一個名字——康斯坦丁諾夫……你想必聽到過這個名字……

席德寧像突然失去耐心，打斷他的話，道，你想要什麼？

俄國人說，我想知道她手上有什麼籌碼，也許她手上還有比這扣子更有趣的東西。傳說是有一些的，我說給你聽也無妨。康斯坦丁諾夫不在了，可還有一些公案子沒有了結，比如革命之後，他在西伯利亞的作為——那時內戰正酣，沙皇的上千噸黃金傳聞落到了白軍統領高爾察克手上。康斯坦丁諾夫當時去西伯利亞應當跟追查黃金去向有關，後來他回到莫斯科受到重用，可卷宗裡對黃金卻一字不提。但是他在二戰將勝的後期被內務部調查，恰克圖顯然是一個被關注的目標，甚至在七十年代還有人追查到那裡——整件事撲朔迷離，細想值得推敲。

席德寧嗯了一聲，皺眉。俄國人道，這些都是說不清的往事，她必定知道些什麼，可她現在就是不願意跟俄國人打交道，也許怕的就是會讓手上的東西曝光。如果她是個可以合作的對象，我們勢必要說服她，必要的時候可以推她一把……這樣一個人，我不希望她以對手的身分存在。

席德寧不以為然道，也許你高估她了。

俄國人意味深長道，也許你不知道，這兩個月你們在忙於處理的事務，其實中間有她的手筆。至少你們不無共識。

席德寧哦一聲，沒有掩飾驚訝，低頭思量片刻，抬頭說，那我們之間到底有什麼樣的合作基礎？

俄國人滿意地說，我們之間可以合作的空間就大了。這一點，你慢慢會明白。而且，為什麼要拒絕任何美好的願景呢？說到底，誰不想把明天變得更好？這就是我們合作的基礎。

俄國人伸手，席德寧過了幾秒才有所回應，願意與他握手；俄國人起身走過去，他身量高大，動作果斷，像不容對方遲疑，握手時用力，像是熱心地向遙遠過去致意，雙眼裡充滿了革命者的激情。

俄國人說，你可以稱呼我為康斯坦丁諾夫。

席德寧意外，揚眉看著他。

康斯坦丁諾夫簡單道，對，我用了與他一樣的名字。

送客的時候，席德寧說，我要一些時間考慮。

稍後，席德寧跟費烈交代，表示要去一趟恰克圖。

恰克圖，一九八九

那是八月中，蒙古高原天氣炎熱。他們在烏蘭巴托上車時候，看到隔壁站台遠遠停了一列掛著中國國徽的綠皮火車。列車的車窗與車門緊閉著，像一幅靜物畫，那綠色看上去異常鮮豔，彷彿飽含汁液的熱帶植物。費烈有些好奇，停下來打量。席老在他身後，一直沒有催促，費烈意識到自己停留太久，彷彿在做著一個長久的夢，等回過神來，一轉頭，見席德寧也遙望著那列車。席老點點頭，示意他往前走，一面道，那是K3次列車。

他們上車坐定，行李歸位，席老探頭瞧一瞧那列安靜停泊的綠色列車，繼續解釋說，這趟車從北京經烏蘭巴托到莫斯科，五十年代開始運行，當年乘坐的都是官員，曾經被人稱作是神祕的東方列車——本來我想帶你從北京出發，你也可以看看北京的樣子——不過，去北京還是另找機會吧。

車廂有上下兩個鋪位，席德寧訂了兩間車廂。

他們在夕陽西下時出發，將在淩晨時分穿越蒙俄邊界。

費烈靠在窗邊看外頭黃昏的風景，蒙古的草原一點也不像他想像中的那樣草長鶯飛，青蔥長翠，長期在烈日曝晒下的草原植物像處在一場無止境的生存搏鬥中，想要努力生長，卻受了地理條件的限制，成不了氣候，所有的植被只能伏地而生，在戈壁的日照下沒有充分表達生之慾望，就已經枯黃。火車逐漸往北，氣候微妙轉變，窗外植被也漸有不同，先出現灌木，然後是樹林——這時費烈才鬆了口氣——蒼鬱的松林比較接近他關於北國的想像——然後一切都融入到夜幕之中，他也困倦地閉上眼睛。

黑暗中，蒙古邊境警察拉開車廂的門，檢查放在桌上的護照。他其實醒著，能感覺到走道射進來的幽微光線，然後有人湊近他的臉龐打量，但是他偏偏動不了眼皮，困倦忽然像一座大山沉甸甸壓在頭上，邊防警察離開車廂的同時，他沉沉墜入睡夢中。

車繼續前行，他醒來時已經到了俄國邊境納烏什基。蘇聯警察上車檢查旅行證件，並沒有問任何問題。列車停靠兩三個小時，不知是例行公事還是特別的延誤。他們將在這裡下車。費烈收拾妥當，把床鋪收起成為沙發，席老過來時正好隔著小桌，面對面坐下。

窗外的景色已經靜止，可不知為甚麼，費烈有錯覺，彷彿車還在疾駛當中，景物還在不斷後退，黑夜中聽到的轟隆隆的車行之聲也還在耳邊綿綿不絕，彷彿下一刻列車就要對著遠方的地平線迸發出震耳的長鳴。俄國列車員這時端了盤子進來，在他們面前小桌放下麵包，牛奶和熱茶。

席德寧用俄語道了謝，然後對費烈說，你先吃早餐，等下還要趕路。

窗外站台上空曠無人，早晨的陽光給建築物硬朗的線條滾了一條燦爛的邊。費烈此時靜下心來，像耐心等待好戲開場的觀眾，儘管心中蠢蠢欲動，也只能坐在安排好的位置上。茶滾燙亦濃，調了牛奶顏色也沒有轉淡，喝下去，便跟這早晨一起甦醒過來了。

席德寧忽然道，我跟你一樣，這是第一次去恰克圖，雖然我的父親早就來過這裡。

費烈稍感意外，轉頭接觸到席老的目光，那眼神鎮定，可是有鋒芒，像冰之刃，能在陽光下反射出虹光來；費烈心中一凜，好像那些構想的已經在緊鑼密鼓的布置中。席德寧接著說，一九二七那一年，我父親在這裡住過一段時間。

窗外景物這時開始後退，火車緩行進入另一個邊境站台，穿著制服的蘇聯列車員來敲門，示意他們可以下車，終於可以入境。

接他們的是一輛半新不舊的伏爾加轎車，司機用俄文說了幾句，席老替費烈翻譯說，路程本來不遠，但是路況不好，恐怕要花些時間。

他們像是清晨出發探險的童軍，車行開上公路，頭頂著無垠藍天，彷彿是飛速往天際盡頭駛去，然而周圍很快出現樹林，林間道路坑坑窪窪，車時時被震得彈起；費烈搖下車窗，冷冽的新鮮空氣湧進來，隱約聽見鳥的鳴叫，但被車子高昂的馬達聲蓋住了，他轉頭看席德寧，對自己的雀躍有些不好意思，席德寧下巴抬一抬，讓他注意窗外。恰克圖地處邊境，設有軍事基地，訪客事先需要辦理特別的邊境證件，費烈好奇張望，顛簸中果然看見樹林後一閃而過整齊排列的裝甲車輛——他覺得新奇，香港長大的孩子對蘇聯的了解始終隔著許多的屏障，其中還包括了解的意願，此時他推開了一扇新的門。

席德寧開口，費烈忙把車窗搖上去，重新把自己安置到一個私密的空間裡；窗外景物明明在流逝，可林子越來越密，好像一隻匍匐不動的巨獸，來自遠古，俾倪著一切變遷，席德寧目光也流連在那蜿蜒的濃蔭裡，同時感慨說，要了解一個地方還是要多了解過去——等明白了歷史，對這個世界今天的格局也能看得更清楚。沉默片刻，他又說，我也想多帶你去北京走走，往後這些年，我們都應該多看看，這個世界會沿著什麼樣的軌道走下去。
這個世界還會好嗎？費烈脫口問道，他的聲音響得有些突兀，在車內狹小空間裡好像要產生回響。
席德寧嗯了一聲，重複他的問題，好像問自己——會好嗎？又過了好一會兒，才答非所問道，這個世界是你們的。
費烈咦了一聲，抬頭，席德寧的目光掠過他，落在移動的風景上，像在追逐著外面世界的光與影。
席德寧彷彿心中有莫名感嘆，長嘆了口氣，道，這句話是有出處的，原話是這麼說的——這個世界是你們的，也是我們的，歸根結底還是你們的——這樣的話說出來，可以是鼓舞，也可以是煽動——此話一出，多少人便在躍躍欲試想要創造一個新開始。但是，我今天跟你說這句話，至少出發點是誠懇的。今天，我們經歷的一切還只是一個過程，要繼續走下去，才看得到結果——我說不準還能走多遠，但是，你至少會走得比我長久一些——我說世界是你們的並沒有說錯。
誰知費烈靜靜地答道，我知道這話是誰說的。
席德寧喔了一聲。
費烈頓了一頓，說，這些日子，我看了些書，覺得自己補了課。我本來以為看得越多就越接近真相，可是卻越看越糊塗，不同的人說不同的話，記載下來的往往相互矛盾，讓人困惑。
席德寧嗯了一聲，道，有什麼是你想不清楚的？
費烈有些為難，低頭沉吟了一會兒，才開口道，我不明白，在許多災難之後，人們怎麼可以若無其事地繼續走下去，甚至不願意去追究到底是誰做錯了。
席德寧一怔，然後慢慢露出溫和笑容，伸過手去，拍了拍少年的肩膀，沉默許久才接著道，人民願意原諒，這就是所謂的順應民意——大部分的歷史，恐怕都面臨著被忘卻的命運，僥倖地希望同樣的錯誤不會重犯。假使事與願違面臨重蹈覆轍的局面，也許會導致這樣兩種可能——過去更加變本加厲地被掩蓋，或者歷史的真相因此被重新檢視，浮出水面。

費烈驚訝，席德寧道，不必想太多，時候到了，很多事自然會有個了斷的方法。

費烈猶豫，追問，現在已經到時候了嗎？這話問得太孩子氣，出口他就後悔了。

但席德寧認真想一想，搖頭說，我想還沒有。

費烈忍不住又問，所以您覺得現在的這個世界還不是太糟糕，還有希望？

席德寧耐心道，我們誰沒有藏著一些希望？然後他往前張望，道，快到恰克圖了。

沿路的風景沒有太多變化，並沒有與城市逐漸靠近的感覺；司機跟席德寧聊了幾句，席德寧便笑了，告訴費烈道，他說這裡現在是個大農村，問我們為甚麼過來。然後嘆道，一個世紀之前，這兒也是個因為貿易而繁華的城市，這一點跟香港有些相似。

費烈遲疑道，可這兒沒有海，也沒有河，先天缺乏貿易城市的條件。

席德寧淡淡道，海也罷，河也罷，沙漠也罷，歸根結底一切由人的意願決定。他的態度有種高於一切的超然，但也許那只不過是為了掩飾無奈；車緩緩停下時，他搖了搖頭，嘆了口氣。

他們計畫在恰克圖停留三天，行程緊湊，席德寧約了些老人，費烈猜想他想要發掘一些舊事。他想起康斯坦丁諾夫提到的關於沙皇黃金的傳說，但席德寧對此行目的仍舊隻字不提。費烈像熱心等著故事結局的孩子，心中模糊的期待日益生長著。

他們住的那一區靠近俄蒙邊界，叫做斯洛博達，字面的意思正如那個司機所說——大村子。住所周圍木結構的房子都是新蓋的，外牆刷了各種鮮亮的彩色，他們住的那一幢有鮮藍的色調，勾著白邊，像藍天不小心掉下了一塊——席德寧找人安排，借住在當地人家中，主人是布亞特人，有典型的蒙古人的臉龐，要不是聽到對方一口俄文，費烈要疑心自己還沒有離開蒙古國境；男主人有公職，身為蘇聯政府部門幹部非常敬業操勞；主婦負起招待客人的責任，殷勤好客，親自包了羊肉包子，用洋蔥和草原上的野韭菜調味，也特別用酸奶油和麵粉做成薩拉馬特招待客人，這跟費烈在香港吃到過的北方風味大異其趣。主婦在早晨給費烈端上一杯鮮奶，把他當作孩子，對他照顧周到；雖然語言不通，但是費烈感覺到天然的好意，像不經意地被微風拂過，自己好像是那些風塵僕僕穿過風暴的旅人，得到草原人家的照顧，醒來時已經風和日麗；這幾個月的奔波像一場夢，被放進了時間的膠囊，草原也如同停留在時光某處，大地靜止著，紋風不動。

短短數日，席老忙著與人會面，並不帶著費烈，主婦怕他氣悶，找了張紙，畫出地圖，細心從自家位置出發勾出箭頭，她說她的語言，打著四海皆準的手勢，意思是讓他自己按圖索驥。手繪的地圖指向恰克圖城區。舊城區格局緊湊，兩條平行的主街以列寧和他的夫人克魯普斯卡婭名字命名。兩邊的老房子大多年久失修，空置無人，昔日住戶都致力裝飾外牆窗框，各種美妙繁複的設計如同一場回顧的展覽，只是繁華已經日久蒙塵失去了觀眾。

他從街道的一端走到另一端，再走回來，像走在虛架於時空的橋梁上，流水早就揚長東去，自己只是個不相干的路人，錯過了一切。他悻悻然迴轉去，當走近那排新建的小屋，抬頭驀然見席德寧正在門前等著自己，心頭一寬，像重新找到目標。時近黃昏，如果在南方，現在夕陽早已西下，但此地陽光仍舊強烈刺目，把一切照得如同亮堂堂的舞台；席德寧像站在台上顧盼，多少顯得形單影隻，費烈覺得那是個孤獨的舞台，可他也想要站上去，歸根結底，他們彼此需要。

席德寧帶他往東正教堂的方向走去。這座恰克圖的地標遠看高聳醒目，可到了跟前，卻不似想像中高大。教堂正門緊閉，建築外牆圍著一圈腳手架，整修進行了一半。席德寧繞著教堂走了一圈，然後抬頭端詳，遠眺前方大片緩緩起伏的山丘原野，他們背靠教堂，不自覺地一起用手遮光，動作姿態一模一樣。遠處有飛鳥貼近地平線翱翔而過，近處低層的木結構房子羅列有序，周圍一點聲息也沒有，可是費烈聽到風的聲音，呼呼地吹來，有燎原之勢。

他挺直身子，覺得自己與席老並肩而立姿態有某種寓意，即便只是兩個人的集體，也有種同進共退的相濡以沫。他忽然意識到自己在想念什麼，原來才離開人群不久，自己心中已經有回到世界當中去的渴望，彷彿心中早有集體主義的種子生根要發芽，他渴望被看見和聽見，於是，緊隨著席老在燦爛夕陽中繼續闊步而行。

離教堂不遠有個小廣場，中間圍了一座小花壇，面向教堂立著一尊列寧塑像，呈灰白色高度與真人相仿，因為被高置在台座上，看上去分外巍峨。台座原本應該與塑像同色，可不知甚麼時候被漆成了實用主義的工業藍，與他們借住的那座房子的色調只差了一點點，可是刷得太潦草，塑造的恍然是完全不同的世界。席德寧淡淡道，這樣的塑像，整個蘇聯到處都是。

費烈仰頭打量，目光順著塑像凝視的方向望去，正是東正教堂的位置。席老遙望一眼，道，聽說他們想把那座教堂改成一座中亞地理博物館，這不知要花多少時間才能辦到。那缺乏信任的口氣聽上去有些高傲，帶著來自以高效率運作為目的現代社會的優越感。

背後傳來突突的聲音，一台小貨車駛近，在不遠處一道鐵門前停下，鐵門之後是一道仿羅馬式柱廊，希臘式石柱上頭頂著三角眉牆，後邊還有三十多米高的一座尖塔樓，眉牆之下，中間一道拱門上橫架了一幅褪色的宣傳畫，昂首闊步的一組工人清晰地顯示了畫作的年代——所有人被口號鼓舞團結在一起，而且一定要邁開大步一起往前。不同時代的印跡疊加在一起，混淆了此時此刻的身世。

席德寧知道他的疑惑，因此解釋說，現今這裡邊是一家棉紡廠。他的聲音被小貨車的馬達聲淹沒，他們看著鐵門緩緩打開，車子開進去，放慢了速度，像電影裡的慢鏡頭；車子消失在視線之外，轟鳴卻還留在了耳邊，費烈意識到那其實是紡織廠機器的聲音，是生產年代的詠嘆調，像潮水般淹過草原，慢慢地已經占據了每一個角落。

席德寧感慨道，一個城市的命運跟人的命運一樣殊難預料。在過去的時代，誰能想得到那樣繁榮熱鬧的茶葉交易所會變成這樣一座工廠。

茶交易所？少年驚奇。

對。席德寧答道，在恰克圖的鼎盛時期，這裡每年有幾百萬箱茶葉的交易量。俄國革命後，這地方閒置多年，庫房被改造成國營紡織廠是在五十年代……恰克圖的繁華煙消雲散，交易所改造成工廠，也還算是另外一種熱鬧，這也許不是最後的結局——聽說政府想把它改建成一個博物館，這也不失為一個好的歸宿。

費烈仍舊聽見機器操作的聲響，視線落在鐵門的另一邊；席德寧卻看看手錶，拍拍他的肩膀說，你想進去看看？我們只有改天再來。今天我們還約了別人。他一面說，一面轉身，匆忙中道，歷史總是示範著一樣的規律，一個地方生而長，到巔峰再墜落凋零——鼎盛的繁華終有消逝的一天，過去總是慢慢沉入歷史。

費烈緊隨其後，疾走兩步，忽然說，恰克圖以貿易起家，香港也是如此，這是不是有一些相似？他覺得自己的聲音好像來自另一個空間，因此話一出口，聲線就低了下去。

席德寧腳步一滯，回頭看他，道，你是不是想問像香港這樣的城市，今後會不會也墮入類似恰克圖的命運？誰也沒法預知未來，人無百日好，花無百日紅——殞落本來就是一種自然的規律。他說到這裡見費烈眼中出現一絲驚懼，視線緩緩轉開去，放慢腳步，沉聲道，我出生在香港，自小看著他日日變化，起高樓，宴賓客的日子多麼好，我當然希望今後馬照跑，舞照跳——誰也不想自己熟悉的生活突然改變。

席德寧領著費烈走上一條岔道，費烈踩著腳下的碎石，瞻前顧後，不由想到崎嶇之道這樣的詞語，席德寧沉聲穩步走在前面，他只有跟上去。路的兩邊錯落著一些小小的新房子，如同童話裡散落的積木，為了鋪陳什麼而存在——果然路到盡頭轉個彎便見一座老房子拔地而起，頗為壯麗，走近卻看清牆面其實已經剝落得厲害，上下的窗戶全從外面釘了寬木條；大屋外牆連著一道拱門，裡邊偌大一個院子層層疊疊搭著簡易建築，像個潦草的倉庫，讓人無法插足。

大宅的正門上也釘著寬木條，席德寧走上台階，試著推了推便放棄了，開口道，這房子以前的主人是個成功的商人，一九一七年革命之後就離開了。

費烈踢到一塊石子，地勢傾斜，石子滾動著停不下來，好像咕嚕嚕地要掉入某個深洞，他下意識上前，用鞋子阻擋了那石子的去路，正好一步踏入大屋的陰影。他聽見席德寧說，當年我父親到恰克圖的時候，應該在這裡住過。他回頭看他的老師，被西下的光線晃了眼。

席德寧繼續道，各種因緣際遇真是難以解釋，誰想得到這麼多年之後，我竟然會站在這裡。看來有些往事不甘於寂寞，急不可待想要浮出水面。

費烈熱切地接口——那有些真相就會公諸於眾了吧。

席德寧感嘆道，我們總是想探尋祕密。祕密其實就像一顆種子，被埋在土裡，不是為了隱藏，而是要等它發芽長成一棵大樹。有的種子是無意間飄落自生自長，而有的卻是被刻意種下，我們今天見到的其實是多年前就被布下的棋局。

費烈道，你的意思是說這也許是個圈套？

席德寧搖頭道，倒未必，與其說是圈套，不如說是有人用野心編織了一個陷阱，也許根本是作繭自縛——他在時光中布局，並不是為了自己，——人生有限，有的人想要青史留名，有的人連是否留名也不在乎，只想將自己的影響流傳下去，所以不單單要種植一棵大樹，還想要栽培成片的樹林，錯節盤根，枝繁葉茂，龐大的存在讓人無法忽視——明明是人，卻要做神做的事，這是要付出代價的。

費烈回味著這話，天上雲層移動，也在地上投下慢行的影子，他出了神，彷彿看顧著一條緩緩流淌的大河。

席德寧繞到大宅一側，沿著牆根走了幾步，見有扇木門，伸手敲了敲，正拿不定主意該推還是拉，誰知吱呀一聲門竟然開了。門後站著他們的房東——那位布里亞特幹部，旁邊還有位老人，老人抬眼看著陌生人，眼中露出不合時宜的膽戰心驚，皺紋縱橫的臉更是皺成一團，搶先一步要往外走，被房東一把拉住，房東一面尷尬地陪笑點頭，一面湊近老人耳邊說了些什麼，老人終於遲疑著安靜下來。

幹部抓著老人胳膊的手一直沒有鬆開，有些無奈，跟席德寧說，就是這位老人，他應該見過你的父親。你父親來恰克圖的時候，曾住在這裡。幹部將老人朝自己拉近一點，用介紹的口吻說，他小時候起就受雇於葛都賓家，在這宅子裡做事，興許記得些什麼——只是年紀大了，腦筋不太好，能記起來多少不好說……

費烈好奇打量，這老房子不單外表年久失修，屋內更是破敗不堪，堆著一座規模不小的廢墟。屋子牆壁的間隔全被推倒，一架樓梯蜿蜒向上，卻斷在半空，無處可去；倒下的牆，掉落的天花板，殘缺的家具，還有說不清的各種垃圾，如同電影裡刻意布置的末日鏡頭；過去一切已經轟然倒塌，可蛛網無處不在，層層纏繞著各種殘缺的櫃子，桌子，椅子……像是不甘心，把一切囚禁在了記憶的荒漠。

老人這時忽然開口說，那時候他們總喜歡坐在有壁爐的那間屋子。他夢遊一般繞過半壁牆，伸手推開一扇已經不存在的門，小心翼翼跨過地上的垃圾，臉上掛著神祕的笑容；他們跟著他，在地上厚厚的灰塵間留下雜亂的腳印。

老人左顧右盼，在屋子中轉了好幾圈，如同迷途失去方向的孩童，可眼中逐漸恢復神采，像閃爍著幾點智慧之光，彷彿歷盡周折後，終於在逐漸靠近真相。他思前想後，走向靠在牆邊一個大櫃子，奮力從側面要將它推開去，櫃子的門砰一聲掉了下來；費烈趕緊上前一步扶住搖搖欲墜的櫃子，將它斜斜挪開一點，後面有一扇門。幹部發出一聲驚呼，席德寧緩步上前，伸手推開，手掌覆在門上，像推開神話中那些被守護的門，裡邊竟然還留著一間空曠完整的屋子，塵埃覆地如同一層薄雪，但是有種異樣的整潔，所有物品家具都已經移除，只剩下牆上一個壁爐漏過了時光的濾網，留了下來。

費烈落在最後，留在門邊遠遠打量，那壁爐亦蒙了塵，可頂天立地，陶磚表面色彩斑斕的釉彩和繁複花紋像傲然打敗了時光，鮮妍如昔，在灰濛濛的塵霾間開了一扇如花似錦的門；壁爐頂端立雕拱背高達天花板，如同一道桂冠俯視凡塵，嚴守著一道不能讓凡人逾越的屏障。

席德寧走到壁爐跟前，舉手觸摸陶磚，手指劃過，在表面留下淡淡一道痕跡，布里亞特人在他背後忽然咦了一聲，俯身伸手探入壁爐，摸索一下，從灰燼中拉出一柄黑乎乎的容器，撞在爐壁上，叮的一聲。他用力抖了抖，拉起一點衣袖擦了擦，露出一點朦朧的金屬光澤——正是俄國人喝茶用的Samovar茶壺。

老人忽然一個箭步上前，將那柄茶壺搶過去，抓在手中，走到窗邊，借著光，細細端詳。斷言說，這不是以前的東西。以前我沒有見過這把壺。他像魔怔了，視線飄忽，落在窗外。這窗戶頂天立地，從釘死的寬木條縫隙看出去，正可以看見剛才的東正教堂，遠處是低矮的山丘和蒼鬱的松林。老人怔了半天，忽然用佩服的口氣說，這兒望出去，可都沒有變化啊。

布里亞特幹部正要上前，席德寧遞了個眼色，幹部會意，看了老人一眼，轉身離開了房間，走出門口的時候，忍不住回頭打量。

席德寧踱到窗前，光影落在臉上，明暗相間，老人轉頭看他，若有所思，忽然好像醒悟，急切地問，你要問我什麼？好像急不可待想要完成被配置的任務。

席德寧回頭，老人卻臉露迷惘說，好多事我記不太清了，你問太多，我可能就什麼也想不起來了。他直視著席德寧，慢慢綻放出一個無辜的笑容。

他們在窗前並肩而立，老人比席德寧矮了一個頭，移動半步，向席德寧這邊擠了擠，彷彿徬徨無助，尋找著依賴的孩童。

席德寧側身接過老人手裡一直緊緊拽著的那柄壺，語氣平常地說，我父親跟我說起過這種俄式的茶壺，他是蒙古人，年輕的時候來過恰克圖。

老人咦了一聲，疑惑地問，你的父親？年紀跟我一樣大麼？

席德寧耐心笑道，他應該比你年長，當年來這兒來的時候，你可能還是個孩子。

老人立刻辯解道，我怎麼會是孩子，我那時候已經十八歲，十八歲的孩子已經懂事。

席德寧回頭看了一眼費烈，老人也驀然轉身對著費烈說，這孩子差不多也有十八歲了吧，他若懂事，我十八歲時候怎麼會不懂事？

席德寧像安撫孩子一樣回答老人，道，當然，你已經懂事，你那時候已經十八歲了。

老人指著費烈說，就跟他一般年紀——我們個子也差不多，我應該跟著那人走，到莫斯科去，結果我留了下來，就再也不能離開了……

莫斯科？席德寧像在聊家常，隨意地說，我的父親不是從莫斯科來的，他是蒙古人，這你記錯了吧。

老人睜大了有些渾濁的眼睛，認真而肯定地說，我沒有記錯，他是俄國人，他搬到莫斯科去了。他是來找人的。我知道他要找誰。

席德寧不與他爭辯，好像願意承認了他所說一切屬實，關心地問，他要找誰？那年月，要找人可沒有那麼容易吧。

老人呆呆想了一會兒，反問道，他找到她了嗎？

席德寧配合他，驚訝問，你認識她？

老人說，我當然認識，我見過她，她是個小孩兒的時候我就見過。她就住在這兒樓上的房間，那時候他們抓了頭小熊關在院子裡。他指著窗外，比劃了一下，臉上閃過一絲燦爛的驕傲，道，就在那裡，就是我管著那頭熊——她從廚房偷了熊愛吃的蜂蜜，央求我喂給熊吃……後來……

後來？席德寧眼光一閃，瞟了費烈一眼，耐心追問。

後來？老人的思緒似乎亂了，回頭盯著看了費烈幾眼，想了想，道，他找不到她的，他們家的人全都恨他——以前不是那樣的，他們在一起時多麼開心，可是……然後他彷彿害怕，瑟縮了一下，道，不可以那麼說，這一定是運氣不好，可不能怪別人……我們當然是遇見好時代了，絕對是的。他說到這裡，好像害羞，咧嘴笑了一笑。

席德寧嗯一聲，同情道，嗯，那麼久了，過去的事不記得了也屬尋常。

老人說，我怎麼會不記得？他們家的事我都知道，她的母親本來應該是蒙古的郡主……可那時候沒郡主，也沒公主了，革命之後，就沒有貴族了——我知道他們一家都擁護革命，——但是那一年她整天發愁——對了，她跟葛都賓家的小姐們很要好，她是替他們家擔心，一定是這樣的。

老人說得顛三倒四，席德寧好像不介意，一面尋思，一面問，你說的是哪一年？

就是那一年，那一年葛都賓家的人都走了。

嗯，到底是哪一年？

老人卻露出驚慌的神情，張口結舌地說不出話來，席德寧便拍拍他的背，不再追問。老人喘了喘氣，困惑地說，可是為什麼有那麼多人要來找她，連克柯勃也來過，你們一定也是來找她的？

嗯？席德寧淡淡問，你不知道他們要找她做什麼？

老人壓低聲線，說，他們自然是要找她運回去的東西。

席德寧皺眉，繼續問道，你說的是誰？是母親，還是那孩子？

老人不耐煩地說，當然是那孩子，我不是跟你說過，他來找她的時候，他們別的人都已經死了。

席德寧轉身將手中茶壺在壁爐前輕輕放下，老人卻追著他問，你想知道她運了什麼東西回去嗎？

席德寧站起身，看見老人眼中熱切的光，忽然厲聲道，會是什麼東西，難不成是傳說中的高爾察克的黃金？

老人嚇了一跳，瑟縮著說，我也真想知道。一定是比黃金還要稀罕的東西，你說是不是？

席德寧認真瞧他一眼，說，你知道？那你告訴我那是什麼？

老人忽然詭異地笑了，說，你以為我會告訴你嗎？他們打我，打得那麼狠，我也沒有說，我為什麼要告訴你？他一面說，一面拉起袖子，手臂上有一條條縱橫可怖的傷痕，費烈吃了一驚，上前一步，老人問他，你要看嗎？我身上的疤痕也一模一樣。

費烈打了個哆嗦退後一步，席德寧上前將老人的袖子重新擼下來，說，我們是朋友，我不會逼你做任何事。

老人小心翼翼將袖子擼平，道，他們每個人都說是他們的朋友，結果呢？結果他們打我，我以為我要死了，可是，可是……可是，我還是不說！他們就在這間屋子裡打我……可我，我真的什麼也不知道。說到這裡，他失聲哭了起來，如同草原上嗚咽的風聲。

費烈退後幾步，背抵著牆，才像找到了依靠，他覺得不自在，聽到自己沉重的呼吸，老人的話似乎兜了個圈子回到原點，空氣在面前漸漸凝固，堵住了所有可能的路徑；席德寧輕輕拍著老人的後背，老人終於停止哭泣，彷彿墜入夢魘，緩緩坐下，委頓在地，失去了全部力氣，變作了這古老廢墟的一部分。

席德寧說，他們不應該打你，康斯坦丁諾夫知道嗎？他不會容許他們打你的。

老人忽然揚起臉，嗤地笑了一聲，道，你是說米夏？他早就死了吧，他很久沒有到恰克圖來了，你說他後來找到她了嗎？

席德寧半蹲下身，語氣忽然抬高幾分，問，他們為什麼打你，他們要找什麼東西？

這時半掩的門嘎一聲被推開，布里亞特幹部探頭進來，也許他剛才壓根沒有走開，他對席德寧道，他糊塗了，你再多問，他也說不清到底發生了什麼事，自從那次被克柯勃的人盤問，受了驚嚇，他說話就顛三倒四了，他說他們在找琥珀屋——就是聖彼得堡冬宮失蹤的那座琥珀屋——這怎麼可能？如果說是找高爾察克的黃金，倒還有些影子……他搖了搖頭，作出結論——匪夷所思，一切不值得追究了。

席德寧問，那是什麼時候的事？

幹部聳了聳肩，道，是戰後？那時恰克圖已經成了不起眼的小地方，那些人那樣大張旗鼓來恰克圖找人找東西，確是少見。不過，他們什麼也沒找到，後來就往烏蘭巴托去找線索了。我看他們也不是克柯勃的人，克柯勃不可能是這麼辦事的——戰後想要混水摸魚的人很多……他看了一眼席德寧，道，不管是黃金也好，琥珀屋也好，反正都是以訛傳訛，你只能把它們當作傳奇故事，今天的恰克圖已經沒有祕密了，所有事情都在陽光下一清二楚，一覽無遺！他說著就哈哈笑了。

費烈上前扶起老人，替他撣身上的灰塵。

席德寧淡淡問，難道恰克圖真有關於黃金的故事？

幹部立馬搖頭，說，怎麼可能。但是故事歸故事，現實是現實，如果想要為了尋寶來恰克圖，是注定會失望的。

嗯？

我們早就跟過去告了別。幹部這樣說。

老人這時站得筆直，拍了拍手，說，幹部說得對。過去看不見了。然後一本正經加一句，我們在新的社會裡，生活是幸福無比。

席德寧淡淡一笑，似乎表示贊成，環顧四周說，我想在這屋子裡再到處瞧瞧。

幹部連忙說，那是當然。

費烈走過去將老人扶起，老人緊緊抓住他的手臂，嘴裡嘟囔著什麼，費烈雖然聽不懂他在說什麼，但是強烈地感覺到他在跟過去較勁——也許留戀著什麼，也許忌憚著什麼，可是過去的路已經堵死了。費烈心中不安，看席德寧的表情，覺得他這次要失望了。

幹部在他們旁邊道，這樣的老房子在恰克圖還是有一些的。他彷彿有些抱歉，說，但是多半沒有留下什麼……過去的東西容易毀壞。他想一想，這麼說，口氣盡量輕描淡寫。

費烈覺得他想說的恐怕是——破壞來的時候，沒有一點留戀的餘地，一切都被狠狠地推倒了。可是誰也不再開口，好像過去已經變作禁忌。費烈扶著老人，老人又抽咽起來，費烈擔心地望向席德寧。

席德寧拍了拍老人的肩膀，說，他沒事，只是不太想記起過去，我們不必難為他。

費烈覺得失望，席德寧卻若無其事。

地上的灰塵又厚又重，他們好像穿過叢林，經年積累的落葉都花作了塵土，踩上去卻感覺不到絲毫的重量，時光灰飛煙滅了。

ℰ

席德寧在離開恰克圖之後，才從頭交代往事。

席德寧說，你不是外人，我應該把前因後果告訴你。這本是家長裡短，不足為外人道。大概是因為長輩都早逝的緣故，我的家庭觀念薄弱。我年輕時候以為繼承了上一輩的衣鉢，一心想做大事，害怕牽絆——自己隨時有可能面對各種意外，便不想再製造原生的負擔。他說到這裡，微微皺眉，好像身體深處突然傳來的某些久宿難去的疼痛，然後臉上閃過一絲決絕，像撣灰塵一樣將不適拂了開去，淡淡道，現在我又把這種負擔帶給了你，希望你不要怪我。

席德寧寥寥數語，費烈聽得驚心動魄，一老一少對視，都望見彼此眼神中閃動的一點光，是了解，伴隨正在形成的默契，他們只能逐漸結成牢不可破的聯盟，彼此成為戰友。席德寧說：我小時候第一次聽到恰克圖這個地名是偷聽我父親與客人的談話，來客是幾位俄國人。父親的書房有道夾壁，我喜歡坐在裡邊看書，他的客人來了，我來不及走避，可不能怪我。他們不著邊際談東談西，直到最後才切入正題，原來那些人在追查一筆在俄國革命之後的內戰中遺失的黃金。

費烈聽到黃金二字，神色一凜。席德寧點點頭繼續道，而且他們提到一個人名，就是康斯坦丁諾夫。

費烈不由啊了一聲。

席德寧道，沒錯，你看往事終究會浮出水面，躲也躲不過。他似乎無奈，可又繼續津津樂道，來人咄咄逼人，父親只好承認自己的確在二十年代末受這位康斯坦丁諾夫所託去過俄蒙邊境，可他並不清楚前因後果。那些俄國人說康斯坦丁諾夫一九一八年左右曾奉命在一座邊境小城執行任務，可我父親辯解，他遇見康斯坦丁諾夫是在一九二七年，雖然他去的也是那座小城，可相隔了十年左右，那地方已經物是人非，康斯坦丁交代的事跟黃金沒有任何關係。

費烈問，那小城就是恰克圖？

席德寧點頭，說，可不是，但當時我只覺得這個名字念起來拗口。客人一走，父親就啟動書架機關打開夾壁，我無處可遁，他當然知道我在偷聽，可看上去卻如釋重負，好像本來就希望我了解這些往事，可也沒有多作解釋。我被尋寶的可能性迷住，從父親的書房翻出一些歷史書，想要查找來龍去脈，因此瞭解了不少俄國的歷史。

原來在一戰之前，俄國的黃金儲備在世界上居於第一，其中近一半存放於喀山銀行，大約有一千六百噸。一九一七年十月革命之後，紅軍試圖把黃金運走，當時內戰驟起，形勢迫人，來得及運走的不過一百箱。接著，白軍占領喀山，黃金便到了白軍統領高爾察克的手裡，及至高爾察克垮台，這批黃金的去向便成了永久之謎。我一頭扎在故紙堆中，只覺得自己在浩瀚的歷史驚濤駭浪中起伏，對湮沒的那些人和事充滿了同情。他們都舉著愛國的旗幟，卻在戰場上拚得你死我活，然而時間過去，生命終結，所有人都沉入歷史，灰飛煙滅，我們這個時代早就將他們遺忘了。我被這些往事吸引，父親的書看完了，像個老學究一樣一頭扎在圖書館裡查閱更冷門的資料，樂此不疲，就這樣，幾個月的時間過去了，父親將一切看在眼裡，等我折騰夠了，才問我到底找到了什麼。我躊躇不知如何回答，他卻笑著說真實的歷史可不一定記載在冊。我這才意識到我真是捨近求遠了，我這才開始了解我們家的過去。

父親在一九二六年底去了趟恰克圖，在那兒停留了很久，結果無功而返，不過回到庫倫，他的運氣卻突然好了起來，命運徹底改變。要說那年發生了什麼事，還要先從他的身世說起，一切始於遙遠漠北。父親相信事在人為，那些年中任何一個決定稍有偏差，後來的我們就不會站在此時此地。

席德寧望向窗外，那裡的黑夜暗沉沉地籠罩在城市萬家燈火之上，他們熟悉的城市正在他們熟悉的時代中往前走，可是過去更讓人浮想聯翩。席德寧接著說：

我祖父是漢商，我祖母是蒙古人。祖父在關外經商多年，彼時蒙漢之間禁止通婚，祖父覺得待在蒙古不是長久之計，想要帶妻兒回故鄉，自己先行一步去關內打點，結果卻沒有回來。我祖母帶著我父親再嫁，我的繼祖父是蒙古人。我父親長大的時候，庫倫正走在一條想要現代化的路上——城裡不單看得到汽車，還有西式的咖啡館，酒館，百貨商店，雖然在蘇俄影響下對到訪的外國人有種種限制，但主要針對的是日本人，整個庫倫還是充斥著各種各樣外來人口，有漢人，歐洲人，美國人，俄國人最多，而且掌握了當時的話語權，但蘇俄勢力關心的都是政治問題，對於蒙漢通婚這種事，根本不放在心上，也沒有執行的興趣；也許是這個原因，我父親到了成婚的年齡，娶了一位漢人姑娘。那時的庫倫不是一個封閉的世界，內陸的草原王國已經開了一扇窗，窗外風景非常誘人。我父親大概一直覺得總有一日會南下，去沒有到過的地方，而且就算是為了尋根，也應該走這麼一趟。

一九二四年成立的蒙古人民共和國將庫倫正式改名為烏蘭巴托，允許蘇聯在蒙古駐軍，於是許多蒙古人為俄國人做事，其中有些人被鼓勵加入第三國際，彼此間開始以同志互稱，感覺非常進步，好像走在時代的前面，滿身沐浴著光輝；那時許多人相信蘇聯找到了一條比西方更為先進的捷徑，可以帶領落後的國家，一步領先早日抵達理想社會。我父親當然也想要參加這個組織，可不得其門而入，直到碰見康斯坦丁諾夫。康斯坦丁諾夫在一九二六年抵達烏蘭巴托，急需找個當地人跑跑腿，想要這份差事的人不少，他選了我父親。我父親跟在他身邊幾個月，打理的雖然是無關緊要的小事，但察言觀色也看出這俄國人不簡單，駐烏蘭巴托的蘇聯大使對他殷勤招呼，穿軍裝的那幫人也對他不敢怠慢，而且他不光在蘇俄這一邊很吃得開，居然在當時駐庫倫的馮玉祥的國民軍中也有個顧問的頭銜，我父親覺得跟著他應該沒有錯。

一九二六年底，康斯坦丁諾夫要我父親跟他跑一趟恰克圖，出面辦妥了護照及一應手續。從庫倫到恰克圖約有五百里，嚴冬天氣沿途積雪，車行極慢；他們在路上走了差不多三天。這不是我父親第一次去恰克圖，以前他住過蒙古境內的買賣城，這一次卻發現漢商聚居的這座買賣城已經在幾年前毀於一場大火。他跟隨康斯坦丁諾夫在邊境另一邊的恰克圖落腳，借住在一所老房子裡。

費烈插嘴道，就是我們去過的那一幢？

席德寧說，可不是。那裡有許多這樣的老房子，主人在革命後的幾年離開，新遷入的居民把房子分割，化整為零，每家每戶不過分到一個房間，打開房門，便是同一個屋簷下公社般的集體生活，這是當時的制度決定的。

那時這所房子內部應該還基本維持著原樣，康斯坦丁諾夫對那宅子裡的一切熟門熟路，我父親跟著他檢查每一個房間，那時房子裡還留著以前的家具，甚至還有幾件藝術品，康斯坦丁諾夫流露出一些傷感，對我父親解釋一些物件的來歷，似乎對過去戀戀不捨，不像是一個革命者的情緒，這讓我父親印象深刻。

對我父親來說，到了恰克圖，就像到了世界的邊界，差一步就可以走出去，可是究竟能走到哪裡，心中一點把握也沒有，所以把走這一趟當作是機會，告訴自己要小心應付。康斯坦丁諾夫只在當地留一個晚上，便十萬火急繼續趕路去烏金斯克搭火車回莫斯科。原來，他帶上我父親是為了留在恰克圖作接應。

康斯坦丁諾夫當然仔細地跟我父親形容來人的樣貌，我父親便立刻明白為什麼康斯坦丁諾夫不願動用他在軍隊裡的關係去辦這件事——他要等的是一對母女，他們的家人在烏梁海出了事，看樣子是政治上的問題，他要動一些關係接她們去莫斯科。

康斯坦丁諾夫對我父親特別解釋，說，她們跟你一樣，既是漢人，又是蒙古人。他這樣說，好像是要我父親格外對她們產生一些好感。

接下來，我父親獨自在恰克圖待了月餘，住在那所大宅子裡，有許多時間在城裡閒逛，雖然放眼望去，每個方向都是一望無垠的原野，可是，不知為什麼我父親卻覺得好像困在籠子裡，心中充滿了焦慮。有時城裡會放映電影，說是電影，其實是很多短片串連在一起。那些影片來自世界各地，但大部分是蘇聯出產的宣傳片，歌頌工業發展的速度，比如煉鋼廠的高爐，紡織廠製衣廠的生產線，原料從一端進入，成品在另一端如流水般下線，充滿宣傳的意味，可是也讓人耳目一新，覺得自己無論如何不能錯過這樣的時代。另外也有一些風光片，有印度的風景，由老虎，大象，豹子，巨蟒這些充滿異域風情的動物出鏡。還有一些描繪歐洲和美國的城市和鄉村的影片，火車穿過原野，飛機橫跨高空，蒸汽船順流而下，汽車穿過都市，經過各種出名的建築，宮殿，紀念碑，拱門……影片包羅萬象，我父親更意識到世界比他本來想像得還要大，更加覺得一定要離開草原，到外面去看一看。

我父親當然也一直記掛著康斯坦丁諾夫交代的事，每天留意著來往的旅人，可是直到康斯坦丁諾夫從莫斯科折返，那兩人依舊毫無蹤影。可這次，與康斯坦丁諾夫一起從莫斯科過來的是一批中國人，其中有一位叫作鄧希賢——他後來改用了另一個名字，到今天那個名字已經家喻戶曉，不過那時他還只是個剛走上革命道路的青年——這一群年輕人剛從莫斯科的中山大學學成回國，康斯坦丁諾夫原本應該與他們同行回中國去，只是他到了恰克圖得知他要等的人並沒有如期到來，立刻改變了本來的計劃——他交代我父親繼續照應這批人回烏蘭巴托，與馮玉祥的軍隊接洽經過銀川去西安，他們要在西北成立軍事學校；康斯坦丁諾夫自己卻匆忙上路去了烏梁海，要親自去探查那一對母女的下落。

我父親就這樣單獨置身在一群年輕人當中，他們年紀差不多，多少有些想法接近，而那些我父親不熟悉的新思想，也更讓他迫切想要學習——那些人中有的曾在法國勤工儉學，接觸了左派的理論，然後又在莫斯科接受系統的訓練，學習的課程包括社會發展史，革命運動史，還有經濟學和政治經濟學。他們都很年輕，那些經典的馬列主義語錄都琅琅掛在嘴上，而且個個都是堅定的民族主義者，青春跋扈，立場堅定，不在乎付出代價——看樣子他們每個人都打定主意要回去做一番大事業，迫不及待摩拳擦掌擺出要撼動江山的姿態，他們也鼓動我父親，甚至邀請他加入他們一起去西安。

因為要修汽車的緣故，他們一行人在恰克圖耽擱了幾天，那大房子驟然熱鬧起來，他們占了底層的一個大間，因為房間有個大壁爐，夠暖和；他們把家具都推到旁邊，就地搭了鋪蓋，年輕人不拘小節，房間固然凌亂，可是擋不住他們指點江山的氣概，他們大概也都認定了自己將是時代的弄潮兒，聽他們的談論，可以說熱血油然而生，只是他們的眼光都放在遠處，對這個半途經過的小城全然沒有興趣。

費烈輕輕啊了一聲，說，應該就是那間屋子！

席德寧點了點頭，想了想，說，新的客人來了之後，這大房間的壁爐白天晚上都燒著火，負責燒火的是個十幾歲的布里亞特男孩。

費烈問，莫非……？

席德寧說，也許是他，也許不是他，不管如何，我們見過的那位老人也許是離那段往事最近的旁觀者。我印象深刻，我父親說那孩子用心照顧著那房子僅存的一切，甚至費心擦拭那壁爐瓷磚的花紋，因此他曾經問他是否與這所房子有特別的淵源。

那孩子笑嘻嘻地一逕點頭，可是嗯了半天，卻彷彿不知道該怎麼回答，臉上卻露出神往。他嚮往的與那些年輕人不一樣，那些年輕人只管看著未來，而他卻躡手躡腳地想要拉開遮住過去的帷幕，好像那裡有一把讓他覺得溫暖的火種。每個人的溫暖來自不同的地方，那孩子猶豫不語，最終還是對周圍的一切感到迷惘。

如果他留在原地，想必就會跟著那個地方慢慢地老去，像逐漸退出視線的潮汐。許多經過那兒的人，之後卻在不同的地方掀起了各種的風浪——那本來就是個容易起暴風雨的時代——譬如我父親遇見的那些年輕人，後來果真都站到了浪尖。

席德寧沉吟片刻，說，有意思的是，那些年輕人當時關於貿易的爭論，有人引用了列寧的話，說在千百萬小生產者存在的條件下，一個政黨如果要試圖完全禁止，堵塞一切私人的交換發展，即貿易，也就是資本主義的發展，就是自殺，必然會遭到失敗——當年爭論的這些年輕人都回到了自己的祖國，當時不知沉浮在時代洪流的哪一個地方，年輕時相信過的那些理論，到後來不知是不是都因為一場場政治鬥爭耗盡了心力，沒有力氣去問對與錯了吧——我父親沒有等到八十年代來臨就過世了，沒有等到政策又一次轉向的時刻。今後會怎樣呢，我看這個國家還是會大力發展經濟的，而有些人也好像終於有機會可以實踐年輕時候相信的，可是一旦碰到挑戰，不知他們會優先考慮什麼，是否願意在理想與現實間作妥協，真正關心人民的利益。

席德寧停下來，彷彿在那間歇的時刻等待時光之河的流逝，甚至想要伸手掬起一捧流水，繼而放棄，彷彿逆向行舟，更急著回到過去，乘沒有太遲，抓住時光的尾巴，他說，那一年過去，康斯坦丁諾夫想必對我父親辦事的能力很滿意，不僅交到手裡的事都沒有出錯，而且還獨立應變，解決了一些難題——回到烏蘭巴托，我父親打聽到了那對母女的行蹤，只是女孩的母親已經辭世，女孩獨自離開，正在前往歸綏的路上；康斯坦丁諾夫居然在歸綏也早有安排，一有線索，便立刻布置下去，這也讓我父親見識了他辦事的手段。

康斯坦丁諾夫自己在庫倫無法分身，一直留到年底；大環境的形勢開始緊張，分歧開始明顯，人們不再堅定地抱著同樣的目標，互相出現猜忌。那年七月，在武漢的國民政府分共，要求所有俄國顧問離開，其中包括鮑羅廷，路易那些共產國際的成員。接他們的幾輛大旅行車，從漢口出發，到達烏蘭巴托，司機都是蘇聯國家政治保安部的特工。康斯坦丁諾夫既負責接待，同時也監視著他們的一舉一動。就在這個時候，我父親開始為他重用。

到年底，康斯坦丁諾夫在烏蘭巴托的工作告一段落，打算南下去蘭州，也許還是為了找那個女孩。出發時候，把我父親也帶在身邊，只不過他們在歸綏分手，我父親按他的吩咐從張家口入關去天津，接受了特別的任務——如此這般，我父親終於如願離開了大漠，由北往南，從西到東，終於看見了他心目中的山河風景，他說這種風景一旦見過，在心中便成了永遠的寫意畫，從此牽掛難忘。

費烈輕輕噯了一聲，脫口道，那個女孩就是杜亓？

席德寧點頭，說，這些年要找她的人可不少。傳聞那麼多，不是好事，他們家會有麻煩。席德寧淡淡看他一眼，問，你可知道琥珀屋的背景？

費烈連忙回答，知道一點——琥珀屋又叫琥珀宮，那是一間由琥珀與黃金裝飾鑲拼而成的大殿，曾經是普魯士送給沙皇的禮物，二戰的時候被德軍拆卸運往柯尼斯堡，後來不知所蹤——這是本世紀最著名的懸案之一……

席德寧嘆道，歷史中的懸案何止這一件，高爾察克的黃金也一樣吸引了許多人，傳說的大多是捕風捉影。可是誰知道呢，也許他們家真的手握驚天的祕密，也未可知。那些不足為外人道的過去影響著我們所有人。

費烈似懂非懂道，當年，他為什麼要找那個女孩？

席德寧沉思道，他需要用人，她是人才。我們都不願意放過人才，就像你。

費烈不期然心中一暖。席德寧微微一笑，說，才華固然重要，但人不是機器，各種決定總還是帶著情感因素。我父親提及——康斯坦丁諾夫確切知道那女孩的行蹤之後，流露由衷的喜悅，大鬆一口氣，簡直要喜極而泣，彷彿胸中滾過大江大河，當然他很快控制了情緒，可他真情流露也打動了我父親。不論如何，以今天杜亓的位置看，他沒有看錯人，如果她真是他當年在恰克圖找的那個女孩，她的才能的確不一般。

然後，他自嘲說，說到才能，我父親其實不覺得我是個人才，對於是不是讓我走上這條路一直心存懷疑，總說我一方面理想主義，一方面又太現實，說到底都不是優點，反而尷尬，也許不適合做這一行——這些年過去，我覺得沒有什麼不好，憑手裡的資源做一些自己願意做的事，逐漸得到一些自由，不用太勉強自己——可如今回頭看，我們家的資源看來倒是因為那個俄國人慢慢積累的。

說到這裡，席德寧感慨說，我父親並非在香港跟我說這番話的。他想起來要交代往事時居然是在維也納。

費烈不再覺得驚訝，只是靜心聆聽。

席德寧說，那年是一九五九年，我十四歲，他帶我去維也納參加第七屆世界青年大會，那是一場由蘇聯帶頭的社會主義陣營國家組織的活動——起初我滿心只被維也納的華麗和熱鬧吸引，對大會本身根本並不感興趣，更不用說對他講的那些陳年舊事，直到他帶著我見了些人。

費烈忍不住問道，這樣一場活動為什麼會在維也納？奧地利難道不是屬於西方陣營？

席德寧解釋道，奧地利雖然由西方價值觀主導社會，但是國家政策取向卻是希望在東西兩個陣營之間保持一個中立國的地位。一九五九年的世界青年大會也邀請了西方國家的青年參與，後來一九六一年美蘇舉行峰會，甘迺迪與赫魯雪夫選擇在維也納見面，也不是偶然的——冷戰的雙方樂意有這樣的第三方存在。

費烈哦了一聲，道，所以選擇維也納作為大會的地點是冷戰雙方的默契？

席德寧卻搖頭說，也不完全如此，是否在維也納舉行由蘇聯主導的宣傳大會，在奧地利其實有許多反對的聲音，但畢竟奧地利在歷史上有當外交中間人的傳統，衡量之下，大會最終順利進行，冷戰雙方的年輕人難得在所謂西方自由世界共聚一堂，近距離接觸交流，在那個年代至為難得，不失為美談。

費烈正與席德寧面對面而坐，兩張沙發椅，同樣的高度，俯視城市相同的夜景。此時，他欠一欠身，又往後靠一靠。窗外夜空高而深遠，這好像時空中出現過的那些授業解惑的時刻，聆聽的少年希望長者一直講下去，甚至希望留住時間，他們都保持在這樣的年紀，他不會老去，他也永遠這樣年少天真。

席德寧瞭解少年的心思，心中即便有一樣的願望，也明白自己實則無能為力，只好波瀾不驚地繼續敘說，道，確實，維也納不應該放棄這樣的地位。自哈布斯堡王朝時代，奧地利就是歐洲事務中那個協調者——十九世紀初，拿破崙戰爭失敗，歐洲各國對輸出革命的法國充滿疑懼，最終由近八個月的維也納會議達成共識，歐洲產生新的均衡勢力，開了會議解決國際爭端的先河——這就是維也納體系的形成。那之後，歐陸的確得到了一段近百年的和平時期。但到了二十世紀初，各國的疑懼的對象就換成了德國，後來蘇俄進入政治版圖，各國對危險到底來自哪裡達不成共識，各打各的算盤，結果戰爭爆發，熱戰之後繼續冷戰……假如今後產生新的敵人，必將產生新的對立，不知道還會帶來什麼樣的變局……

費烈聽得入神，此時插嘴道，即便有對立，也總會有容許中立的空間？

席德寧點頭，道，話是沒錯，但這要看對立雙方的意願，是不是都願意保留一個可以緩衝的中間地帶。

費烈緊接著說，香港不一直是這樣的一個地方？

席德寧微微一怔，緩緩點頭，說，沒錯。過去的這些年香港的確占盡了天時地利，可以說是運氣相當好。我希望香港能保持這種微妙特別的地位……

那以後呢？

時間會告訴我們結果的。席德寧說到這裡驟然靜默，因為這句話分明是他父親當年在維也納跟他說過——這個世界最後會變成什麼樣子——他這樣問他父親——時間會告訴我們結果的——他父親這樣說——他得到的回答在多年之後竟然成了他回答另一個少年的答案。或者那只是推諉，並不是一個答案，他們不是神，無法預知未來。

席德寧的父親當時還說了另一句話——這個世界永遠需要的是橋梁——那時距離戰後並不遙遠；戰後的世界被一分為二，普通人沒有選擇在此岸或彼岸的權利，沒有公平可言；亞洲和歐洲都有被分離的親人。當時在維也納，他跟著父親穿過那個城市，竟日奔忙，與各不相干的人會面，他忽然意識到他們是少數能夠自由穿梭在兩個世界中的人，忽然覺得心服口服，甘願做他父親口中那樣的橋梁，同時那潛在的危險讓他覺得緊張刺激，欲罷不能。

往事忽然蜂擁而至，席德寧有些恍惚，忽然意識到，對於他來說，維也納是個分水嶺，使他驟然對世界形成了觀點；也許他應該把那次的經歷羅列在不同的小標題下，告訴少年，也提醒自己。

維也納，一九五九

標題一，鋼琴曲和江山畫

在表演廳的時候席德寧就注意到那個與自己年齡相仿的男孩——也是亞洲人，周圍那些美國青年全都喜形於色，對於表演都報以熱烈的掌聲和口哨，所以那個小男孩的表情顯得有些寡淡。席德寧覺得自己看上去也一樣，不由多看了幾眼，兩人相顧一笑，都有些靦腆。席德寧注意到坐在那孩子旁邊的成年人——這是受他父親的影響，他自小學會觀察身邊各種細節——直覺那中年人是美方官員，可是他猜不透他跟那孩子是什麼關係，而且這場由蘇聯主導的大會不是美方官員應該出現的場合——當然誰都有欣賞藝術表演的自由。

他洋洋得意，想把自己的發現告訴父親，或者肖恩，因為他正坐在他們兩人之間，但正在此時兩人忽然同時站起身來鼓掌，原來台上一曲方罷。席德寧開了小差，沒有聽清適才的曲目，可是看觀眾的反應知道表演出色，便也起勁地鼓起掌來，一面打量台上正鞠躬向觀眾致意的中國青年。肖恩在他跟前探身跟他父親說，這個年輕人會得金獎，評審喜歡他。

席德寧向評審台地方向看，不知道肖恩如何得出這樣的結論，他們坐在後排，他只看到評審們交頭接耳的背影。肖恩接著說，聽說大會得了金獎的畫作也是中國人的手筆，你說是不是評審偏愛中國人？可見社會主義的同盟還是堅不可摧？

席德寧的父親卻搖了搖頭，看嘴形似乎說了未必二字，但聲音都淹沒在又一波掌聲裡，原來評審的分數公布了，所有評審給出了滿分。

肖恩顯然不同意他父親的觀點，表情神祕莫測，一絲笑容也無；坐下歸位，他父親朝肖恩湊近一點，道，你說他回去之後還能不能自由地彈奏這些曲子？

肖恩誠實地搖頭，說，你說呢？過去十年我沒有踏足過中國大陸，對那裡的事我一點也不了解了。

他父親伸手過去在他手臂上拍了拍，說，想要瞭解的事當然是可以瞭解的。

那口氣不無揶揄，可肖恩卻贊同說，確實。

之後的一天，席德寧的父親帶他去畫展，特別去觀賞那幅肖恩提到的獲獎作品，《雪夜送飯》。那巨幅設色中國畫用傳統技巧詮釋深具宣傳意味的主題，這顯然是得獎的原因——畫面左下方是蹲在積雪中正準備宵夜的年輕女子，旁邊的男子舉燈以召喚的姿態望向遠方——右上方風雪中徐徐亮燈的拖拉機是他們雪夜送飯的對象。漫天雪景剛好符合傳統國畫留白的意境，人物姿態充滿了英雄主義的寓意，但是畫筆的線條筆觸有種難掩的藝術家的婉轉。席德寧的父親端詳了半晌，忽然說，也只有這樣了。

只有怎樣？他們身後忽然響起一把低沉的聲音，席德寧連忙回身，他父親已經跟來人握手，雙方都有種久別重逢的歡欣，可來人堅持問，您剛才說——只有怎樣？

席德寧的父親呵呵笑了，道，藝術家也只有如此這般轉換風格，不是嗎？只有這樣才能與時俱進——前兩天我們看了鋼琴大賽的表演，那位得大獎的年輕人回去，是不是也需要開始尋找新的演繹音樂的可能？我不覺得我們聽到的那些曲子在現在的中國是合適的？您同意嗎？

來人眼神往左右掃了掃，心不在焉說，您說的是姓殷的年輕人？嗯，的確才華橫溢，可該彈什麼，不該彈什麼恐怕也不是當務之急吧。

席德寧的父親咦了一聲，跟來人一前一後站著，繼續仰視著面前的巨畫，然後說，這畫的是大躍進的場景吧？我看過幾期你們的《人民日報》，全員煉鋼，除四害，還做超聲波實驗，可真是熱鬧，那些列出來的數字也著實神奇，難怪郭沫若在去年國際和平會議說要「十年超英，十五年趕美」了，如果成功了，就真是了不起。

來人遲疑上前一步，看了孩子一眼，席德寧臉一熱，待要走開，那人卻說，這是您的公子？不用迴避。我說的沒有不能聽的。口氣聽上去疲倦又好像在負氣，道，說一說真相有那麼難嗎？他瞧了席德寧一眼，接著說，國內一直傳來供應緊張的消息，我們起初沒太注意，但看樣子狀況在急遽地惡化，每月食品分配的定量一直在消減當中……我倒不知道該說什麼好，只希望這一切不是真的，揭不開鍋吃飯——這怎麼可能？有好幾個同事已經要求請纓回國，同甘共苦，我看我遲早也要回去。他說完，定定看著席德寧的父親，眼睛黑白分明，像個天真迷途的孩子。

席德寧的父親啊了一聲，緩緩意味深長道，不是說畝產萬斤嗎？……那語氣再克制，也難免有些揶揄的成分，來人的臉色一暗，緊閉上嘴，不肯再說下去。

席德寧這時悄悄溜了開去，覺得還是迴避一下比較好，而且他對這個話題沒有太大興趣——他聽父親提到過中國糧食供應出現問題，當時這跟自己有什麼關係呢？他一個人在展覽大廳裡流連，從一幅畫走到另一幅畫前面，不時回頭；兩位成年人像把他忘了，只顧著自己交頭接耳，他想他們說的是另一個世界的事，遙遠抽象，在那個瞬間他心中一抽，忽然擔心憂慮起來。

標題二，邊境眺望

所謂另一個世界在幾天之後變得具體。

他們在這邊，那一邊是匈牙利——屬於人們口中的另一個陣營。

那天席德寧的父親走不開，他自己識趣地坐大會觀光團巴士參加集體活動，加入大會安排的遊歷匈牙利邊境的行程。車上照例有許多美國青年，喧嚷熱鬧，有名吉他手一路彈琴，頗有領導風範地引領著大家唱各種歌曲。

有隻曲子是〈聖誕十二日〉的旋律，可是歌詞改頭換面，席德寧在嘈雜聲中聽不清楚，猜想著那幾句有關領袖與主席的應答詞是在諷刺哪一位領袖；不過那曲子太耳熟能詳，讓人忍不住跟著那節拍快樂晃著身子。慢慢他恍然大悟明白吉他手的左派立場，唱辭與反共陣營針鋒相對；他的一位同伴不以為然，拍著吉他手的背大搖其頭，可是搖頭的搖頭，唱歌的唱歌，全都自得其樂，對他們來說，這不是生死之爭，不過是態度的問題。

席德寧覺得自己年齡太小，像混進來的閒雜人等，很不好意思，難免有些格格不入，不過車行一半，有人拍他的肩，大大咧咧在他身邊坐下。那男孩年齡跟他一般大，老成地說，我們見過，我也落了單。在一群大人中間，真是尷尬。他醒悟他就是在鋼琴大賽上見過的那個男孩。

男孩子說的是實話，在他們眼中那群青年簡直可以算是老人。席德寧露出孩子本性，眨眨眼，神情無可奈何問，你跟誰來的？

男孩子猶豫一下，隨即道，我跟我母親來的。然後眼珠緩緩別開去，不甚起勁地說，不過她沒空管我。

席德寧好奇問，難道她也是來參加青年大會的？那男孩子找到說話的同齡人，姿態舒服地窩在座位裡，像矮了一截，可他不在乎，眼高於頂地瞥席德寧一眼，解釋道，她有別的事來維也納，碰巧趕上了這場大會。然後不等席德寧回應，接著問，你是從哪裡來的。

席德寧回答：香港。

男孩哦了一聲，眼神飄忽，頓了頓，說，香港我知道——我是從紐約來的。都是大城市。

輪到席德寧哦了一聲。

巴士帶他們到了邊境，停車場不遠就是一間小教堂，他們穿過背後的墓地，便已經臨近邊界，仰頭便能清楚看到匈牙利那一邊高高架起的巡視塔，高塔結構簡陋可有平地而起的威儀，塔端的士兵正舉著望遠鏡對著他們這一堆人觀望——如此靠近，而且彼此好奇。

導遊開始介紹教堂的前世今生，男孩子像個大人，左手臂支持著右手臂，擺出托腮聆聽的姿勢——

幾年前，那所教堂曾經收容越境而來的匈牙利難民，現在也一樣張開雙臂，所以啊——導遊這樣總結——這就是鐵幕的真實寫照——設置銅牆鐵壁的到底是誰，嗯，大家看一看……

前方匈牙利邊境巡視塔的下面就是向兩邊延伸的鐵絲網。男孩舉手齊眉遮住光線往前看去，然後抬頭仰視，所有人也都下意識將手舉起來擺出眺望的標準姿勢。巡視塔上的士兵驀然放下了他的望遠鏡，姿態有些錯愕，也許是因為鏡頭裡有人正昂然朝他揮手，一直沒有停下的意思，可他決定站得筆直，不予回應。

男孩回頭問他，匈牙利的代表團是怎麼到維也納的。

席德寧一愣，回答，聽說他們是從多瑙河上坐船來的，代表團就住在船上。

他們應該從這兒直接走過來。

可不是。席德寧說。

那個吉他手下了車還帶著那把吉他，撥了幾個音，那最高音也有些低沉，聲音沒有傳出去，他也沒有再唱剛才那首曲子。

回程的路上，男孩當然還是坐在他邊上，臉上神態比那些青年還要成熟，甚至有些許厭世，他問，你跟誰來的？

席德寧不知為什麼覺得自己好像處處被動，但耐心回答道，我跟我父親來的。

男孩想了想，忽然側身問道，你對你父親做的事感興趣嗎？你覺得以後自己會跟他做一樣的事？

席德寧心中一跳，狐疑地看進男孩的眼睛裡去，男孩子顯得疲倦，可是並不迷惘，慵懶地自言自語道，我對我母親做的事可不感興趣，今後也不想繼承家裡的衣缽。

席德寧覺得自己的心咚咚地跳著，思前想後，可是男孩子不再說話，然後在沉默中睡著了，身子和腦袋在車的顛簸中晃來晃去，最後靠著席德寧的肩膀。席德寧自己也擋不住睡意，兩人頭抵著頭暫時墜入夢鄉。

標題三，聯歡與地久天長

後來，他們又遇見過一次。

場合是蘇聯青年與美國青年聯歡。

席德寧到的時候，所有人都在歌唱，排成一條長龍，手搭著肩，扶著腰，一圈又一圈和著音樂，跳著舞步，先是蘇聯歌曲，然後是美國民歌，最後一首是蘇格蘭的〈友誼地久天長〉。

席德寧看見那個男孩，領著他的美國人正是音樂會上坐在他旁邊的那一位。席德寧笑了出來，因為那兩人一個年紀太大，一個太小，都不屬於青年這個範疇，這跟他自己一樣，他是跟肖恩來的——男孩回頭也看到了他，窮極無聊的表情中閃過一絲偶遇的驚喜，他朝他調皮地擠擠眼，但太遲，下一步他已經踏出門外，離場了。而席德寧才剛剛進場。

肖恩在他背後說，氣氛還真是不錯。不過他們都沒有加入到跳舞的行列中去。

香港，一九八九

夜已深，費烈毫無睡意。

席德寧跳躍性地訴說著童年軼事，最後總結道，那次維也納之行應該算是我的奇幻之旅。很久之後，肖恩跟我提起他去維也納的目的，其中包括探查那一年資助美國代表團成行的資金來源。當年美國國務院並不支持自己的年輕人出席這樣的活動，當然國務院沒法左右個人的意願，不能限制個人行為。

肖恩是在幾年之後才查清資助代表團成行的居然是美國中情局。原來，前一年在莫斯科舉行的青年大會空前成功，蘇聯當局頗為振奮，來年再辦一場算是再接再厲；而對美國來說，在意識形態領域算是輸了一局，中情局評估覺得自己的青年自發前往，散兵游勇，毫無準備，實為失策。第二年，美國青年的行李箱裡出現了《齊瓦哥醫生》，《新階級》這些蘇聯作者針砭時弊的作品——這當然不是偶然，正是中情局的手筆。不光是蘇聯，誰都在宣傳上狠狠下功了夫，可謂八仙過海，各顯神通。席德寧笑道，只是那時任憑肖恩這老狐狸，也沒看出青年大會上中情局插手的痕跡，當時他覺得自己白忙了一場。其實到頭來我們可能都這樣，後知後覺，為他人作嫁衣裳。

過去好像就在窗外咫尺之遙，費烈彷彿感覺到時光的輪子正滾滾而過。外邊有呼呼的風聲，費烈走到窗邊，滿天都是雲，滾滾而動，好像在恰克圖看到的天空，那裡的雲也總是這樣忙不迭地移向遠方。他憂思恍惚，颱風季還未過，難道馬上要來一場暴風雨？這個夏天他經歷得太多，幾乎要忘了他一貫熟悉的地方和熟悉的天氣——是的，他又回到了香港，可很快又要遠行。

ଌ

立秋剛過，他們迎來另一位不速之客。

天氣又濕又熱，走在街上好像穿過一堵濕淋淋的牆——跋涉而來的人是杭老，疲態畢露。

席德寧有不好的預感，惴惴不安請他坐。杭老瞪著他，雙眼卻沒有焦距，張口吐不出一個字，坐下，臉上表情扭曲著，嘴唇抖了抖，牽起嘴角的皺紋更加深刻，好不容易才開口，沉痛道，慧慧死了。

席德寧腦袋一空，愣著，也說不出話來。杭老見了，不忍，掙扎著站起來，拍拍他肩，自己身子卻晃了晃。席德寧趕緊扶他坐下，悶聲問，是誰該負責？她不是已經退出了嗎？

杭老一臉詫異，反問，退出？然後忽然醒悟，頓足道，她說退出，是以退為進；說結婚是氣你也是氣自己，我也被她蒙了。她那婚約解除了，也不讓我跟你說，說再幫我跑一趟腿，回頭就自己來找你。

席德寧使勁瞅著他。

杭老扼腕道，我居然這樣由著她鬧。她在西岸辦完事卻不馬上回來，說跟杜亓講好了，要去紐約跟她談談，也要想想往後生活該怎麼計畫——我看她是打定了主意今後要跟你攜手共進退。她自己開車去機場，不知為什麼要走一號公路，結果出了車禍。那裡風景真好，出事前，她看到的是太平洋吧……她一向喜歡海……他說到這裡，語氣哽咽，再說不下去。

席德寧沉聲道，她何苦自己又去蹚渾水。杜家跟她的死有關嗎？

杭老抹了把臉，怔一怔，說，杜家？這不會，她們面也還沒見上……

席德寧木著臉，說，但總歸是因為她的緣故。

杭老被他的神情嚇住，呆呆瞧著他，搖了搖頭。

席德寧心底像空了個洞，下面是他自己也沒有見過的深淵，他不知道該做什麼，只覺得自己的一生好像也如此地完結了。他在沉下去，所以抓過杭老的手臂，如同抓住浮木，話出口好像來自另一個空間，他像聽見另一個人問，究竟她要去辦什麼事？

杭老僅剩的一點鎮定瓦解了，整張臉垮了下來，他從未這般軟弱；這一刻，他甚至願意放棄自己的堅持來換回那樣鮮活的生命，但是太遲了，他頹然對席德寧說，你知道，六月之後，我們要對整個國際的形式作出評估應對，我們總統也是頗費了一番思量，是要堅持所謂政治正確，還是讓政治讓位於經濟——畢竟過去幾年兩岸貿易增長的勢頭不容小覷。杭老不斷地擦著額頭，彷彿那裡有源源不斷冒出來的冷汗，而心中的思緒也紛亂難以阻擋蜂擁而出，讓他說出心裡話，道，考慮到越戰時期的經驗，當時先總統考慮對岸形勢，未必沒有想要借道德上的高地，遊說美國對大陸的狀況作出反應，起碼是對某些做法作出譴責，但是美國的政策歸根結底還是想要把人口眾多，面積寬廣的那個中國拉攏到國際社會中來，夢想把他們拉入自己的陣營——總之為了達到這個目的，他們有的是耐心，即便有違道義，也不介意眼開眼閉——甚至背叛我們國民黨兩次，一次在四九年，我們失去了大陸；另一次他們與對岸建交，我們失去聯合國的席位。到現在，那個有巨大潛力的市場更是誘人……這是我個人的看法，我承認自己心中放不下，所以約了華盛頓的一個人，慧慧幫我跑一趟，面對面交流，可以更明確彼此的意圖，避免誤會。也因為此人從中穿針引線，杜亓才願意見一見慧慧。

席德寧聽了，許久沒有出聲，最後說，慧慧再也回不來了。然後，他嘆了口氣，覺得個人是如此渺小，一不留心就被輾壓了。

ℰ

數日之後，在美國勞工節那個週末，費烈匆匆啟程去印第安納升學，之後數年他將以那安靜的北美小城為家，在季節分明的四季中完成少年的成長。過去這一年與席老相處，他彷彿驟然長大成人。席德寧卻忽然老了。

那年夏天之後，席德寧開始使用席老這個稱呼。其實他年紀並不大，只是江湖上傳開了，慢慢大家都習慣了這個稱號。

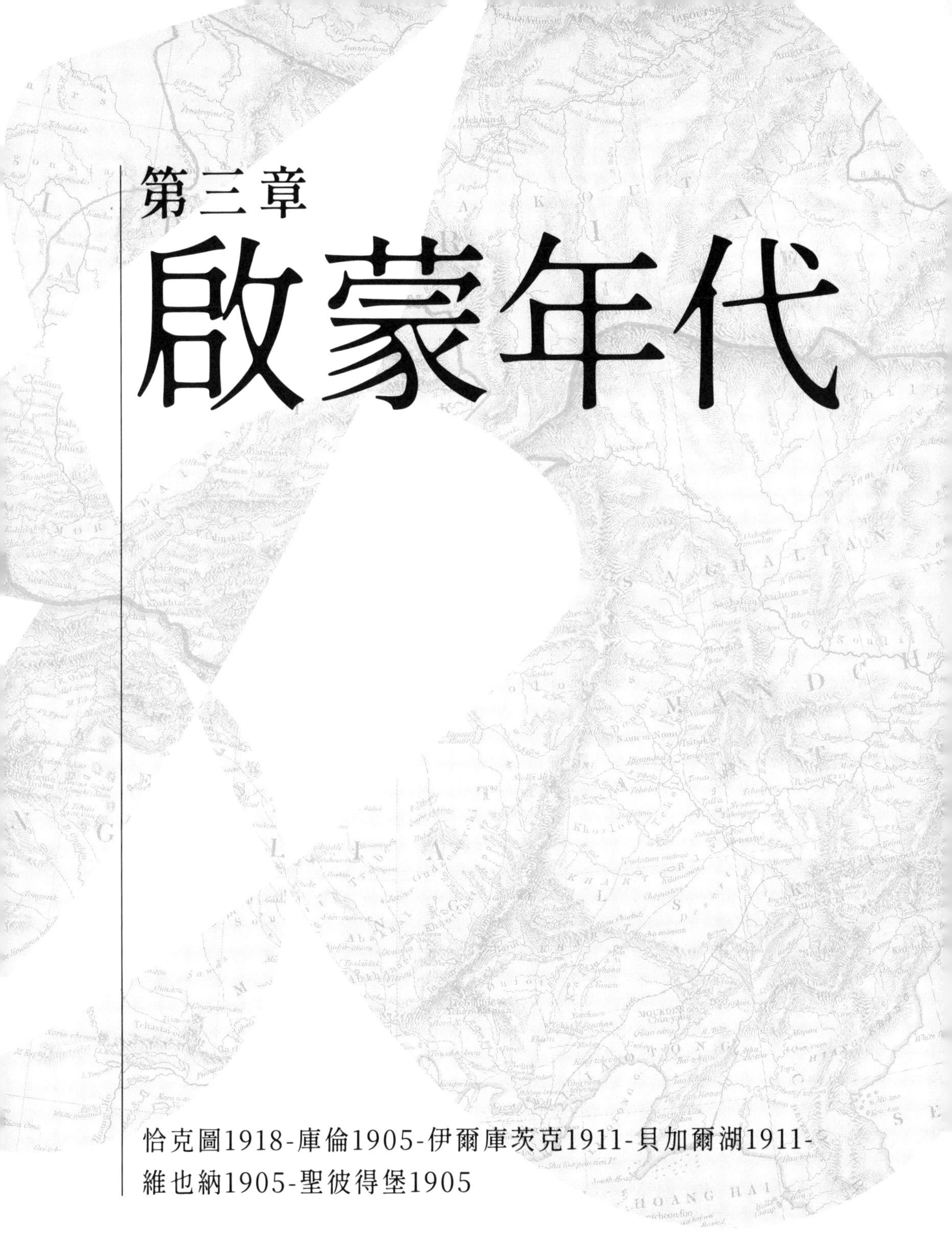

第三章
啟蒙年代

恰克圖1918-庫倫1905-伊爾庫茨克1911-貝加爾湖1911-
維也納1905-聖彼得堡1905

恰克圖，一九一八

米夏與丹東站在長窗前俯視著底下的大院，他們知道長久以來，這裡的生意一直差強人意，可此時大院裡有種奇異的熱鬧，每個人忙前忙後，在沉默中各司其職；有幾輛駝車剛出了大門，就來了幾輛馬車，牽馬卸貨都有一套既定的程序，按部就班，好像一切都沒有改變過，人們只要遵循某種形式，彷彿就能永遠活在往日熟悉的生活裡。

丹東微微有些焦躁，這時看到馬林在院子一隅閃過，疾步走出了大門，他轉頭看米夏，米夏的視線也落在了大門口，自然也注意到了馬林的行蹤，他於是不無揶揄道，馬林這兩天等得不耐煩了，辦不成他想辦的事，人就走不了，他說莫斯科還有大人物在等著他去處理重要的事，你看他有多焦急。話說到這裡，瞄了米夏一眼，然後推心置腹說，這兩天你們沒按時回來，他還發了回脾氣。

米夏似乎心不在焉，道，他想要什麼？

丹東不相信米夏這樣敷衍，剜了他一眼道，馬林當然想要拿安德烈去交差，多半還打算搭上葛都賓一家，他們的生死他可沒有放在心上，這你不會沒有看出來？

米夏沉吟不語。

丹東低聲開口，一字一句說，其實，這裡最礙事的人是他，少了他一切就好辦了，只不過你要如何跟莫斯科交代。話出口，如釋重負。

米夏沒有看他，輕描淡寫道，我從來不會對不起朋友，更不會對不起同志。

丹東一愣，揚了揚眉毛，說，那你的處境便不太妙了。

米夏不語。

丹東壓低了聲音，道，馬林這兩天問了一些奇怪的問題，瑪黎和奧嘉年輕不懂事，不知道什麼該說，什麼不該說。

米夏說，她們還是孩子，知道什麼？

丹東說，正是因為不知道什麼，所以覺得什麼都可說，連道聽塗說的傳言也講得津津樂道。要我看，說者無心，聽者有意。他嘆口氣說，你也太不小心了。葛都賓家知道你的底細，你還敢把馬林這樣的人引到這裡來。

米夏嘴角揚了揚，看不清那是不是一個無奈的微笑。丹東眼神閃爍，說下去，其實我可以理解，一樣是為俄國做事，不同的時代有不同的做法，可哪個政府都需要特別的機構，有一脈相承的人才豈不是更好。聽說，在沙皇時代，有些祕密警察同時服務於布爾什維克，現在兩者合一不是更具備戰鬥力？——所向披靡。只是，像馬林這樣迫不及待想要把自己的舊世界打破的人，肯定嫉惡如仇，眼中容不下沙子，當然容不下舊時代的事，和舊時代的人。丹東頓了頓，意味深長道，他想做一個新人。

米夏淡淡道，我們誰不想當一個新人？

丹東一愣，語氣變得遲疑道，總之，你要早作打算。

米夏卻唉了一聲，道，想來，你已經替我打算過了。

丹東一怔，盯著米夏看了一會兒，臉上抑制不住徐徐展露笑容，但盡量按捺著心中情緒，將目光移開去，穿過窗戶落向遠方，說，高爾察克要買武器，他手上有黃金，如果用火車將這些黃金帶出去——你的問題就都解決了，在伊爾庫茨克的中國人也可以同車回去，高爾察克和我這邊都需要可靠的人隨車押運，安德烈當然是最理想的人選，葛都賓一家不是想去海參崴嗎？

那你呢？米夏淡淡說，你這樣的熱心簡直太讓人感動。

丹東咦一聲，輕描淡寫說，我是生意人，軍火利大。他伸手搭在米夏肩上，笑道，你們搞革命的總是高舉著一個偉大的理想，把世界抬得那麼崇高複雜，但忘了這個世界原本就有一套簡單有效的規則——並不是你們創造的。

米夏好似沒有聽聞，靜默下來。院子裡瀉了滿地的陽光，那叫亓亓格的女孩這時蹦蹦跳跳在車與馬之間穿行。馬車上的馬被解下來，牽到一邊去，她自一匹匹的馬的脖子下鑽過，被一匹幼馬吸引，停下來，伸手去摸它的鬃毛，幼馬抬高腿竄起，她閃身躲避，倒在地上，卻毫不畏懼，一骨碌爬起來，繼續靠近。馬的主人吃了一驚，穿過大半個院子跑過來牽住了那匹幼馬；那孩子卻一把將轡繩搶了過去。

丹東這時哈哈笑出聲來，說，這孩子有意思。然後看了看米夏，道，你想一想，我說的話有沒有道理。我們的時間不多，你要早下決心。

這時身後傳來腳步聲，丹東拍了拍米夏的肩膀，走了開去。米夏遠遠看那女孩與牽馬的陌生人交涉。那匹幼馬俊朗漂亮，可是天生桀驁不馴，圓杏般的眼睛炯炯有神，前蹄不安分地刨著地，不耐煩地扭著脖子想掙脫束縛。女孩子想上馬，牽馬的先是搖頭不同意；女孩子態度堅決，不氣餒地跟在他後頭，不知說著什麼，說著說著居然說服了那陌生人，停下來，彎腰將女孩子抱上馬背。

米夏聚精會神瞧著這一幕。丹東轉身，腳步遠去，轉角有人唏唏嗦嗦說話，接著便有人慌慌張張跑近，一回頭，卻是素之。她幾步跑到窗前，往外一瞧，啊地一聲，轉身就要奔出去，被米夏一把抓住了胳膊。

素之瞪視他，臉上著惱，一甩手，要用力掙脫；米夏低聲說，不怕，沒事的。然後拉著她穿過走廊，走下樓梯，如同瞬間快步穿過時光的隧道，素之腳步雖然慢下來，心中兀自忐忑。米夏推開後門，正看見女孩子在馬上坐得筆直，笑意盈然，像得意凱旋的將軍，乘牽馬的不注意，雙腿往馬肚子使勁一蹬，那馬得令，歡快如脫韁野馬奔了出去。

馬沒有上鞍，一衝出去，就奮力狂奔，女孩身子一斜，差點摔出去。素之驚呼一聲，撂開米夏的手，奔出屋外；此時，女孩子雙手抓住馬的鬃毛，已經穩住；馬駒繼續撒歡跑著，在院子中間的空地兜著圈子，跑得盡興，鬃毛飛揚而起，馬背上的女孩也一般意氣風發，臉迎著風神采飛揚，陽光照在她臉上倒像是她自身發出的光。

米夏一時看得呆住，正在此時，那馬駒腳下一絆，一聲長嘶，前腿提起，驀然起立；那孩子沒法坐穩，瞬間應聲而落，從馬上掉了下來。

素之尖叫一聲撲上前去，米夏也驚呼出口，心中頓生後悔，然而那孩子卻立刻沒事一般翻身爬起，高高伸直手臂，兩眼緊緊注視著馬奔跑的方向，嘴裡發出呼哨聲，神情倔強——說也奇怪，那馬跑了兩圈，起先不肯停下，只是穿過孩子身邊時，不斷扭頭，視線被孩子鎖住，腳步漸漸慢下來，終於在她身邊驀然收足停住。

這時，米夏哈哈笑出聲來，脫口道，這孩子有天分。

素之噯了一聲，鬆口氣，兩手握在一起還沒鬆開，瞅了米夏一眼，忽然堅決道，是她不知天高地厚，這幾年都不能讓她再上馬背了。

米夏意識到她強烈的不滿，張了張嘴；素之不等他再開口，接著說，我不要她做這樣的勇敢的人。

米夏一愣，忽然氣餒，退後半步，抱怨道，妳總是有那麼多顧慮？為什麼不能放心放開大步往前走？

她的視線始終落在孩子身上，看了一會兒，雖然放下心來，可是像怕冷，兩手不由自主環抱著自己，誠實回答，明夏，我擔心你。我怕，我的確害怕，你們走得太快，想要改變一切，如果人們沒有準備好怎麼辦？

米夏皺眉，道，你擔心應之和福祥？

素之沒有否認，患得患失說，你們走在一條危險的路上。

他有些失望，辯解道，我會保護他們。他驟然撞到她的眼神，分不清那裡邊有多少他期待的信任，他有點著急，忍不住說，難道妳不明白？因為妳的緣故，任何事我都會盡力去做。

她點了點頭，眼中充滿感激，可是卻很乾脆地回答，可我們不是你的責任。

他沒有想到她會這麼說，轉過身去，心中分外懊惱。那句話如同一柄直刺入心臟的劍——也許怪他自己敞開心胸給了她進攻的機會，而且她自己恐怕也沒有意識到這言辭所具備的殺傷力，他沒有心思反駁，也不想分辨——其實，他的地位正在冉冉上升，他完全沒有必要受任何人的氣。

可她忽然問，明夏，你想過嗎？未來會變成什麼樣子？

他心中驀然一軟，告訴自己，不應該跟她計較。他說，未來當然會是我們都希望的那樣，我們正在越來越靠近我們理想的世界。你知道為什麼嗎？

她哦了一聲，遲疑著。

他便說，因為我們有那麼大的決心，願意竭盡全力，作出犧牲；我們可以把個人的感情放在一邊，如果那樣可以走得快一點……

她直視著他，雙眸深幽，似乎被打動，他熱切地看著她，她於是也報以笑容，只是輕輕道，明夏，你們現在說話都一個樣子……

誰？

莫斯科來的人。素之回答，他們到烏梁海，許多人去聽他們說話。他們對父親也不甚友好……說他的一些想法不合時宜。他們不停地開大會，許多人去參加，他們說各種深刻的變化就要開始了。

他咦了一聲，過了一會兒才問，妳難道不相信？

素之像要安慰他，說，相信，我當然相信。那麼好的遠景怎麼可能不相信。

他覺得那還不夠。這兩年他已經習慣了眾口一詞的進行曲，她不應該瞻前顧後，而是應該無條件地相信他堅信的……她應該要更堅強才對。

這時，女孩子像一陣風般奔了過來，撲進母親懷裡，嚷嚷著想要去探視前幾天捉來的熊。素之看了他一眼，由著女孩子拉著自己走了開去，好像身不由己，或者是下意識要躲開他問詰的眼神。

風吹來時有些蕭瑟，他覺得甚為無趣，彷彿自己又一次被拋棄了，而且這並不是第一次，他怎麼還是跟少年時一樣無法掌控身邊的種種……

米夏一個人靜靜著站著，大院裡的喧譁讓他覺得煩躁；他於是仰頭看天，好像這樣一來，一些嘈雜之聲便會淡出了周圍的時空，隨之而來的是記憶深處他不想抹去的記憶片段。這裡離一切緣起之地太近，他無法若無其事地將過去徹底拋開。他記得他們曾經站在一起。他無法不想念過去的他們。

庫倫，一九零五

那一年非同尋常，許多大事是他們這些孩子後來才知道的，比如日俄之間開了一戰——縱然他遠離俄羅斯，那段時日也經常在成年人的談話中聽到戰爭的話題，後來人們開始議論革命。他還太小，可也深感俄羅斯戰敗的事實有損榮譽。

戰爭只是抽象的名詞，那場地動山搖的大地震給他留下的印象更為深刻。

在蒙古人的傳說裡，地崩山搖這種現象是因為地下有隻不安分的巨蛙大叫大跳失去了控制。傳說歸傳說，他從來不相信山真的會塌，地真的會裂，可這一切居然都發生了。

那一年，蘇寧將米夏從新疆帶回庫倫。米夏在路上生了場病，蘇寧一到就將他擱在家裡休養，自己匆匆往北去了恰克圖。米夏的年紀與蘇應之相仿，其實兩個男孩子早在新疆見過，算是舊識。素之那時九歲，家裡來了客人，她比誰都高興。

米夏看上去過分沉鬱憂傷，素之稍後才知道他雙親盡失，蘇寧帶他回來是為了要送他回俄國。應之雖然早就知道前因後果，但男孩子不善言表，不知道要怎麼安慰自己的這個朋友，只能把自己知道的故事悄悄告訴了妹妹。孩子用想像力把自己的朋友描述成了世上最為不幸的人。

那日早晨米夏醒來，見素之坐在自己跟前，剛剛哭過，鼻尖眼睛都紅紅的，看上去分外傷心，可神情專注滿懷同情看著自己。他吃了一驚，坐起來不知出了什麼事。素之卻認真對他說，你不要擔心，你的親人走了，可是你還有我們。

她平時故意不跟他說俄文，這會兒卻不僅說得流利，而且老氣橫秋，一本正經，米夏一瞬間忍俊不禁，但才露了一絲笑臉，心中一酸，眼淚控制不住流下來，心中悲傷憋了那麼久，終於控制不住——結果抱膝而坐，抽泣起來。素之不再說話，坐在他身邊，手拍著他的背，時快時慢，一忽兒像是失去了耐心，但又克制住自己的不耐煩，堅持下來，直到他停止了哭泣。他抬頭的時候，看見一個充滿同情和了解的笑容，這小女孩說，我的額吉也走了，生老病死乃自然的規律，你不要太過於傷心。接著她背了一段漢文，似乎是為了證明自己說的這句話。米夏不明白其中的意思，但摸了摸她的腦袋，心中已經把她當作是自己的親人。

米夏將這一幕記得清清楚楚，而素之卻淡忘了那個早晨，她記得異常清楚的反而是那一年的地震。

人們早就繪聲繪色傳說杭愛山附近出現了新的湖泊，而原先的湖泊卻完全消失了，草原像被放錯到了烈馬的背上猛烈晃動，地平線也此起彼伏，彷彿有條巨龍要從地底下鑽出來，心急火燎地將整片大地撕裂，然後繼續向遠方推進。人們將信將疑，但這地下不安分的動作卻到了庫倫，讓米夏差點送了命。

那天，蘇家商號的駝隊剛好回轉，七到十峰駱駝成一鏈，兩鏈一把，十把稱為一頂房子，這一天來的足有五六頂房子，超過千峰駱駝在駝鈴聲中姍姍而來。素之覺得米夏沒有見過這樣的陣仗，那種沉默中的徐徐行進，同一方向綿綿不絕的壯觀常常讓她心中湧動著什麼，卻說不出來，所以拉著他站在自己身邊一起觀望，希望這樣一來，便全都不言而喻了。

米夏被那場景吸引，遠眺地平線處塵土飛揚，駝隊蜿蜒靠近，如同千軍萬馬逼來，他心中頗為震動，看了許久由衷感慨說，真多。他心中感覺到數目積聚出來的力量，覺得任何目標在這樣的蜂擁而至下都不難達到。他遲疑地想跟小女孩表達自己的想法，也許因為詞不達意，素之吃驚地回答，它們沒有選擇，只能一起往前走……她的話被驀然打斷，側耳似乎聽到奇怪的呼呼聲響，有些駱駝停下行進，駝隊亂了陣仗，整齊的隊形被打散，遙遙傳來趕駝人驚惶的吆喝聲，她遲疑地站起來，米夏一躍而起，拉住她的手，往前幾步，想要看得更清楚。

他們本來坐在庫房前頭，原本停在庫房前的馬車正被移開要挪出位置來。地動山搖驟然開始，栓在馬車上的一匹高頭大馬剛被解下來，此時米夏走在它後面，馬受了驚，長嘶一聲，後蹄猛地提起來要橫摔出去；那一瞬間，素之一個箭步上前拉住馬的繮繩，硬生生地將馬強拉著轉了個方向；馬蹄在米夏面前掠過，毫髮之差他的一張臉恐怕就會被踢得血肉模糊了。素之扯不過那馬的力道，跌在地上，鬆開了手中繮繩，那馬受了驚，桀驁難控，一躍而起，在女孩子越過時，奔了出去，馬蹄從她身邊擦過，她側身滾了出去；米夏以為馬從她身上践踏而過，恨不得替她去死，出了一頭一身的冷汗。

地繼續晃動著，越來越厲害，旁邊那輛馬車上堆積的箱籠發出喀擦喀擦的亂響，素之受到驚嚇，伏在地上一動也不動，抬起眼睛看著那馬飛奔而去的方向，滿臉疑惑——不明白為什麼大地在晃動。那千鈞一髮的時刻，米夏驚呼一聲躥起，撲過來，抱著她往旁邊就地一滾——剛才她救了他，而他立刻還了她一命——就在那時候，車上成箱的茶磚轟隆隆滾落，正壓過素之剛才摔倒的地方，木箱的碎片，散開的茶磚霎時鋪了一地，到處是驚叫和坍塌之聲。

震動終於停止了，周遭一片狼籍，伙計們吆喝嚷嚷著，狗在狂嗅，駝鈴響一片，駱駝撞到了一起，車歪了，貨散了，遠近都是驚慌失措的叫聲；蒙古包倒下，關帝廟的匾額掉了下來，遠處山上的喇嘛廟也在滾滾揚起的塵土後面晃動；人們無名驚懼，滾地拜倒，想要神靈的旨意，只盼安然度過眼前的劫數……她與他塵土滿身坐在地上，怔怔望著對方，說不出話來——事實上，他們都躲過了這一場劫難，髮毫無損，而且互不相欠——可是米夏不這麼想，他像中國人一樣相信這是宿命，覺得自己與她應該要從此同舟共濟，自己欠她的，今後一定要還。

ஐ

蘇寧離開數月才回來。三個孩子成日玩在一起，形影不離。蘇寧回來那日，他們正好騎馬出遊，黃昏還沒回來；蘇寧騎馬去尋，策馬不遠，就看見夕陽下三匹高頭大馬忽地從地平線突然出現，奔騰飛揚而來。他勒馬觀望，漸漸聽見孩子們清脆的笑聲，不由微笑，卻見起首那匹馬背上分明空著，他心中一凜，看清有兩個孩子同騎著一匹馬——米夏在前，素之在後，女孩子抱著男孩子的腰，隨著馬的騰躍，姿態中有種同進共退的默契，蘇寧一怔。

轉眼三匹馬已經到了跟前，素之早就看見自己父親，叫一聲爹爹，米夏旋即勒馬，馬還沒站住，素之已經翻身跳下，蘇寧驚叫一聲，米夏也同時驚呼，拉了素之一把，一起滾下馬來，結結實實摔在了一起，素之撞在米夏身上，並不吃痛，反而借力一躍而起，撲到蘇寧身上。

蘇寧抱住自己女兒，一抬頭，看了米夏一眼，那男孩正從地上爬起來，比起數月前又長了個頭。蘇寧淡淡點點頭。這時夕陽正一點點下墜，草原眼看要融入夜色，蘇寧忽然心生倦意，他朝兩個男孩子揮揮手，什麼也沒有說，帶著素之翻身上馬，兩個男孩子跟在他們後面。蘇寧沉默不語，米夏看著他的背影，想起自己的前途，心中忐忑，不知蘇寧帶回了什麼樣的消息。

事實上，蘇寧心情頗為忐忑，這一趟出行，許多事出乎意料，而米夏何去何從他心中本來也沒有底，不知如何決定，但是此刻他忽然下了決心，因為他不希望在自己眼皮子底下出現意外，素之很快就女大當嫁，米夏不是個好對象，他的未來之路恐怕會有些曲折，而且他是俄國人——也許素之應該嫁一個漢人——他承認自己的想法跟年輕的時候已經不一樣了，也許是歲月不饒人，他這段時間覺得倦極，想到了落葉歸根這個詞——此時，他左思右想，打定主意，米夏不應該留下來。

蘇寧還是給了米夏兩個選擇，回去俄國，或者去漢口。如果去俄國，可以先到伊爾庫茨克，往後要去哪裡再慢慢琢磨；漢口是另一個去處，雖然聽上去彷彿很冒險，但事實上那裡有許多俄國僑民，有俄國人的生意，對於米夏來說不失為一個好的出路。

主意既定，蘇寧第二天就將自己的想法對米夏和盤托出。

米夏頗為震驚，根本沒有聽清第二個選擇就著急地反問，我為什麼不能留下來？庫倫也有俄國人。

蘇寧凝視著他，徐徐說出讓米夏更吃驚的話——蘇寧說，這裡不是你的家。你該去做一個俄國人該做的事——你應該去找一個喜歡你的俄國的女孩子。俄國人應該跟俄國人在一起。

蘇寧的話像打了他一巴掌，米夏想要反駁，又懷疑自己多心，遲疑半天，方才又問道，您為什麼這麼說？您不是一向跟俄國人相處得不錯，您也跟我說過這樣的道理——不是有……天下……一家……這樣的說法嗎？那說的是——「大」和「同」？就是沒有區別的意思？人與人在一起，難到非要有漢人……蒙古人，或者俄國人的分別嗎？他的語氣並不肯定，越說聲音越低。

蘇寧沒有想到他居然記住了自己說過的話，呆了呆，嘆口氣，說，對，那是「大同」——大道之行，天下為公，是謂大同——但現在分明是個處處為私的天下——天下一家的說法，還遠著呢——這些道理以後你也許會更明白。

米夏不懂他說的意思，也知道他故意迴避不肯回答自己的問題，可是不甘心，追問，「天下一家」——難道不是您心中想的？

蘇寧似乎被問住了，沉吟良久，才回答說，孩子，這樣的問題，你慢慢地想一想，等你自己長大了，不知能不能真的走出一個結果來。

米夏沒想到他會這樣回答，分不清他在鼓勵，還是推搪，不知如何應對。

蘇寧卻又接下去道，你說的天下為公和大同，是《禮記．禮運》篇所闡述的，大同在如今的世道根本沒有可能，但是《禮記》同樣提到的「小康」，也許是可以達到的治世之道——《禮記》借孔丘之言，說的也許沒有錯——大道既隱，天下為家，各親其親，各子其子，貨力為己，大人世及以為禮。城郭溝池以為固，禮義以為紀。以正君臣，以篤父子，以睦兄弟，以和夫婦，以設制度，以立田里，以賢勇知，以功為己。故謀用是作，而兵由此起。禹湯文武成王周公，由此其選也。此六君子者，未有不謹於禮者也。以著其義，以考其信，著有過，刑仁講讓，示民有常。如有不由此者，在執者去，眾以為殃，是謂「小康」——可是，你看，現在的天下連小康也沒有達到，就毋論天下一家了。

米夏完全聽不懂他在說什麼，對於蘇寧說的《禮記》和孔丘他固然從未聽說過，就更不用說那引經據典的大段文字，但是他也明白蘇寧這是把這難以逾越的鴻溝擺在他的面前，讓自己知難而退。

米夏一時沒法反駁，可是他壓根也不打算認同蘇寧所說，他覺得自己與蘇素之遲早會生活在所謂的「天下一家」的世道裡面——誰也阻隔不了他們。

即便意見相左，他也不想在這個時候得罪蘇寧，於是深吸了口氣，打算退讓，識趣地問該問的問題，開口道，您費心替我安排，我當然不勝感激。但我若去伊爾庫次克，可以做什麼？而……漢口——漢口就是那個產茶葉的地方嗎？

對於如何回答這個問題，蘇寧早就斟酌過，他打算開誠布公，推心置腹跟少年說道，你不用謝我，該謝的是一個叫作德米特里的人。你父親認識他，他也說在你小時候就見過你。不管你作哪一個選擇，他都可以替你作一些妥善的安排。這一次，我特地坐火車到赤塔找他商量，我們仔細談過，你有什麼問題都儘管問我。說到這裡蘇寧臉上出現溫情，儘管表情仍舊難掩顧慮重重。

米夏茫然看著他，蘇寧又說，伊爾庫茲克離這兒不遠，我記得你父親也提到過你們興許還有親戚在那裡。

米夏問，德米特里是什麼人？

蘇寧正視著他，說，他是俄國人，非常有本事，有人說他是直接替沙皇辦事的。

米夏驚訝地看著蘇寧，語氣充滿抗拒，說，也許他並不知道什麼適合我。

蘇寧擺了擺手，讓他坐下，道，我知道，你的長輩是因為參與十二月黨人針對沙皇政府的起義失敗，被流放到西伯利亞的，你祖父那一輩就已經對政府失望，你父親也不會願意效忠沙皇。但即便是沙皇的祕密警察，其中也有同情革命的人……

米夏眼睛一閃，突然語氣尖刻地問，這怎麼可能做到？你的意思是他左右逢源，同時效忠不同的政治派系，如果跟著他，我也要做兩面人？說一套，做一套？

蘇寧緩緩回答道，怎麼能說是兩面人？人的心裡當然是會有一個信仰的。他沒有等米夏回答，彷佛是撫慰他，耐心解釋道，你也可以去漢口，只是離這兒遠了一點；打這兒往南，過了張家口，到了京師，還得往南走，那是個商埠，在長江上，正如你知道的那樣，周邊地區產茶，但制茶磚的工廠在城中，我們這兒賣的茶磚都是漢口製作運過來的，俄國人在那裡做生意也有幾十年了。

米夏嗯了一聲，從他的表情看不出他心裡的想法，可目光卻慢慢變得炯炯有神，顯然已有主意。

蘇寧一怔，心生觸動，有幾分讚許，語氣和緩接著說，雖說路途遙遠，但是要習慣那兒的生活卻不會很難——那裡已經有許多俄國人長期居住，吃穿用度雖然不能完全跟俄國的一樣，但不會比在這兒感覺離俄羅斯更遠。不過，你若去漢口，也還是要承德米特里一個人情——因為不光在漢口的俄國人買他的面子，這一路過去，只要有俄國人的地方，他都有辦法——如果你只想學做生意，他也不會逼你往別的路上走。漢口其實倒不失是個合適的好地方，俄國商人正需要像你這樣的人才，懂俄文，漢文，蒙古文，也了解茶生意是怎麼一回事。總之，看在你父親的面上，德米特里會照顧你的，你也不用覺得欠了他，這是他應該做的。蘇寧緩緩道來，此時略微一頓，好像意識到自己說得太多。

他應該做？米夏當然沒有放過這個破綻，急忙追問道，您為什麼這麼說，難道我父親的死與他有關係？

蘇寧嗯了一聲，卻又不緊不慢回答，你不要節外生枝，你父親是病故的，過去的事都過去了，可是人情還在，如此而已。

米夏不想與他爭執，一雙眼睛看著蘇寧，倔強中露出祈求，說，你可以把我留下。

蘇寧還是那句老話，道，你是俄國人，應該跟俄國人在一起。

米夏呆一呆，彷彿氣餒，過了半晌，開口忽然說，我去漢口。

蘇寧鬆了口氣，點了點頭，他看到這少年臉上的失望，心中微微覺得抱著點歉意。誰知米夏抬頭道，我想知道更多關於德米特里的事。

蘇寧猶豫片刻，想了想道，我去赤塔的時候，聽說他跟日本人走得很近，日俄之間剛打了一戰，俄國輸了，他跟日本人走那麼近是為什麼？我也不太清楚，不過，我可以告訴你我聽到的傳聞——有人說過去這段日子，俄國既要跟日本開戰，又要應付國內不斷的各種叛亂，沙皇那些軍隊疲於奔命，難怪最後輸給了日本。我還聽說，日本人有許多小動作，那些叛亂未必找不到他們推波助瀾的證據。德米特里這個人長袖善舞，有人說他跟許多人在金錢上都有糾葛，一筆錢，從哪裡來，再到哪裡去，有時很難說得清楚。當然，沒有人指責他在做身為俄國人不該做的事，在有些人眼中，他是英雄。他就是這樣一個複雜的人，沒人說得清他的路數——說到這裡，他驟然停下，目光鋒利，看了米夏一眼，道，這些我都是道聽塗說的。你既然要跟他打交道，而且我也當你是大人，所以跟你交個底——但你不用擔心，你既然打算要去漢口學生意，他在政治上有什麼樣的抱負，你就不用理會了。

米夏默然，最後，他問蘇寧，您去過漢口嗎？

蘇寧回答，那是很久之前的事了。

ღ

應之得知他要離開，好奇問，你要跟你的親戚去漢口？你見過這個親戚？

米夏眼睛望向別處，說，那人不是我的親戚。

應之吃了一驚，問，可父親明明說是要把你送回到家人那裡。

米夏淡淡道，可我沒有家人了。

那你為什麼要去漢口？

米夏這時轉過臉來，瞧著應之，問，你知道你父親是做什麼的？

應之目光閃爍，米夏頗有些得色，替他回答，道，你也知道他不是一個真正的生意人——你不覺得有許多事比生意重要許多倍？那才是真正激動人心的。

應之神情困惑，米夏於是再說下去，道，他把我交給那個人，那人做的是跟他一樣的事。

應之不知道如何應對，下意識重複，道，一樣的事？

對。米夏仍舊淡淡回答，口氣居然循循善誘，好像突然昇華到了一個可以俯視眾生的位置，道，你以為這世上各種事端都是自生自發的嗎？有的人使一些力氣，讓事情發展的方向稍稍改變，這就是改變歷史，所以你父親做的是大事。

米夏比應之大三歲，在那一刻，應之被他的氣勢震攝，覺得對方已經是一個大人，心中佩服，而且米夏替他樹立起了他父親的形象，心中頗覺得澎湃，這比什麼都重要。

應之並非不知道自己的父親的抱負，他跟素之都從小熟讀蘇家祖上留下來的抄本，將書中的捭闔之道背得頭頭是道，由此固然會產生自豪和使命感，但是這樣的自豪需要旁人熱烈的眼光，才能終於頂天立地。

米夏似乎看得透他的心思，接著道，聽說你們祖先是中國歷史上一位有名的謀略家。

應之雙眼一亮，告訴他自家先祖蘇秦種種，他們家對歷史自有一套說法——米夏說的謀略家就是鬼谷子——按蘇家的家訓，人們傳說中鬼谷子其實就是他的弟子蘇秦本人——不過是我們祖先假託一個名諱——應之這樣說。

米夏其實早聽說過這段軼事，因此口氣平常，理所當然地說，你的祖先很有遠見卓識，這樣的安排很巧妙，卓越的思想需要找到傳播的方式，將來你也是做大事的人。

應之聽了立刻豪情萬丈，與他擊掌約定道，將來我們再見面的時候，將一起共謀大事。

他們一個十三歲，一個十六歲。在一九零五年的時候，都覺得自己今後必會有大的作為。

這一席話，其實都被蘇寧隔牆聽在耳裡，他聽了暗暗心驚，既然這孩子有這樣的抱負，為什麼還要選擇去漢口？跟著德米特里豈不是更好？

蘇寧想不透其中原因，但在兩個孩子面前，他什麼也沒有說，只在心中堅定了要送走他的決定——往後就看他自己的造化了。

ꟹ

米夏要去漢口。蘇寧宣布這事的時候，素之立刻問，我們去不去漢口？

蘇寧搖了搖頭。

素之滿臉失望，問米夏，那麼遠的地方，你要跟誰去？

米夏說，我自己可以去。

素之啊了一聲，分外擔心。

蘇寧接口說，路上我會找人關照的。

素之問，那麼我們呢？我們要去哪裡？

蘇寧回答，我們留在蒙古，不過我們可以送米夏到恰克圖。

就這樣，他們在恰克圖分手，之後相隔萬里，再見面的時候，已是六年之後，米夏一眼認出眼前的少女，心中忐忑，矜持對她說，我們見過面。

素之卻脫口道，你從漢口回來了？

於是，陽光照亮了他，米夏只顧微笑，忘了回答；經歷了太多事，他終於是從千山萬水之外回來了。

素之又問，這些年你一直在漢口？

他含笑點頭。

那是一九一一年。

伊爾庫茨克，一九一一

他從漢口回到俄國，多少帶著凱旋的心態——他做到了本來以為做不到的，如今前程充滿了各種可能。他不僅替自己在漢口打開了一個局面，也鋪開了今後在自己祖國展開拳腳的願景。那幾年中，他去了一趟莫斯科，中間在伊爾庫茨克停留，與他遠房的叔父見面，這都是德米特里安排的——如同命定，德米特里還是進入了他的生活，從此影響他的人生；他則因此找到了僅存的親人，也找到了志同道合的同路人。

這一次，他特地轉道恰克圖，因為蘇寧與應之，素之兩兄妹正好也在那裡。蘇寧答應他帶兩兄妹去伊爾庫茨克作一番遊歷，當他是可靠的成年人，給予完全的信任。米夏意外，可是覺得歡喜。他在漢口的時候，有很大部分時間在漢口附近的羊樓洞度過，那是個小地方，讓他能夠在完全的鄉村生活中與當地人充分接觸，使得他覺得自己摸清了中國人的脾性，因此跟蘇寧的相處也顯得融洽起來。

幾年不見，蘇寧看上去更為深沉，而米夏卻已經長大成人，逐漸胸有城府，人也顯得穩重，蘇寧上下打量，忍不住感慨道，德米特里還是找到了你。

這話讓米夏覺得驚訝，轉念一想，也便釋然——蘇寧與德米特里認識在先，當然不會對德米特里的所作所為全無瞭解——少年再與蘇寧對視，目光意味深長，充滿了同類之間不可言喻的瞭然。蘇寧略有遲疑，米夏卻毫不介意，索性和盤托出與德米特里相遇的經過——看似偶然，但也許是刻意安排，誰知道呢？其實米夏此刻大張旗鼓想要宣揚的是自己在漢口如何順風順水，獨當一面，儼然已是個人物，代表東家從漢口去天津打理生意，住的是上好的愛斯特酒店，出入天津會所——他與德米特里就是在會所遇見的，俄國人與俄國人見面，說起淵源，原來早該認識……

聽他一氣行雲流水般敘說完畢，蘇寧輕輕頷首，語氣波瀾不驚地說，原來他是在天津找到你的。米夏在此時接觸到他的目光，看到清澈瞳仁深處的一絲笑意，透出無所不知的超然，猛地出了一頭冷汗，忽然明白其實這一切恐怕都是他們算計好的，他聽到自己的心跳，咚一聲又咚一聲，覺得自己是一個傻子，可是又不得不承這份情。

蘇寧望著他，也不說破，然後略過德米特里不提，卻對天津本身表現出了特別的興趣。

米夏察言觀色，忍不住想要扳回一局，決定要在此時反擊，口氣充滿了同情，說，天津與漢口一樣，在漢口的江堤一帶，或者天津的濱海區域，洋人都有自己的租界。

蘇寧一楞，緩緩點了點頭，嘆口氣，米夏接下去說，雖然租界是這樣繁華，但對於中國人來說，這是令人痛心的。如果最開始的時候大清政府善於外交周旋，或者能夠從自身改革，也許還是可以避免這樣的局面的，但現在說什麼也已經太遲了，如今中國人急於要改變這樣的現狀，恐怕革命是唯一的出路了。說到這裡，米夏目光炯炯，甚至熱切，看著蘇寧，其實還在尋找認可。

蘇寧避重就輕道，與德米特里這樣的人打交道，你還是要小心一點。

米夏揚一揚眉，不無感激之意，點頭說，我知道——他是沙皇奧克瑞納組織內的祕密警察。

蘇寧卻搖了搖頭，道，德米特里這樣的人，可以有許多身分。你在中國，想必對中國的社會組織有些了解，你在漢口也接觸過幫會？那些幫派有自己的規矩，德米特里這樣的人是可以自立規矩的。

米夏似懂非懂，語氣含著興奮，看似提問，實則是點出事實，道，他同時也是布爾什維克？

蘇寧沒有回答，似乎權衡著什麼。

米夏卻還在喋喋不休，說，這是一個將要迎來巨變的時代，你覺得所有的不公平都是可以改變的？

蘇寧看似贊同他所說的，可是米夏話一停，就不著痕跡的轉換了話題，主動問起關於伊爾庫茨克他的叔父的種種，米夏回答道，原來他是十二月黨人的後代——我們家的人都是革命者。他一面說，一面打量蘇寧，蘇寧在這時變成一個傾聽者——甚至有些許失態，露出好像在叢林中迷途者探詢的神情，但稍後，蘇寧終究沒有開口多問，只是嘆了口氣，說，應之跟我講，你想帶他去一趟伊爾庫茨克……

米夏因此精神一振，眼神中更是充滿了期待，急忙答道，是的，我想帶他們兄妹去一趟伊爾庫茨克，正好一路遊歷，我叔父在那裡，他說我隨時可以去探望他，我們可以住在他家——

蘇寧打斷他的話，說，讓他們去看看也好，素之也應該出去走走。

蘇寧答應得這樣痛快，米夏多少覺得意外，猶豫片刻，開口問道，您跟應之一直沒有留辮子，這是你們這些年一直留在這裡，沒有回到南邊去的原因？

蘇寧果然略微揚了揚眉，不過似乎不甚介意，答非所問道，有些留洋的學生早已經改了裝束。聽說梁啟超，也早在十年前就已經剪了辮子——這是誰也擋不住的事。

米夏喃喃重複梁啟超這個名字，不確定自己是否聽說過。蘇寧說，有的變化要上百年的時間，有的說來就來了——我們都耐心等著吧……

西伯利亞鐵路的貝加爾湖段一九零四年已經通車，米夏帶著素之和應之先乘坐馬車到烏金斯克，接著坐火車前往伊爾庫茨克。

路途中，素之頗為雀躍，他們兄妹都能講流利的俄文，一行三人並沒有特別惹人注目。這趟火車從遠東出發，他們中途上車，來往於鐵路幹線上的亞洲面孔，除了中國人，還看得到當地的布里亞特人，以及日本人，韓國人。他們坐二等車廂，蒼綠的壁紙上繪著大團淺紫的花，地毯是深紅的，同色的天鵝絨窗幔用金色流蘇扎起，露出鎏金的窗框，素之看著窗外，收不回目光，一心等待傳說中廣袤浩瀚的貝加爾湖的出現，一面有一搭沒一搭地拋給米夏一些問題。

在米夏眼裡，外邊移動的風景退後成了無關緊要的背景，他不知道自己心中居然積聚了那麼多笑意，如同泉水汩汩湧出，他望著窗外時在微笑，回答素之的各種問題時在微笑，與車掌交涉時候也在微笑，心底好似有一支溫柔的曲子在吟唱，將人生一切皺摺撫平，從此可以覺得幸福。他不知道應之是不是看出了端倪，然而應之只是一味專心致志，潛心鑽研手上一本書，對旅途中的風景都不掛在心上。
素之好奇問著各種問題，關心著他這些年在漢口的生活，他便揀各種趣事說給她聽，可是又覺得說得不痛不癢，恨不得把心剖開來給她看，卻又一時不知道要怎樣把自己這些年心中所想，所期待的一件件鋪排出來說給她聽。
素之關心他的一切，什麼都想知道，自然而然問起，你是怎麼找到你叔父的？
米夏猶豫了片刻，回答，誠心要找總能找到——德米特里應該是花了些功夫。
誰知素之喔了一聲，恍然大悟說，原來是德米特里。
米夏意外道，你也知道德米特里？
素之瞅了應之一眼，說，哥哥去聖彼得堡的時候見過他。
米夏心中一動，問，應之是去聖彼得堡的鋪子？你們鋪子的伙計還留著辮子？
素之說，那不是我們的鋪子，那是大盛魁的分號。他們鋪子老派得很，夥計怎麼敢不留著辮子。
米夏道，這辮子始終是個障礙，會讓他們與當地人之間的膈膜很難輕易消失。
應之聽到了他們談論，抬頭揚了揚手裡的書，道，遲早要絞的。梁啟超早就剪了辮子，往後中國的男人都該剪，你等著看吧。——說話的口氣跟蘇寧一模一樣。
米夏這才留意他看的這本書，藍布封面，書脊上印著《飲冰室合集類編》。他伸手要過來翻看，翻到書後，直排印著作者，編者，印刷的日期是明治三十七年四月二十九日，在日本東京印刷——他這才恍然大悟，說，梁啟超就是戊戌變法失敗後，東渡日本的那位？
應之滿臉熱忱，鄭重地點頭，回答，就是他，寫得真好。中國就是到了應該變革的時候了！
米夏自然而然接著他的話說，豈止是變革，接下來的應該是一場革命。
應之抬頭，兩個年輕人四目交接，想起數年前他們之間的對話，彼此會心而笑，應之說，俄國呢？

你覺得俄國需要的是什麼？

米夏篤定地回答，我們需要的都是改變，推翻一切才能找到新世界。他將手裡的書一頁頁翻下去，應之伸手過去將其中一頁打開，說，要看這一篇——〈少年中國說〉，論近世國民競爭之大勢及中國前途，真是說到人的心坎裡去了——少年智則國智，少年富則國富，少年獨立則國獨立，少年自由則國自由，少年進步則國進步……

應之說得慷慨激昂，米夏的目光落在那一頁上，出了神，素之將書從他手中抽走，笑問，幾年不見，你在漢口學的可不少，漢字也會讀了？

米夏回過神來，對她的問題不好意思地笑一笑避而不答，卻對應之正色道，這是他的願望，但願望不會憑空實現，此刻的中國有許多問題需要解決——包括民族問題，土地改革，工業發展，經濟的振興，所以我認為革命是必須的，然而革命是一種有組織的行動，而且最終是國際層面的，你應當讀一些俄文的書籍——德米特里沒有介紹一些書給你看？

應之點頭，正要回答，素之忽然開口雀躍歡呼，撲到窗前，說，貝加爾湖到了。

窗外視野中大片浩瀚水面漸漸靠近，他們一時間屏息凝神，不知在想著彼此的話，還是單純看著風景——湖面一望無際如同海洋，遠處漸漸起了霧，模糊了天際的輪廓，像把這個世界引向了無限的可能。

他們全看得出神，應之忽然轉向米夏，問，德米特里是不是布爾什維克？

嗯？米夏一呆，正琢磨著應該怎麼回答，應之又忙不迭看向窗外，此時的霧正向岸邊蜂擁而來，氣勢洶湧，應之像吃了一驚，頓了頓，才接著說，他跟我講過一九零五年聖彼得堡的血腥星期日，說那是革命的開始，他即使不是布爾什維克，也是革命的同情者，絕不會是捍衛沙皇政權的人——你說他到底是孟爾什維克，還是布爾什維克？

米夏想了想，說，那有什麼關係，到最後，他站的那一邊會是最終勝利的那一方的。

應之咦了一聲，滿臉疑惑，轉頭道，這之間難道還需要決定勝負？……待要再說下去，火車軌道轉彎，窗外的霧驟然退了下去，視野豁然開朗，素之轉向米夏，似乎沒有聽到他們的對答，自顧自，熱切地問，海洋是這樣的嗎？你見過真正的海洋？

米夏望著應之，來不及同時回答他們的問題，同時倉促地對素之說，如果妳想看真正的海洋，以後我們一起去。

火車轟隆隆前行，一邊是山，另一邊緊貼著水面，素之將鼻子貼著窗，視線追隨著湖上滑翔而過的幾隻鳥的身影。米夏在她身後也留意著那鳥的姿態，忍不住說，到了貝加爾湖，伊爾庫茨克也就不那麼遠了。

火車沿安加拉河逐漸進入城市，建築平地而起，天空被樓頂塔尖擋在了後面，一望無際的原野也消失在視野之外，鐵道兩邊各種樓宇挨挨擠擠湧到眼前，素之變得安靜，米夏心中惴惴，想要知道她心中對自己的俄羅斯的看法。

火車站月台上聚集著一群無主的狼狗，體型巨大，端然而坐，虎視眈眈盯著火車上魚貫而下的旅客，看到他們三人下車，忽然決定亦步亦趨隨行，好像一開始就專等著他們。米夏擔心素之，她卻留意打量落後了幾步，那一群狼狗於是一擁而上圍了上來，聚攏在她左右；領頭的狗多走幾步，又回轉，別的狗也停下來，似乎等候著什麼，全對著女孩子，呼呼喘氣，吐出舌頭，露出尖利的牙齒，包圍的圈子越來越小。周圍旅客驚呼出聲，米夏也急急跨前，素之卻舉手讓他止步，彎腰伸手撫摸那領頭大狗的腦袋，嘴裡輕呼出聲，在那一瞬間，這一群狼狗，突然失卻了威武兇猛的架勢，隨著領頭的狗伏地坐下來。

應之急喚了一聲，素之答應，緩步從那包圍中走出來，那些狼狗卻還是不動，原地坐著，尾巴在地上搖動拍打，目送他們離開。米夏頻頻回首看那一群狼狗，站台的人流漸漸稀疏，那些狼狗也逐漸離開他的視野中；他說不出應該覺得驚訝還是理所當然。應之對素之抱怨，說，妳以為是在草原上嗎？即便是妳熟悉的草原，動物兇猛起來也是妳應付不了的。

素之淡然說，動物不難對付，人才是難應付的。

米夏聽了訝然，也許說者無意，可他總覺得她心中有個打不開的結，不知是誰結下的。

米夏希望兄妹倆在這裡會覺得賓至如歸，他想讓他們看到讓他覺得驕傲的繁華，並且告訴自己這不是傲慢，他知道他們都急於想要學習——他相信屬於自己的這片土地正在不斷完善之中，將發生巨大的變化，不管是什麼樣的變化，他都希望那會成為他們最好的模仿樣板。

出了車站，上了馬車，他們三人各懷心事，遠遠可以看見建於安加拉河畔的那一道凱旋門；當年十二月黨人被流放西伯利亞，抵達伊爾庫茨克，棄船上岸，就是從這座門下進入城市的；藍天白雲下，驟然望見高聳的建築，米夏不由興起歡呼長嘯一聲，一時躊躇滿志，覺得那些以前想改變而未能實現的夢想，到了往後都有實踐的機會，此刻，對於年輕的他來說，一切無畏無懼，他回一回首，與他少年的朋友們相視而笑，覺得他們理應明白他心中所想。

米夏的叔父住在拉噶伐亞路（Lugovaya）一座木結構小房子裡，房子是米夏的祖父留下的。一八五五年尼古拉一世過世，亞歷山大二世繼位，大赦十二月黨人，准許他們從西伯利亞重返家園，他的祖父卻決定留下來——過去的已經無法留戀，雖然最難的歲月也已經過去，可到最後，他選擇的是把眼前的生活繼續下去——誰也沒法走回頭的路。

米夏的叔父生於西伯利亞，長於西伯利亞，沒有任何想要去遠方的念頭；米夏的父親則截然不同——少年時候跟伊爾庫茨克的商人去恰克圖，又獨自南下一窺蒙古高原的樣貌，之後一發不可收拾，頻頻遠行，家人慢慢失卻他的音信，只好接受現實，承認他最終屬於那個更為廣闊的異國世界。

米夏的叔父約略講起過去他也不熟悉的時光——說起過去，他的口氣如同訴說旁人的故事，鮮有感慨，只是陳述事實。他說，父親是陸軍一等上尉，以一級罪名被指控定罪，當年他的未婚妻追隨他來到西伯利亞，一紙準婚紙卻遲遲不下，他的未婚妻是一名貴族小姐，有公主的頭銜，在西伯利亞等了八年，最終卻等來一份否決書。結果……他遲疑，好像不知道該怎麼敘述，或者他根本也不清楚，說，我父親後來跟我母親結婚生子——我哥哥長我三歲，有人說我哥哥的母親其實是那位貴族小姐——但是父親從未承認……我的母親也沒有交代——不管是否屬實，祖父與那位貴族小姐彼此苦候糾纏多年，未能終成眷屬……實在可惜……

他特意找了個散步的時間說起這段往事，避開應之兄妹，顯然是有事想跟米夏交代，叔父從外套口袋掏出一張折了許多層的紙，遞給他，說，德米特里來過一次，他知道你會來，讓我把這個給你，上面有一個地址——他說是你祖母的親戚，他們家的人後來去了巴黎——他說到最後喃喃說道，這樣看來我哥哥的母親是那位貴族小姐無疑了。

紙有點縐，米夏沒有細看就放在了口袋裡，還等著叔父說下去，叔父嘆了口氣，卻無話了。他與他相視而立，米夏覺得他們之間隔了整整一條時光的河流，他自己正要順流而下，而上一輩已經被拋在岸上，與潮起潮落再無關聯，或者像他叔父這樣的人從來也沒有想過要弄潮。

叔父站了片刻，終於避開年輕人的視線，拍拍他的肩膀，讓他跟自己一起往回走，結束了這一次談話。他們沿著拉噶伐亞路走下去，兩邊的屋子已經呈現歲月的痕跡，他們一步一個腳印，至少在此時，正朝著同一個方向走下去，彷彿是暫時的妥協。

米夏的叔父不曾跟中國人打過交道，如今招待兩兄妹住在家中，頗覺得不可思議，也因此對自己兄長在過去年月中的經歷浮想聯翩。應之特別帶了上好的茶磚作為禮物，茶磚上印著蘇家茶莊的標記，茶磚其實是漢口的出品——這一點，米夏頗為得意，因為這些年他與蘇家相隔千里，但實際上彼此還是息息相關，這是誰也改變不了的。

對於這位老叔父來說，漢口是如此遙遠，可對於中國他也並不是一無所知，家裡的客人讓他想起了自己收藏的兩冊古書籍。其中一冊，他找不到了，是本法文冊子，名字很長，叫做《關於中國，喇嘛國和其他國土，遊牧地區與兀魯斯，以及大顎畢河其他河流，道路等情況之報告》紀錄的是一六一八——一六一九年伊萬·佩特林使團到中國去的見聞。另外一本，他翻箱倒櫃就找了出來，是個抄本，紀錄了一六五四——一六五八年間費·伊·巴伊科夫使團去中國的軼事。

應之接過書細看，發現寫的是古俄文，略翻了翻，遞給米夏，米夏低頭看一看道，這一冊記錄的是清朝年間的事。

米夏的叔父問，清朝？就是現在的大清？

應之點頭。

叔父道，那另一本記敘的應該是明朝的往事。這兩本書具體寫了什麼，我已經忘記，只記得兩冊當中的中國皇帝對使節團叩見的禮儀尤其看重，不管是換了哪個皇帝，都覺得外國人的使團應該是去朝貢的，最重要的是如何呈上獻禮，行禮磕頭是不是符合規矩，他們對做生意大半不感興趣——那些使節團的力氣是白花了。他問米夏道，你現在那兒，也算是生意人？他們的想法難道已經有所改變？

米夏笑道，現在在漢口做生意的洋人可多了，英國人，法國人，德國人還有日本人，都設了公司……

英國人？叔父笑了，目光有幾分困惑，好像丟失在時光的隧道，猶豫道，我記得看第一本書的時候，裡邊提到英國人當時就想找到去中國或者印度的通路，想通過俄羅斯的版圖，到東方去——現在是如願以償了？

米夏卻搖了搖頭，轉身看一看應之，喃喃道，如願以償？可不見得。

米夏叔父家有一台德國Bechstein鋼琴。

叔父打開琴蓋，指尖劃過琴鍵，音符如流水一瀉而出，如同串珠滾落，他示意素之試一試。素之伸手觸摸黑白琴鍵，卻沒有按下去，眼中含著笑意瞧一瞧叔父；叔父會意，坐下來，神情略思忖，與年輕女孩四目相投，彼此打量，胸中各自湧動著一些說不清的期待，叔父的眼神因為那期待生動起來，彷彿重溫起來自歲月深處的快樂，他深吸口氣，手指輕落在琴鍵上，旋律忽而平地而起。

素之從沒聽過這樣的琴聲，心中咯噔一下，聽那樂聲清脆如珠玉般，叮咚玲瓏，宛若心底湧出一彎泉水，讓人不由自主想要向那源頭靠得更近。

她自小彈古琴，難免將兩種琴在心中比較。米夏似猜到她的心意，走到她身畔，湊近小聲問，妳覺得妳的古琴和這鋼琴可以合奏？素之咦一聲，米夏將西洋樂譜拿給她看，那譜子跟古琴譜完全不同，滿紙是蝌蚪般的符號，想必代表不同音律；古琴譜標註的其實是彈奏的手法，一個顫音可以延伸出二十六種變化，也有不一樣的複雜……

她遲疑不答，米夏小聲執拗道，只要是音樂，就能同奏，兩種都是琴，沒有不能合奏的道理。

素之失笑道，共奏不能和諧就變成噪音了，兩琴合奏首先要找到適合的曲子，而且必定要互相作出妥協，才能夠彼此映襯。而且譜子也要改，沒法照搬。

米夏脫口而出道，這有何難？

素之抿嘴一笑，不置可否，兩人對視著，像互相打著啞謎。米夏再次慫恿她試彈，她卻始終不願意，兩人僵持了一會兒，倒像因此生了嫌隙，應之見狀，自己坐到琴前，用一根手指逐一敲著琴鍵，雖然清脆怡人，可總不成調子；他將米夏拉到自己邊上坐下，米夏負氣一手從高音鍵往低音抹下去，雖不成樂句，可氣勢洶湧而來，裊裊留下一個顫音盤旋良久才戛然而止，倒有點像不甘心負著氣。米夏瞧了瞧素之，悻悻說，好吧，是我不懂得音律。

素之退後一步，老氣橫秋嘆口氣，無可奈何對米夏道，我當真不懂這個，還是回去讓我彈古琴給你聽。

米夏一怔，點了點頭，他們這就算和解了。

貝加爾湖，一九一一

回程他們在貝加爾湖畔逗留了一兩日，因為素之嚮往海，未能見海，米夏便覺得要讓她多看一看貝加爾湖也是好的，至少湖水有一樣的寬廣和深遠。

那是貝加爾湖最好的季節，微風襲襲，溫潤爽快，不過縱然是盛夏，湖水依舊冰涼徹骨。

米夏在水邊眺望，目光追逐著天邊掠過的飛鳥，自己的靈魂好像也隨之飛馳而去，心中頓生豪情，摩拳作出躍躍欲試的姿態，對素之說，這裡的人相信，躍入貝加爾湖能夠讓人年輕二十歲。

她俯身伸手探水，笑著搖頭，不相信他會真的跳下去。

湖水確實廣漠無邊，她亦相信海洋也不過如此，她只顧望著湖水出神，沒有想到身邊的他已經除下外衣，掏出小酒壺，灌了半瓶伏特加到口中，急急退後數步，長嘯一聲，屏足了氣快跑，搶上幾步，腳下沾到了水便奮力魚躍而起猛地扎入水中。水溫冰寒徹骨，讓他忍不住再次長嘯，埋頭沉入湖水，同時奮力地揮臂往前——也許他是在故意賣弄自己的無畏和自認無懈可擊的泳姿——他是在長江中學會游泳的，比起長江的水，這湖水除了冰涼，其實比暗流洶湧的江水容易掌握得多。他逐漸習慣了水的溫度，也許是因為酒在體內燃燒的緣故，覺得自己是這海洋中的一團火，翻騰向前，興風作浪，是真正的弄潮之人。

素之追了幾步，鞋尖已經被水浸濕。陽光照射著整個湖面，從水面反射到她的眼中，讓她舉起手遮在眼前。這一切發生得太快，她眼睜睜看著他浮游而去——他還在繼續往水更深處漫遊，身姿矯健如這處水域出沒的貝加爾湖海豹。她心中惴惴，手在胸前握成了拳，遠處起伏的身影越來越小，幾乎難辨；終於等到他回身，漸漸與岸接近，朝自己靠攏，她才鬆了口氣。眼見他終於回到了淺灘，可是突然之間失去了動作該有的節奏，好像失去了力氣，如同呼吸艱難擱淺的魚。她著急驚呼，喊著他的名字，明夏！明夏！

他沒有回答，動作緩緩抽搐變作靜止。素之拉起裙角，淌水而過，接近他時水已齊腰。她繼續呼喊他的名字，他卻沒有回音，她只好死命拖著他一鼓作氣終於回到石灘上，精疲力竭跟他倒在一處，一面瑟瑟發抖，一面著急地用手探他的鼻息。她分不清自己的顫抖是因為寒冷還是害怕他已經就此離開自己；她想起他跟她說過溺水救人的辦法，於是憑著印象，用手掰開他的嘴唇，深吸口氣，將自己的唇覆上去，把自己口中溫暖的氣息傳遞給他，心中卻毫無把握——戰戰兢兢之間卻冷不丁瞥見他已睜開眼睛，定定望著自己。

他的冰冷的唇彷彿將她所有的溫度都已吸走。她俯視著他，他滿臉驚奇，像驟然發現了一個新的世界，不知如何是好；他仰視著，她背後襯著整個鮮豔的藍色的天，臉上卻蒼白沒有血色，呆呆凝視他，彷彿成了一座雕像——短短數秒之間，他們都沒有說話——然後他就後悔了，反身用手摸索到剛才扔在外套上的酒壺，拔下瓶蓋，拉著她的手，將她拖近，舉起酒壺就著她的嘴灌了下去。

她被酒嗆到，劇烈咳嗽起來，他不得不放開她，將剩下的一口灌進自己嘴裡。他並感覺不到寒意，只覺得自己體內有滾滾的隱密的熱浪層層地席捲而來——但是她彷彿什麼也不明白，也許是年歲太小，還不了解埋藏在人性深處的那些隱密的慾望，或者只是裝作不懂得——她愣愣地看著他，彷彿將一切盛大的幻想都戳穿成了淡薄的一片雲，還沒有抓到就已經溜走。他站起身，閉上眼，雙手攤開，像要擁抱這天地，然後睜開眼，拾起自己的外套裹在她身上，她露出了一個笑容，看上去既不天真，也不世故，她說，你騙了我，你沒事。

他心虛，正要辯白，她卻說，你沒事，這多麼好。

她避重就輕，不與他計較，他也只好裝作什麼也沒有發生過。

第二天，他們繼續坐火車往回趕，中間下車換船，在色愣河上的時候，素之像是不經意，跟他說，有個人叫莫福祥，是個漢人，家裡人希望我嫁給他。

他驚異地看著她，說起嫁人這種事，她一點也不像別的少女那樣羞澀。

米夏遲疑問，嫁漢人？難道因為他是漢人，就要嫁給他？

素之迎著他的目光，想了想，沒有回答他的問題，這時臉上笑容有點羞澀，說，他很好。

米夏心中忽然一片澄明，像被雪亮的光照著，在耀眼的真相面前，所有的幻想都煙消雲散了。去伊爾庫茨克，路途這樣遙遠，他覺得完全白跑了這一趟。

米夏跟應之素之兄妹回恰克圖，一路上絕口不提心事，也不肯提莫福祥這個名字，而且米夏壓根看不起這個人——「福祥」一聽就是個生意人的名字——這個姓莫的唯一比他強的無非就是漢人的身分——他很好？——米夏心中反覆想著素之說的那句話，有些嗤之以鼻。

莫福祥也在恰克圖。

一見莫福祥，米夏就忽然明白蘇寧為什麼會放心讓素之跟著他去伊爾庫茨克，因為他一點機會也沒有——眼前的這個中國少年是這樣一副——姿態——他不知道如何形容，但不用多說，那相必就是蘇寧心目中乘龍快婿的樣子——他沒有想到會有莫福祥這樣的人存在，一見到他，自己便氣餒了——是他自己運氣不好，而蘇寧的運氣的確是太好了一點。

米夏頓悟到這個事實，蘇寧便站在他的身後，讓米夏驚訝的是，蘇寧居然如此殘酷，不加掩飾勝利者的洋洋得意，在他耳邊輕輕說道，你看他們倆，他們站在一起的時候，誰能不承認他們是天生就該遇見的？

米夏默不作聲看著眼前的少女，她終於遇見了她的心儀之人，他早一步出現也沒有用。蘇寧心中到底有些不忍，等了些許，還是拍了拍他的肩，勸道，人與人還是不一樣的，你與素之……

沒等蘇寧說完，米夏卻說了讓蘇寧吃驚的話，他說，「誰說不一樣？大道之行，天下為公」——記得您送我去漢口之前，說過這句話——選賢與能，講信修睦，故人不獨親其親，不獨子其子，使老有所終，壯有所用，幼有所長，矜寡孤獨廢疾者，皆有所養。男有分，女有歸。貨，惡其棄於地也，不必藏於己；力，惡其不出於身也，不必為己。是故，謀閉而不興，盜竊亂賊而不作，故外戶而不閉，是謂大同。——他居然一口氣背完了這段話，然後說，誰說人與人不一樣，連你們老祖宗都已經看到有這樣一個大同，有這樣的大同，你與我便都是一樣的了。

蘇寧像重新認識了他，定定地對著他的眼睛注視著，然後將視線移開，嘆了口氣，道，你相信這樣的「大同」存在？

這一次，米夏充滿熱忱，琅琅說道，不單我相信，應之也相信，會有這樣一個社會，有這樣一種制度，所有人都是平等的，一切都能得到保護，一切都會有條不紊地進行，天下一家是可以實現的——您說的是不對的，應之，素之，和我——我們終將會生活在同一種制度下，沒有人能說我們是不一樣的。

制度？蘇寧望著遠處，眼中出現些許迷惘，這少年所說的邏輯似乎跳過了什麼，可是他一時也沒法反駁，因為他說的那些陌生的名詞像來自一個新的世界，對一向自詡開明的他有一種震攝力——他無法承認自己落後了，可也不想被這少年拉著鼻子走，所以斟酌著要如何開口。他忽然意識到眼前這個俄國少年早已不在自己的掌控之中，在一瞬間蘇寧懷疑自己的決定，不確定讓應之與素之跟他去伊爾庫茨克是不是做對了？——不知道他會對自己的孩子產生什麼樣的影響。

米夏意識到自己占了上風，他迎著蘇寧上前半步，蘇寧不由自主讓開半步。米夏接著理所當然地說，共產主義早已經在歐洲廣泛地流傳，有一本俄文的小冊子——應之也正在看。這時，蘇寧已經明白了他的企圖——米夏急不可待要宣告自己的影響力。蘇寧並無心戀戰，也不屑接受這樣的挑戰，他覺得這俄國少年太咄咄逼人，可眼見他眼光忽而一黯；蘇寧順著他目光所及望去，遠處正是素之與福祥，兩人牽了兩匹馬，如走在無人之境，也許他們眼中除了彼此本也沒有留旁人的位置。素之一躍上馬先行，福祥緊隨其後，兩人姿態活潑，顯而易見久別重逢後的快樂。米夏覺得心中焦躁，可是，他不願意認輸，瞧了瞧蘇寧，用淡淡的語氣說道，記得幾年前，您送我去漢口的時候，曾跟我說——您不會去那個地方。

蘇寧揚一揚眉毛，嗯了一聲，等他說下去。

米夏說，那時候，我不明白您為什麼不願意去那個地方，等我到了那裡，慢慢地就明白了。那座城市有租界，除了俄租界，還有英租界，法租界，日租界，德租界——那當然不是您心目中自己的國家的樣子。然後，他補充一句，道，我碰到許多人，他們也都跟你一樣，他們心目中自己的國家應當是這整個世界的中心。

蘇寧臉部的肌肉輕微顫動，竟一時無法回覆這少年的話。米夏沉住氣，語氣苦口婆心，接下去說，我給應之看的書，其實就能給您，和其他許多人一個解決難題的辦法。您的國家走下去，總要選擇一條路。

蘇寧打斷他，冷冷說，看來，你去對地方了——這些年，在漢口，你的確學了不少的本事。

米夏乾脆俐落地說，我們需要改變這個世界。俄羅斯也需要改變。

說出這話，他重新充滿了勇氣。

恰克圖，一九一八

女童墜馬的時候，馬林與伊萬就在樓上走道的大窗前，他們忘了本來在談的話題，從頭至尾，將院子中發生的一切看在眼裡。

下邊人群正在散去，他們還沒有自窗前走開。馬林拍了拍手道，了不起，是可塑之才。

伊萬一直注意著馬林的臉色，也明白他說的是誰，不由感慨道，他們家的人都這樣，都是出色的人物，原本不該像我這般只在邊陲之地做些小生意。

馬林翻一翻眼皮，瞟了他一眼，哼了一聲，道，他們在此處只是做些小生意？

伊萬一怔，悻悻道，你知道的當然比我還多。

馬林咄咄逼人追問，那你覺得他們應該做什麼樣的事？

伊萬對這個問題顯然無所適從，頹然道，我怎麼知道他們的想法？或許你們是一樣的，你們都想改變這個世界，我卻只想住在原來的那個地方。

馬林看也不看他，昂然道，太遲了，我們都已經出發，更大的變化遲早要來。

伊萬不知道如何回應，僵立著，搓了搓手；馬林斜睨了他一眼，問，你倒是說說看，他們家到底有些什麼樣的出色人物？

伊萬遲疑道，你也看到了，這兩兄妹的俄文說得很好，他們能琅琅上口的不只是俄文而已，有一年，蘇素之跟他父親去過一趟維也納，他們父女二人從來沒有學過德文，但是回來之後德文就已經說得很好了。

馬林問，他們去維也納做什麼？

伊萬想一下，道，他們要去歐洲會一位朋友。

什麼樣的朋友？

是位革命黨人，好像姓康。我想他們中國人一直試圖在找一條適合自己的國家的出路，他們家的人都有一些抱負……

馬林打斷他，道，他們要尋找的，現在我們俄羅斯不是已經可以給出一個答案？他們去維也納，歐洲人能給他們什麼？

伊萬嗯了一聲，快速地瞟了馬林一眼，然後故作鎮定。

怎麼？

伊萬迎著他的目光，這次沒有膽怯，忽爾有些不耐煩，道，我告訴你，永遠也不要對那些中國人指手畫腳，告訴他們做什麼，不要做什麼——他們不會聽你的。

馬林冷笑一聲，居高臨下，看著伊萬，道，這是你心裡想的？所以，你自願站到了他們那一邊？可你不要忘記，你的位置應該跟我們在一起。

伊萬一怔，不自在地退開一步，困惑中忽然露出一個古怪的笑容，喃喃道，他們？我們？你確知我們跟他們最後不會站在一起？

馬林湊近，一字一句道，你根本不了解他們，就像不了解自己一樣。

伊萬沒有反駁，望向窗外，也許他覺得馬林說得對。

窗下的大院已經恢復安靜，有一匹套上車的蒙古馬不耐煩地用前蹄刨著地，窗下一時看上去塵土飛揚。

೮

蘇應之找到米夏的時候，米夏還站在底樓的長窗前，彷彿與外頭院裡那匹蒙古馬對視著。

蘇應之看上去有些困惑，摸了摸自己的頭，伸手拍米夏的肩膀，可他這位少年時代的朋友轉過來的時候臉上有種陌生的表情，讓他不由縮回手。

蘇應之從旁側打量米夏，猜不到他心中在想什麼，順著他的視線望向那匹馬，覺得哪裡不對勁，又說不上來，彷彿所有人和物都被擠到了情緒失控的邊緣，誰都想要發洩一下，可誰也沒有這樣的自由，他朝外邊張望，問，聽說剛才孩子騎馬摔下來了？

米夏過了一會兒才轉頭回答，道，你剛見到素了？她不太高興？

蘇應之就事論事道，她這一向都患得患失，拿不定主意。她倒是說過——

米夏眼皮驀地一跳，問道，她說什麼？

蘇應之看了他一眼，為難道，她怕是捨不得送孩子去莫斯科。他說到這裡停下來，米夏臉色一暗，口氣卻沒有變，道，她可以再想一想才作決定，這是難逢的好機會，第三國際馬上就要成立，有列寧的大力支持，所以許多新的機構和計畫會因此產生；國際兒童院也已經被擺上議程，那是為了支持世界革命，保護和教養各國革命者的後代建立的機構——這孩子有天分，她不用等國際兒童院成立，隨時可以去莫斯科，我保證她會得到最好的教育和訓練……這我們不是已經說好了嗎——世界到最後是屬於他們的，世界革命的浪潮捲過來的時候，她要準備好了才……

蘇應之低咳一聲，米夏話音戛然而止，蘇應之有些尷尬，彷彿自己成心打斷了對方的話。米夏倒是神情如常。應之過一會兒才道，之前你我只顧著自己計劃，以為素之總歸是會跟我們想的一樣，但是做了母親的人想的難免比我們多，有各種顧慮，捨不得將孩子送出去可以理解……

哦？米夏瞧了他一眼，蘇應之接著解釋道，孩子的確太小了，這個年紀也還不懂事。

米夏不耐煩道，那什麼才算是懂事的年紀？

蘇應之一呆，想一想道，那年我們跟我跟父親去維也納，即便已經十歲，可對這世界還是懵然不知……

米夏瞧了他一眼，不以為然道，你父親帶當然是覺得你們能夠明白道理了，才會帶你們去見重要的人物。

蘇應之咦了一聲，脫口說出——康有為——三個字，道，你知道我們那年見過誰？

米夏得意一笑，道，那個想要保皇的革命黨？我當然知道——去年他想要擁立溥儀復辟，最後也失敗了。君主立憲在你們的國家是行不通的，可是共和呢？難道路就走得下去？他故意看著應之道，你們中國人要尋求一條救國的路，這麼多年了，還不是仍舊在原地踏步，現在，終於是可以看到曙光的時候了，你們還等什麼呢？說到這裡他的口氣有些熱切，頓一頓，又說，素之怎麼就想不明白？

蘇應之瞧著他臉上孩童般熱烈的神采，心中油然想起過去彼此鼓勵曾經提起的豪情壯志，不忍與他爭辯，可是時光浩瀚，他不由感慨道，不覺竟然已經十年，原來康先生的想法還是沒有變，而且終於行動了，流亡之後回到故國，他依然選擇作一名鬥士，可經歷過變法失敗後又經歷這一次失敗，不知道會不會最終改變自己的想法……

米夏依舊似笑非笑看著他，道，沒錯，十年過去，你我都不再是孩子，他卻已經是老人，而且他走的路是一條死胡同。

這話說得毫不留情，蘇應之一時默然不語。米夏不依不饒緊追著問，你們在維也納的時候，他肯定鼓動你們跟著他一起奮鬥？可事到如今，你們總應該明白那些都不是理想之路？

蘇應之嗯了一聲，顯得心不在焉，迴避著米夏的眼神，嘆了口氣，滿懷遺憾道，我們那次見面的時候，其實人人還充滿了希望。

但是，對於你我來說，比起那時，此刻不是更應該充滿了信心？米夏頭微微後仰，像正被某種憧憬淹沒，目光落在遠處的天際線，彷彿那裡是可以追溯一切的源頭，他像一個善於面對觀眾的演說者，琅琅說道，當然，那個時間點，其實正是一切的開始。雖然俄國在日俄戰爭中失利，可是緊接著一九零五年的革命卻點燃了世界革命的火種，普羅大眾從此找到可以站起來對抗的可能，這樣的覺醒是必要的。

應之轉身，窗戶後的日光勾勒著他的身影，卻把他的表情隱藏在陰影裡，他猶豫道，米夏，你有沒有想過，其實我們只能選擇站在世界的一邊，可是另一邊的世界也是存在著的，而且已經有建立好的秩序，他們可能壓根不願接受我們的方式……米夏，並不是所有人都跟我們有一樣的理想。

米夏打斷他道，整個世界已經瀰漫著鬥爭的氣氛，人民已經準備好要站起來反抗龐大的既得利益，你相信我！我們代表的是新的力量，新的方向。

應之嗯了一聲，雖然是表示贊成，可聲音缺乏一種鏗鏘有力的戰歌式的激情。

米夏眉頭蹙起，狐疑問，是不是因為有人站在世界的另一邊，所以讓你這樣猶豫不前？

應之咦了一聲，低頭避開對方的視線。

米夏這時恍然大悟，道，站在世界另一邊的難道是那位姓陸的小姐？緊接著追問道，難道去年你去歐洲，見的就是她？——我應該早就想到——素以前就跟我提到過你們小時候在維也納相遇的故事，我們開玩笑說你們是兩小無猜，原來那並不是沒有根據……

應之抬頭時皺眉，淡淡道，孩提時代的事再提就荒唐了。

米夏瞧他一眼，問，陸小姐家仍舊是康先生的支持者？她家是南洋的商人？這樣的時候，她是要打算回到南洋去，還是留在歐洲，或者是要回去祖國？

應之無奈道，她去哪裡都是走一條跟我們不一樣的路，她的選擇跟我們的不同。

米夏詫異，端詳著他，然後簡單堅定道，那你把她忘掉吧。

蘇應之眼神閃爍，米夏不知是否應該安慰，嘆道，你說，此時與彼時的想法，難道真的有那麼大的不同？

誰知蘇應之肯定地回答，是的，我們身邊的世界已經迥然相異。在米夏驚訝的目光中，他繼續說道，那個時候我們許多人都滿懷期待在討論今後要走怎樣的路，面前彷彿有許多的選擇，可是到了今天，我看到的是許多人別無選擇，今後只能分道揚鑣了。

他的語氣充滿哀傷，以至於米夏也不由困惑，臉上有種不期然的錯愕。

應之喃喃道，怎麼會變成這樣？我們明明曾經站在一起。對於蘇應之來說，十年前的那一趟旅行其實還清晰地留在記憶裡，那時他還是個孩子，到如今有些感覺已經深埋心底；那一趟，深深吸引他的也許是一些模糊的夢想，因為長久沒有實現，反而伴隨了他這麼些年；到後來簡直有些不耐煩，要疑心自己是不是被心中的藍圖拋棄了——他也說不清是什麼拒絕了自己，只是此刻站在這裡，他心生恐懼，覺得自己從此要迷失方向，也就在這時候，他忽然了解自己的父親那年站在彼端繁華世界裡時的所面對的徬徨，不由心中一沉，彷彿溺水的人急著想要抓住一片浮木，當米夏說出——我們還是站在一起，因為我們會將革命進行下去——這句話時，應之下意識點了點頭，手不由自主握緊了個拳頭——為了鼓舞他自己。

米夏看在眼裡，伸手過來，應之展開拳頭與他相握，同志式的握手方式讓他感覺到安慰，只是他心中一直想念的其實是遙遠的那一年——那一年，他們心中都飽溢著團結的信心。

維也納，一九零八

南洋來的陸明雲已經在蘇格蘭念了幾年書，歐陸的遊歷對她來說算不上陌生。十歲的她與十歲的蘇應之和蘇素之好奇對視，心中權衡要把對方放在心中什麼樣的位置，她早就聽說這對兄妹來自遙遠蒙古高原，也隱約聽人提到他們身為王公的外祖父，所以一見之下，忍不住開口便問，你們當真是蒙古的王子與公主？她說這話的時候，滿腦子想的是她在蘇格蘭看的童話書，故事背景升起塔樓矗立的中世紀的城堡。

誰之應之卻道，那是過去的事，我們不是王子也不是公主。他注視著對方的眼睛，像被那一團天真無邪吸引，然後老氣橫秋道，況且蒙古在變化之中，根本不再需要王子和公主了。

陸明雲立刻意識到自己的提問有些笨拙，為了補救恍然大悟地哦了一聲，她實際上並沒有完全明白蘇應之的意思，可是他的應對很新鮮，讓她心中更添好奇，想知道關於他們的一切。蘇素之一開始並沒有開口，只是打量著明雲和她的英國保姆，奧斯丁小姐，這時陸明雲用英文對她的英國保姆說道，你看，我跟你說過，他們會很有意思。他說蒙古不需要王子公主了，他是個革命黨！

素之這時開口道，他不是，他只是個孩子。

明雲驚呼，對她的奧斯丁小姐道，她會說英文！妳看，我沒有說錯吧，他們兄妹真是充滿了驚奇！

應之轉頭看了他妹妹一眼，輕輕搖頭，帶著大人的口氣，用蒙古文說，父親說過，不要總在人前炫耀自己的小聰明。

素之原本得意，此時覺得委屈，辯解道，她說你是革命黨……

應之笑著將手放在妹妹的肩上，老氣橫秋回答，她沒有說錯，我就是個革命黨！這沒有什麼不對，妳幹嘛擔心，是怕革命會掉腦袋？

素之一扭身，將哥哥的手推開，嘟著嘴對明雲道，他就知道說瞎話。

應之迎著明雲好奇的目光，洋洋得意地解釋道，在來維也納的火車上有一家英國人，帶著三個孩子，妹妹跟他們玩在一起，聽他們說了幾天話，也便能說英文。

明雲驚奇，雙眼一亮，熱切地問，你呢？那你也一樣可以講英文了？應之微窘，道，妹妹比我聰明，我只能說一點點。後面半句緩緩是用英文說出。

明雲愣了一會兒，像不知道如何回應，然後突然展顏，雙手一拍，由衷道，真好。忽而正襟危立，像大人一般矜持地寒暄問道，去俄羅斯旅行的英國人並不多罷？

素之回答她道，那些英國人不是因為旅行去俄羅斯的，他們的家就在聖彼得堡，聽說那裡有好些英國人開設的工廠，有開礦的，有織布的，還有……她說到這裡，正見明雲瞪大眼睛看著自己，於是意識到自己在第一回合中已經占了上風，反而不好意思，馬上見好就收，看了哥哥一眼，不再賣弄自己的見識，抿嘴對著明雲露出靦腆微笑，是為了表示友好。

陸明雲老氣橫秋點點頭，可還想扳回一局，便問，你們見過康先生嗎？我父親跟他是老朋友了，他的翻譯是我的表哥。她這樣說是因為確信這兩兄妹也知道康先生是個重要的人物。確實，他們會在維也納見面也全是因為康先生的緣故——兄妹兩同時小心翼翼點頭表示明白，臉色鄭重，一時間三人達成共識，彷彿共守一個祕密——康先生是大清懸賞十萬銀兩緝拿的亂黨，與先生見面共商大事對孩子宛如一齣英雄史詩，是壯舉，充滿刺激。

當然，這會面本是大人的事，成年人一會合就忙不迭各種交際，一面高談闊論指點江山、批評時事，表面氣宇軒昂，內心實則焦慮，夢想替自己或者說更廣大的世界找一條出路；孩子們則覺得自己參與在某種廣大的願景當中，掩飾不了興奮，躍躍欲試，彼此成為同謀，產生不一般的同志的情誼。

眾人一行下榻在Sacher酒店，得到很好的照顧，酒店慣常招待貴族與外交家這樣的重要的客人，來自東方的這一批客人自然也是貴客。這彷彿一個堅固的城堡，為旅人提供一視同仁的舒適與安全；皇家常用的金黃與深紅，垂地的天鵝絨窗幔，枝形水晶吊燈，大理石地面，鏡中驟然相遇的光影裡盡是一派華麗。幾個亞洲面孔的孩子能說歐洲的語言，初時讓人驚奇，數日之後眾人便也習以為常；門童總是在孩子們進出的時候跟他們打招呼，發現素之漸漸從英文轉用德文，倒忘記了驚訝，彷彿這是天經地義，因為奧匈帝國之內本來就是多個民族，多種語言共存的。

奧斯丁小姐很樂意同時擔起額外照顧這兩個孩子的責任，她也對於孩子的語言能力覺得驚奇，不太確定素之到底是什麼時候掌握了流利的德文，但周遊城中名勝，有人能說德文當然是再好不過。孩子們對維也納的糕點產生興趣，除了酒店咖啡館馳名的巧克力蛋糕，當然也不會忘記光顧皇宮附近的Demel咖啡館。

在那樣的場合，明雲總是擺起淑女的姿態端坐如儀，有種怡然自在，套用英國莎士比亞的話形容就是好像「整個世界是她的牡蠣」。素之初始便不動聲色模仿她的儀態，應之忍不住取笑，可素之一本正經擺出入境隨俗的道理，讓她哥哥不能反駁；他自已也顯然在博取明雲的好感，想引起她的注意，不論明雲說什麼，他都故意想要跟她抬槓，挑起一些爭執。

Demel的侍者招呼殷勤，數日間已與孩子們熟識，因此額外關照；明雲顯然習慣享受這樣的待遇，用理所當然的口氣跟新朋友介紹眼前人情風貌，說，你們看，這樣的歐洲可不正是我們古書上寫的那種禮儀之邦的樣子。

應之不以為然道，妳這樣說，是因為妳有的都是愉快的經歷。

明雲睜大眼睛反問，那還不夠嗎？

應之道，妳忘了嗎？前一日康先生剛剛說他在英國的見聞，說到當地華人雇工的受到的不公平待遇？他們的運氣可沒有妳那麼好。

明雲反駁道，這不是同一回事。

應之撇撇嘴說，這個世界距離禮儀之邦還遠著呢，所以這個世界需要改變，改變這個世界唯一的辦法就是——

明雲這時福至心靈接口說出「革命」這兩個字。倒不是她同意應之所說的，可是他說話的方式讓她覺得新鮮著迷。她雖然願意附合，可還是故意要給他難題，道，但是康先生不想要革命，他在海外策動勤王運動是想要中國像英國那樣有一個皇上，他要保光緒皇帝，不是要革命。

應之說，難道康先生的想法一定是對的？

明雲吃驚地看著他，說，你們難道不是來跟康先生共商大事的？

素之這時說，不錯，父親是專門來見康先生的。

在明雲的疑惑當中，應之像大人一樣苦口婆心跟她說，中國是要改變的，如果不改變，像妳們這樣的女孩兒回去，就要裹小腳，妳願意嗎？

陸明雲笑嘻嘻地說，誰說我要回去中國？如果要回家，我也該是去南洋探望我的母親呀。當她說起自己的出生地，或者是父輩的故國，語氣中並沒有帶著思念或者牽掛，彷彿那只是一些地圖上的名字。

應之看著她，恍然明白，隱隱失望——原來，她的世界鳥語花香，完全沒有需要迫切改變的理由——就像他們住的酒店，關起門來自成一個國度，跟誰也不相關；對她來說，革命並不迫在眉睫；而且他們的命運已經不再跟故國的命運完全連在一起，因為上一代的艱難已經流逝在時光之中。白手起家的橡膠錫礦大王已經在南洋替家族重新設置起點，在新的土地扎下根基；西化的生活對在西方受教育的年輕一代來說理所當然是生活該有的樣子，或者回南洋後，怎樣在殖民地政治中找到完整的話語權也許才是他們今後真正關心的。彼處從此是家園，故國則是一個平行的存在；陸家支持康有為的保皇會好比是一份生意，成與不成與身家性命無關——這與蘇家不同，應之知道父親打算把全部身家押在今後選擇的路上，那條路上有太多常人承載不了的目標，包括蒙漢前景，包括各種新的主義思潮，包括革命的方向……他父親想替心中的問題找一個答案，這是他想見流亡中的康有為的原因。

蘇寧與康有為都一樣，心中有龐大的藍圖和一個強國的理想，覺得國強是民強的前提，是一切幸福和快樂的源頭，可是長途跋涉了很久，還是覺得自己與真相總還是隔著一層迷霧，這霧越積越濃，竟似永遠也走不出去了。這一切真讓人消沉，下意識想要尋找保證或證據，這或許就是他們在歐洲見面的原因。當然，他們對彼此是不是真正的同路人並沒有把握，因此見面前都有些忐忑；可異國相逢讓人精神一振，像歡欣鼓舞趕赴一場未知的盛會，有種同進共退的相濡以沫。

也許維也納的相遇本身就是一個夢境，城市也確實像個萬花筒，孩子們的注意力很快被城中花團錦簇吸引。當時維也納的藝術展正好開幕，滿城瀰漫著嘉年華的氣氛，無數人欣然赴會，男士們身著黑禮服，女士們的裙裾也如浮浪般招展；孩子們覺得眼花撩亂，從他們的位置看出去，這個世界頓時廣闊無邊。

在藝展上他們第一次看到同時代歐洲當代藝術家的作品——繪畫、海報、建築、教會藝術、平面藝術、雕塑、劇院裝飾、墓地設計和諸如珠寶、家具的手工藝品，也有服裝。藝展場地由無數場館，連廊和公共空間組成。孩子們如同踏入迷宮，畫廊的內部沒有設計窗戶，靠天花板上的頂燈照明；有些房間即便有窗戶也都面向花園，用彩繪玻璃裝飾，將現世隔在了外面。

應之不知道克里姆特是誰，後來才知道那是維也納最重要的畫家。應之一踏入那間展室，就覺得這好像是整個展覽的縮影，畫上的是一個鎏金時代，而眼前的——他不由退一步，站在兩個女孩子身後，女孩子們淺色的裙裾有著輕紗的飄逸瀟灑，符合畫中那個繁花般的世界，蘇應之忽然覺得自己墜入到了一個夢境之中，過去生活中那些百思不得其解的問題在這裡顯得無關緊要。

至此，蘇應之才明白明雲那些箱籠裡裝的是什麼，他從沒想過女孩子的衣裝可以這般繁複，日裝，晚裝，緞子絲綢，細麻亞麻，蕾絲刺繡，搭配綴著花朵和羽飾的闊邊帽……明雲有備而來，她很清楚維也納盛行的新藝術風格是什麼，對緊跟時代的一切漂亮的東西有天然的敏銳。
素之的裙子也是明雲帶來的，這當然是明雲的好意，兩個女孩手拉手的時候像一對雙生子。
不過素之終於對應之說出心裡話，道，哥哥，你難道不覺得陸家小姐的世界對於我們來說，譬如是一個明日的世界。
應之遽然一驚，卻老氣橫秋道，妳為什麼覺得這是明日的世界。妳又怎能確定明日世界該是什麼樣子？
素之被問倒了。
應之便輕描淡寫說，只要走對了方向，很快就能趕上去。何況，真正的明日世界也許比這更為先進。妳別著急，往前走的選擇多著呢，有革命之路，有立憲之路，還源源不止。
素之搖頭，說，各說各的，是會吵起來的。
應之將臉湊到她面前去，道，我們好好地說話，怎麼會吵起來……比如我們跟明雲，不是相處得好好的嗎？
明雲聽到自己的名字，轉頭問，你們在說什麼？
應之遲疑，素之卻說，哥哥說妳的衣裳漂亮。
結果，另外兩個孩子都紅了臉。
蘇寧其實在旁聽到他們的說辭，心有所感，可他還有要事理論，因此將套房間隔的門緩緩拉上，將孩子們隔在另一邊。他回身的時候，康有為正立於窗前眺望，這一邊客廳的窗口望出去是維也納歌劇院，藍天下的建築壯麗挺拔，好像心中這個世界在強悍時該有的姿態——堅固，同時美不勝收。
康先生轉身說，我剛才也聽到了孩子們的童言，你這一雙兒女冰雪可愛，可謂孺子可教，將來前途無量，但是你要把身家押在一條暴力革命的道路上，你有沒有仔細想過他們的未來會遭遇何種際遇？

蘇寧不欲與他爭辯，說，我知道你不贊成激烈的革命，但是我們的目標是一樣的。

康有為點頭，說，我這次漫遊奧地利，一路時有聽聞民眾哀嘆——吾奧將亡矣，分裂矣，命不永矣——一個昔日大國，何以日落斜陽——這也讓我更加憂心我們中華帝國的出路在哪裡。

蘇寧請康有為上坐，康有為讓一讓，坐下，繼續說，奧匈帝國領土大於英、德、法，人口僅次於德國與俄國，但宮室精美，工廠繁多，國家經濟實力與義大利相近，當為德、英、美、法之外的強國。吾國也有過強盛繁榮的盛世，豈不更應該有一個強盛的未來？

蘇寧說，我同意先生的看法，但前提是國家不可再固步自封。

康有為點頭道，話沒有錯，但是談何容易。大清政府今年終於開始推行地方自治的新政，可是以省為單位進行自治，以我們這個民族宗教龐雜的大國家來說，豈不是更容易造成分裂？真是令人焦慮啊。奧匈帝國民權大盛，可是國主無權，數十黨劇爭，議事方式與德國美國相差極大。美國與德國都從列國完成了統一——美國是以德服人，最後混於一統；德國是以力服人，使得普魯士日益壯大，然後排除奧地利，最終實現了德國統一。

蘇寧點頭說，這樣一對比越發顯得奧匈帝國本身根本沒有實現過事實的統一。

康有為說，沒錯。奧地利與匈牙利議會相互獨立，沒有一個共享的聯邦院，立憲制度未能克服離心力，縱觀吾國國情，不可不作為前鑑，如要預備立憲，政黨不能不開，鑑於奧國十八黨之亂，而危弱其國，統一是唯一出路——建立國會內閣合一的政黨，是適應外部萬國爭鋒的形態，於國內部才能喚起國民道德之覺醒。去年在紐約，我們順應潮流將我們的保皇會改變為帝國憲政會，但是由於後黨的警惕，無法在國內落地……

蘇寧說，我理解先生想要循序漸進讓國家做出改變的想法，可是先生有沒有考慮過滿人與漢人之間始終無法調和的隔閡，使得社會層面諸多不平，中央地方設官分職也是一樣，造成想要變法卻無法施展，更談不上深入的局面，這些年來有志之士也都要失去耐心了。先生有沒有考慮過，也許一場從根本而起的大變革才能一勞永逸地解決社會深層的問題。三年前，也就是一九零五年的時候，我在聖彼得堡，正碰上了激動人心的時刻。中國的人民大眾也完全可以這樣，可以站起來對抗那些高高在上的獨裁者，還有來自歐洲的掠奪者——您看，革命的運動已經在世界各處開花，我們誰也不能坐視，無動於衷。波斯的革命已經發生，他們厭倦了自己的統治者；印度因為反對孟加拉分治，也產生了相應的革命運動；此時此刻，土耳其的革命不是也正在進行中？——革命是擋不住的趨勢。

康有為不以為然道，你覺得土耳其的運動是革命，但是立憲派會視其為立憲運動，到底會走向什麼結果，還有待定奪。

蘇寧固執地說，那只是稱謂不同，變革的火種一旦燃燒就不會輕易熄滅。

康先生一愣，然後笑道，我們其實都在祈望我們的國家能夠獲得新的青春。他正色看著蘇寧，道，所以，我仍舊期待你可以加入到我們中間來，我一直相信我們的國家會有一條漸進的途徑可以走，我不願意看到社會劇烈動盪——這你應該同意，因為誰也不會願意把自己的子女推向不可預測的漩渦當中。

蘇寧看著他，說，事實已經向您呈現過保皇運動的失敗。想要實現目標，就不能在乎犧牲——我們不能戀戀不捨生活中的舒適安樂。

康先生一怔，旋即避重就輕說，最後的失敗才是真正的失敗。跟誰同路有時至關重要。他停一停，斟酌問，那麼，你聽說過孫文這個人？

蘇寧想一想，說，他正在找願意支持他的人？他與先生恐怕也不能走到一起吧？

康有為沉吟點頭，說，他也在海外籌款，想要尋找外國政府的支持，你恐怕也跟他的人有過接觸？我也並非只懂得妥協退讓，我也尋找過策動清軍起義這樣的途徑，可是我不願意讓我熟悉的世界整個地顛倒過來，那種可能的混亂，想一想，也讓人覺得膽戰心驚啊。嘆了口氣，他又繼續說，我希望能得到你的支持，但是若需要時間考慮，你知道哪裡可以找到我的人。

蘇寧欠身說，是的，我們都在尋求支持，但是我希望我們只是殊途同歸，最後會在同一個目的地會面——一個屬於我們的強盛的國家會回來的。

康有為隨即起立拱手，道，我也有同感，亦真心感謝這一番話語。他想一想，斟酌片刻，還是開口道，至於陸家……

蘇寧笑道，至於陸家這樣的商人，他想要支持什麼，恐怕心中早有決定，不是我可以左右的。有些理念太新，在這個世界上還需要一些時間才能讓人消化明白……

康有為哦了一聲，眉頭稍展，是鬆了口氣。

門的另一邊，奧斯丁小姐舉了份報紙瀏覽，一面聽孩子們煞有介事聊天。她跟隨陸家多年，來來去去見過各種陸家交往的朋友，比一般英國人更加了解那個東方古國的時局，感同身受，有時覺得是在乘風破浪，有時卻在暴風雨中苦苦掙扎。

孩子們用不同的語言爭執，她聽得懂其中隻字片語，終於放下報紙，忍不住笑著問應之說，革命？你們孩子明白什麼是革命嗎？

應之正在咬文嚼字，素之已經替他回答，道，他們只是想把一切變得更好一些而已。

奧斯丁小姐點頭，彷彿對自己自言自語道，誰不想如此。可真不知道以後的局勢會怎樣，不用說亞洲，歐洲也是徘徊在十字路口，誰也不能斷言動盪中會出現一個新的世界，還是會倒退進入一個黑暗時代。

素之望向她哥哥，沒有把這段話翻譯出來，她覺得也許他已經聽懂了一半，而她自己也是似懂非懂。奧斯丁小姐嘆口氣，繼續說，會有革命嗎？如果爆發新的戰爭，那又該怎麼辦？愚蠢的人類總是做出讓自己後悔的事……

明雲則專心致志翻閱著一本印刷著漂亮圖片的服裝圖冊，素之坐到她身旁，三心二意看著那色彩繽紛的頁面——如果這也是世界的一種面目，她希望無人打擾這裡的絢麗，畢竟這是屬於明雲的世界啊——她心不在焉地這般想。

同時，在另一間屋子中，蘇寧與康有為互相打量，不急於繼續話題，他們一早知道彼此觀點不同，也都明白共識的重要，因此一時選擇沉默，在沉默中同時意識到他們可能永遠也說服不了彼此，但是在那一刻，他們忽然都決定要把彼此當作朋友。

康有為若有所思，打算開誠布公，說，我有個學生叫作梁啟超。

蘇寧咦了一聲，眉梢微揚。康有為接著道，我的這個學生非常推崇《天演論》。我第一次看到這本著作的時候，驀然一驚，也覺得至有道理。

蘇寧說，我看過他一八九九年寫的〈論強權〉。

康有為嗯一聲，道，我記得他是這樣描述的——世界之中，只有強權，別無他力，強者常制弱者，實天演之第一大公例也。然欲得自由權者，無他道焉——他說到這裡停下來，面有憂色，看了蘇寧一眼，道，這你怎麼看？

蘇寧遲疑片刻，口氣坦誠道，我看到這裡的時候，心中也是戚戚然，只覺得世界不應該是這個樣子的，我聽說先生的《大同書》已經完稿，這個大同不知與《禮記》中的大同是否同出一宗？我斗膽猜想其中的世界想必不是一個弱肉強食的世界——但是，我承認，我也是迷惑得很，看不清這個世界要走向哪裡去，但是我也承認我被你書中的大同世界吸引——總有一條路是走向那裡的吧。先生難道也相信這世上只有強權，別無他力？

康有為此時笑了，道，我們都不希望這個世界變成一個弱肉強食的叢林。大同世界人人平等，人無私產，社會和諧，無家無國……這當是一個殊途同歸的夢想。我這些年在外遊歷，也算閱歷了一些人和事，看到這世上固然有競爭，但是也還是有空間給小國生存的。年前我到瑞典，抵達之前以為瑞典想必國小民貧，不足觀矣，然而抵達當日，甫出汽車場，便見道路廣潔，樓閣崇麗，人物亦昌豐妙麗，明秀不群，街貌華麗整肅。出至海口，海波澹蕩，一千二百島，島島相望，島上人家，怡然便是桃源。

蘇寧恍然大悟道，難怪聽說先生在瑞典置島定居，原來是這樣的道理。

康有為赫然道，那確實是個可以適合安居的地方，去國多年的權益之計——然而，總是會有要回去的一天——我們總是要回到祖國，東方是我們的歸宿，我們屬於亞洲。

那麼，先生覺得希望回到一個怎樣的亞洲去。蘇寧有些熱切地問。

康有為吸一口氣，反問，你覺得呢？古老的亞洲會有怎樣的未來？有人說亞洲在衰老之中……

蘇寧搶先說，亞洲會從衰老走向青春的……

你這樣以為？這次輪到康有為患得患失。

確是！蘇寧語氣鏗鏘有力，說，我們作出所有努力不就是為了這樣的原因？

蘇寧說得如此有底氣，並非事出無因，此行他背負著使命，因此堅定了信心。他這次在維也納見康有為自有人搭頭牽線，而去維也納本身的行程安排卻少不了德米特里的打點。

德米特里說維也納有幾位俄國人蘇寧應該見一見，其中幾位正要創辦俄文雙月刊《真理報》，正需要資金，德米特里欲言又止，於是蘇寧會意說，我正好有一筆閒餘的資金，帶過去，說是你託付的就好，雖然不多，可是也可以派些用場。

德米特里卻又微微一笑，道，那是托洛斯基的報紙，他一九零五年革命的時候也在聖彼得堡，你見過他。蘇寧凝神細想，德米特里卻又輕描淡寫道，你個人的資金且先留著，留在這裡自有用得到的地方，不過我有些東西請你帶過去給他們，這要費一些心。另外，你可能要多留數月，替我把他們第一期的刊物帶回來；還有，難得去一趟歐洲，正好帶你那兩個孩子花些時間逛一逛，也算一舉數得。

蘇寧一開始猶豫是不是該帶著兩個孩子同行，聽德米特里這麼說，便打定了主意。一路上火車漸漸深入歐陸腹地，他看著風景，心中難免作著這樣那樣的對比，人有的與我沒有的各種對照有時讓他心中頗不是滋味。這些年他大部分時間在邊陲，也在所謂俄羅斯的歐洲部分出沒，總之遠離了他青年時代居住過的京城，但是帝國的樣子刻在他的心裡，那彷彿是一艘讓他驕傲的古老莊嚴的航船，可停頓了，讓他心中焦慮——此刻，他終於看到了一個更為廣大的世界，可帝國與之的差距也近在了眼前。

也許他從小深信老祖宗的說法，以為自己站立在一個所謂源頭的位置，從這箇中心出發就可以產生無以倫比的影響力，理應得到所有人的仰視和禮遇。可是他慢慢明白這不是事實，可他還是想要站在一個比較前沿的位置，或者把應該得到的話語權拿在手裡——這也是他任由德米特里介入自己生活的原因，他希望這是個正確的決定。

他這樣患得患失，孩子們卻視一切新的事物理所當然，總是興高采烈，對於他們來說，所有一切都是等著他們去探索的新世界的一部分，而這個世界沒有你我之分——蘇寧很快意識到這點，本想提醒他們一些什麼，可是終究又覺得一時也不知道從何說起，他倒也想如同孩子們一樣心無芥蒂，他們那種擁抱一切的快樂讓他想起自己年少時候——相信整個世界在自己面前是敞開的，沒有碰壁的顧慮——只是他那時所見到的比真正的世界小得多。

蘇寧去中央咖啡館見德米特里約見的俄國人，出門的時候見素之獨自坐在客廳，原來應之陪明雲去城外森林騎馬去了。素之端坐在椅子上，拿著本書看，臉上有種跟她年齡不稱的非凡的耐心和安寧。他想一想，索性帶素之同往。

咖啡館裡的大理石柱撐起弧度優美的平行排列的穹窿形拱頂，視覺上產生線條交錯層波疊浪的感覺；垂下的大吊燈恰到好處地裝飾著適度的華麗感，這種舒適與堂皇簡直不像是孕育著革命的溫床——

如今許多流亡在外的俄羅斯革命者都聚集在這裡，早是公開的事實；然而革命到底何時會發生卻是另一個眾所周知的微妙的命題。蘇寧步行前往約定的地方，穿過維也納城市古老街道時，有種恍然，彷彿人很輕易地來到這裡，可心卻還浮遊在別的地方。

他拉著素之的手，素之腳步鎮定，這讓他覺得安心，新的一代終究會成長起來，他應該覺得高興；可是他們將面對的讓他擔心。他們的酒店離開皇宮不遠，穿過皇宮前的廣場的時候，他想起北京的皇城，在記憶中，遙遠帝國的黃昏有種讓人難捨的莊嚴和靜謐，那樣的秩序讓人習慣了就想要維護，因為誰也不想陷入驀然的巨變，但是自己難道真會成為打破那樣秩序的力量中的一員？他覺得忐忑，因為分明感覺到命運之手正推著自己，未來如同謎題。

他們進門的時候，有幾個俄國人圍坐著兩三張咖啡桌，兩位東方人出現引起他們的注意，蘇寧也已認出托洛斯基，托洛斯基的穿著打扮並不起眼，甚至可以說略為寒酸，可是他身邊拿一群人的態度奠定了他的明星地位。不經意間，他們四目相投，都已知道對方身分，托洛斯基顯然也正期待他們的到來。蘇寧按德米特里的囑咐遞上一個裝茶的木匣子，裡邊的內容當然不是茶葉。托洛斯基矜持頷首，立刻有人講匣子接過去，掂量了一下，將盒蓋掀起一角查看，與托洛斯基交換眼神。托洛斯基於是起身握手，他們同桌坐下。

蘇寧自然而然提起一九零五年在聖彼得堡遇見托洛斯基的往事。托洛斯基心不在焉地點頭，回應說，是的，人群中似乎有東方的面孔。他顯然並不特別記得那年的蘇寧，一面沉思，一面接過侍者端上的一碟蘋果捲，輕輕推到素之面前，拿起叉子，示意她吃——他不覺得這孩子會說俄文或者德文，素之緊緊抿著嘴唇不動，好像害羞。

托洛斯基這時彷彿想起什麼，說，你看到了革命的火焰，接著就應該把著火種帶到亞洲去，革命是不可逆轉的潮流，亞洲將在革命當中從衰老走向青春。

他大概慣常這樣的演說，話音未落，便有人鼓掌說好，然後帶動周圍七嘴八舌的附和之聲。

其實托洛斯基在歌唱般的眾口一辭中仔細打量著蘇寧，蘇寧接觸到那眼神，感覺到凜然的刀鋒，可托洛斯基又適時露出溫暖友好的笑容，彷彿對他重新發生興趣，問他道，你如何看待一九零五年的革命。

蘇寧說，我這次到歐洲，一路上一直在想一九零五年的事件會如何影響歐洲，看來俄羅斯革命的精神一定震動了許多人，可是真正為革命作好準備的應該還是俄羅斯本身。

說起數年前的革命，這毫無疑問仍舊是激動人心的話題，有人熱烈地說，一九零五年的時間當然影響的是整個世界。

托洛斯基微笑著，態度超然，彷彿面前千帆競發而過都在他的掌控之中，他過了一會兒才湊近蘇寧，與他耳語幾句，蘇寧聽了想一想，也湊近他耳邊說著什麼，托洛斯基神情忽地一震，站起來，招手讓蘇寧跟他換個地方說話。

素之坐在原處，小口小口吃著蛋糕，俄國人顧自己說話，有人看著在咖啡館另一端重新坐下的蘇寧問，這個東方人想要什麼？

另一人道，你沒聽他說他是商人？商人總是來尋找好處的。

又一人插嘴道，我們不是只接待革命者嗎，什麼時候竟然也開始接待商人了？

他們你一言我一語議論著，又道，托洛斯基說奧地利的左派都不是真正的革命者，商人更加不可靠，他們怎麼能懂得革命？

這時素之忽然開口說，如果不能相互信任，那如何能站在一起進行革命？

眾人驀然靜下來，面面相覷，驚異地看著小女孩。

她忽然口齒清晰地又說，全世界的工人聯合起來。

她接觸到眾人驚異的眼光，頓一頓又道，剛才他們坐在這兒的時候是這麼說的。

然後她與那幾個成人彼此對視，她的眼神裡一片澄明，彷彿只是重複了一個自己並不明白的句子。可是她執拗的沉默像是指責，讓革命者們冷了場。

這時，遠處托洛斯基與蘇寧起身走回來，彼此拍了拍肩膀，笑容滿面，看上去親密無間。孩子的話被擱在了一邊，咖啡桌前又恢復了同志式的親暱熱鬧，正是時候繼續談論革命，談論歐洲，亞洲，和整個世界。

離開咖啡館的時候，蘇寧神彩煥發。素之側臉看他，小聲問道，你會跟著他們一起革命？

蘇寧覺得好笑，反問，什麼叫作一起？

孩子執著地又問，如果跟他們一起革命，他們會對你好嗎？

蘇寧低頭看自己的女孩，覺得這個問題幼稚有趣，失笑道，這不是好與不好的問題——有些感情是同志之間與生俱來的。

素之嗯了一聲，似乎似懂非懂，可分明滿懷心事。

蘇寧問，剛才你跟他們說了什麼？

素之搖了搖頭，沒有回答。

應之與明雲回到酒店時已是黃昏，可夏天日落遲，街道上還蒙著淡淡一層淡橘的光。素之正托腮坐著，周圍一片輝煌的光影，牆上幾面洛可可邊框的鏡子交相映射著夕陽餘暉，把她的人影也反射了無數次，她瞧著自己在鏡中遙遠的影子出了神。應之急忙忙跑到她身邊，來不及喘氣，說，妳跟我講，妳看見了誰？他的表情不無懊惱，覺得自己錯過了要事。

素之卻情緒低落，甚至有些苦惱，問，哥哥，你也覺得革命是一定會發生的嗎？父親為什麼願意支持革命。

應之想當然回答，道，因為革命能夠解決許多的問題，漢人，蒙人，俄人，革命之後就全都——大同了。他抓抓額頭，然後急著問，你們今天見到了俄國流亡的革命者？他們說什麼？

素之抿嘴想了想，答非所問道，明雲不在乎這些事。

應之咦了一聲，一時似乎思前想後，忽然道，她不感興趣沒有關係，革命來的時候，她一定會跟著走的。

素之搖頭說，她如果不開心，你還會讓她跟著你一起走？

應之擺出如同成人那樣高瞻遠矚的表情，說，她會開心的。而且，下一次，我一定不能錯過與革命者的會面，今天我本該跟著你們，還應該帶上她，她會喜歡的……

明雲沐浴之後才來找他們，臉色因為一天的運動泛起晶瑩神采，她不知道他們正議論自己，只管興致勃勃問，你們喜歡維也納嗎？

素之點頭，望一眼應之，應之才說，是的，我們怎麼會不喜歡維也納。

的確，維也納很難不吸引孩子們，因為這城市本身就像一場無止境的嘉年華，這一年正好是奧地利皇帝弗蘭茨約瑟夫一世即位六十週年大慶，德皇威廉二世親臨道賀。在觀禮人群當中，康有為不禁感嘆，道，這般盛景，千乘萬騎，清道而行，嚴裝盛飾，雲囤道旁，體制幾近中國矣……

應之不由仰頭打量康先生的表情，因為他當然聽過康先生一貫的主張——康有為覺得君主立憲才是中國的出路，反對共和革命，相信保君以保國，才能延續歷史的大一統……而他父親蘇寧希望著一樣的目標，卻相信要走不一樣的路才能抵達，但幸好兩人的議論倒始終心平氣和，因為一切都還是紙上談兵，未來有各種可能，可以說各種希望和憂心並列而存，可是還沒有到無法兼容的存亡關頭——這讓他覺得僥倖，慶典在進行當中，莊嚴而且充滿儀式感，像一條打定主意要承載無盡歡樂的河流，他抬頭見康先生與自己的父親並排而立，相視而笑，好像已經達成了團結的默契。

人群在歡呼，遊行的隊伍演繹著人間繁華，歡樂是這樣可圈可點，彷彿裝在玻璃盒子裡的精緻模型。緩緩移動的花車上有人撒下花瓣，霎時間他們周圍充滿了漫天幽然的花香，花車上的女子向孩子們揮手，那一刻，應之覺得心中充滿了無比的感動，他用手肘推一推站在身邊的妹妹，素之的個頭齊他的眉毛，她抬頭，伸手接住一枚花瓣，對他莞然一笑。明雲在他們身後攬住兩人的肩膀，三個人的頭緊緊靠在一起，明雲神彩飛揚，喃喃在她的朋友耳邊小聲道，我們要再見面，我們要在世界不同的地方碰頭，我們要一起去蒙古，去南洋，一起去中國，去更遠的地方……三個孩子咕咕笑著，互相勾著肩，在熱鬧的人群中保持著這個姿勢。

聚在一起，固然那樣熱鬧，可是總歸有散的時候。康先生先離開，然後明雲也走了，等他們離開維也納的時候，有些戀戀不捨，這個城市在分別時候充滿了柔情，讓他們對未來生出無限希翼。素之小心地收著一張紙，上邊是陸小姐在蘇格蘭的通信地址。她還未做出決定要拿這個地址怎麼辦，因為她無法確信這個世界到底是過分大還是過分小，總之她不相信會像他們希望的那樣恰如其分。

在回程的火車上，窗外風景緩緩移動，素之坐在窗邊好像專心看著風景，她的哥哥與父親議論此行種種，她卻過於沉默，應之非要惹她開口，她好不容易才勉為其難張口說道，有種音樂盒子，打開裡邊就有跳舞的小人隨著音樂動起來，盒子裡邊有漂亮的城堡，還有花園；維也納就好像是這樣的音樂盒子，那麼漂亮，而且動聽，很難讓人不喜歡——就像我們住的酒店，可我們只是路過那裡而已。應之聽了正要點頭，她卻停下來，突然口氣一轉說，但是，康先生更感興趣的應該不是維也納有多漂亮，而是奧匈帝國怎麼衰弱了。

應之一怔，說，妹妹的想法總是出乎意外。

蘇寧看著女兒問，為什麼有此說法？

素之遲疑道，人家有的，也畢竟是別人的東西；別人的教訓卻可以用來學習。

蘇寧眼中一亮，嘆道，確實。

素之卻突然恢復孩童頑皮的模樣，笑嘻嘻盯著哥哥，問，那個世界的最大的麻煩就是陸小姐到最後也沒有同意哥哥的想法吧。

應之有些不好意思，可是辯解道，誰說的，我偏偏覺得她打心眼裡同意我說的話。口氣裡充滿了信心。

到十年之後，他從歐洲坐火車往聖彼得堡走——他再次見到明雲。他們都長大了，結果卻無可挽救地生分了。他已經沒法替她表達意見，也沒法面對她把心中的話說出來。

這些年他以為他們在不同的地方向著同一個方向走，最終會成為同志，但事實卻並非如此，可是他願意原諒她，他有義無反顧朝前走的耐心。也沒有丟失一開始建立起來的信心。歐洲戰爭剛過，將要走向何處，誰都在等待。可是不知道為什麼，他覺得自己卻擁有了新的勇氣，好像手邊握著密碼，能夠破解全人類如何進入一個更好的現代社會的謎題，他與真實和真理是如此接近。

至少，他相信自己是為了某種使命而存在。

恰克圖，一九一八

馬林走進屋子，如同警覺的獵犬，側耳傾聽，這滿屋子的人不知道都去了哪裡——他一點也無法掌握，這讓他心中忿忿不悅。聽到樓梯上傳來的腳步聲，他轉頭看見拐角處米夏的身影，一閃便消失在拐角處。短短一瞬卻留下深深一瞥的印象——故作神祕——馬林哼了一聲，頗不以為然——在馬林看來，米夏的作風簡直跟那人一模一樣，可以說完全得其真傳。剛才米夏那一瞥，讓馬林想起一九零五年第一次看到德米特里的印象，也是如此擦身而過，可是很難讓人忘記他回頭留下的瞬間的凝視。

聖彼得堡，一九零五

起先是普梯洛夫工廠罷工，東正教大司祭格奧爾基加邦神父為了帶領工人向沙皇遞交請願書在冬宮外和平示威。馬林在守護宮廷的武裝士兵隊伍之內，連他也不清楚其實那天沙皇並不在冬宮，可是他也記不得是誰發出指令向群眾開槍射擊的，也記不清自己的槍有沒有對準目標，然而槍聲喚醒了他心中的正義。稍後，是德米特里看清了他心中的天人交戰，然後把他帶到現在這條道路上來的。

是那些死者最後的凝視讓他覺得深負的罪惡感，那些他擁有過的，他們缺失的，是他虧欠給這個世界的債務，遲早要歸還，方式只有革命一條路。

他不是沒有選擇，所以覺得自己不可能作錯誤的選擇，追求正義怎麼會錯？

他在幾年前看過屠格涅夫的小說《處女地》，那時，他覺得自己跟屠格涅夫一樣，有改革的理想，可是看不到具體的方向。他甚至跟書中的人物一樣，到自家在鄉間的莊園，跟農民住在一起，一起勞作，想要體會他們的生活。世紀初的農民跟屠格涅夫在二十年前的小說中描繪的似乎仍舊一樣，受著一樣的煎熬，還是沒有覺悟到新的時代將可能到來，這一切讓他失望，產生了深深的負疚感，同時覺得自己已經是新一代的青年，必定會找到一條新的途徑——他不同意屠格涅夫改良的觀點，而是迫不及待想要迎接暴風雨的到來——德米特里的出現，替他的所有焦慮找到了一個出口，他不再虛無，而是具備真實的爆發力——他讀了很多革命的理論書籍，深信整個世界也將會有爆發的一天——世界是那麼大，所有沉默中被壓迫的人們，有一天會被響雷徹底驚醒——這是他們當前還不知道而已，這也是革命的魅力——他在極北的世界一隅，一樣可以擁有改變這個世界的機會——彷彿造物主一樣，這樣的誘惑殊難拒絕。

因此，雖然馬林認出了一九一七年革命中的米夏，但歸根究底還是小瞧了他，因為一九零五年革命發生的時候，他自己已經站在這隊伍之中，而米夏還不過是個不懂事的孩子，滯留在遙遠的東方，對這個世界一無所知。

米夏當然不會同意他，對於他來說，這個世界是一幅由絢麗絲線緊密編織出來的織錦，廣闊無邊——他為了學習這樣的認知，不是沒有付出過代價。

第四章

學習年代

漢口1910-武昌1910-羊樓洞1910-敖德薩1880S-
撒馬拉罕1880S

漢口，一九一一

那一年，回到漢口，伊爾庫茨克與貝加爾湖似乎都留在了過去，米夏心中交織著說不清的憤怒和無處展示的驕傲，一面因為擔心無法被理解而焦灼，另一面卻趾高氣揚，覺得自己已經有能力任意穿梭在幾個平行的世界之中，今後的道路自己完全可以掌握。他確信自己看到了這些平面間總有一天將緊密相連的可能，深信今後的自己可以完全在這一個個迥異的世界中游刃自如。傲氣由此而生——無限的挫敗感也如影相隨，他甚至懷疑自己將要因為窺視了運籌的密碼而付出可觀的代價——他無法專注，思緒飄散，想起這些年聽到的有關不同的神的傳說，中國的，俄羅斯的，甚至古希臘的神話中，都有因為打破禁忌被懲罰的故事，那些主人公要不是緣起好奇，就是因為狂妄自大——左思右想中，他最終覺得自己與他們不同——他的經歷將是無可比擬的，他的世界才剛剛開了一扇窗，一眼望去，窗外的風景是如此寬廣，沒有止境。

此刻他正要回到漢口，他相信他在那個東方的世界的經歷也將是無價的，無可替代的。

有些在漢口發生的事，米夏從來沒有跟人說起過。路途勞頓中，他有些負氣，想把有關蘇家的一切拋在腦後，可是那讓他難忘的少女的影子燦若星辰，要回避簡直沒有可能，他想忘掉素之，於是他只好想起了春蘭——沒錯，那個滿族姑娘有個漢人的名字。此刻，他念著這個名字，心中充滿了說不清的依戀。

他回伊爾庫茨克之前就已經見過春蘭了。

漢口，一九零九

他第一眼看見她的時候就覺得素之長大了就該是她這般的眉眼——臉若明月，回眸一笑，燦若春花——她又偏叫作春蘭。

想起她，漢口變得藹然可親。

真正認識她之前，他們其實遇見過兩次。第一次是在古德茅蓬——彼時，那座寺廟的圓通寶殿正平地而起，初具規模，因為建築風格迥異於別的寺院，還未竣工已經吸引人絡繹前來觀摩，米夏也趕去湊熱鬧。寺院在城郊，他雇車前往，從俄租界出發，穿過日租界，城外視野驟然寬廣，一眼望去大片綠田，阡陌縱橫，馬車走得很慢，他悠然自得看著景色，覺得自己已經融入了這片古老土地。不知過了多久，一抬頭，寺院山門白牆黑瓦的徽式建築已經在望。

進了寺院大門，穿過前院，裡邊的園林中，花草樹石錯落有致，還有一池湖水瀲灩蕩漾，風景宜人。他穿花拂柳，跨橋過湖，在滿池荷花的馥香中，一面走，一面抬頭，望見一堵粉牆後面新大殿還未竣工的屋頂，那時心頭已經一震，待繞過牆看見建築全貌，便果然呆住，心中更生出一種開天闢地的驚奇，因為眼前的建築當真是這個城市從所未見的。大殿的門廊已經成型，是典型的羅馬古典主義建築風格。正立面又以貝葉形拼飾火焰券門楣，這在南傳佛寺是常見的。大殿外廊的立面則是愛奧尼柱式加歌德式拼券，尖型拱券顯然是受了伊斯蘭教的影響，上方飾有一大二小圓形窗花，而屋簷又分明混合著東西的建築元素。殿頂的佛塔還沒有完全成型，適才米夏遠遠瞧見的是西式攢尖亭的頂，近看就覺得像清真寺的宣禮塔，不過頂尖是個十字，橫向卻是一枚禪杖。殿頂四周還有許多蓮花墩，每隔四個蓮花墩上有一尊塑像，想必是天神，蓮座之間的牆面上有獅子，象首和大鵬金翅鳥組合的守護神圖案，這卻充滿了印緬風情。

時值午後，艷陽高照，寺院裡還沒有香客，這一處院落更是空空蕩蕩，工匠正偷閒午歇，聚攏在院牆一側的陰涼處，蟬鳴聲聲中說話刻意壓低了聲線，想是怕驚擾了神靈，即便談笑，神情間總也有些肅然。米夏的到來沒有引起特別的注意，幾個工匠看了他一眼，見他要往殿內走，有起身阻攔的意思，可行動懶洋洋的，起了身，又坐下了，打定了主意不想搭理，米夏便只管往裡走。外殿門上還扎著架子，跟內殿之間隔著一圈回形步廊，左右望去，方形立柱整齊地向兩邊排開，撐起層層疊疊尖形拱頂，向著幽微處延伸，無盡無限；不過步廊遠處轉角鏤空的玫瑰花窗看上去卻異常明亮，像一個可靠豐盛的光的源泉，影影綽綽看得見的外頭施工的架子和人影，那裡是一個忙碌沉默的凡間；可這凡界與天界之間冷不妨還有個人，是個老媽子隱身在廊柱間，身型矮小，正抬頭打量著那玫瑰花窗，聽到腳步聲，一回頭見到米夏，唬了一跳，張嘴揚手一幅手足無措的樣子，想要說什麼，卻遲了一步，米夏縱然看清她的身影，也無所顧忌，已經一腳跨入殿內。

大殿正中供奉著三尊大佛。裡邊已經有人，米夏這才明白外頭那老媽子的意圖，是要阻攔他入內——因為佛前織錦蒲團上專心禮佛的是個女子——好人家的女兒要避開男客——這是他也知道的規矩。

他欲避讓，已經太遲，那女子裊裊起身，回頭見到米夏，燦然一笑，形容天真，全無羞怯之態——那笑容讓米夏忽而想到一個漢語的用詞叫做滿室生輝，好像適才外頭那些繁華勝景和創世般的營造都是為了她這樣的橫空出世而作的鋪墊。

他吃了一驚，她則撫平裙裾，笑得真心誠意，瞧著他打量，似乎還有與他交談的興趣，但是殿外的老媽子已經風風火火疾步趕了進來，嘴裡嘟囔著，不讓她有開口的機會，拉起她就往外走，而且擋在她面前，把這洋人當作洪水猛獸，一瞬間已經人去殿空。

米夏並不以為意，自得其樂在殿中盡情遊覽。仰頭天花高不可及，正中端坐的三尊大佛是釋迦摩尼，阿彌陀佛，以及藥師佛，鮮妍簇新盤坐在八級蓮花寶座上，背後大片空間應該是給別的菩薩留著位置，米夏想不起那些菩薩的名字，可也無端為將至的熱鬧平等覺得欣欣然起來；空氣中有股沉香的味道，裊裊飄散，讓他想起剛才那少女起身的姿態，彷彿應當伴隨著飄渺處奏起的鼓樂，一轉身便看得見太平世界徐徐綻放的模樣。

米夏雖然不懂佛，可是現下心中安寧怡然，覺得不虛此行。他心滿意足走出大殿，與穿著短打返工的匠人們錯身而過，然後大踏步地往回走，背後逐漸響起的鏗鏗鏘鏘的營造之聲。他重新穿過院牆，日照到了頭頂，耳邊蟬聲響成了一片，古德茅蓬古早的舊址在荷塘對面，隔著小橋和大片盛放的荷花，歷歷在望，像要渡人而去，到了那裡就是彼岸。米夏忽然有了迷途之感，茫然停下，轉身四顧，眺望著圓通寶殿的高頂，卻聽噗哧一聲笑，粉牆畔一棵香櫞樹下，可不是站了個人，剛才在殿中才見過，這時看清楚了，簡直是少不更事，笑得開懷而調皮，連頭頂一樹新結的香櫞也被震動，顫巍巍地晃著。

米夏不知她笑什麼，臉上帶著疑問，少女笑夠了，才指點迷津般對他說，你只顧往上看，可是看明白了什麼？

這個時候，米夏才面對面將她看清楚，瞧著那分任性嬌憨，認定她是來燒香拜佛的富家小姐，心中估摸著她的年紀，拿素之跟她比較，覺得素之再長一兩歲，就應該是這樣的神態，天真可掬，伶俐放肆，於是心中生出幾分親暱，問她，妳說應該看明白什麼？

她一愣，沒想到他會說官話，本來是信口取笑，這時眼珠一轉，便順水推舟扯開去，說，屋頂上那些蓮花墩你看到了？為什麼要造那樣的蓮花墩子，你可知道？

米夏仰頭望了望，只看得到塔尖，於是老實說，不知道。

少女便得意地說，那讓我告訴你。這大殿的學問可大了。這蓮花墩是方的，是傳統的望柱，寓意國之四維，禮義廉恥；天圓地方，事事規矩。這兒有九十六個蓮花墩，四個一組，立菩薩雕像，共二十四位天神，稱二十四諸天。

米夏見她分明在賣弄，喔了一聲，故意問她，為什麼一個寺廟不按佛寺的規格造，我看這大殿既像教堂，又像清真寺，還跟希臘的神廟也沾邊，怎麼造成了這樣的四不像，可有什麼特別的緣故？

少女被問住了，一時咬著嘴唇不說話，但臉上笑意盎然，沒有半分不好意思，過了片刻，指出道，你用四不像來打比方，是不敬。

米夏連忙回答，我沒有取笑的意思，我在別的地方從來沒有見過這樣的建築，能蓋出這樣風格的大殿了不起。

女孩子回頭張望著，下意識擺出高瞻遠矚的姿態，輕巧問道，這樣一來，是不是所有人都該高興了？誰都能找到自己熟悉的東西？

米夏啞然失笑，又覺得她說得有道理，沒話找話問她，這座寺院叫作古德茅蓬？是什麼意思？

那少女立刻說，古德就是——心性好古，普渡以德。

米夏費勁地重複她的話，她卻一拍手，又擺出一套說辭，道，既然說的是普渡，這就是佛堂該有的胸懷，容納百川的意思想必就是集所有大成了。

少女笑嘻嘻瞧著他，表情捉狹，成心刁難他聽不懂，米夏待要再問，背後一陣氣急敗壞的腳步聲趕了過來，他猜想是剛才那個老媽子，一轉身，果然就是。少女也不再多話，斂眉垂目，雙睫輕顫，忍著笑轉頭離開，眼看要與他擦身而過，倉促間米夏急問，姑娘怎麼稱呼？

少女走得匆忙，眼也沒抬，不過咕噥著吐出兩個字，春蘭。

老媽子狠狠瞪了米夏一眼，挽了個籃子，一搖一擺步履沉重；少女走得輕快頑皮，踏上小橋，在水中央回首眨了眨眼，偷笑著，在滿池碧荷中就往彼岸去了。

他發了一會兒呆，躊躇片刻，然後忽然醒悟，小跑著趕出了山門，眼見她們上了一輛馬車，絕塵而去。他慌慌張張拉住一位廟祝，問那是誰家的車。廟祝不知道，倒是牆根坐著的一個叫花子說，那是新軍統制的家眷。

廟祝噫一聲，道，你又知道？

叫花子搖了搖面前一個破碗，裡面兩個銅板叮噹地響，他說，我怎麼不知道？每次來都吩咐趕車的多給我兩個銅板呢。我還知道這位統制是旗人。

米夏喔了一聲，就笑了，想到那女孩健步如飛的樣子，可不是沒有纏過足——這跟素之一樣。

轉眼入秋，他沒想到又會見到她。他去華俄道勝銀行替東家結算，按老規矩，辦完事他要去頂樓的辦公室坐一坐。古典風格的銀行大樓共四層，二樓三樓都有內廊露台，頂樓的窗戶則直接對著前面的江灘。

米夏敲門，推門進去時羅曼正忙，讓他坐下，隨手遞給他一份帖子，問他，湖廣總督宴客，你要不要去一趟？

米夏拿著帖子細看，中文字他識得不多，對照英文，說，這是請美國人？是一個商會的考察團？……他遲疑一下，道，聽說這個貿易團體此刻正在上海，要過幾天才到漢口？

羅曼嘴角一勾，笑道，你倒是消息靈通。對，湖廣總督宴客，郵傳部大臣盛宣懷作東，還請了英法德美銀行的大班，剛好多了一份帖子，到了我這裡。我覺得你應該去坐一坐，聽一聽他們談了些什麼。他們未必認得清誰是誰，你就說是我們銀行的人。

米夏點了點頭。

羅曼眼鋒銳利地瞥了他一眼，語氣透著抱怨，道，你為什麼非要待在茶莊不可呢？我可以給你在銀行找個職位，不比成天往鄉下跑強？

米夏環視辦公室，桌子上堆積著相同的書籍和文件，這些年沒有被移動過，好像全為了擺個樣子；牆上是一幅聖彼得堡的風景油畫，顏色暗沉，凸顯得那扇面江的窗戶格外光亮，他瞇了瞇眼睛，走到窗邊往外看，彷彿在眺望江面的交通，一面回頭，輕描淡寫道，待在辦公室能看到什麼？到處走走不好嗎？

羅曼皺眉道，你覺得自在就好，不過德米特里希望你多學些本事，成天跟茶葉打交道能學到什麼？遲早要作別的打算，你也不會一輩子待在漢口吧。

米夏在他對面坐下，直直看著他，問，怎麼？你嫌漢口不夠重要？——也是，這個時候，有些分行的確要熱鬧得多——你想調回到滿州的分行？按理說，海參崴，伊爾庫茨克也都是不錯的選擇，連恰克圖聽上去也不錯——至少離莫斯科更近。

羅曼嗤地笑了一聲，盯著他看，道，你知道得倒清楚，這都是德米特里跟你說的？

米夏兀自說下去，道，其實我覺得去新疆的分行更好，不光有中亞鐵路去莫斯科方便；這兩年你們銀行在中亞設了那麼多分行，要說重要，還是新疆。他在這時壓低聲音說，我聽說新疆的分行還打算發行金幣券——發行貨幣，他們需要專業的人才——你在滿州待過，那時華俄銀行推行盧布，結果非常成功，你想必熟悉其中具體的操作。

羅曼仔細聽著，雙眼睜圓，瞧著他。米夏索性又說，你們剛開始在滿州推行盧布的時候，五張盧布可以兌金幣一錢還多，一張盧布可以兌銀幣五錢八分。為了推廣，那時中東鐵路也只收盧布，盧布流通越來越大，等廣泛推開了，你們銀行就停止兌現金幣銀幣，但盧布也還能換英鎊，法郎和馬克——這些經驗不錯，都可以在別的地方推廣。

米夏無非是想先聲奪人，瞧他表情，知道自己的話奏了效，便又接著說，只是可惜，日俄戰爭之後，俄國在滿洲發行的紙幣受日本銀行排擠，信用不如以前了——與其回去滿洲，不如去一個新的地方施展拳腳——下回等德米特里去天津，不如你跑一趟，問問他，到底去哪裡好。

羅曼專心聽著他的話，一時患得患失，一時又鬆口氣，臉上收起的笑容重新回來，鍍金一般一點點填滿表情的皺摺，雖然不是不知道米夏在賣弄與德米特里的交情，可到底忍不住，虛心問，他什麼時候會再去天津？

米夏口氣真誠，說，他要我今年跟他回趟莫斯科，順便經過伊爾庫茨克看一看，等我見了他，我幫你問問清楚。

然後，不等羅曼回應，緊接著又問，湖廣總督宴請英法德美四國銀行的大班，是因為川漢粵漢鐵路的借款問題？我們現在對這裡的鐵路有興趣，是不是太遲了？

羅曼怔了怔，才回過神來，尋思著說，《湖廣鐵路借款合同》是上任總督張之洞簽下的，後來湖廣總督換了人，大家都說此事定然生變；果然，不久後清廷宣布築造鐵路不再借外款，各省官紳紛紛提倡自辦鐵路，但是顯然行不通，地方的財力經驗都有限，還避免不了貪污作弊的問題，不知要到哪年哪月才能辦成。這次衙門宴客居然請了四家銀行的大班，不知是不是又有借款的意圖——你去聽聽風聲，看他們怎麼說。這次雖說是湖廣總督宴客，不過肯定是盛宣懷的意思，現在鐵路修建都是由他在督辦進行。說到這裡，羅曼表情有些奇怪，說，聽說他老家的廚子也在這裡，都說他的家宴很了不得——值得見識見識。

米夏笑問，你怎麼不去？

羅曼搖頭說，那些中式的宴席我吃不慣，一道一道端上來，沒完沒了，我哪吃得消那麼多中國菜？聽說你在羊樓洞能跟當地人同席而坐，飯菜擺上來，什麼都敢吃——所以，還是你去。

米夏微微一笑，點頭。

羅曼卻收不回目光，繼續上下打量米夏，像剛認識他，忽而長嘆口氣，感慨道，如果不認識你，怎麼也不會相信還有你這樣的人存在。真不知道德米特里是怎麼找到你的？

他的口氣彷彿在自嘆不如，那個問題拋了出來，也沒期待得到答案，米夏好像勉為其難，不得已賣他一個人情，居然推心置腹回答道，我在海參崴遇見他的，他要去長春，需要有人替他跑跑腿。

羅曼眼光一閃，嗯了一聲。

米夏便又說，當時華俄銀行打算在長春建新的辦公樓，他忙得很。

羅曼喔了一聲，道，那時日俄戰爭已經結束了？

米夏正視著他，不緩不急地說，可不是，正是那時候。

羅曼趕緊點了點頭，討好道，這麼看來，那些傳說是真的？

米夏揚眉，驚訝反問，什麼傳說。

羅曼解釋道，聽說你在滿州里替德米特里搞到了一些非同一般的日本人的情報。

米夏失笑道，說不上是情報，幫他打聽了一些事情而已——那時我才多大，哪知道怎麼搞情報。

羅曼覺得他言不由衷，不以為然道，我不明白。德米特里明明那麼看重你，你卻為什麼不跟著他，偏要去學做茶生意。

米夏輕描淡寫說，我喜歡茶。

羅曼並不把他的話當真，不以為意地頷首，隨口說，總之，他們說你很會跟亞洲人打交道——你小時候是在哪裡長大的？

米夏避重就輕說，善於跟亞洲人打交道的是你，要不怎麼會調你到漢口來？他若無其事看著羅曼，不痛不癢繼續道，原本滿州也不錯，那樣熱鬧的一個地方——只是我們竟然輸給了日本人，長春以南的中東鐵路從此改稱南滿鐵路——俄國以後不會重蹈覆轍，不會再有這樣的失敗了。

羅曼深吸了口氣，腰板挺直了，彷彿心神有些激盪，忙不迭點頭。米夏隨即說，宴席我去一趟，回來向你報告，還是跟以前一樣，向上的匯報由你來。

等米夏走了，羅曼才意識到自己為什麼不自在——這曾經的少年成長得太快，一開始自己明明高高在上站在引導解惑的位置，不知什麼時候開始他們已經彼此平起平坐，然後不知不覺他便輕易超越了自己。

羅曼告訴自己，那是因為自己沒有像米夏那麼大的野心。他一直思念家鄉，想要回莫斯科，僅此而已。

8

盛宣懷借湖廣總督衙門宴客，用的果然是自己的廚子，而且做的是家鄉常州菜，這是客隨主便。這一點，米夏覺得很有意思，盛宣懷大概對自己要做的事太胸有成竹了，而且對自己跟洋人打交道的能力也很有自信。米夏見一桌子菜雞鴨魚肉樣樣俱全，不過每道菜的原料一目了然，即不見內臟也沒有雞爪這些讓洋人駭異的食材，想來廚子早有跟洋人打交道的經驗，而且用了些心思。米夏樣樣吃得慣，略嚐了嚐就得出結論，盛宣懷的家鄉菜跟漢口武昌的地方菜不一樣，味道清淡，講究的是一個鮮字，而且菜式精緻——一個獅子頭裡邊加了當季的蟹粉，入口即化，鮮嫩無比，他覺得在座的洋人之中除了自己，未必有人懂得領略其中真味，不禁有些得意。

原來日前總督已經宴請過整個美國來的貿易團，這一天只請了領隊的幾人，外加法國印度支那銀行，匯豐，花旗，德意志銀行的幾位銀行家——剛好兩桌，米夏跟匯豐銀行的熟人湯瑪斯坐在一起——他們之間的交情早已不是一天兩天，因此彼此心照不宣，他的這張請帖想必就是由他交給羅曼的。

他們坐的不是主桌，隔著桌面坐著的兩個美國人正高談闊論，講這一路的見聞——太平洋商會這個商務團從三藩市出發，一路經過火奴魯魯，神戶，最後抵達上海；整團人興致昂然，抵埠便轉道去了蘇杭，接著又到南京，沿長江溯流而上抵達漢口，緊接著便參觀了漢陽鐵廠，見識了壯觀的生產場面，此刻還沉浸在類似愛麗絲漫遊奇境般的驚奇之中——米夏沒有看過這本童話，卻也知道可以如此運用來形容這幾個美國人的反應——美國人對任何事的反應都略為誇張，報以大驚小怪的感慨，也許是性格使然——米夏當然也去過漢陽鐵廠，見過那些英國，比利時，德國進口的機器設備，完全按照領先世界的大型鋼鐵廠格局布置，可是他也知道眼下鐵廠面臨的困局，比如煉鋼所需的焦炭的質量，還有難以解決的資金週轉和借款問題，這些都是走馬觀花的參觀者看不到的——主桌的美國人提起鐵廠，便熱情洋溢地向盛宣懷和他身邊的官員表達滿腔真摯的讚譽，米夏側身看他們的表情，於是看到那幾個中國人，包括湖廣總督端澂臉上的容光煥發，不消說心中充滿了驕傲，不過他試圖從他們眼神中發現那不易覺察的疲憊和憂心忡忡，心中不免產生敬佩和同情混合的情緒——此刻雖有榮光照耀，可棘手的問題陰影難去，必將一路相隨，不知他們要如何解決收場。

這時，英國人湯瑪斯悄悄跟他說，盛宣懷旁邊的那位叫做鄭觀應，是目前主持漢陽鐵廠的總辦。廣東人，做過英資太古輪船公司的買辦，寫過一本針砭時弊的書，提倡仿照西方國家法律，設立議院，建立君主立憲制——盛宣懷跟他投機，是因為兩人都願意跟西方人打交道——清廷相信以商立國的官員不多，當然他還贊成用商戰救國，跟西方人競爭……

米夏點了點頭，試圖聽清隔壁桌在說什麼，但一時杯觥交雜，聽不清任何人的話語。他湊近一些，低聲問湯瑪斯，難道漢陽鐵廠在跟你們談借款事項？

湯瑪斯搖頭，說，準確講，漢陽鐵廠現在應該稱作漢冶萍公司，鐵廠已經跟萍鄉煤礦和大冶礦鐵礦合併在一起——他們的確急需借款——聽說今年上海的經濟不行，許多人失業，影響到周圍許多地方，他們要向地方融資是不可能的。

米夏哦了一聲，立刻會意，說，是橡膠股票上出了問題？

湯瑪斯點頭說，是的，股市炒得太高，橡膠價格一下跌，許多錢莊紛紛倒閉，所以盛宣懷要借款只能跟外國銀行借，只不過，鐵廠的部分並沒有在跟我們談——盛宣懷想跟我們談的是鐵路的借款。

米夏立刻道，那麼漢冶萍的借款就是在跟日本人談了。

湯瑪斯看他一眼，道，你們俄國人沒有興趣，日本人卻很有興趣。

米夏沒有回答，靠著椅子，背直了直，湯瑪斯望向隔壁桌子，語氣波瀾不驚道，日俄戰爭之後，日本雖然勝出，也傷了元氣，現在看來是恢復過來了，可是沙俄自從輸了這場戰爭，在整個歐洲面前一直很難堪，財政狀況也相當狼狽，看來過了這麼些年還沒有起色啊。

米夏禮節性地點點頭，表情輕鬆，對話中陳述的事實並不以為意；另一桌的主客此時站了起來舉杯祝酒，米夏像是怕錯過那邊的動靜，別過臉去細聽，那一桌叫作羅伯特·大來的美國人揚聲唱歌一般地致詞，然後由翻譯再復述一遍，米夏聽得費勁，但也明白那是為慶祝剛剛草簽了漢冶萍的生鐵和鐵礦石在美國獨家經銷權的合同。

米夏聽著聽著，心中一顫，湯瑪斯似乎知道他心思，嘴角一勾，低聲道，日本人這些年真是非常張揚得很，這件事上恐怕不會高興讓美國人捷足先登，他們與鐵廠談借款的要求就是要保證自己從大冶鐵礦拿到最優質的礦石——美國人也許會空歡喜一場。

米夏聳聳肩，似乎不關心，心中卻掂量著這信息對自己的用處。周圍的氣氛高昂歡快，他卻隱隱不安——這年月總猝不及防發生的大事太多，無論發生什麼，牽一發而動全身，誰也無法置身事外；看似不相干的事件，因果絞纏，結果往往出乎意外——尤其在這樣的場合，各色人等濟濟一堂，空氣中流動著陰謀的味道，他彷彿參與著什麼，可又說不清楚到底是不是，心中蠢蠢欲動，卻又無所適從。

米夏另一邊坐著一個德國人，對米夏分明有些好奇。米夏與湯瑪斯一直在用法文交談——法文是租界的通用語言，當年德米特里知道米夏跟自己父親學過法文，就對自己看人的眼光相當得意。這德國人的法文說得並不怎麼樣，生硬地問他家鄉在哪裡，為什麼在漢口，米夏聽得吃力，不耐煩與他周旋，應付了幾句，就告聲歉，起身離座，出了宴廳去方便。待要回轉，聽到裡邊的筵席正熱鬧著，人聲鼎沸，他卻不忙進去了。

據聞湖廣督署的花園有湖有山，風景曼妙。米夏四下看了看，在外間廊下悠閒地站了片刻，乾脆穿過院子，想找通往花園的門，他的直覺沒錯，一路走下去，果然花園在望。有幾個下人見了他，雖然露出驚訝的表情，但是誰也沒有阻攔，相必遊園本來就是當天的節目，但米夏捷足先登。

用中國人的話講就是命中注定，因為就在彼時彼處，他竟又遇見了春蘭。

那日，春蘭衣飾華麗，臉上的粉也厚重，以至於米夏迎面撞見，一瞬間不確定是不是她。不過春蘭一眼將他認出來，停下腳步，笑著上下打量，揶揄道，你倒真是愛逛園子，居然逛到這裡來了——她一臉胸無旁鶩的笑容，燦爛的笑靨一又下子照亮了他，彷彿是那幾個月中眼前出現的最眩目的一束光——他立刻想起那日院牆下一樹的香櫞，夏天原來已經過去了，可是他彷彿仍舊清晰地聞到了鮮果的芬芳。此刻的她被一襲錦衣裹得嚴嚴實實，天氣明明已經微涼，可不知為什麼他只覺得彷彿有一爐火熊熊地竄起了火焰，騰騰的熱氣從心底升了上來。

這府第近江岸，冷風一陣陣飄近，她將手籠在一圈羔羊皮的暖手筒裡，縮了縮脖子，瞧著他，問，不冷哪？

米夏心裡一團暖意，他好像特別喜歡聽她的聲音，看她說話的樣子，顧不得是不是冒失，視線鎖在她的臉上，道，不冷，我老家可比這冷多了。

春蘭蹙眉看著他，忽然恍然大悟，道，哦，你是俄國人？

米夏無名由覺得高興，問，你怎麼看出來的？

春蘭說，咱們京城裡邊也有俄國人的寺院，我見過俄國人。

說完了這一句，兩個人都靜默下來，臉上都掛著一團欣喜，像徐徐升起的煙花，而且久久不落下。

米夏不知道該說什麼，不知不覺對她說話的口氣神態都著了迷，她的態度有種理所當然，好像世界天生是眼前這個樣子，讓人心安。

他們在這九曲廊橋上只管站著，她不開口，他只好遲疑問她，怎麼？妳也愛逛園子？——妳住在這兒？

春蘭笑著打趣，道，我又不是總督夫人，怎麼會住在這裡？我是客人——你也是客吧？聽說總督大人在前邊宴請洋人，你怎麼偷偷跑出來了？

米夏正思忖著要怎麼解釋，春蘭指了指不遠處隔水而立的一間亭子，裡邊一群女眷簇擁著中間一位貴婦，全都在往他們這邊張望，原本可能在等她，這會兒變成了看西洋鏡。春蘭的手指迎著光晃了晃說，你不該貿然闖進來，驚擾了內眷可是大事！何況是總督夫人。她賣個關子，故意要看米夏的窘態，繼續調侃道，雖然總督夫人不會介意，但畢竟是大大的不妥啊。

米夏遠遠張望，那總督夫人看上去相當年輕，而她與總督夫人一近一遠，均是盛裝而行——裝扮竟是類似。米夏心中猛的咯噔一下，忽而覺得她衣服上那些織錦的圖案刺得眼睛發澀，不能正視，同時恍然明白她不是待字閨中的小姐，那一身華服明明是貴婦的打扮——回想她在廟中拜佛時的樣子，服飾雖然樸素，但分明也梳著髻，只是她臉容天真，讓人誤會了。

春蘭瞧著他問，你是做什麼的？

米夏看著她臉上好奇的表情，勉強笑答道，我是生意人。

什麼生意？

茶葉生意。
春蘭咦一聲，道，總督大人今天怎麼還請了做茶生意的人？
米夏付之一哂，答非所問道，改日我送一些茶過來給總督夫人，也送一些給——妳。
春蘭也不推辭，眼光澄明俐落，口氣卻不自覺地慢悠悠，帶著貴婦人的慵懶，還是理所當然道，那當然好，我跟總督夫人說。
米夏牢牢盯著她，問，妳的茶該送到哪裡去？
春蘭笑嘻嘻說，你只管一起送到總督府。她無意識地擺出一副高高在上的姿態，自上而下瞅著他，口氣卻像小孩，道，你說話可要算數。
那邊有人喚她，有兩個丫鬟得了令，小跑著過來，她朝她們瞄了一眼，潦草地說，我得過去了。臨行又站住，回頭問，你叫什麼名字。
明夏。
她嗯了一聲，彷彿重新使勁看了他一眼，臉上嫣然，苦口婆心道，你也還是回去外面的宴客廳罷——過一會子，總督大人還要請你們遊園子，到時你再過來逛。
她一畢說著，腳下已經健步如飛地跑了開去，這幅樣子不像一個貴婦人，分明就是個愛玩的孩子。米夏忍不住笑著搖了搖頭。
米夏往回走，還沒回到那個宴客的院子，就碰到盛宣懷帶著筵席上的一群人迎面走來，果然是來遊園了。米夏讓到一邊，混入人群，回到園子，這次沒有再碰到女眷。
湯瑪斯走在他身邊，饒有興味地張望著風景，似乎是不經意，道，盛宣懷想要將鐵路收歸國有，他想悄悄地進行，不驚動京城朝中那些官員，不知道要怎麼才能做到——這些洋務派的官員做事太不容易了，跟我們這些洋人打交道，一不小心，他們就會被自己人罵得體無完膚。

米夏嗯了一聲，心不在焉。湯瑪斯略感驚訝，眉毛揚了揚，隨即心中瞭然——俄國人跟日本人較勁，此刻能顧得上的也不過是中東鐵路，能勉強盯一盯滿州已經不錯了。米夏這樣年輕，不過是奉命行事，上面沒有布置的，他不關心，這也沒有什麼奇怪。

湯瑪斯對米夏實際上還抱著好奇，他們打交道有一些時日了，他卻還不十分確定對方葫蘆裡賣的什麼藥——當然他知道米夏是德米特里的人。湯瑪斯與德米特里年輕的時候曾在常人想不到的地方數度相遇，因此彼此結下交情，建立起相互信任的關係。彼時他們都在歐亞交界的地方活動，多年後回憶那段時光，有種自己也難以相信的如夢似幻。

湯瑪斯到漢口以後，發現德米特里居然在這樣的地方也安插了人，這一點讓湯瑪斯意外，首先他不認為這是值得沙皇祕密警察真正花力氣的地方——這兒除了做生意，根本沒有這些祕密警察急於想要撲滅的革命的火焰，另外，對羅曼諾夫王朝來說，這兒也的確是鞭長莫及的邊遠地帶——慢慢地他開始明白德米特里其實並不全心效力於羅曼諾夫王朝，他有自己的想法和打算——對於湯瑪斯來說，他看重德米特里並不因為他與沙皇和祕密警察的關係，對方的複雜與矛盾反而是可預期的。

遊園的眾人在筵席上喝了酒，所以雖然江風陣陣，倒也都不覺得寒冷；一路走去，這江邊的園子果然別有洞天，置身其中猶如遊山玩水。這一回米夏才注意到那些奇石花草，景致講究虛虛實實，精緻中偏要展現一派隨意，顯然是花了不少心思；他覺得每個中國人心中都有一個飄渺的幻境，如果有機會都願意一展身手建個園子，為了實踐想像力——此時冬天，雖然沒有百花爭豔，但是幾株梅花開得很有風骨。美國人當然向湖廣總督端澂恭維著，不時發出驚嘆，雖然有擾了園子清幽之嫌，可賓主都還是很盡興。

湯瑪斯與米夏並肩而行，無心欣賞風景，語氣認真問米夏道，你想不想轉去銀行做事？如果道勝銀行不方便，其實我可以在匯豐給你安排一個職位，這不比在茶葉公司當學徒強？——那也不是你自己的生意。

湯瑪斯這個問題問得跟羅曼一模一樣，米夏像英國人一樣，表情矜持，側一側身，一本正經說，我喜歡茶葉。

湯瑪斯點頭，似乎同意他的說辭，打量他的神情，口氣理所當然地說，如果真的要做茶生意，可以跟英國人學。

湯瑪斯的腳步比別人慢，此時他們已經落在眾人之後。聽他這麼說，米夏忍不住打趣道，難道要學英國人，為了做生意，跟中國打一戰？把他們的門硬生生撬開，打開了又怎樣，以中國人的性子，往後世世代代說什麼也忘不了這戰敗者的恥辱。

湯瑪斯不以為然，口氣淡然道，誰也不會是常勝將軍，大英戰敗過，你們俄國也吃過敗仗的滋味。

米夏笑說，你去跟中國人說這道理？——在你的立場，你怎麼說都沒有說服力。

湯瑪斯卻正色道，我是認真的。你對茶葉生意有興趣的話，應該到錫蘭去看一看那兒的種植園，你所在的這間俄國公司不是也在科倫坡設了分支採購錫蘭茶葉？不過，比起英國的公司，已經遲了一步了——你聽說過立頓公司？立頓從一八八九年才開始做茶生意，現在已經是世界紅茶之王了。記得一八八九年時我剛剛加入有利銀行，那時有利被稱作是印度倫敦中國三處匯理銀行，我參與的第一宗大生意就是立頓買錫蘭的茶葉種植園——其實是我們銀行促成整樁買賣的。

米夏辯解道，俄國人跟英國人不一樣，我們並不想把生意做到全世界去。他一抬頭，見英國人轉頭注視著自己，便又嗯了一聲，忽然道，我是一八八九年出生的。

湯瑪斯啊了一聲，點了點頭，微微感嘆道，那麼，你真是年輕。一八八九年的我跟你現在的年紀差不多。這個世界到處是機會，等著年輕的人。

米夏自然而然地問，那時你看到的機會與立頓有關？

湯瑪斯點頭，說，沒錯，當時立頓開始涉足茶生意，在英國做了一件別人想不到的事，把茶葉的價格定得極其低，別人賣兩先令一磅，他只賣一個先令，七便士，這樣一來，立刻打開了勞工階層的市場。

米夏恍然大悟，道，他的市場分額變大，需要原料供給，所以你們牽線做成了錫蘭種植園的買賣？

湯瑪斯說，是的。那時銀行手上有不少抵押的錫蘭咖啡種植園——錫蘭的咖啡樹染了病疫，成片死去，咖啡種植園紛紛破產，茶樹正好成為替代品，可是也不是每個人都適合接手。為做成這單生意，我在錫蘭待了很長一段時間，這中間發生了很多事。及至匯豐在錫蘭開分行，我就轉入匯豐，然後就來到了中國——人生真是有許多意想不到之處。

米夏卻理所當然噢了一聲，道，你跟德米特里就是在錫蘭認識的。

湯瑪斯人微微一怔，說，他跟你提起過？是的，他有冒險的精神，什麼地方都想去，因為有以前的閱歷，後來他才會加入俄國皇太子，就是現在的尼古拉二世的東方旅行團，從加特契納港出發，途徑希臘，埃及，印度，然後到了科倫坡——真是一趟漫長的路途呵，不過跟著皇太子走這一趟，他的地位也就奠定了。他說到這裡，滿懷豪情一般長舒了一口氣，他轉一轉臉，見米夏正目不轉睛看著自己，便拍了拍他的肩膀，那些以前的故事，有機會再慢慢講給你聽。

米夏走得靠近他一些，輕輕說，我不明白。

湯瑪斯嗯了一聲，稍稍揚眉。米夏用輕不可聞的聲音道，那時俄國跟英國正為了印度和中亞爭得不可開交，你跟德米特里怎麼會……

湯瑪斯說，你的問題很有意思。你今後跟著德米特里，自然會明白——做這一行，敵人與朋友不是像常人那樣區分的。我跟他不是朋友，也不是敵人，但是我們都有一些共識——其中之一是我們都願意栽培年輕人——比如你，你現在還年輕，未來有無限可能，好像一棵年輕的樹，今後要長成一棵怎麼樣的大樹，是值得期待的——我願意付出一些努力。

米夏似乎有些驚訝，遲疑沒有接話，然而前面抬頭見前面眾人正回轉過來，領頭走在前面的是瑞澂，盛宣懷和羅伯特・大來，後頭簇擁著翻譯，官員和其他的賓客，龐大的一群人看上去興沖沖的，可總也走不快。米夏與湯瑪斯於是停下腳步，要在小道一側讓一讓，這時米夏忽然低聲跟湯瑪斯說，我想送一些茶葉來給總督和總督夫人。

湯瑪斯看他一眼，似笑非笑，什麼也沒說。

眼看盛宣懷走近，他瞧見了湯瑪斯，就停下來招呼，看著他身邊的米夏，臉上露出疑問。湯瑪斯於是介紹說，米夏是俄國人，他所在的公司跟我們銀行有筆交易，今天正好找我談事，我另一位同事抱恙，就帶他來見識總督府。然後他自然而然對瑞澂道，他是巴諾夫的阜昌茶廠的，剛才還跟我說要送一些上好的俄國茶來給總督和總督夫人。

瑞澂一直跟洋人打交道，聽得懂外語，朝米夏頷一頷首，算是領了情。一行人繼續走下去。

米夏此時心滿意足，覺得自己無所不能。

米夏與湯瑪斯還是落在眾人身後，米夏因為得意，有高談闊論的慾望，有些忘乎所以，侃侃道，英國在斯里蘭卡種茶，在印度建立殖民地，你們現在把那些地方牢牢握在自己手裡，難道以為這一切是永恆的？

想不到湯瑪斯說，這世界沒有永恆，什麼都有結束的一天。

米夏一愣。

湯瑪斯掃了他一眼，冷笑道，我們不是為了永恆存在的，你到現在連這根本的道理也還沒有了解嗎，自以為是地把自己想像的當作是真理，年輕人就是這樣碰壁的。

米夏沒想到驟然碰了個釘子，訕訕地一時沒有接話。

湯瑪斯由著他前思後想了片刻，微微嘆口氣，轉了口氣接著說，有時候，我們難免都會對永恆這樣的詞著迷。誰能抵擋得了永恆的誘惑？

米夏心中一動，抬眼見他臉上分明出現神往，不知想到了什麼，湯瑪斯似不在乎自相矛盾，真心誠意道，我不該潑你冷水。你提到永恆，我想起一個地方，連我這個老人也忍不住想要給予她一些關於永恆的祝福。

他的話裡有種蠱惑，像描繪著一個如同豐碩的果實那樣香甜多汁的願景，米夏輕輕啊了一聲，

湯瑪斯微微一笑，說出香港這兩個字，拍拍米夏的肩膀，示意他繼續走下去，道，你還沒有去過那個地方吧——你可以問問德米特里，他在一八九一年去香港的時候是什麼感受——他是不是也承認那是個奇蹟。那個偉大美麗的城市，本來誰都應該為她驕傲，可是你看著吧，到最後誰都會為她爭吵不休。我們英國人有組織和計劃的能力，但沒有放棄傲慢的能力，到最後的代價就會是失去這一切。永恆是沒有可能的。你看著吧。最後他嘆道，這裡所有的城市都比不上香港，但是我們最後會失去她。我想我們都深明這一點，可是我們不會改變自己來阻止這些變化；我不怕預言，看著吧，在很長一段時間裡，這城市會繼續美麗，繼續偉大，直到——湯瑪斯說得一時興起，語調高昂，像沉浸在自己描繪的帶著殉道者光輝的故事情節裡。

直到曲終人散那一天。米夏突然打斷他道，中國人不是有句話嗎——沒有不散的筵席。

湯瑪斯嗯了一聲，因為找到這個準確的用詞，露出孩子般的笑容，心滿意足走了幾步，接著隨意問，聽說你在夏天要回俄國去？

米夏立刻高興起來，道，沒錯……我要回一趟俄國，也會回少年成長之地看一看。說到這裡，他忽爾想起這個夏天就會見到應之素之兄妹，一時心中充滿了歡喜。

湯瑪斯見他驟然容光煥發，也不問緣由，拍了拍他的肩膀，這時，他們又已經回到了宴客的大廳。

那天離開的時候，米夏留了心，問門房上的人，道，今天是不是有統制府的女眷來探望總督夫人。門房沒想到這個洋人會說官話，光顧著吃驚，想也沒想，就應答道，是統制的姨太太今兒來了。

米夏心中倒吸了口氣——原來春蘭是別人的小妾。可是知道了這一點，米夏反而鬆了口氣——為什麼會如釋重負，他當時沒有細想，等從伊爾庫茨克回來，他格外地想見她，這時，他才明白了自己當時的心意——原來他早就被她深深吸引，來不及想要品嚐誘惑的果實，可又不想擔當太多——這念頭慢慢萌芽，悄悄變成了處心積慮。不過，在當時，米夏印證了自己的猜測，略為驚訝，甚至惋惜。

臨走的時候，他因為好奇，忍不住多問了一句，道，總督夫人看上去很年輕？

門房覺得這個洋人很有意思，抬眼端詳了他片刻，不無驕傲地說，我們總督夫人在上海新式學堂念過書的。他不知道自己為什麼這麼說，彷彿這樣便爭了一些面子。

ꕥ

米夏猶豫了幾天，才開始挑選茶禮，有些心虛，彷彿在圖謀禁忌的果實，可是他嚐到周詳計畫的樂趣——先選了紅茶，自然要上好的，裝茶葉的罐子卻不是常用的俄羅斯風味繁花似錦的那些款式，而是揀一整套描繪著新藝術繪畫風格仕女和花卉的淺色小罐子，幾何的直線曲線填著蜜糖般鮮亮的顏色，勾勒出神態有些調皮的女子和手握的各色大朵菊花，精緻有趣，既有東方風情，又顯得文明先進，罐子上還印著漢口茶的字樣，更是應景。既然花了心思，興致就變得更濃，挑茶磚的時候他找來刻茶磚模子的師傅，要他刻幾個時新的模子。本地師傅沉吟片刻，重複著時新二字，問他到底要刻什麼，顯然難倒了他。米夏想一想，說，現在市面上年輕女孩子看什麼樣的新小說，就照那書的人物刻幾個模子。

師傅喔了一聲，茫然不答，這時旁邊管蒸汽壓模的年輕中國技師插嘴道，倒不如刻上一本《女媧石》，上過學堂的年輕女孩子都喜歡看那一本。

米夏問，女媧？就是補天的那一個？他轉頭問師傅，就刻這個行不行？

師傅是上了年紀的人，一甩手，嘖一聲道，那怎麼行？這本書要不得，這個寫書的海天獨嘯子要教壞年輕人的，對年輕女孩子更是要不得。不行，不行，那是造反的書，書裡頭寫的是刺殺皇太后呢！

年輕技師笑嘻嘻說，怎麼，原來您也看過？我沒說錯？這書有意思吧？

老師傅哼了一聲。

米夏倒笑了，說，我覺得這行得通，就刻這個——這書印刻在我們俄國的茶磚上就更有意思了。

年輕技師立刻推波助瀾道，那不如刻一套，這本書講的是未來的中國，另外還有一本書叫做《新中國》，是陸士諤寫的，也是理想小說，寫的是立憲四十年後的中國。

米夏哦了一聲，主意已定，拍拍技師的肩，說，就交給你來辦了，你來同他講要怎麼做。臨走加一句，說，趕緊的，刻完了就壓茶，壓完了再給我看。

年輕技師欣欣然地答應了一聲，老師傅卻頓足，滿臉為難，唉聲嘆氣道，這要怎麼刻，誰來畫圖？雖然為難，但模子還是做出來了，一套四樣，另加了蔡元培的《新年夢》，頤瑣的《黃繡球》。老師傅將幾本沒看過的書翻了一翻，看得膽戰心驚，覺得這些書裡的新思想是要讓人掉腦袋的，自己已經沒了主意，只按照年輕技師的點子做——年輕技師把這當作第一等要緊的功夫，挖空心思一定要做得別致，並對老師傅打包票，說，怕什麼，這是俄租界，有什麼事，橫豎有洋老闆擔當。如此一來，花費了一兩個月的功夫，模具就緒，茶磚壓好烘乾，將成品拿來給米夏看——一色四份，做成書的封面，可與原書的封面又不一樣，白描了幾個人物。米夏雖然對書中情節不甚了解，但也覺得滿意，於是按中國人的習慣寫了拜帖，將禮品送到總督府。

如他所想，過了幾日，總督府傳便有回信，說總督夫人請他過去，想要向他討教俄國茶的喝法。他鬆了口氣。

當日，他先去華俄道勝銀行見羅曼，然後正好可以就近坐渡輪過江。羅曼對他這兩個月所做的事瞭如指掌，不過不打算干涉他的行動，只問，跟總督府攀交情，不是德米特里的意思吧？額外替自己招攬多餘的事，有時會招惹不必要的麻煩——再說，你想做什麼？要花費這些周折，還專門讓人壓了茶磚？聽說工人根本不知道要怎麼做，鬧得人仰馬翻，值得嗎？

米夏作出一幅高深莫測的樣子，沒有回答，實際上是他自己也不知道答案。

羅曼看他一眼，道，這位新總督的夫人也是新娶的，據聞總督大人對新夫人言聽計從；而且他新婚後就升遷，中國人迷信，相信是新夫人給他帶來了好運氣。聽說他在上海和江蘇的政績還不錯，不知道在這兒還能不能繼續好運連連。

米夏哦了一聲，又盤恆了一會兒，聊了一些租界動向，才起身告辭。

過江的時候，他有些忐忑，沿江岸的蘆葦在視線中浩浩蕩蕩地延伸，黃鶴樓在對岸，薄霧中顯得忽近忽遠。也許像羅曼所說，他做的這一切都是毫無意義的，可是不試一試又怎麼知道呢——他有自由，這樣的自由不任意揮霍一番，那簡直就是浪費。他想起春蘭，不知道這一日會不會見到她——他告訴自己，見與不見似乎都無關緊要，不過，他無法控制地想起春蘭的樣貌，重疊在記憶中素之的影像之上，兩人儼然成了同一名少女。

春蘭正值青春年少，姿態中有種讓人難以抗拒的天然魅力，江風之中，他忽然想起點心鋪子裡那一屜屜剛出爐的熱騰騰的白饅頭，帶著喜氣洋洋的無辜，讓人忍不住要捏一捏，這聯想讓他自己也覺得好笑。不過，他告訴自己春蘭真是個特別的姑娘，她不像大多數漢人姑娘那樣害羞——她笑的時候，任性放肆，像滿懷熱忱地搖起了一串銀鈴——滿族姑娘不纏足，她走路那麼快而疾，不，不像風，而是一頭矯健的小鹿，春天的活力無處散發，全在她的骨骼和肌理中儲存著，然後在他面前一點一點地迸濺出來——草原上的素之也應該是這樣的，米夏嘆口氣。

總督府派了馬車在江邊接應，去的卻不是總督府，而是老夫人的宅邸——老夫人是總督夫人的母親。米夏這時才覺得走這一趟也許有點意思。

米夏在會客的廳堂等了好一會兒，才聽見由遠及近的一陣腳步，夾雜著嘻笑，他站起來，朝大門處看，轉眼一群人簇擁著幾位貴婦人走了進來，中間巧笑倩兮的正是春蘭，進門的時候掩著嘴，忍著笑，像說笑慣了，見了客人才倉促收心斂性，她手臂上搭著另一位年輕貴婦的手，正是湖廣總督的新夫人廖克玉，另一側的老夫人想必是總督夫人的母親。老夫人其實不老，只不過精明和世故全在眉眼間，替她添了一把年紀——有她在場，兩位夫人見外客自然方便得多。一群丫鬟老媽子琳琳瑯瑯端著杯子盤子跟在後頭，也有跟著來瞧熱鬧的，進了門就拘謹地趕緊站好，都瞧著屋子中間的米夏。

米夏躬身向三位貴婦人問好。春蘭頷首回了禮，然後迫不及待轉向克玉，對她說，妳看，我說得沒錯，他的官話說得可好吧？

幾個老媽子丫頭悉悉索索交頭接耳，附和贊同，可一時間都忍不住要噗哧地笑，有的忙著掩嘴，或者強忍著不笑出聲。幾個丫頭手腳麻利地將桌子擺好，春蘭則揮揮手，說，你們沒事的先下去吧，不用站在這兒伺候了。

米夏覺得眼前都是人影，眼花瞭亂，彷彿自己闖進了女兒國，那是洋人通常進不去的神祕後花園，倒讓他有些侷促不安。等丫頭老媽子走了大半，他才定神看清屋子正中的圓桌上擺了一套西式的茶具，各色點心，而自己先前送的茶禮，一套四式茶磚整整齊齊放在一個盤子中，擺在旁邊的條案桌上。

總督夫人扶著自己母親坐下，瞧了春蘭一眼，清了清嗓子，表情矜持，口氣卻像春蘭，說話像連珠炮，聲音清朗道，你也別站著了，我們坐下來一處喝茶，你喝喝看，我們的這些英國紅茶跟你的俄國茶比，有什麼差別？你先前送來的茶葉我們收到了，還沒有試過，不知味道怎麼樣，不過上頭印的花紋，裝的盒子倒是有趣。

米夏微微恭身點頭遵命，坐下的時候說道，是的，聽說夫人對我們的茶葉有些疑問，我就是為這個來的。

總督夫人道，不急，我一會兒自然會問你，我們先喝會子茶。英國人喝茶要配點心，我讓人去漢口的汪玉霞拿了些老桃酥，鹽酥餅，也讓廚子做了幾樣上海點心，有薄荷糕和條頭糕，還有鹹點，你來嘗嘗看。

她說話間，身後的小丫頭上前來斟茶，訓練有素，懂得要調奶加糖，只是對分量還不知道掌握，只管往米夏的茶杯裡添糖，一勺又一勺，米夏也不攔著，倒是春蘭一轉眼瞧見了，啫了一聲，道，趕緊去換一杯，沒見過加這麼多糖的，可要甜得膩死了。小丫頭這才回過神來，吐了吐舌頭，又噗哧一聲掌不住笑了，這一打岔，大家反而都覺得輕鬆了些，沒有先前那麼拘謹。

總督夫人克玉捏著茶杯的柄，抿了口茶，問，要我說，這英國的茶跟我們的茶完全是兩種不同的東西。英國人以前也在我們這兒買茶，這些年只有你們俄國人還在這兒——聽說英國人偷偷拿了我們的茶種在印度和斯里蘭卡種了好大的茶園，他們在那兒整出來的茶難道比我們的還強嗎？

春蘭嗯了一聲，睜大眼睛，看米夏要怎麼回答。米夏取笑，說，英國人是不是偷了你們的茶種，可不好說，我聽過不同的說法……

春蘭搶白說，你的意思是我們不該跟他們追究？

米夏不緊不慢地說，英國人在印度和斯里蘭卡種茶的確是有原因的……

克玉打斷他的話，說，我知道，英國人自己種茶，就不必擔心價格被我們控制，這真是生意人的算盤，錙珠必較。

米夏笑道，做生意本不是應該如此？不過，價格只是其一，英國人離開漢口還另有原因，就是對這兒茶葉的質量沒有信心，連俄商也捨近求遠，在科倫坡設立分支機構專門採購錫蘭茶葉；這也是我們俄商在漢口自己開設磚茶廠的因由——因為質量的關係失去生意可怪不得旁人。

克玉聽他這麼說，臉上的神情就有些掛不住，春蘭見狀便笑嘻嘻對米夏說，你這分明是狡辯，明明占了好處，還要編排旁人——你們俄國人在這裡占了我們的天時地利，放開了做買賣，害本地茶商辛苦一年，還不能保本，照我看你們強占了我們的便宜，這才是許多麻煩的根源。

米夏瞧著她，說，照我看，只要茶葉的質量好，就不愁銷路。漢口剛開埠的時候，外國人買茶，都願意用好價錢買好貨，葉嫩味香，質無摻雜，製無煙氣，都可以賣出高價，那些因為故意以次充好，遭遇退盤壓價，導致虧累，可不全是自找的。

春蘭眉頭一皺，氣鼓鼓待要辯駁，克玉卻先開口道，你說的也有幾分道理。茶質不佳，茶價安得不賤？之前的湖廣總督張之洞也曾想要大力整頓茶業，為了杜絕洋人攻擊華茶手工操作不衛生，要興辦機器制茶，可惜華商大多畏縮不前，不肯集股，之後未能將機制茶的改革推行到底，甚為可惜，只因為這種貪圖小利，得過且過，憚於求精的頑疾根深蒂固，一時難以改變，也的確是傷腦筋啊。

米夏聽了有些驚訝，對她有些刮目相看，不禁對她打量，然後看到老夫人也正目光炯炯地看著自己，心中不由一凌，還來不及細想，卻聽見春蘭好奇地問，你去過錫蘭嗎？他們種茶的方式跟我們到底有什麼不一樣？

米夏笑問，這兒的茶園你去過嗎？

春蘭朝克玉看了看，扮個鬼臉，眉眼一轉，顯然已經有了主張，米夏只見她朝自己揚了揚下巴，挑釁一般道，我們沒去過茶園。要不然你帶我們去看看？讓我們見識一下你們俄國人的茶是從哪兒來的？

米夏對她說話這般直截了當習以為常，好脾氣地笑著，分明縱容著她，可回答的時候對著克玉說，我們的茶園在羊樓洞，如果夫人有興趣，我當然可以安排去茶園看一看，甚至可以住上一兩天，我們有熟識的茶商，他們如果可以招待總督夫人一行，一定會覺得無比榮幸。

春蘭連聲說好，已經躍躍欲試，克玉朝自己母親看一眼，問米夏道，你對羊樓洞很熟悉？

米夏淡淡道，剛到漢口的時候，為了學習茶生意，我在羊樓洞住過一年，那真是個美麗的地方。

克玉哦了一聲，慢悠悠喝了口茶。春蘭繼續慫恿道，找一天我們一塊兒出城去逛逛？她的口氣還是一貫不知天高地厚，可臉上熠熠生輝，讓人想要跟著一起躍躍欲試。

克玉沒有說什麼，她姿態優雅地示意小丫頭給米夏續茶，接著客氣地問他道，你還是先跟我們說說錫蘭的茶園？

米夏有點得意，前一陣子英國人湯瑪斯提到錫蘭的茶園，他便留意打聽過，此時正好用上，和盤托出道，中國人種茶歷來有些漫不經心，因為傳統上一向更重視別的農作物，可耕之地大多優先用來耕種糧食，有多餘的空間才想到茶樹，比如在山坡，田邊，屋子旁邊補種上一些，一家一戶採摘，而且各家有各家做法，製茶不但成本高，也沒有一樣的標準。在錫蘭和印度阿薩姆地區，最肥沃的土地被用來種植茶葉，茶葉種植園還有大規模的水利灌溉的系統，有專門的工人定時採摘，然後檢驗，由專門的技師掌控，用機器製作，這樣制出來的茶質量有統一的標準。

克玉喔了一聲，低頭想了一想，米夏以為她會說出自己的見解，可是她抬頭的時候卻換了個話題，揚手讓小丫頭把條案桌上的茶磚端過來，朝自己母親看一眼，老夫人輕輕點頭，她才開口笑著說，你送來的這套茶磚很別緻，但是，你知道這上面刻的是什麼嗎？

春蘭這時雙手托腮坐正了，看看茶磚，又看看米夏，這使得米夏意識到這才是這一天的正題，而春蘭那一幅樣子分明是在坐等著看一齣熱鬧的好戲，這讓米夏有些哭笑不得，不過他要先回答克玉的問題，這答案他早就準備好了，他不疾不徐說，這是一套書，刻的是你們這個新時代的新思想。

克玉表情僵了一僵，似乎沒有想到他會這樣回答，春蘭也瞪大了眼睛，老夫人低咳了一聲，克玉低聲問，這與我們有什麼關係？憑什麼說是我們的新時代？

米夏指著茶磚上刻的圖形，解釋道，這四本書寫的都是未來，夫人還年輕，未來時屬於年輕人的。

克玉似笑非笑，表情忽而嚴厲，啪地拍了一下桌子，低聲喝斥道，放肆，把這種宣揚閨秀革命的市井小說送進總督府來，你不知道這是可以被治罪的？

春蘭不提防，被嚇了一跳，托著腮幫的手也被震開，然後遲疑地放回到桌上，詫異地看著克玉，沒有想到她會突然發難。老夫人板著臉，微微頷首，贊成女兒的作法。

米夏將她們的表情都看在眼裡，不慌不忙問道，夫人看過這四本書？

克玉想也沒想就答道，我看過其中的三本，難不成你將這四本書看全了？老夫人聽她這麼說，微微搖頭，輕咳一聲。

米夏不好意思笑道，我要看這些書有些吃力，還想要請夫人講解。

克玉看了她母親一眼，道，你既然沒有看過，卻為什麼要將這些書刻在茶磚上送來？

米夏說道，我沒看過，卻聽人提起過，覺得夫人會對書中寫的未來之理想中國感到興趣，至於您說的閨秀革命——這麼說很有意思，我還沒有聽說過這個詞呢，我絕對沒有要夫人革命的意思，只是覺得寫未來，寫到女子可以救國，就像女媧可以補天，是符合新的時代的。那一本《黃繡球》據說也是一位有新思想的女子的歷險，我覺得夫人會有興趣了解。

克玉喔了一聲，想了想，遲疑道，你倒是有一些特別的見解。然後對她母親道，您看，洋人說中文，說到這樣已經很了不得了，您說是不是？我早跟總督大人說過，我們應該多聽聽他們的想法。然後也不等她母親回應，又問米夏道，那你說說看，你覺得未來該是怎麼樣的光景。

米夏不答，反問道，您覺得呢？您心中的未來是怎麼樣的？

克玉嗨了一聲，眼睛亮了亮，那問題像一枚小石驀然擊中了她內心湖泊的正中央，蕩漾起無限漣漪，她容光煥發道，就像書中寫的那樣，未來的中國是個強盛的中國，回到世界強國的中心，建立了自己的強大的海陸軍隊，無人再敢挑釁，只要中國不挑釁別人，這個世界便再無戰爭，自由和平。

春蘭這時插嘴說，那個時候，不單租界全部收回，我們還將獨立修築鐵路，開辦礦藏，自己營造現代的交通工具。

米夏來不及回應，克玉帶著由衷的憧憬，說，因此所有人在一個新的大同的世界裡生活美滿。

聽她說到大同世界，米夏不由一呆，恍然想起多年前自己與蘇寧的對話，他想要得到對方的認同，努力地說正確的話——中國人喜歡說大同世界，這也是我贊成的，但中國人也一直有強於世界的夢想，這我也覺得是應該的，只是要找到一條合適的途徑而已。

春蘭不知他心中的念頭，拍手笑道，我知道大同世界是什麼樣的，應該就像陶淵明的〈桃花源記〉那樣。兩個女孩子相視而笑，充滿默契，一瞬間滿懷著那個年紀的年輕人該有的憧憬。春蘭眼珠子一轉，忽而說，羊樓洞那個地方會不會跟桃花源有幾分相像？

克玉此時終於被說服，抿嘴而笑，轉頭對她母親說，看來我們應該找個時間去羊樓洞瞧一瞧。

老夫人第一次開口，可是已經疲累，半閉雙目道，是的。可以去看看，你們去，叫管家跟著就成了，我身子骨禁不起折騰。

米夏心中核計了一番，道，我眼下要回一趟俄國，等我轉秋回來，就安排夫人去羊樓洞的事宜。事情就怎麼定下了。那一日，米夏說定了去羊樓洞的月分，彷彿無意中掃向春蘭，她搖著一柄小扇子，像怕熱，不停地扇著。他們四目相接的時候，她的目光躲閃了一下，可是他覺得自己看到了她的內心的深處。那時的他剛好站在一個躊躇滿志的位置，模糊地窺見自己的未來，彷彿準備好了要進入一個狩獵場，他是那個一心想成為最好的獵人的新手，她不應該是獵物，可是難免成了預演的對象。

對於她來說，這彷彿是一場歷險的開始，在漢口的家裡只有她一名女眷，是妝點門面用的，統制年紀大了，她只有找別的女眷閒話家常，偶爾逛逛寺廟店鋪，這讓她悶得慌。她大膽不愛拘束，可並不莽撞，她心中有把尺子——經過丈量，她覺得這個俄國青年不會帶給她不必要的麻煩——但他帶來的不管是麻煩，還是快樂都是她沒有想到的。

武昌，一九一零

一晃幾個月，米夏從俄國回來，心情沉鬱，不過他當然沒有忘記與春蘭和克玉的約定。他本該跟總督府的管家核計，可是卻托總督府的名義去了一趟統制府，為了想見春蘭。這不符合規矩，但因為克玉與春蘭一早就已經開始為出行羊樓洞作準備，兩府上下都知道這件事，洋人不懂禮數，也在意料之中，不用多計較。

春蘭在府裡見客穿一件半新不舊的旗裝，不及她在總督府穿戴華貴，但看上去也冠冕堂皇。管家老媽子丫頭們都在場，似乎下人們都比她還刻意端著架子想看熱鬧。米夏進到那廳堂的時候，只見一屋子的人，春蘭則端坐在屋子上首，個子顯得特別小，一點也壓不住這府裡上下人等，可她不把這當回事，只是笑嘻嘻地任由一眾人等自說自話，並不干涉，同時也不打算讓人阻擾了自己的好興致。她且看米夏要說什麼，她眼睛望向米夏的時候，卻露出了幾分掛念，眸中灼灼有一團光，似乎迫切等候著他的到來似的——這可能連她自己也沒有意識到。

米夏看著那眼神一呆，心中一暖，暖意從藍褐色的眼睛裡流露出來，像一條流淌的河，潮汛一瀉而下，再也收不回去。春蘭瞧著他，在那太師椅上略微換了一個姿勢，也許嫌那正裝悶熱，於是緩緩地搖著一把小扇子，搖著搖著，她自己就笑了，心安理得地看著命運之河緩緩行進，好脾氣地打算接受一切冥冥中的安排；她是真心實意地覺得高興，臉上淡淡地浮現了一層紅暈，開口的時候，非常愉快地說，你回來了？俄國好玩嗎？見到家人了？

米夏微微一哂，點點頭，呈上禮物，是一個紅綠條紋的小鐵盒子，上邊有把手，下邊幾個角上還包著黃色的三角形鐵皮，就像一個行李箱子。

春蘭拿在手裡打量，問，這也是茶嗎？

米夏打趣道，茶是中國的物產，怎麼倒要從俄國往回拿？

他這一開口，下人們的竊竊私語忽而靜默了，驚奇地互相交換眼色，然後七嘴八舌地開口，由衷說，這個洋人的官話說得真好。

春蘭將那小匣子拿在手裡，有些得意，只管瞅著米夏笑，米夏於是又說，這是俄國的糖果。我們俄國的糖果有很有趣的名字，有三種最有名的叫作龍蝦脖子，鵝掌和鴨嘴。

春蘭噗哧一聲笑出來，說，鵝掌，鴨嘴我知道，但是龍蝦是什麼？是蝦嗎？蝦有脖子嗎？

她聲音清脆，問話像一串滴溜溜的珠子，玲瓏俐落，話才出口，滿屋的人都掌不住，笑成了一團。在那個瞬間，米夏覺得自己站在春風裡，春蘭的笑顏是那和煦的風中最鮮妍的一抹顏色，他看得發呆，他恍然想起另外有一個人也說過幾乎同樣的話，那是素之——他帶糖果給她，她一聽糖果的名字就忍俊不禁，笑得前俯後仰。

春蘭笑著笑著，在他的視線下，忽然遲疑起來，笑聲漸停，她聽見自己心中咯噔一聲，搖著扇子的手緩緩放到腿上，另一隻手緩緩抬起來，將看不見的散髮掠到耳後。此時的她，有一股子成熟的韻致。

米夏瞧著她這個樣子，心中有根弦被狠命地撥動了一下，然後整顆心臟啵地一聲顫動不已，像掛在樹上搖搖欲墜的果子，看上去飽滿美好，可讓人患得患失害怕墜落的後果，他心中一澀，輕吐出一口氣，假裝若無其事，問春蘭，總督夫人是不是打算依原來的計畫造訪羊樓洞。

春蘭笑道，你不問總督夫人，怎麼反倒來問我？不過，不打緊，我現在就寫一張字條，催她快些準備。她一面說，一面讓人拿來紙筆，匆匆寫了張筏子，交給自己管家，等他走出了門口，又將他叫回來，說，記得別送到總督府，送到老夫人的府邸。一面說著，一面想起什麼，擺擺手，說，你們也都下去吧，熱鬧瞧夠了，這兒沒你們的事了。聽她口氣，分明是她縱容著這許多人大張旗鼓地看熱鬧，全都擺到了明處。

管家應了一聲，率先帶著下人走了出去，只留下個小丫頭。米夏隨口問道，總督夫人難道不住在總督府，住在自己母親家？

春蘭隨口說，這倒不是，只因為老夫人家不拘束，客人說話可以隨意，總督夫人才喜歡往自己母親家跑。

米夏咦了一聲，追問，難道總督夫人去自己母親家是為了見客人？

春蘭胸無城府地道，可不是？那些客人可不敢去總督府找夫人，他們說的話讓總督聽見就不合適了。

米夏哦了一聲，問，那都是些什麼人？為什麼總督大人聽見會不合適？

春蘭輕描淡寫道，他們啊，大概都看過你上次送來的茶磚上印的那些小說，滿腦子都是新思想。

米夏喔了一聲，問，這麼說，總督夫人也喜歡看那些小說？

春蘭直呼其名道，克玉當然喜歡看，那幾本書她早就看過，就是老夫人的客人帶來的。

米夏頗感興趣地問，老夫人的客人你見過嗎？

春蘭說，怎麼沒見過？前兒我還見到他們了呢，風塵僕僕的。

嗯？米夏聽得越發詫異，略微揚眉。

春蘭說，其中有個人叫宋教仁，那幾本小說就是以前他託人帶給克玉的。

那個時候，米夏並不知道宋教仁是誰，但他把名字記下，打算回去找人問一問——他已經慢慢養成習慣，事無鉅細，分門別類都要紀錄在冊，然後將這冊子擱在自己的心裡。

春蘭跟他說著話，將那一匣子糖打了開來，全倒在了桌子上，細細看著，然後揀了兩顆，一顆遞給米夏，一顆自己撥開糖紙，用手捏著糖放進嘴裡，糖紙展平了在桌上看著。

米夏看著她的樣子，手不由自主地捏了一個拳頭，又輕輕展開。就這樣，見了春蘭之後，他心就定了——這讓他鬆了口氣。

這時春蘭抬頭問，這個紅色的蝦子就是龍蝦？可這糖沒有蝦子的味道。

他心平靜氣地回答，這是黃油奶糖。

春蘭將那糖果紙舉起來給米夏看，高興地說，是了，我明白了，這糖的形狀像這蝦子的脖子。

那糖紙正中印著一隻紅色威武的龍蝦，舉著大螯，上下印著紅色的俄文字母，春蘭左看又看，似乎怎麼也不肯相信，道，這就是龍蝦？

米夏笑著點頭，春蘭抿著嘴彷彿在仔細分辨嘴裡的味道，專心致志，不由自主瞇起眼睛，終於下了結論，說，甜，真甜。

羊樓洞，一九一零

去羊樓洞的那一日，總督府的馬車接了春蘭一起去碼頭。米夏已經早了幾日啟程打點。

羊樓洞在漢口的上游，大柏木船逆流而上，船工奮力地搖著槳，可春蘭沉不住氣，沒耐心好好在艙房坐著，靠在船舷上看風景，恨不得船可以飛起來。有幾艘順流而下的貨船迎面與他們錯肩而過，速度飛快，船上的貨物把吃水線壓得低低的——那都是茶葉，運到漢口加工，之後再回到水路上，出了長江再要怎麼走她就不清楚了，但是也知道終點就是他的起點——雖然他撇清過，說自己並不是在俄國出生的，但不管怎麼說那是他的家鄉；此刻她覺得自己站在他的人生軌跡上，可圈可點。

風吹把她鬢角的碎髮吹得到處飛散，可是她的髮髻仍舊被緊緊地被抿在腦後，彷彿在更猛烈的強風中都可以做到一絲不亂。風很暖，陽光一覽無遺照在周遭，一切都在微微發燙。她覺得髮髻太緊，忽然想到他沒有見過自己的髮髻拆散，頭髮放下來的樣子——這念頭來得突然，嚇了她自己一跳，在那一瞬間她彷彿看到有一扇門被徐徐打開，她心中被釋放的東西或許將傾巢而出，不知會有什麼頑皮的念頭再也收不回去，她也不想收回來。長江兩岸的景物徐徐後退，她非常想早一點見到他，在那一刻她完全忘記他是什麼人，對他的掛念是那麼天經地義。

船行到支流，經太平河進入黃蓋湖，然後再順蟠河往東。春蘭問了無數次船行時辰，終於聽說要靠岸。船工在船首翹首眺望，忽然大聲問他的同伴，怎的來了個俄國人接船，這趟船上並沒有載貨，難道是我們忘了交代？

春蘭連忙緊走兩步去船首看，果然見有個人影遠遠長身立在江岸碼頭上，可不就是明夏，於是整個江岸上，她什麼也看不見，滿眼只有他，而她自己也顯得神采飛揚，臉色如玉，彷彿過去都留在了江水的下游，他們奮力逆流而行，都變作了新人。

克玉一直待在艙房裡，這時才剛走出來，船身晃了晃，她沒站穩，尖叫一聲撲到春蘭身上，兩人差點摔成一團，互相攙扶著勉強站穩，相視而笑。這時，碼頭上，米夏也看到了她們，揮著手，遠遠地招呼，他眼看著船越來越近，舉著的手放不下來，簡直要凝固成了雕像。

克玉一手攬著春蘭，怕再跌倒了，看到了岸上的米夏，便笑道，不是說羅家來接嗎，他怎麼也來了？

春蘭沒有說話，但一臉笑意隱藏不住，她疑心自己臉紅了，全身的溫熱的血在皮膚之下緩緩地流動，如同一頭管不住的小獸，稍不注意就要橫衝直撞。船越近岸，晃得越厲害，她趕緊扶著克玉，讓她靠邊先坐下，顧左右而言他道，桂花開了。

克玉這會兒才注意到空氣中果然都是桂花香，離岸愈近，花香愈濃，一團團的馥香兜頭撲上來，像要墜入到花叢裡去了。

這兒是新店，他們並不上岸，在泥岸碼頭換小船，沿新溪河上溯到張家嘴，那時才走陸路。督府的管家跟著她們，這會兒正忙著張羅換船，在甲板上指揮著搬動箱籠，先一步上岸，然後回來稟告說，那個俄國人是來接咱們的，他跟羅家的人一起來的。然後，管家加一句，說，他的官話說得可好了。這位管家沒見過米夏，因此格外覺得新奇。

春蘭咬著嘴唇，不開口，忍著笑意。

米夏辦事滴水不漏，他託付了大昌順茶莊接應湖廣總督夫人，所以茶莊的掌櫃一早就來新店恭候著。

為了誰該坐哪兒，管家顯得頗為難，攏著袖子四下張望，猶猶豫豫，克玉不耐煩說，船那麼小，就別拘禮了。

於是，春蘭，克玉跟米夏三個都坐在艙房裡，窗子敞開著，兩岸風景一覽無遺。春蘭就將兩胳膊擱在窗沿，雙手撐著腮幫往外看，小船正緊貼著泊岸的船隻划出去，岸邊桅檣林立，船挨著船，在水中以一樣的頻率蕩漾著，此起彼伏，彷彿共襄盛舉一般。米夏也探身過去，指給她看岸上的村落，村子叫做夜珠橋村。快到正午，水反射著陽光晃得人睜不開眼睛，春蘭瞇起眼睛道，好名字，可是看不到橋在哪裡。

米夏要指給她看，可是河道上遠遠近近幾座石橋讓他一時糊塗了，說不清楚哪一座才是夜珠橋，春蘭看他著急的樣子，便咯咯地笑起來，這一笑，一河的水也彷彿起了一層漣漪，船因為他們的重量明顯地微微傾斜。船工在艙外高呼一聲——坐好了——春蘭縮頭坐回到桌邊。米夏坐下來的時候，船又晃了晃，才穩當下來。

克玉端然坐著，嘴角露出些微笑容，看著他們兩人，自己反而拘謹了，不開口說話，而春蘭嘰嘰喳喳像個孩子，話多而且什麼都要問，船艙裡熱鬧得彷彿坐滿了人。他們坐的是轉運商行賀翠豐的船，平時不運貨，專門招待客人女眷，管家和掌櫃的在外面甲板上坐著晒太陽，一邊指點小丫頭給裡邊遞茶遞水，上菜上飯，原來正是到了午膳的時候。

菜都是江鮮，小八仙桌上蒸的，煮的魚有好幾味，都是從江裡現撈上來的，只撒了鹽和蔥花，講究的是時鮮二字。克玉矜持，稍稍舉箸，江魚多刺，而米夏居然吃得頭頭是道，這讓克玉和春蘭覺得意外。克玉隨口問是些什麼魚。

米夏一本正經，咬文嚼字回答，三花五羅十八子七十二雜魚，這江裡是什麼魚都有。他說這話時帶著漢口腔調，惟妙惟肖，兩個女孩子掌不住笑得前俯後仰。

克玉這下放鬆了下來，可說話還是端著點架子，拿著官腔，問，你怎麼先過來了？

米夏於是也用官話回答說，我這兩天在這兒辦貨。許久不曾回來，我也想走動走動。以前剛到武漢開始學生意，就是在羊樓洞做學徒的。

克玉便好奇問，你們俄國人也有做學徒這一說？學的都是些什麼？

米夏正色回答，可不是。我來武漢的時候十六歲，什麼都要從頭做起，種茶，採茶全得懂。

克玉一怔，又問，那你家人呢，都在俄國？

米夏猶豫了一瞬間，道，我父母都不在了。

克玉覺得自己問多了，咬著嘴唇，一時無話，一眼瞥見春蘭，春蘭正瞧著米夏，臉上有吃驚的表情，也沒有打破砂鍋再問到底，這簡直不像她；她沉靜的時候看上去格外端莊，有種成熟的韻致，目光傾城。

克玉不知怎的，有些發愁，輕輕搖著手裡一柄小扇子。
一時三人各想各的，船行緩慢，他們感覺到自己的身子隨著船身的節奏微微搖晃，靈魂也彷彿隨之蕩漾；兩岸風景有種說不出的安逸風致，好像多少年過去也不會發生變化，時日就這樣平靜地流逝，剩下的只是衣食住行——小丫頭端上魚湯，湯色雪白，加了紅綠的莧菜和豆腐，是普通的家常味道，克玉慢慢將自己那碗喝完，才接著問米夏，怎麼會想到來漢口學茶生意的？
米夏想也沒想，脫口而出回答道，小時候我在蒙古認識一家做茶生意的漢人，他們家的茶磚就是從這個地方過去的。說到這裡，他忽然停下來，似乎在斟酌自己的答案。
克玉奇道，蒙古？你在蒙古待過？
米夏嗯了一聲，簡單地回答，是。
克玉倒不知再問什麼才好，那蒙古太過遙遠，超出了她想像的邊界。不是她缺乏想像，而是在她的認知裡，從沒覺得那遙遠邊疆是需要花費心思琢磨的地方。
春蘭一面一小勺一小勺喝湯，一面看著米夏，然後望向艙外，兩岸已經出現茶園，她忽而問，這裡到底出產什麼茶。
米夏點點頭，一字一字報出來：物華，棟華，精華，月華，天華，天專馨，奪魁，賽春，一品，谷芽，古蕊，仙掌，如梔，永芳，寶蕙，二五，龍鬚，鳳尾，奇峰，烏龍，華寶，蕙蘭……按時令，分青茶，紅茶，老茶，青茶在穀雨後採摘，紅茶在立夏左右，老茶從芒種起至立秋，現在茶莊都忙著製茶。他說到這兒的時候有點心不在焉，頓了頓，似乎感慨道，茶葉摘下來，到做成茶磚，中間費了多少精力；一路運出去，又是一番勞頓……
春蘭一拍手說，你這兒做的茶磚沒準運到蒙古就到了你認識的那家漢人的手上。
這話像一語道破天機，米夏心中一動，一抬頭，見春蘭的視線正被江上一隻飛鳥吸引，而克玉一雙眼睛卻炯炯望著自己，聽她由衷說，如果不是因為你的長相，光聽你說話，我要以為你根本就是個漢人了。

春蘭轉頭搶白說，姐姐不公平，誰說就只能是漢人，就不興是滿人？

克玉道，你說的是。她說完，神情顯得有點尷尬，將視線轉向艙外。春蘭一向粗枝大葉，此時卻馬上意識到了克玉驟然靜默的因由，趕緊回頭，手伸過去搭在她手臂上，道，姐姐別介意，我跟妳說笑呢，漢人，滿人還不都一樣，妳和我還會為這個見外了嗎？

米夏這才意識到克玉是漢人，而春蘭是滿人這個事實——這區別本來跟他無關，但是兩人的反應讓他忽然明白這條鴻溝的存在，比他想像的更根深蒂固。克玉是漢人，卻嫁了一名滿族大員，此事忽然讓他覺得意味深長，說不清是哪裡暗藏了機關，常人憑著常識也會心生疑慮，不知她在可能發生的滿漢摩擦中會如何自處，如今看，她顯然沒有因為結下姻親就心無芥蒂了。

這些年，米夏正慢慢建立起一套辦事的條理，相信自己對身邊的人和事的直覺，這些天以他的途徑自然也聽到了一些傳聞，他覺得克玉背後必定有複雜的故事，不過那是他們中國人的評書演義，跟他無關，所以他暫無伸手深究的打算。此刻，他心中多餘的位置留給了春蘭，她占用的地方越大，他心上隱蔽的傷口就有被遮蓋住的可能。

快到張家嘴，船慢下來，春蘭探頭出去看，岸上人流如織，都是推著雞公車在運貨的，一輛輛獨輪車長龍似的接在一起，輪子滾動在石板路上咿咿呀呀響成一片。春蘭明知故問，問米夏岸上那些堆積如山的布袋裡邊難道都是茶——口氣不無驚嘆。米夏兩手撐著低低的船艙窗沿，探身出去，船身因此微微往他這邊傾斜，但也隨即恢復平衡，陽光正照到他身上，他回身的時候臉上油然而生的一種自豪讓他看上去好像天生屬於這裡——他在她的注視中確實覺得驕傲，這一刻，眼前的世界井然有序是這樣可靠，好像可以生生世世輪迴持續。

上岸後，到羊樓洞一路是青石板鋪的山路，石板路是為了運茶的獨輪車鋪設的，獨輪車看著小，一個人就可以推著走，但能把三百來斤的貨物運送自如；乍一看上去，也有幾分驚險，那高高疊起的一袋袋包茶好像時時有傾覆的危險，只見車夫扶著車把，背著肩帶掌握重心，在小徑上走得駕輕就熟。石板上來往的車多了，就被壓出兩三條槽子，米夏像個老師傅一樣說等三條槽子都太深了，石板就得重新替換。

克玉纏足只能坐轎子，春蘭卻堅持要步行，與米夏走在一起，她事事覺得新奇，因此雀躍不已。老管家年紀大了，也只能坐轎，他那頂轎子在最後，坐著時卻一直提心吊膽，伸出頭去往前看，深怕統制夫人有閃失，他坐不安然，轎子也抬不穩，轎夫漸漸叫苦抱怨。克玉怎麼不知道其中的關節，悄悄叫小丫頭到後面傳了句話，老管家才寬了心。她說的是——我在前頭照應著呢。

從克玉的視線望出去，前面兩人走得歡欣鼓舞，一路指指點點，像兩個孩子般有說不完的話，順風飄過來春蘭細細碎碎的笑聲，陽光透過林子落在地上的光影也是影影綽綽的，彷彿斷斷續續的夢境。克玉有些恍惚，不確定自己在疑心什麼，又不肯確信，笑著揚聲道，你們在前頭說什麼？若是在說茶，我也想聽聽，別走得那麼快。

米夏回頭，接觸到克玉的視線，欠一欠身，於是站著不動，等她的轎夫趕上來，然後走在她轎子之前一步之遙，始終微微側過身子，好讓克玉聽到他說的話。因為克玉的關係，他又將制茶的工序一道道從頭說起，這過程他瞭如指掌——每年三次採茶，昇爐子殺青，搭茶架揉捻踩茶，然後晾晒，渥堆，篩分，切茶，蒸茶，壓茶，烘茶，市面上最常見的是川字茶，米字茶……

克玉彷彿聽得仔細，實則並沒有聽清他在說什麼。與其說在聽他說話，其實是在重新打量他的神態衣著——這個俄國人做事太讓人出乎意料，這次見面，他居然穿著一身中式的長袍，對她說話也神情恭敬，刻意表現出一種中國人的謙卑和世故——可是克玉不相信他的謙虛是出自真心的，不知為什麼，她對他有點畏懼，這並不是因為他是洋人的緣故——她喜歡琢磨人，自詡有洞察人的能力；她也見過不少洋商，他們比他看上去更氣宇軒昂，頤指氣使，可他們要什麼她覺得自可以一眼看穿，但不知為什麼，她對眼前這個年輕人全無把握，只覺得他姿態中有一種不易覺察的蠢蠢欲動，也許他自己也不知道究竟要的是什麼——可誰能苛責理想遠大呢？誰沒有一點野心？自己不也是如此？——克玉這樣想。

他們一行經過張家嶺，便進入七里衝，這是夾在兩山之間的一道山谷，山幽谷深，放眼望去漫山遍野都是枝蔓叢生的樹林，遠遠近近鶴立著些竹子，還總有桂花暗香徐徐飄來，鳥叫聲此起彼伏不絕，常常有一兩隻小鳥輕盈自頭頂掠過。過了北山，就望得見目的地羊樓洞鎮上風景，只見連綿一片黑瓦的屋頂，比比皆是煙囱——米夏解釋說那麼多煙囱是家家戶戶為了制茶烘茶設置的，當真一派茶人世家的風範。他們沿著繞鎮的溪水朝那一團人世間的欣欣向榮裡走去，天近黃昏，炊煙四起，經過一路勞頓，都已經疲累，心中想著歸家歇息。

鎮中心的街道都鋪著青石板，兩邊的屋子都是一色青水磚砌成。屋子上高懸著一家家茶莊的名牌，乾泰恆，興隆茂，三玉川，大德常，大昌川……春蘭留心看著一塊塊匾額，卻一時沒有找到米夏說的俄國人開的阜昌。克玉與春蘭歇在羅家大屋。米夏將她們送到，就告辭先走一步，並沒有跟他們一處吃飯。

羅家的宅子相當氣派，大門口放著一對石墩，宅內一派繁華氣象，各種木窗門楣都雕刻圖案花紋，花草蟲鳥，戲文故事，不一而足。他們穿過重重門楣往裡邊走，過了許多個天井和堂屋，天井的兩邊是廂房，廂房左右還連著小天井，分不清正房在哪裡，只覺得氣象萬千，正是歲月清平中富貴好人家該有的樣子。

她們住的院落靠著最裡邊的天井，是廂房旁邊延伸出的另一個小院，別有天地，正房，堂屋和廂房一應俱全；屋子是兩層的，克玉跟春蘭的房間並排在樓上。羅家的女眷早早在堂屋恭候，陪提督夫人用晚膳，雖然謙稱吃的是粗茶淡飯，但當然是花了心思，做了過節才有的大菜，特地從一百多里外赤壁的西涼湖捉了青魚，用湖水養著，眼看夫人到了才做的白玉魚糕——那魚糕果然看上去像長條的白玉，是青魚肉和著各種佐料蒸出來的；味道清香，入口即化，落肚之後也覺得開胃，正是舟車勞頓之後的佳餚。

但春蘭抿著嘴笑，問，這赤壁難道就是戲文裡的赤壁之戰的那個赤壁。

羅家的奶奶，少奶奶都笑了，道，可不是就是那個赤壁，現在還揣摩得出古戰場的位置呢，地裡有時來還能挖出些古代的兵器來，江灘上也常能撿到半個碗啊，罐子的——如果多住兩天倒是可以去那兒轉轉——只是不知道兩位夫人對古戰場是不是感興趣，原本是來看茶園的，這些殺氣騰騰的地方不看也罷。

寒暄了一陣兒，克玉似乎不經意問，今天來接船的那個俄國人，妳們都認識？

羅家少奶奶說，當然認識，那是米夏。我們可熟了，他是俄國大商號阜昌的伙計，剛來的時候還是個孩子——是來羊樓洞學生意的，他還真的願意學——這兩年回漢口去了，可出息了——這向我們賣給他們茶行的茶全歸他經手——這個俄國人跟別的俄國人不一樣，他跟當地人親近——從小看大，他心眼好，辦事也可靠。他搭線說您二位想來逛逛，我們可擔心會不會怠慢了您，幸好由他幫著打理各項瑣事，後來他又說可以親自去接你們，我就放心了——他對這條路比我們當地人還要熟悉——克玉聽到這裡，看了一眼春蘭，春蘭捧著一盞茶，細眉細眼地吹著漂浮的幾片茶葉，茶盞裡升起蘊蘊的熱氣，沾濕了她的眉毛。

用畢晚膳，小丫頭先服侍克玉休息，然後克玉叫她去隔壁屋看看春蘭。克玉聽見遠遠有梆子聲傳來，便開了屋門，扶著二層的木欄往下看，這兒固然看不見外頭的街道，卻能瞧見隔壁的天井。她望著眼前的白牆黑瓦出了回神，但一錯眼間，隔了兩個天井，看到人影一晃，然後有吱呀的開門關門聲音。她估摸著那身量，疑心是米夏，但又不能確定，這時，小丫頭從隔壁屋子出來，克玉問，是不是睡下了？

小丫頭掩嘴而笑說，今天走太多路了，這會兒都打起呼，睡熟了。統制夫人看上去像個孩子。

克玉點點頭，也回房歇下了，睡下了才覺得累，原來坐轎子也是體力活，這一路顛簸，真把身子骨顛得生疼，路上可能又吹了江風，著了風寒，這沉沉睡著，到了早上居然起不來，只覺得頭重腳輕，摸一摸額角居然滾燙，這可忙壞了羅家的女眷——趕緊請大夫，抓藥，熬藥，服侍著總督夫人好好歇息。克玉很是過意不去，可自己渾身沒有力氣，只好由著他們折騰。春蘭也一直在床邊服侍著，餵湯餵水，陪她說話；剛過晌午，克玉終於撐不住，覺得眼皮子沉甸甸要合上，她嘆口氣，跟春蘭說，罷了，先睡一覺再說，妳也別悶著，自己找羅少奶奶去逛逛，別沒的悶在我這屋子裡。

春蘭下了樓，拉住個小丫頭問話，小丫頭回說少奶奶當家，這會兒正忙著，然後帶她穿過兩三進院子，果然見羅少奶奶正在跟人議事。羅少奶奶見了春蘭就要站起來招呼，春蘭朝她悄悄擺擺手，先靠邊站了，等他們先說話。那幾位原來是商會管事的，這會兒說的不是宅子裡的家務事，都是茶行各種運營的大小事務，茶貨的價格，稅費催收，還有大小的糾紛……春蘭聽了一會兒就覺得悶，忍不住打了兩個呵欠，羅少奶奶見了但笑不語，暫且擱下不要緊的，讓管事的先下去了。

春蘭知道她的心意，覺得過意不去，羅少奶奶說，不打緊，他們先去辦些事，一會兒還得回來再接著議。羅老爺這兩天去漢口了，少不得要我盯著一些。

春蘭吐吐舌頭，說，這一攤子事，得多能幹才能顧得上來？

羅少奶奶招手攬人端了兩杯茶上來，笑著說，現下辦事已經比以前容易多了。羅家得過朝廷封典，也出過幾個讀書人，羊樓洞從商的歷來敬羅家幾分，以前生意上有了爭執就來找羅家講個公道，那時斷個是非無非敬個「禮」字，可是這「禮」上頭也不好把握，容易得罪人。現在可好了，成立了商會，凡事都立了規矩，朝廷也頒布了商會法可以遵循，我不過是照本宣科，循例行事罷了。

羅少奶奶說到這裡停下來，因見春蘭東張西望，知道她覺得這些生意經枯燥無味，瞧她的樣子分明是還是個貪玩的孩子，不知道平時在自己府裡是怎麼治家的，如何壓得住人，她一時好奇，問春蘭，你們家大奶奶還在京裡，沒有到武昌來？

春蘭不介意地說，大奶奶身子骨不好，舟途勞頓使不得，所以才捎上我來了武昌的。

羅少奶奶點了點頭，道，這邊府裡要料理上下的事也不容易吧。

春蘭不以為然地說，有什麼難，不管他們就是了。

羅少奶奶噗哧一聲笑了出來，瞧著她，像瞧著自己的孩子，只管順著她胡鬧也罷了，春蘭咕嚕嚕喝了幾口茶，見屋外又已經站著幾個等著議事的人，便放下了茶杯，問，昨兒聽人說你們庫房離得不遠？

少奶奶笑說，豈止不遠，我們這兒屋子一進進的都連在一起，庫房也就隔了幾個天井而已——我們是生意人家，沒有你們官府講究。少奶奶瞧著春蘭神色，以為她有顧慮，便又說，不過您別擔心，這邊院子閒雜人等來不了。到晚上，大門，耳門，堂屋的格子門一關，外人都進不來。但是庫房離得近，有近的好處，什麼事都容易招呼。這會兒那邊在往外運茶，要過去看一看，穿過天井走過去就成，可不方便得緊？

春蘭心中一動，問，那邊存著往漢口俄國人茶莊運的茶？

少奶奶道，正是呢。

春蘭一聽就說，可以過去看看？

少奶奶有點猶豫，往外瞧了瞧天光，像估摸著時間，春蘭立刻說，您不用管我，我自個兒過去瞧瞧就是了。

少奶奶便也不跟她客氣，讓個小丫頭帶著春蘭去逛。春蘭走過一道迴廊，跟小丫頭問清楚了路徑，就將她打發了，自己一路尋過去。

她想找米夏，心中有把握，覺得米夏算準了自己會去找他，就算在庫房找不著，她覺得只要在鎮上慢慢逛，總能問到阜昌在哪裡，正好尋了過去，嚇他一跳。

米夏果然在庫房，往外運茶的雞公車沿街形成一條長龍，一輛走了，後面一輛緊接著跟上來。米夏似乎喜歡親力親為，每一袋茶運出去他都親自驗看，有兩個小夥計跟著他，有一個也是俄國人，另一個是當地人，都手腳麻利。春蘭悄悄穿過天井走到他身後，但米夏早回頭一眼看見了她，臉上笑容像飛過一片陽光，春蘭被那笑容鼓舞，心中的歡喜像無數振翅的蝴蝶，她先立在一旁，擺出端莊的樣子，眼前的熱鬧鑼鼓般敲打起來，她參與在他的日常當中，四周圍都是茶的味道，時間彷彿停頓在某個地方，不再移動。米夏抓起一把布袋裡的老青茶讓她看，那茶葉跟春蘭常喝的不同，竟是以梗見多，春蘭好奇道，難道這袋茶被人摻了次貨，怎麼都是梗？

米夏笑道，就是要這樣，這是壓茶磚的茶葉。妳想，如果都是嫩葉，怎麼經得起後頭又是炒，又是烤那樣的高溫？沒有梗，青茶磚也不能壓得那麼緊實。

春蘭喔了一聲，還是好奇，接著問，這青磚茶蒙古人到底是怎麼喝的？

米夏瞧了她一眼，反問，難道滿人不喝磚茶？

春蘭搖頭，說，在京裡，我們習慣喝茉莉香片，新茶撒上新鮮的茉莉花瓣，管它叫做「龍睛魚」——滿人，漢人都這麼喝，大家住在一個皇城腳下，習慣可不都變得一樣了……

米夏看著她一顰一笑，有些恍惚，說，等得空我煮磚茶給妳試試。

春蘭心滿意足道，當真？

米夏含笑點頭，當然。

不知過了多久，外面的車總算走完，米夏跟羅家的帳房清點完畢，對春蘭說，我們去鎮上走走？

春蘭當然二話不說跟著他，也不問他去哪裡，一起穿街跨巷，小鎮的主街沿著溪水的流向延伸，南北兩端面對著山巒，舉頭四顧全是一片青蔥。小戶人家門口多半坐著個老人，屋子門敞開著，裡邊陳設一覽無遺，只是屋子通常又連著後面的天井，或是另一間屋子，影影綽綽，彷彿又深不見底；孩子們在街上竄進竄出，有幾次差點撞到他們，這小鎮的孩子見慣了人來人往，絲毫也不覺得這個俄國人有任何新奇，不過卻忍不住多看這個女孩子幾眼。春蘭只挽了把頭髮，穿了件素色的衣服，看上去充滿了孩子氣，她走得像男孩子那樣飛快，可是動作裡有種舞蹈般的嫵媚，讓人忍不住多看一眼——那些小鎮上好奇的眼睛都在看她，一眼就斷定她不是漢人——因為她不纏足——這是個滿族姑娘——老人與孩都竊竊私語著這個發現——說這話的時候他們早已經走遠了。

米夏帶她去的正是阜昌商號，他們從正門進去，穿過第一進屋子就是個天井，格局跟羅家的很像，裡邊靜悄悄的。米夏說幾個伙計都跟著這趟貨往新店去了，要到黃昏以後才能回來。幾間屋子以前是製茶的作坊，還擺著機器，現在製茶的工序都在漢口的工廠完成，這些機器都已經長久未動了。春蘭看東看西，米夏也由她圍著那幾台機器琢磨——春蘭看不明白，米夏就跟她解釋，其中有茶壓機，這一台是借槓桿之力把茶壓成磚型，這是以前的作法，以前還有過氣壓機，但現在不管是羊樓洞還是漢口，用的都是水壓機……這許多機器都是外國買來的，比如那台英國怡維生公司購進的烘乾機——春蘭聽他講，可還是不明白這些機器是怎麼操作的，也不打算想要明白，嘰嘰咕咕只管笑著。雖然這邊不製茶了，但是空氣中還是充滿了茶香，春蘭心裡想，原來製過茶的地方，茶的味道可以這樣經久不散。

米夏笑而不語，讓她等一等，自己去帳房取了鑰匙，讓她跟自己從廂房邊的走廊走到緊鄰的天井，開了一扇門，春蘭往裡一看，譁一聲，原來商號還有那麼大的一間儲藏室，鋪天蓋地都是茶。米夏說，渥茶的週期越長越好，所以我們還留著這渥茶的庫房。

春蘭一腳踏進去，覺得自己被這世界所有的茶包圍了，不由踮腳轉了一個圈，依然覺得眼花撩亂，腳下一時停不下來，她頭微微後仰，雙臂展開，彷彿飛翔，身體美好的線條完全地呈現了出來，彷彿籠罩在某種神祕的氣息之中，她的樣子在那一刻有種說不出的生命力。米夏一時呆住，想起另一個少女的模樣——她現在是不是也如眼前的她一樣，身量是不是一般高，臉容是不是一般晶瑩甚至更加璀璨，對於他也還是一樣的一付好心腸？——春蘭兀自旋轉，深深吸氣呼氣，把自己的氣息正融入到周圍他的世界裡，她只想這樣繼續翱翔，直到腳下一軟，卻被米夏一把拉住，正落入他懷裡。

那是他們第一次接觸，驀然如此靠近，兩人都吃了一驚，但米夏沒有放開她，她也不想掙脫開來，親密的誘惑讓他們誰也不能抗拒。春蘭眼睛烏黑發亮，像要滴出水來，臉上的潮紅彷彿一瞬間湧上來的潮汐，她全然沒有一點害羞的表情——米夏就是喜歡她這一點，甚至是欣賞地看著她眼睛裡的躍躍欲試，看她不由自主地抿著嘴唇，像是怕乾燥，舌尖伸出來，好讓自己的唇濕潤一些——這並不是她成心要引誘他，但米夏恍惚間也根本不想抵抗她如新鮮果實一般的芬芳——他把她緊緊攬住，用自己的唇去抵住她的，不讓她的舌收回去。一架子的茶被他們撞倒了，世界瞬間傾覆，可是他們的身體繾綣在一起，輾壓過那些茶，那味道像要從此刻骨銘心嵌入到身體裡面，這時世界彷彿又重生了一次。

他覺得自己像著了魔一樣，而她也是。他們坐了那麼久的船，走了那麼遠的路，為的就是這一刻——甚至要產生錯覺，彷彿他們生也是為此而生——然而在一切過後，他俯首看她通紅的臉蛋，額角被汗水浸濕的髮，他遲疑用手替她抹去一點汗，心中充滿了創世般的驚奇——這竟然是她的第一次——他想不通其中的道理。這時，他彷彿回到塵世，他原來以為自己可以隨時斬斷這一切，也慶幸自己不必對她負責，可在此時此刻他是那麼渴望與她永遠在一起。他在她耳邊說，晚上來找我？

對於春蘭來說，晚上悄悄從耳門溜出去不是難事，她歷來膽大妄為，夜色中穿過古鎮的身影像一頭敏捷快樂的小鹿，她沒有遇見過比別人更珍惜她的人，也沒有人比他帶給她過更多的快樂。

後來，他抱著她的時候，手握著她的肌膚緩緩滑過，看她一點一點掉入到慾望的滿足之中，心中充滿了歡愉和心虛——起先他以為可以愛她，而不必要負責——可是現在，他不確定什麼才是最好的安排——春蘭大約從來沒有想過這個問題，至少她從沒有要他負責的念頭——她是滿人，嫁的是個滿族大員，進了人家的家門，她可沒有想要出去過——她任性慣了，誰也沒有管過她，包括她上了年紀的丈夫。

次日，克玉就看出了端倪，可是心中不敢相信，她看著春蘭周身煥發出的一層掐也掐不滅的光芒，簡直有些瞠目結舌，不知要怎麼應對。她在心中權衡輕重，這小女孩兒怎麼就怎麼吃準了自己會容忍她這種任性，連禮教也不顧了——自己是這樣的人嗎？——可他們打算要怎麼樣？回程時候，克玉在轎子一上一下的起伏中，滿腦子的愁緒，心驚肉跳，舉棋不定不知要不要乾脆跟她挑明。

春蘭還是蹦蹦跳跳走在前面，間或總是回頭，打量她一眼，臉上掛了一個近乎討好的笑容，可是明明是哀求，卻顯得張揚跋扈——克玉自己也覺得奇怪，為什麼不乾脆絕了她這種無禮，甚至無恥的念頭，自己有什麼理由要被牽扯到這樣的陰謀裡？——然後，她發現自己拒絕不了的是她的年輕，這氣勢洶洶的熱情，她居然不忍心連根掐了。這兩孩子走在前面，在此刻看來，是這樣快樂而且般配，可是有百般的不應該——想到這裡，她輕輕一嘆，這世上哪裡有什麼對錯。看來，春蘭還是把自己摸透了——且走著瞧吧，走一步是一步，看看他們到底要怎麼樣——最後，克玉這樣想，不是沒有一點負氣的成分。

到後半截路途，春蘭還是回到了轎子上，或許累了，所以沉默下來。米夏在旁，兩人偶爾四目交投時，眼睛裡不自覺地閃著笑意。那時候，克玉走在他們前面，看不見他們，心中七上八下，覺得身後繃緊了一根弦，像埋了炸藥，不知什麼時候點著了火，就轟然炸了。

誰知米夏不知不覺走到了她的轎子邊上，輕咳了一聲，先開了口，道，聽說總督府的帳房吳永瑞跟夫人是同鄉。

克玉咦了一聲——這也不是祕密，熟人都知道她嫁給瑞澂就是這位老鄉牽的線，只是不知道他突然提到這一茬的用意——她點了點頭，轉過臉去仔細看著他，忽而覺得周身乏累。

他接下去說，我見過他。然後，他將視線轉開去，彷彿故意賣關子，停了停，然後道，他們同盟會開會，有一回，我也在。

克玉倒吸一口氣，臉霎時間白了。她不由自主回頭去看春蘭，看到她精神煥發的樣子，然後不相信地轉頭看著米夏——她沒有想到米夏居然是這樣的人，城府心機這樣深——她嘴唇也有些發白，一言不發，靠在轎椅背上；轎子起伏的節奏讓她覺得心煩意亂，而米夏不緊不慢走在她邊上，似乎在等她的回應，她偏不去看他，也不打算再搭理春蘭了。大太陽下，克玉覺得手腳發涼，她在心中詛咒春蘭，還有這個俄國人，打定了主意不去管他們的事，有人要下地獄，就由著他們去……

這一趟，他們坐一艘載木的貨船順流而下，空氣中一路散發著迷人的木香。克玉果然打定了主意，一路寡言，春蘭卻毫無知覺，江風吹散她的笑聲，如同銀鈴一般撒在流水之上，卻變成了號角一般。

克玉起初沉默，後來沉思。河水在她面前波瀾起伏，好像是一條綿延的路——革命之路，沒錯，他們口中的革命之路。這一時之間，她心中格外氣惱，尤其對春蘭不以為然——她這個無知的小東西，腦袋裡究竟在想什麼，這個世界就要發生巨變，她卻被迫陷入一場曖昧不清的骯髒的勾當之中——骯髒這個詞從她的腦子裡鑽出來，她卻沒法迎面擲到春蘭的臉上——春蘭此刻悠然自得坐在船首，隨著波瀾，一起一伏，彷彿在乘風破浪，那無憂無慮的樣子讓人羨慕——也許就是這種雲淡風輕的態度吸引她，讓她們彼此成為閨中密友。克玉不由皺眉，左右為難嘆了口氣。

誰知米夏就在她身旁，在此時開口，說，他們的主張吸引年輕人，並不奇怪，是你們的帝國年老了。他注意看著她的眼睛，說，年輕人與年輕人交往不算是過失。

克玉猛然嚇了一跳，遽然轉身，深看米夏一眼，不明白他為什麼還要多此一舉。米夏也看著她，在這一刻，他忽然心領神會，証實了自己心中的懷疑。克玉見他臉上忽然出現一幅天真坦誠的笑容，覺得可疑，可是不肯開口相詢示弱。

米夏低聲繼續說下去道，只是他們提出的「驅除韃虜，恢復中華」總督大人不會贊同。

這時，克玉已經鎮定，說，總督大人不會過問我的事。
米夏在她旁邊坐下，說，這些年他們一直在布置著各種各樣的起義，全都失敗了，可是應該還沒有放棄？民族，民權，民生——他們新的綱領的確讓人聽了熱血沸騰。
克玉臉上有種不自覺的凜然，眼中有一閃即逝的複雜神情，她生硬地說，你想怎樣？
米夏說，我贊成一切有益的社會制度的變革——但是，與我無關的事，我不會過問。
克玉吸了一口氣，目光移到艙外春蘭的身上。陽光照著那女孩，她周身的顏色顯得鮮豔生動，臉龐也是如此，有種懾人的美麗，克玉忽然意識到那是因為她自身緩緩散發出某種光芒，如夢，而且幸福。她喃喃說，春蘭還是個小女孩。
米夏卻冷笑一聲，道，你們中國人的許多事，我不明白。她明明是個小女孩，卻為什麼嫁了一個老人；明明嫁作人婦，卻還不知人事。
他說到這裡，見克玉忽然騰地紅了整張臉，意識到自己失言，卻已經太遲，只好說下去，道，這樣的社會，不改變又有什麼好處。
克玉這時已經打定了主意，等他說完，看了他一眼，學著他的口氣，慢慢道，與我無關的事，我不會問——不過……她不知道說什麼好，想了想，只好說，你別害了她。
米夏心中咯噔一下，不知為什麼失卻一貫冷靜，反駁道，什麼叫作害了她？妳還是顧著自己的事罷，妳的那些一心革命的朋友有沒有替妳想過，他們大約只記得妳是漢人，可是忘了你已經有一個家庭？到最後，妳可別被他們害了。
克玉看了他一眼，然後轉過臉去，目光落在外頭波光粼粼的水面上，望著綿長的水流中出神良久。
米夏對自己所說的話有些後悔，想要補救，想了想，費勁地用了一個成語道，我們都想兩全其美。
誰知克玉道，從來不會有兩全其美這回事。

她的口氣老成而且堅決，隱藏了年齡和感情，好像已經作出了某種決定，她繼續輕聲說，想要改變就要有所犧牲。那口氣像背書，但這一刻，米夏才真正覺得吃驚，他看到了所謂革命的決心，同時也掌握了不可與人道的祕密。

回到漢口，米夏給德米特里的信中這樣寫，我在這個國家的有些人身上看到了革命的決心。不管你是支持，或者反對革命，這樣的決心也許遲早也會在我們的國家遍地開花。

他想了想，又寫道，如果這個國家發生革命，對於俄國來說，也許代表著某種機會，尤其是在蒙古，到了那個時候，必定會出現某段真空，因為這個帝國將無暇顧及邊疆。

放下筆的時候，他為自己的遠見卓識覺得驕傲，雖然想到蘇寧的時候，心中有一絲愧疚，然而克玉的話卻留下了深刻的印記，這時在他耳邊迴響——從來不會有兩全其美這回事——他完完全全贊同，他竟然與這個女子是一樣的人……

信以匿名的方式寄出，德米特里從來沒有回信，歷來如此，可是寫信已經成為米夏的習慣，這是他背井離鄉生活中的安慰。

漢口，一九一零

從羊樓洞回來之後，他沒有再見克玉的打算，他們似乎已經達成共識，形成默契，那就是從此分道揚鑣，各不相干——他輕易為自己和春蘭掃清了道路，如此易如反掌，讓他自己也覺得意外。可是，他不知道往後要拿春蘭怎麼辦，他只知道自己想見她，心中昇起的火焰已經無法被撲滅，他對她無限眷念，她的溫暖的身體橫亙在他與這個世界之間，好像他要找到自己在這個世界的位置，就必須從她的身體之上越過去，但此時，外面的世界與他一點關係也無，他只想得到她。

他費了一點心計，讓春蘭一大早過江，她跟家裡說去的是古德寺，但馬車卻把她帶到了俄租界，他打定了主意，想給她看他的世界。馬車從河街走了一段，拐上夷瑪街，春蘭就被街邊那些建築吸引，一幢幢數過去，等到了鄂哈街，迎面平地而起一幢簇新的紅磚建築，沿著整條街延伸。鄂哈街與開泰街交匯，形成一個三叉路口，房子剛剛好嵌入這個交匯處，整座樓呈三角形，迎面銳角尖頂處有一個充滿俄羅斯風味的白色圓頂，像個僧帽一般。他們在鄂哈街口轉彎，左邊是新泰磚茶廠的廠房，馬車貼著新的紅磚樓房篤篤地走過去，繞列爾賓街轉了一圈，回過頭來，停在開泰街上。那樓高三層，宏麗壯觀。嶄新的廊檐，露台，拱窗，曲欄，拱券，立柱似乎在裝飾一座美輪美奐的劇場，舞台幕布已經掀起，只等著她進場，這就是米夏帶她去的地方。

大樓有許多個入口，他們從中間的小門進入一個三角形的天井，抬頭只見木扶手的樓梯蜿蜒向上，內庭一面都是走廊，一層層向上，裝飾著相同的木欄，看上去像一座精緻的玩具屋；另一邊的牆面也是紅磚的，幾扇弧形的拱窗像眼睛，讓春蘭疑心那背後真的有人窺視他們。米夏領著她往上走，一面說，放心，這兒還沒人。樓剛建好，室內的家具剛放進去，過幾日就有人搬進來了，那時可就熱鬧了，漢口許多人都想在這棟新公寓租房子住。

春蘭顯得格外安靜，她穿的是布鞋，踩在木樓梯上的腳步輕不可聞，樓裡只聽得到米夏一個人的腳步。米夏上了一層樓，推開一扇門給她看，裡邊玄關鋪著馬賽克，裡邊屋子一室木地板，木裙牆，家具是歐式的，幾張沙發圍著一個壁爐，有一扇門通向臥室，看得見床的一角。春蘭只覺得眼花撩亂，心中咚咚跳著，幾乎有點手足無措。

米夏看了她一眼，將門拉上，拉著她的手，繼續往上走，一直走到頂層，在樓的最前端是間閣樓，頂上就是他們剛才在街口拐彎時看到的像僧侶的帽子形狀的白色圓頂，裡頭空間不是四四方方的，給人一種強烈的不真實，像一腳踏入了幻境。春蘭走到窗前推了推窗，沒有推開，米夏在她身後，將開關打開，窗開了之後，一股新鮮的空氣迎面撲來，沖散了屋裡新房子特有的氣味。

米夏就在春蘭的身後站著，沒有移動，他們彼此感覺到對方身上正散發出難以讓人抗拒的熱度，想把自己揉碾到那熱度中去。春蘭還俯身看著外面，樓下有棵樹，還沒有長高，底下的人世不可思議地遙遠，她緩緩吐一口氣，只聽見自己的心跳一下一下，清晰有力。

米夏驀然將她撥轉過來，一隻手托著她的腰，一隻手握著她的脖子，讓她的眼睛看著自己。她的脖子在他手掌中顯得纖細卻柔韌有生命力，他的手往下伸入她的衣領，終於接觸到她的肌膚，這讓他鬆了口氣，彷彿終於切實感覺到了她的存在——她一直睜圓了眼睛看著他，眼神裡有種驚奇和躍躍欲試。他想要她的全部。她卻掙脫他，仔細看著他，然後將自己衣服的盤花扣一個個解開，那似花非花的纏絲盤扣像振翅欲隱入花叢的蝶，輕微顫動來自她手的動作，也因為彼此的心跳——如此清晰可聞，彷彿有愈來愈近的驚雷要將他們淹沒。

米夏將她整個身子攬在懷裡，他的唇找到她的，他吮吸著她，像吮吸著整個世界的甘露。

屋子裡有一張圓弧形的沙發，他們擠在一起，哪裡也不想去。米夏將春蘭抱在身上，好讓她舒服一些，春蘭仰臉看著窗外的天空，顯得輕鬆自在，米夏將手覆上她的臉頰，輕輕摩挲著，忽然說，春蘭，你想不想跟我去俄國？

春蘭沒有回答這個問題，眼睛望著窗外頭。

米夏只好指給她看窗外的樓房，指指點點，告訴她前面近江岸巴洛克風格的樓房就是俄國領事館，也不知道她聽進去了沒有。

他總是想見她，那控制不住的情緒給他帶來一種奇異的快感。轉眼已經是一九一一年，時間在流逝之中。

ꙮ

他們見面總是在漢口的俄租界，這是他的地盤，他即便不能呼風喚雨，也是如魚得水，他想在春蘭面前擺出一副無所不能的樣子。

他不知道她是用什麼樣的理由頻繁地出門的，而春蘭卻輕描淡寫地說，我只要說去找總督夫人，就沒人會過問我的行蹤，說這話的時候，口氣還有些委屈，似乎在抱怨沒有得到應有的關心。他一怔，沒有想到克玉會是他們的同謀，同時有些心虛，不知道她是不是在暗處鄙夷著他們。

春蘭接著說，現在新軍奉命要去直隸省的永平秋操。秋操是大事，朝廷可重視了，各省都有武官來觀操，還要在京裡德勝門外的黃寺教場彩排，府裡上下都為準備忙著，他們沒空理會我。

米夏隨口問，新軍就是新建陸軍？

春蘭回答說，可不是？咱們新軍的教官是德國人，軍隊編制裝備聽說跟德國和日本的一樣，練兵的時候你該來看看，可神氣了。春蘭說這話的時候，一派憧憬，說，秋操的時候，東軍西軍會沿著京奉鐵路相向行進，還會交火比武。攝政王還頒旨了呢，讓專人招呼中外的記者，這次可要大家看看，我們的軍隊要重振士氣，宏揚國威呢。

米夏沒有想到她將這些官樣的話說得這樣頭頭是道，這才想起她的身分，心中不是味道，便故意問，聽說新軍大多是漢人，但是統制難不成都是滿人？

誰知春蘭老氣橫秋嘆口氣說，明面上這不是滿漢一家嗎？可是當這統制真還真是不容易。湖北的新軍本來是張之洞訓練出來的，朝廷立憲改革，硬是把地方新軍的指揮權拿了過去，派了滿人來督導，我看漢人心中肯定不服，但這也是沒法子的事；我們統制大人也不想跟下邊的軍官鬧彆扭，但這彆扭有沒有可由不得他，幸虧這次他是去秋操，入川的另有其人；巴蜀之地民風強悍，說不準會出什麼幺蛾子。

米夏第一次聽她說著大道理，若有所思看著她，好像跟不上她突然長大的速度，他遲疑問，為什麼軍隊此時要入川？

春蘭老成地嘆口氣，道，還不是朝廷幹路國有的政策受到了抵制，聽說在四川鬧得很兇。

米夏這才恍然大悟，道，原來是這樣，這樣一來，武昌豈不是沒有軍隊駐守了？不知道是誰會帶軍入川？

春蘭笑著說，是端方，他仕途不順，前兒被罷了官，現在又扔給他這樣一個燙手的山芋。前兒受了命，他還跟總督大人抱怨呢，說頭疼的還不是軍中的滿漢問題，這新軍裡那些年輕的漢人滿腦子都是革命的思想，他也不敢強行壓制，有苦說不出——那些《揚州十日》，《嘉定屠城》，《孔孟心肝》的刊物在軍中公然傳閱，那都是斥責滿人欺壓漢人的刊物。他這趟去四川，心中一定是七上八下……她的口氣又顯出孩子氣，眼珠一轉，又加上一句，道，克玉說——成日聽滿人和漢人鬧不和，吵這吵那，也怪煩膩的——軍中無人，正好清淨。

米夏聽到這裡，心中已經漸漸瞭然，問，這些都是總督夫人告訴你的？

春蘭笑嘻嘻道，可不是？她跟你一樣，也很關心新軍的動向呢。

她的口氣是開玩笑，米夏卻皺眉問，她對新軍的動向很清楚？

春蘭說，那是當然，總督大人什麼都跟她商量，武漢三鎮沒有她不知道的事情。

春蘭提到克玉，這讓米夏想起了這位總督夫人那些革命黨的友人，這大半年他沉浸在鮮活生動的歡愉之中，失卻了原來應有的敏銳，竟然也疏忽了這世界到底發生著什麼——雖然德米特里沒有特別要求他做什麼，可是他覺得自己失職，並且覺得慚愧，於是打算重歸正途——他去見羅曼之前，先去了一趟俄租界工部局巡捕房。

巡捕房就在夷瑪街和鄂哈街轉角，與他相熟的是個華籍巡捕，姓李。他見了米夏就跟他走出了巡捕房的大樓，沿夷瑪街走下去，走到瑪琳街，才站住，仰頭煞有介事看著工部局的殖民式的建築，大樓左右兩端哥德式鐘樓和瞭望塔下各有兩個入口。李巡捕點了支米夏給他的埃及香菸，急急吸了兩口，端詳著香菸盒，盒子上印著騎駱駝的埃及人和印著德米特諾公司標誌的菸草公司大樓，充滿異國風情——他很滿意地將盒子放入口袋，然後指一指工部局的大樓，說，你要打聽消息應該到那樓裡去，我們不過是奉命行事，而且你是俄國人，你知道的恐怕比我還多？

米夏拍拍他的肩，道，最近辛苦了？上司給你們壓力很大？聽說最近出入租界的革命黨人又多了起來。

李巡捕道，還那樣，該來的總是會來。他瞥了米夏一眼，說，你們俄國人哪真關心革命黨人來不來？革命黨人來了，你們只要還能做生意，不就結了。

米夏嗯了一聲，道，你聽上去就像是個革命黨人。

李巡捕也不反駁，悠然地吐了幾口煙，說，山雨欲來風滿樓啊，現在就是事兒多。他看看米夏，啊呀一聲，又道，咬文嚼字，你聽不懂吧？——直話直說吧，恐怕有大事要發生，現在哪兒都是亂糟糟的。

李巡捕說話一向這樣，唯恐天下不亂，這句話每次見面他都要重複一遍，米夏早已習慣，但這次他覺得不該掉以輕心，問，現在聽說民間保路運動鬧得很兇。

李巡捕將菸掐滅了，扔在腳邊，用腳碾滅了，恨恨說，朝廷將幹路國有，就是為了跟洋人借款，洋人狡猾，只會盤利剝削；朝廷明目張膽賣國求榮，天理難容。然後看了米夏一眼，欸了一聲，嬉皮笑臉道，我說的不是你這個洋人，你是站在我們這邊的，是不是？——他不擔心米夏會不悅，雖然他看不透這個俄國人，但是有把握他不會當面翻臉。

米夏果然不以為意，只管接著盤問，湖廣總督府有沒有給你們壓力？

李巡捕道，這當然一貫是有的，總督府的人來，我們當然要賣面子。他一面說，一面又取出一根菸，用手彈了彈，米夏要給他點火，他卻改變主意，把菸夾在了耳朵上。他見米夏還站著不動，就等著他再開口，看他還要問什麼。

米夏想一想，問，我讓你留意總督府的帳房吳永瑞，他最近來過漢口嗎？

李巡捕又將耳朵上的菸拿下來，似乎有些煩躁，向米夏借了火，說，他倒是常來，去百貨公司替總督府的奶奶們付帳。

米夏問，他還去了哪裡？

李巡捕想一想說，他還去了寶善里，去看親戚吧——你為什麼關心一個帳房的行蹤？他們總督府的奶奶喜歡買東西，常跟著別的少奶奶們來逛店，他定期就得來結帳。

米夏聽到這兒笑了，想必春蘭有時來漢口是與克玉一起，只不知克玉是成心不理他與春蘭的事，還是裝著不知道，或者根本無暇理會。

李巡捕忽然笑了，說，你還不如到巡捕房來謀個事算了，在巴諾夫的茶廠，像你這樣的人一定是大材小用，他知道你的能耐嗎？說著說著，他看著米夏的臉色截住了話頭，忘了吸菸，略有些尷尬地說，我不過是開個玩笑，您放心，我不會跟別人提起您的。

米夏沒有任何表示，但是李巡捕把吸了一半的菸掐滅了，對於這個俄國青年他有種難以言喻的複雜的情緒，明明該對他有顧忌，可是不由自主靠近——他不清楚米夏要的到底是什麼，但願意配合他，並且相信總有一天也可以從他身上獲取相等的利益。

ℰ

米夏見羅曼的時候，羅曼宣布了一個意外的消息——他要離開漢口了。羅曼說完，在辦公桌子後面坐下，雙手按著桌沿，好像隨時要站起來，但是他就凝滯在那個動作之中，好像等著米夏的反應，否則就缺乏了繼續說下去的必要前提。

米夏沉吟了一會兒，開口問，你走了之後我要向誰述職？

羅曼冷笑一聲說，你還用得著向人述職，你就是你自己的上司，想做什麼就只管去做。

米夏低頭不語。羅曼又哼一聲，道，你最近倒是逍遙，但是對於中國人來說，這是天大的醜聞，你會害她死無葬身之地。

米夏一震，驀然抬頭，可好像對他的話置若罔聞，問他，你要回哪裡去？

羅曼沒好氣地說，我要去恰克圖。然後他不依不饒，看著米夏的眼睛說，總是這個樣子的，慢慢地你就不再純潔，手上漸漸積累各種各樣的罪惡——你跟著德米特里這樣的人，總會沾上各種對錯難辨的麻煩——但是眼下的事黑白分明，你做了不該做的，就等著付出代價吧。

米夏不再迴避他的視線，問他道，你不是不想去恰克圖？

羅曼這下嘆了口氣，有些無奈道，他們大概覺得我在漢口待得夠久了，有了跟亞洲人打交道的經驗，就可以跟蒙古人周旋了。

米夏用安慰的口氣說，那裡的商人是漢人，不是蒙古人。恰克圖跟漢口一樣，算得上是個大商埠，而且離莫斯科更近。

羅曼嘆口氣說，恰克圖在俄國境內，但是他們要我去庫倫。

米夏的眼睛亮了亮。羅曼瞧著他說，他們該讓你去庫倫，那分明是你想去的地方。然後，他換了一種語氣，誠懇地對米夏說。你跟我講講蒙古和蒙古人，那究竟是一個怎樣的地方？

米夏神色有些古怪，看著他說，你去庫倫，難道是要去見蒙古的王公？

羅曼道，我如何知道？在那邊的俄國人又不止我一人。

米夏點頭，說，看來蒙古要有一番動靜了，這是你的機會。

羅曼搖頭，說，這裡才是舞台的中央。

米夏用毋庸置疑的口氣道，相信我。對於俄國來說，現在重要的舞台在蒙古。

羅曼潦草地點了點頭，說，我們走著看吧。他沉默了一會兒，又說，最近革命黨人在租界頻頻出沒，你說，這兒會不會出大事？

米夏用同樣的口吻回答，不管出什麼大事，俄國應該把精力放在蒙古。說這話的時候，他的表情和姿勢充滿了高於他個人的儀式感，讓羅曼想起多年前，在聖彼得堡的馬林斯基劇院看歌劇《魯斯蘭與柳德米拉》時候，那位無所不知的吟遊詩人出場時的樣子，一開始就擺出了勝利的姿態，什麼都在他的預言當中。這回憶讓他分外想念故土，至少聖彼得堡的繁華讓人在睡夢中也難以忘記。

羅曼因此分了神，顯得意興闌珊，但好像卸除了防備，推心置腹問米夏，你覺得中國會發生革命嗎？所有人都在猜測。

米夏卻問，一九零五年俄國發生反政府革命的時候你在哪裡？

羅曼一怔，不願落了下風，反問，你可知道一九零五年的時候德米特里在哪裡？

米夏說，他在恰克圖？在西伯利亞？在海參崴？……

羅曼打斷他說，胡說，他是在聖彼得堡吧。他的手掌覆在桌上，為了增加戲劇性的效果，在桌上恰到好處地拍了一下，好像他所說的城市此時此刻就在面前，而他終於要分享一個久藏的祕密，他壓低聲音道，他是沙皇的祕密警察，可是在聖彼得堡的時候，聽說他手下留情，故意放過了幾個革命黨人。

米夏彷彿被他的話吸引，身子不由自主前傾，靠近桌沿，手肘擱在桌子上，托著下巴，目不轉睛看著他，像個好學的學生，但是沒等羅曼接著開口，他先若有所悟，猜測道，是嗎？他總有他的道理。奧克瑞納辦事的方式總是出乎意料，也許他故意將人放走，當作長線的誘餌。

羅曼搖搖頭，靠後一點坐，好像刻意要掙脫了他與米夏之間無形中的那根緊張的弦，他輕輕嘆了口氣，彷彿是對米夏的無知感到惋惜，他說，德米特里栽培你，到底是為了什麼目的，你知道嗎？——他自己知道嗎？

米夏一時啞然，不甘示弱，望著他，過了片刻才反問道，你知道？

羅曼突然換了一幅坦誠的面孔，臉上表情像一張乾淨的白紙，他說，我不知道——可是，這麼多年的經驗，讓我們全都擁有了許多件不同顏色的外衣，不是嗎？關鍵是要懂得在適當的時候換上合適的外套……

這一瞬間，米夏忽然懷疑，這是德米特里授意他對自己說的話。

羅曼這時伸出手，握住他的，說，我們會再見的，товарищ——同志。

米夏驀然抬頭，他知道這是俄國社會民主黨人士之間互稱的問候語，可是羅曼已經就此打住，不再打算透露更多天機。米夏尋思著，社會民主黨早就分成了布爾什維克和孟什維克兩派——就像羅曼所說的，他確實有太多不同色彩的外衣。

這世界各種不同的河流正奔騰洶湧著，不知道到了最後會不會匯入同樣的海洋，等到那時，這大海是不是足夠寬廣，可以馴服所有的巨浪。米夏心中升起模糊的信念，覺得這一天會到來，好像他就是為此而生一樣——他此刻所做的，就是朝那個方向靠近，也許要穿過重重的迷霧，但他似乎清楚知道邁出的每一步的方向。羅曼還在他的面前，可是已經面目模糊起來，好像已經化身為隱身的戰士，他自己或許也將是其中一員。

ℰ

羅曼走了。漢口好像從來沒有這個人存在過。

按理華俄道勝銀行該有人接羅曼的班，但這個人遲遲沒有出現，米夏也不著急，他正好心無旁貸忙茶廠的活——他對茶葉生意的確有種天然的興趣，這也是他與老闆巴諾夫相處融洽的原因。

巴諾夫就是喜歡他這一點——勤奮可靠，而且年輕。巴諾夫自己中文流利，所以尤其欣賞米夏不單能講官話，還能將當地的方言也琅琅上口地說上幾句。當初，他也是賣個人情將他收羅在門下，他當然不會不知道德米特里是什麼樣的人，與羅曼諾夫王朝的血緣關係使得他很明白沙皇的祕密警察是如何施展影響力的，因此毫不吝嗇地給予了米夏大把的自由，可是他同時不想過問他的任何舉動——他覺得這是自己的明智之舉。

有時，他喜歡找米夏喝一杯伏特加，酒精的作用之下，覺得與米夏有一種莫名的親近，自己與遙遠家鄉若即若離，這是他們彼此間心照不宣的默契。他喜歡在米夏面前提起一八九一年俄國皇太子尼古拉亞歷山大德羅維奇訪問漢口的往事，他們是表兄弟，當年的皇太子如今已經是沙皇尼古拉二世。他總不厭其煩提起與德米特里相識的經過，說，我與德米特里也是在那一年認識的——他真是個能幹的人，把那一年漢口的慶祝活動搞得隆重華麗。

記憶中的過去如同一團燦爛的榮光，照亮眼下的歲月，而眼下的生活中有太多陰影煩惱，巴諾夫有些焦躁，問米夏，你說革命到底會不會來，如果真的發生了，我們這樣的俄國僑民需要作出什麼樣的改變？革命之前的那些租界條款在革命之後有沒有作廢的危險？

米夏沒有辦法回答他，只管把他的酒杯倒滿。

所有人都在談論革命……帶著模稜兩可的期待和恐懼，但是如果革命真的到來，巴諾夫的這種憂慮根本在革命的洪流裡站不住腳。米夏不置可否地安慰他說，車到山前自有路。

巴諾夫藉著酒意道，有人看見你帶著個姑娘去了那幢新的房子，怎麼，你喜歡中國女人？

米夏舉舉杯，低聲說，沒錯，我喜歡她。

巴諾夫也許沒有聽清他說了什麼，只有他自己聽到吐出的那一個個字擲地有聲——他說出「她」這個字的時候，心中縈繞著無限的溫柔。

巴諾夫並沒有喝醉，不過伏特加把他放置在了一個放鬆而且誠實的境地，他眼皮垂下一半，微微嘆氣說，我也喜歡中國女人，但是我不喜歡革命。

這句話將忽然將米夏推到了對立的一面，他靜靜看著巴諾夫，老人因為酒精而顯得紅光滿面，也許他說出了心裡話，也許他根本不知道自己說了什麼，然而米夏想，革命當然不是為你這樣的人而設計的。而他們從來也不是一樣的人。

米夏猶豫了幾天，才跟春蘭提起心中的想法，他用詞小心地問，你覺得克玉會對新戲感興趣嗎？

他對她直呼其名，春蘭倒沒有覺得不妥，而且她本來對新戲就有興趣，睜圓了眼睛問，什麼新戲？我叫她來看。在哪一家劇院？是在租界？

米夏知道她向來心急，故意推搪說，不知道她敢不敢去看，總督大人恐怕會不高興……

春蘭喔了一聲，問，他們演的是什麼劇目，難不成是造反的戲？——讓我去問克玉，她敢情想看，就不知道總督大人知道了會怎麼說……她說著說著，有些猶豫，一幅吃不準的口氣。

米夏其實早就想周全，道，總督夫人若去戲園子看這樣的戲，的確不太合適——不如我們去看他們排演？

他話音未落，春蘭已經拍手說好道，就這麼辦。然後追問究竟是什麼劇目。

米夏道，這是個新劇團，叫做進化團，演的是文明戲。他們春節在南京首演，然後去了蕪湖，現在剛到漢口，至於劇目，我也不太清楚，你去問克玉，我們這兩天就可以去看他們排練。

米夏猜得沒錯，克玉果然對新戲有興趣。李巡捕在中間牽線，看排演的事就這樣說定了，但是李巡捕搖頭說，這個劇團遲早會出問題，聽說武昌的衙門要發照會過來，多半是要租界的巡捕房配合查禁——他們一路巡演，打著天知派新戲的旗號，節目很受歡迎——他自己似乎也有些動心，看了米夏一眼，心中掂量，隨即打消了同去看排演的念頭。

米夏在劇院門口等克玉與春蘭，這是第一次見到克玉穿便裝，褪卻花團錦簇的華服的克玉像換了一個人，她與春蘭的裝束看上去像兩個女學生，興致勃勃只為了來看場戲，意外得到了一個新的身分。

劇團排演的是《新茶花》，他們在台下坐定，台上喧喧嚷嚷還沒準備就緒，導演兼主演拿著劇本點名，卻發現少了個演員，正跺腳發愁，卻一眼瞥見台下的觀眾，忽然伸手往台下指了指說，你，上來，先來頂個包。

他指著的是克玉，克玉吃了一驚，手指著自己，身子往後縮了縮，駭笑問，我？……我不行的。

可導演中氣十足打斷她道，有什麼不行，反正是排練，我們得有人配台詞，你站在那兒，按著劇本照本宣科念就行了，拜託您，給我們解個圍，救個急。你們不是來看熱鬧嗎？這不比台下坐著更有趣？

他演說一般將話說得連珠炮一般，米夏且看克玉要怎麼應對。導演旁邊有人探頭探腦瞧著台下，忽然指著米夏說，任導演，你看這樣人，不如讓他也上台來，在背景上站一站，正好演名列強。

這本是玩笑話，台上笑成了一片，誰知米夏竟聽得懂，而且站了起來，朗聲地說，沒有問題，我願意奉陪——我可以演列強，但我可不是列強。

他說得字正腔圓，台上眾人沒想到他居然能說中國話，靜了片刻，不由面面相覷，導演任天知立刻回過神來，兩手一拍，大聲道，那還等著做什麼？開始了，開始了，後天要公演了，改的劇本還沒有排完，演砸了怎麼對得起漢口父老鄉親？他朝米夏和克玉招手，已經認定他們是自己的一員。

春蘭在底下慫恿克玉，推著她站起來，克玉有些猶豫，可她望著舞台的眼神顯然正孕育著期待——這是米夏早就注意到的，所以才會率先站了起來。

站在舞台中央，米夏一瞬間有點恍惚，彷彿自己從來都是這舞台的一部分，心底沉睡的慾望正在被喚醒——彷彿一場偉大的征途正就此開始，他感覺到自己血液的溫度正慢慢升高，緩緩流過脊柱，滿腔的熱情正在尋找噴灑的渠道。克玉拿著劇本，任天知在她身邊替她翻頁，一面指指點點。米夏不知道她的角色是什麼，但是她一抬頭，眼神與他驀然相撞，卻像換了一個人，顯得異常沉著堅定，好像已經代入到角色中去——米夏不禁佩服任天知的眼光，原來她才是天生的演員；身為劇編劇和導演，他適才揮手一指，選擇的是克玉，而非春蘭，不是沒有道理——春蘭只是一名觀眾，正全心意等待著眼前的一場大戲，等著被他人的感情感動而已。

米夏演的是群眾角色，沒有輪到他的時候，他就站在舞台的陰影裡，輪到他的時候，他還是站在人群的暗影裡，他身邊的演員明顯因為他的加入顯得興奮——他的角色站在他們的對立面，而他本人卻站在他們中間，這是多麼新鮮有趣，這好像是他們與這個世界達成的默契，從此可以期待一派新氣象。米夏很快發現最熱烈的觀眾是春蘭，她的目光一直追隨著自己，這讓舞台上的他心中忽然忐忑，怕自己的表演辜負了她的期待。

排演開始了好一會兒，米夏才清楚明白整齣戲的脈絡，原來那是一個知識分子投筆從戎的故事，而任導演有隨時更改劇本的習慣，不時插入自己大段的即興演講，澎湃激昂，對於演員來說，劇本上其實也沒有固定的台詞，完全看演員的臨場發揮，他不由暗暗覺得好笑。克玉的角色是一個進步女學生，他不知她會怎麼做。

誰知，克玉的表演竟然非常出彩，簡直搖身一變成了最耀眼的明星，那雖然不是主要的角色，但她出場時，已經身臨其境，慷慨激昂地針砭時事，完全出自真心。米夏沒有想到她願意毫無保留地把自己的信仰暴露在眾人眼前，或者她覺得自己躲在安全的偽裝中，說的是不必要負責的別人的台詞。米夏忽然有些後悔，不知道自己為何如此執著，反複想要去印證，即便確認了又有什麼好處，在他的位置，這樣一個天大的祕密分明是個負擔，捧在手裡，沉甸甸地不知要往哪裡送。

那一刻，克玉看上去像一個標準的鬥士，在戲裡她為了鼓勵她的老師，她的同學，即興的演講比任天知的更能蠱惑人心，她說，我們都應該站起來，把眾人的責任變成我們自己的責任。一個美好的明天要我們作出犧牲，我願意犧牲我的愛，來換得一個光明的前途，你為什麼不能呢？即使獻出生命又何妨？

米夏疑心她說的就是心裡話。任天知忘了在戲裡，一個箭步走過去，激動地握住她的手，說，你留下來吧，我們劇團需要的就是你這樣的人才！你一定要參加我們的劇團，你天生就該是個演員，在戲劇的天地裡，你的前途將是無可比量的，你會發光，發熱，會成為一個明星。

當然，克玉不可能留下來，也不能透露她自己的真實身分，在排演落幕之後，她必得匆匆離開，像童話裡害怕魔法在午夜前失靈的公主；不過，這一個下午是她人生中的亮點，她掙脫自己的軀殼，看到了真實的自己。離開之前，她對任天知坦白地說起往事，她說，在上海的時候，我看過先生排演的《迦茵小傳》，那是在王鐘聲先生創辦的通鑒學校，可惜學校後來解散了，要不然我說不定會報名加入你們。任天知搓著雙手表示遺憾，他還沉浸在舞台燈光的幻影裡，他的人生就是在一個魅惑的故事走向另一個，辨不出真假，他期期艾艾地說，若是我們再創建這樣的學校呢？他目光炯炯，好像愛上了她。克玉當然微笑著避開了那眼神。

米夏沉默地看著克玉，佩服她的誠實。她當然不會加入那樣的學校，她已經被招募到一出更為宏大的劇目之中了，如何再看得上今天眼前這樣的舞台？在更廣大的天地中，她一樣也有自編自導的機會，成為明星。至於他自己呢？他沒有發表任何即興的演說，眾人也沒有對他有這樣的期待，即便在舞台上，他也是一個旁觀者，他看到的，大半都收在了心裡——他的訓練漸漸讓他習慣這樣的位置，他伺機埋伏，不需要發光，可是他所看到和掌握的將推動歷史——他相信德米特里說過的話。

任天知繼續熱情洋溢地邀請他們來觀看後天正式的演出，當然還是一力邀請克玉加入劇團，克玉不宜久留，告別的時候也一味客套，明知不可為，把任天知地的熱忱當作是一種讚美。

可是，進化團的演出卻沒有能夠如期進行，第二天劇團收到匿名信息，原來原來湖廣總督瑞澂已經發密電照會北京，表示進化團鼓吹革命，將以令禁演，而且已經發出拘票拘捕導演任天知。

任天知聞訊化妝潛逃，劇團就此解散。當夜，米夏走過劇院門口，門前的水月點燈照得白晝一般亮，可是街上冷冷清清，劇院外頭貼著的海報正被摘下來，撕破了當街扔在地上，被風吹得嘩嘩只響，他看了一眼，目無表情地走過去，不由想自己心中逐漸積累成形的這些祕密到最後要怎麼辦？——他第一次覺得俄租界狹小，走了一會兒，好像就已經走完，他跟克玉一樣，需要更大的天地。

ଌ

那已經是一九一一年的九月，漢口與武昌，洋人與華人，商場和官場，好像都在看盛宣懷的笑話，他的鐵路收歸國有大計注定是要被擱淺了，到處風聲鶴唳是反對的聲音，他頂著賣國賊的罪名，不單清楚知道朝廷正面臨著財政危機，自己的漢冶萍鐵廠財務狀況也是岌岌可危，別人只看到他長袖善舞，傳說他名下財富富可敵國，只有他自己知道如履薄冰，一齣華麗的大戲背後蛀洞百出，不知道該要怎麼收場。

旁人未必知道他的難處——湯瑪斯如此說，米夏用心聽著他的話。湯瑪斯的口氣像在談論他剛收羅的一件真假難辨的中國古董，只願意注入了相當的感情。他果然接著說，就像古董行業，他的那些生意充滿了冒險和欺騙。他想跟我們平起平坐談生意，可是始終也成不了我們俱樂部的一員，因為在他自己的國家，從上到下，沒有幾個明白他為什麼要這麼做。當然，他的努力有長遠的意義的，可他的人民卻已經把他當作了出賣國家利益的敵人。

湯瑪斯看了米夏一眼，說，以我們今天的姿態和傲慢，我們可能永遠也沒有機會與這個國家的人民達成共識。英國，法國，美國，德國，日本——也包括你們俄國，都一樣……我知道，你熱愛這個國家，我也是，我抗拒不了他們文化中美妙的那些東西，但是如果像現在這樣一成不變走下去，你跟她之間沒有機會。

米夏望著他，忘了提問，或者根本不打算提問，他出了神，恍恍惚惚地琢磨著，湯瑪斯說的她，到底是指春蘭，還是素之，還是整個中國……

盛宣懷的處境不是他關心的，也不是湯瑪斯關心的，可是好像為了禮貌起見，他們還是應當對時事討論一番，這是他們的職責，是米夏的不成文的訓練的一部分。

可是他們已經遲了一步，至多只是事後諸葛亮，而歷史已經開始書寫。盛宣懷倡導路權收歸國有，早在六月，四川鄉民就成立了保路同志會，革命黨人顯然參與其中，另有一套圖謀，熱衷將保路運動持續向前推進到另一個高潮中去。

湯瑪斯循循善誘，問米夏道，再往前一步，會是什麼？你有沒有想過。

米夏道，那自然是武裝起義。

湯瑪斯像咀嚼著他的回答，卻不急著給他的表現一個分數，米夏接著說，清廷當然不是沒有防備，湖廣總督已經調派新軍去四川鎮壓。

湯瑪斯嘆口氣，道，若是完全站在商人的立場，在這件事上，我非常同情清廷，盛宣懷接下這樣棘手的事也真是太有勇氣了。清廷想要發展成一個現代的國家就要修路，錢不夠，允許民營公司發股票集資，這是常規做法。可是這些民營公司不爭氣，聽說有許多公司拿集資去再投資股票和高利貸，運氣也不好——橡膠股票好賺的時候，恐怕很多人受了鼓舞，結果橡膠股票崩盤，這些公司不單建不了鐵路，還破了產。

他看一眼米夏，米夏正聽得仔細，於是再說下去，那麼清廷只有跟這些公司清算，自己接著蓋鐵路，這樣一來只有跟外國銀行借款。那些公司快要倒閉了，先前發行的股票更是一文不值，但股東們可不答應，說清廷要充公他們的財產，與洋人勾結，禍國殃民。清廷覺得自己已做出了讓步，願意用中間價回購股票，可是股民不答應，還是覺得吃了虧，革命黨恐怕也不會放過這樣的好機會，在中間鼓動的恐怕就是他們。你看這要怎麼了局。

米夏遲疑說，盛宣懷覺得他可以搞定這樣的局面？

湯瑪斯點頭說，當然，盛宣懷是個很有野心，也非常大膽的人。他向朝廷報告，電文據說是這樣寫的——要挾罷市罷課即是亂黨，還有格殺勿論的字樣——你怎麼看？

米夏說，他這樣做，遲早失去所有的信任，兩邊不是人。

湯瑪斯問，怎麼講？

米夏說，他說的那些亂黨，與他一樣是漢人；而他忠於的朝廷恐怕只會將滿人視作是自己人。

湯瑪斯苦笑道，而我們是他們共同的敵人，不是嗎？誰與誰是盟友，誰與誰是宿敵，這些重要嗎？這些都會隨著時日改變——照我看，關鍵是如何找到一個達成共識的平衡點，雙方有沒有尋找的意願。

米夏卻偏要說與他相反的話，道，恐怕太遲了，中國話有個詞叫做千鈞一髮，恐怕已經到了承受不了的時候。

這一老一少你一言我一語，說得盡興，可面對可能的動亂，預言即便準確也沒有樂趣可言，米夏黯然想，他們這是紙上談兵，說什麼也無傷大雅，不過是憑空說辭圖個痛快而已。

他希望他們全都說錯了。

然而，革命卻來了，而且排山倒海地出現在他們的眼前。

這是中國人的革命。

起先是一起意外爆炸。那是十月九日，俄租界與平時沒有什麼兩樣，發生爆炸的是一處民宅，一聲巨響之後就沒有了動靜，附近居民因此到街上循聲張望，議論紛紛卻也看不出端倪，之後來了幾個巡捕將幾個街口的人群驅散了，事情看上去就這麼了結了。

當時米夏正在英租界內的阜昌茶廠，根本沒有聽到這邊的動靜。等他沿著鄂哈街回俄租界的時候，就注意到了不尋常，迎面撞見一隊俄租界的巡捕，慌慌張張地一路小跑，顯然有緊急命令要執行，看人數所有的外籍巡捕都出動了。他本來約了巴諾夫在工部局見面，這樣一來索性拐到巡捕房去瞧個究竟，一到那個路口，就見李巡捕帶著一隊華籍巡捕操著正步走出來。

李巡捕看見米夏猶豫了一下，一面喝令讓手下的小隊繼續往前走，米夏側身讓路。李巡捕自己落後幾步，走過米夏身邊的時候，停下來，朝周圍看了看，在他耳邊輕聲說，出大事了，寶善里的那些革命黨玩炸藥走火了，我們這就得知會對岸的總督府……

米夏退到路邊，似乎是讓出道來，李巡捕已經一陣風似的走了，他說話的時候眼睛睜得滾圓，露出難以抑制的興奮，急於跟人分享，因此包藏不住任何的祕密。米夏看那支小隊，從正步變作小跑，沿著他剛才走來的鄂哈街跑遠了，他心中想，這哪裡是玩炸藥走火，看來他們是有計畫要行大事了——李巡捕的興奮感染了他，心中像有什麼要燃燒起來，可是這火焰既沒有觀眾，也不能製造成火炬傳遞給他人。他想吶喊，告訴所有的人，這都在他預料之中，可是同時，在那一刻，他清楚地意識到自己分明被排除在一切之外，心中不由升起極度的失望而且焦灼——他擔心自己的才華就這樣被浪費了。

米夏到工部局的時候比約好的時間遲了一點，正看見俄國領事敖康夫（A. N. Ostroverkhow）後頭跟著工部局局長，帶了隨從自鐘樓下的門口出來，大踏步地離開。他避開那一群人，打算用另一邊瞭望塔下的入口，一抬頭，見瞭望塔上站了一些人，巴諾夫也在那上頭，於是他找到樓梯走了上去。

巴諾夫見了他便說，今天談不了事了，領事有要務處理，剛走。你來的時候，可看見什麼動靜？

米夏照實說，路上看見巡捕房的人全出動了。

站在屋頂上的其餘幾人是另外兩家茶廠的大班，他們都跟米夏認識，還有一個日本人，穿著三件式西裝，臉上神色有種天生的肅然，他朝米夏點了一下頭，頭低到半鞠躬的程度。米夏草草回禮，便跟眾人一起瞅著遠處適才爆炸的方向，登高看得清楚，這時還看得到上升的濃煙。新泰的俄國大班問米夏，可有起火？都撲滅了？

這是明知故問，米夏回說不清楚，但半空的煙灰眼看散得差不多了，火應該是滅了。順豐的大班瞧了米夏一眼，似乎刻意說給他聽，道，爆炸是在寶善里吧？敖康夫早就知道寶善里有問題，這會兒要跟江漢關監督齊耀珊報備。然後壓低聲音說，湖北督署九月就已經敦促領事要徹查革命黨人在租界的行蹤，現在居然在眼皮底下發生爆炸，是巡捕房辦事不力。

米夏喔了一聲，沒有接話，他沒想到寶善里這個地方已經人盡皆知，心中有些意興闌珊。巴諾夫卻接過話頭說，我看巡捕房的那些華籍巡捕都是革命黨，讓他們去抓革命黨，簡直是笑話。

他話說望，另外兩位大班都笑了，一幅事不關己的樣子，新泰大班則說，這革命遲早會發生。順豐大班點頭贊同說，時機到了，就勢不可擋。言下之意，時機還未到。

那個日本人忽然開口道，時機有沒有到不好說，照我看，他們的準備已經很充分了。

米夏哦了一聲。日本人欠欠身子，道，我在日本的時候，碰見過很多官派留學生，清廷訓練新軍也派出很多士官到日本學習，這些人在日本期間交往的都是革命黨人，你看，他們回來之後，還會衷心地報效朝廷嗎？

新泰大班點頭說，我見到新軍之中已經有許多士官剪了髮辮，這不是已經表明不願跟朝廷站在一起了嗎？

日本人依然欠欠身子，說，沒有錯，我們作為商人，都在等待中國的革命，中國革命了，剪了辮子，不需要戴那種滿族人的瓜皮小帽了，我們正好賣新式的帽子給所有中國人，這可是一筆大生意。他說的像是玩笑話，可是口氣一板一眼，而且嚴肅，誰也沒有心思發笑。米夏多打量了他幾眼，疑心他說的是心裡話，而且開始早著手作準備賣帽子了。

巴諾夫在這時介紹說，這是田中十四郎，他是南滿洲鐵道株式會社的，這次來漢口，對我們的紅茶有興趣。

田中嗨了一聲，又半鞠躬致意，道，請多關照。

米夏有些疑惑，隨口道，日本人不是喜歡喝綠茶嗎？

田中又嗨一聲，道，沒有錯，日本國民喜愛綠茶，但是近年來，敝國民眾對紅茶產生新的興趣，所以我到漢口來討教。

順豐大班好奇問，日本紅茶通常是在哪裡採購的。

田中道，有一些在印度，漢口也有，不過，我們在台灣剛剛成立了日本台灣茶株式會社，希望我們的紅茶不久之後可以在台灣採製。

新泰大班笑道，難怪我聽人說南滿洲鐵道株式會社是日本在中國的東印度公司，這是想要學習印度在錫蘭種茶製茶的套路嗎？

豈知田中完全沒有幽默感，板著臉，生硬地回答，日本有日本自己的方式，這是俄國人永遠明白不了的。

新泰大班聽他口氣不善，不由一怔，米夏看不慣他的態度，冷笑一聲，道，我明白，日本的方式就是既支持中國的革命黨造政府的反，同時又支持政府鎮壓革命。沒有立場，可是倒願意輕而易舉牟取暴利，的確不是俄國人可以了解的。

田中卻也不惱怒，著意看米夏一眼，道，日本人與俄國人，我們彼此彼此，誰關心的不是自己的利益？

米夏還要反駁，巴諾夫卻對他使了個眼色，趕緊道，田中先生與你有一位共同的朋友。

米夏心中一動，見巴諾夫還在擠眉弄眼，便會意笑了一笑，像田中那樣以頷首行禮，卻還沒到鞠躬的程度，不過不打算再開口。田中微微哼一聲，可是也還是一樣禮數周到還禮。

巴諾夫用和事佬的口氣道，我們商人關心的當然是利益。

順豐大班點頭說，當然，不過目前我只想知道革命一旦發生，新的政府是否會承認舊的協約。

田中嗨一聲，說，商人關心的當然是協約，這沒有錯。

米夏站在瞭望塔的邊緣，周圍的一切都是他熟悉的，各種建築似乎都是因為鄉愁，以來自遙遠國度的記憶為藍本，本來要一味模仿，但拔地而起之後便帶上了此地的風格，變成了這個城市獨有的——那些建築都以堅固耐用為目的，而且裝飾繁複不遺餘力，似乎是為著世代長存作出範本——他疑心永恆的存在，覺得這是個一廂情願的夢境。他的目光徐徐掠過遠處平房連綿的屋頂，那邊就是寶善里爆炸的方位，屋頂驀然飛起一群鳥，可是因為聽不到遠處的聲音，一切靜謐有序得詭異。

巴諾夫對革命這個詞還是執著，他站在米夏身後，好像是問他，也像在問自己，道，革命黨究竟是想推翻滿洲人，還是想建立一個新的秩序。

米夏慢慢轉身，看著巴諾夫，好像不相信他會不明白這樣簡單的道理，他說，這難道不是一舉兩得的事？

田中一直察言觀色，這時開口說，我在日本的時候碰到過中山樵。

中山樵？米夏顯然沒有聽過這個名字。

田中道，他是同盟會的領導者，他的中國姓是孫。他想一想，似乎詞窮，不能決定要怎麼描述他，最終長出一口氣說，他是個職業革命家，革命是他此生唯一的目標。如果一個人心中只有一個目的，這個目的一旦變成所有人的目的，那是沒法不成功的。

巴諾夫一怔，問，他有什麼樣的主張？他覺得革命是為了建立一個新的共和國，抑或會變成另一個新的王朝的開始？

田中用一種不以為然的口氣回答，他的主張是革命，革命之後再談新的政體。

新泰的大班嗤笑一聲，說，豈能這麼草率兒戲，在中國革命是掉腦袋的事，一掉腦袋，就全盤皆亂。這一亂起來，我們誰也沒法做生意。

田中無動於衷地說，當時在黑龍會，有人提起，如果因為革命爆發內戰，日本也許會突襲滿洲，而俄國會接管蒙古。他的回答是——滿洲並非整個中國，最後留下的地方才是真正的中國。——我佩服他這樣的人，明白自己的目的，才會獲得成功。

順豐大班聽了哈哈大笑，對巴諾夫道，他的話你應該傳給你的沙皇表兄聽。

新泰大班愣了一愣，忽然問，滿洲鐵道株式會社除了買賣茶葉，還做什麼生意。

田中看了巴諾夫一眼，將視線轉向米夏，然後看著順豐大班，忽然爽朗地笑了，說，我們什麼生意都做。

米夏聽他們說話，聽得三心二意，這時忽然想到春蘭，心中咯噔一下。

ℰ

米夏回到自己房間的時候，發現春蘭已經來了，昏暗中坐在一把椅子上，只坐了一條邊。聽到他走進，她霍然轉過臉來，整張臉慘白像一張紙。

米夏覺得自己才是一個鬼魂，燈也忘了點，腳步有些虛浮地走過去。

她開口說，克玉是革命黨。

米夏走到她跟前，蹲下，將她的手握住，擱在她的腿上，看著她的眼睛，低聲卻沉穩地說，妳慢慢講。

春蘭吸了口氣，卻嗆住了，咳了好幾聲才停住，目光閃爍，直到視線被米夏牢牢鎖住，她才算定了定神，道，她讓我送一封信——原來她都知道。她說被抓的革命黨今天都被處決了——他們說再也等不下去了，革命等不下去了——他們要革滿族人的命。

她說完最後一句，顯然已經心慌意亂，摀著自己的嘴，好像如果把話收回去，就完全沒有這回事。

米夏站起來，嘆了口氣，昏暗中，春蘭抬頭，可是看不清他的表情，只聽到他問，他們這樣說嗎？他們等不下去了嗎？

春蘭怔怔看著他，忽然整個過人跳起來，說，我要回去，我要告訴克玉，她一定想不到他們要開始了，她嫁了滿人，他們要滿人的命，也會要她的命，我要去告訴她。

春蘭一面說，一面轉身，彷彿在夢遊之中，米夏一把抓住她的手臂，急道，你要做什麼？

春蘭抬頭看他，這次將他的臉龐看得清清楚楚，她不解地看著他，說，我要回武昌去，去告訴克玉，要她小心。

米夏不放開她的手，耐心說，春蘭，現在你不能回武昌。你聽著，如果他們真的起事，你要好好待在這租界裡，千萬不能回武昌去。他猶豫一下，問，你家裡人呢？

春蘭打了個激靈，似乎努力想了想，才機械地回答，他？他去秋操了，還沒回來。

你看，這樣的話，你就不用擔心了。米夏試著放開手，春蘭一動不動，於是他放下心來，將她按回到適才坐的椅子上。春蘭任他擺布，坐下了，忽然問，克玉怎麼辦？

米夏猶豫一下，不耐煩道，她會知道怎麼辦。她讓你來租界，想必知道你會來找我，不想讓你回武昌去。

春蘭忽然聲線拔高，自己也控制不住，顫聲道，怎麼說，這是真的？真的要革命了？

米夏嘆氣，問，春蘭，你知道革命是什麼意思嗎？

春蘭茫然地搖了搖頭。

米夏便又問，是他們告訴你的？你見了什麼人？他們怎麼說？

春蘭低頭，像做錯事的孩子，說，我只是送信。是我偷偷聽到的——他們說要攻打總督府，他們要革滿族人的命。這是真的嗎？

米夏長身站著，才愈來愈暗的光線中，他的身量顯得特別高，忽然他心中升起一股蠢蠢欲動，好像忽然有了許多的計劃，未來忽明忽暗，可是他忽然覺得也許這樣一來就可以將春蘭留住了，翻天覆地的變化如果要來，革命勢必讓他們都變成一個新人。他彎腰摟了摟她，按耐不住興奮，道，春蘭，你聽著，你在這兒好好待著，我去打聽打聽，你等我回來。

春蘭在他背後問，你說克玉知道嗎？革命是要攻打總督府，是要滿洲人的命的？

米夏一呆，沒有回身，匆匆道，她不會害你的。

春蘭又喃喃道，他們說暗號是綁在左臂上的白布條。

米夏並沒有聽清楚，側身問，什麼？

春蘭說，我得回去告訴他們，他們得防備著。

米夏像哄著孩子，道，他們自己知道。妳別離開，在這兒等我。——這「他們」指的是誰，他自己也沒有想清楚。

米夏沒有在巡捕房找到李巡捕，倒是一個值夜的俄國巡捕跟他聊了一會兒，抱怨這兩天風聲緊，沒有辦法休息了，讓他第二天再來打聽消息，同時輕描淡寫說，不會有事的，明天處決了這幾個革命黨人，風聲就會平息下來。

米夏半信半疑，走出巡捕房。外面已經夜幕低垂，秋風露出西北風的凜冽，他似乎隱隱聽到風聲中有廝殺聲，但顯然是他的幻覺。他擔心春蘭，匆匆往回走，他住的那幢清水紅磚牆的西班牙風格的公寓小樓不過幾步路，他那個房間在頂層，窗開著，一室都是冷風，春蘭卻已經不在了。

他心中咯噔一下，轉身就衝下樓梯，往江邊直奔過去，但他遲了一步，只看見江山一盞舢舨在浪中起伏著。江邊的船伕都收了工，說那是今天最後一盞願意過江的舢舨。再就等明天吧——他們這樣說。

江邊的蘆葦被吹得幾乎貼到了水面，又站起來，浪聲風聲一片。米夏站在江灘上，浪一波一波漫上來，打濕了他的鞋子，他沒有往回退，反而往前走了幾步，顯得失魂落魄。

手工的船伕說，剛才過江的是個滿族姑娘。你明天來看看吧，明天或許就能過江了。督府已經下令關閉四城。他指了指漸行漸遠的那葉小舟，說，只有那一艘敢過江，那也是因為說是統制府的人，所以才敢接這活的。

ℰ

這一夜卻安然無事。

第二天整個租界也都知道了前一事件的發展，巡捕房搜到了革命黨人文冊，起義文告，拘捕六人，引渡到了武昌，三人在凌晨已經被當即斬首。

革命黨人鬧事這不是第一例，大家已經見怪不怪，大都以為事端就此平息。米夏一早又去江邊，竟然依舊沒有找到可以帶他過江的船，船伕說，急什麼，等明天禁令一除，你要來回幾趟都沒問題。

米夏將信將疑，只是心中慌得厲害，好像空無一物，他拳頭握了握，又鬆開，道，你有沒有辦法？

那船伕瞧著他的神色，遲疑道，如果你真要急著過江，到晚上，再來看看？也許，我可以想想辦法？……只是，這風險大……

米夏打斷他的話，道，你放心，只要能過江，酬勞沒有問題。他將身上的銀錢先給了船伕，約定了晚上船的時間。船伕接了生意，打算先收工回家，一面自言自語，道，這一夜相安無事，不會出大事了。

米夏緊皺著眉頭，心中的牽掛是他自己也沒有想到的。此刻，他只覺得不能失去她。

李巡捕也得了空，在下午找米夏抽了根菸，一臉狐疑，道，總督府怎麼沒有消息？他們手上有我們搜到的革命黨人名單，按理就該在新軍裡大肆搜捕了，怎麼一點動靜也沒有？聽說瑞澂給北京發了電報，說事端已經平息。果真這樣也好，我們多一事不如少一事。

米夏忽然打斷他的話，道，你說什麼？總督府有革命黨人的名單？

李巡捕詫異道，沒錯，怎麼了？

米夏道，武昌府這一天都沒有動靜？

李巡捕搖頭。

米夏像驀然吞了一口冷風，梗住了，說不出話來，李巡捕奇怪的看著他，不明所以。米夏發了一會兒呆，說，那他們必定會起事。

李巡捕低頭一想，興奮地抬頭，朝米夏豎一豎大拇指，說，高，你的看法高，如果在我們這兒，不去衙門當師爺可惜了——沒錯，他手裡拿著名單，既不抓人，就把名單一把火燒了，既往不咎倒也是個辦法，我看現在新軍之中人心惶惶，必定要亂。

米夏顯得憂心忡忡，問，你也這麼看？你覺得會發生什麼事？

李巡捕說，滿人恐怕要遭殃了，革命嘛，先革的不就是滿人的命。

米夏啊了一聲，沒有回答，目光沒有焦距地落在李巡捕的身後，恍惚中遠遠近近彷彿什麼都不能看清楚。

當晚，他夜渡長江的時候，戰事已經開始。船伕不願涉險，將舢舨交給他自行涉江。水流湍急，他沒經驗，對岸的槍聲響成一片，熊熊的火光在各處竄起，照亮了半邊天，他花了幾乎大半夜的時間才抵達對岸。

武昌已經血流成河。他全身盡濕，站在烽火中央，忽然意識到流在眼前的是滿人的血。

他不記得自己跑了多少路，才找到她，找到他的春蘭。

米夏抱著她，看著她的血浸濕了她自己的衣服，可是還是流不完，要浸透到他的身上，他痛徹心扉，甚至想要替她流血，在那一刻他有錯覺，覺得她鮮血流盡，應該已經沒有重量，輕如羽毛，然而他把她攬在懷裡的時候卻覺得她的身體忽然有了千鈞般沉重，他竟抱不起她來。一瞬間，他想起自己第一次將她托起在懷裡的那個時刻，她柔軟的充滿了生命力的肉體彷彿給了他嶄新的生之意義，彷彿從此可以把她當作自己的開始和結束，他要把自己的生命揉入到她的之中去，但是現在她正變得堅硬而陌生，他再也找不到那個溫柔世界的入口——這一刻，他心中忽然出現了巨大的恐懼，手一鬆，再也攬不住她，同時豆大的一點淚珠奪眶而出，掉下來，滴在她的臉上，像落在石頭上一般飛濺分散，他驚奇地看著那淚滴的軌跡，掉落，瞬間消失——而她全身都是血，只有臉部奇異地乾淨而且安詳，連髮髻也沒有散亂——她變作了石像，要在他生命中恆固永生。

徬徨之中他聽見時近時遠的廝殺，這讓他驚慌失措地站起來，兵刃相撞的聲音，淒厲的瀕死掙扎聲撞擊著他的耳膜，他分不清聲音來自何處，卻又覺得自己可以清晰地分辨出利刃穿透薄薄的肌膚的摩擦聲，甚至能聽到鮮血噴湧而出的聲響，他覺得自己要瘋了。他再次蹲下，試圖要再次抱起她來，可是卻怎麼也負荷不了她的重量。廝殺聲更清晰地傳入耳鼓——然後他們都來了，拿著武器，喊著口號，將他包圍淹沒，他們像在演出一台衝鋒陷陣的戲，他明明在戲台中央，可是他們卻像都看不見他，他想讓自己的身軀也被那些刀和槍穿透，這樣一來他的血就可以痛快地噴湧而出與她的灑在一起——但他們似乎都看不見他——他不是滿人，而她的天足是如此顯而易見的標誌，躲也沒處躲——他聽見哭聲，可不知道是自己的還是別人的。最後，身邊的聲音都走了，只留下他和身邊無數的亡魂，可是他不認識他們，他只認得她。

他好像哭了一整天，然後黃昏在寂靜中來臨，他聽見有人推著木輪車走近，一路彷彿收集靈魂，帶走那些冰涼的身體，他心中忽然充滿了巨大的恐懼，彷彿自己也要被扔在這車上帶走，他倉皇地站起來，落荒而逃——他把她丟在了後面——他雙手沾滿了她的血——她已經死了——他處在巨大的恐懼和自責之中，他覺得自己畢生將沒有任何辦法跟人復述這一天的經歷——這一天已經過去，他的一部分已經永遠埋葬在這一天，無論如何也沒有辦法甦醒了。

到最後，他竟然分不清楚自己到底有沒有愛過春蘭。

而革命之火已經熊熊而起。

ℰ

他再沒有見過克玉，無從知道或證明她在整場革命中扮演了什麼樣的角色，他也不想印證。早在春蘭死去的那個凌晨，湖廣總督帶著夫人由總督府出逃，登上長江上的戰艦，不戰而敗。開啟清朝官員在這場革命中棄城不戰而降的先例。

在武昌的起義發展成了席捲全國的革命，清帝最終遜位。

米夏不知道春蘭當時要去哪裡，他只記得是在距離總督府不遠的地方發現她的。她與許許多多的滿人死於同一天，也葬在了同一處——他想將這一切忘記。

而這一天，在歷史上將是一個被慶祝和紀念的日子。

漢口，一九一二

幾個月後，他坐在湯瑪斯面前。

德米特里加快的信被延誤了許多時日，信中只著令他與湯瑪斯談一談。

湯瑪斯這間在匯豐銀行裡的大班辦公室他來過許多次，從他初到漢口起就已經是常客。如今坐下環視，只覺得物是人非——是自己換了個人。

辦公室給人的感覺像是整個從大不列顛搬過來的，搬來的不單是家具，還有湯瑪斯的鄉愁和驕傲——他歷年的各種收藏。大不列顛百科全書當然少不了，而且是近年重新整理的第九版，學術與文學風範兼備，湯瑪斯喜歡跟人說那是權威性僅次於上帝的學者版百科全書。只有米夏當他的面指出說，那還不是要時時補充，所謂的權威性才能名至實歸立於不敗之地？

當時，湯瑪斯對他挑釁的口氣不以為忤，拍了拍他的肩，頗好脾氣地說，你等著看，我們做得到。

牆上有一幅惠斯特的畫，畫的是倫敦泰晤士河的夜景。湯瑪斯特別跟米夏提起畫家，因為惠斯特雖然是美國人，但是少年時代是在聖彼得堡度過的，這套題名為《夜曲》的泰晤士河風景則是他定居歐洲後的作品，畫這組畫的時候他當然生活在倫敦——畫家的生活軌跡剛好綜合了他們兩人的前塵，湯瑪斯刻意提起，也許是為了拉近與米夏的距離——畫中城市被夜霧包圍，河上交織著朦朧的光影，煙花在半空，也許正在升起，或者是在降落——湯瑪斯看畫的時候，總要望一眼窗外流過的長江水，有時要謅一句兩句中國的古代詩詞，更多時候感慨說，窗外的這個城市遲早會變成畫中那樣的工業化了的城市。

米夏沒有去過倫敦，他來到湯瑪斯這裡，下意識總是要看一眼那畫作，在飄忽不定的色彩中尋找所謂現代都市的影子，確定不了自己與那樣的風景的距離。說到底，那不是他的城市，他不能代入湯瑪斯的心情，可無意識地他不願自己在湯瑪斯的風景前用一種仰視的目光，因此每回看到那畫，倒帶上了一副審視挑剔的眼光。

這一次，他垂著頭，像忘了那畫作的存在，或者把整個世界也都遺忘了。湯瑪斯打量他，說，從羊樓洞回來了？——他們第一次見面，湯瑪斯開口跟他說的第一句話也是一模一樣。那一年米夏一到漢口就被派去了羊樓洞，一住就是整年。回來的時候，他雀躍不已，覺得自己積累了了不得的人生經驗，急於與人分享。湯瑪斯一開口詢問，心中的話便傾巢而出。湯瑪斯含笑聽完，說，我的老朋友德米特里說讓我在漢口照應你，我覺得這將是我的榮幸。

此時，米夏草草點了點頭，然後報以沉默。

湯瑪斯看著他，說，這次你去了很久？我有個朋友想見你，他叫埃德溫．丁格爾，他是位傳教士，也為報紙寫文章，他在寫一本關於中國革命的書，採訪過湖北軍政府的都督黎元洪，也採訪了清廷的提督張彪，他聽說革命發生的時候，你在武昌，想與你聊一聊……

米夏打斷他的話，道，我不想提革命的事。

湯瑪斯斟酌片刻，然後清了一下嗓子，站起來，走到他的身邊，拍了拍他的肩膀，嘆了口氣，道，那麼說，傳說是真的。他們講你愛上了個滿族姑娘，武昌起事的時候，她沒有躲過那場屠殺。

米夏不發一言。

湯瑪斯的手在他肩上停留了一會兒，然後回到座位坐下，嘆道，許多的滿人，就這樣——讓我們這麼說吧——在革命中犧牲了……你可以說那都是些無辜的人……

米夏緩緩抬頭，湯瑪斯看著他的眼睛說，這都是為了革命。

米夏似乎不明白他要說什麼，湯瑪斯同情地看著他，說，這不是她的革命，也不是你的革命。可是，革命是要讓人付出代價的——這不會是你經歷的最後一次革命，這個世界的變化還大著呢，革命不會因為流了無辜者的血而停止。

米夏吃驚抬頭，望著他，眼神像是在眺望，彷彿可以拉開兩人的距離，他的口氣充滿了懷疑，道，你究竟是什麼人？

湯瑪斯維持著他無懈可擊的英國式的鎮定，輕描淡寫道，德米特里是怎樣的人，我便是怎樣的人。他接著說，往後，你繼續跟著他就要接受一個事實，這個世界不是完美的——革命是不完美的，你自己的人生也是不完美的，你這個人也不是。所以為了達到一些理想是要付出些犧牲的——你必須得往前走了——我跟德米特里都這麼以為。

湯瑪斯的口氣彷彿在說一件易如反掌可以做出決定的事，他說，你要讓自己昇華。這一路上，會有人給你提供各種各樣的目標，但是你自己要有一個高於這一切的信念。

米夏喃喃道，我不明白。

湯瑪斯說，你不是跟我說過，你相信中國人古書裡說的大同世界嗎？有些東西是可以超越的，比如你是俄國人，我是英國人，但是這有什麼關係，不妨礙我答應德米特里看顧你。

米夏心中一動，便問，你與德米特里究竟是如何相識的？

湯瑪斯微微一怔，然後若無其事點一點頭，道，也是時候了，我可以給你講些往事——我們的往事。他臉上有絲不易覺察的神往，好像自水面滑入記憶的深潭，將自己沉入難以忘懷的過去，水底水草漫繞，隨波蕩漾，集結了所有的人生細節。他說，我與德米特里總是在一些常人想不到的地方碰面。如果有機會，他也會像凡爾納筆下八十天環遊地球的人，盡量要跑遍這個世界每一個角落。此時他的語氣充滿了欣賞，不慌不忙微笑著繼續說下去：

我遇見他，最早是在印度大吉嶺。我到錫蘭之前，在大吉嶺待了一段時間，一來為了去錫蘭作準備，了解一些印度製茶的技術，二來，那時候大英想與大清國就西藏問題開始談判，關於錫金西藏的界限以及印度茶入藏的通商問題我們想要一個說法，那不是輕易可以談成的，談判不是我的職責範圍，我順便收集一些周邊的信息，也算是不枉此行。那時雖然俄國人也在中亞伸展拳腳，當時對西藏，俄國應該還沒有正式的計畫；可是德米特里出現在大吉嶺，以商人的身分，非常熱心地參觀當地幾家茶廠，他當然不可能是商人——至少不僅僅是商人。不過他直覺很好，知道該靠近誰，跟誰交談，大概也猜到我是做什麼的。總之我們碰上了，就心照不宣，彼此周旋。我們不是全無共識，至少都對茶感興趣。他跟我說到恰克圖，那個地方因為茶生意而繁華，在他口中簡直有無窮的魅力。我問他對英屬印度有什麼看法，比如阿薩姆，大吉嶺這樣產茶的區域也已經不可同日而語，商賈雲集，自來水，電報，火車這些文明世界的東西都一件件出現了……他沒有回答這個問題，卻說，我們碰到的麻煩其實都跟茶有關，而大清國朝廷這樣難纏，遲早歸根結底是需要改變的。

他對這個話題孜孜不倦，不止一次跟我提起，記得他說，可誰來改變他們呢？他們多半聽不進你們的話，霍布斯，洛克，盧梭的著作也未必能深入大清國子民的靈魂，我看能讓東方的心靈發生共鳴的東西還要另外找……東方與西方畢竟不同，可是誰說不能發生奇蹟，如果能超越這所有的不同，該是多麼美妙。湯瑪斯說，你看，他說到底是一個充滿了理想主義念頭的人——

可是，如果你問德米特里我們是在哪裡認識的，他多半會說是在錫蘭。沒錯，那是一個非常堂而皇之的說法，因為那確實可以算是他事業的一個頂峰，屬於他少數可以公布於眾的歷史。他跟隨俄羅斯皇太子尼古拉的亞速紀念號，從奧地利港口里亞斯特出發經過希臘，與皇儲表弟希臘王子喬治一起經過埃及的亞歷山大港，途徑蘇伊士運河，經亞丁灣駛往印度。他陪著皇太子一行在印度內地觀光，從孟買到阿格拉，拉合爾，阿姆利則，瓦拉納西，加爾各答，再回孟買，然後從印度南部的馬德拉斯抵達錫蘭的科倫坡——每個城市的名字都琅琅上口，如果你要問每個地方的樣貌，他也都能津津樂道，尤其會提到在錫蘭，是我安排了王子一行參觀茶園。這一趟，我與他再見面已經是老朋友，好像之前所有的相遇都是為了成就這一趟的皇家體面。那次可謂賓主盡歡，最後非常圓滿地送他們上路，繼續宏偉的東方之旅，接下來他們應該去了新加坡和巴達維亞，然後經過曼谷，香港，就北上南京，你知道他們在去日本之前還來了漢口，那也許是他第一次來漢口，之後不知有沒有再回來過。湯瑪斯說到這裡，看了米夏一眼。米夏臉上終於出現凝神細聽的表情，此時順口回答，這比我到漢口早了十幾年。

湯瑪斯點點頭，接著道，不過，據我知道，後來整個日本的行程，德米特里都參與其中，應該是一直跟隨皇太子返回到符拉迪沃斯托克。我想他自己的確被東方的風土人情吸引。不過，當年我聽說皇太子在京都附近的大津遇刺的消息，還是大吃一驚，替我的這位朋友捏了一把汗——維護皇太子的安全應該就是他的職責，安全程序上出了這樣的大簍子，不知是否會被問責——但聽說皇太子的心情沒有被影響，總算有驚無險，接下來的行程在友好的氣氛中完成……這可以說是相當成功的日俄外交，我也琢磨過中間是誰起了作用。

米夏疑惑道，你說你們總在意想不到的地方碰見，難道還在別的地方又遇見過？

沒錯。湯瑪斯點頭，也許米夏的反應讓他滿意，因為年輕人臉上又出現因為好奇而出現的神采，這讓他覺得自己正做著正確的事——必要時推年輕人一把，讓他感覺到這個世界的廣大和可能。拋開門戶之見，這是他一貫引以為傲的手法，此時更加願意推心置腹，在不無得意中又開口道，我跟德米特里——我們之前見過不只一次。我們在烏茲別克見過，更早前，在敖德薩也碰過面。他的確是個有意思的人，簡直無處不在。但是，說到底，這也不算是太過出奇，那時的英俄正處於一場大博弈之中，那些地方，都是我們感興趣想要研究的。

米夏咦了一聲，湯瑪斯點上隻菸斗，徐徐吐出煙圈，似乎也沒打定主意，不過好像被自己的回憶吸引，露出意味深長的表情。他想了想，對米夏說，你覺得德米特里會介意我把他的私事告訴你嗎？

他這話問得頑皮，米夏終於漾起笑意，露出這個年紀的年輕孩子該有的喜形於色的神情，似乎被他們上一輩的特殊交情打動——或者可以說是友情——他沒有開口回答，但是擺出洗耳恭聽的姿態。

湯瑪斯嘴角勾起笑意，說，當年，他在黑海大港敖德薩有位情人，是名猶太女子，人相當聰明。敖德薩在那時是黑海上的繁華商埠，從海上駛近的時候，逐漸靠近港口沿岸華屋廣廈，讓人覺得彷彿正在接近某種夢想的真相，心中會有震撼，如同被撥動心弦，那是相當迷人的感覺——事實上許多港口會讓人有這樣的印象。

他說得這般詩意，讓米夏揚起眉來，仔細聽他繼續講下去——那些城市建築接近地中海風格，受希臘，義大利，法國風格的影響，華麗鋪張，是十八世紀末俄羅斯女皇凱瑟琳大帝的手筆。她有個宏偉的希臘計劃，一心要解決近東問題，抱著要在俄土奧之間建立一個基督教國家的宏願，設想與哈布斯堡王朝瓜分奧斯曼帝國在歐洲和非洲的領土，重新建立以君士坦丁堡為中心的希臘君主制的國家，雖然計劃並沒有得償所願，但俄羅斯在俄土戰爭中最終得到了黑海的控制權，結果在黑海沿岸的一個堡壘前哨創建了這座新城——還給很多地名更換了希臘的名字，包括敖德薩。為吸引新居民而頒布移民政策，保證宗教自由同時提供經濟發展的機會，的確吸引了各式各樣的人，俄國人，韃靼人，希臘人，猶太人，波蘭人，義大利人，德國人，法國人——可以說一百個人有一百種不同的生活方式，所以這是一座多麼複雜而有趣的城市。

米夏不由神往道，道，所以那也是一座貿易海港？

湯瑪斯點頭說，那是黑海的穀物糧倉，港口熙來攘往都是運糧船。

米夏下意識望向窗外，道，跟漢口不一樣。

湯瑪斯嘆道，敖德薩與現在的漢口也不能說全無類似之處，但兩個城市各有各的問題，在漢口，租界建立的秩序與當地原生社會注定有不可調解的矛盾——這你也應該同意罷，所以我從來也沒有輕信過我們在這裡建立的秩序會是永恆的。只是……他緩緩吐出口氣，道，這也不代表彼此沒有盡力在做應該做的——我們都覺得自己盡了力，可是照樣矛盾百出，險象環生啊……他想了想，花了些時間才釐清思路，回到適才的話題，接著說：

敖德薩也一樣，表面看上去融合的世俗生活其實並非真正具備強大包容的胸懷，那種被標榜出來的多民族的和諧之下，總讓人覺得蠢蠢欲動的變化遲早要來。就拿猶太人來說，他們保持著自己的宗教習俗，表面上融入到了俄羅斯的世俗文化中，說著流利的俄文，那些富裕的家庭也充分享受著中產的舒適生活，在一樣的學校接受教育，之後面對一樣的人生機會，可是他們始終面臨宗教和種族的偏見，在世紀末尤其明顯，也許是因為這世界漸漸呈現老態，不再能夠給年輕人提供一樣的機會了——

我沒記錯的話，那時的敖德薩還新頒布了有關限制猶太學生入學人數的規定——德米特里不知道是如何跟他的情人相識的，但是他們之間當然存在著鴻溝，但他顯然願意為她做任何事——企圖跨越那樣的障礙。他這樣的人願意向人露出軟肋的時候，還是相當可愛的。我跟他有幾次正面的交鋒——我在敖德薩當然不是為了觀光——呵呵，那已經是久遠過去的往事，所以開誠布公與你說也無妨。我在當地當然是有任務的，無非是要了解一切與俄羅斯有關的風向與動靜。這樣一來我就偶然看到了俄羅斯帝國繁榮昌盛下的暗流洶湧——也就是所謂的地下的世界，有意思的是敖德薩居然同時存在著兩個平行的地下世界——

最初吸引我的是實際存在的地下世界——那些暗藏在城市表面下由暗道和溶洞組成的不法者的樂園。據我的嚮導解釋，在敖德薩任何一所院子，找一口井，幾乎一定能在井壁找到一條通往某處的暗道，也許直接通往某位著名走私者的巢穴，或者是流浪者的棲身之所。這些暗道，有些得於敖德薩的天然地貌，有些則被刻意挖掘，形成一個龍蛇雜處的祕界，隱藏著各種你想像得到或想像不到的不法勾當，當然這也是最好的培育革命者的溫床——這才是德米特里出現在那裡的原因。

我們就是在那幽深曲折的洞穴暗道巧遇，在這樣的地方碰見熟人真是意外。我們如同在專心致志各自狩獵的獸，互相打量窺視，小心保持著彼此的距離，但我們很明白誰也不比誰更高尚——也許這就是我們後來能一直和平共處的道德共識。只是，我身處的危險顯然比他的大，因為那畢竟是俄國人的地盤，如果我沒有猜錯他的身分，他完全有理由以間諜罪將我逮捕，可是他一直沒有動手，還把自己的弱點暴露在我的面前。

這個地下的城的中心在Moldavanka一帶，那附近有一所德國人開設的學校，叫做聖保羅教會學校。後來，我才明白德米特里會在那一帶出沒的原因，因為他情人的弟弟在那所學校求學。那個時候，他們正在想辦法把那男孩子送離敖德薩。一方面覺得猶太人在那兒的出路受到限制，另一方面是他顯然受到革命思想的影響，成為沙皇祕密警察的目標。原來在敖德薩，與這真實地下世界並存的，還另有一個更加險象環生的地下世界——那是一個屬於革命者和革命煽動者的更加熱烈的世界。俄國職業革命家托洛斯基當時正在聖保羅教會學校，那時他用的名字是勃朗斯坦。他深諳煽動的技巧，非常擅長在中立的或左右搖擺不定的動搖派心中點燃一把火——那男孩家裡不想惹麻煩，他的姐姐要德米特里想辦法把他送走，但是我想她當然也很清楚德米特里根本就是沙皇的祕密警察這件事。

他們想讓他坐英國的船走，我也許是剛好在合適的時間出現的人。我不清楚這最初是德米特里，還是他的情人的主意。當我在敖德薩那些地下的暗道穿行的時候，德米特里好像無處不在，我看到的應該也是他在觀察的，所謂革命的端倪顯示的蛛絲馬跡是他這樣的人不會錯過的。即便革命還沒有發生，你在那樣的地方穿行，就會發現那些關於世界和諧共處的神話其實已經被打破——這是敖德薩的問題，也是俄羅斯的問題，最後歸根結底會是我們所有人的問題——也許我們都想到了這一點，所以，當我們透過甬道晦暗的光線看到彼此的時候，都意識到自己的敵人也許並不是對方，然而要贏得無論如何都會發生的戰爭，我們可能需要對方，或者至少是利用對方。他說到這裡笑了，彷彿被自己的坦白感動，然後繼續說下去：

也許德米特里特意計劃了與我在叫作Fanconi的咖啡館的偶遇。咖啡館在時髦的街區，靠近歌劇院和豪華的酒店，街道兩邊的建築是在城市全盛時期平地而起，一門心思收集建築史上的那些華麗元素，裝飾著古典主義的廊柱和巴洛克式的浮雕。他似乎是要提醒我，他並非只出沒於城市的陰暗處，在陽光下也可以如魚得水般生活。當時的咖啡館裡鮮少女子，所以在高談闊論的男士之間，他與他女伴那一桌相當醒目，我看見他也覺得相當欣喜，因為人確實是會有勞累的時候，成天在陰暗的地道裡出沒，我也受夠了。

我清楚記得當時的情形，德米特里在喝當地用黑麥麵包發酵釀製的啤酒，這種就叫作格瓦斯Kvass，淺琥珀色，呈雲霧狀，彷彿沉澱著蜜糖；侍者給他的女伴送上裝在高腳玻璃杯中水果口味的冰，並不時殷勤詢問是不是需要再添加不同的口味。女伴在服飾上花了心思，顯然平時關心著歐洲的時尚潮流，德米特里時時湊近與她低頭交談，有時手攬在她腰上，不介意給人留下他們關係非同一般的印象。他在適當時候抬頭與我視線交會，然後露出驚喜，站起來，舉手打招呼，好像與我一早約好在那裡見面。我於是穿過一張張小桌子，走過去，咖啡館裡的猶太男士都穿著及膝的黑色禮服，杯盞偶爾碰撞發出幾點清脆的聲響，這讓我覺得自己穿梭在正常的生活裡，不由想要左右顧盼，也就在此時我承認像德米特里這般不顧麻煩，留下感情牽絆，也許真的是有益處的。於是，我放鬆下來，點了咖啡——對，在那個地方我喝咖啡，不喝茶，然後與他們交談，如同真正的朋友。聊的大約都是些不著邊際的小事，可是居然能帶來這麼大的歡愉。

德米特里願意介紹我與他的情人認識，甚至刻意挑起話題，讓我們在言談中找到一點屬於常人之間的共鳴，起初我不明白他的用意，但是，過了兩天，我便恍然大悟。我先是被幾名祕密警察跟蹤，之後那位女子便緊跟著找上門來，非常坦白地表示她要與我做一樁交易，也表示承認手法拙劣，即便如此，她還是堂而皇之提出交換條件，要求我在第二天離開的貨船上替他弟弟弄個艙位，將他帶離敖德薩，要不然離不開敖德薩的將有兩個人。她說到這裡居然笑了，而且笑顏如花，彷彿那根本不是威脅的話，而我們也根本是無話不談的老朋友，甚至互相託付生死。

我當然提醒她，她該找的應該是那位看上去是她情人的男人，想必是他安排祕密警察跟蹤，那當然也有能力替他弟弟在那些警察面前開脫——只是千萬別推託，告訴我他沒有辦法。那女子卻回答，留下來，不管是在祕密警察的監獄之內，還是之外，甚至是遼遠的西伯利亞，他最後都會墮入革命的圈套，只有離開才能遠離革命。然後她說——這些日子，我都在觀察你，我覺得這是他最好的機會——當然，德米特里也不會讓你一無所獲地離開。

於是，我就這樣跟他做了一個聽上去不合邏輯的交易，當然我也並非一無所獲地離開。

這一回合，可以說我們誰也沒有欠誰。他情人的弟弟跟著我們的船離開了革命前夜的敖德薩，先在羅馬停留，然後去了瑞士，後來再到英國的時候也找過我，我最後一次見到德米特里的時候，據說那位弟弟已經走在學者的道路上，而後回到敖德薩，成了猶太復國主義的忠實擁護者。

德米特里後來沒有再提起過他那個敖德薩的情人，卻始終關心著她的弟弟，也許說明他在某種層面是個負責的人，但他肯定不是專情的人，因為我見到過他別的情人，至少在烏茲別克的薩馬爾罕，有這樣的女人。

其實我與他常常遇見也不出奇，我們一直走在類似的道路上，雖然是西方人，一腳踏上東方土地，就回不去了，我們未必受歡迎，因為歸根結底我們還是要服務於自己的國家，可也未必成為被仇恨的對象，因為我們確實也想為這片地方做些什麼，所以不論如何，我們都還在一廂情願地要在東方與西方的空隙間另闢蹊徑。

像烏茲別克那一帶的土地，其實也比較接近我與他之間存在的問題的核心，畢竟中亞是大不列顛與俄羅斯在那些年之間所有問題的根源。那一年，我喬裝成俄國人，從阿富汗進入烏茲別克，事實上，那是我名義上的個人假期，並沒有準備後勤支援。那可能真的是一輩子只會走一次的途徑，看到許多不可描述的風景。比如在阿富汗沙塵永遠那麼嚴重的地方，居然能看到世界上最漂亮的自然景觀——幾百萬株野生鬱金香長滿了面前草原每一個角落，各種顏色的花朵從你身邊一直延綿到天邊，那簡直是可以改變人生觀的景像——唉，這也沒說錯，至少我的行程被這些花朵改變了。當地人會生一個小火堆，把花掐去，將球莖丟進火裡，等烤均勻了就是食物，味道有點苦。我吃了那球莖，引起胃部的反應，勉強到了撒瑪爾罕，便一病不起，因此欠下德米特里一個人情——是他那位中亞的情人照顧了我康復，不能不說有些狼狽。

可是，這一趟走的算是值得。有人說撒馬爾罕是阿拉的夢幻之城，我經過長途拔涉，翻越了堆積著皚皚白雪的藍色山峰，穿過那些美不可方物的花的原野，走在那些朝聖者走過的路上，遇見一些可以真正被稱為勇士的當地人，而在撒馬爾罕，景觀截然不同，我見到那些集聚人力營建的壯觀建築，一切都讓人著迷。我原本的任務和目的是要留心著區域內俄羅斯人的動向，努力去了解那些沒有被了解過的事實，碰到了德米特里也算是個收穫，我們交換信息，各取所需，也算是事半功倍。

如此這般，我們屢次在世界不可能的地方相遇，注定了我們之間的交情越來越非同一般。所以，後來，我們在印度相遇的時候，我就不能不幫他一把了……說到這裡，湯瑪斯哂然一笑，眼光穿過敞開的長窗，好像落在天空所有雲朵之上，彷彿回憶變作了神話，而他自己是神話的締造者，這讓他對世上一切不由都不慌不忙起來，接著敘述，道，其實錫蘭的那一次，我們是一同從波斯過去的。當時我跟一名皇家海軍中尉在一起，中尉的打獵假期剛剛結束，正要打道回府——德米特里自己就迎頭撞上來了，裝作英國人在波斯遊蕩的俄國人想不引起注意也難，幸虧他遇見的是我們這一組人。據他自己解釋，他是要去孟買與皇太子一行會合，正擔心趕不及。我算了算行程，乾脆約他同行——哈哈，這也許打亂了他的陣腳，不過至少沒有出亂子——結果我們到了孟買，尼古拉一行去內陸旅行還沒回來，我便與他動身去錫蘭等候大隊人馬，順便安排在錫蘭給太子一行接風，也算是一舉數得。你看，我們選擇與常人不同的路，經歷一場場冒險，得到意想不到的結果——能夠不按常理出牌，這本身不不正是走這樣一條路的魅力嗎？

湯瑪斯停停講講，眼看一個下午就要過去。米夏彷彿囫圇吞棗吞下了一本別人的歷史書。他試圖看著湯瑪斯的眼睛，也有意圖想探究他的話是否真實，也許他只是杜撰了幾段歷史，想要借用神話的體裁打動米夏，說服他留在原來的道路上。米夏來不及咀嚼那些傳奇，但是聽到的話語滑入身體，變作自身的一部分，也許有些話語會生根發芽，那也由不得他了。

湯瑪斯這時看了看表，米夏以為他要送客，可湯姆斯卻擺手讓他跟著自己走到隔壁，那間圖書室布置得像倫敦西區的紳士會所，收藏著屬於湯瑪斯那遙遠彷如前世的過去，他的這部分歷史的大門大概只會帶他篩選過的人來推開共賞。米夏進去便看見四壁都是貼牆的書架，填滿了圖書，只是中間空了兩層，都堆在一張桌上，另一張桌邊一個小工正擺上全套英式茶具，然後拿著托盤躬身退了出去。湯瑪斯說，既然說到錫蘭，我們不如喝一喝錫蘭的紅茶，畢竟跟你們運去俄羅斯的茶不太一樣。

米夏欠身一笑，心中感慨，分別在即，自己也終於成了這英國人的座上賓；他正襟坐定，覺得自己對與茶的知識比他淵博，他這些年喝過的各種茶要說一說也可以說上一個下午，而且故事中的人此時一念想起，心中刺痛，他視線落在那一堆書上，湯瑪斯瞧了他一眼，似乎改變主意，走到旁邊豎直立著的一個旅行皮箱，兩邊拉開，原來裡邊是個袖珍的酒吧，一應俱全。湯瑪斯倒了兩杯威士忌，走回來坐下，將一杯推到他跟前，指了指那堆書，說，有位澳大利亞人，是《泰晤士報》的駐京記者，專門收集有關亞洲和中國題材的西文書籍，收藏已經相當可觀，只要是有關中國問題的，不管是圖書，還是雜誌，或者小冊子，地圖，畫片，甚至是北京外交官員宴客的菜單也收。他看中了我這裡的一些書籍，提了幾次要我相讓，之前我不願意，但是此刻我覺得這些身外之物不妨讓給更合適的人——而且，此地也許並不是我的久留之地。

米夏咦了一聲，想一想，到底覺得無味，不知說什麼好，因為他自己也將要離開，他下意識引頸望向窗外，看滔滔的長江水，和水上來往的舟船，同時聽見湯瑪斯說，他收藏的這些圖書什麼文字的都有，英，法，俄，德，意，荷蘭文，拉丁文，西班牙，葡萄牙，希伯來語，土耳其語，威爾士，匈牙利，還有瑞典，丹麥，挪威，波蘭，芬蘭——多麼有趣，你看這個世界都想要多瞭解這個國家，這個國家也終究會發現瞭解這個世界的重要，不過瞭解是多麼困難，要付出許多代價。

米夏問，收藏的那些書，那個澳大利亞人都看過？

湯瑪斯嗐了一聲，說，那怎麼可能？這個澳大利亞人叫著莫理循，他純粹是為收藏而收藏，《馬可波羅遊記》他就收藏了幾十種，包括一四八五年最初的拉丁版……據說他新近辭去了《泰晤士報》的工作，接受了袁世凱的政治顧問的職務——我看他會後悔的，他這個顧問的角色多半是個擺設，哪及《泰晤士報》的工作多姿多彩。北京有這樣的說法，各國不過是在北京設裡了公使館，只有《泰晤士報》派駐了大使……哈哈，他至此是要賦閒了。

米夏沒有碰那杯酒，給自己倒了茶，加糖，加奶，疑惑問，為什麼會做袁世凱的顧問？

湯瑪斯道，他是中華民國的大總統。

米夏一愣，問道，總統不是孫文嗎？

湯瑪斯回答，沒錯，一月的時候，孫文就職中華民國的臨時總統，但是現在他已經去辭，將職位讓給了袁世凱。

米夏啊了一聲，可是倒也不覺得太驚奇。他與湯瑪斯四目相顧，彼此眼神中有些惺惺相惜，可是同時也意識到他們都被困在一座陌生的島嶼上了，彼此敷衍著，多半是因為覺得孤單，因為本來的家園是這般遙遠，可是他們誰也不能示弱，不能承認他們在此地的存在是沒有意義的。

湯瑪斯將目光徐徐移開，淡淡說下去道，職位不過是個稱謂，常常被人高估——要我說，職位既是榮耀，也是包袱。孫文看重的倒未必是名號。革命發生的時候，他在國外。去年十一月他從紐約抵達倫敦和巴黎，曾經遊說四國銀行停止給清廷借貸，轉為革命政府貸款，提出革命勝利後給英美在華若干有限權利，可是遭到了拒絕——一個國家要支持另一個國家的革命？這是沒法擺到台面上的，按照外交慣例，我們當然應該維持中立。可是要支持革命也不是全然無路可走，而是要看怎麼走——他說這話的時候，意味深長看了米夏一眼，米夏捕捉到他眼神中出其不意的犀利，心中驟然一驚，分明覺得他有所指，卻不知道是什麼。

湯瑪斯的目光閃了閃，接著說，這孫文是個職業革命家，深諳發動群眾的妙處，也很懂得利用宣傳的工具。

湯瑪斯卻收起了鋒芒，輕鬆地說，聽說現在孫文打算去修鐵路，盛宣懷做不到的，他能做到嗎？修鐵路是實業，比起革命來更不容易。他說到這裡自己彷彿也被那幽默打動，笑了一笑，繼續說，我的一位朋友，是澳大利亞的記者，就是威廉·端納，他在革命之後採訪過這位臨時大總統，孫文當時鋪開一張大地圖，同時大筆一揮，不顧地理上的阻隔，從南到北，由西向東，將他心目中的鐵路填滿了他心目中的河山，還天真地以為他畫了這些線條，就可以籌得外國資本，在五年或者十年內建成他的鐵路。他的政治理念若也是如此天真，中國的這場革命可就麻煩了。

米夏看他一眼，道，英國人關心中國的革命無非是站在商人的角度，關心的恐怕是這個市場。

湯瑪斯擺擺手，道，沒錯，我們當然關心這個市場，革命之後會帶來更多貿易的可能，然而我覺得更重要的是我們可以有機會讓更多的傳教士來這個國度傳播福音。這個國家的人對我們完全不了解。所以讓這個人口眾多的國家了解我們信仰的基石，是必要的，往後這個世界會有機會肩並肩站在一起。

米夏冷笑了一聲，反問，你是說並肩而立，四海之內皆兄弟？

湯瑪斯微露疑惑，問，怎麼，你不同意我說的？

米夏說，中國人不會接受西方人的宗教的，如果他們要接受一種儒家之外的思想，那也會是另外一種……新的——宗教。

哦？湯瑪斯看著他，臉上露出意外，且不掩飾，他伸出手，展開手掌似乎要詮釋什麼，卻又放開，道，在這個國家，有人主張自由主義，有人想走議會道路，還有人堅持法制，或者鍾愛美國的聯邦制，我覺得這都能帶這個國家走出黑暗。你覺得像孫文這樣的革命者最後會選擇什麼樣的道路？

米夏誠實地搖頭，說，我不知道。

湯瑪斯道，那我們就走著瞧。

這時，他站起來，走到桌子的另一邊，拍拍米夏的背，讓他跟自己走到窗前，滾滾長江在眼前廣闊的視野之中有一貫的澎湃之勢，江上舢舨起伏，江邊則有幾艘大船在卸貨裝貨——這讓他已經習以為常的景色還是與往日一模一樣，如同什麼也沒有發生過。米夏突然心中一陣刺痛，脫口而出道，我不屬於這裡。然後，他哽咽，說不下去，也許他想說的是，他與春蘭都不屬於這裡——他被這極度的落寞席捲，他想起自己一個人橫渡長江的那個夜晚，他幾乎駕馭不了那舢舨，覺得自己就要被生之世界拋棄了——他的確又被拋棄了，身軀繼續生長，可是靈魂卻已經枯萎了一半。

湯瑪斯像沒有注意到他的失態，迎著窗外的光線，像沐浴在神的光芒之中，此刻的他看上去對一切心滿意足，心中沒有疑惑，他開口說，你知道嗎，在古典時代，希臘人都是造船的能手，他們也看重貿易，但是讓他們真正偉大的是他們懂得思考，思想才是最後留下來的東西。

米夏覺得那言語像一陣風，撲面而來，靈魂似乎應該被它吹動，但是風過之後，他還站在這裡，湯瑪斯的聲音繼續在耳邊響起，你不應該只是一個商人，你該回去了，你有你應該做的事。我不知道德米特里對你具體有什麼樣的安排，可是我覺得你應該在他身邊，他需要你。

米夏覺得自己被湯瑪斯推了出去——對於被拋棄，他這些年已經習慣了。他覺得自己處於水與火之間，身軀好像不屬於自己，有的部分將要燃燒，有的部分卻已經冷卻冰凍——湯瑪斯說得對，他需要昇華，找到堂堂正正生存下去的理由。

湯瑪斯似乎要安慰他，說，把武昌的不幸忘了吧。

米夏不知道應該如何做到他所說的遺忘，過了好一會兒，他說，革命勝利了……不知該用什麼語氣給這句話結尾。

湯瑪斯側一側身，看著年輕人藍灰色眼中一抹祈求的光，覺得自己也許應該傾囊作出回答；誰知米夏接下去道，勝利了，可是，之後要怎樣向那些無辜受到傷害的人交代呢？

湯瑪斯哦了一聲，視線緩緩移開，落到窗外比長江流水更遠的地方，他似乎自言自語，道，我年輕的時候，也想過這個問題，那時以為到了我現在這樣的年紀，就會有一個答案了。

第五章
質疑年代

北京1989-莫斯科1960S-上海1935-莫斯科1935-
北京-1926-斯德哥爾摩1956-紐約1996-
香港1997-桂林1941

北京，一九八九

那是費烈第一次去北京，北國臘月天寒地凍。他們到的那天下了大雪。

席德寧興致很好，第二天一早帶著費烈踏雪去看舊時皇城，先到景山前街和北長街路口的筒子河畔，隔河正是紫禁城西北的角樓。河水清澈映照出澄明天空，舊時王權的精心設計在水中勾勒出清晰的線條，但看分明了也知道鏡花水月的區別，寂靜中眼前無法否認的是純粹的建築之美，小小一座角樓竟然就有一種平地而起的曠世的壯觀。費烈靠著護城河的欄杆，默默隔河遠眺，目光一直收不回來，好像心潮起伏，過了許久才說，我從來沒有看過這樣的景色。

席德寧說，這裡有許多景色是你不曾見過的。

費烈不好意思，道，我以為在書上已經讀到過，但是親眼看見還是不一樣。

席德寧往前指一指，說，那宮牆後頭就是宮殿，以前有人覺得那裡頭就是天堂，可實際上裡頭的人也不過是住在人間，而且沒有行動的自由。凡人把自己放在神的位置終歸要付出代價，可人們總是熱衷於做這樣的事——想要把自己的位置抬高，樂此不疲。

費烈一怔，看著席德寧的眼神有些複雜，席老苦笑道，我知道，我們難免都會犯一樣的錯，略微看得清楚一些，就自大，對這個世界就指手畫腳——我也一樣。等下我帶你去見一位老先生，他比任何人都更有指指點點的資格，可是他現在大約已經超越了這樣的境界。我們且去拜會拜會，比起他來，我們的段數都差遠了。

席德寧的口氣帶著感慨，費烈點一點頭，也不問要見的是誰，覺得到時自然知道分曉。可是，他還是沉浸在景色帶來的震撼當中，忍不住喃喃道，多少歷史藏在那裡面了。

席德寧失笑道，你這孩子，恐怕是被書裡的那些故事迷住了吧。然後點頭說，是的，輝煌的，悲壯的，正大光明的，陰暗血腥的，不管是不是你想面對的，真的假的，都已經有人寫過了。

費烈遲疑道，以前的歷史寫在那裡，也不過是拿來翻一翻，看一看，事不關己；可如果自己曾經身臨其境，明明知道紀錄下來的有誤，那可要怎麼面對？

席德寧瞅他一眼。一陣北風席地卷過，他於是伸手過去把費烈的帽子拉一拉，好戴得更嚴實一些，然後問，你還在想這幾個月發生的事？

費烈囁嚅著，似乎拿不定主意，到底要怎麼表達自己的困惑。

席德寧說，這世界風浪多了，如果沒有被大浪吞沒，總得繼續走下去，有時對於真假也顧不得那麼多了。

他們沿著紫禁城的護城河緩步向前，與其是為了自己看風景，席德寧恐怕更想把風景呈現在費烈眼前。他們一路踏雪，身後留下幾串長長的腳印，走著走著，偏離了皇城城牆，拐進了附近的胡同裡。席老對這一帶倒是熟悉，指指點點，說這兒是南池子，那兒北池子，哪個方向是午門和東華門，如數家珍，說著說著有些興奮，好像是到了他的場子。

那天是週末，又鄰近元旦，胡同裡早起的孩子們不畏寒，已經忙不迭出來玩耍，穿著厚厚的棉衣棉褲，在晨起的單車與行人之間自顧自打雪仗，滾雪球。費烈為了給一個滾著大雪球飛奔而來的男孩讓道，退到路旁，腳下一滑，結結實實撞到旁邊一扇大門外頭的石鼓上，摔在了地上。剛才他貪玩，脫了手套抓了一把雪捏了個小冰球，手在地上撐了一下，似乎扭了手腕，不知扎到了什麼，擦破了皮，一眼看去，一手掌的血，疼得直呲牙。肇事的男孩子也被嚇住了，早忘了自己那個大雪球，回身拍著一扇黑漆的大門，氣急敗壞朝裡面嚷嚷起來，裡邊只聽見啊呀一聲，趕緊地跑出來的是位老太太，看樣子是男孩的祖母，身上扎著件圍裙，手還在上頭擦著，伸手照那男孩兒後腦勺輕拍一下，一面數落著那男孩兒，一面一個箭步扶住費烈，嘴裡一疊聲道歉，嘴裡哎喲喲地問摔著哪兒了，一壁連聲說，進屋來，趕緊進屋來，讓我瞧瞧，我幫您把傷口清一下，還有，這手腕可別崴了。

費烈動了動手腕，已經沒有了那尖銳的疼痛，自覺不妨事，更不想鬧出這樣的大陣仗，臉先紅了，可一隻手臂被那老太太緊緊拽著脫不了身，推遲不得，回頭看席德寧，他卻像在旁邊看熱鬧，此時才回神點點頭道，要不進去看看，傷口處理一下也好。

老太太的熱情得到鼓勵，這下更是非請他們進門不可。那大門外面看著氣派，裡邊卻是個大雜院，住了好幾戶人家，院子中間擠擠挨挨堆著各等雜物，其中蜂窩煤占了許多空間。費烈起先不知道那壘在一起黑乎乎的東西是什麼，進了廂房，看見裡邊生的火爐子，才明白那是生火用的煤。那房間原本是四合院的廂房，此時成了這一家的臥室兼起坐間，吃飯的桌子擺在正中間，上頭有盆水仙，花沒開，葉子也還沒竄高，但翠生生的，芽尖站得筆直，打算就此按部就班地生長，看著一團喜氣。費烈坐下，老太太搬出酒精紗布消毒水，火辣辣地替他抹乾淨了，原來不過是擦破了層皮，他手腕轉動也沒有覺得有大的妨礙。

老太太也鬆了口氣，然後上下打量他們的形容穿著，問，你們是外面來的？然後遲疑道，這個時候，從外面來北京的人不多吧？

屋子裡的收音機開著，一曲民歌之後，播音員正開始氣正腔圓播報著天氣，應付著歲月中一成不變的流水之帳，老太太的口氣卻刺破了那日常的氛圍，使得費烈極快地瞥了席德寧一眼，然後看那老人神情，她雙眼也正炯炯打量他們一眼，重新低頭處理傷口，但一時間盡在不言中。

一會兒，席德寧說，是冷清了一些，但該來的不是還得來。

老太太嘆口氣說，該來的來，該走的走，日子該過的還得過下去，是這個理。我們家沒啥影響，這話當然說得容易。

那肇事的男孩子一直倚在門邊，眼睛骨溜溜看著他們，此時插嘴，說，我們隔壁院的強子他哥……

老太太的眼神一暗，朝那孩子揮揮手，說，你出去玩去吧！剛才滾的雪球別堵在路中央了，再讓人摔了，我這兒要開醫務室了。

孩子應聲跑了出去，老太太似乎感慨，道，小娃子這會兒記得，等時間久了，大家都不念叨了，誰還記得清嗎？她有意無意地看了那收音機一眼，收音機裡此時正將剛才那一曲民歌再進行下去，唱的是一派花好月圓。

老太太用紗布替費烈包了傷口，要沏茶留他們再坐坐，席德寧看了看時間，起身道謝告辭。

走到外頭的時候，也不見剛才那男孩子，隱隱隔壁院子有孩子嘻鬧的聲音，風將地上的雪捲起來又橫掃出去，適才那個大雪球早塌了一大半，還在路中間，不過應該很快會被新的積雪蓋住，看不出蹤跡。席老說，我們該去拜會那位老朋友了。然後似乎不經意提到，說，我第一次見他的時候，他還住在這一帶，跟人合住一個四合院。住四合院的感覺好像是住在人間。

費烈對他的形容有些訝然，問，那他現在住在哪裡？

席德寧笑笑，說，他現在住木樨地，他住的那幢樓住過許多名人，他自己也是個了不得的人物，他是位學者，早期留學美國德國，也在莫斯科學習過，他研究經濟學，難得在情報界也有非常微妙的口碑，許多人都賣他一個面子，卻絕對不提其中淵源。

費烈心中一動，道，聽上去跟紐約那個人很像。

席德寧不言語，費烈本想說跟你也像，但後半句話嚥了下去。

他們在風雪中到達，大樓立在長安街畔，一式兩幢，在滿天飛雪中像一堵灰牆，看上去四平八穩，是在實心實意學蘇聯的年代中建造的，結構簡單中有種迫人的巍峨，上樓的樓梯非常寬，樓底也高，拾級而上，腳步踩下去有回響。

費烈才剛敲了兩下門，門就開了。一位清瘦的老人已經在等候他們，席德寧恭敬地稱呼一聲先生。

老先生上下打量他，說，好久不見。然後笑著問，怎麼，聽說現在人家都稱呼你席老了？明明還年輕嘛！

席德寧有些不好意思，說，不過是個稱謂，小孩子們叫著玩，不過在您面前，我怎麼敢以老自居，您還是叫我名字——德寧就可以。

老先生笑一笑，眼光落在費烈身上，問，這是你的學生？

費烈正好奇打量房間的陳設，家具都是簡單實用的版本，樸實無華，還釘著編號的小鐵牌，似乎是登記在冊的非私人物品。他好奇四顧，目光與老人相撞，覺得不好意思，老先生卻溫和地點了點頭。

席德寧替他回答，費烈要學語言學，不過對歷史有興趣，也算是我的學生。

老先生招呼他們進書房坐，書房陳設一樣很樸素，一屋子都是書，屋子中間有張書桌，擱了三把椅子，老人坐一邊，背後就是那一牆書架，這顯然是他固定的座位，方便隨時回身從書架上找書；席德寧跟費烈在另一邊坐下，這倒像是正而八經要辦公議事似的。

老先生坐下就對費烈說，你是研究語言學的？你們想要打聽的這個人在語言上倒是特別有天分。

費烈見他說話這樣開門見山，吃了一驚，拿不準如何應答，遲疑中望向席德寧。

席德寧本也沒有想到他一開口就直奔正題，便也乾脆直接問老先生道，這個人如今是不是在紐約？

老先生道，我知道你想打聽這人的事，但我跟她不熟。我們見面已經是很早之前的事了——她的種種我並不那麼清楚，恐怕要讓你失望。

席德寧不以為然，口氣頗有把握，說，我託人問您，連名字都沒有提，您就立刻知道我說的是誰，若說一概不知，恐怕不能讓人信服吧。

老先生不置可否，兩手放在椅子的扶手上，肩膀輕鬆地下垂，神色坦然，口氣開誠布公道，名字有什麼重要，名字是可以換的——我是擔心自己弄錯了，也許我們說的根本不是同一個人……他想了想，又道，我跟她只是偶有交集，不了解的事不好隨便說。

桌上已經沏了茶，用的是普通的白瓷帶蓋茶杯，杯身描著一幅山巒重重的風景圖。老先生請他們喝茶，席德寧慢條斯理端起茶杯看畫品了口茶，道，好茶，是碧螺春？

老先生說，是碧螺春，開春他們送了來，擱到現在才想起喝。

席德寧順著他的口氣說，多事之秋，哪還顧得上品茶。

老先生沒有接話，茶也喝了一口就放在了桌上。

席德寧也將茶杯放下，道，您知道我為什麼會找您？是肖恩建議的……他緩緩吐出那個名字，留意老先生的反應。

老先生倒沒有絲毫驚訝的神情，臉上有種說起老朋友的由衷歡喜，問道，肖恩？他這些年還在香港？還是當他的記者？

席德寧不緊不慢道，對，他離不開香港了，人還是那樣，最喜歡在記者會見朋友，逢人就講一九四三年香港記者會在重慶成立的種種，把自己當成元老，最愛說那幾年跟著記者會輾轉顛簸的往事。

老先生點頭笑道，那真還是老樣子。

席德寧便自然而然接下去說，不過，他從來不跟人提一九四四那年他從昆明跑了趟印度那段經歷——先生您正好也是在那時從昆明去了印度吧？

老先生哦了一聲，既不承認也不否認，臉上笑容有些漫不經心，好像沒有把聽到的話掛在心上。

席德寧索性把話挑明，道，有一位美國的傳記作家在收集您的資料，對那年的事很感興趣，找過肖恩。肖恩很驚訝，不知這位作者是怎麼知道自己也在那班從昆明飛印度的英軍服務處的軍機上的——所以肖恩請我跑個腿，跟您通個氣，有些往事如果您自己不提，他自然也不會先說。

老先生哈哈笑了，說，肖恩這隻老狐狸，是他教你如此這般來跟我說的？想讓我賣他一個面子？可是，他自己到底欠了你什麼人情，倒拿我的事來賣乖。我的事沒有什麼好隱瞞的，那年桂林召開蘇聯十月革命紀念大會，我請了英國駐兩廣領事班以安到會，報告英國反法西斯主義運動，重慶那邊知道了，很不高興，要逮捕我。我只好借英國人的飛機飛去加爾各答，避一避風頭。既然到了那裡，英國情報部在新德里有遠東情報分局，我剛好打算留一陣，總得有點事做，就幫他們編寫了些新聞材料和廣播講稿，也沒什麼特別值得提起的。我已經在自傳裡把這些故事說過一遍了。

他說得滴水不漏，說完看了看費烈，問席德寧道，你想找那個人，不會是這位小朋友想找她切磋語言學吧？

席德寧聽了一笑，知道他已經肯鬆口，瞧了一眼費烈，費烈連忙回答道，如果有機會，我當然想向她請教，聽說她不費吹灰之力就可以掌握一門新的語言，能做到這樣的不止她一人，可是每個人都有一套不同的學習體系，我希望能與她談談——而且，如何運用這種能力更是我關心的——何況……她的能力不止於此吧。費烈望一眼席德寧，欲言又止，覺得自己的話語空泛無力。

席德寧臉上沒有什麼表情，費烈不安地嗯了一聲，稍微欠一欠身，便沒有繼續說下去。老先生再次打量費烈，眼眸一閃，似乎心中一動。

席德寧見狀便道，這孩子自己很有想法，往後還要請先生多多指點。沒等老先生回應，他接著說，不是我得寸進尺，盡想著向您提要求。孩子們若是心裡有抱負，我們這些老人能做的還不是把這些年輕人往前推一把，送一程？

老先生不以為然道，我已經說過了，你自稱老人還是嫌早了吧。

席德寧於是緊接著他的話說，在您面前，我當然是後輩，也指望長輩的提攜。

老先生臉上的笑容雖然沒有隱去，可是口氣到底還是有些保留，甚至帶著絲揶揄道，肖恩也算得上是你的長輩？也許你更應該多向他請教。

席德寧明白他的意思，也知道自己必然得把與肖恩的關係和盤托出，於是誠實道，肖恩與家父一早的淵源您是知道的，我們家搬到香港之後，他這個人一直在我們的生活之中。有些事，我父親的確會請教他。

老先生哦了一聲，拿起自己的那杯茶，不喝，也不放下，等著席德寧說下去。

席德寧看了費烈一眼，這故事當然也是說給他聽的，往事即便沉寂多年，總有掀開蓋子的那一刻——他的手在椅子扶手上彷彿無意識地輕輕拍著，眼瞼低垂，沉吟了半晌，好像在尋找開啟時光之門的那個合適的鎖孔，緩緩開口道，五十年代，我父親經常出席一些世界性的大會。一九五七年他去了莫斯科的世界青年大會，後來一九五九年在維也納的青年大會他也參加了，跟大會成員國的代表有些交往，所以那幾年他也去了幾次蘇聯，可以說經常跟蘇聯人打交道，在蘇聯也算是受歡迎的客人。既然來往莫斯科，他也會順便幫人辦點事，也包括肖恩。

席德寧說到這裡停下來，問，潘科夫斯基這個人您想必聽說過？

老先生怔一怔，但精神一凜，顯然覺得意外，他看了一眼費烈，見他臉上露出茫然神色，便說，你恐怕要先跟他講一講潘科夫斯基是誰。

席德寧一笑，說，不如先生給他補補課？

老先生居然沒有推辭，道，講講也可以，其實三言兩語就說完了——這潘科夫斯基是蘇聯人，不過他得到美國政府的很高的評價，被稱為最偉大的間諜，但是由此而知，對於蘇聯來說，他當然是犯下了叛國罪。他在一九六二年被逮捕，處決，當時正當古巴導彈危機爆發。蘇聯與古巴在六月簽署了部署蘇聯導彈的祕密協議；十月二十二日，甘迺迪在電視上宣布對古巴進行封鎖，下令對一切正運往古巴的進攻性武器進行海上隔離，並且要求蘇聯在聯合過監督下撤走所有進攻性武器。潘科夫斯基就在同一天被捕。據說那之前，他為西方傳遞了上千份文件的膠片，他提供的情報使蘇聯處於被動。美蘇之間當時核戰千均一發，但是畢竟在最後關頭達成協議，雙方退讓，這個潘科夫斯基應該是起到了一些作用，但世界局勢環環相扣，任何小細節都會牽動大局。總之，對整個世界來說，免於一場可能的核戰爭，非常僥倖。

老先生說到這裡停下來，等費烈提問。費烈遲疑一下，說，我有點好奇，您還記得當年這裡的報紙是怎麼報導這事件的嗎？

老先生一愣，呵呵笑了，意味深長看一眼席德寧，回答說，這我倒記得。當時國內外形勢複雜，危機消除之後，這裡的報紙一面倒批判赫魯雪夫先硬後軟，《人民日報》發表了一篇毛澤東的社論《保衛古巴革命》，對這「明智的妥協」表示了極度的蔑視，指出赫魯雪夫在戰略上犯了投降主義的錯誤。

費烈哦了一聲，不解道，難道不應該妥協嗎？避免付出戰爭的代價不是最好的結果？

老先生就事論事道，這些說法都是時代的產物。美蘇在加勒比海發生衝突的時候，中印邊界同時也有摩擦，這些都是冷戰中的大事件。赫魯雪夫奉行和平共處原則，對中印衝突的反應和政策也是一樣，主張用和平方法，用談判解決爭端。當然中印衝突不光涉及邊界問題，還被看作是兩個陣營的對峙。中國在那時希望印度以中國革命為榜樣——印度脫離英國殖民之後，是一個獨立的共和國，奉行民族主義，既不站在社會主義一邊，也不站在西方陣營——這中間地帶難免會被認為是兩個陣營的鬥爭的必爭之地，但蘇聯卻不認為中印邊界問題是國際範圍的階級鬥爭——總而言之，中蘇之間是有分歧的。

席德寧輕咳了一聲，補充道，一九五七年蘇聯人造衛星上天，美國的還沒有成功，赫魯雪夫對蘇聯的實力很有信心，覺得不用戰爭，依靠和平共處，體現自己制度的優越，靠談判桌就可以戰勝西方的制度。不過毛澤東的想法不同，他覺得既然力量強大，何必談，直接迎頭痛擊就行了。說到這裡，他停下來，慢條斯理喝了口茶道，一九五七莫斯科召開社會主義國家共產黨和工人黨代表大會，據說有人在一場即席演說中提到對核戰的看法，覺得為了最後的勝利，付出再大的犧牲也不足惜，即便失去一半的人口，還剩下了另一半……真有人會這麼說？

老先生眼角有一抹複雜的神情，微微瞇起眼睛，也許並不打算回答這個問題。費烈卻忍不住道，一國的領袖不可能說那樣的話……

老先生坐在椅子裡，靜默著，彷彿那椅子是他的起點和歸宿，所以沒有離開那裡的打算，但是片刻的沉默之後，他卻站起來，走到門邊，將燈的開關打開，這時他們才發現適才的光線太暗了一點，此刻屋子裡的暖光與窗外鋪天蓋地的大雪形成鮮明的對比，老人走回座位的時候拍了拍費烈的肩膀，說，他們這些孩子受的教育當然會讓他們難以接受某些觀點，人的生命要得到尊重嘛！不過，他們沒有經歷過革命，革命總是要流血的，往往無法控制流多少血，流誰的血。

費烈睜大眼睛，仰視老人走過來的樣子，臉上的表情使他看上去格外無辜和年少，老人的目光在他臉上定格了片刻，一老一少近距離彼此凝視，臉上都露出不同程度的驚訝，彷彿同時發現了對方的陌生世界，倉促間簡直不知如何邁出腳下的步子——老先生猶豫了片刻，終於還是朝少年點了點頭，可是費烈卻不明白那代表的是同意還是同情。

席德寧亦抬頭仰視著老人，注意到那老少情緒的細微變化，以年齡來說，他本來該起著橋梁的作用，可這會兒，他打算撒手不管，因為一時不能確定自己該保持的態度。老先生的神色早已恢復平靜，好像那些對前塵的感喟如風般悄然吹拂而逝，有時只能選擇不讓往事留下痕跡。老人手扶著桌沿慢慢坐下。老先生打算言歸正傳，問席德寧道，你父親在五六十年代公開的身分是記者吧？他用這個身分出席了一些世界會議，大約也是用這個身分去莫斯科的？他是在莫斯科見到潘科夫斯基？

席德寧明白這是到了自己交代前因後果的時候——他總得先表達一點誠意，於是一口承認，說，是的，他是在莫斯科遇見潘科夫斯基的。然而要從頭說起，還是得低頭想一想，才道，我父親是自由攝影記者，五六十年代幫《泰晤士報》拍攝過一些題材——當然，他是用化名發表《泰晤士報》那些照片的。當年，他履歷上都是一些左翼報紙的名字，甚至還用過新華社的名頭——大概正因為這樣，申請去莫斯科的簽證才比較方便——我父親第一次遇見潘科夫斯基純屬巧合。

說到這裡，席德寧似乎感覺到老先生眼鋒，抬眼看見的是他似笑非笑意味深長的眼神，自己不由也哂然一笑，說，純屬巧合當然是託辭——怎麼可能？他們那樣的人做事說話當然都是深謀遠慮的。

席德寧頓一頓接下去，道，那時候，潘科夫斯基還沒有跟西方建立起他希望的那種關係，不過他心中有太多失望，對核戰的危險也的確憂心忡忡，而手上有太多材料想要與人分享，可以說是迫不及待。雖然苦於找不到合適的途徑，不過他鐵了心要做這件事，不放過任何投石問路的機會。他在一九六零年曾冒險接觸過兩位在莫斯科的美國留學生，企圖通過他們向美國使館投遞信件，而CIA收到了信件，卻由於種種原因猶豫沒有與他立即取得聯繫，在官方的說法中，他在近一年後才與英國情報部門接上頭，利用帶貿易團去倫敦考察的機會，終於成功安排了與英美官員的會面。

老先生喔了一聲，臉上的笑容被嚴肅神情代替，注意聽著他說的每一個字。

可席德寧的語氣甚為平淡，費烈覺得他像那舊時代的說書先生，即便說到英雄奈何時運不濟，也要用波瀾不驚的口氣，好掩飾自己心中其實存在著一把丈量尺度的尺子，不過因為說的是他自己的父親，聽那口氣到底還是流露出了幾分唏噓無奈。席德寧嘆口氣，接著說，在等待美國人回覆的這段時間中，潘科夫斯基當然也沒有閒著，他想必一直在想辦法——美國人沒有回音，他就想通過英國人來達成自己的目的。那位後來成為他聯絡人的英國商人並不是他第一次跟英國人接觸——至少他找過我父親——潘科夫斯基隸屬蘇聯軍事情報機構，他主動接近我父親，當然也是做過觀察甚至調查。

老先生輕咳了一聲，席德寧等他開口，老先生便問，你覺得那邊後來還留了你父親的卷宗？

席德寧咦了一聲，臉上憂色一閃而過。

費烈聽不懂他們在說什麼，目光逡巡在兩人臉上，席德寧倒是鎮定下來，回答，按說半個多世紀前的卷宗應該是不存在了，但是這種事誰能確定？當初說了要毀去的檔案悄悄在某處留了一個備分，我看很像他們的作法——為了要立於不敗之地，什麼都要留一手，你說對不對？

老人皺了皺眉，看了費烈一眼，席德寧趕緊說，我說本來就沒打算瞞著他，今天他正好學一些歷史。然後，語氣遲疑，道，只是先生您老……若覺得不方便，有些話，我們可以省略過……

老先生擺擺手，道，我的事沒有不能說的。

席德寧連忙道，那是自然。

費烈則不由自主坐正了身子，他從小容易被歷史小說中的戲劇性吸引，更遑論是眼前真實的人生，窗外幕天的大雪遮蓋了現世，他只覺得大幕正要緩緩打開，他與那些傳奇只有一步之遙，差一點他便也可以登上舞台，嚴冬中額角竟然潮潮地起了一層薄汗。

席德寧語氣卻甚為平常，道，潘科夫斯基一開始注意到我父親應該是因為查到當時他在替《泰晤士報》工作，而且大概覺得他的東方人的臉孔不引人注意，有讓人意想不到的方便。我父親的名片上印著香港《大公報》的名號，不過替《泰晤士報》提供一些稿件，這並不難查到，只是他卻未必知道我父親其實與肖恩他們的情報部門也有瓜葛。然後他看著老先生，徐徐道，至於後來，蘇聯人有沒有意識到我父親在更早的時候其實曾經是他們之中的一員，這就耐人尋味了，只可惜真相無法印證了。

老先生微微皺眉，沉吟道，你父親見到潘科夫斯基是在六零年下半年？

席德寧欠身，他們第一次見面確實是在六零年底左右——那年十二月劉少奇訪問蘇聯，家父作為《大公報》記者身分去採訪。

費烈突然開口問，蘇聯在六零年七月撤走了所有在中國援助的蘇聯專家，中蘇關係不是破裂了嗎？卻還有外交訪問這樣的事？

老先生點頭，耐人尋味看了費烈一眼，回答道，蘇聯撤走專家，兩國關係緊張，不過，在一九六零年，雙方還在互相試探，離破裂還有一段距離，那時《大公報》應該還在一廂情願歌頌中蘇間的友好吧。

席德寧則側身對他的學生笑道，學歷史不能只看幾個年分，歷史不是光憑幾個大事件下結論的。國家與國家關係複雜，更不能將某個單一的事件當作是起因和結果。

費烈顯得不好意思，老人一笑置之，道，年輕人對歷史感興趣已經很難得了。然後問席德寧道，你父親那次去蘇聯，難不成肖恩也曾托他挾帶私貨？

席德寧道，那次倒沒有，他只答應了替《泰晤士報》拍一些照片，之後會轉道飛往倫敦，想必是因此引起了潘科夫斯基的注意。

老先生點點頭，喝了口茶。

席德寧又道，也可能是因為我父親參觀了當時幾所蘇聯工廠，潘科夫斯基隸屬國家安全委員會，又在國家科學技術委員會掛職，掌握和調查來訪者的資料是他的工作範疇。他與我父親說的話應該與他幾個月前接觸那兩個美國留學生說的大同小異，只是這一次他希望我父親可以帶信到倫敦的美國大使館。

老先生又喔了一聲，注意聽著，席德寧接著道，我父親收了信，但是告訴他不敢保證能不能將信送到，不過倒是給他提了個醒——建議他何不找找英國人試試看，英國人重視的事，美國人自然也會關注。

費烈立刻恍然大悟般說，所以他後來找了那個叫作Wynn的英國商人當中間人？

席德寧笑著搖頭道，他本來心中就應該已經有了計較，用不著我父親替他出主意。不過我父親到了倫敦，當然首先將自己的遭遇知會了肖恩。

費烈好奇問，然後呢？

席德寧道，然後，這件事就沒了下文，直到一九六二年，也就是潘科夫斯基被捕前不久，肖恩又來找我父親，事關緊急，要他馬上跑一趟莫斯科。父親猶豫了一個晚上，第二天還是去了機場，他幾天後就匆匆回來，跟我說他後悔跑了這一趟，他說蘇聯出了冷戰中最大的間諜，他本來跟這事毫無關係，但是自己撞上去，可能把自己的老底也兜給了人家，還不知道是兜給了誰——原本想太太平平過日子，恐怕是不能夠了。席德寧說到這裡停下來，像努力回憶著久置在時光中的那些塵封的細節，那伺伏在幽微角落中陳腐的空氣彷彿從被推開的暗門一湧而出，帶著過去那些陰森之氣，讓人背脊驟然一涼。

席德寧說，十一月分的天氣不熱，我卻記得父親說這話的時候，頻頻擦著額角。我清楚知道，對他來說過去一直是禁忌，提也不能提——他在年輕時曾服務於蘇聯的機構，後來脫離，神不知鬼不覺地在英國人手下過了這麼多年悠閒的日子，這一切對於他過去的組織可能難以交代。他跑這一趟很有可能撞見了故人，暴露了自己的底牌——只不過當時我還頗不以為然，覺得這又能怎麼樣，他來來去去蘇聯都那麼多年了，要出事早出了……說到這裡，席德寧露出苦笑。

然後，他接下去說，當時我不知道他話中所謂冷戰中最大的間諜是誰，後來新聞報導鋪天蓋地出爐，才知道潘科夫斯基這個人……席德寧停下來，斟詞酌句，再開口說，連肖恩也不知道在莫斯科究竟發生了什麼。他讓我父親跑一趟是因為潘科夫斯基突然失聯，我父親最早曾經幫此人牽過線，上面向肖恩借人去莫斯科也許只是為了有備無患——因為我父親是少數與潘科夫斯基有過接觸的人，在這個案子上愈少牽涉新人當然越好。肖恩說他並不清楚我父親在莫斯科具體有什麼計畫。我後來看新聞史料，在十一月初，家父剛到莫斯科的時候，英美方面的情報人員正好接到潘科夫斯基重新聯絡的暗號，已經作出決定，派人去約定的地點收取情報，但不幸那是個陷阱，聯絡人剛一行動就被捕，證明了潘科夫斯基也早已經被控制。可是我父親在莫斯科究竟碰到了什麼，這至今對我來說仍是一個謎。

老先生問，你父親是在香港出事的？

席德寧點頭，說，是的，他回來幾天後出了車禍——車禍這種事，誰也說不準是怎麼發生的，只好說是運氣不好。只是……

嗯？此時，老先生與費烈的目光一直停留在席德寧的臉上，席德寧的右手探入外套的口袋，手伸出來的時候，掌心躺著一枚扣子，老人與費烈的目光自然都落在了那枚黃銅色的老扣子上，而席德寧卻緊盯著老先生的表情，一面將手掌緩緩傾斜，扣子噗一聲掉出來，在平滑的桌面如一個舞者般側身旋轉，找到某個精準的弧度慢慢站穩。老人似乎刻意不抬頭，所以不用接觸到席德寧的目光，可是席德寧卻不依不饒，問，不知先生您認得這枚扣子嗎？

費烈因為緊張將身子湊近，老人示意他可以將它拿起。費烈知道那扣子長什麼樣——正面刻有五星及鐮刀斧頭，背面有一行俄文的小字。他以探詢的目光看向老人，老先生不說話也不抬頭，一動不動若有所思看著那小小一枚扣子，眼中有絲篤定，似乎不用細看就知道那扣子長什麼樣，只是始終也不伸出手去。費烈不由自主捏著那扣子，舉到眼前，逆光相視，他覺得這扣子彷彿長了眼睛，逼視著自己，這整個屋子好像也被淩空架起置於某種凝視之下，他心中微微興奮，卻又忐忑，有種說不清的期待。

席德寧說，您不是問過我，我自己是怎麼跟俄國人開始有瓜葛的？我現在可以告訴您，那關係不是我父親替我建立起來的，而是有人自己找上門來——父親過世後，有人送來一件東西，說是我父親失落在莫斯科——就是這枚扣子。我要到現在，才慢慢明白這枚扣子多有意思……席德寧說到這裡，突然打住，欲言又止，然後簡單道，因為這扣子，如今又有人找上門來，他們再一次出現的時候時機不錯，我總算已經明白了一些事——有些互利的關係可以商量，有些往事可以不追究，但有些因果卻還是須得講明白……

老先生仍舊皺著眉，抬頭問，他們是最近來找你的？

席德寧點頭，從費烈手中接過那枚扣子，拿在手裡像拿著一枚入場券。

老先生眼光沒有離開過那枚扣子，這時問，肖恩知道麼？

席德寧說，他知道，這一次，人還是他引過來的。

這時，老先生才有些動容，道，他這樣相信你。我明白了，難怪他會讓你來找我。

席德寧立刻欠身，抱一抱拳，擺個姿勢，說了聲得罪，可是嘴上卻緊追不捨，道，當年，我父親與肖恩認識，是您牽的線。您也一直清楚我父親的過去，所以，我少不得要問一句，這樣的扣子，您可見過？

老先生眼瞼驀然抬起，眼神與席德寧瞬間接觸，他像沒有經過深思熟慮就回答，這扣子看上去像是紅軍制服的扣子。席德寧耐心等著他說下去，而老人卻開始權衡，過了半晌才嘆氣道，沒錯，也許我知道誰手上可能有這樣的扣子。

席德寧鬆了口氣，追問，那您呢？您手上有這樣的扣子嗎？話出口，立刻意識到自己唐突了。

老先生想也沒有想就回答，我當然沒有這個東西。然後他看著席德寧的眼睛，道，即便有，像這樣的東西還是應該盡早毀去比較好，就像你說的，有些過去是不值得留戀的。

席德寧輕鬆地回答道，每個人的情況不同，甲之靈藥，乙之砒霜，也許沒有什麼事是可以一概論之的。

老先生嗯了一聲，神情看似輕鬆，可是卻像在自己與這個世界前設置了一座堡壘，他如今年事已高，如果要適度地保護自己當然在情理之中。費烈微微覺得歉意，但是席德寧卻沒有半分不好意思，當然也沒有告辭的打算。

老先生再開口，嗓音有些低沉，他說，你們是想知道她手上有沒有這樣一枚扣子？沒錯，我的確看到過這樣的扣子，但不是從她那兒看到的——她手上也許也有，不過我也無從知曉——你們，為什麼非要打聽她的過去不可？

席德寧看了費烈一眼，嘆口氣，道，因為這孩子有想不通的問題。

哦？老人微微揚眉，席德寧說下去，道，我不是說孩子們有抱負，是好事，我們該幫著點？只是有抱負，心中就不免會堆積疑問——比如愛看歷史——難免就關心時事……想得多了，可又想不清楚，想不清楚，就容易失望。他們自己的人生還是一張白紙，所以未必能瞭解那些深層的黑暗。

老人對他的咬文嚼字有點不耐煩，打斷他的話說，若是如此，就是你這個老師沒有盡職。

席德寧頹然朝後靠在椅背上，像要投降，說，我不能左右他該看什麼，不該看什麼，他長大的環境也沒什麼禁忌，看多了，自然產生些疑問，天真的孩子希望追求一個黑白分明的世界，什麼事都想分出一個對和錯，看不得暴力。一點風吹草動，就覺得世界要完了。

老人冷笑一聲，道，世界哪有那麼容易玩完的。席德寧附和道，我跟他說，過去的都已經是歷史，只要還在走下去，總是能找到希望的——您覺得我是在敷衍他嗎？

老人嗯了一聲。

席德寧道，希望這個東西太抽象，我要說服他，總得找一些理由。有些人有能力，如果能夠站在一起，也許可以扭轉局面，辦成一般人辦不到的事。我希望能把路走下去，走通，不想讓年輕人太早失望。

老先生聽到這裡，擺擺手，打斷他的話說，你這一番話雖然太牽強，可我也沒法反駁——你無非想找她辦事，要辦什麼事，她能不能起到作用——我一點把握也沒有……不過，我可以給你講幾件往事——她也許是你想找的人，也許不是……你可以自己推斷。

老先生看著費烈，遲遲不開口，若有說思，說，你跟著席德寧，他一開始就慫恿你把目標訂得這樣高？有些位置小心上去了，下不來。然後也不等他回答，像拉家常一般轉問，家裡還有什麼人？

費烈不提防他有這樣一問，正要開口，席德寧將手伸過去，拍了拍他的肩，道，這孩子家裡沒有別的人了，他只有我，所以我為他多花點心思是應該的……

老先生喔了一聲，目光變得柔和，彷彿被說服了。他看看杯子，說，茶淺了，我先添點水。

他起身離開，回來時身後跟著保姆，拿著一隻深紅底繪花的熱水瓶，替三人斟滿茶，然後輕手輕腳走了出去，將書房的門帶上。

老先生說，這樣吧，下不為例，我給你們講三段往事，講完，就到此為止——以後這些過去的事就不要再提了。不過，時間畢竟太過久遠，有些人名和細節我已經記不準確，也只好把這當作故事來講了——本來，歷史到後來無非是一場傳說而已。他又對費烈說，小朋友如果對提到的歷史背景不了解，也只好自己以後再補課——但記住——也不要被我們這些老人牽著鼻子走——你，自己去慢慢想，慢慢琢磨罷。

然後他便開始說故事。

第一段故事發生在一九三五年四月的上海，他是這樣說的：

我在那年四月從日本回到上海，我夫人稍後才到，我們分住在不同的友人家中。這樣費事是有些原因的。那時剛剛發生的那一起轟動一時的怪西人案，被捕的是遠東情報局的華爾頓。其實我與華爾頓本來約好了要在東京見一面的，可是因為他被捕，當然沒有見成，我回到上海後為了避免麻煩也不敢久留，打算立刻等船去蘇聯。當時上海各方面的情報網都很活躍，衝突也很厲害，我們不方便拋頭露面，幫著聯絡辦旅行護照的是史沫萊特，她是記者，認識許多上海政界和文化界的人士。有幾次史沫萊特不能出現，代替她聯絡的是一個中國女孩子——這就是她了——人很年輕，會說幾種語言，做事很仔細。有一次我要送東西到四川路的一家書局，原先的聯絡人出了問題，臨時找不到人，也是她幫著辦妥，沒有出過差錯。

那段時間，我住在法租界一位新西蘭友人家中，他那裡設有一個祕密電台，與海參崴的無線電中轉站建有聯繫。她到那裡也不光是為了替我聯絡，而是她本人的確也需要用那兒的電台，據說她定期與莫斯科通訊，但具體跟誰，我們都不清楚，也不方便問。

有一天深夜我睡不著，到天台去透透氣，結果看到她也在那裡，在那個時間還逗留此地，十有八九跟電台有關。她本來靠在一張竹椅子上，仰頭望著夜空，回頭見到我，有些驚訝。我們本該互相迴避，因為除了收遞東西，我們之間不應該有任何多餘的交集。不過人們有時在特定狀況下樂意違反一些既成規則，我也承認對她有好奇心。那夜的天台有種非常奇特的和諧氣氛，碰到了我那次逗留上海期間難遇的片刻安寧，一直緊繃的神經鬆了鬆——當然我也有心想摸摸她的底。

看得出她受過嚴格訓練，在細處相當謹慎，我們聊了一些無傷大雅的話題，然後我問她上次送書去四川路的書局有沒有碰到經理伊蓮・魏德邁夫人，她便說天台風涼，建議回屋子裡去。電台在閣樓上，但她在前面引路，帶我一徑走到樓下客廳。客廳有個落地大鐘，從坐下開始，她一直注意著時間。

不過她也有問必答，我發現她對四川路那間書局相當了解，那家書局是一家美國左翼出版機構的分支，不過前身其實是叫做時代精神的書店，是韋利孟森堡建立的共產國際出版辛迪加的地方前哨——書店舊址在蘇州河畔，她顯然是書店的常客，這倒讓我不好追問了，因為不清楚她到底向哪一級匯報，問得多了難免碰到敏感問題，雙方尷尬。

我聽到過她與史沫萊特用德文交談，於是自然而然問她是不是在德國待過，她立刻知道我這麼問的原因，於是話題便到了史沫萊特身上，她似乎對史沫萊特為什麼會對中國的革命產生這樣的熱忱有特別的興趣，當時上海租界有許多外國人士，都跟史沫萊特一樣滿懷熱情投身在他們相信的事業中。她的一個問題很有意思——她問他們這些人對別的國家的事真的全面地了解嗎。我倒覺得自己有資格回答，因為剛認識史沫萊特的時候，她因為不了解中國的政治經濟和社會情況常常找我聊天，所以她對中國看法的整個認知過程我還是有點瞭解的。

我自己對革命也充滿了熱忱，所以便將史沫萊特的背景從頭說起，談起她在加利福尼亞州支持印度民族運動的歷史，後來僑居柏林，繼續從事印度解放運動，在那個時候接觸到蘇聯的主張，後來去了莫斯科，在那段時間完成了自傳《大地的女兒》，然後以德國《法蘭克福日報》記者的身分到中國，一直積極做一些聯絡宣傳工作。在上海的租界有許多像她這樣的人，提到這是一股席捲世界革命的熱浪，我也許有些激動，覺得大家都是因為對世界大事的觀念相同而走到一起來的，當然彼此惺惺相惜。

可是當時她說了一句話，讓我印象深刻，大致意思是——理想的光芒當然是這樣的誘人，因為我們都想做更好的那個人。可是，路這樣長，一旦碰到疑慮，是要停下來反省，作出調整，還是要不顧一切地繼續走下去？

我聽了這樣的話當然非常錯愕，她連忙解釋說她並沒有特別指向何人何事，而是自己有一些困惑——每個人到最後要面對的都是自己。她遲疑一下，明知故問，道，你接下去就要去莫斯科了？

我點點頭，覺得她問得奇怪，她又說句更奇怪的話，她說，你去了，自然就會看到了。至於要看什麼，她沒有說。

我心中隱隱猜到她的意思，可下意識想要辯解，便跟她這樣說——你放心，我們的同志都是國際主義者，理想主義者，但絕對不是史達林主義者，誰也不會願意把自己當作某個當權者手中牟取私利的工具——這也是當時我的想法。

她回答說，誰的願望不是如此？

說到這裡，應該是到了發報或者接收的時間，她得回到閣樓的電台前去。想起那樣的夜晚，我常常覺得不可思議，我們在靜夜中睡去，但是城市的夜空有一張網，看不見的電波也許將決定時代的命運，我本應該覺得躊躇滿志，可是她的話讓我忍不住思考，同時又下意識要拒絕想得太多。

那之後，我又見過她一次——是她把我們去蘇聯的護照送過來，不過我們沒有機會再作交談。在我去蘇聯之前，她好像去了奉天，那邊有一架電台要換零件，天津沒有貨，只能從上海想辦法，除了小零件，她還要帶電子管和組裝整流器必須的變壓器——這不好隱藏，不知她是用什麼辦法帶過去的。她能講日文，我猜想她在那個時候去滿洲可能有別的任務——揣摩日本的遠東政策和對華意圖其實是當時情報工作重心的一大部分——沒錯，她當然是做情報的，不過她身上有比一般情報人員更多讓人琢磨不透的地方——這年輕的女子冷靜，有魄力，她能把所有交給她的事都做好，可是她不領導任何人，也不被上海任何一個小組領導。她不是外國人，但也不屬於本地組織的一員，這樣一來也許反而把她複雜的背景簡化了……

如果說到弱點，作為一個情報人員來說，她恐怕是想得太多，但這也是可貴的地方，或者她故意把這一面展現給我看，也許有她的用意，但也許是高估了我。

老先生講的第二段故事在莫斯科，那是一九三五年的夏天。

我們到了莫斯科，就明白她話中的「看到了」是什麼意思了。聯共布第十七次代表大會之後蘇聯清黨已經開始，那些持不同意見的人被當成是階級敵人和國際間諜。三四年底基洛夫在列寧格勒被暗殺後，肅反運動更是擴大，連我們也感覺到這股肅殺的空氣，令人不寒而慄，我認識的人中也有莫名其妙失蹤和自殺的。

我難免想到她說過的話，我想當時我們有些困惑是正常的。不過，那一次，我們住在莫斯科的旅館中，住房條件可以說很舒適。如果只看著眼前能看到的，就不會有太多焦慮，甚至還會有種充滿希望的感覺——在我們看到的那些宣傳品中，蘇聯正處在第二個五年計劃中，國民經濟正大大好轉，農民擺脫貧困，工人也沒有失業了——一切欣欣向榮，因此我們心中自然會為眼前的種種尋找理由，覺得是史達林一時的錯誤估計，而且對比我們自己的革命道路，覺得我們是不一樣的，對於一些顯而易見的錯誤，在今後誰會願意重蹈覆轍呢……當然，誰也沒有預測到未來會發生的事……

我們在莫斯科待了一年，快要走的時候，她突然來找我，說有一個老朋友想要會一面。見面的地方在高爾基公園的天文館，由她帶我前往。我記得公園的入口有個高塔，頂上飄著幾頂色彩鮮豔的降落傘，聽說遊客可以排隊體驗跳傘的經驗，但是那天天氣不好，滿天陰霾，跳傘的節目暫停了，而天文館裡也冷冷清清，沒有旁人，觀象的儀器倒是齊全，有日晷，渾天儀之類的，還有一個地球的模型。

我真沒有想到跟我見面的人竟然是康斯坦丁諾夫——我們早在一九二六年就認識，對，那個年分我記得很清楚。一九二六年，我在北京，李大釗介紹我跟蘇聯駐華大使加拉罕相識，他是當時使館的外交人員，所以有了些交往。也是那一年，我剛剛接觸《資本論》，開始了解馬克思主義的基礎理論，覺得自己對歷史有了新的認識，所以非常熱心地找人討論，他跟我分享了許多自己的經驗，讓我印象深刻。我們知無不談，他是俄國人，但居然也對儒家天下大同，人人為公的那些主張頗為熟悉，對於世界，我們有許多可以一同商榷的觀點，我們為彼此的默契興高采烈，熱切地討論理論和實踐的方法。他的社交圈很廣，能講中文，法文也流利，也經常出入一些像北京飯店那樣的社交場所，跟不同的人都有話題可談，很有點個人魅力。我想，跟人交際應該也是他工作的一部分，他與人相處之道和做事的方式有許多可以借鑑的地方。

就是在那段時間，李大釗問我願不願意為理想做些具體的地下工作，我便答應了。這次在莫斯科見到康斯坦丁諾夫，我當然很驚訝，也很高興，也恍然有些明白這個女子的神祕背景，因為康斯坦丁諾夫這個人也一樣，誰也說不清他是屬於哪一個編制的。

康斯坦丁諾夫見我的原因應該是我當時答應接受太平洋關係學會的邀請，為他們的季刊《太平洋事務》作編輯的職務。他跟我談了一些自己對國際局勢的觀點，無非是從蘇聯的角度出發看問題。《太平洋事務》的宗旨是從太平洋關係學會所有成員國的代言人那裡獲取稿件，我聽說過一些傳聞，譬如從日本與蘇聯那裡獲得稿件存在一定困難，因為蘇聯人不太願意提及他們的政策，也忌諱評判好壞。我剛接了新的工作，當然樂意聽聽蘇聯人的坦率看法，他的態度還是很開誠布公的，而且還提出對我今後工作的一些支持，他提到的一些人名和資源都很不尋常，對我的學術研究會有很大幫助，所以這次會面還是很愉快的。只不過，到最後，他的舉動卻有些不尋常——你說的這枚扣子，是他給我看的——跟你的應該一模一樣，我記得背後有琥珀的字樣。他的口氣很曖昧，說能拿這扣子的人都有一些特別的抱負，我也應該拿一枚算是一個紀念。我當然知道這扣子恐怕沒有那麼簡單——這分明是一個組織，沒有清楚背景之前，我當然不能貿然收這樣的東西——於是，我便推說心領了他的好意，扣子卻沒有收下來，但是保證會在今後互相協助合作。

會面結束，他帶我離開天文館，那女孩子在附近等候送我回旅館。我們穿過公園，往噴水池的方向走去，遠遠看見她站在池邊，旁邊還有一位青年。康斯坦丁諾夫見狀就遠遠停了下來，不急著走過去，頗為耐心地眺望著遠處的兩個年輕人。我一直留心打量著他，因此看到他眼中竟然有一種少見的慈祥，讓我驚訝不已。他沉默地看著他們，忽然深有感慨地說，世界是年輕人的，你看年輕多好，讓我們幫他們把世界變得更好才對。

那是個陰天。他的話有種非常動人的真誠，充滿了光明，是那樣誠懇，讓人有種想要兩肋插刀的豪情，讓我也覺得自己非要出些力氣不可，於是跟著說了幾句鏗鏘有力的話，好像承諾一般——看得出，他很滿意。

現在回想，這個中國女孩當然應該是屬於他直接領導，而且她的手上說不定就有一枚我見過的扣子——當然，這是我的猜測。

遠處的兩個年輕人背對著我們，他們面前那一池噴泉頗為壯觀，這一幕印象深刻，因為我遠遠看著總覺得他們說的話都沒入那嘩嘩的水聲當中去了。終於那女孩回頭看見我們，於是跟身邊的同伴說了幾句什麼，那青年便大踏步地離開了。康斯坦丁諾夫不忙著走過去，語氣輕鬆地問道，蘇菲亞去過上海，你們見過？對她的工作，你還滿意嗎？

我好奇地張望青年離開的方向，繼續說著場面上的話，道，她的工作相當出色。

康斯坦丁諾夫卻說，這些孩子們的主意都大得很，常常自說自話，日後如果她——若有打擾之處，請一定包涵指點。

沒錯，他用的是孩子這兩個字，也讓我驚異不已，只好繼續說，大家的目標是一致的，互相幫助是應該的。

他鼻音很重地嗯了一聲，然後像開玩笑一樣，望一望那青年正遠去的背影，道，有時候，他們不聽我的，可是誰捨得責備年輕人呢，他們看到的全是些美好的東西，對愛情都有美好的憧憬，誰年輕的時候不是這樣，你說是不是？

我順口說，他們倆想必是互有好感？你會祝福他們？

他的回答卻出乎意外，他說，蘇菲亞，我當她是自己的孩子，能幫她的，我都願意幫助她，可是愛情這種事，外人哪裡幫得上忙？她是個無畏的孩子，更讓我不知道該怎麼辦。

我心中一動，覺得這是個機會可以提出自己的疑問，便道，你覺得在眼前這樣的大環境下，自己能保護周圍的同志嗎？——比如她——他們，像他們這樣的孩子，會被牽連到眼下的那些麻煩中去嗎？

這句話是問錯了，因為我明顯感覺到他臉上慢慢升起一層陰霾，他說，我們都盡自己的努力罷了。不過，他想說的還沒完，這才言歸正傳，又問了一些上海的狀況，能夠說的，我當然知無不言。

他問完了，才對著遠處蘇菲亞略微地舉了舉手。

蘇菲亞這才慢慢迎著我們走近。康斯坦丁諾夫交代她帶我回去，同時打量她，好像隨意說，後面幾天的天氣應該很好，不妨跟朋友出莫斯科去逛逛。這在我看來也有些不尋常，這種關心好像超過了工作的範疇。我對她還是如一年前般充滿了好奇，下意識打量，女孩子看上去容光煥發，縱然在陰天，她的身上好像也有一團光芒，讓人有眼前一亮的感覺，可是她的喜悅彷彿只是飄浮在表面的空氣，有一種淡淡的哀愁從她身體深處某個地方徐徐地漏出來，拖泥帶水，變成沉重的負擔，讓她不能夠騰空飛起——我想她跟我提到過的那些困惑並沒有消失。

蘇菲亞與我走回旅館的時候想著心事，走了一半才跟我開口，顯然是工作的需要，她問了一些與《太平洋事務》有關的問題，然後問我去紐約敘職還會與誰合作，我覺得沒有必要瞞她，提了幾個名字，包括還在法國辦《救國時報》的饒漱石，還有冀朝鼎。然後，她問我知不知道《太平洋事務》的愛德華·卡特和拉鐵摩爾正在莫斯科。我說當然知道，他們倆來莫斯科是希望把蘇聯拉入太平洋關係學會這個廣泛的國際團體，把蘇聯本身已經存在的研究太平洋國際關係的機構與他們的學會建立聯繫，但是要說服蘇聯人不容易，因為蘇聯人堅持《太平洋事務》要有一定的立場。她好像心不在焉，說，蘇聯即便不直接參加，有你這樣了解他們的自己人擔任編輯，也是一樣的。

這像是說漏了嘴，讓我不好接話，她又說，所以這邊覺得不應該讓卡特和拉鐵摩爾知道你在莫斯科？於是我只好點頭，說，我的確不會跟拉鐵摩爾在這兒見面，不過我即刻就會去巴黎，在那邊與他們會合。

我的態度坦白，她便也輕鬆下來，閒聊了一些相關的軼事，記得她說愛德華卡特很有意思，他曾長期擔任基督教青年會駐印度的代表，同時掌握了跟英國人和印度民族主義者友好相處的訣竅，所以逢人就推銷他的信仰，覺得只要使意見對立的雙方同坐在一張桌旁，就一定可以找到一致接受的解決問題的辦法。

她問我覺得卡特的這個主張對不對。我怎麼能說不對呢？那個時候我覺得自己也還年輕，有的是時間，世界是可以被我們改變的，所有問題都是可以解決的。我們嫉惡如仇，相信自己代表的是新時代的新力量。挫折又算什麼呢？我們有堅不可摧的信心，也相信自己的公正，覺得自己不能因為一個事件把所有相關的一切妖魔化，因為年輕的我們覺得自己有大把認錯悔過的機會。

老先生講的第三段也是最後一個故事是在許多年之後，一九五六年斯德哥爾摩的世界和平大會期間。

我沒有想到會在斯德哥爾摩見到她。距離上一次見面，二十年過去，世界已經變得很不一樣。我們身處的世界好像真的被分割成了兩半，我們在一邊，西方國家在另一邊。世界和平理事會是蘇聯領導的國際統戰組織，成員當然是歐洲的共產黨和統戰的對象，會議通常會選一個在東西陣營間中立的國家舉行，所以瑞典首都斯德哥爾摩是最佳選擇之一。這樣的會議，中國總是派出高規格的代表團，在會議上一切聽老大哥的，給人兄弟團結的印象，雖然中蘇已經有分歧，但表面上看還處在蜜月期。

那幾年我出國外事訪問頻繁，生活好似一節停不下來的列車，不過忙碌好似天經地義，就像迫不及待採摘勝利的果實，而且下意識故意要忽略一些不和諧的音符——而且對於我們來說，終於走出去，能夠把這些年我們做到的告訴世界，同時繼續憧憬未來，怎麼說也是鼓舞人心的。就像會上有位以色列的代表提到的——在黎巴嫩與以色列的邊界有棵古老的無花果樹，每當果子成熟，兩邊的農民就坐下來，一邊吃果子，一邊友好地交談相處——雖然以色列與阿拉伯國家有衝突，但是人們歸根結底還是願意和平相處的——這是我們願意相信的——那次世界和平理事會的宗旨是討論裁軍和原子武器問題，我們參加的這些世界性的會議就是為了期待能為這個世界做些什麼，不管怎麼說，這都是一種美好的感覺。

那位以色列的代表有一天約我去斯德哥爾摩的老城走走。四月的斯德哥爾摩已經走出冬天，夜晚也來得越來越遲，我們在黃昏時分穿過老城，那個城市也跟威尼斯一樣是由無數小島和半島形成的城市。我們走過幾座石橋，在中世紀風格的巷弄裡轉來轉去，差點迷了路。天暗下去之後，老城顯得格外安靜，點點燈光倒是使人留戀，我也不急著回去，對周圍那些北日耳曼風格的老房子也很有些興趣，就一路打量一路走了下去，走著走著，那位以色列的朋友卻發現了一家書店，還沒打烊，亮著燈。

我們推門而入，裡邊光線暖洋洋的，一眼望去鋪天蓋地都是書籍，還有老地圖，老照片，幾本裝幀精美的書籍擺在門口當眼位置，靜靜躺在木盒子裡，細細一看，書是舊書，原來是間古董書店。店面不大，幾個架子按語言分類，英文，法文，瑞典文，俄文書籍尤其齊全，幾乎搜羅了自十八世紀起的全部俄文小說，除了小說之外，別的書又按歷史，地理，自然科學，藥理等等分門別類，一目了然。有一個架子搜羅了不同版本的聖經，前面櫃檯上有本古籍放在玻璃罩子下面，我好奇細看，那小書不知是什麼年代印刷的，是維吾爾文。我正端詳，身後響起一個聲音，道，這是《先知書》，是石印的版本。

我驀然回頭，身後站的赫然是她。我們上一次見面是在三十年代中的莫斯科，相隔二十年，我卻還是一眼認出她來，她微微一笑，好像我們是經常見面的老朋友，神態自然地說，這是小店主人的父親從新疆喀噶爾帶回來的。

我心中說不出的驚訝，回頭看，我那位以色列的朋友卻不知去了哪裡，而剛才站在櫃檯後面的店老闆模樣的中年人也不見了。這時，我反而釋然，既然是安排好的，我就會一會她罷。

她神情很輕鬆，道，去年，拉鐵摩爾在斯德哥爾摩的時候也來過這家小店，我聽他說起店主收藏的東西，覺得很有意思，因此就過來看一看。這兒有一些早年瑞典傳教士去了新疆之後寫的文獻，新疆在他的研究範疇之內，他感興趣的也包括這本石印的《先知書》——可惜你們沒有碰上，他邀請你在霍普金斯大學佩奇國際關係學院參加過新疆史地研究，如果你們能一起在這裡切磋切磋就好了。

她開口便提到拉鐵摩爾，我索性也直接問他的近況，因為我的確關心這位在《太平洋事務》共事過的朋友。那幾年在美國，拉鐵摩爾成為麥肯錫主義的靶心，被指控為蘇聯的間諜，被攻擊是叛國，以偽證罪被起訴，整個聽證程序持續了足足有五年，據說我的名字也在聽證會上以證據的形式被多次提及，他在《太平洋事務》任職期間的所作所為事無鉅細被放在放大鏡下檢查。

對於我的問題，她簡單地回答道，聯邦法官駁回了他的所有控罪，而陪審團也不喜歡因為政治立場進行判罪，法律最終站在了他的這邊。他去年在斯德哥爾摩講學的時候，在酒店接到美國司法部長的電話通知，告訴他說有的指控已經被撤銷，漫長的訴訟終於結束。

然後呢？我問。

然後？他在美國的學術生涯應該是告一個段落了，接下來他應該會留在歐洲繼續他的研究工作。她這樣回答，然後說，歸根結底，他畢竟還是一個學者，接下來，他至少可以繼續他作為學者的生涯。

真是沒有想到，真是沒有想到——同一句話我連說了幾遍，一時間我們都靜默下來，我也分不清我所說的「沒有想到」指的是什麼。

我們四目相對，她的目光澄明，我很好奇這些年她到底生活在什麼樣的環境裡，眼光中的那些溫暖和清澈是怎樣保留下來的；同時我也想知道她究竟對我有什麼樣的看法。周圍層層疊疊都是書籍，以致會讓人產生錯覺，彷彿任何問題都應該在其中的一本中找到答案，但是現實當然沒有這樣簡單。

我擔心她會問我對拉鐵摩爾事件的看法這種讓人為難的問題，或者盤問當年我們共事時的種種細節，可是她提起的卻是三十年代莫斯科的往事。她說，一九三五年我離開莫斯科的那段時間，拉鐵摩爾也曾在莫斯科停留，也許他也曾經旁聽過當時莫斯科法庭的某一場審訊。我明白她想說什麼——當一個人看過別人面對一個制度，遇到不公平的待遇的痛苦過程之後，自己也被放在類似的位置，但是得到不同的結果，那可以說是雙重的煎熬，不知道當事人會怎麼想——可是，我真的不知道應該說什麼才好。每一次見面，她總拋給我一些我無法解答的疑難困惑，這是高估我了。

她當然也問起會議的進程，顯然對和平理事會的章程有些了解。她意味深長提及六月將在巴黎召開的常委會，據說主要文件草案會提及這樣的話「國家局勢緩和一旦在國家內部生活造成新的條件，應該允許更多容忍和自由。」她的信息讓我心中咯噔一下，果然她接著問，你覺得中國會贊成這樣的措辭嗎？

我模稜兩可地敷衍回答，到目前為止，我們應該還沒有打算認同蘇聯對美國的緩和政策。蘇共二十大提出的所謂內部的解凍，我知道上面也是持有保留態度——畢竟，階級鬥爭是不可調和的嘛！資本主義國家不可能和平過渡到社會主義，資本主義內部怎麼可能有「容忍和自由」？

我記得我說完這番話，彼此都有些愕然，看著對方的眼睛想繼續探尋各自問題的答案，忘記了戒備，是她先歎一口氣，總結到，不願承認外部世界的容忍和自由，那就是說自己國內也不準備實行這樣的容忍和自由。我同樣無法回答，只覺得心驚肉跳。

然後，她推搪說自己也不過是憑空發表一些私人的看法，約略說了自己的經歷，說她很早就離開了莫斯科，後來回到上海，四九年之後，在香港停留了幾年，現在在紐約落腳——原來是這樣，難怪她會對拉鐵摩爾案的訴訟過程這樣熟悉。接著，她問起國內的現狀，也許那才是她找我見面的原因；對於國內發生的種種她顯然很關心——問起三反五反運動，從神情上看不出她是怎麼想的，我卻有點尷尬。當年的那些荒唐真是不足為外人道，然而，她算得上是外人嗎？她問的話很有技巧，應該是想要把握國內的政策和政治風向。她問我有沒有準備好要怎麼面對今後數年將會出現的各種局面——我裝作沒有聽懂她的話，因為我的確不太願意回答那樣的問題。

她沒有追問，不過跟我轉述了一段拉鐵摩爾說過的話，大意是通過他對中國儒家文化的了解，指出這傳統文化中流於教條和專制的一面，他當然也了解馬克思主義，所以歸納出他以為需要的一種警示——他認為假設教條主義傾向被專制傳統推波助瀾，後果也許會超過拜占庭，莫斯科或者慈禧朝代治下任何傷腦筋的歷史問題。她翻譯得有些拗口，好像有些不耐煩，乾脆將原話背了出來——China's old Confucianism was, whenever it had the power to be, dogmatic and authoritarian... Confucian rule has been shattered by Marxist rule, but if, at the same time, the dogmatic tendencies fuse with the authoritarian heritage of Confucianism, the worst excesses of Byzantium, Moscow, and the Empress Dowager could be exceeded——我瞪視著她，當然，我知道她能夠流利地用好幾種語言交流，她也知道我切換語境毫無問題，所以才會突然改用英文；只是我覺得有些刺耳，像忽然被提醒我們早已經生活在不同的語境之中了。

拉鐵摩爾有這麼說嗎？過了許久，我這樣回答，也不想掩飾自己心中的不以為然，覺得這位老朋友真是太自以為是了。

她回答說是，也明白我不願意再作深談，輕輕說：也許這只是他的一些小聰明。然而個人的智慧是抵擋不住時代排山倒海而來的大浪的啊。每一個人到最後都變成了時代的共謀者，誰也跑不掉，也擋不住歷史的進程。

她的語氣充滿了無奈，以至於我不知道如何回應，也許為了安慰我，她又說，對於個人來說，我們最後還是只好選擇相信人性中那光明的一面。我很同情拉鐵摩爾，參與這個時代的大事有時並非出自意願，也無關個人對政治的興趣和野心，可是人在時代中，往往身不由己，隨波逐流難免會有錯誤的判斷，遇到不公正也是難免。可是我們能怎麼辦呢？總不能就這樣放棄相信那些可能的光明吧。有時不知道繼續走下去是勇敢，還是虛偽。

我聽她這麼說的時候，深有同感，因為我們都是普通人，普通人都有脆弱的一面。

講完三段故事，老先生沉默著，席老和費烈以為他說完了，誰知他又開口說，身在其中，到最後也許只有重新找到能夠愛的理由，才是唯一的出路——他看費烈一眼，道，我像你這麼大的時候，心中也有無數的問題，我知道你在想什麼，慢慢你會明白的，歷史永遠不會停下來，我們個人的痛苦在這長河中不值一提，即便我們迷失了，這時間還是會浩浩蕩蕩流淌下去的。

費烈固執地說，我不明白，難道即便錯了，也要任由歷史繼續一瀉千里？

老先生愣了愣，說，孩子，歷史其實是大多數人縱容的結果，是對是錯，到最後作為個人都要承受。

可是……

老先生的聲音低下去，道，我們得願所償，同時咎由自取，而且世上永遠沒有回頭這回事，只有一路走下去，有的人願意當悲劇的紀念碑，有的人不……也許有時我們能做的，就是盡量把那些沒有意義的苦難變作有意義的犧牲。

費烈眼光一閃，望了席德寧一眼，知道以後不會再有機會，連忙多問一句，那之後你們就沒有再見過？

老人緩緩轉過去看著他，一雙眼睛裡看不到一點波瀾，他搖頭道，我們沒有再見過。一九五六年之後我就沒有再出過國了……說到這裡，老人怔怔想了想，忽然笑了，好像在一瞬間想通了什麼，放下了一切，如釋重負道，我不只一次回憶起跟她在斯德哥爾摩見面的情形，我一直在尋思——如果見面的是另外一位當年的戰友，比如史沫萊特，我們也許會擁抱，會相當雀躍——可是，跟她，卻沒有——到如今，我想承認也沒有關係——我對於她的確有些忌憚，她好像洞悉著什麼，明白那些明明存在，我們卻迴避不願承認的問題，也許就是你所說的深層的黑暗那一類東西。不過，明白也沒有用，就像她說的，個人的智慧在時代的浪潮前只是一滴水珠。

他沉思片刻，終於下結論，說，這一番回想，我覺得，也許，你們找她是找對了人。

聽到這裡，席德寧眼中一閃，站起來，恭恭敬敬說了一聲，謝謝先生。

費烈也起身，望向窗外，大團的雪花漫天飛撒，有花的形態和姿容，讓他這個南國出生的孩子滿心充溢著顛覆性的驚嘆，他很想撲到窗口去往下看，看清這輕若粉塵的雪是如何覆蓋整個世界的。老先生猜到他的想法，說，你去看看，雪下得愈發大了，路都要蓋住了罷？

費烈走到窗前，看下邊復興門外大街果然是白茫茫一片，簡直分不清這條大路從哪裡來又通往哪裡，可世界看上去反而分外寬廣。

他聽見席德寧在背後用試探的口氣問老人道，您說，像他這樣的人，最後會是怎麼想的？

費烈一時不知道席德寧話中的「他」指的是誰，待回過神來，老先生已經給出答案，道，像他那樣驕傲的人，對一切深思熟慮，不管是出了什麼差錯，到不會承認是自己看錯了，這等於指責他是騙子，傻瓜，或精神錯亂，甚至微不足道……他應該相信那是不得已的犧牲吧……

費烈咦了一聲。老人抬頭時正接觸到他的眼神，無辜中帶著蠢蠢欲動和不甘心。老人呆了呆，目光柔和下來，輕輕說，有的人一生都以為自己在追求一個更美好的未來，這樣的人可能沒有辦法接受一個崩塌敗壞的世界；但是有的人比較務實，早就看到了這樣的可能，你不要高估了個人的力量，活下去的代價有時就是受難……孩子，教訓就是你不能把世界交在幾個人的手上……

老人坐在椅子上，說完就搖了搖頭，闔上眼睛，彷彿閉目養神。

他們在風雪中離開那幢大樓。費烈回頭仰視，大樓的輪廓幾乎已經消失在黃昏的光線和漫天大雪中。席德寧站得太久，費烈想問他要尋找什麼，他卻輕輕搖了搖頭，彷彿感嘆，道，路在樓的另一邊，我們站在這兒本來就什麼也看不見。聽說牆的那一面還留下了一些刮破的傷痕……

北風陣陣，費烈縮了縮脖子，仰頭看飛撒而下的大片雪花，那舞蹈般的姿態如殉道者的絕唱。

車在等他們，頂上積了厚厚的一層雪。引擎發動的時候，費烈能感覺到頂層的雪無聲滑落，然後車輪會在白茫茫的大地上碾出長長的兩道軌跡，雪花很快就會將那痕跡無聲覆蓋了。

費烈下意識抹了一下眉毛，剛才沾上的那點雪花已經融化，指尖潮濕冰涼。那水跡慢慢乾了，他忍不住問，我們可要去找她？

席德寧看了看前面的後視鏡，目光在鏡子中跟司機的撞在了一起，司機一雙眼睛黑白分明，緩緩移開了視線，席德寧則望著前方的道路出了會神，輕輕搖了搖頭，說，我要仔細想一想。

費烈微微覺得失望。眉眼上沾的那點雪早沒了影子，可他不知怎麼覺得眼前人影幢幢，自己彷彿躲在幕後看一部影片的鏡頭，心中灼灼有股熱浪像泉的源頭，他等不及要踏入到劇本中去，雖然腳本根本還沒有寫好，可鏡頭已經開始轉動，把他們拉入到一個又一個場景中去。

他們住在專門接待外賓的北京飯店。席德寧約的人通常會在飯店門口等候一起入內，而這一位已經坐在大堂，神態自如地看一份報紙，他們進門的時候，大堂領班連忙走過去彎腰跟他低語了幾句，他便不慌不忙站起來，把報紙折好依舊拿在手裡，朝他們走過來。

席德寧預訂的是以傳統官辦菜餚出名的譚家廳，從老樓的大堂走過去花去了好幾分鐘。老樓是上個世紀初留下來的西式建築，大理石地面，立柱拱頂，往事隨風而逝，但事件發生的場所還若無其事顧盼自立著，讓人忍不住想要駐足；走到新樓部分，時空就悄悄作了置換，五十年代設計的大堂以接待外賓和國宴的需要選擇了中國傳統宮廷式風格，顯得金碧輝煌。

費烈在樓與樓的交接處，忽然呀了一聲，回了回頭，脫口而出，說，這就是是老先生先前提到的同一家北京飯店？

席德寧瞥了他一眼，嗯了一聲道，沒錯，這就是剛才提到過的北京飯店。

他們的客人不知前因後果，笑呵呵地接不了話，不過他本來健談，乘著走路的時間，將北京飯店的軼事揀了幾件講給費烈聽，用了好幾次歷史性的時刻這樣的詞，提了好幾位名人的名字。費烈心中已經架起一條緣起於上個世紀的時間軸線，他有禮貌地點著頭，始終覺得對方的故事彷彿民間傳說，恐怕有杜撰的成分，比不上他適才聽到的當事人的敘說精彩。

他們在餐廳坐下的時候，冷菜已經擺好了，三絲瓜卷，芥末鴨掌，桃仁冬菇，酒醉冬筍，五香魚，還有四小菜，客人一看就說，客氣了。

席德寧說，我們三個人也點不了太多，大家隨意。他報了幾個菜名——紫砂罐雙鮮，油浸鮮平魚，枸杞牛筋湯，鮮蘑燒扁豆。

客人連說已經太隆重了。

費烈對吃什麼沒有特別的興趣，心中好奇來人對席德寧的託付有沒有個交代，結果他果然沒讓人失望。他遞給席德寧一個牛皮紙的檔案袋。席德寧取出幾張照片，一張一張細看，然後把照片交給費烈。

費烈接過來，那照片上是幾個孩子——三個男孩，一個女孩。第一張照片還是小娃娃，不過五六歲光景，看穿著，其中一個男孩是本地人，不過臉上有股子傲然，另外三個一看就是在國外長大的孩子，看上去也是一臉倔強。前邊兩張照片上的人顯得有些拘束，年齡也小，到後面，孩子們顯然已經成長，照片的場景是那幾個著名的風景點，最後一張則是在一個四合院裡，幾個孩子圍在一處聊著什麼，可能不提防有照相機對過來，一抬頭就被抓拍了一張，可是看得出他們彼此間已經生成了某種親密無間，各自臉上的自大和拘謹都已經被歲月不經意地抹去了。

客人這時解釋說，這是何家的客人，三個孩子從八十年代初起，每年夏天來拜訪，跟何家的孩子吃住在一起。

席德寧瞧著費烈若沉吟著，費烈看看他，下意識又拿起那張四合院的照片，不知被什麼打動吸引，於是將照片拿近一點，試圖在細節中找端倪——照片上的四人站了半圈，伸出一隻手握在一起，好像正組成了個聯盟。露出一角的屋簷是古老的，背後那一缸荷花無保留地盛放著；抓拍的瞬間，他們的表情坦然，彷彿整個世界就是這樣坦坦蕩蕩的。

這時，席德寧對費烈說，他們的年紀跟你差不多。

客人唉呀了一聲，道，可不是？何作——何家的孩子屬虎，或屬牛的？那幾個也差不多大。

席德寧嗯了一聲，問，那幾個都是誰家的孩子？

客人說，女孩子叫杜琥珀，兩個男孩子不姓杜——也許是親戚吧，看情形他們是陪著杜琥珀來的。杜家是老華僑了，在紐約，做生意的——中美建交那幾年，他們是第一波回來投資的，希望下一代多接觸中國文化吧……

席德寧嗯了一聲，給客人倒一杯酒，等他說下去，客人道，何作早幾年出去留學，杜家當然也有照應的。

席德寧哦一聲，若有所思問，杜家？怎麼沒有他們家長輩的照片？

客人一愣，道，還真沒有，這幾年都是孩子們自己來，杜家有位老律師幫他們安排各種事宜，他家的長輩我還真沒有見過。

席德寧又問，他們家做什麼生意？

客人想一想，說，聽說他們生意做得很大……涉及行業很廣——聽他口氣牽強，有些吃力，恐怕不真的了解。席德寧便沒有再問下去，而是談起了何家的近況。

客人感慨說，何家聰明，從五十年代到七十年代他們都沒有受到衝擊。有人說他們手上掌握了太多的敏感的東西——你也知道手上有祕密不一定是護身符——我覺得是他們懂得取捨——他們在權力的中心，卻從來不想掌握權力；即便到了現在，下一代一窩蜂都去經商，但賺錢顯然也不是他們熱衷的——他們不去分那塊蛋糕，自然就替自己爭取了別的空間——但是，你說他們到底對什麼感興趣呢？

席德寧似乎很詫異，反問說，這當然是因為理想的關係。

客人連說是的是的，臉紅了，不知是不是因為喝了茅台，配中國菜當然很合適。

送走客人，席德寧對費烈說，照片你先收著。

費烈點了點頭，席德寧問他，這幾個孩子，你怎樣看？

費烈有些疑惑，不知道席德寧為什麼這般問，不太情願地回答道，他們是天之驕子。

席德寧淡淡說，你也不比他們差。他說得理所當然，轉頭看費烈，男孩子已經跟他差不多高，臉上的表情比他的年齡成熟，聽了這話，露出孩子氣的笑容，帶著一絲不卑不亢的自信，架勢上不輸給任何人。席德寧很滿意，覺得這幾年的時間沒有白白流逝，這少年已經把過去放在了身後，往後的道路會是怎樣的一趟神奇之旅連他也覺得好奇，可能性和期待本來就是最具有魅力的。

他的手在少年肩上拍了拍，忍不住往事重提，道，你小時候這些年不容易，吃了點苦，社會原本總會有不公平的地方⋯⋯

費烈低頭一瞬，忽又抬頭，卻說，這與社會無關，純粹是我自己的運氣，但現在我沒有什麼可抱怨的。

席德寧聽了一怔，隨即笑了，道，很好，這是年輕人應該有的擔當。但是，你也要承認，有許多事是可以改變的，包括人的命運。

這一次，費烈笑了，說，是的。

席德寧沉吟片刻，接著說，杜琥珀就是杜亓的孫女。我現在倒不急著找她們，我們的路總有一天會與他們的交集，你也遲早會跟他們打交道的。讓我想想，我們應該先做什麼，後做什麼——對你來說，目前最重要的當然還是學業——明天先回香港，接著也該回學校了。

印第安納，一九九四

那個學期開始，席德寧在費烈的學校教書。

費烈沒有想到會在同一間學校遇見茉莉。意外見面的時候茉莉比他還要由衷快樂，他心中多少有些詫異，跟誰分享也不妥當。席德寧顯然有意要多接觸年輕的學生，對他的朋友尤其熱情。費烈當然也看出端倪——席老需要人手才能放手做他想做的事，可他不希望茉莉進入他的這個世界，但如果她自己勇往直前，他也無法阻攔。

茉莉有些任性，也許是她這幾年的生活太順利，所以把自己的想法都當成了理所當然。她覺得自己應當是費烈的女朋友，可費烈卻沒有準備好；就因為這樣，他反而與她開始生疏。其實，他心中也對自己的冷淡覺得驚奇，不知道少年時光裡曾經存在過的溫馨情愫為什麼消失了，難道成長就是這個樣子的嗎？

當然，他無法拒絕與她一起回憶香港的那些時光，那段時間茉莉總是在他的周圍，他有大把時間花在席老的寓所，因此她也出現在這裡，也把她的朋友帶來，其中傑生顯然對她有好感；傑生也是香港出生的孩子，會唱香港的流行時代曲，著迷於華人圈風靡的幫派動作電影。只要是年輕人，席老都是無任歡迎，但他看出費烈不願與茉莉單獨相處，因此常常打個圓場，將年輕人聚攏在一起聊天，與他們聊香港的往事——那些他們出生之前發生的種種，由一派學者風範的老師說出來，有種特殊的感染力。

這些年輕人都對香港六十年代的左派運動感興趣，這大約是最接近他們的帶著革命氣息的年代。席老把他們帶入時代的氛圍，把故事的軸線推得更遠——他們想要傳奇，他便提供素材給他們，那個叫作香港的城市有數不清的故事，繁華的表層之下暗流縱橫洶湧，演繹出說不完的故事，一九二七年廣州暴動事件，韓戰時期的貿易封鎖，越戰衝突年代湧入的難民，一九五五年以出席印度亞非會議的周恩來為目標的克什米爾公主號墜機事件，還有他們想要了解的一九六零年代香港街道上的左派鬥爭，香港的過去可圈可點，歷史洪流沖刷而過讓年輕人覺得蕩氣回腸。不過，席老總是不忘記指出，感慨道，在三十年代，據說蘇聯政府部門也對香港做過評估，最後得出結論，把香港定位成一個適合展開商業活動的貿易港口，而不是聚焦革命的地方——這正是香港難能可貴的優勢，能在不同陣營的之間，如同橋梁那樣存在，這是這座城市最好的存在方式。

年輕人問起席家是何時移居香港的，席老的回答總是模稜兩可——一九四八或一九四九左右。年輕人便以為是因為當時內戰形勢的關係，只有費烈清楚席家落腳香港的真正原因——當時，席德寧的父親原本供職於南京的VOKS，「蘇聯對外文化交流協會」，他到香港是因為那個機構南遷，而遷移過程中，他找到脫離機構的機會，慢慢在這個南方都市脫胎換骨。

所以，費烈始終是席老最信任的人。漸漸，他們都幫席老處理一些事務，彷彿戰友，但這不是費烈一開始期待的格局。他對席老始終打算忠心耿耿，可是對旁人他不打算寬宏大量，他說不清傑生與茉莉到底是被什麼吸引，願意跟著席老，當然他也不願意承認是因為自己的緣故——也許是因為印第安納的生活太過安靜有序，夏季炎熱，冬季嚴寒，周而復始，挑戰著年輕人的想像力。席老提供的願景，總歸是有幾分刺激有趣——他把政治帶入到他們的生活，讓他們有機會走出印第安納州的這個小城，安排他們去華盛頓，紐約那樣的大城市，參加一些學術會議，順便見一些人，交換一些物件，逐漸讓他們產生信心，覺得自己有做大事的能力。

可是，費烈覺得傑生與茉莉對整件事的理解出現了誤差——這兩個人以為自己走上這條路是拿了一張高於世俗規則的通行證，可是顯然也忘了常理。尤其茉莉的手法太過傲慢凌厲，不止一次出狀況，甚至有一次連累到路人，傷及一名孩童的性命，對於費烈來說，這是無法原諒的。

席德寧也一直若有若無著留意杜家的動靜，費烈跟席德寧去紐約的時候，也在一兩個社交場合，遠距離地見過杜家的年輕人，他從照片上見過的那些少年已經成長，連他自己也在以驚人的速度逐年長大，這是一種奇異的感覺，他們彷彿應該彼此了解，但是在一旁窺探的是他，這一開始就把他置於一種不平等而且不光彩的位置。

當然，杜家不讓人發生興趣也難，席德寧將收集到的關於杜家的資料歸納在他們自己的卷宗裡，費烈看著那些逐日積累的事實，不斷處在一輪輪新的驚奇之中。杜亓自五十年代到達紐約，在商業上相當成功，據說因為得到金融圈猶太人的照顧，在二戰期間她曾經幫助猶太人取得中華民國的簽證離開歐洲，這在社交圈是一段佳話。也許是她善於積累人脈，難怪台灣這邊會有想找她作中間人的想法，而她的確擅於勝任這樣的角色，美國政界也有人與她交往甚密，大概是為了通過她在必要時向某些方向傳達幾句話。

顯然俄國人也一直在注意著杜家，有些信息來自那位康斯坦丁諾夫，只是費烈不清楚杜家對周圍虎視眈眈盯著自己的人是心知肚明，還是蒙在鼓裡，但看得出杜家刻意低調，只想給人普通商人的印象。

紐約，一九九六

那年初夏，杭老從台灣去了一趟紐約，他約席德寧務必過去見面敘一敘。費烈已經放暑假，因此一起前往。

杭老住在中城的凱悅酒店，那天上午他剛去上城的葛萊西公寓見過宋美齡。宋美齡剛過九十九歲大壽，杭老選這一天與前總統夫人會面也是經過深思熟慮，因為蔣孝梅前一天，即六月六日，在倫敦威敏斯特教堂結婚，主婚者當眾宣讀了宋美齡作為重祖母的賀信，老夫人心情想必不錯。不過在見席德寧的時候，杭老還是忍不住吐苦水，說，我們是不是已經過時了，三月首度直選總統，國民黨慘敗——我們相信的，年輕一代已經不覺得重要，這些年的努力都是白費了。

席德寧微笑坐下，道，難道老夫人說了什麼？

杭老道，她說的還不是老話——上帝讓我活著，我不敢輕易去死；上帝讓我去死，我絕不苟且活著——跟記者說過的話，她當著我的面又說一遍，讓我心裡不好受，好像我們沒有盡到責任一般。

杭老邊說邊注意費烈，年輕人臉上有個不以為然的表情一瞬即逝，想必是克制不願露出心底想法。

老人於是心中一動，問，怎麼？想到什麼就說出來，好讓我們老人知道你們年輕人到底是怎麼想的。一面明知故問笑著問席德寧道，這就是你提到過的那位高徒？

費烈臉上一熱，卻也不好立刻將視線轉開，覺得相當不好意思。席德寧則說，杭老不是外人，你說什麼都無妨。

費烈還是有些猶豫，不過誠實說出自己想法，道，為什麼一次選舉失敗就會覺得努力都是白費了了？民主選舉本來就不可能保證每次都是同一個政黨勝出，如果那樣的話，不是就跟一黨執政沒有差別了？況且，本來即便選舉勝出，也不代表人民會永遠愛你。

杭老一怔，沒有回答，想一想，唉了一聲，開口時候已經換了話題，對席德寧道，這次我一定要與你見個面，是有原因的，你是否知道上個月丁懋時來了一趟紐約。

席德寧反問，他是國安會議祕書長？他來紐約是……？

杭老嗯了一聲，看了費烈一眼。

席德寧說，不打緊，您說。

杭老於是開口道，他是受邀而來，跟白宮的國家安全顧問伯格見面。

席德寧不掩飾臉上一絲驚訝，道，那就是因為台海的局勢，難道美國人要表態支持台灣？

杭老沉吟不語，過了一會兒，才說，我起初也是這麼想。

席德寧問，然後……？

杭老卻站起來，有點心不在焉在屋子裡踱了幾步，在吧檯給自己和席德寧倒了杯威士忌，拿了瓶蘇打水給費烈，說，他們見過面之後，沃倫克里斯托佛發表了一個演說，要加強華盛頓與北京的高層會晤。

席德寧哦了一聲，打量著杭老的神情，成心開個玩笑打個岔，說，沃倫怎麼總是被放在這樣不討好的位置上？一九七九年，他率隊去台北談斷交的事宜，聽說車隊被台北人丟雞蛋，拋石頭，著實受了些驚嚇，看來這次又惹台灣人不開心了。

杭老咦了一聲，道，過去這些事沒什麼好提了，那時候一面趕著跟對岸握手言和，一面驟然跟我們斷交，這在感情上誰也受不了，尤其是黨內老人，全覺得受了欺騙，我看很多人到現在也沒有緩過來。

席德寧看著他，顯然心裡有話，卻不願說，杭老哼了一聲，道，我知道你在想什麼，你們別拿那些所謂實質上的，形式上的利益區別來安慰我，我不愛聽。

席德寧便笑道，我不說，不過，難道有人最近跟您提了這話茬，惹您不舒心了？

杭老長嘆一聲，道，我舒不舒心有什麼重要，台灣那麼多人舒不舒心倒是該有人問問，但誰又真的關心？

席德寧聽了詫異揚眉，杭老卻擺擺手，說，罷了，不說這個。我找你來是因為——你一定會感興趣，你猜我這次還見到了誰——

席德寧一聽，便坐直身子，脫口而出問，杜亓？費烈一聽，手中拿的蘇打水一斜，差點濺出來。

杭老點了點頭，道，正是她，而且是她主動約我。他停了片刻，視線移開去，感慨道，她應該是聽說了慧慧的事，大概心裡也過意不去，這次才肯作東——也或者是時候了，到了該彼此談一談的時候了。

席德寧極有耐心，等杭老揮別那些籠罩在心上的過去的影子，逐漸切入正題，好揭示這彼此談了一談的究竟是誰。

杭老的眼光落在費烈身上，像不經意地說，她約了一個飯局，請了我，另一位客人姓何，從北京來。

席德寧哦了一聲，坐直身子，說，請的是你們二位，也算是業界的高規格會談了。

杭老顯然對這不著痕跡的恭維很受用，道，我也沒有想到會見到他。他們顯然知道丁柏會談，也清楚伯格對丁懋時說了什麼，對台灣作了什麼樣的承諾，因此也想知道我們聽了沃倫．克里斯托弗五月十七號關於要常規化美國與北京之間的高層會晤的建議之後，會怎麼想。

席德寧又哦了一聲。

杭老長嘆道，有話道大勢所趨，果然沒錯。即便有北京協助巴基斯坦發展武器的傳言，即便在人權和台灣問題上沒有達成最後共識，看來美國已經不打算將政治與經濟掛鉤，他們顯然將北京放在了台北之前……

席德寧不掩飾驚訝，問，那丁柏會談的承諾是什麼？

杭老說，看來柯林頓會批准派遣兩支航空母艦戰鬥群前往台海。

席德寧似鬆口氣道，這樣一來，台海近期內的動盪應該平息下來，您還擔心什麼？

杭老嗐了一聲道，你怎麼跟她說的一模一樣。

杜亓怎麼講？

杭老意興闌珊道，她倒是很坦白，說她也沒有好的辦法，我們在做的無非是把眼看要引爆的炸藥順著時空的軌道往下踢，盡量踢得遠一點，踢的姿態好一點，如此而已。她讓我看看對岸的人口有多少，那麼多人理應有更好的生活——大家先放下政治，搞經濟，對台灣來說也是雙贏。杭老出了一會兒神，道，她倒像是在勸我放下屠刀，可我豈是好戰之人？有好日子過，誰不想過？

可那炸藥踢得再遠，遲早也會引爆，最後總要在下一代，或再下一代身上償還，不是嗎？費烈忽然插話。

兩位年長於他的前輩同時將目光望向他，神情複雜，可是都像忘了回答。

席德寧站起來，道，我懂了，這些日子雖然吵得兇，但是政策風向看來要轉了。美國人恩威並下，可是決心也下了，看來中國的最惠國待遇大概率還是會在柯林頓手上通過。大家可以放心搞經濟了。他手上的杯子已經空了，走到吧檯，把杯子放下，轉身望著屋內一老一少，忽而覺得感慨萬千，他對杭老說，看來杜亓跟美國人的關係不錯，她這些年避著你，大概是怕跟沃倫一樣被丟雞蛋。

這話本是開玩笑，但杭老正色道，這你錯了，她跟沃倫想的又不一樣。有一句話她說到我心裡去了，她對那位何先生說五六十年代，幸虧香港台灣過著不一樣的日子，保留些餘地，往後只要大家的想法一樣，形式就不難克服；總要試一試，給大家一個機會。

席德寧沉吟著，杭老又說，我請你來紐約一趟，當然不是只為了跟你說這些——

席德寧嗯了一聲，道，您請說。

杭老有些不自在，換了幾個姿勢，才道，後來，那位何先生又單獨約我敘一敘，我跟他提到您，他想跟你見一見。

席德寧哦一聲，道，他不是已經有了杜亓這條渠道？

杭老咳一聲，道，杜亓未必聽他指揮，再說杜亓在紐約，你們在香港——我覺得認識一下又何妨？

席德寧沒有說不，那就是答應了。

杭老瞅著他，忽然感慨，道，能背後多靠一座大山，也有好處。只是我還有些猶豫——你本來是我的人，介紹你們認識了，往後你向著誰，可就說不準了。

席德寧馬上說，這怎麼會，我們的交情始終在。

杭老倒笑了，說，你看，你也願意結交吧，所以這個中間人我做對了，你們先見個面，有緣分的話，自然可以慢慢交流。讓我找個合適的時間和地方……

香港，一九九七

席德寧與何尚平見面是在中英交接香港之後。

中間出了些意外，席德寧原以為他們之間從此結下梁子，可是九七年的何尚平看上去春風得意，將之前的不愉快都一筆勾銷了。

也許何尚平是故意等到交接之後才踏足香港，他站在席德寧的客廳看維多利亞港的時候頗有幾分意氣風發，但是他克制了興奮之情，席德寧彷彿沒有在他的情緒上留意，但是很清楚何尚年把這個時刻當成了一個新的開始。

何尚平坐下來的時候，席德寧給了他倒了一杯威士忌。何尚年喝一口，長舒一口氣，道，到了發展經濟的時候了。

席德寧等他說下去。

何尚平看上去心滿意足，道，看來柯林頓已經決定一心用經濟全球化來解決政治問題。難得兩個世界終於要站在一起，我們都不要錯過了這個難得的階段。

這個階段？席德寧覺得他話外有音。

何尚平卻不太在意地說，誰知道遙遠的未來會是怎樣的一幅景象，你覺得這兩個世界會永遠站在同一陣線上嗎？

他們四目相視，彷彿彼此刻意過濾自己，盡量在對方的視線下顯得心無旁騖。何尚平故意加重語氣說，當時，重要的是現在——當下。

席德寧斟字酌句道，你們在外面有一些老朋友，你們的老朋友也一直關心你們，願意交流互通信息。這是幸運的。

何尚平不置可否，說，聽說你有個弟子，大約跟我們家的孩子同歲，今後他們也大可以發展友情。

席德寧點頭，似乎亦是躊躇滿志，順口問，你們上一代的友情是怎麼開始的？

何尚平將杯子放下，眼睛裡充滿了笑意，像個和善的老人，說，這酒終究不是我喝得習慣的。你泡杯茶給我，綠茶就可以。

席德寧推開客廳門，向外面囑咐了幾句，回身說，喝東西還是應該喝自己喜歡的。

何尚平坐著沒有動，略一點頭，態度視一切理所當然，可是有種賓至如歸的坦然，他作個請的手勢，讓席德寧也坐，席德寧主隨客便。何尚平說，我這一代成長時候正碰上國門緊閉，我少年時結交的都是些無產階級的友誼，我父親那一代倒是有機會結交了一些五湖四海的朋友，他那個年代是真正的狂野年代……

席德寧知道這是一個機會，於是道，紐約那一位女士……

可何尚平卻略為驚訝地揚了揚眉，非常直接地打斷他的話，道，我知道你曾經在努力打聽紐約杜家的事——不，我跟他們沒有太久的淵源，也就是這幾年與她打過些交道而已——這都是中美建交之後的事了，他們回來投資——我們在北京接待過他們，他們讓孩子們在北京度過了幾個夏天——想讓在美國出生的下一代學好中文吧。然後，他心知肚明看著席德寧說，我知道你還去拜訪過木樨地的一位老先生，他的故事倒是很有意思。

何尚平的茶端了進來了，玻璃杯裡茶葉正一片片伸展下沉；他拿起茶杯，仰頭彷彿空想片刻，然後道，他算是個好老頭——我跟你說，我們並不像有些人以為的那樣——我們也有開明的一面。我們很清楚，老先生心裡對我們有看法——這些年下來誰沒有一些想法？五十年代初他在紐約，周總理親自寫信勸他回來，他帶了一批留學生一同回國，然後接下來的那些年，這些人多多少少都受了些衝擊……

席德寧嘆道，說來，這也真是殘酷，如果時光倒流，回到當年，他們歸來的時候該是多麼興高采烈，那時候如果有人多問一句——「今天，你說服他們回去，今後，你能不能夠保證他們終身的幸福？或者安全？」——你覺得他會怎麼回答……

何尚平急急打斷席德寧的話，道，當然，當然，他心中會有想法，我們非常理解。這幾年，我們把他應得的榮譽都歸還給了他。

何尚平說到這裡，停下來，看著席德寧似笑非笑的表情，分明是揶揄。何尚平有些尷尬，嗯了一聲，截斷了自己的話。

席德寧微晃著一直拿在手中的酒杯，彷彿漫不經心道，你們想把他擱在一個有譽無怨的位置上？——頭上戴著革命的堅定捍衛者這樣的桂冠，他即便有怨言也說不出口了。

席德寧輕輕晃著手中的杯子，視線落在窗下維多利亞港的夜景之上，然後他聽見何尚平緩緩開口道，一九五零年二月，他與他的妻子在紐約，聯邦調查局找上門來，問了一些問題，有關他們與美國共產黨的關係，還有跟冀朝鼎的淵源——冀老那時候已經在人民銀行身居要職……

席德寧一愣，啊了一聲。

是的，他那時候也只有回國。他的確是革命的堅定捍衛者。當然，每個人的路都是自己選擇的……

何尚平喝口茶，恢復了若無其事的表情。

席德寧爭辯道，這也不代表那些是他應得的，至少浪費那麼多年學術研究的黃金年華就已經是至深打擊，喪失表達自己觀點的權利對於一個學者來說是致命的。

嗯，是的，是的。何尚平像一時失去了耐心，揮揮手，說，但他對一切從來心知肚明，他了解我們就像我們了解他一樣，我們說到底是自己人。

席德寧看著他，舉了舉手中的杯子。

何尚平忽然說，一九四二年的桂林……何尚平點頭，彷彿自言自語道，對，家父與老先生是在一九四二年認識的。然後他下意識坐正，像要提醒自己不要遺漏細節，道，一九四一年珍珠港事件之後太平洋戰爭爆發，日軍在十二月十八日對香港發起進攻，英軍在歐洲和北非戰場自顧不暇，加上珠江三角洲和海南早已淪陷，港督楊慕琦在十二月二十五日那天簽署投降書。那一年，老先生在香港滯留了月餘，先想辦法抵達澳門。然後我父親負責接應，他們一起徒步穿過廣東游擊隊出沒的四會地區，翻山越嶺經過廣西梧州，之後到達桂林。雲南當時還沒有淪陷，屬於白崇禧和李宗仁的勢力範圍，同時不受重慶轄制，所以八路軍在那裡設有官方辦事處，對於我們的朋友們來說不失為一個安全的避風港……何尚平停了一下，也許在仔細斟酌，然後說，我父親彷彿特別喜歡回憶桂林的那段日子，他說那時的桂林就像戰前和戰後的香港，在整個中國，從古至今，能夠讓人不講立場和平共處的時地還真是屈指可數啊……那時的桂林——何尚平臉上露出一個可以算作神往的笑容，語氣也變得開誠布公，道，那時的桂林的美妙之處也許就是在於克制吧——所有人互相觀望，各抒己見，卻達成互不越界的默契，因此產生一種特別的秩序……所以，我從小常常在想像中構造那個時候的那座城市，自己尋找細節，去補齊我父親沒有提及的部分，甚至把自己想像成是我父親，周旋在一場彬彬有禮的戰爭遊戲裡，當然，到最後，免不了還是一場生與死的鬥爭……

桂林，一九四三

從一九四二年香港淪陷到一九四四年秋天桂林淪陷，桂林無疑是當時自由中國的自由之都。

何年一行到達桂林之後，難民還在不斷從香港和周圍的淪陷區蜂湧而來，華人與外國人都將這裡當作了戰亂中的綠洲。一年前這座小城裡一張外國臉孔也看不到，此時的外國人口已經達到五萬，小城青山綠水間變得擁擠熱鬧，而且士氣十足。美國人已經在這裡設立領事館，英國人也設立辦事處，致力繼續從淪陷區香港營救人員和物資。英美雙方都把這裡當作基地尋找機會獲取中國南方戰場的有用情報，美國飛行員組成的飛虎隊和珠江游擊隊都在附近區域活動，必要時可以隨時展開緊急營救行動，各方人員都全力參與其中。
何年夾雜在大批新到人口中，很容易找到適合自己的位置，他在報社找了個職位，自身帶著左翼青年的光環，大批文人在此，人們言談中總是不經意提到撞見了諸如林語堂這樣的大作家的身影。
何年並沒有跟同行來桂林的人聯繫，不過不代表他沒有在旁側觀察，或者也可以用保護這個詞，因為他是他們的朋友，而且毋庸置疑是重要的人。當年的老先生是何年的這趟工作任務的重點。
老先生的確是個人物，自從來到桂林，便在新興的外交圈中如魚得水，那些外國人都是他的朋友，新到的美國副領事是他的同學，外國記者也大都與他有過交集。他原本屬於他們——思想的方式，生活的習慣，道德的標準——他可以選擇待在那裡，但他回來與同胞並肩而戰，姿態高貴——這讓何年猶豫，有些話，他應不應該跟他說清楚，或者說是自己的疑惑，是不是應該跟對方談一談，也許能分解一些心中的徬徨。
何年不便直接找他，他卻主動約了何年見面。那個午後天高雲遠，他們僱了條小船，船夫是他們信得過的人。戰事未停，可是依舊在一段安全距離之外。灕江上泛著點點小舟，兩岸山巒綿綿不斷，一時聽到的都是歡聲笑語。他們的小船在象鼻山下穿過，與另一艘遊船擦身而過，那艘船上都是女眷和孩子。何年微笑回應船上孩子的招呼聲，那好奇朝他們張望的孩子大約五六歲，何年伸手在船舷水面激起一些水花，那孩子露出一個燦爛的笑靨。何年說，那是白家的家眷。然後，白家的船轉了個彎，朝一條賣艇仔粥的小舟靠近。那孩子回頭一看，歡呼一聲，便撲將過去，認出那小舟上的廚娘，隔著水面已經煞有介事學著大人下起單來，脆生生說道，田雞粥一碗。
他們的船已經漸行漸遠，在象鼻山下劈開一條長長的水波。他猶自望著白家的船出神，這時何年話中有話道，白將軍今後何去何從，早晚也要作出選擇。
他咦了一聲。

何年還沒有收回手，彷彿不捨得灕江的水，任由手掌破開水面，隨波逐流。他坐在對面，也將手沉入水面，探頭看見自己水中的倒影，手一動就被攪散了。他收回手，對著陽光甩了甩，水很快乾了。

然後，他問何年，你去年在延安？

何年心中一沉，控制著自己的語氣，小心翼翼道，我去年上半年在延安停留了一陣。

他猶豫一下，問，我聽說去年延安展開了整風運動……

何年看了一眼船頭的船夫，心中轉了幾個念頭，忽然氣餒，道，我並沒有在那裡待太久……你可有聽說一些情況？

他們互相湊得近一些，似乎在互相打量，也為了讓對方聽得到自己壓低的聲音，可是他們誰也沒有開口。

然後何年似乎微微鬆了口氣，道，聽說美國戰時情報局也有人到了桂林。

他眼睛望著水面，然後說了一個名字——Graham Peck。

何年低聲說，你會見他？

他眼睛還是看著水面，道，是的，我會見他，會跟他談一談重慶政府濫用戰爭援助款項的問題，還有他們也要對廖承志的祕密逮捕負責……

何年點了點頭，說，我們會留意重慶那邊的動作，我們知道你承受的壓力和危險，要作好隨時離開桂林的準備……如果有任何事情發生，延安隨時歡迎你……

他將手伸出去，好像要接觸水面，然後改變了主意，在船舷邊坐正，將手插入褲袋，道，這個你們不用擔心，我會有安排。

何年像忽然醒悟，道，是的，沒錯，美國人或英國人都會願意幫助你。

香港，一九九七

所以，何尚平這樣說，其實每一代都在一直不斷地作選擇，我們都想盡量做對的決定……

這一個晚上，其實是何尚平說得多，他難免興奮，下意識地把香港的交接當作是里程碑式的歷史時刻，言談間形容間難免顯露出勝利者的光彩。中英移交香港，日落告別儀式在添馬艦露天場地舉行，末代港督彭定康臨別致詞，之後時任皇儲查爾斯王子代表英女王亦致告別之詞。之後的表演節目有超過兩千名嘉賓和表演者參與。儀式舉行時，一直下著滂沱大雨。英國國旗和港英旗在名為《日落》的風笛曲中徐徐降下。一個時代結束，另一個時代開始。

席德寧是個好觀眾，也是個好聽眾。

他們談到深夜，都說香港是不夜城，但是從這個角度望下去，除了滿城燈光，一個人影也看不到。何尚平的位置正對著落地大窗，他一晚上都對著這燈火璀璨的景色，末了忽然像突然醒悟說，這就是著名的維多利亞港夜景?真是又親切，又陌生……

何尚平跟席德寧告別，顯然對走這一趟很滿意，一切都在計畫和希望之中。

他對席德寧說，這個世界不一樣了，往後經濟上去了，假以時日，一切都會改變。如果在那時，我們會站在一起，那麼現在還等什麼?他停了停，說，我們可以合作的地方多了，而且，我們也不會限制你的自由。只要不損害我們合作關係，以前和現在你做的都不必停下來。

他說的，他自己深信不疑。

第六章

求索年代

恰克圖1918-維也納1912-蘇州1890S-巴黎1912

恰克圖，一九一八

米夏遠遠就看見她。

女孩兒坐在東正教堂邊的斜坡上，面對著底下大片原野。她穿了件鵝黃的衣衫，在廣闊天地和宏偉建築組成的畫面中，那小小人兒添了一抹柔軟的色調，竟然是最引人注目的。

米夏走過去，在女孩身邊坐下，蒙古高原的風迎面吹來，將滿天的雲吹得蜂湧而來，又蜂擁而退，熱鬧紛繁。女孩抱膝而坐，仰頭看得津津有味。

他用俄文問，妳在看什麼？

她瞥他一眼，也用俄文應答，道，這些雲會飄到哪裡去？她說得很慢，卻發音清晰，臉上強忍著一抹笑意，不想顯得太得意，可分明在賣弄自己的小聰明。

他心中一動，繼續用俄文說，它們會飄得很遠，妳想不想跟它們一樣……到很遠很遠的地方去？他低頭看她鼓著腮幫，聽得認真，忍不住加一句，我可以帶妳去。

女孩不答，轉開臉，低眉托腮，對著遠方沉思，忽然重新轉過身，正對他，盤膝坐得端端正正，然後吐字清晰地說，你先給我講講，那些地方都是什麼樣子的。

她的文法有些奇怪，但口氣理所當然。米夏仔細打量，小小的孩子稚氣未脫，神態天真，臉圓鼓鼓的，被風吹紅了，髮絲也吹散了，可眼神安靜，像正認真探索路徑的無害的小獸，讓人不忍辜負她任何的願望。不過，他有些猶豫，不知該從哪個地方說起。

女孩努努嘴，提醒他——你最喜歡哪一個地方？最難忘記的又是哪裡？

他從沒想過這個問題，一瞬間想起那些自己曾留戀的過去，記憶如同自深處滲出的蜜汁，一點點越已經芳香誘人，心中一軟，幾乎想要推心置腹，可話到嘴邊，突然醒覺，繼而失笑，轉念對面前的小女孩說，這世界上有趣的地方可多了。

女孩換了個姿勢，抱膝而坐，眼睛瞟著他，等他開口。周圍的野草有些長得比她還高，風一吹草尖尖就撩上了她的面孔，她時時需要伸手去擋，可是姿勢如同分花拂柳，沒有半分不耐煩。

米夏似乎跟自己耳語，說，很遠的地方，有座城市，叫作維也納。

女孩子嗯了一聲，顯得心領神會，好像她早就聽說過這個名字。

米夏便問，妳聽妳母親說起過這個地方？

女孩子搖了搖頭。

米夏有些驚訝，想一想，接著說，有些地方，你去過，就不會忘記。有一天妳也許也會路過那裡。

女孩子又嗯了一聲，點頭表示贊同，然後瞇起眼睛想了想，有些擔心地說，可是誰會帶我去呢？

米夏一怔，笑道，我便可以帶妳去，這當然沒有問題。他說出這話，好像是作了個保證，心中滿足得意，同時微感訝異，覺得自己的情緒好像被這孩子牽著走，下意識想要討好她；可是留在臉上的笑意沒法散去，他心情很好，而且懷疑這短短數日之內自己的微笑加起來比過去的兩年都要多；他這樣鬆弛是因為受這孩子的影響，她的臉上總彷彿有一抹淡淡笑影，欣慰的，或憂傷的，總是掛在靈魂的某個位置——他在心中掂量，對眼前這小人兒有了新的興趣——儘管像她這樣的年紀聽過的話多半留不下記憶，但他還是想跟她說一說他的見聞，或者這些話是他想說給自己聽的——

維也納是座偉大的城市。他這樣說，然後又遲疑搖頭，道，但偉大不是可持續的美德，許多偉大的城市最後都變成了廢墟，而今後也會不斷產生新的偉大的奇蹟。

孩子眼睛的眼睛黑白分明，瞳仁裡像有枚鏡子。他已經失去在人前表露心跡的習慣，可是孩子兀自嘆了口氣，彷彿自己心事重重，卻不願置他不顧，目不轉睛凝視著他，準備傾聽，眼中像蒙上了一層霧，逸出真誠的同情，她這種天然流露的溫柔讓他覺得有些傷感，在這熟悉的天地之間他好像重新面對著多年前的自己——滿腔溫柔地看著這個世界，心裡沒有半分芥蒂。

他出了片刻神，微笑柔聲道，我第一次走上維也納的環形大道，就像走進了一千零一夜的夢境——妳知道一千零一夜的故事嗎？

女孩子搖了搖頭。

他低頭居高臨下看著她，道，妳母親應該給妳講這些故事。她也應該給妳講那座城市。難道她覺得妳還太小？

女孩子不自覺地聳了聳肩，笑的時候吸了吸鼻子，好像那是個好笑的問題。米夏便也笑了，看著她說，那是座迷人的城市，當你穿過那樣花團錦簇的夢境，然後意識到革命是唯一的出路的時候，那毫無疑問應該就是正確的答案了，因為見過各種可能之後作出的選擇才是理直氣壯的啊。

女孩子一本正經回答，我沒有做過那樣的夢。

他又一次啞然失笑，於是認真跟她說起他多年前驟然相遇的那座城市，一時充滿野心，想要跟她解釋他所有接觸過的那些哲學的理論和政治的觀點，可不確定該如何開口，只好回到最初向她保證的那圈粉色光環之中，找到向小女孩炫耀的合適題材，音樂，藝術，甚至是建築都是精緻可人的玩具，他也一度被深深吸引，在那些劇院，畫廊，沙龍流連，認為藝術創造了所有文明，給世界帶來了新的平等。彼時，他看到貴族與中產階級可以在相同的殿堂平起平坐，高談闊論，呼吸著一樣的空氣，他以為那是值得感動的——可是，後來他被告知那是不夠的，這世界還有其他的大多數……所以他覺得自己是昇華了。

此刻，他用超然的口吻總結說，那座城市的人都在做夢，從孩子到成人，一代接著一代，以為他們的那個世界是一成不變的，是一切文明理所當然追隨的楷模，他們以為自己是天使，住在天使之城談音樂，談藝術，像呼吸空氣一樣自然，他們在種滿玫瑰的城堡裡長大，好像這世界不可能存在痛苦；所以到了後來，當這讓他們驕傲的一切正被推上懸崖，搖搖欲墜之時，他們都像鴕鳥一樣作出視若無睹的姿態，可是這阻擋不了現實的逼近……他說著說著，忽然驟然警覺自己的語氣中不無妒忌——在那個地方，無論風光有多旖旎，自己始終是一個局外人，看著不屬於自己的一切，心中不免失落，也許非常想要給他們的傲慢一個狠狠的教訓，甚至產生想要摧毀什麼的念頭——不，不是摧毀，只是用他自己可以控制的方式去改變——革命，難道不是這個世界最需要的嗎？他看到過苦難，自以為了解了這個世界病痛的癥結，那些美麗無謂的泡沫憑什麼可以若無其事地漂浮那麼久，不是遲早應該崩裂嗎——他要讓所有人看清楚事實，一定要抓住一個能夠冉冉上升到更高點的方式。他應該覺得驕傲——經歷了最黑暗的時刻，差一點在所謂人生的泥沼中沉下去，可最後他還是站起來了。歸根結底，他是在那裡真正脫胎換骨的——抵抗了一切溫柔的誘惑，選擇了政治和信仰，與他們三位一體，覺得自己可以超越世俗，變得更堅強，最後奔向值得自己付出一切的遠大理想。

草原的風吹過來，他琅琅地論述著自己心底的祕密，自己也深深沉浸在無邊無際的感動之中，女孩子托著腮幫，眼睛有時瞄向他身後，有時看著他的眼睛，彷彿要看到他靈魂的深處。他知道她不可能懂得他說的話語，可是他需要有人聆聽，而在此時她剛好是那個最合適的聽眾。他停下來時，女孩子問，他們怎麼樣了？

誰？

那些把藝術和音樂當空氣一樣吃下去的人。女孩說。他吃了一驚，一時不能確定她究竟聽明白了多少自己話語，只好倉促地回答，結果答非所問，道，那怎麼夠呢？要讓這世界變得更好，藝術是不夠的。

女孩咦了一聲又問，你說，這教堂以後會怎麼樣？他們說以後我們不需要這樣的教堂了。原來她抬頭望見身後的教堂，已經換了一個話題。

他失笑，覺得自己多心了，抬頭看看教堂金燦燦的圓頂，彷彿勸說，柔聲道，變革要來，我們就只有放手讓他們來。

風聲呼呼自他們耳邊掠過，頭頂的雲聚了一波又一波。女孩子似乎累了，仰天躺下，將自己埋在長草之中，她長長嘆了口氣，老氣橫秋；他還是維持著原來的姿勢，墜入自己的回憶，出了神，他覺得自己跟周圍的世界融為了一體，是這樣和諧，那些過激的想法，和生命表面粗礪的稜角都藏在了無邊的青草的氣息之中，與自然變成了一體，他自己也相信了。

但對他的過去一清二楚的只有他自己。

維也納，一九一二

那一年，他離開漢口。

當然是德米特里送他去維也納的，他不會容許他就這樣任性地沉墮了——他是被創造的，沒有放棄的權利。這才剛開始，遠遠沒到結束的時候。

米夏到維也納的時候，不覺得自己是一個完整的人，他覺得自己像一個崩壞的木偶，五臟六腑都已經支離破碎，四肢百骸勉強被一堆不甚結實的繩子串在一起；德米特里斯是那個固執地拉著繩子的人，不知他怎麼在一堆亂線中找到了線頭，以驚人的意志繼續控制著這具木偶，讓這毫無生機的偶人能夠勉強站立，甚至擺出雄赳赳氣昂昂的姿態，彷彿還有七情六慾，但只有他自己知道生無可戀的滋味。

他初到維也納時，德米特里並不搭理他，任他在這城市孤獨地行走，沉浸在自己的無盡哀傷中。他有時匯入人群——城中央著名的環形大道是為了炫耀帝國的顯赫和榮光而建，他已經錯過了那些輝煌時代，也說不清各種宏麗建築的風格——新古典式，新巴洛克式，新歌德式，或者新文藝復興式，帝國曾經打定主意要復興一切古典的形式，只是這樣的過程難免會產生離經叛道的新生力量，結果獨樹一幟的分離派也悄悄地形成了氣候，理直氣壯地預告著更多變化即將到來……

他在一幢幢宏偉的建築前走過，國會大廈，國防部，市政廳，司法宮，還有教堂，大學，以及展覽館……這人造的風景有的屬於權力，有的屬於市民，既包括過去的榮耀，也有屬於未來的憧憬，有些已經不朽，有的還在追求永恆。文明已經被創造，如波濤洶湧般爭先恐後擠在他的眼前，他不由想起曾經熟悉的那些別樣的風景，譬如草原廣闊，晴空萬里；江水浩蕩，千舟競旅……他彷彿看到自己模糊的身影，悶頭疾行，穿過沿江大道，那些西洋建築如同眼前這些大廈的模型，可他看見自己漸漸隱入迂迴曲折的古老東方街巷，高低錯落的雙坡屋頂如起伏的波瀾，淹沒了所有行走的蹤跡。此時，唯一追隨他的是彼處和此處的市井之聲，此起彼伏，異曲同工，讓他覺得煩躁，眼前的世界與他曾經穿過的那個世界不能兼容，各自代表不同的生活，他在夾縫裡，不屬於這裡，也不屬於那裡，孤單要讓他窒息。

他看到她時以為是自己的幻覺。

那是個中國女子，裝束與當地女子無異，窄身長裙外披著外套，一把黑髮壓在時新款式的帽子下，但他從背影久認出她身上東方的氣息，或者潛意識中他在尋找這樣的一個人，他走到她身旁，驚鴻一瞥之下，他只覺得她雙目如星彷彿可以照亮整個夜空，也照亮了他想要忘記的過去。當時，他只有一個念頭——留在遠方的她們，如果跟他來歐洲，會不會就是這個樣子。

他沒有想到會在維也納遇見中國人，他在維也納大學附近看見她，見她手裡抱了幾本書，尋思著她是不是學生。他在後面執著地跟了很久，直到見她匆匆步入一幢大樓，然後意識到那是中華民國的公使館，才驀然醒悟維也納當然會有中國人，這是新的時代了，民國初年，各種的變化將來未來，那國門緊閉的遼闊中華帝國已經不再能夠維持往日形態，年輕的一代願意遠行，況且走出去不需要那麼多的理

由——天地寬廣，誰不想走得遠一些？只有她不願意跟隨他去探索這個世界，讓他覺得分外委屈，

他目送眼前的她進入公使館，那女子進去之前還回頭看了一眼，顯然已經留意到有人尾隨，神情間含著一絲戒備。他正躊躇，公使館內一群人蜂擁而出，幾位奧國人和英國人，簇擁著幾位中國人，都上了門前幾輛奧斯丁丹姆拉轎車。

等車開走，他走上前去，問門口一位隨員模樣的中國人，剛才離開的是公使大人？

中國人聽到這位西人一口略帶口音的官話，有些吃驚，可不願多話，簡單回答，是的，那是沈瑞麟大人。

他又問，剛才進去的那位是沈小姐？

這話問得唐突，那人看他一眼什麼也沒回答，神情顯得不太友好，轉身推門，眉毛仍舊高聳著，進了樓內再回頭看一眼。

米夏有些失魂落魄，一時不知該往哪裡去，走了兩步看見轉角有間咖啡館，便進胡亂找了張桌子坐下。裡邊溫暖熱鬧，細小的談笑聲匯聚在一起有群蜂襲捲之勢。咖啡館天花板極高，十字拱頂交錯支撐起一個開闊的空間，讓人彷彿置身在大教堂內，所有一切是為了要見證古典時代而建，可是他抓不住其中的謎樣的關鍵。他覺得自己只剩了一張空殼，裡外發出空洞的回聲，讓他無所適從。他的手擱在咖啡桌大理石的桌面上，感覺到石頭冰涼堅硬，如同擋在他面前的世界的牆，心中焦躁，額頭冒出汗來。

身旁忽然有人說法文，道，那幾位都是銀行家。現在不少歐洲銀行都想借錢給中國人。

他咦了一聲，錯覺以為那是說給他聽，一轉頭才知道是鄰桌在談話，那兩人剛剛坐下，大概也看見了適才公使館出來的人群，所以有感而發。米夏心中一動，顧不得冒昧，插嘴問道，為何這麼講？

兩位法國人聽到有人說法文，便將身子轉向米夏，熱忱地連答了兩句——是，是！然後問，法國人？

他略遲疑答是俄國人。

兩位法國人用恍然大悟的口氣說，當然，當然，原來是俄國人。

維也納的咖啡館裡，人人都在高談闊論，借題發揮，法國人手中捲著一疊報紙，點著桌子，開口道，當然，中國的革命剛剛結束，新政府要維持各種開支避免不了舉債借款，才能維持革命的成果。革命歷來如此，戰爭開銷龐大，人民又要吃飯，過去歐洲國家都曾通過貸款支付戰爭開支。剛才這公使館出來的人裡有奧京銀行的總理。

另一人接著說，不單如此，我還看見了瑞記洋行的人，Armhold Karberg是德商，不過是在遠東註冊的公司，我沒記錯的話，是在香港成立的，他們懂得跟中國人做生意，這次應該就是由他們在中間周旋。

米夏聽他們長篇大論說得洋洋灑灑，覺得意外，沒想到居然碰見了解遠東事務的歐洲人，雖然一時插不上話，可心中還是一振，他熟悉的那兩個世界好像終於靠攏在一起。兩個法國人樂意他的介入，自作主張幫他點了杯咖啡，兩張小桌子順其自然併到了一塊兒。

侍者將咖啡端上來，方型的銀盤裡琳瑯滿目，一杯艾斯班拿咖啡，一盞糖罐，一杯水，銀湯匙擱在那一杯水上，咖啡裝在有把手的玻璃杯裡，看得見下邊深色的咖啡和上頭堆了厚厚一層小山般的鮮奶油，他啞然失笑，覺得被當成了孩子，收到的是一碟玩具，待喝了一大口，溫暖的液體落入胃中，才覺得選擇沒錯，彷彿人世開了扇窗，雖然他還在窗口徬徨著。

侍者再次經過他們桌子的時候，遞上了兩份法文的報紙，大約是聽到他們說法文的緣故，一份是《費加羅報》，一份是《人道報》，看日期都不是最新的，法國人將報紙揚一揚，放在一邊，道，哈，法文報紙！一份右翼，一份偏左，這就是我喜歡維也納咖啡館的原因。

米夏拿起《人道報》看了看。

法國人問他，你對中國的事務有興趣？

他點了點頭，卻沒有說出自己曾經在那兒長住的事實。

兩個法國人卻知無不談，原來他們都在法蘭西銀行供職，難怪知道中國新政府正跟六國銀行團接洽善後大貸款的諸般事宜。

稍後，米夏跟德米特里報告這天見聞的時候，自然沒有提及偶遇的那位女子，只照搬那兩個法國人的話，說，美國銀行團，法國法蘭西銀行，英國匯豐銀行，德國德華銀行，俄國俄亞銀行，和日本的正金銀行組成六國銀行團，正跟袁世凱的北洋政府展開善後大借款的談判。

德米特里嗯了一聲，等他說下去，他便又說，奧國銀行雖然沒有加入銀行團，可是顯然也非常想與中國做成一些交易，他們直接找的中國公使，我看到他們從公使館出來。

德米特里又哦了一聲。

米夏的手不由自主握著個拳頭，拇指下意識作出摩挲著蜷曲的食指，道，以六國銀行團的實力，能提供的貸款數額一定可觀，不過中國人肯定願意跟奧國銀行同時談判，另留餘地。

德米特里不為所動，淡淡道，怎麼，你對銀行借貸感興趣，還是舉凡是中國的事你都想要插手？

米夏一愣，隨即垂目，他看上去仍舊頹廢不振，不過因為思考，神態專注，好像灰燼中升起微弱的火焰。那微光被德米特里看在眼裡，老人嘴角微微上揚，等這青年繼續說下去。

米夏沒有抬眼，回答道，我之所以關心當然是因為與我們的利益相關，中國人願意跟奧國銀行談，當然也願意有更多的籌碼，我們大可以再做中間人，支持別的財團參與，比如德國，比利時都會有大把財團躍躍欲試。

德米特里表面不置可否，但心中迅速轉著不同的念頭，出口還是淡淡道，你的意思是要政府出面？

米夏這時抬頭，蒼白臉色襯托得眼睛彷彿半透明，他說，這當然不必由沙皇政府出面，誰都可以做中間人。這是生意，如果做成了，中間人心安理得提成。我們的革命不是也在尋求籌款的方法……這不比幾年前在梯費里斯直接搶劫銀行運鈔車更為安全，而且乾淨俐落，手法高明許多。

德米特里目不轉睛看著米夏，目光不寒而慄，像要看穿他，米夏迎著那審視對峙，漸漸露出不願屈服的倔強，德米特里倒先一步妥協了，目光不再凌厲，緩緩移開，過了一會兒，搖搖頭道，不見得能做得乾淨，貸款這種事目標太大，太著痕跡，還沒開始，報紙可能就已經將消息捅出去了，而且也未必辦得成。不過……你的想法很有意思……只是，對於往年梯費里斯的劫案，你有任何看法也不要亂說，尤其是跟俄國人——這兩天有參與過那樁案子的人在維也納，你的想法自己知道就行。

米夏聽他的口氣嚴肅，心中狐疑，可是不便詢問。

德米特里此時轉移話題，輕鬆道，聽說這幾日你花很多時間坐在咖啡館，這些想法是從那兒來的？

米夏微微頷首，正斟酌著該怎麼解釋。

德米特里卻不打算追究，口氣不容置疑道，多接觸一些不同的人和事對你有好處。不過，你離開漢口也有一段時日，應該是時候從中國走出來了。中國那個地方我已經有好多年沒有涉足了。他這時長嘆口氣，真情淡淡流露，彷彿分外想念曾經的交集，說，當年我去北京的時候，東正教傳教士團還常駐在京城呢。傳教士團在康熙年間開始就跟理藩院互有交涉。說是教士團，其實就是俄國駐中國的外交使節。俄國跟中華帝國的關係一直很特殊，那時候英國人根本沒有與兩廣總督直接進行聯絡的特權，俄國人已經取得派駐使節的優先權。後來英國人來了，別的西方人陸續全到了，中國人根本沒有準備好。可該來的和不該來的都發生了。

米夏問，你在那兒的時候，北京是什麼樣的？

德米特里浮現一抹模糊的笑容，說，那是個春天，傳說中來自蒙古高原的可怕的沙塵暴還沒來，風光是相當明媚。我從天津上岸，走海河到東洲，租了輛馬車，中間還下榻了一間當地人的客棧。北京倒是熱鬧，大清皇家海關總稅務司赫德請客，他出生在英國北愛爾蘭，自一八五九年加入中國海關已經二十多年，深受朝廷信任重用，公平地講，他也確實鞠躬盡瘁。他那一席晚宴參加的有各國公使館的官員，英國洋行的合夥人，還有英國的女詩人，和幾位中國的買辦。餐點都是西式的，有當季濃湯，英式雞肉，還有奶油蛋白霜。郝德這樣的聚會在京城據說稀鬆平常，他應該也引以自傲，把外國的習慣融入中國生活，發揮了應當的影響力，與中國人走在一起，同時在改變中國。

米夏輕輕啊了一聲，可德米特里的表情卻不以為然，口氣甚至充滿揶揄；米夏一愣，隨即會意，不由想像彼時彼處那明媚的春天裡掩藏著的矛盾和陷阱，忍不住脫口而出道，他這是太樂觀了，這條路還長著呢。他這種優越感因為戰爭產生，用條約和武力威脅維持，注定是長久不了的。

德米特里點頭讚許，說，是的，他們都錯了。中國的局勢已經不一樣了，我們不能不看清事實，俄國的影響力遠遠不應該只止於現在的這個樣子——你說是不是？革命之後，整個歐洲好像又一次突然發現了中國，這些銀行團都想撈一些好處，可是他們哪裡真正懂得那個國家？

米夏有些迷惑，不確定自己是不是誤判了他口氣中流露的溫情，可心中已被攪動著起了一點漣漪，記憶深處有一些招搖的旗幟重新露出迎風招展的輪廓，他擺脫不了那誘惑——他想要了解他們，自認是懂得那個國家的人，那本也是他一廂情願想要做到的。德米特里一直瞧著他的表情，這時問道，他們全都歡欣鼓舞，覺得事在必行，志在必得？

米夏一呆，問，你問的是六國銀行團？

德米特里點點頭，就事論事問道，你覺得中國人這次借貸會用什麼作抵押？

米夏於是將從那兩個法國人的話重複了一遍，說，也只有用鹽稅和關稅，對外國財團和銀行來說這最為簡單明瞭，操作在他們理解範圍之內，也是慣例；假使別的作為抵押品，譬如四川的大片土地，那地方對外國人來說根本遙不可及，無從想像，何況他們在那邊毫無執行力。

德米特里道，你在中國待了那麼久，還是不了解中國人的想法。

米夏辯解道，難道你覺得我說得不對？

德米特里道，你在咖啡館還聽到什麼？

米夏凝神一想才說，看來歐洲人對中國的新政府頗有信心，覺得經過清帝遜位，南北議和，新政權遲早會步入正軌，借貸不難如期歸還。如果中國從此進入同一個條約體系，今後歐亞大陸許多變數有可能出現轉機，對於金融借貸來說，當然是天大的好事，誰不想安安穩穩做生意……

德米特里嗤了一聲，不屑地說，這怎麼可能。這些歐洲人，還有美國人是一廂情願吧。

米夏奇道，為什麼這麼講？這也不是歷史上第一套新政府會採用的作法。美國建國之初，漢彌爾頓的債務重組計畫就如出一轍，難道在中國就行不通？

德米特里說，中國有中國的情況，這些西方人不懂亞洲的事務，尤其不懂得中國。他們一上來態度趾高氣揚，口口聲聲按條約辦事，那只會壞事，他們的條約在中國人眼裡是欺負人的工具。何況，中國的革命遠遠還沒有結束，建設的時機並沒有到。武昌革命後，中國短暫地分裂成南北兩個政府，南京政府願意跟北京的北洋軍和清庭妥協，你道是什麼原因？

說起武昌革命，米夏張了張嘴，喉頭乾澀，還沒來得及發聲，德米特里已經接著說，不要跟我講是因為革命者的情操高尚，南方願意謙讓。事實上南京政府得不到外國銀行團的支持，拿不到借貸，與北方妥協是當下唯一的選擇，但是我不覺得南方政府會放棄革命，也必不會讓臨時政府的借貸順利進行。我看至少在輿論上要先聲奪人，如果是我也會拿鹽稅和關稅來做做文章。

米夏不解，道，做什麼文章。

德米特里冷笑一聲，道，中國人這些年在外國人面前頗受了些氣，不管是誰將稅款抵押，遲早被人抓住把柄說成賣國，這也是夠難堪的，這些內部的矛盾必定使這個國家分崩離析，如果他們不能妥善解決，倒是給革命創造了大好的機會，一旦開始，必定勢如破竹。

也許是重提武昌使米夏注意力分散，他沉默著，好像沒有將耳邊的話聽進去。德米特里打量著他，感覺到細微的變化，他花了這些力氣，也許還是會功虧一簣——至少在當下，周圍的一切對於這年輕人來說，好像不再存在，他又陷入到存在於彼端的那團迷霧中——這樣的話，他根本幫不了他，如果他一直走不出來，也只能任由他越陷越深。

德米特里在這一刻打算鬆一鬆手。

米夏沒有分辨，因為他知道德米特里說的不無道理，可他捨不下心中的執念，對某種願景的憧憬是會上癮的，他最渴望的——其實很簡單——是愛與被愛，僅此而已，無關革命。這個時候，他的確聽不進德米特里的話，甚至不耐煩。

४

他在中國公使館前等那名女子。她走出來的時候認出他，故意從他身邊繞過，然後走到街角回頭查看他失望的模樣，臉上似笑非笑，在等著看笑話，但她偏偏又駐足不動，分明在等他跟上前去——米夏沒有想到她這樣調皮，心中升起一層淡淡的酸楚。他像怕錯過什麼一般，疾步走到她的身邊。

然後，他搶先一步，跟她說官話，她卻用德文問他，你是俄國人？

他堅持用她的官話，她嘴角稍微揚起，表情冷淡，略過所有他的提問，用自己的母語問他，你找我？

他不知道該如何回答，答非所問道，公使館這兩天很忙？

她詫異，兩手抱臂，滿懷戒備，還退後了一步，讓他覺得自己很冒失，可是他還是鼓足勇氣，朝前進一步，簡直咄咄逼人。他直視著她的眼睛，說，你們在替新政府籌劃善後大借款的事宜？

她還是詫異，不過不似剛才那般充滿了敵意，手臂也放下來，唇角微揚，是一個習慣傲視一切的笑容，她的官話很好聽，說得雲淡風輕的，道，那不是我的事，公使館自然會處理妥當。

米夏還是看著她，故意驚訝問，妳不是公使館的人？那我找錯人了。難怪妳不清楚公使館的事。

她中計，逞強回答道，我住在公使館。

他裝作疑惑，接著問小姐貴姓。

她冰雪聰明，一下醒悟自己著了他的道，可見他官話說得倒還地道，已經不打算設防，莞爾一笑，道，我姓沈。

米夏作出恍然大悟的樣子，道，那公使沈瑞麟是妳的……？

她點頭，略一猶豫，道，我們是親戚。——她有個明媚而陽剛的名字，叫做沈微揚。

沈微揚在維也納大學的醫學院旁聽課程。他跟著她往學校方向走，心生仰慕，因為她就是他心目中素之應該的模樣——與他一起走在新的時代裡，穿過新的城市，走到世界的中心去——如果她願意跟他走出來，他們的前途是無量的……想到素之，身邊的沈微揚不免生分了，他不由自主側一側身，又去打量她，但好像成心想要挑剔，然後他的目光落在她的一雙鞋上。

她像被那目光燙了一下，腳步也滯了一滯，他立刻明白是怎麼回事——那是當然的，她是漢人，小時候想必纏過足，雖然天足運動早十幾年前就開始了，但她的家人接受新思想相必還是遲了一步，後來即便把纏足放開了，可穿的鞋子還是露了餡——那雙做工精緻的皮鞋尺寸的確格外小了一圈，但如果不刻意留心，當然也不會特別惹人注目。

但是沈微揚格外介意，臉上淺淺一層陽光般的笑容褪去，表情像塑像般凝固，抿嘴沉默，好像打算從此以往不苟言笑。

他們沿著環形大道上並排走著，但米夏覺得這般走下去，他們很快就會分別走上岔道，分道揚鑣了。維也納大學的主樓就在前方不遠，以義大利文藝復興時代建築為靈感的設計看上去格外莊重，像一座山的屏障。米夏不知道醫學院在哪裡，不過自己終歸不能這樣一直跟著她，不覺有些徬徨焦急。沈微揚在這時卻開口問他，你知道那樓頂的雕塑是什麼嗎？

他順著她的目光看過去，不知她具體所指，他知道那高高在上俯視著一切的群像都是希臘或羅馬神話中的人物，那是他成長範疇之外的敘事，不是他熟悉或者感興趣的，但是對於她也不見得會有特別的意義？難道她真會關心或了解這些塑像背後的起因源頭？

沈微揚看了他一眼，臉孔微微上揚，目光依舊回到那建築之上，口氣不太在意地說，那組雕像據說描繪的是羅馬智慧女神彌涅爾瓦的誕生，她同時是戰神，也兼管著手工藝人的運氣。起先我不明白她憑什麼可以智慧與勇武兼備，同時還有功夫照看各等瑣事，我們中國的神話中裡沒有這樣的女神……她的口氣露出遺憾，接著試圖解釋——他們的神話跟我們的神話不一樣，他們有他們的一套傳統，在他們的體系裡，許多事看上去天經地義；可我們有我們的繁文縟節——他們是明白不了的……所以——她側臉瞧了瞧他，說，借貸這樣的事，他們覺得天經地義，有套既定規矩可循，可是到中國人那裡可沒有這麼簡單。

米夏費力聽著她的話，不太明白她的意圖，聽到這裡才恍然大悟，原來她是在回答他適才提到的借貸的話題，而且口風與德米特里一模一樣。他略為意外，不知她為什麼改變主意願意開口。沈微揚知道他在打量自己，眼觀鼻，鼻觀的卻不是心，而是自己的腳尖。米夏一瞥之下，驟然明白，原來她這樣敏感，大概是怕自己被人看低了，擔心他對她有舊式女子的偏見，所以才有這一篇長篇大論，急於表達自己的觀點。

他於是說，我最尊敬學醫的人，有救死扶傷的本事很了不起。

她稍微鬆了口氣，口中卻抱怨道，雖說在學醫，可是我不是正式的學生，至於救死扶傷，我回去之後，有沒有機會行醫，更不好說。

他在漢口住了那麼多年，豈能不明白她話中的種種難處，心生同情，不由勸慰道，即便是在奧地利，目前也只有哲學院與醫學院可以招收女學生，這也不過是十幾年前才開始的，這個世界需要改變的可多著呢，而且變化說來就來，也許明天世界就不一樣了？不過，我始終覺得學醫的人最勇敢了。

她聽他這麼說便笑了，忽然恢復調皮本色，問道，你的膽子夠不夠大？改天我帶你去個地方……

他因為她的這句話瞬間覺得心花怒放。這樣他們就算認識了。

她沒有食言，果真帶他去了醫學院的蠟像博物館，約瑟夫館陳列的是人體解剖蠟像，人像栩栩如真，細節精緻入微，米夏乍然闖入，敬畏心油然升起。他一開始以為陳列的都是人體標本，心中微寒，不過強自鎮定，不肯露出一點怯意，轉頭見沈微揚一臉捉狹笑容，狐疑仔細打量，才明白那其實都是蠟像。

沈微揚很清楚醫學蠟像館的歷史，從約瑟夫二世在十八世紀建立培訓軍醫的外科學院娓娓道來，將自己的世界打開一扇窗，讓他看進來——原來，當年奧國皇帝從佛羅倫薩訂製了這批解剖蠟像，由馬匹負載上千個裝載蠟像的木箱翻越阿爾卑斯山脈，再從蒂羅爾地區由多瑙河運達維也納，旅程艱辛，而且耗資巨大。她說得生動有趣，甚至不厭其煩描述阿爾卑斯山的風光地貌，顯然是在賣弄自己的學識；但他是好聽眾，一派洗耳恭聽的樣子，心中倒是的確懷著肅穆，依序自一具具玻璃展櫃前走過，聽她跟他講解人體的結構，肌理構造，器官功用……一直走到金髮維納斯解剖蠟像之前——那金髮的女神仰躺在玻璃櫃中，眼神安詳，露出淺淺一抹微笑，金髮如波浪般散開，脖頸上是一圈珍珠項圈；只是女神固定在一個已解剖的狀態中，也許那就是屬於她的神的境界，她原本無畏流血，也無畏世人的瞻仰——她具備一切人類肉身的器官，甚至還有一個小小的胎兒蜷睡在子宮之中，同時擁有最完美的女性的軀體，無懈可擊的黃金比例，皮膚呈現一種透明感，不能不說別有一種誘人的姿態，讓人不由徜徉在醫學與神話模糊交匯的祕界不能自拔。可是沈微揚卻不再講下去，突然轉過身，逕自走出了大廳。

米夏分明看到她臉上微微泛紅，對自己突如而來的羞怯還有些惱意，他不敢說破，緊隨著她往外走，穿過光線幽微的長廊，一路走到室外的陽光中去。站在庭院中，她一時間垂目若有所思；他卻仰天看著頭頂灑下的金色陽光，覺得沐浴在創世紀的那一線光輝中。他朝她望去，在她身後站著的是希臘神話中的健康女神許革亞，背後新古典風格的建築儼然像是一個框架，要勾勒出適合世人共存的背景，他因為光線的緣故瞇起眼睛，心中猶猶豫豫升起一些模糊的願景和希望。至少，她就站在他身邊，這算不算如願以償？

沈微揚對公使館的日常運作其實頗為了解，她主動提起是因為米夏對她的身世好奇，她不願提家務事，便換另一個他感興趣的話題，不過口氣帶著埋怨，覺得他不懂事，不知天高地厚，所以她有責任給他補充一些常識。

她推心置腹道，善後大籌款沒有我們公使館的事，袁世凱最早派唐紹儀跟美英德法四國銀行團接洽，後來又加上日俄，變成六國銀行團，從一開始就一再生變，爭執不斷，現今六國銀行團要求監督中國政府財政作為借款條件……

她說到這裡，眼鋒飛快地掠過他的表情，他看見她一雙眼眸黑白分明，接觸到了他的眼神卻定定看住了他，透出不信任，彷彿挑釁一般等他開口。他覺得那是個陷阱，不管他怎麼回答，她已經對他作出了裁決，他只有坦白，可不知道她聽不聽得進去，倉促間也只好先盡量坦誠地說，他們的這種要求對於他們來說是常規操作，不過針對中國的情況，如果要一板一眼講道德，就說不清了……

她嗯了一聲，攔腰掐斷他的話，道，所以，不知道最後結果會如何。我們奧館自己談的是小額借款，專充使費用途，但利率擔保等條件也需得要財政部酌定。我們這筆借款是奧國銀行家引薦英國公司出借的，英國公司應允購買中國政府的國庫券，不過堅持要加注海關擔保，但實情是前朝債款未清，海關收入早就專充撥還洋款，無力多擔他項借款，所以合同條款又得周旋，另外財政部中間又提出能否用這筆款項先去墊付法，比兩國留學生的學費欠款，可見中央政府財政窘迫。

她嘆口氣，道，善後借款能夠談出一個皆大歡喜的結果就好了，整個國家百廢待舉，新政府要有錢才能維持，不對外借貸，難道在國內搜刮？她的聲音低下去，語氣充滿了矛盾，再嘆口氣道，新政府財政如果破產，革命成果豈不是眼睜睜要付諸東流。

他微微詫異，意外沈小姐對公使館的事務這般了解，而且開口閉口我們奧館，彷彿公使事事與她商量。他不便盤問箇中原委，只好順著她的話說，革命的成果怎麼可能付諸東流，沒有失敗的革命，只有不徹底的革命，革命是可以再來一次的。

她看他一眼，神情複雜。他在那一刻忽然醒悟革命對於她的意義，那是她掌中小心翼翼托起的一團華光四溢的火種，是她心中的明燈，是解決所有難題的靈丹，是她和許多人的希望，因為革命那兩個字後面藏著一個更好的全新的世界，分外誘人。

他出神地看著她，忽然產生羨慕，希望自己手中也有能讓自己信服的火種，可是此刻他吃不準自己的方向，只覺得周圍迷霧重重，他希望她是他的那盞燈，或者他也可以為她指引方向。

他幾乎日日出現在她的周圍，她也不反感，既然來了，就讓他跟自己一起去一些讓他意想不到的地方——原來其實有他在，出入某些場所更為方便，他也疑心她把他當成了現成的保鑣，可他不在意。那段時間剛過完新年，整個維也納還沉浸在嘉年華的氣氛中，人們還在忙著盛裝出席各種各樣的舞會。米夏不知道中國的公使有沒有接受邀請，是否有心情成為這慶典的一部分。公使館外日日車來人往，也很熱鬧，但也許只是為了公事在繼續奔忙。

數日後，沈微揚主動約他，說好在公使館附近見面，不見不散；她出現的時候穿著男裝，頭髮全壓在帽子底下，帽沿遮住了半個臉，露出唇角彎彎含笑；身上的西裝恐怕是特別度身量製的，外套把纖細的身材撐了起來，露出白襯衫的領子漿得筆挺，一眼看去彷彿是個青澀成長中的少年模樣。

在那一刻，米夏被她深深打動，心中充滿了欣喜，覺得自己沒有看錯人，她完全不像他在漢口時候遠遠見到過的那些閨閣女子，她是這樣大膽調皮，跟草原上的素之一模一樣——他總忍不住拿她跟素之比，而且刻意避免想起春蘭，只有這樣，心中才能充滿了柔情蜜意，他的世界彷彿因此有始有終，秩序分明。

沈微揚特意換上男裝是要跟米夏去皇家歌劇院看歌劇。她一心想試試兩克朗一位的站票是什麼滋味，她聽人說站票的位置就在皇家的包廂下面，正對舞台，不單整個舞台一覽無遺，歌劇音樂也能聽得清清楚楚，只是底樓的站票只招待男士，可她偏偏就想站在那兒聽歌劇。不過，她沒有想到買站票的觀眾不被允許穿戴外套和帽子入場，她沒法脫了帽子繼續假裝男士。

米夏見她由滿懷期待轉為黯然失望，一臉懊惱，小女孩性情展露無疑，與平時的鎮定俐落不同，當然他不敢笑話她，而且他也知道應該帶她去哪裡她會高興。結果他們去了人民劇院，華格納的《紐倫堡的名歌手》是這天的節目。米夏沒有想到這齣歌劇有那麼長，這種種音樂是他成長過程中缺失的部分，他也不覺得特別飢渴，抱著既來之則安之的態度；他見沈微揚正襟危坐，音樂未起，神態已經露出敬畏，於是他也打算洗耳恭聽。

他沒有想到前奏曲聽上去是這般氣勢磅礡，心中一池水彷彿整個被蕩漾起來，同時有一層華麗莊嚴的光輝徐徐籠罩下來，心中不由自主出現一線模糊的渴望，像急不可待要與周圍的一切一起匯入滾滾向前的浪潮之中。他身邊坐著位年輕男子，也沉迷在那旋律節奏之中，握緊著拳頭，並且喃喃自語——

米夏用眼角餘光打量他，為了聽清他說什麼，微微傾過身子去，聽到他反覆喃喃說的無非是同一個句子——這才是德國的音樂，真正屬於德國的音樂……他啞然失笑，看來這年輕男子是德國人無疑，看樣子是學生，大概是念藝術科目的，手上有頂藝術家喜歡戴的貝雷帽；他感覺到米夏的目光，乾脆側過臉來，米夏與他四目相接，兩人居然都沒有半分尷尬，就這樣直視著對方，在磅礴的樂聲中居然有了一點默契似的。那年輕的德國人看上去還有點稚氣，目光有意無意越過米夏，將目光落在沈微揚的身上，臉上微露詫異。

沈微揚的注意力全在舞台上，臉上有種屬於中國人的格外的矜持和沉靜。米夏不由好奇，想知道這樣澎湃的音樂究竟會在她心裡激起什麼樣的漣漪。相比之下，那位德國的年輕人顯得喜行於色，音樂已經將他帶入到另一個世界，他的眼睛放出光來，每個音符和字句顯然都敲打在他的心坎上了。這是齣喜劇，縱然米夏沒有完全聽懂德文的唱腔和對白，對於情節還是明白了個大概。看來作曲家將一齣愛情故事放在中古時期德國的紐倫堡，是為了可以奔放地表現屬於德意志的民族意識——在德國紐倫堡那個城市，要成為名歌手，必須要先充分掌握文法，修辭，邏輯，算數，幾合，音樂，天文等等學科的基礎，而這整個城市對音樂的愛好幾近瘋狂，主人公為了贏得美人歸，就要不惜代價在歌唱比賽上完勝成為名歌手才有希望，而各行各業的老大，也都是由名歌手擔任，……因此可想而知，整齣劇目中的歌詞充滿了各種各樣的真知灼見，而且應該都已經變成了作曲家的名言——那年輕的德國孩子大約就是被這些詞句打動了，入了迷，彷彿回到了那古典德國的極樂世界，一臉熱血澎湃。

米夏對他產生興趣，留意著他的反應，他似乎知道米夏在想什麼，等到第二幕，第三場的時候，聽到舞台上那一段「成功，至今與我無緣。雖然我感覺得到，但是我理解不了。我不能將它留住，也無法將它忘掉。即便我將它抓住，又無法將它衡量……」，他斜睨了米夏一眼，拍了一下大腿，道，說得好！說得太好了，是不是？——這是在徵求米夏的意見。米夏因此意識到這年輕人其實野心勃勃，並且內心充滿了意志，他不由點頭，手中握了個拳頭。沈微揚一直沒有朝他們看一眼，也許是她的安靜讓那德國青年冷靜下來，目光回到舞台，那兒天地無限廣闊。

在中場休息的時候，他側身對他們開口，卻不是對米夏說話，而是越過他，猶豫幾秒，對沈微揚說，你們中國人早在兩千多年前就創造出了許多優美的音樂。他的話像是讚美，但是語氣陡然一轉，道，但是到了現在，你們聽，這音樂是多麼偉大，這是屬於德國的聲音，你們的聲音呢？到哪裡去了？……

他說完，頓了頓，似乎微微害羞，站起來，便走出了演奏的大廳。他這番話有些突兀，沈微揚不以為然，不屑問，他是德國人？這人怎麼這樣的自大？中國樂曲的好處，哪裡是他可以懂得的？

她表情固執，像要米夏作一個仲裁，米夏但笑不語，回首四顧，已經看不到那年輕人的身影。他無暇替他們評判，心中想的是他自己的俄羅斯的音樂，心底升起悠揚的曲調，自己也不知是哪裡來的，在這帝國之都的夜裡，他忽然有了鄉愁，突然也對音樂著了迷，他疑心那也許是一直在尋找的所謂力量的源泉所在，讓他心中滿是惆悵。

中場休息之後，那年輕人卻沒有出現。沈微揚看了看那個空位置，鬆了口氣，米夏知道她不喜歡任何人挑戰她的信仰，她心中的相信的無他，故國和故國代表的高於一切，別的全不在她眼裡——不管是俄羅斯還是德意志，或是眼前的奧匈帝國之都維也納。

可是她也為這帝都所有一切著迷，儘管她沒有任何溢美之詞，可是分明把米夏當作了一起探索這個繁華世界的同志伴侶。她對什麼都感興趣，沒有徵求他的意見，便讓他一起去看表現主義畫家克里姆特，埃貢席勒，奧斯卡，可可斯卡的畫展，這是個嶄新的開始，被稱作分離派的新流派與保守的學院派抗衡，而她才剛剛接觸古典主義，在霍夫堡皇宮對面的藝術史博物館觀摩了那些古典藝術作品，然後走馬觀花穿過整個文藝復興時期和巴洛克時代，一步跨過了幾個漫長的世紀，緊接著便到了領略和理解藝術演變和前衛性的時候——世界有那麼多可能，但是她也充滿了疑惑。米夏看到了這點，可是沒法幫她或自己。她總是先入為主，想當然地以為米夏屬於眼前熱鬧的一部分，如果把世界切為東方和西方，米夏當然是屬於彼岸的西方——卻不知這深深傷害了他，他有苦說不出，因為他分明也迷失在一條夾縫中，苦苦不能昇華；於是，他不知怎麼想起人民歌劇院的那個年輕的德國人，在他身上可以看到音樂是如此有力量，可這顯然不是普世的力量，因為他無法想象自己被音樂救贖。

新年嘉年華的季節不覺已經過去，接下來是基督教傳統的大齋期，人們的心情多少有些改變，總有些意外的事件。沈微揚遲疑問米夏是否知道弗朗茨蘇邁爾在車站被槍殺的消息。她跟他說，蘇邁爾是社會民主黨的重要代表。

米夏哦了一聲，詫異她居然會關注政治人物，德米特里其實已經關照過他，要他留意這起槍殺事件的發展。

沈微揚繼續道，你說他的葬禮會有多少人參加？——我拿到傳單了，不如我們一起去瞧瞧？

米夏於是告訴她蘇邁爾代表的行政區Ottakring，是維也納最大的勞工區，他經常在議會主席台上為了維護他所代表的這一區的利益，聲嘶力竭地吶喊——當然，這說明他在意他所維護的，才會表現得七情上面——工人們都愛戴他……

沈微揚揚眉問道，這是政治謀殺？

米夏遲疑搖頭，道，這又不見得。可是碰到這個時間點，這葬禮恐怕變成一個大事件——謝肉節剛過，狂歡節的氣氛還沒有走遠，我看人們會很願意重新走上街頭。

他沒有說錯，那一天葬禮送行的隊伍果然如海潮般連綿不斷，彷彿所有市民走到了一起，穿制服的軍人，為了這日子特別換上黑色禮服的普通市民，還有許許多多的工人，也許剛從工廠出來，有的推著單車，毛了邊的工人帽子也來不及換；女人們戴著頭巾，有的還推著嬰兒車，全都並肩而行，肅穆不語，如同一波又一波潮水；安靜的潮水更有種無言的力量，如果要撼動什麼，他們顯然已經不知不覺地做到了。

米夏與沈微揚最初只是在行進隊伍的路旁觀望，當高舉花圈的隊列經過的時候，米夏拉著她加入了行進的隊伍。沈微揚略微猶豫，然後腳步很快跟上了隊伍，如同一滴水匯入河流。米夏走得昂首挺胸，耳邊不自覺地響起這幾個月來聽過的那些可以配合這場景的音樂，大多是華格納的，讓人既感渺小，又覺得偉大。他忍不住傾過身去，在沈微揚的耳邊耳語，道，你看，維也納醒過來了，他們都醒過來了。

沈微揚聽聞，猝然轉過臉來看他，一雙眼睛晶亮，像已經被火種點燃。米夏驚奇，在這一刻，他覺得與她的距離是這樣近，他的手臂貼著她的手臂，他們的步調一模一樣，原來要打動人心是這樣簡單，無非是找到這樣一種普世的情感——那具體是什麼，他還捉摸不清楚，不過誰會拒絕這種心貼心的感覺呢。

他看出沈微揚對政治感興趣，覺得有些地方她應該去；在維也納，他當然也有個自己的圈子。沒錯，德米特里授意他應該經常出沒咖啡館。米夏很清楚該去哪一家——維也納的俄國人都被吸引到中央咖啡館去了，因為托洛斯基幾乎在那裡常駐。德米特里自己不方便跟流亡的俄國革命家公開來往，米夏是他的耳目，而他的耳目當然不止米夏一人；所以帶沈微揚去那裡也不是全無顧慮，因為到後來，他必得跟德米特里解釋，他心中權量，覺得自己有能力控制——他心中已經對沈微揚有了計畫，這本來也是德米特里教他的，發展合適的組織成員永遠是要務，他們信仰的主義標榜的不是國際化和超越國家的界線嗎——況且誰說沈微揚心中沒有一些與他們相同的追求？沈微揚如同一株急著想要長大的幼樹，正從周圍的土壤急切地吸收著水分和養料，她渴望學習，想要把過去留在了身後，正在尋找擁抱未來的一切可能。

譬如說穿著打扮，沈微揚總是對如何穿戴得體相當介懷，她似乎很清楚這哈夫堡王朝帝過之都的時尚潮流，把自己妥善地安置其中，她看最新的流行時尚雜誌，諸如去年剛推出的標榜好品味的法國時尚雜誌《邦頓公報》，流行風尚中追求的東方的溫婉氣質當然正對她的胃口。歐洲的女裝已經摒棄了以前那種繁瑣又不舒適的緊身束腰，縱然是窄身的裙裝，也不會過分拘謹。她喜歡把襯衫束在高腰的長裙裡，被稱作帝國腰圍的高腰設計正在淡出，外套的線條柔和貼身，腰線降低，微微收起——這美麗的試驗讓她沉醉，而她也熱烈推崇那些剛剛出現的專門為運動設計的女裝，在新的著裝裡她顯得鎮定而有信心；不過她很介意別人的看法，不願意使自己顯得過分標新立異，她外出的裙裝，外套與帽子都是配套的，而且不是百貨公司的成衣。

沈微揚跟米夏進了中央咖啡館，下意識多帶了幾分矜持，有點不苟言笑。她點米朗琪咖啡和巧克力義可蕾，顯然也很清楚這裡出名的是什麼。

侍者認得米夏，將咖啡端上來的時候，彎腰跟他說，他們在下象棋呢。

米夏回首張望，一面笑問，是誰跟誰下？

侍者口氣彆扭地說，就是那個喬治亞人。停一停，又說，他剛才贏了好幾位，不知阿德勒博士是不是還打算跟他下一局。然後他刻意輕描淡寫道，托洛斯基博士剛才走了，不過我看他還會回來。米夏點了點頭，朝托洛斯基通常坐的位置看過去，他的位置空著，不過邊上的桌子旁圍了半圈人在看棋局，不知是不是不勝其擾才離開的。米夏知道在革命者的圈子裡，大家都互相戲稱博士，因為侍者用語中的博士，甚至是博士同志這樣的稱謂是尊稱——當然阿德勒的確是心理治療博士也算得上是醫生，更是個體心理學派的創始人——對於侍者來說，博士這稱謂代表的是他們仰視的一切，不光帶著學術成就的高光，還有必不可少的光鮮的外型——錚亮的皮鞋，精心打結的領結，掛著錶鏈的背心，譬如托洛斯基博士——因此這侍者沒用博士來稱呼那個喬治亞人，顯然是有原因的。侍者的目光有意無意掠過那喬治亞人，眉毛微微聳起，顯然對他外型不無挑剔，米夏遠遠瞥了一眼他腳上那雙農人才穿的靴子——這喬治亞人與周圍那些維持著閃亮外表並且樂在其中的顯然不是同一路人，他自己也不在乎。

那喬治亞人突然回首望過來，與米夏相視，彼此心照不宣——他們自然早就認識，可是兩人都沒有打招呼。

沈微揚回頭望了一眼，雖然好奇，可是沒有開口問什麼，用小勺子攪動濃縮咖啡上厚厚的奶泡，將侍者拿來的幾份報紙翻了一翻，看著米夏，神情一時像個虛心的孩子。咖啡館裡有嗡嗡的說話聲，在挑高的拱形天花板下聚成頗為可觀的聲浪，可是因為室內裝飾華麗，將那所有的聲音變得堂皇而且天經地義，成了裝飾必不可少的一部分。米夏微笑看著她，終於在自己的地盤重拾了信心，覺得從容淡定，彷彿心中版圖上所有星辰都歸屬到了正確的軌道。

托洛斯基終於回來，許多人跟他打招呼，像掀起淺淺一陣潮汐；米夏一直注意著那邊的動靜，這時站起身來，還沒開口，沈微揚就說，你過去吧，我在這兒坐坐就好。她端坐著，小口喝著咖啡，臉上笑容禮貌卻帶著疏離。

米夏微微一愣，無暇多想，因為他有迫切需要應付的狀況。他走過去的時候，有人在中間截住了他，悄悄問，托洛斯基知道這喬治亞人是列寧跟前的紅人嗎？他來維也納做什麼？

米夏哦了一聲，一雙眼睛全神貫注看著對方，似乎鼓勵著什麼，那俄國人低聲道，聽說他在俄國的《社會主義民主報》寫文章，取笑維也納出版的《真理報》浮華聒噪，托洛斯基很不高興。

米夏含著笑，並沒有停下腳步，同時舉起手打招呼，原來是托洛斯基也看到了他。百忙之中他回頭看了一眼，沈微揚已經離開，空座位上留著兩杯喝了一半的咖啡，他吃了一驚，微微失落，心中框啷一聲，那些日月星辰彷彿頓時亂了位置，可他無暇兼顧。

托洛斯基已經在跟前，停下正說的話，若有所思看著他身後方向，問了一句，中國人？

米夏點頭，托洛斯基已經接著剛才的話題繼續說下去，用一貫的演說般的口吻道，俄國革命一旦開始，並由堅定的馬克思主義者領導，就會發展到由農民支持的無產階級專政，並開啟一個國際革命的時代。說到這裡，他看了米夏一眼，言有所指道，我們的隊伍是一支國際的隊伍。

米夏不由再回頭，希望在此刻找得到沈微揚的身影，他不知道她聽了會怎麼想。

那喬治亞人顯然一下子失去了自己的舞台，棋局結束，他應該又勝了，可是沒有得到該有的喝采，大家的注意力都集中在了托洛斯基的身上。喬治亞人臉上沒有任何的表情，悄悄起身走向門外。

米夏過了一會兒才離開，走出中央咖啡館的大門往右轉，過了兩個街口再左轉，果然看到那喬治亞人在等他。米夏高聲跟他打招呼，稱呼他為寇巴。寇巴雖然早走了片刻，但對咖啡館內的動靜似乎瞭如指掌，表情露出不以為然，說，國際主義碰到民族主義要怎麼辦，這才是列寧關心的，這個國家的無產階級在民族主義面前要怎麼對待另一個國家的無產階級這才是革命的根本問題。

米夏點頭連聲說是，是。

寇巴看了他一眼，道，我需要找更多的人聊聊，我在維也納的時間不多，需要盡量找不同背景的人了解狀況。

米夏還是點頭說是，是。

寇巴仍舊皺眉盯著他，米夏於是問，給《啟蒙》雜誌寫的報告已經有標題了嗎？

寇巴心不在焉道，暫且叫作〈民族問題和社會民主黨〉……然後他瞧著米夏，問，德米特里還在維也納？

米夏心中驚訝他會問這樣的問題，模稜兩可道，也許在，也許不在，不過他沒有跟我交代——你知道他沒有這種習慣。

寇巴彷彿鬆了口氣，還是瞅著米夏，慢條斯理問，聽說他很信任你，怎麼連你也不清楚？

米夏口氣慎重道，你知道他做事可靠——謹慎是最重要的，難道不是嗎？——他交代過我，要確保你的安全，那才是當務之急。

寇巴的目光在米夏臉上停留了一會兒，才徐徐移開，他說，你知道在哪裡可以找到我。

米夏鄭重點頭，寇巴拍了拍他的肩，目光中有居高臨下的讚許。米夏一愣，可是表情謙恭，他很清楚寇巴的背景履歷，知道他比自己年長十一歲，他不介意在他面前表現得謙卑。在那段時間，米夏一直有些心不在焉，或者說這些革命隊伍中的所謂的等級對於他根本無足輕重。

寇巴到維也納，原本有意拉攏德米特里，但是總覺得德米特里有點滑不溜手，幸好他又發現了有米夏這樣一個可造之材——不僅年輕，而且是德米特里信得過的人——將來，他遲早需要像他們這樣的人做左右臂膀，雖然他自己不屑沾手他們那些旁門左道——但他們這樣的人是少不了的。

他們感覺到彼此打量的目光，然後坦然相視，互相算不上十分了解，卻產生了微妙的默契——此刻，他們站在維也納熱鬧的中心，彷彿站在城市的心臟之上，有一點陽光正好照在他們之間的位置；人群自他們身邊走過，他們卻固執地不挪動腳步，像要從此變成中流砥柱的模樣；行人間或朝他們好奇張望，他們無懼那樣的目光，這不是他們的城市，可是人群都是一樣的——他們好像已經漸漸掌握周圍人潮的湧動之下那深藏的韻律，假以時日，也許自己就可以成為所謂的弄潮之人——所不同的是寇巴的目光堅定，米夏則顯得三心二意。寇巴瞇起眼看著街上的人群，眼角餘光掃過米夏，哼了一聲，道，剛才與你一起來的那個中國女人先走了？

米夏心中一動，他受德米特里陶冶，如何不明白寇巴的意圖，顯然他是想與自己進一步建立更深層的親密關係，這就需要用另一些私密的信息來作交換。米夏嗯了一聲，患得患失的表情倒不是裝出來的，他心念一轉，故意不作解釋，顯得不好意思，顧左言他道，我知道有一家青年旅館，你覺得是不是去那兒一趟，找幾個年輕人聊一聊？不過那在工業區，離這兒比較遠。

寇巴嘴角勾起，覺得滿意，轉過身朝著中央咖啡館的方向看了一眼，說，離這兒遠一點更好，這裡的人都一廂情願把自己浸在蜜糖裡，浸了一浸就以為有了永久的甜蜜的糖衣，殊不知這一層糖衣之下，腐朽和蛀蝕早就已經生成……

米夏神態謙卑點頭稱是，可遲疑一下，問，你住在Schloßstraße二十號，那不是在夏宮附近？我以為你不會喜歡那樣的環境。

不等他說完，寇巴便噗哧笑了，接著道，沒錯，亞歷山大跟我們不是同類人，不過他們覺得我住那兒有好處……寇巴又不屑哼一聲，說，也好，他家對我來說方便，就在夏宮邊上。我還能看到奧地利皇帝的馬車每日經過。那皇帝倒是勤勉，每天一大早就出發去霍夫堡皇宮辦公，八匹白馬拉著他的馬車，他的僕從還穿著一樣的浮華的制服，兩個匈牙利衛官的肩上披著豹皮——皇帝還生活在他的戲裡，維也納也一樣……

米夏喔了一聲，隨口說，你剛好趕上了維也納新年嘉年華的季節……

寇巴打斷他說，你懂什麼。

米夏順著他的口氣說，是的，一般人如何能夠看清楚型態複雜的局面。然後他小心翼翼問，亞歷山大是你的熟人？

寇巴口氣輕鬆地說，那是列寧介紹的，亞歷山大雖然是從俄國武備學校畢業的，不過他們在西伯利亞待過，西伯利亞可不是玩橋牌的地方——當然他們橋牌玩得不錯——所以他們能算得上是同志。沒錯，他們有錢，而且是貴族出身，列寧大概覺得我可以從他們身上學點什麼——譬如了解一些維也納上流社會的生活，那本來也不錯。寇巴說到這裡笑了，似乎前面說的都是戲言，然後正色道，不過我對他們那一套沒有興趣，我有我忙的事。

米夏知道寇巴這次是從克拉科夫過來，列寧剛好也在那裡，據說他們相處甚密，因此寇巴表現出明顯的優越感也不奇怪，也許是為了暗示他的這一趟維也納之行是有特別任務的。

米夏於是說，你如果有任何需要，我會幫你安排。

米夏提到的青年旅館叫做Mannerheim，在Meldemannstraße二十七號，是一座六層的小樓，雖然遠離環城大道周圍的繁華和優雅，但也不顯得逼仄，而且從維也納城中心咖啡館延伸過來的高談闊論的風氣應該也不會受影響——住在這裡的大多是年輕人，當然會把咖啡館養成的習慣帶回來。他們不會把眼前的簡陋看作是人生終點，現實中的窘迫是過渡，胸中那些遠大的才是目標；他們夜歸早起，清晨出發，為各種各樣的理由在這帝國之都奔忙，彷彿踏在希望的征途上。這裡晚上有宵禁，回來不能太晚，但每個人至少擁有一個可以上鎖的單間——隱私也是種奢侈——而且房間都已經安裝了電燈和暖氣，公共空間還設了一間圖書館和圖書室。通常，這樣的旅館並不接待住客以外的訪客，不過米夏已經安排好一切——寇巴在圖書室見了幾位年輕的住客，米夏將人逐一帶進去，然後在門外等候。

旅館的走道光線昏暗，空氣如同凝滯不動，米夏在走廊的中間，覺得自己在一條隧道的深處；走道另一端開著扇窗。他時時抬頭，迎著那分外亮的一點光線，想看清楚外頭那一方天，時間過得分外緩慢，他的懷裡像揣著一隻鐘，他得不停地把那時針往後撥，好勻出更多餘地來，他突然發現自己竟然有極大的耐心，好像已經準備好了將一生都消耗在這樣的動作上也沒有關係。

他聽不清寇巴在裡邊說什麼，先進去的是個匈牙利人，然後是來自南部的波士尼亞人，接著是個捷克人，和猶太人——他已經盡了力，按照寇巴的要求，盡量要拼湊出可以影射奧匈帝國諸民族的鑲嵌畫，當然這拼圖今天還做不完，不過沒有關係，他已經有周全的計畫——只是他還沒有完全揣摩明白寇巴的意圖，也許他也想找更多的工人了解情況⋯⋯

時間不知過了多久，有扇門被推開，然後又哐一聲被帶上。走廊裡多了個人，擋住了光線。來人停下腳步，往這邊看，然後慢慢走過來，輪廓嵌在那幅窗中，背後的光線太亮，看不清他的臉，可腳步聲嚓嚓地響著。米夏有些警覺地站起來，那人走得近了，一照臉，米夏吃了一驚，來人顯然已經早一步看清楚米夏，臉上是驚喜的表情。

他們見過，米夏記得很清楚，就在人民劇院，聽的是華格納的歌劇，那一次他們坐在一起——正是那個德意志年輕人⋯⋯也許是光線的關係，背光中米夏只見他那一雙眼睛，晶亮地逼視過來，米夏來不及有反應，身後的門就在那一刻被打開，寇巴一步踏出來。寇巴一眼看到兩人表情，有些驚訝，視線不客氣地落在這年輕人身上，這德意志人瞥了寇巴一眼，於是與米夏擦肩而過，背他們而去，走到另一頭，打開樓梯的門，進去前還是回頭看，看的是米夏。

寇巴問，你們認識？

米夏遲疑，寇巴卻笑了，拍拍米夏的肩，湊近一點，在他耳邊說，他對你感興趣。

米夏咦了一聲，往那邊看，走廊盡頭已經空無一人，他回頭對寇巴說，我看他是德國的德意志人，奧地利的德意志人有不一樣的民族主義。

寇巴嘿地笑了一聲，意味深長地說，他對你感興趣的跟民族主義無關。

走出這青年旅館的時候，寇巴忽然問，你還在跟那個中國女孩交往？

米夏嗯了一聲，寇巴回頭朝這六層樓房仰望，好像在尋找什麼，似乎不經意地說，你知道，我們的私人生活都是屬於革命的。德米特里沒有教你嗎？

米夏卻說，德米特里說我可以從你這裡學到很多東西。

寇巴道，從每個人身上你都可以學到東西。

沒錯，米夏當然還在與沈微揚見面，還與她去看了電影，是她請他的。對她來說，他可能仍舊是一個方便，介於遊伴，隨從，保護人之間，曖昧不清。可是他抵擋不住其中的誘惑，誘惑來自於她，也來自這個帝國之都。那場電影他們看的是但丁的《地獄》，在Graben Kino電影院，座位鋪著軟墊，牆上裝飾著絲緞的牆紙，兩架鋼琴和三支小提琴組成的樂隊為銀幕上的影像配音……彷彿是坐在天堂裡看地獄。這樣的維也納想必讓她流連忘還，她好像下定了決心要把這個城市看個遍，馬不停蹄，鉅細靡遺，好像時日無多。

後來回想，他對那個城市的了解大半竟然都是因為她；當時，他被她一心好奇探索那個城市的姿態迷住，可是她卻又時時心不在焉，露出局外人的意興闌珊，這提醒了他，其實這城市的熱鬧與自己也不相干。於是新的疑問產生——到底什麼才是與他相干的呢？他從來沒有在他的祖國長期生活過，而東方的那個古老國家也一直把他當作外人，如今在這華麗如海市蜃樓般的城市裡，他也不是主人，這讓他更為徬徨，不知道捧著自己的一顆心要怎麼辦，他想把這顆心乾脆給了她，可不知道她到底願不願意接收。

&

他日日在公使館外頭等她，公使館的看門人當然已經認得他，見慣了便由詫異換上一幅不以為然的漠然。米夏也與沈公使打過一次照面，沈公使與隨從自正門出來，看了他一眼，停下腳步，略為猶豫，似乎欲言又止，米夏已經作好了自我引薦的準備，正要迎上前去，沈公使回頭看了一眼，卻旋即改變了主意，眼神掠過米夏，微微皺眉，匆匆上了門前停候的車，逃一般絕塵離去。米夏錯愕，轉身看去，沈微揚正施施然從正門步出，微微抬眉，望著遠去的車，唇邊竟有一絲譏嘲的笑意，這讓他覺得詫異——看樣子公使知道自己的存在，但彷彿不知如何處理他與沈微揚的關係，而且在沈微揚的面前更是不好表態，因此乾脆一走了之；這樣看來，公使大人分明對沈微揚有些顧忌，這讓米夏深以為異，不知道他們之間的關係——說是親戚，這在中國人的字典裡是個模稜兩可的詞，一表千里，說不清遠近關係。

他心中好奇，可不敢直接向沈微揚打聽，便旁敲側擊問她是不是想念湖州。

她嘆口氣，像不勝煩擾，勉為其難反問他，你有沒有去過湖州？

他搖頭。

沈微揚耐著性子說，湖州跟漢口不同，不過我也不是在湖州長大的。說是湖州人，其實整家人早就搬到蘇州了。打開了話匣子，她的話就一下子多起來，看一眼米夏，悠然地說，蘇州跟漢口也不一樣。漢口是個商埠，不中不洋，哪像蘇州，蘇州的好，你們商人懂不了……

不中不洋——他不禁失笑，恐怕自己在她心目中就是這樣的吧，笑歸笑，心中忍不住失落，因為清晰地感覺到兩個人之間的隔閡。他想填補那鴻溝，於是說，上有天堂，下有蘇杭。蘇州的園林好。

她臉色驟然柔和溫婉起來，瞧他一眼，說，我小時候在藕園長大的。聽她的口氣，好像但凡去過蘇州，就該知道藕園似的。

然後，她說起藕園的種種。

藕園在她的印象中當然是綺麗婉約如夢似幻，那園子三面環水，鬧中取靜，占盡城曲之地，詩酒之鄉的天時地利，他分外明白她言詞之中的戀戀之情，連他也開始想念他在遙遠東方度過的那些時日。

他一時失了神，而她只管滔滔不絕說下去——東園子適合宴飲習樂賞景，西園子藏書靜修最好，滿園子都是亭台樓榭，雙照樓，載酒堂，鰈硯廬，吾愛亭，筠廊，樨廊……池子叫受月池，靠近流水的是聽櫓樓——她說得飛快，他幾乎跟不上她說話的節奏，也來不及想明白那些名字中的典故，她已經開始描述黃石假山，懸葛垂蘿，他不是沒有見過中國的園林，當然可以想像婆娑風中，花香緲緲迎面襲來的情致，曲徑通幽處步移景換，轉眼間處處繁花樹影，窗櫺亭榭都翩然成景，沉浸其中，任由年年月月，日日夜夜流逝，鬥志都消磨了。那些話他聽得恍然，眼前的她似乎取代了記憶中的她，他想要破釜沉舟，乾脆就此把過去取代了。

他總是被她說話的姿態打動，知道自己的目光充滿了仰慕，甚至希望自己也擁有這樣的一座園子，好像因此就可以擁有一柄魔杖，掌握縱容寵溺她的能力——她在那樣的園子裡長大，難怪氣度不凡，眼角這麼高——可米夏聽著聽著又猶疑起來，忽然意識到她的意圖，她就是要在氣勢上壓倒他，恐怕只有保持凌駕雲端俯視眾生的姿勢，才能讓她覺得自在；瞬間他心中充滿了對她的同情——她生錯了時代，尤其在此時此地，她穿梭在兩個世界之間，兩處的好與壞她都看到了，然後，她要怎麼自處，作什麼樣的選擇，才能自尊與邏輯兼顧——他略有不快，想到素之，這簡直是重蹈覆轍——她們對他都是這麼殘忍，所以他也硬起心腸來，乾脆罔顧她的感受，故意問她，沈公使好像不怎麼約束妳？

沈微揚一愣，隨即脫口而出說，他有什麼資格管我。他們全家都沒有資格對我說三道四。

說完，她自己也吃驚，低下頭來，好像突然被前塵往事壓倒了。

米夏非常好奇，其實他一直在猜測她與沈瑞麟之間的關係，小心地尋找開口詢問的機會，沒想到這時意外找到了缺口，沈微揚看上去徬徨而脆弱，雙眼望著他，近似懇求，彷彿想要傾訴。

米夏想一想，帶她去了另一家咖啡館，蘭特曼的氣氛與中央咖啡館不太一樣，內部裝修不是為了追求宏偉，而是準確找到了人們心中某個柔軟的觸點，吊燈低垂，光線溫暖，座位供客人選擇的報刊雜誌也大多是金融期刊，而不是那些前衛的政治雜誌，當然聚在這裡的與托洛斯基周圍的那群人不一樣。自從寇巴那天說了有關私人生活和革命的那番話，米夏下意識讓沈微揚與他的同志們保持著距離。

沈微揚顯得心事重重，於是米夏作主替她點了蘋果餡餅，他想起自己也錯過了午餐時間，便又點了一份燉牛肉——坐在這樣的咖啡館裡，點菜單上最好的餐點，這讓他覺得好像是這個城市的主人，可沈微揚則一動不動看著他，那眼神最終削弱了他的氣勢，他聽她開口挑剔地問道，你靠什麼生活？

米夏神情一滯，幸好沈微揚並不為了尋求一個答案，兀自繼續說下去，道，我靠沈家生活，可是我不是沈家的人。

米夏不出聲，只管看著她，她手托腮幫，將臉轉開，說，米夏，有一天你會回去，是不是？

回去？

對，——回去你自己的國家。我想我會回去的，回到我的國家去——從哪裡來，回哪裡去。我小的時候不知道國家是什麼，也沒有想過會生活在蘇州以外的地方，然而一切就這樣發生了，我到了這裡，看了那麼多，以為自己明白了許多，可是到後來只明白了一件事——一個人只有一個國家可以愛，只有一個家可以回去——可那個國和家，我不知道要怎麼回去……

米夏脫口而出道，你不必回去，你可以留在這裡。

沈微揚看著他，像聽到了不可思議的話，神情分明在責怪一個不懂事的孩子，她說，你怎麼會明白？

米夏心中咯噔一下，這句話在過去他不知聽過多少遍，不覺失態辯解道，妳愛不愛妳的國家，與是否留在這裡有什麼關係。而且……他目光炯炯看著她，熱切道，如果妳跟沈家沒有關係，妳若不喜歡回沈家，就可以不回去……

沈微揚嘴角些微上揚，道，這與我喜不喜歡沒有關係，我靠沈家生活，沈家對不起我，可是也對我有恩。而你呢？你靠什麼生活？你若離得開你的生計，我便也離得開。她的笑容慢慢帶著挑釁，米夏變色，他沒有想到她這樣聰明伶俐，咄咄逼人——沒錯，她把一切看在了眼裡；寇巴說得對，是他失策，將私人生活與革命混淆在了一起。

他乾脆破釜沉舟，跟她說，沒錯，我離不開，妳為什麼不加入我們呢？革命會給所有人一個前程……

她乾脆地打斷他的話，說，那是你們的革命，你們不明白中國真正需要的是什麼。

她彷彿占了上風，挺直了背，用叉子小口小口挖著她的蘋果餡餅，彷彿吃得有滋有味。米夏不明白為什麼在他面前保持勝利者的姿態有這樣重要，他無心用餐，臉色少有地在她面前表現得陰鬱。

沈微揚這時也覺得自己過分了，彷彿要補救，但好像是施捨，終於願意開口講自己的故事。她一字一句說，我跟沈家沒有血緣的關係，不過我稱呼沈瑞麟一聲大哥也沒有錯，他的父親與我的父親都一度屬於吳門真率會，彼此間稱兄道弟。

吳門真率會？這名字對米夏有種天然的吸引力，充滿了東方式幫會的神祕遐想，可是他不免疑惑道，那是兄弟會一樣的組織？

也可以這麼說，但也不是。沈微揚微微一笑，道，你盡住在漢口，來往的多半是行商坐賈，未必有跟士大夫打交道的經驗——你要懂中國人的想法，就得懂士大夫的心思。士大夫有他們的一套處世的方式——萬般皆下品，唯有讀書高，然而，學而優則仕，功名才是最重要的——當然，為官仕途難免有不得志的時候，那麼寄情山水就是體面的台階；真率會給了他們這樣的體面。

她說到這裡有些無奈，可稍微停頓，顧不上話中的破綻，又倔強地說下去，這名字其實借用了前朝的典故——宋朝司馬光失意的時候，在洛陽便有一個真率會；到了沈家的上一代，蘇州賦閒的士大夫聚在一起，用了一樣的名字，在自己的後花園裡調養隱遁，遊山玩水，品書論畫，詩酒唱和——這樣的日子過了十年，有人說他們如同閒雲野鶴勝過神仙，有人則說他們其實個個度日如年，韜光養晦，不過是伺機而伏，等著東山再起的機會——那都是我出生之前的事，究竟他們有什麼樣的想法，我可就不知道了。

她一面說，一面瞧著米夏，知道自己句斟字酌說的他未必全聽得明白，可是她偏偏就是要用這樣的腔調說下去，在他與她之間劃一道楚漢之界，她字正腔圓接著道，像沈家這樣的士大夫家族，仕途終歸是正道，沈瑞麟的父親沈秉成在蘇州隱逸了近十年，終究還是重返官場，先是赴任順天府伊，接著總理各國衙門，後來榮升兩江總督……

米夏哦了一聲，沉吟道，難怪沈瑞麟後來走了外交衙門這條路子。

沈微揚哼了一聲，道，他父親為朝廷鞠躬盡瘁，死而後已，他不過是亦步亦趨，可縱有抱負，卻也總是難有作為，在清朝，在民國都一樣。

米夏仔細瞧著她神情問，他還在為貸款的事為難？

沈微揚一怔，避重就輕道，為難的事多了。她沉默了好一會兒，欲言又止，可總不說下去。

米夏還是瞅著她，換個話題，試探道，妳剛才說妳父親與沈瑞麟的父親是——生死之交？他略躊躇，用了這樣一個自己也不知道是否恰當的詞。

沈微揚卻冷笑一聲，待要開口，幽幽一嘆，意興闌珊道，過去的事有什麼好說的。

米夏咦了一聲，沈微揚目光閃爍，一抬眼，正看到米夏的眼睛裡去，那深處有一點光像遙遠的火把，執拗地要把那微微一點溫度傳過來；她卻不想接受，將視線轉開，飄過鄰桌，落在忙碌的侍者身上，她的語氣飄忽不定道，那都是聽我奶媽說的陳年舊事，他們下人之間搬嘴，說得熱鬧，也不知道作不作得準。

米夏沒開口，只是不離不棄瞅著她，沈微揚這次沒有躲避他的視線，正視著他灰色的瞳仁，好像不介意走入他靈魂的深處去，她輕出口氣，老氣橫秋道，上一輩的那些恩怨沒什麼重要了，況且中國也不一樣了，此一時，彼一時，我們都在往前走。

米夏知道她在那個瞬間打開了心扉，於是洗耳恭聽。

可沈微揚猶豫片刻，微微蹙眉，道，我出生的那年，正巧沈瑞麟的母親過世，當時他的父親悲痛異常——雖然他母親不是元配，可是他父母的姻緣在蘇州是一樁美談，至今為人稱羨——沈秉成在蘇州的十年雖然在官場失意，可是身邊得一佳偶伴侶，相聚的都是意趣相投的文人，也不枉此生了。這些士家大族既依附於朝廷，又自成一個仕紳社會，賦閒是暫時的，他們彼此間有默契，必要時相互提攜重返官場。沈秉成重返仕途的時候我父親出了大力，可待到我父親遇到麻煩的時候，也合該運氣不好，當時沈秉成喪妻，舉家喪慟，我父親的一封密信竟然沒有送到他手上，等事發已經太遲，沒有了周旋的餘地，我父親獲罪，全家牽連……最終沈家收留了我們母女，彼時我母親尚在月子裡，悲慟過度，未及滿月也離世。我就這樣在沈家長大。

米夏遲疑問，妳父親是因為什麼原因獲罪？

沈微揚輕輕一哂，道，朝廷定罪，還不就是那些罪名，派系鬥爭，官員被碾壓的時候，就如同螻蟻——君叫臣死，不敢不死。

米夏見她說得輕描淡寫，不由動容，瞧著她，心底情緒複雜翻湧著；沈微揚停了停，勉為其難略為補充說，北洋，南洋兩支洋務派系鬥了幾十年，洋務運動說什麼中學為體，西學為用，只不過是藉口，因為所謂改革，只能改經濟，不能改政治，到後來經濟也改不了多少，洋務運動最終空了，只不過添了許多無謂的犧牲。

米夏覺得她終歸還是不願打開心扉說真話，不過他很清楚上個世紀大清治下，官場的那些勾心鬥角本也不是三言兩語可以說清楚的；他忽爾想起漢口的日日夜夜，租界就在江邊上，過了長江就是武昌，不知怎麼彷彿又看見衙門外頭的石獅子，高牆後花園裡傳來零星的笑聲，可隱隱槍聲砲響，逐漸蓋過那歡聲笑語……他搖搖頭，要拋開這一切，想要安慰她，也安慰自己，忍不住道，現在你們的國家已經改朝換代了。

沈微揚一怔，卻說，人一旦習慣了的秩序，豈是朝令夕改就能改變的。

米夏奇道，妳覺得那些正在發生著的變化是朝令夕改？妳對革命沒有信心？

沈微揚愣了愣，忽然露出一個分外甜美的笑容，說道，我當然是支持革命的，如果這國家真的一成不變，像我這樣的人回去了可要怎麼辦？——我總是要回去的。她以無可奈何的語氣收尾，看著米夏，臉上一幅無辜的模樣。

米夏嘆了口氣，知道勸她留下來的那些話多說無益。

沈微揚深知他的心思，笑容變成了冷笑，是對自己的殘忍，補充道，就像我父親，他明知會有這樣的命運，也要奮不顧身在仕途上走一遭；我呢？我明知自己會與許多事許多人格格不入，也只有收斂起來，回去投身在我的人民當中去，他們要對我評頭品足，也只好讓他們去。

米夏覺得她的邏輯不可理喻，又反駁不了。

米夏仍舊徘徊在沈微揚的周圍。他好像在充滿暗流的水中游泳，需要苦苦琢磨技巧並且時刻計算著如何與她保持適當的距離，好在維也納如同浩瀚的海洋，有足夠廣闊的地方讓他們游弋。他小心地揣摩她的喜好，挑選荀白克的音樂會是因為幾週前作曲家的大型清唱劇《古勒之歌》在金色愛樂大廳首演獲得巨大的成功，作品被譽為浪漫主義的頂峰之作。

這一場音樂會由荀白克親自指揮自己的室內交響樂以及學生貝爾格和魏本的作品，表演卻在一片噓聲中結束。大約是貝爾格的《作品四號，根據彼得・艾騰貝格明信片之文所譜的管弦歌曲》激怒了觀眾，取代繁複調性浪漫音樂風格的是通篇無法歸納出調性的樂符，讓人產生迷惘和不安，觀眾措手不及，只好哄堂大笑，倒彩聲此起彼伏，有人大叫著「虛無主義」，「打倒無政府主義」，將手中的節目單當作空投的子彈互擲，甚至大打出手。作曲家奧斯卡・施特勞斯上了第二天的新聞，因為他擴了先鋒文學音樂協會主席阿諾荀白克一個巴掌，從此史上留名。當時，沈微揚在聽眾席被嚇到了，米夏要護著她離開，她卻不願意，堅持留在那裡看熱鬧，有幾本樂譜差點打中了她，米夏拉她低身，將飛來的危險武器用手擋了開去。米夏怕她受傷，她卻咯咯笑了起來，這時他才明白她在看熱鬧，按理她不該如此，可他自己何嘗沒有一些幸災樂禍。他們一直戰戰兢兢走在藝術的殿堂之中，以仰視的姿態看著的一切突然出了醜，讓人無名由地輕鬆下來。離開音樂大廳的時候，他們的臉上與眾人一般有種難言的光彩，好像因為某種禁忌被打破而興奮難當——維也納似乎不一樣了，他們之間也悄悄地產生了不同。

米夏沒有聽德米特里的勸告，他丟不開一切，所以還是去見了沈瑞麟。他並非胸有成竹，不過他還是想試一試，跟她身邊的人套交情，想進入到她的生活中去。

沈瑞麟聽了通報，立刻就見了他，不過神情疲憊，而且態度中帶著疏離和不耐煩，不加掩飾上下打量他。

米夏開門見山問他，我聽沈小姐說您在為新政府籌措貸款。

沈瑞麟不客氣地反問，你想當中間的代理人？

米夏沒想到他這麼直接，便道，我希望可以幫得上忙，您與俄國的銀行可有過接觸？

沈瑞麟在緘默中對著他看了半天，忽然長嘆一口氣，道，你對這國與國之間的貸款是怎麼看的？你在中國住過？把貸款跟喪權辱國聯繫起來的說法，你不會沒有聽過？說說你的看法？

米夏不知他的用意，原先準備好的一套說辭一時沒有用武之地，於是期期艾艾道，我希望能幫你的國家解一些燃眉之急。

沈瑞麟不以為然，哼了一聲，道，什麼是燃眉之急？有一些觀念的問題豈是朝夕間就能改變的？他似乎深有感觸，不吐不快，接著道，不久之前，我在談貸款的時候，聽到了這樣一段話，是十八世紀一名英國無名氏寫的一張傳單，說的大致如此——沒有人因為將錢借給有議會基金信用擔保的政府而損失了財產，英國公共信貸的優點便是我們永遠不必擔心舉債，與其成為一個無債國家的奴隸，我們寧願生為一個身陷債務國家的自由公民。No Man whatever having lent his Money to the Government on the Credit of a Parliamentary Fund has been Defrauded of his Property...The Goodness of the Publick Credit in England, is the reason why we shall never be out of Debt...Let us be, say I, a free Nation deep in Debt, rather than a Nation of Slaves owing Nothing.

沈瑞麟將原文念出來，似乎是感觸至深，米夏一時不知如何接口，沈瑞麟又瞥了他一眼，顯然因此看輕了他，語氣卻緩和下來，可還是帶著說教的口吻道，你是俄國人？你們俄國既在東方，又在西方，你們對東方和西方理應都有一定的了解，在國際事務中，這原本是多麼好的位置？你說是不是？

米夏不由自主點了點頭。

可沈瑞麟說，但是，東方與西方觀念的不同，你究竟明白了多少？

米夏反駁道，為人的基本道理都是一樣的，有什麼是明白不了的？

沈瑞麟施施然一笑，反問道，都一樣？你要問問微揚，她同不同意？乘著米夏一臉愕然，他卻轉了話題，重新問他，你這是替哪一家銀行說項？是俄亞銀行？

米夏聽他這麼講，這才恢復鎮定，應答道，俄亞銀行的前身是俄華道勝銀行，他們在漢口有分行，我跟他們倒還算熟識，不過我覺得眼下適合談借貸的銀行反而是奧國銀行，他們的代表是瑞記洋行。

沈瑞麟沉吟不語。米夏接著說，我聽聞貴國財政部想跟奧國銀行團借款充建巡洋艦三艘，可是承建的船廠似乎不妥，剛底冶（Cantiere Navale Triestino）船廠規模小，一向以製造商船為主業，不見得有造軍艦的能力。

沈瑞麟打斷他的話，道，這不可能，財政部若要與奧國銀行團交涉，一定會知會外交部，我並沒有聽聞這樣的事。說到這裡，他顯然失卻了耐性，露出逐客的意思。米夏覺察到他的冷淡，不明就裡，訕訕又說了幾句，總不得要點，本來想好的一番長篇大論終究還是沒有說出口，只好告辭離去，沈瑞麟也不送。

他才走，沈微揚就來了，端著盤子，盤子上是一盞紅茶。

沈瑞麟看了一眼，道，妳又不是不知道，我不喜歡喝這個茶。

沈微揚柔聲道，這茶你沒喝過，有種煙燻的味道，我覺得不錯，所以泡了一壺，讓你嚐嚐。如果你要喝碧螺春，我去給你換，只不過茶陳了，味道總不及新茶。

沈瑞麟擺擺手，說，不用麻煩了，就喝這個吧。他看著沈微揚斟了一杯茶遞過來，那眼神讓微揚覺得自己的動作拖泥帶水，做什麼也俐落不起來似的。
沈瑞麟終於開口道，妳那位俄國的朋友剛才來了。
沈微揚低頭將茶壺挪個位置，說，我知道。
沈瑞麟沉默片刻，道，我聽說他時時來找妳……
沈微揚輕快地答道，也許他找我就是為了找你。
沈瑞麟哦了一聲，盯著她看了一眼，說，以前我一直想，我們總得回去的。
沈微揚覺得眼皮一跳，咦了一聲，問，難道你現在的想法改變了？
沈瑞麟嘆口氣，道，我當然是要回去的，可是你的決定在你自己……
沈微揚冷笑一聲，沈瑞麟等她說話，她卻負了氣，不肯開口。沈瑞麟的口氣卻軟下來，道，我是擔心妳回去了不能適應那兒的生活……
沈微揚說，那你跟我留下來？
沈瑞麟駭笑道，我怎麼可能留下來？我是舊時代的人，我遲早要回去的。
沈微揚哼一聲，道，舊時代的人？你回去了，也回不到那個舊式的中國了，革命了，誰也回不到過去了，現今連你自己還不是為新政府……效忠？
沈瑞麟嗯了一聲，口氣有些遲疑，道，我有什麼辦法，我在這個位置，也只能這樣。他自然而然地順口說，皇上不是還在紫禁城待著呢？
沈微揚抬眉打量他的神情，顯然對他的這套說辭已經習慣，但忍不住嘆了口氣，道，你這樣舊式的人，卻偏偏要做外交事務……
沈瑞麟說，可不是？打從開始，做外交就不是個討好的差事，這些年我也是心力交瘁。妳看郭嵩濤的遭遇，他算是前輩了，出來得早，在外頭待了這麼些年，怎麼會沒有一些感想，無非覺得有些外國能做到的，自己的國家也可以做到，可說了一些真話，回去就不受待見。這往後，改朝換代了也一樣，裡邊的人還是聽不得不好聽的話——革不革命都一樣，我們跟著折騰。

沈微揚將茶杯在桌面上反覆轉著圈，想要反駁，可是看他愁容滿面，知道勸了也沒用，反正這些年在這公使館裡這樣的牢騷聽得也太多了，她瞅著他，道，可你偏偏還要帶我出來，現在你也知道我走了這麼一圈，回去了豈不是更加尷尬？

沈瑞麟想了一想，嘆道，在當時，我覺得這樣對妳比較好，妳留在那裡，哪有這幾年在這裡暢快？這是我們家欠妳的。

沈微揚負氣道，是你們家欠我，還是你欠我的？

沈瑞麟說，是我不好，不該勸妳早早嫁人，結果害妳成了寡婦……說到這裡，他驀然止住，覺得這話說得忒不好聽。

沈微揚成心要他難堪，故意調侃道，你不娶我，我嫁給誰都一樣。然後她語氣忽然調皮，道，你不是舊式的人嗎？舊式的人不都娶妾？

沈瑞麟道，胡鬧，妳名義上是我妹妹，我們……我不可能越了禮數的。

沈微揚哼了一聲，道，早知道，我娘不該帶我去投靠你們家……她沒想到不光沒能指望你們救我爹，到後來我的終身也耗在了你家裡。

沈瑞麟變色，道，妳心裡是這麼想的？

沈微揚聽他語氣突變，嚇了一跳，又覺得委屈，眼睛紅了紅，道，要怪就怪我自己運氣不好。

沈瑞麟一呆，一時不好說什麼，微微皺眉，道，妳跟那個俄國人是怎麼回事？

沈微揚敷衍道，他真來找你了？說了什麼？

沈瑞麟搖搖頭，道，我不了解他的背景，想聽聽妳的想法，再跟他計較。

沈微揚詫異道，為什麼要聽我的想法？她頓了頓，聲音提高了幾分，道，我才該要問你，你究竟是怎麼想的？你還是像以前一樣，想把我隨隨便便推給別人？你現在倒不是老派人了，覺得有洋人想要我，就歡天喜地，要敲鑼打鼓送我出門了？

沈瑞麟錯愕，呆了呆，柔聲道，微揚，這是妳不講道理了。他見她不出聲，便又說，是妳自己這些日子總是跟他在一處……自然是因為聽到些閒言碎語，不放心，才來問妳。

沈微揚嗯了一聲，皺眉似乎琢磨著什麼，然後說道，他是俄國人，這兒也不是他的地方。他跟我們一樣，在歐洲也是個陌生人。我看他在歐洲人面前也不是那麼自在，西方的那些想法他未必都贊成，可對俄國他應該也是有許多的不滿意——說到這兒，她輕笑了一聲，道，這可不是跟我們一樣——看不慣家裡陳朽，外面人說的又不太能聽進去。不過，我也不知道他是做什麼的，靠什麼生活，好似很閒，又鎮日來來去去不知忙什麼。

沈瑞麟唔了一聲，隨口道，這裡的俄國人要不是幫沙皇做事的祕密警察，就是反對沙皇的革命黨，妳要小心。

沈微揚想一想，噗嗤笑了，調皮道，沒準你小看他了，我看他也可能既幫沙皇做事，又替革命黨人跑腿。

沈瑞麟當她說笑，哼了一聲，不以為然道，我辦洋務這麼多年，這樣的白俄小赤佬我不是沒見過，就是個混江湖的，去漢口是碰運氣，到維也納來還是撞運氣，成不了什麼名堂。這樣的人靠不住。不用說人生大事，就算是作為普通的朋友，也沒有益處。

沈微揚嗯了一聲，想要替米夏辯白兩句，可心思不在這上頭，一轉念就丟開了去。她坐著，小口喝茶，想自己的心事。

沈瑞麟知道她的心結打不開，自己也是千頭萬緒都是煩惱，顧不上替她開解。

他們都沒有想到米夏才走不久，又折了回來，這會兒在外頭冷著臉聽他們調侃他，聽到沈瑞麟這樣說自己，而微揚幾乎是默認了，他心中倒沒有怒氣，只是覺得自己好像又回到了原點，那遙遠的，沒有什麼可以依託的子然獨身的過去，他覺得心中發寒，遂轉身離去。

外頭米夏走了，沈微揚忽而開口問沈瑞麟道，你如若回去了，有什麼打算？難不成如果皇帝復位，你還是會跟著皇上走？

沈瑞麟答非所問，似乎自己同自己解釋道，這可能性有還是有的。我年紀大了，越發懷念幼時習慣的那套秩序。不是我不願向前走。這些年我盡力配合新政府，應付各種改變，疲憊不堪——可是，你看，各種觀念都沒有太大改變，還不如跟著老的一套，也不見得有多大不同。

沈微揚瞧著他，遲疑道，米夏倒是認識一些俄國的革命黨人的，他也說過一些革命的願景，我覺得新的總是比舊的好……

沈瑞麟不耐煩打斷她，說，妳懂什麼？革命是要犧牲的，妳以為這世界是妳想怎樣就怎樣的？我是不贊成革命的，循序漸進有循序漸進的好處。你們年輕人趕時髦，以為革命就是唯一的出路，妳看看英國，英國不是沒有走革命的道路？所以，不見得要革命的……然後，他自嘲一般笑道，革命也罷，不革命也罷，終歸少不了喧譁熱鬧——那種中國式的熱鬧讓人想念。我是要回去的，我習慣了中國那種大家庭式的吵吵鬧鬧的生活，不是喜歡不喜歡的問題，我這把年紀已經沒法甩掉這些包袱，只得走下去；也許妳有機會。他看著她的眼睛，她一時間又些張惶失措，任由他從她的眼中走入她的靈魂，他就這樣看著她，說，可是，這樣的包袱妳已經背在身上了。妳不會適應在這裡長遠地生活，長此以往，妳必定會覺得孤獨；我們都會飛蛾撲火般回到我們熟悉的人群中去……

沈微揚聽了一言不發走了出去，門口迎面撞見參贊，心不在焉低頭擦身走過。可參贊朝裡看了看，奇道，那俄國人已經走了？

沈微揚略一遲疑，停下腳步，聽到沈瑞麟在背後隨口說，他走了好一陣了。

參贊奇道，他說忘了東西，才上來的，丟的東西可找到了？

沈瑞麟皺眉，在屋子中掃了一圈，見桌子邊上擱了一份俄文的報紙，拿起來，看了看。參贊湊過去瞄了一眼，說，這會不會是俄國革命黨人的《真理報》？

沈瑞麟驀然聽到這話，報紙在手裡沒拿穩，滑進了旁邊的紙簍裡，他也沒有再揀起。

沈微揚回頭看了看，走了出去。

米夏再沒出現。沈微揚意興闌珊，疑心他那日聽到了不太友善的對話心中有了芥蒂，想要找他解釋，可一向都是他找她，她也不知道如何聯繫，原來她對他全無了解。更何況她也總打不起精神再出門閒逛，在公使館大門不出虛耗了一些時日，她可有可無地開始著手計畫回國的事宜。

他們原來是這麼看自己的——米夏不知道自己是不是真的惱了，可他不去找她，她便全無聲息，這一點才更讓他心冷，滿懷挫折和失意，只覺得身邊時間過得飛快。

米夏又遇見那個年輕人是在中央咖啡館。那是第三次偶遇，他記得很清楚。

米夏本來要去找托洛斯基，可托洛斯基不在。那年輕人與一桌人坐在一起，遠遠打量著米夏，直到米夏終於與他視線接觸。米夏一眼認出他就是那個在人民劇院坐在隔壁，後來又在青年旅社見過的德國人。米夏改變主意，一個人找了張小圓桌坐下，眼觀口鼻，可心神不寧，喝完第三杯黑咖啡時，終於站起來打算離開。外頭下起雨來，米夏正抬頭打量天氣，便有一頂傘遮在他頭上——正是那德國人。米夏這時才仔細打量他，看上去很年輕，簡直還是個少年，看上去有些緊張，欲言又止，可兩人四目接觸，都覺得對方一雙眼睛黑白分明，彷彿一切盡在不言中。

雨絲細密，編織成一張網，無處不在，

這一會兒功夫，他們已經感覺到外頭空氣中刺骨的冷意。米夏打了個哆嗦，正遲疑，男孩子順理成章建議——到我那兒去坐坐？那兒房間暖和。說這話的時候，男孩子好像無意中碰觸到他的手。那手溫暖柔軟，米夏吃了一驚，然而心中驀然一軟，結果他點了點頭。

他們走在同一把傘下，他們都知道這一路要走到哪裡去。德國人穿得很體面，與他住的地方有顯著的落差。米夏一直沉默，與他並肩而行，路途有些遙遠，可他暗自慶幸，似乎正可以用那時間來做一個決斷。他們離開城市的中心，好像華麗的帷幕在他們身後落下，從此走入不同的人生，Mannerheim這間旅社所在的區被人稱作失敗者的地盤，可是他昂首走進來，沒有因為居住的環境露出絲毫窘迫，反而充滿了勇敢的氣概。

米夏跟著他走進房間，那年輕孩子有點害羞，讓他覺得自己要剛毅一點才能與之匹配，可是他作不出刻意的裝模作樣，也不知道在這樣的情境下應該要做什麼才好，年輕人彷彿讀得懂他的心意，眼神堅定看向他的時候，目光中充滿了鼓勵。他們心意相通，所以同時笑了出聲，只是噗嗤的一聲，可是消除了他們之間緊張的氣氛。這時害羞的年輕人反而變成了主動的一方，他走過來，替米夏解開衣領上的扣子，手拂過他腰際的時候他們兩個都輕輕戰慄了一下。米夏在這時忽然意識到自己的身體正變得柔軟而有彈性，彷彿回到了在漢口生活的那段日子，每一個細胞裡的生命力都開始膨脹起來，生機勃勃，勢不可擋，急於找到出口。

那年輕人卻在這時停止了動作，退後一步，米夏有點驚訝，可是他在這時反覆突然醒悟，走近一步，對方又退一步，他再逼近一步，並且伸手。手觸到對方衣領的時候，米夏有點猶豫，對方臉上卻出現了一個無比美好的笑容。恍然間，米夏像看見了春蘭，同時還聽到她銀鈴般的笑聲，可是他覺得自己看見的分明又是素之，只是距離相隔更遠，那如花笑靨稍瞬即逝，彷彿是種調侃。猶豫當中，他抓住年輕男孩的衣領，哧啦一聲聽到衣料撕裂的聲音。

米夏自己嚇了一跳，可同時，春蘭與素之都消失了，眼前只有他。他們倆的呼吸都有些急促，他看到對方雙頰潮紅。此刻他心中從來也沒有這般沉靜過，他走上前去，攬住他，享受一般聽衣物的撕裂聲，這是他一手主導的結果。他讓他轉過身去，抱著他，讓他貼著自己，他們肌膚相親。米夏長長嘆了口氣，彷彿抱著自己的前生和未來，然後他們同時發出低吼，天堂之門在他們面前打開，短暫卻無與倫比的快樂。

米夏把自己融入另一個世界，終於又找到了自己。

此處的世界曾經摧毀了他，而且不止一次。但最後他在廢墟中揀起了新的自己，或許以後，他就不會再把失去當作一回事了。

那年輕人是學藝術的，一心想進維也納藝術學院，卻不得其門而入，他的身邊有很多這樣的藝術學生，有俄國人，奧地利人，法國人，也有德國人。米夏聽他言談，想起第一次見到他的樣子，印象中他非常自大，這個印象也一直沒有改變——他高談闊論要周圍的人都相信德國人生來優越；米夏不反駁他，彷彿這是種寵溺的手段。

寇巴顯然聽聞了什麼，故意約米夏在青年旅舍見面，藉口要多了解青年的狀態。米夏知道他將要離開維也納，隱隱察覺他醉翁之意不在酒，不便主動多問，只好提議他是否要再見幾名猶太人，誰知寇巴用頗輕視的口氣說，他們成不了國，不具備民族自決的資格。不用談，我就明白他們是怎麼回事。

米夏一愣，想起他的德國朋友，他提起猶太人，也有著一模一樣的蔑視態度。米夏顧不得琢磨德國人的想法，顧著眼前，心中轉了幾個念頭，忽然醒悟寇巴跟托洛斯基這個猶太人也一直不投緣，那確實是自己大意了，於是便再提議，也許您有興趣找幾個南斯拉夫人了解情況，維也納南邊的維也納新城有間戴姆拉汽車廠，我認識一位工人，很有想法，他很快要去克羅地亞服兵役，他對奧匈帝國的軍隊一直頗有微詞，覺得那是壓迫其他民族的工具——他以後回去南斯拉夫，會是個人物，你想找他聊一聊？

寇巴草草點了點頭，卻沒有回答，分明另有企圖，但又似笑非笑，過了一會兒，才閒閒提起，你的那個德國朋友呢？他如果在，我倒有興趣跟他也聊一聊。

米夏抬頭，面對他洞悉一切的目光，立刻會意——原來他想讓自己明白，所有一切都在其視線之下——當然，寇巴來過青年旅館幾次，大約也布下了眼線，想必有人打了小報告，將他們那晚何時親密相偕而至，何時離開的所有細節都備了案。

米夏心中權衡著要如何應對，寇巴卻笑著拍了拍他的肩，主動保證，說，你的私事我不過問，不過你要幫我辦些事。

出乎米夏意料之外，寇巴竟將重要的工作都交給了他。不過他先跟米夏推心置腹，道，這次我見了那麼多人，都是無產者，不厭其煩與他們從他們的民族聊起，你覺得是為什麼？

米夏心中驚訝，不過他記得寇巴跟他提到過手上那篇報告的題目，知道他研究的是馬克思主義與民族主義的關係，做這一切當然是為了給革命鋪墊道路。他一面思量，一面開口道，世界革命是要把全世界的無產者聯合起來，但如果民族主義同時興起，一個民族壓倒了另一個民族，勢必在全世界的無產者中造成分裂，革命便無法徹底進行……

米夏覺得自己說得似是而非，可寇巴躊躇滿志，拍了拍他的肩，說，到時候你可以看看我寫的報告，我們再細細地來討論。奧地利是個有意思的地方，你在這兒多待一陣子會有好處，可以好好琢磨琢磨奧地利的問題，他們的民族文化自治到底行不行得通。說到這裡，他雙目炯炯有神，看著米夏，說，也許由各民族以自治共和國的形式加入一個聯邦政府，才是今後解決民族問題的趨勢；但是現在，把各民族的工人結合成統一的集體，再把這些集體結合成統一的黨，是我們首要的任務。

寇巴描述著讓自己動心的藍圖，不過最後交代和託付給米夏的是自己一手建立起來的全新的布爾什維克的交通網路，以維也納為中心和中轉站，從波蘭克拉科夫的密件現在可以一路無阻順暢地轉送巴黎，他也物色了一家廉宜的印刷作坊，需要有可靠的人密切掌握各種宣傳品來去的動向。

米夏不明白他為什麼選中了自己，不過遵照寇巴叮囑，他沒有向德米特里提起前因後果。

到了五月，維也納出了件大事，毋庸置疑是奧匈帝國軍隊中至大的醜聞，雖然軍方企圖掩蓋細節，但是報紙捷足先登用頭條登載了整個故事，原來曾經位居帝國陸軍總參謀部反情報部門負責人的雷德爾上校竟然是俄國間諜，在過去數年中為對方提供了無數重要情報，以報紙上的話講，就是毀滅性地動搖了帝國的根基。深具諷刺意味的是他一直給人人兢兢業業努力本職的印象，仕途一帆風順，甚至得到過佛朗茨皇帝的注意，稱他為帝國中最優秀的軍官。

米夏比一般人早一步窺知事端，事發當日他剛好在布拉格，德米特里用電報聯絡，要他立刻迅速處理城內某處住宅。米夏明白該怎麼做。住宅地段很好，空關著，所以他輕易進入。房子不大，陳設考究，透露出主人對生活品味的追求，古典風格的家具中加入了幾張裝飾藝術風格的椅子和一張地毯，看上去很時髦；酒櫃裡裝著品種齊全的酒，水晶酒杯一塵不染，書桌上的文具也是全套的，旁邊有一個禮物盒子，他打開看是個鍍金琺瑯香菸伸縮夾，上邊有著Faberge的印刻，做工無懈可擊，是俄國來的東西。米夏把東西在手上掂量了一下，放回去，不動聲色，有條不紊，查看了文件，仔細檢查可能的夾萬的位置，最後帶走了一些東西。他剛離開，就看見當地警察慌慌張張前來，其中一位沒有穿著制服，帶著工具箱，想來是鎖匠。米夏有些得意，回頭看了兩眼——那位鎖匠要開鎖，恐怕得費上一些功夫。

他看了報紙，便知道發生了什麼事——那房子裡擱著的銀像架裡有雷德爾的照片，上校現在成了名人，頭版上全是他的頭像。原來雷德爾本人已經在維也納畏罪自殺，他因為接收一封附帶酬金的郵件暴露身分，一切發生得非常快。他領取了讓他暴露身分的郵件，被尾隨跟蹤到所住酒店，立即被逮捕，也許在軍方高層授意下自殺謝罪，以避免更大的醜聞。當然，整個奧匈帝國都在沸沸揚揚討論這件事，甚至指責帝國忽視了軍隊的愛國主義教育，才會導致這樣的後果。

米夏想聽德米特里有何解釋，他像所有人一樣好奇，尤其想知道俄國是如何將雷德爾這樣的一名優秀軍官搜羅麾下的。他不知道德米特里是不是曾經參與其中。

德米特里說，他在去年從反情報部門退役，轉調布拉格，任第八軍參謀長。你去了他在布拉格的住所，你看呢？

米夏道，他喜歡享受。

德米特里但笑不語。

米夏再想，回憶他看到的細節，然後說，他單身？房子裡只有他本人的照片……他有潔癖……衣櫥裡有不同尺碼的襯衫……他這個年紀還沒有結婚——他喜歡的不是女人？米夏說到這裡想起看到的那隻禮物盒子，心中微嘆，不知那是收到的，還是準備送出去的心意。

德米特里滿意地頷首，沒有多說，似乎很吝嗇，只願意作一點總結，道，這就是招募人才的祕訣，要掌握一些把柄，也要給人合理的保證和憧憬。

米夏心中一顫，抬頭，德米特里卻根本沒有看他，他想也許只不過是自己心虛。

諸事塵埃落定，德米特里覺得是時候了，可以跟米夏作一次長談。

德米特里在維也納一向如魚得水，他的社交圈很廣，每每一到這個城市就忙於出席各種公開的活動，時時呼朋喚友，與人高談闊論，毫無避忌，好像整個世界都在他掌握中，任他馳騁——他原本就是刻意要將所有繁華展示給米夏看。

他冷眼觀察著米夏的一切，斷定時機已到，與米夏相對，從頭打量，好像要將他看穿，然後話中有話，對他說，你在東方待得太久，以為那就是自己的整個天地，是時候睜開眼睛看一看了。你想要改變，機會就在眼前——當有一天，你徹底地改變了這個世界，他們就會對你刮目相看了。

米夏一剎那失神，茫然四顧，甚至不敢看德米特里的眼睛，像迷途放棄尋找歸路的羔羊。於是，德米特里跟米夏說起蘇家的蘇寧，這是德米特里第一次提到蘇寧，起先他口氣輕描淡寫，但慢慢變得嚴肅，道，蘇寧這樣的人缺乏的是一個真正的信仰——他甩不掉自己的一身臭脾氣；當然，我不否認他是高尚的，你讓他到歐洲來，他才不會一跤跌進紙醉金迷的舒適生活起不來，你如果帶他去那些劇院，沙龍，他也不會自在，在那裡他跟那些藝術家，哲學家互不了解，誰也不想聽懂對方在說什麼，他有他的傲骨，可能早就打定了主意，不耐煩去聽那些趾高氣昂的西方人說三道四。這裡的中產階級也面臨困境，自由主義沒有出路，他們快到了窮途末路的時候，可他不想花力氣來琢磨其中的問題，他就是受不了任何人的優越感，那些西方的基礎教育他都錯過了，補課是不可能的；但是你帶他來我們布爾什維克的聚會，為無產者說幾句話，那才是有可能令他心動的，因為他可以在那塊土壤裡頂天立地——你也一樣。如果你要創造一個所謂大同的世界，我們的土壤適合孕育這種希望，我們有的是熱情，有的是鼓舞人心的口號，到達彼岸輕而易舉……米夏，我知道你要的是什麼，能夠包容你願望的，只有我們這一個理想。

米夏聽他說著，唯唯諾諾，忽然發現自己出了一身冷汗，他不知道自己是不是應該相信他，可是又反駁不了。德米特里則接下去說，至於蘇寧的孩子，他們還等著你去給他們指點一條明徑呢。

米夏咦了一聲。德米特里昂然道，難道不是嗎？你以為還有別的路是走得通的？

米夏遲疑道，我離開中國的時候，見了湯瑪斯一面。

德米特里聽到這個名字，略微揚眉，卻笑道，他跟你講了什麼，無非是些關於帝國榮耀的老生長談，你不要聽他的，他那一套早就過時了。

米夏說，那倒也沒有，按他的意思，好像條條路都走得通似的。

德米特里打斷他的話，道，那就更是胡說了。

米夏心中一動，道，他說起你跟他相識的過程，還說起你陪同現在的沙皇去香港的往事。

德米特里似乎對湯瑪斯說什麼並不感興趣，也許認定說什麼都是昨日黃花般的話題，他拍了拍米夏的肩，說，你跟著我，好好地看看這個世界到底在發生著什麼——我們做的事是會被載入史冊的。此刻的維也納是個了不起的地方，多少有名有姓的人在這裡尋找出路——用中國人的話講，就是指點江山這個詞最貼切不過——還有多少無名之輩今後會冒出頭來，你瞧著吧——這是一場不容錯過的盛宴，就像基督的最後的晚餐。

米夏覺得最後那句話語氣不詳，然後意識到德米特里早已把自己昇華了，榮辱生死不是他關心的，他堅信自己有高於一切的崇高理想。

德米特里在維也納不過是在看熱鬧而已。

熱鬧的確是熱鬧——這時，米夏才覺得自己與德米特里是如此接近，站在他身邊，米夏覺得自己面前正流過一條長河，可不管他要占據一個怎樣的位置，也看不清這流水的來處和去的方向，最後他只好匆匆忙忙地踏入水中，本來以為將涉水而過，但是卻沒想到從此就跟著波浪順流而下了。

德米特里觀察著米夏的神情，到這時才和盤托出重點，緩緩道，那喬治亞人正處在冉冉的上升期，在黨內前途無可限量。

米夏心中一凜，完全明白他在說誰。

德米特里繼續道，你若要與他競爭就是另外一回事，你大可以抓住他的個把把柄；但是如果你有別的抱負，倒不妨讓他拿著你的把柄，讓他以為你的野心到頂了也不過是為了向他表白忠心而已——你要追求的跟他不同。如果是我，我更願意站在暗處，萬眾矚目的光輝沒有什麼意思，重要的是影響力——只有真正可以影響這個世界，這才是我們應該追求的最高的境界。

米夏呆呆地看著他，過了許久才意識到他話中的把柄指的是什麼——在德米特里的目光下，他的臉一下子紅了。他畢竟忍不住，張口問，是你告訴他的？難道是你在青年旅社安排了眼線？說完覺得自己的話愚不可及。

德米特里哼了一聲，不屑回答，可神情分明怪他不長進，多此一問，繼續說，不如你去一趟巴黎？他交給你辦的事情你總得辦好，這條通路也該自己從頭到尾走一遍。

米夏只管點頭，出了一頭冷汗，原來德米特里什麼都知道；他想，到了這一步，乾脆承認一切是注定的了。

德米特里這時又說，聽說你們家當年有人去了巴黎。

米夏抬頭不解，德米特里長嘆口氣，道，十二月黨人呵！——革命的因子原本就深植在你的血液裡，早已生根，遲早發芽。你不能否認，先人的過去會讓你熱血沸騰，這是你不得不走的路啊。頓了一頓，他說，你去巴黎吧，我也有些要事需要回聖彼得堡處理。

米夏奇道，這個時候？這大半年不是都不用回去嗎？

德米特里搖了搖頭，面有憂色，想解釋，結果擺了擺手，道，我必須回去一趟，回去看看也好。他的眼皮似乎一跳，自己也吃了一驚，然後定神看著米夏，語重心長道，我們處在一個微妙的位置，一不小心就會粉身碎骨——因為總是會有人在審視著我們的行為，挑挑檢檢，甚至忙不迭給我們貼上叛徒的標籤，但是他們不懂我們做事的方式，也不明白我們這樣的人的重要性——我們是橋梁，我們的存在本來就是為了避免許多人的粉身碎骨……這些，以後我再教你。

巴黎，一九一三

米夏在似懂非懂中去了巴黎，一路上還在琢磨著德米特里的話。

他不知道巴黎是否符合自己的想像，或者他本來也沒有想像。在維也納與寇巴短短月餘的相處，讓他對理論開始有了認知，在巴黎他接觸的都是俄國的革命流亡者，他覺得自己正變成一部革命的機器，下意識要用一個革命的公式來解釋眼前所有的問題；他驚異地發現自己居然能夠輕鬆地歸納出自己的一套想法，彷若打算自成一個體系。他大可以指出法國已經由勞工階級形成了由高度財產意識的資產階級和小資產階級，也得出結論，認為法國這樣的國家恐怕已經失卻了革命的基礎。不過，他並不高聲喧譁，因為他不打算說服任何人，其實他時時刻刻想到的是德米特里，他想跟他長談，逐一請他解釋自己心中的疑問。然後，他想到素之，不知她到底屬於哪裡，是她背後那遼闊的蒙古高原，還是她那根本陌生的祖國。他想到那遙遠之地的革命的可能，寇巴不是也在他的文章中預測亞州將會升騰起一股民族和民主革命的潮流？無論如何，蘇家都會在那巨浪卷過之處，這居然讓他覺得心安理得，彷彿這樣自己便有機會與他們站在一起了。

他還是擺脫不了他的習慣，每到了一個地方，總是留心中國人的蹤跡，幾乎是處心積慮。巴黎的中國人不算多，不過自有人向他報告，有一批留法儉學會的學生到了巴黎，這些勤工儉學的學生在巴黎郊區一間豆腐工廠做工，老闆李石曾開設的豆腐餐廳在巴黎頗為知名，而且本人在法國蒙塔日農業學校學成，用法文寫過名為《大豆》的專業書籍；是他與汪精衛，蔡元培，吳稚暉一起創辦了儉學會，米夏不知道那些人是誰，不過這樣的團體當然是孕育革命的搖籃。他熱心地毛遂自薦找上門去，替學生上了數堂法文補習課，大家相談甚歡，他想到德米特里的話，越加深信自己是有使命的。

當然，倘若提起中國與革命，他難免會憶及漢口，那場武昌發生的革命在遠距離眺望之中，還有著出乎意料的破竹之勢。他恍然看清一幅萬里江山圖卷，那燒焦的部分已經被細緻修補，填色，那些感受過的恐怖變成了他與同志交流的經驗。他終於可以對往事侃侃而談，他現在學會演說了，大言不慚地宣告——沒有事件是偶然的，革命一直在計畫醞釀中，也許少數幾位從海外歸來的激進分子就能鼓吹成風，境外的資金和勢力是可以改變歷史走向的——他這樣告訴他的聽眾；他刻意避開了跟春蘭有關的回憶，好像剔除了公式中血腥的味道之後，一切變得理所當然。他忽然產生了強烈的生存的慾望，因此喚醒了他身胸中沉睡的野獸，如同擺脫了桎梏。

剛到巴黎的時候，米夏當然有尋找家族故人的念頭。他知道當年那些隸屬貴族軍官團的十二月黨人領袖全有跟隨過亞歷山大一世遠征法國的經歷，在一八一二的俄法戰爭中他們是勝利者，但是被征服的巴黎卻向他們展示了一個全新的世界，那些俄羅斯軍官接觸到法國自由派的自由平等博愛的精神，沉醉在巴黎壯麗的城市版圖中，覺得自己發現了未來；把舊的一切視為韃靼桎梏，新的民族意識甦醒。他們一面在巴黎凱旋門舉行閱兵式，一面心中已經滋生了要改變俄羅斯的思路，一八一四年當他們回到聖彼得堡，在另一座凱旋門下走過的時候，心中已經打定主意要全面地改變俄羅斯，他們要改變黑暗的專制，結束制度強加在人民身上的奴性，希望將俄羅斯從一切的野蠻和官僚中解救出來。他們作了十一年的準備，一八二五年終於在俄羅斯首都廣場公開起義，希望俄國從此不屬於一個人，某一個家族，或某個團體，先要把國家和政府還給人民。但是他們失敗了。

世界依舊是原來的樣子，俄羅斯沒有變，巴黎也還是原先的巴黎，而過去的革命者已經被歷史埋葬。米夏猶豫，不知該不該在這個城市去尋找自己那些所謂的親人，他知道他們在哪裡，可是他覺得這樣的見面會顯得核突，況且他感覺不到血緣關係的召喚，他與他們的連結已經被歲月洗刷得越來越淡。他們已經變成了巴黎人，在溫柔鄉裡，也許已經把過去全部忘記，他還是不要去打擾他們了；他不一樣，他還有很長的路要走。

在此刻的巴黎，米夏把所有往事抓在手裡，像所有人一樣，他被塞納河吸引，沿河而行，穿過這個城市，在輝煌的建築前一路走下去。他彷彿站在一條河流的中游，回頭還能隱約望見各種榮耀和遺憾的源頭，他用自己的方式釐清脈絡，以為看到了癥結所在。先人的革命之所以悲劇落幕，是因為手段過於溫和，他們信奉的自由溫情博愛成了他們的障礙。他自己不是經歷過血腥的革命嗎，那些鮮血的味道在記憶中漸漸已經不再讓他戰慄，而是強烈地吸引著他。他看著河流中水流的方向，想像自己正順流而下，未來是一片嶄新的天地。

總之，他的家族歷史對他已經不重要了，過去的革命已經塵埃落定，他們自己才是書寫歷史的人。不管對與錯。他都停不下來了。

維也納，一九一三

之後，他回到了維也納，德米特里卻還沒有回來。

已經快到五月。春天正逐漸甦醒，這城市成了花的天下，每個角落都看得到花在招搖，生命力到處飛濺流淌，陽光正好，米夏覺得自己應該對美景覺得陶醉，可是同時發現自己的一顆心上已經嚴嚴實實罩上了堅不可摧的硬殼，而自己正冷靜地站在陰影裡，對陽光下的春天露出猶如德米特里那般的微笑——冷靜，不屑，置身事外卻又專心致志布下天羅地網，埋下各種蛛絲馬跡——他繼承了他的一切，包括今後再難以改變的位置，他要適應從這個角度看這個光芒萬丈的世界，並且風雨不驚。

五月以一場盛大的遊行開始，那是工人階級的嘉年華，無產者的盛會。集會一早就進入火熱的狀態，各種行業的工人組織分明，井然有序地集會，衣襟上都別了一朵紅色的康乃馨，手臂上戴著悼念弗朗茨蘇邁爾的黑紗，手挽手組成同志的行列。

米夏也在這行列之中，這次與他站在一起的是那個德國年輕人，他們亦手挽手，與陌生人站成一排，像孩子那樣充滿信心。年輕人有種異常的興奮，雙眼中好似暗藏著火山的熔岩，可還沒有到噴發的時候，因為走著走著，他好像被眼前的陣仗嚇住了，因為他慢慢鬆開手，走出行進的隊伍，米夏也跟著他從參與者變成了旁觀者。

剛才走在隊伍中的時候，米夏有一種奇異的萬眾一心的感覺，可是那感覺帶來的卻不是感動，而是畏懼，他聽著周圍此起彼伏的口號，他們幾乎什麼都反對，反對資本主義，反對布爾喬亞的剝削，反對法律秩序對無產者的壓迫，反對學府製造順從的奴隸，反對愚人的宗教，反對道德的桎梏，好像準備好了要改變一切，願意作出任何的犧牲，暴力的種子已經在泥土中孕育，只要有人登高俯視這樣的人群，振臂高呼，把這些蠢蠢欲動翻譯成冠冕堂皇的教義，響應的呼聲想必排山倒海，也許就此成就了眾人捍衛的對象。

氣溫在升高，群情也愈發沸騰，並不因為有若干人等退出了隊伍而慢半拍。米夏站在道路的旁邊，抬頭看見藍天，環形大道兩邊公寓樓窗外都有花架，五月的鮮花是這場盛宴天然的點綴，可是米夏突然發現那些窗戶都緊閉著，甚至連窗簾也拉上了。他不覺瞇起眼睛，好像要看清那窗戶後面的世界，他忽然明白在這個世界上，有的人的熱血對於另外一些人來說也許就是暴力和恐慌。

他身邊的德國人不知在想什麼，臉上有一種狂熱和驚懼混合的迷惘，彷彿完全忘記了身邊的米夏。

忽然，米夏看到他神情起了變化，好像被擠出雲層的一線強光照射，臉上有種頓悟。米夏覺得訝異，不知道他是不是跟自己一樣對著人群的激昂有類似的看法，想問他，可人聲鼎沸，他一開口，說的話已經被周圍的聲音吞沒了。他們四目相視，米夏自他瞳仁深處看到了一個陌生的靈魂，正要不顧一切甦醒，這拉開了他們的距離。米夏有些驚訝，可是心底卻非常沉著，好像早就預知了這樣的時刻。他們早就鬆開了手，也不再肩並肩站在一起。

接下來，那年輕人匆匆跟他別過，逃一樣地離開了他和人群。米夏沒有追上去。

那之後，米夏再沒見過那德國人。他去找過他，他們說他離開了維也納，也許是回去了德意志……

這一次，米夏來不及消沉。他有太多需要忙碌的理由。德米特里始終沒有回來，有人說德米特里出事了，奧克瑞納祕密警察內部的清算異己，德米特里是當仁不讓的叛徒；也有人說他是布爾什維克內部肅整的對象。米夏聽到這些消息卻不甚驚訝，彷彿有一種壯麗的願景遮蔽了他悲傷的能力，一切都是有跡可循的，他發現自己周身正背負上一層堅不可摧的盔甲，要杜絕一切軟弱的情感——只有這樣他才能夠然自己繼續相信，繼續走下去，走著走著就成了一個新的人。

留在維也納的只有他了，彷彿孤軍奮戰。他是在這個時候聽到政治鬥爭這個詞彙的，還分不清這鬥爭的起源來歷。他一路跟著德米特里，從加入沙皇的祕密警察到布爾什維克，他根本沒有想過自己的意願，但是到了這個地步，意願已經不重要。德米特里把他送上了無路可退的境地。

德米特里這個人已經不存在。

沈微揚也已經離開這個城市。

那德國人也走了。

他自己也不會久留。

他覺得孤單，從此只好跟他的同志們站在了一起。

恰克圖，一九一八

小女孩將自己的小手放在他的大手上。他已經沉默良久，可她似乎不介意，小手溫暖頗有力度，似要給他安慰。他不相信她這樣的年紀會懂得大人的心思，但看見她一本正經的表情，心中一凜，怕自己說了太多。

他隨即起身，順帶拉著她的小手也將她帶起。站在他身邊的孩子只有那麼一點點大，他不禁笑自己是多心了，即便把過去的事原原本本跟從頭講到尾，她也明白不了。

孩子往大宅的方向張望了一下，忽然說，他們都要找你，如果是我的話，我就躲起來，讓他們誰也找不到。

為什麼？他心不在焉地問。

嗯。小女孩拍拍沾在袍子上的草葉子，說，我沒有本事讓他們每個人都高興。

哦？米夏拉著她的手，慢慢往回走，一面琢磨著她的話，一低頭，重新意識到她是那麼小小的一個人兒，自己偏偏對她說的每一句話煞有介事，終於搖頭失笑。

誠然，米夏知道小女孩說得沒錯，屋子裡的每個人的確都在找他，一進那扇大門，所有視線就會龐雜交錯到了自己的身上，這本來就是他來恰克圖的原因，不過女孩子說得對，他未嘗沒有躲避的心思，所以才會在跟她在外頭坐了那麼久。

走至半坡，他望見大宅門口的素之。她不知在那兒站了多久。風吹動她那襲蒙古袍子的衣襟，讓她看上去彷彿站在波瀾壯闊的海面之上——她又穿回了蒙古服飾，難道是要回去對面的買賣城——米夏低頭想問小女孩，可是旋即打消了主意，重新微微仰頭看著高處大宅前站立的那個女子，慢慢走近，要一步一步將她看得更加清楚，他漸漸看得清她額前被風吹散的碎髮。他想起過去，忍不住想問她或者自己，到底幾個年頭過去了。

近了宅子，女孩子緊跑幾步，門在素之身後打開，女孩子歡呼一聲，就一頭朝裡邊的蘇應之撞去。蘇應之急忙彎腰抱起小女孩，來不及伸手阻擋，大門已經緩緩合上，把米夏與素之擋在了門外。米夏剛來得及看清門後蘇應之的表情，覺得他在幾日之內驟然憔悴了。

素之看著他，卻不移步，米夏意識到她是在等他，而且應該是要替應之說項。她一臉憂思，看著他欲言又止，好似開不了口。米夏知道這些天他們都在煎熬著，她恐怕顧忌自己為難，於是乾脆直接問她，是妳跟我說，還是一會兒讓應之跟我講？

素之嘆口氣，道，也罷，我來說吧。她壓低聲音，道，伊爾庫茲克的華僑要回國，我們要通過丹東聯絡，丹東的條件是讓我們幫奧嘉的未婚夫離開恰克圖，因為奧嘉的未婚夫可以替他聯絡到高爾察克，而且丹東要的東西就在他手上。且不說丹東是不是替協約國找高爾察克，要做什麼，那個馬林肯定不願意放奧嘉的未婚夫走——如果馬林願意講條件，可能只會跟你談——我不知道你與他之間，還有哪些難以達成的協議……

米夏打斷她的話，問，奧嘉呢？她如何打算？

素之看了看他，說，奧嘉當然是想越早結婚越好，可是現在這個樣子，那男孩子被堵在買賣城，來也來不了，這婚可怎麼結？——她想給他一個家，打算結了婚就去海參崴，在那兒再作打算，也許去哈爾濱，或者天津，上海也行——多少俄國人都走了。

她說到這裡飛快地瞥了他一眼，她說的是事實，可是感覺像是迎面打了他一掌。米夏略抬眉，炯炯看著她，好似聽她說了句很有意思的話。

素之定下神來，語氣卻不客氣，問，難道你要勸他們留下來？

米夏緩緩搖了搖頭，不再看她，側過身，從她的角度望著面前大片的原野。他比她朝前了半步，兩人其實不是並肩而立，他聽到她在身後說，為什麼？你覺得這是對的嗎？你追求的理想不能保護你的朋友，也不能消除他們的恐懼？

米夏一聲不響。

素之緩緩吸口氣，道，除非你已經不把他們當作朋友。

米夏倏然回身，用責備的口氣道，妳怎麼可以這麼說。

但他發現素之並非要與他爭辯，她茫然看著前方，語氣充滿憂慮，道，我放心不下。

米夏道，世界那麼大，是妳不願意走出去。

他們要走，你卻攔著他們。素之脫口而出，彷彿這句話已經深思熟慮很久。

米夏啼笑皆非，低聲道，素，妳知道不是這樣的。他們是我的朋友，我會盡力——我們有我們的制度，一切不是我說了算的，巨變面前難免需要時間和空間來適應過渡，未來總會好的，我們要有信心。

素之聽他這麼說，忍不住反唇相譏，道，那到底誰說了算？你說的時間空間是否該由血肉之軀填滿？

米夏臉色陡變，道，妳說什麼？

素之的臉色也很難看，她甚至沒有看米夏一眼，或者是成心迴避他的眼神，道，被定罪的人很多。今年七月，沙皇一家也被全部處決了，連孩子也沒有放過，真的需要這樣嗎？下一個，輪到誰？

米夏沉聲問，妳聽誰說的？這是葛都賓的想法？

素之驚奇道，這難道不是所有人的想法？——你不覺得？有些事你們確實有點過分了。

米夏悻悻道，什麼你們，我們？這個世界上，誰也不能代表誰，就像一個孤立的事件不能代表歷史的全貌。

素之輕輕吐口氣，揶揄道，原來都是孤立的事件。

米夏頓足道，素，妳究竟想要怎樣？

素之對這個問題愕然，沉默半晌，道，世界這麼亂，我擔心你們。

米夏驀然轉身，低頭捕捉她雙眼中的神采，彼此的瞳仁裡影子幢幢，彷彿倒影著這遼闊原野天空所有的浮雲，可他什麼也沒說，伸手彷彿打定主意要推開一切障礙，可也不過是推門走進屋內。在一瞬間，他心中亦有猶疑，不知這樣把她一個人留在外面好不好，可是他的腳步停不下來，彷彿已經認定沒法做得更好，只得硬起心腸。

他想要找應之問個清楚，樓上傳來一陣踢踢踏踏的腳步聲，伴隨著一陣只有孩子才有的無憂笑聲，那當然是亓亓格。他皺眉抬頭，這時卻聽見客廳虛掩的門噠一聲關住，又輕輕推開留了條縫，門後一閃那個影子分明是馬林。他想，問題的根源恐怕還是在馬林這裡。

馬林果然在客廳那扇長窗前等他，他過去，便讓出位置，彷彿是要他看清窗口的視野，從這兒剛好能看見適才米夏跟亓亓格坐的那個小坡。

馬林不打算拐彎抹角，冷笑一聲道，你跟那孩子坐了那麼久，是看中了她，要從小培養她成為你們組織的一員？孩子的母親知道嗎？他們一家都信任你，你可有跟他們交代清楚？

米夏當然知道馬林的話醉翁之意不在酒，並不回答。

誰知馬林不依不饒接著朗聲道，帶你入行的那個人我知道，他們那套作法我也清楚。他看中你的時候，你已經懂事，比這個小姑娘要大得多罷？所以跟著他，是你自己的選擇——我說得對不對？他花了多少年培養你？

米夏冷冷看著他，且看他還要說什麼。馬林得意忘形，不覺亮出所有底牌，說，德米特里的確對你另眼相看，傾囊而出把自己的本事都教給你，也替你鋪好路，可是當年在維也納發生什麼？為什麼他一回到聖彼得堡就被當作棄子？奧克瑞納將他處決，是因為有人指認他是叛徒，但這是不是自己人傳出去的消息，動了手腳？你說會是誰？

門外似乎有響動，米夏轉頭望去，想起素之，心中一緊，不知她早否早已經進到屋內，這會兒是不是隔著一扇門聽到了剛才馬林的話，

馬林見米夏終於對他的話有了反應，聲調反而轉輕，像帶著催眠的目的，語調平和道，那只能說明德米特里當時在維也納已經被取代，沒有了使用價值？取代他的人是誰，你當然明白，你那時候已經可以獨當一面。

馬林說到這裡，乾笑數聲，道，你當然不會出賣他，而且我也知道他出事的時候你不在維也納。可是，當年還有誰對維也納的組織安排這麼清楚，而且這樣肆無忌憚，不僅不把德米特里當一回事了，而且乾脆將他交出給了奧克瑞納——沙皇的祕密警察。那個人自己應該也跟那些祕密警察有染，我看那個人才是布爾什維克的叛徒。

米夏緩緩轉身，直視著他，他吃不準馬林說這番話的原因，這一番問話甚不高明，做他們這行的是否與祕密警察有染根本不是一個應該糾結的問題——也許他另有用意，想找他口中「那個人」的麻煩，但也可能這就是「那個人」故意安排來試探自己的，但這樣也好，反而給了他藉口和方便，米夏心中飛快地轉著念頭，謹慎地開口道，此一時，彼一時，現在跟那時候不一樣了。沒錯，二月革命之後，克倫斯基的臨時政府像要擺脫瘟疫一般放棄那些沙皇時代慣於撒謊的祕密警察，但是現在已經是十月革命之後，列寧已經伸開雙臂，歡迎他們加入革命的家庭，並且賦予他們行動的自由。什麼是叛徒，這根本就是一個模糊不清的概念，你焉知當時真實的狀況是怎樣的，有些事既然發生了，當然有不得不為之的原因。

米夏繼續說下去，道，在維也納的時候，我幫德米特里處理過一些緊急狀況，包括雷德爾上校那個意外事件。他深知馬林會對此感興趣，因此故意頓了頓，看他的反應。馬林也小心翼翼，不願透露心底的蛛絲馬跡，只略微點頭示意米夏說下去。

米夏道，雷德爾上校作為奧匈帝國總參謀部情報局的軍官，任職俄羅斯分部，又是反情報部門的負

責人，卻將情報出賣給俄國。他這間諜的身分被曝光之後，官方處理的方式就是讓他自殺收場，風雨飄行——事件爆發當天，人已經自殺，前因後果也無從追查了；哈布斯堡帝國軍方似乎也不願過分追究細節，因為這絕對是帝國的恥辱和情報部門的一個慘敗例子——他們恐怕既不願正視，也無法面對各種可能牽涉的後果。話說回去，我知道雷德爾是德米特里收編的。德米特里擅於觀察利用別人的弱點……米夏說到這裡突然停了下來，神情若有所思，恍然有所悟。馬林詫異地打量，米夏卻又若無其事接下去道，現在我們都知道雷德爾是同性戀，但最初注意到這個事實，決定的善加利用是德米特里——他想在奧匈帝國的中樞安插一枚棋子，但這枚棋子是為奧克瑞納祕密警察服務，當然若說布爾什維克全無得益，也是不公平的，如果所有人都安然無恙到今天，雷德爾當然會繼續服務於蘇維埃的。按理說像德米特里這樣謹慎的人不會容許出這種差錯，這一點我也想不通。事發之後，雷德爾德住所的清潔工作是我做的，我比奧地利人到得更早——我們不能留下任何把柄；結果，我果然發現了有意思的東西。

米夏等了等，像測試馬林的耐性，馬林不自在地輕咳數聲，他才接下去道，雷德爾的確太不小心，合該出事，他並沒有按照規矩把所有通訊即時銷毀，留下了幾封信件，我一看就知道是奧克瑞納的祕密警察給他的指示。他的聯絡人應該是德米特里，這幾封信卻繞過了德米特里，而德米特里毫不知情，這的確非常蹊蹺，說明奧克瑞納早就不信任德米特里。那幾封信的日期早在你說的那個人來維也納之前，所以德米特里被處決應該與他無關，你大可不必在這個問題上糾結。

馬林依舊維持居高臨下的姿態看著他，臉上的表情沒有變，只是凝固了，這像是一場較量，到底誰掌握著更多更可靠的信息，才是最後的那個勝利者。結果馬林先開口說，這裡所有的人中間，只有我們倆是真正站在同一個陣營裡的。米夏知道他說的所有人當然是對著這屋簷底下滿屋子的人而言，一瞬間他忽然產生無邊的乏力——他沒法跟馬林辯白，為什麼到了區分陣營的時候？可他不想捨棄過去的一切，也不是戀戀不捨，只是他不願意被迫做出這樣的決定。他想了想，忽然打定主意，要讓自己變得更強，強大到可以保護他想要保護的，維繫他想要維繫的，不過，要抵達那個位置，勢必要犧牲一些什麼。

米夏望向窗外，遠方的雲自右向左推進著，他開口道，你想怎樣。

馬林說，我不會為難你。我要的很簡單，我只要奧嘉的未婚夫。

米夏道，這不難。你要有耐性，這場婚禮首先要順利進行。他停一停，一字一句地說，別的，我來安排。

馬林嗯了一聲中，似乎還不滿意，過了半晌，他又開口道，這個小女孩子很有意思，前途不可限量。

米夏臉色變了變。

馬林哼一聲，道，你看得見的，難道別人就看不見？這孩子的聰明太外露了——這你要教教她，也得教教她的母親。我看，不如這樣，你將她送給我們的部門，我可以親自訓練調教。那樣的話，我或者可以不跟你計較別的——也許連安德烈也好商量。

然後他貼近米夏的耳邊，輕笑道，你別緊張，我不跟你搶，你要當心，你這樣的人，最忌心軟，到最後別成就了別人，賠上了自己——你說值不值得……不過呢，如果眼光放得長遠，為了我們的事業，犧牲一些又算什麼，即便是我們自己，也是可以捨棄的——生死都不算什麼，我們是為明天而戰鬥的——在你的眼中，未來應該是什麼樣子的？我，至少我是相信世界革命是未來唯一的道路。

他湊得太近，米夏避不開他的鼻息，他似乎被他蠱惑，遲疑中熱切地回答，未來，這個世界是我們的，我們終將站在一起。

馬林似乎醉心於自己這番話的效果，或者真的被自己感動了。退後一步的時候，他深深看了米夏一眼，說，想像一下，這孩子長大以後面對的那個光明的未來，她會感謝我們的。

然後，他離開了那間屋子。

第七章

分離年代

維也納1961-香港1991-香港1967-紐約1998-香港2020-
箱根2016

維也納，一九六一

六月二日。

布里斯托酒店，人潮如湧，用中國人的說法，正是車如流水馬如龍。

前台經理一直忙著替客人辦理入住手續，他手中接過一本新的護照，禮節性寒暄道，夫人，這是您第一次來維也納？

杜亓答，我上次來還是在二戰期間。

那年輕人飛快地抬頭看了她一眼，維持著禮貌，沒有顯示出驚訝，例行公事般輕快地說，歡迎回來，夫人。然後，他又抬頭，忍不住說，戰爭是煎熬，但能站在勝利的一方，真好。

杜亓微微一笑，沒有說什麼。她的行程是由美國大使館安排預定的，跟這次美國使團官方與非官方的隨行人員下榻在同一間酒店。

年輕的經理將房間鑰匙交給她的時候，問，妳替美國政府工作？

杜亓淡然一笑，道，我是商人。

經理醒悟自己問得太多，不該讓好奇心輕易流露，隨即站直，矜持微笑，目送這位東方女士離開。

杜亓轉身，周圍似乎所有的人都在說英文，大都是美式口音；而門口突然一陣喧嚷，似乎是外面車隊到了，於是所有人便都往門外湧去，那些胸前掛著相機和媒體證件的都是記者，他們總是躍躍欲試以為自己站在歷史的中央，但實際上要退到邊上一點才能拍到好的照片。但在歷史的時刻，人們難免爭先恐後，連她自己不是也來了？答應史密夫跑這一趟，不知是不是明智之舉——當時在紐約，史密夫說，妳正好可以去趟歐洲，杜先生當年在歐洲的一些投資，是不是需要去照看一下了？聽說戰後維也納的債券市場表現相當不錯……他沒有說下去，因為看到杜亓微微皺眉，於是長話短說道，這次因為美蘇峰會去維也納的美國人很多，有相干的，也有一群不相干的……不如這樣，我讓大使館順便幫妳一起把房間訂好——加個人而已……

她在人群中放慢腳步，聽到年輕的經理在正跟下一個客人打招呼，語氣輕快——您好，歡迎到維也納。

她一陣恍惚，忽然意識到，戰爭結束的時候，那年輕人還是個小孩子吧。

的確，戰爭已落幕十六年。那麼久，她一度以為沒有人會再談論戰爭了；若真能忘記，那是多麼好。

一九四五年，第二次世界大戰結束，她正準備離開歐洲，沒有想過何時會再回來——的確，那些年是那麼煎熬，她以為自己再也不會想重回舊地，再讓自己再接近噩夢的陰影。可是此時，她突然懷念彼時時光，至少那時她以為他還活著，戰爭終結也了斷了所有的幻想，她的心腸居然能夠這樣硬，踏著各種各樣的生死獨自活著走了過來。

她走進電梯的時候，兩個美國人已經先一步踏入，正在爭論甘迺迪和赫魯雪夫會住哪裡？

一個說，赫魯雪夫會入住帝國酒店，那是蘇軍戰後占領維也納時的總部。

另一個說，不對，他當然會入住蘇聯大使的私人官邸，甘迺迪也一樣，一定會下榻在本國大使的府邸，只有我們這些不重要的人才會住酒店。

那一個說，你這是抱怨？這次大使館忙壞了，要替許多人安排各種不同酒店，布里斯托的規格算是高的——來維也納的人太多了，有的純粹是來湊熱鬧……

看熱鬧的人更多……我看人們更感興趣的恐怕是第一夫人穿什麼……

兩人說著說著，大概醒悟電梯裡還有別人，便沉默下來。

他們先離開電梯，杜亓按下閉門的圓鍵，電梯門緩緩闔上，她覺得疲倦，不由閉上眼睛，可是彷彿懼怕前塵往事，驀然又睜開眼，耳邊卻繞不開史密夫的話，他很篤定地說，當然，妳要幫我這個忙。這是個難得的機會，妳跟他們談一談，我沒有特別的目的，只想了解他們自己是怎麼想的。這些年他們做的事有違常理，我們能做的無非是等著他們自己解救自己。將種種苦難強加在自己人民身上——也該適可而止了吧。

她詫異地問，你真的關心？

史密夫卻沉吟不語。

她便推託，道，那邊的門關上了，這些日子都沒有人出來，沒有辦法聯繫。

史密夫哼一聲道，未必吧，我知道他們在二、三月有個中阿友協代表團訪問了阿爾巴尼亞，是一個姓蔣的人帶隊的。現在召開的國際多邊會議，不是也有中國的代表團？我知道帶隊的是外交部長陳毅。況且，在英國他們也有臨時駐外辦事處，不用說還有東歐友好兄弟國家的機構。妳主動找他們，他們總是會設法與妳見面的。

她猶豫不定，囁嚅道，見了面說什麼？

史密夫瞧著她半晌，似乎不相信她會說這樣的話，冷笑一聲，道，不見得就這樣退出歷史舞台了？

杜亓揚眉。

史密夫道，當年開羅會議，蔣介石跟羅斯福和邱吉爾站在一起，世界矚目。四九年的時候，有人說——中國人民站起來了——難道不是想跟這個世界站在一起？

杜亓針鋒相對道，開羅會議之後，羅斯福和邱吉爾急急忙忙去德黑蘭見史達林，那時談的才是重點，蔣介石早被撇到了一邊；蔣介石緊接著去了印度，跟蒙巴頓將軍一起檢閱中國駐印度遠征軍，照片在中國的報紙頭條占個位置，看起來的確風光，可是卻沒有得到任何解決實質問題的方案。德黑蘭會議上的決定才真正影響了後面的局勢，英美忙著開闢西線戰場，把遠東交給了蘇聯。今天的局面就是那時埋下的種子，羅斯福沒有考慮過他會給以後的總統留下這樣的難題？當然，你們四年一屆的民主政治也許是看不到那麼遠？

誰知史密夫點頭，道，的確不容易。甘迺迪畢竟年輕，我們都覺得這個時候跟赫魯雪夫談，確實倉促了些，而且他的健康狀況也不理想……這，妳不要跟別人提——妳若看到醫生替這趟行程開的藥，絕對會被嚇倒。再說，赫魯雪夫的兒子如果在世，年齡跟甘迺迪差不多，這不是好事——赫魯雪夫經過這麼多蘇聯式的政治鬥爭，怎麼會把談判桌對面跟自己兒子同齡的年輕人放在眼裡。

杜亓知道他這樣跟自己交底，當然是要她非跑這趟不可。史密夫也不再拐彎抹角，道，這次美蘇在維也納談話的內容，中國人一定想知道，也一定不想靠著蘇聯人的施捨才能知道些端倪。妳跟他們聯絡，他們一定會派人去維也納見你的，這是千載難逢的好機會。

杜亓看著他，徐徐道，你關心的不會是他們對內做了什麼？是蔣先生那邊給了壓力？

史密夫點頭，道，所有問題都是相關的。眼下當務之急當然是古巴和柏林，處理不當第三次世界大戰一觸即發，但台灣從來都是棘手的問題。他猶豫一下，道，甘迺迪還在認真考慮是否應該在聯合國保留兩個中國席位的可能性……日本首相池田勇人是甘迺迪在區域問題上的顧問，這個問題上，我們的總統會重視日本的意見——但是我們也都知道對於毛和蔣來說，日本人怎麼想無關緊要，他們誰也不能接受兩個中國的說法……

杜亓沉吟著。

史密夫知道再開口可能就是畫蛇添足，可還是忍不住道，我知道妳不想跟俄國人牽扯，但是這一次在維也納，妳想不想重拾一些過去的關係？妳的資源置之不用其實甚為可惜，而且妳也不同往日……

杜亓臉色立刻冷下來。

史密夫知道自己造次，嘆口氣，說，這完全在妳自己，俄國人這一方面，我對妳沒有要求。話說到這裡，他也覺得自己的確越界了，低頭吐出一口氣，然後抬頭看著她，語氣誠摯，補充了一句，道，對不起。

他的確有許多需要說對不起的理由，可還是免不了要強人所難。不管說多少個對不起，還是非要她走這一趟不可。

也許這不算妥協，杜亓心中其實也想走一趟。

也是時候了。

……

電梯叮一聲停下來。杜亓走出去，走廊裡寂然無聲，可她耳邊仍隱隱覺得人聲喧譁——鎂光燈都聚集到這裡來了，不過，此刻的歷史舞台上聚焦的只有兩個對手——兩個超級大國，兩個陣營，恐慌與希望並列而存。

酒店送來一支香檳，說是五零五號房的郝爾先生的餽贈。杜亓當然知道這不是公司的慣例，這樣的姿態自然是史密夫深感歉疚之下的個人表白——他大約又想起了十六年前的往事，其實他並不會知道當時真正的前因後果，杜亓也從沒解釋。

香檳留在冰桶裡，那是瓶一九五二年的 Dom Perignon，是這幾年白宮國宴上常出現的瓶子。大概史密夫不知道她已經很少喝香檳了；杯中密集升騰而起的那些泡沫像少女的憧憬遊戲，也如同太多如泡沫般消失的希冀；況且她也不像他們以為的那樣對喝酒的細節有那麼多的講究。人們總是很容易忘記最初的那些艱難歲月，以為所有的光輝都是與生俱來，連她自己也幾乎要忘記曾經的艱辛。可是，她又回到維也納，如同上一回，這世界又奇異地停留在了交叉路口，而她的人生彷彿已經習慣經歷一次又一次危機——這才是她願意走這一趟的原因，也許長居久安還是讓她寂寞了。他們告訴過她——習慣了那樣的生活，就再也難以滿足平庸的普通生活。史密夫說過，另一個人也說過這樣的話——誰也不知道領她進門走上這條路的不是史密夫，而是另有其人。

杜亓打開通往小露台的落地窗，露台正對維也納國家歌劇院，遠遠近近可以看到環城大道附近各種建築的屋頂，天空下儼然形成一道壯麗的風景。距離建築落成的年分已遠，可帝國的靈魂還棲息在這裡，風吹不動。她深吸一口氣。

這時電話響起，杜亓知道是誰。電話那頭，史密夫說，我替妳安排了，我想妳可能會想要去趟城外。

杜亓沒有道謝，預期的沉默像在塵封的歷史上剪了道口子。史密夫覺得高估了自己，他並沒有準備好在這件事上跟她周旋。等了一會兒，他決定長話短說道，郝爾會跟妳通報峰會的進程，如果沒有特別狀況，妳這方面的動靜，等回來再報告即可。妳沒有特別的任務，這次當作散散心也可以。

杜亓聽他突然轉了口風，跟當初勸她走這一趟時迥然不同，心中一驚，但史密夫已經收線。杜亓輕輕放下話筒，史密夫要傳遞的信息已經很明顯，看來他那邊突然失去了與中方迫切交流的意願。難道美方對中國問題的立場已定，沒有迴旋餘地？不過，也許他只是提醒她，不要感情用事，試圖去改變什麼。假使如此，那史密夫就是低估了她，她早就習慣壓抑不得不承受的痛苦；而且她很明白自己的作用只是橋梁，能做的無非是讓信息經過她這裡傳遞到應該去的地方，她沒有責任要去嘗試改變任何局面。

打開電視，螢幕上是甘迺迪訪問巴黎的新聞，這是幾天以來鎂光燈照耀下的世界首要大事。鏡頭下年輕的總統與總統夫人正置身在歡呼之中，春風得意；榮耀鋪天蓋地而來，他們展開雙臂坦然接受所有愛慕與崇拜編織的花環；個人的魅力加上國家的光環最容易成就美麗的童話——人群總是願意萬眾一心地擁護一些什麼，從中找到安慰和感動。

螢幕上甘迺迪開了個玩笑，說，我想我應該自我介紹一下，我就是那個陪杰奎琳來巴黎的男人……

杜亓微微皺眉，覺得那語氣中帶著些抱怨，接下來媒體大約也會調侃這些鮮花和掌聲與其說是給總統的，不如說是給他漂亮的夫人的。她心中忽然一動，猜到史密夫此刻應該就在巴黎，明日想必就會隨行來維也納；他可能從華盛頓到加拿大就一路跟隨打點，而這次出訪應該不像表面看的那樣一切水到渠成。

她看看時間，時值午後，她覺得郝爾應該還沒有回到酒店，這是屬於她自己的時間。

史密夫替她安排的車等在樓下，司機已經知道她要去哪裡，不過還是禮貌地建議是否應該在花店停一停。

六月的維也納正是花季，從車窗裡望出去，城市的每個角落都是花的影子。司機帶她去的花鋪不大，杜亓走進去，一陣恍惚，這季節所有正頑強尋求生長的生命彷彿都綻放在這裡了，盛放著，或正待綻放……她呆了一呆，那些生命中無法控制的遺憾在一瞬間找到機會，乘她不設防，從心底噴湧而出；她鼻子一酸，幾乎要落下眼淚。花鋪的老闆走近，他知道這一襲黑衣的女子需要什麼，可打不定主意要不要打擾，而在他開口前，她已經拿起小小一束雛菊。

花鋪老闆默默地幫她把花束包好，可她忽然願意跟陌生人傾訴，輕輕說，如果他安然成長，現在已經是二十幾歲的青年了。

他將花捧在手裡，雙手遞給她，微微嘆氣說，我們希望今後所有的孩子都可以安然長大。

她低頭沒有再說話。

花鋪老闆看她在門外上車，他知道這條路通往城外的中央公墓；戰爭並沒有過去太久，去那裡的人大都有個傷心的故事。一時間他覺得有種負罪感，他的鮮花再美好，又如何能補償那些心痛。這東方女子說一口流利的德文，不知是中國人，還是日本人，或者來自越南——戰爭帶給所有人的傷痕是一樣的。他嘆口氣，打開收音機，這些日子的新聞從古巴到柏林件件憂心，讓他忍不住回憶二戰前身邊的氣氛，試圖要否認種種相似的跡象。廣播裡正在回播戴高樂歡迎甘迺迪抵達巴黎的致詞，然後是甘迺迪的演說，廣播開始預告猜測甘迺迪第二天在維也納的行程，會在何處與赫魯雪夫會面。

花鋪老闆一面聽收音機一面拿著一柄噴壺替玫瑰補水，此刻他周圍的一切是如此美好，可是他深深懼怕著敗壞隨時來臨的可能。

杜亓走入墓地的東大門，林蔭道正對墓地教堂，左側是那些著名音樂家的榮譽墓地，貝多芬，舒伯特，莫札特，海頓，布朗姆斯，史特勞斯家族的成員……藝術家，元首，以及平民一起長眠於此……當時她覺得這樣也好，讓那孩子安息在這裡，也許在彼端的世界不會太孤單寂寞；可是現在她覺得自己心狠，居然把他留在這兒一直沒來看他。這一刻，她彷彿看見那小小的孩童在時光的另一端看著她，亮閃閃的眼睛固執而認真——她當然還記得另一個人也有著一模一樣的眼神，而她是如此想念過去，心中覺得異常疲倦和傷心。

林蔭道上只有她一人，她所擁有的彷彿只有手中這小小一把花束，心中的思念則無處寄託；陽光很好，可總照在一步之外，她怎麼也追不上，如同逆時光而行，走得格外艱難。

孩子的墓地跟記憶中稍有不同，周圍的樹好像長得更高，周圍又添了幾塊墓碑。

他那小小的一塊碑石前已經有一束鈴蘭，空氣中有一抹淡淡的幽香——已經有人來過。她彎腰放下手中的花束，輕輕觸摸墓碑上他的名字，然後徐徐站直。她知道附近還有人在。果然那人走近，她知道自己判斷沒錯，那是熟人，待他走近，她已知道是誰，不過她等他自己開口。

羅伯特在她身後站了片刻，清了清嗓子，有點尷尬似的，道，我剛好在維也納，史密夫叫我照應一下。

杜亓側過臉，羅伯特也正看著她，四目相視，羅伯特接著道，都是老朋友，我不會給妳添不必要的麻煩。

杜亓嗯了一聲。

羅伯特尋找話題說，戰爭剛結束的時候，我跟史密夫來過這裡，他很歉疚，想來看看孩子，當時他怕妳難過，沒跟妳提，後來每次來維也納，他也會過來看看。

杜亓轉身，道，過去那麼久了。

羅伯特低咳兩聲，道，我見過小遠，我一直深覺遺憾。那時我們請妳幫忙，去了幾次莫斯科，跟俄國人聯絡，惹惱了他們，連累了孩子。他說到這裡有些吞吞吐吐，也不掩飾自己語氣上的遲疑。

杜亓看了他一眼，眼神鼓勵他繼續說下去。羅伯特鬆口氣，低頭想一想才道，我們想知道，四五年時候，妳最後一次去莫斯科見了什麼人？史密夫說妳原本沒有必要跑那一趟。

杜亓揚眉反問，史密夫怎麼自己不來問我？

羅伯特輕輕聳肩，道，不是他想問妳，是公司的慣例。這話說出口，他看上去輕鬆了一些。

杜亓轉身，慢慢往回走，一面回答，那時史密夫不在維也納，我們的線人主動聯絡我，說莫斯科有人要找我。

羅伯特問，見到了？

杜亓搖頭，道，我在莫斯科等了超過一週，卻沒有見到人，後來聽說那人被逮捕了。那時候，史達林的大清洗還沒完。那個人是紅軍情報處的。她遲疑一下，道，他找我也許是想要找途徑投誠西方？可惜遲了一步。

羅伯特問，是熟人？

杜亓點頭，道，在莫斯科的時候，他幫過我忙，所以我才會跑這一趟——戰爭勝利了。美蘇是同盟，我不覺得走這一趟會有危險。

羅伯特接下去道，他們應該早就懷疑妳幫我們做事，那人可能在妳去之前早就被逮捕了——他們想給妳一個教訓，可是我不能相信他們竟然用孩子當籌碼。

杜亓一雙眼睛黑白分明望著羅伯特，口氣苦澀，道，我情願他們找我麻煩。

羅伯特道，也許他們覺得留著妳有利用的價值。他又斟酌片刻說，當時妳去了莫斯科，杜先生很擔心，他找了史密夫。史密夫也跟莫斯科跟進了——畢竟那時我們是戰勝國同盟，還是有辦法傳幾句話的，不知是否起到了作用，總之妳回來了，可不知哪裡出了錯，他們居然對孩子下了手。

杜亓吃驚道，史密夫當時也有插手？

羅伯特說，當然，我們不會不管妳的安危。這時他才切入正題問，妳在莫斯科的時候有沒有聽說過一個叫作潘科夫斯基的人？

她想了想，先問，他跟你們有接觸？

羅伯特看看左右，走近一步，與她並排走在一起，一面低聲全盤托出道，他在去年就試圖跟我們接觸，找了兩個在莫斯科的美國學生傳遞信息，但當時我們猶豫了，後來他找了英國人，ＭＩ６跟他達成了共識，兩個月前乘他以商務名義訪問英國的時候，公司派人跟他見了面。

杜亓問，他全名是什麼？

羅伯特回答，奧列格．弗拉基米羅維奇．潘科夫斯基，戰後在安哥拉做過駐外武官。然後看著她。

杜亓鎖眉沉思，然後搖頭，道，沒有印象。戰爭期間他應該還很年輕，只是個低級軍官，戰後……

她停一停，然後才說，你也知道，我跟俄國人就沒有瓜葛了。她保持與羅伯特同步，好讓他看清自己的表情，但羅伯特卻轉開視線，望向遠近青蔥蒼鬱的樹木，他們向前，景物徐徐後退，像電影的場景。

他刻意語氣輕鬆，道，還有一件事，我要問妳。妳與延安的關係也是在戰時建立的？

杜亓不客氣地說，我與你們的關係亦是在戰時建立的。

羅伯特清咳一聲，道，是，史密夫很慶幸在維也納遇見妳，那是歐洲戰爭正一觸即發，遇見妳是所有人的意外，居然在戰時建立了一條與莫斯科溝通的渠道。當然，史密夫自己也出生入死，大家能夠在戰後還站在一起慶祝實屬不易。

慶祝？杜亓揶揄道，生存下來又如何？你們現在也開始不信任自己人了？

羅伯特無奈道，不能說不信任。公司的例行問話而已。他們讓我來做這件事本身就是信任妳，我們也是從維也納開始就一起合作了——這其實並非對妳有懷疑。

杜亓打斷他的話，道，我們的合作也有限得很。我們在維也納的交集並不多，之後我們都到了香港，但也沒有敘過舊，只是難為你幫忙處理了杜先生那件棘手的案子。

她提到杜先生，羅伯特就無法再鎮定自若，尷尬道，是我沒有處理好，連累杜先生。

杜亓抬起眼角，看他一眼，然後垂首道，不關你的事，當時碰到那難纏的俄國人，他自己也不小心。這就是我不想再跟俄國人有任何牽扯的原因，過去的就過去了，我不想再翻開新的一頁。

羅伯特還要說什麼，杜亓輕輕搖頭，主動道，北京的那個人，我與杜先生早年在莫斯科留學的時候就打過照面，我們都知道他是什麼人，那時我們對政治不感興趣，當然敬而遠之。後來為你們送信去莫斯科，我又偶遇他，他也注意到我。當時史密夫也授意我與他接觸，就這樣跟那邊搭上一條線，也算是一項意外的成果。

羅伯特聽了並不覺得意外，可見對這段歷史原本就極其清楚。杜亓像難以啟齒，勉為其難道，後來，他告訴我，他也知道我最後一次去莫斯科碰到了麻煩，他也跟俄國人打了招呼，說我是為中共辦事的，讓俄國人行個方便——戰後大家要大幹一場，正缺人手。

羅伯特喔了一聲，嘴角露出絲笑意，道，這麼說俄國人那時候真的不得不放你一馬。美國人，中國人都為妳求情，蘇聯內務部總得賣個面子。

杜亓哼了一聲，似笑非笑，對羅伯特說，我看他們是要看笑話吧，等著你們兩邊哪天不耐煩了自己來清算我，省得他們自己費心。

羅伯特打斷她說，我們不搞清算這一套。妳不一樣，我們需要妳來做這座橋梁——所以我早跟公司說過，找妳核實問話實屬多餘，我們都很清楚妳的角色，這本來就是我們自己的要求。

杜亓只能笑而不語。

羅伯特公事公辦，接著問，妳最後一次去莫斯科要見的人究竟是誰？

杜亓看上去好似無奈，搖頭道，他是做祕密工作的，說不清是內務部，還是紅軍四局的，聽說史達林很信任他，甚至有人說他很有可能是史達林御用的私人祕探。他盤問過我——過境時候的例行問話，他也許剛好在關卡執行別的任務，問了一些話，諸如在維也納做什麼，為什麼回莫斯科。他應該在那時對我起疑，給我留了他在莫斯科聯絡的電話。後來，我找過他——告訴他訂回維也納的火車票出了問題，請他幫忙——那一次，聊得比較多，他聽上去很有抱負，露出過想要跟西方溝通的意圖——但有抱負在他們體制內是件危險的事吧……這些史密夫應該知道？

羅伯特點了點頭，不再問下去。樹影劃過他的臉，世界彷彿忽暗忽明，而周圍有熱鬧的鳥鳴，忽然間唱成了一片——其實他們應該是一直在這樣長鳴著，只是他剛才沒有注意而已。走了一會兒，他補充道，記住，潘科夫斯基這個名字妳從來沒有聽說過。

杜亓點頭，也鬆了口氣，只有她內心才深知發生了什麼事，或者她知道的也不是事件的全貌。人們總願意相信自己看到的，她也一樣。

羅伯特顯然也輕鬆下來，道，我跟他們說在這兒找妳不合適，他們說時間緊急——妳不要怪我。他遲疑道，很多時候我們身不由己。

杜亓笑笑，不作聲。

羅伯特與她告別，跟她交代了郝爾與她見面的時間。他們在一個分岔口分道揚鑣，很長時間內可能不會見面。

她按約定的時間，走進裝飾藝術風格的布里斯托酒吧，酒吧四壁鑲著櫻桃木，光線柔和。郝爾已經在吧檯，朝她舉了舉手，他當然能認出她來。

她坐下的時候，他說，這裡出名的一道雞尾酒叫做「威爾士王子」，用香檳作基酒。

她一笑，隨口回答，英國皇室成員在這兒住過？香檳倒是適合他們。

郝爾卻壓低聲線道，五點鐘方向那一桌……

杜亓沒有回頭，問，一個英國人跟一個亞洲人？

這時酒保走過來，郝爾便問，要一杯「威爾士王子」？

杜亓笑著搖頭，道，我不喝香檳，你喝什麼？跟你一樣。

郝爾舉一舉手中的威士忌，酒保將加了冰的酒杯放在她面前，將酒徐徐倒入。

郝爾笑著說，他不知道妳不喝香檳？特別叮囑我要找一瓶白宮宴客的。

酒保離開，郝爾才說，他們是「記者」，不過這幾天一直在注意我，恐怕也會盯上妳。

杜亓輕聲問，你覺得他們是替女王陛下服務的？

郝爾聳聳肩，道，也許？當然，我可以理解他們的心情，這個時候，當然想要出現在這裡，還有，如果我看見法國人，也不會吃驚，畢竟五五年日內瓦的峰會，英國法國還跟美國蘇聯同在一張談判桌上，然後六零年的巴黎峰會被取消，到了今天，他們居然已經被排除在峰會之外了。換作是我，也會有點不甘心。

杜亓瞧他一眼，揣測他這麼說的動機，道，五六年，英法兩國也沒有處理好蘇黎世運河危機，影響了他們的話語權，何況現在全球的趨勢是去殖民化……

郝爾於是接著道，所以，美國現在被詬病，說我們在推行新的殖民政策。

杜亓道，我以為馬歇爾計畫很成功。

當然。郝爾道，你看奧地利就是成功的例子，政治上民主化，經濟上也開始穩定發展——但要獲得所有人的讚美顯然是不可能的——美國大使會將四七年美國援助產生的所有對應基金（Counterpart fund）都轉交給奧地利政府。我們沒有殖民的想法。

杜亓抬頭問，政策有變化？

郝爾點頭道，甘迺迪年初就確立了新的外援政策的目標，改變只注意軍援的做法，將中心放到經濟援助上。國會今年稍後會通過新的《對外援助法案》，五一年的《共同安全法》就會退出歷史舞台了。我們會鼓勵私人投資的參與，對非親共的欠發達國家的投資。

杜亓道，對於私人投資者來說，只要能證明項目收益增長，風險降低，就有可行性。

郝爾看了她一眼，說，史密夫說妳不一樣，妳考慮的不光是經濟的收益。當然，在亞洲投資，對妳來說是理所當然的；不過，妳是否會考慮在別的地方有所作為。

杜亓不置可否。郝爾耐心又說，四八年成立的歐洲經濟合作組織是為了有效管理馬歇爾計畫的資金，現在成員國實際上已經從受援國轉變成了援助國，組織也該更名成經濟合作和發展組織了。妳既然來了維也納，我替妳約人見一見，不忙著作決定，先看看可能性。

杜亓點頭道，當然，這也是我這次行程的主要目的，不是嗎？她心中明白，史密夫不肯自己當面說這番話，一方面因為情面上不想開口，在維也納相關的問題上對她提要求；另一方面恐怕是因為與羅伯特下午的一番對話已經上報公司，讓她過了關。

郝爾臉上掛著一個頗陽光的笑容，道，話是這麼說。然後語氣輕鬆，接著說，峰會明天才開始，今天都在作準備工作。我們可以先聊些別的——聽說妳戰爭期間一直在維也納？

杜亓嗯了一聲，顯然不想過多談論這個話題，她說，今天早上我入住酒店的時候，前台的年輕人跟我說了一句話，提到戰爭，他說——站在勝利的一方真好——一定是滿屋子的美國人給了他刺激——他的年齡不大，但還是能讓他有足夠的戰爭記憶。戰時，奧地利很大程度上與德國站在了一起；但戰後，奧地利被定義為占領區，這是僥倖。戰爭結束，先來的是蘇聯人，然後來的才是美英法的軍隊，雙方當時應該就有默契，知道遲早要分道揚鑣，一面步步為營，一面作出妥協。西方拿回希臘和奧地利，蘇聯分得東歐——奧地利正好留在兩個陣營之間作緩衝，所以不能對奧地利做出德國那樣一分為二的處置——不過奧地利因此也沒有加入北約，也不屬於蘇聯的紅色陣營，成為永久的中立國是奧地利最好的出路。幸好如此，今天我們才能在這兒見面。那位年輕人應該怎麼說——他應該說「能站在中間立場真好」才對。

郝爾笑了，說，史密夫說妳對政治很有見地，果然如此。他舉杯示意酒保添酒，然後不經意地說，他提到過，妳對我們的亞洲政策頗有微詞。

她飛快地看他一眼，郝爾湊近她耳邊，道，不是我們阻止北京進入聯合國，是他們自己沒有意願。

杜亓皺眉，看著桌面，郝爾用輕不可聞的聲音繼續道，這是赫魯雪夫的說辭——他說中國沒有意願在這個時候受到任何束縛，他們更願意讓手中盡可能保留著所有的好牌——直到他們自己能夠製造出原子彈，能躋身於超級大國的談判桌上——赫魯雪夫對此也頗有微詞，認為如果中國人並無打算遵守與別的社會主義陣營國家達成的協議，而且不斷以那些難以接受的條件來阻撓正常工作進程，那麼任何會談也難有實質的意義——說到這裡郝爾停下來，恢復剛才的坐姿，轉過頭來問她，妳怎麼看？

杜亓遲疑片刻，道，你的意思是——北京與莫斯科的關係並不如外面想像得那麼好？

郝爾搖頭道，這種兄弟間的口角當不了真。只是，甘迺迪總統上任之後，中國國內的反美宣傳比以往更為厲害，對這一點，總統覺得頗為無奈，當然也不悅——以致於台灣問題上，他的態度只會更強硬。

杜亓想了想，道，反美宣傳倒不一定針對總統個人？也許，有別的原因？

郝爾哼了一聲，不予置評。

杜亓說，我明天之後才會與人見面。

郝爾說，明天還是這個時間在這裡？

杜亓點頭，往後瞥了一眼，說，我再坐一會兒。

郝爾會意，先行告辭。

果然，郝爾走了一會兒，與英國人坐在後面的那個亞洲人就走了過來，他禮貌地問，我可以坐這兒請妳喝一杯嗎？

杜亓點頭，這次她點了一杯威爾士王子。

那亞洲人說，我來自香港，是記者。我和同事剛才看到妳——這幾天這兒住的都是美國人，亞洲人不多，我跟他說我一定要認識妳。

杜亓轉頭，你朋友已經走了？

他見杜亓微微揚眉，便語氣坦白，用開玩笑的口吻道，妳別誤會，我這個年紀已經不適合跟陌生人在酒吧調情了。我承認略有好奇，想與妳聊幾句。他接著說，我姓席，妳可以叫我詹姆士。

杜亓問，難道你還有別的名字？

詹姆士道，我本名是蒙古名字，不好發音。他給她看自己泰晤士報的證件。

出乎他的意料之外，她淡淡一笑，道，真巧，我正是在蒙古出生的。話雖出口，可她心中不確定這到底真是巧合，還是對方試探自己，但她看見他眼中光芒一閃，那種意外驚喜不像是事先計畫的表情。

於是她說，我的蒙古名字叫作亓亓格。

是花的意思。他這樣說，然後告訴她自己的蒙古名字，布日顧德，代表雄鷹。

杜亓舉一舉杯，說，致雄鷹。然後問，你在蒙古住過？是內蒙，還是外蒙？

他說當然。我是在庫倫出生的。

哦，我也在那裡待過。杜亓說。

他有些驚喜，道，那個時候在草原上庫倫也算是個繁華的地方。

杜亓隨口說，草原上西化的地方不多。她想一想似乎憶及那地方種種，不過卻沒有開口，喝一口酒，好像把回憶又都吞了下去。

詹姆士接著說，另外還有個更有趣的地方，更加西化，也很繁華，像是大漠中的海市蜃樓。

杜亓微笑，咦了一聲，道，恰克圖——我應該也去過恰克圖，不過，那時候年紀太小，什麼都不記得了。她這時，忽然覺得一直緊繃的神經忽然鬆弛下來，好像自動解除了戒備，讓她自己也覺得驚奇。對於過去，她從來不提，也許今天可以是一個例外。可是她心中還是下意識地權衡，到底可以流露出多少心底的情感。

他們同時打量對方，詹姆士說，離開蒙古之前，我父親帶我去過恰克圖，印象深刻；那本來是個好地方，像維也納，也像香港——我現在就住在香港，所以忍不住打這樣的比方——呵，這些地方都一樣，都是中間地帶……可是我去的時候，恰克圖已經開始沒落了，真是可惜——他說到這裡，停下來，仔細看著她，好像在揣摩她的年齡，說，這些，妳恐怕都不記得了。然後他笑了，道，這還是這些年我第一次碰到去過恰克圖的人……周圍的人誰都沒有去過那個地方，有的連聽也沒有聽說過。有時候，我幾乎要疑心，那地方是不是存在過，還是如同那些傳說中的城池，海市蜃樓，全是假想。然後，他舉一舉杯，道，致恰克圖。

杜亓也舉杯，微微一笑，道，致如同恰克圖那樣存在著的地方。

詹姆士一呆，隨即會意，臉上有一絲感慨，捏著杯子，執著地重複道，致恰克圖。

杜亓又說，我很小就離開那裡了。

詹姆士不以為意，口氣也像長輩，問道，家裡是在蒙古做生意的漢人？

杜亓笑道，我看上去像漢人？還是像生意人？

詹姆士也笑了，說，妳看上去不像是百分之百的漢人，也不像百分之百的生意人。

這樣的場景對杜亓來說是個意外，這麼多年她沒有與人訴說過去的習慣——說什麼呢？有太多不可說的祕密。她很少說故鄉這個詞，因為不知道要從何說起，此時幼時的草原在記憶深處泛起一層綠浪，還有那些高聳入雲的雪松，天藍如鏡，地平線永遠遙不可及——是這樣的景色嗎，她忽然不確定起來，於是問，你是什麼時候離開蒙古的？

詹姆士想一想說，我們家二十年代年代末就離開了。然後感嘆道，幸好走之前，去過一趟恰克圖，這才知道蒙古內陸居然還有這樣一個地方。

你父親也是生意人？

詹姆士搖頭，道，那時恰克圖已經沒人做生意了，邊境小城還留下一些繁華的影子，我們借住在一幢大房子裡，是以前一個大商人留下的。那房子有許多閣樓，暗櫥，還留下了好些東西，家具，衣服，很多空的酒瓶，還有子彈殼——我試圖找槍，可沒有找到——那真是一所可以滿足孩子所有想像的房子。他看了看杜亓，順理成章問，你們家在蒙古是跟關內做生意，還是跟俄國人做生意？

杜亓正出神，嗯了一聲，道，上一輩的事我也不太清楚了，我們後來離開了蒙古，在天津住了一陣子，以前的生意早就丟開了。

詹姆士嗯了一聲，隨口說，後來呢？妳說的是美國口音的英文，所以是去了美國，現在幫美國人做事？

杜亓一怔，笑出聲，生意人難免要跟各種人打交道，大家各取所需而已。然後反問，你呢？按你的說法，你這是幫英國人做事？

詹姆士沉默了數秒，開口不再拐彎抹角，說，我們知道郝爾，知道他是替什麼部門做事的。

杜亓揚眉。

詹姆士說，我沒有別的意思，我只是覺得我們何不認識一下——看來我的想法是對的，要不然就錯過了一位來自故鄉的朋友。

杜亓轉頭看了看，還是打不定主意，對於那遙遠過往的回憶到底要怎麼把握，她似乎好奇問，你的英國朋友先走了？

詹姆士說，如果妳有興趣與他聊一聊，我們可以找時間再約。

杜亓回身時候，目光掠過他的表情，可沒有停留，似乎敷衍地問，你們在這兒為的是採訪美蘇之間的峰會？

詹姆士道，可以這麼說，但也不全是這個原因，剛好有幾位蒙古的友人在維也納。

杜亓咦了一聲，抬頭。詹姆士道，奧地利中立，是見面的好地方。今年四月，外蒙和非洲法語區茅利塔尼亞同時申請加入聯合國，外蒙一直想在聯合國拿一個席位，這一次志在必得。

這次來的是誰？

澤登巴爾身邊的人。詹姆士這樣說，然後遲疑，不知有無必要透露更多信息，徒惹不必要的麻煩，但他接觸到她的眼神，隨即說了幾個名字。然後看她的反應，因為顯然那幾個名字引起了她的注意。他沒想到的是她接下來開口直接要求道，我想見一見其中的一個人，不知是否方便。

剛才詹姆士說的只是姓氏，而杜亓準確地說出的是全名。詹姆士沒有把吃驚表露出來，可是在印象中調動此人的履歷，一面也不掩飾自己打量身邊女子的眼神，不確定她要怎麼解釋，會說幾分真話，一面問，妳要我跟他說誰想找他？

她沒有掩飾臉上的患得患失，道，他未必記得我，請你跟他說有人想讓他給寶勒帶一句問候的話——我甚至不確定他會不會是我猜想的那個人，不過，你知道，如果不試一試，錯過了就錯過了，我離開蒙古，已經那麼久沒有過去的消息——我們都會想念故鄉。

她的語氣那麼真誠，以致詹姆士覺得應該暫時放棄找她話語中的破綻。她主動說，我曾經在莫斯科留學，他們是我的同學。我想知道他們好不好——你知道這些年蒙古受蘇聯影響，經歷一次次的政治運動，我心中一直擔心。

妳曾在莫斯科留學？

她點頭說，是的。戰前我在莫斯科——不適應當時的政治空氣才離開的。

詹姆士斟字酌句道，當然，我可以幫妳聯絡。他坐直了一些，似乎拉開自己與她的距離，語氣透出些疲憊。

杜亓卻突然問道，你也去過莫斯科？

他啊了一聲，像不知如何回答，不過在瞬間作了決定，暫時放下戒備，語氣無奈然而誠摯，道，我們當然都去過莫斯科……可是他不願再說下去——杜亓心中一動，轉動杯子，目光追逐著那幾點若有若無的反光，猜測與其說他想探究陌生人的底細，也許更擔心的是如何掩藏自己的過去。

她深知自己以進為退走出這一步有些風險，可是有時難免要放手下注，而且她覺得他的身上有種奇異的熟悉感，好像習琴之人可以從演奏的手法上看出師承來歷，尤其對自家的傳承心知肚明；她當然想到某個人的名字，心中幾乎陡起波瀾，同時升起一股涼意。不過也許是她過於敏感，這一切應該與那人無關——蘇維埃式的訓練總有大同小異之處，眼前詹姆士身上像蓋了章，只有像他們這樣的同類才能依稀辨別——還是他根本不想掩飾？可是他顯然也不願繼續靠近，因為杜亓感覺到詹姆士退縮了一步，而她自己這麼多年來，第一次有腳踏懸崖的忐忑，她彷彿心甘情願把自己逼入一個角落，心中不由懷疑是否值得。

吧檯昏黃的燈光讓人有溫暖的錯覺，身後左右絡繹不絕總有人在來來去去，他們處在一個奇特的時空裡，在沉默中各自搭起心中通向往事的橋梁，可是又充滿默契地小心翼翼避免進一步的發現，也許停留在此刻，不進也不退最為安全。有些懷疑沒有證實的必要——也許他們之間已經因此心照不宣。

詹姆士再開口的時候顯得很隨意，問，妳父親是漢人？

杜亓點頭。詹姆士嗯了一聲，意味深長道，這次蒙古想要進入聯合國，機會很大，不知妳父親這一輩的漢人會怎麼看。

杜亓笑著反問，你不問我怎麼看？

詹姆士道，我可以猜到妳的想法，不過妳父輩的想法就不那麼容易改變了。

杜亓沉聲道，他早就過世。不過，沒錯，他的想法的確從來沒有改變過，

詹姆士說，那讓我來猜一猜，他跟蔣介石一樣，不能容忍蒙古獨立這樣的事實？

杜亓有些驚訝，沒有想到他會提出這樣的問題，看著他緩緩道，你猜得沒錯，不過蔣介石反悔過。以我父親的性格，他一旦相信什麼，恐怕會堅持到底，連反悔的機會也不會給自己——可惜他過世得早，我沒有辦法向他驗證他的真實想法了。

詹姆士語帶雙關道，抱歉。我不該提起讓妳傷心的事。

杜亓卻搖頭說，誰沒有一些傷心的往事，我們誰都得學會跟著時間往前走。他們目光相接，都帶著猶疑，而且只願意將眼光停留在表面，避免看到彼此的靈魂深處去。

詹姆士注意著她的表情，忽然開口道，台灣不會希望蒙古在聯合國占一個席位，不過更不能容忍北京在聯合國與自己平起平坐，只是他們也沒有太多談判的籌碼，搞不好全盤盡輸；但是，當然最好的可

能估計也不會讓他滿意。

杜亓咦一聲，問，你與台灣走得近？

詹姆士斟酌道，台灣我倒還時常走動一下，北京我這些年都沒有去過。他坦然看著杜亓，試探問，如今那邊銅牆鐵壁一般，裡頭發生的事，我們都看不清，也不知道他們真實的想法……這只有一種解釋，看來北京沒有意願讓外頭的人看清他們到底在做什麼——我聽說，有人醉心追隨蘇聯三十年代的那一套作法……

杜亓打斷他的話，道，你問的是個價值連城的問題。誰都想知道北京的想法，可誰也摸不清，連俄國人也不例外。

詹姆士嗯了一聲，故意用揶揄的口氣道，果然是商人。然後他用自己的杯子跟她的碰一碰，道，我尊重商人，況且我們都是蒙古人，理應互相幫襯，我幫妳安排跟妳想見的人碰面，不過你們說什麼，今後有什麼接觸都與我無關。

沒問題。杜亓輕鬆地回答，我明白，我們從沒見過面。

詹姆士一愣，可隨即也鬆了口氣。

ꕥ

詹姆士回到房間以後，先打了個電話，肖恩在那一端說，她住紐約，公司主要做投資，涵蓋許多領域，似乎很成功。郝爾約她來，替她安排了一些會議，看來美國人的確要修改對外援助法案，想要吸引私人投資。

詹姆士嗯了一聲，道，是的，她是生意人，私交比較廣，我們談得還算愉快，不過沒有值得再往前進一步調查的必要——以後，有需要的時候可以找她，但到時再說也不遲。

肖恩哦了一聲，便收了線。

詹姆士握著話筒，過了好一會兒才放回到座機上，叮的一聲，像關上一扇門，不容後悔。他還有些猶豫，心中重新掂量一番。他知道一旦打開杜亓這扇門，便很有可能會踏入到一個充滿刺激和可能的異境，但是值得嗎？他準備好沒有？還是小心一點沒有錯，他不想讓過去擾亂他現在的生活秩序，何況那都是上一輩的事了——想到這裡，他猶疑了一下，估摸她的年齡，覺得離某種真相好像越來越靠近，但他隨即告訴自己應該即時縮手，他不介意幫她一個忙，以示友善，但是他沒有時間深掘時間的遺骸。

重回維也納並不在杜亓的計畫之中，這些年太安逸，兵荒馬亂的歲月已經隔得太遠，而且她心中多少也有些抗拒，不想再使自己陷入自己也無法掌控的困境；只是她沒有身不由己，而何年的出現是她完全沒有想到的。

她沒有想到他會親自出馬，絲毫沒有掩飾見到他時候的震驚。

何年站在她面前，攤開雙手，臉上掛著一個複雜的笑容。他們倆都猶豫了片刻，然後同時決定上前一步，完成了那個久別重逢的擁抱，這一步像跨過了一條大河。這同志式的擁抱傳遞了一些溫暖，填補了一些歲月的隙縫，可是隨即她感覺到他的矜持，所以他們馬上又恢復了彼此的距離。

何年坦然看著她的眼睛，道，沒錯，是我。我想——我們是時候應該見一面了。他頓一頓。

杜亓揚眉，正要開口，他卻急忙說下去，道，我從日內瓦過來，那邊在開峰會，討論老撾的獨立和中立問題。幸好我早爭取了出國的名額，知道妳會來維也納之後，才不至於措手不及。

然後你打算再回日內瓦與他們會合？杜亓一面問，一面毫不避嫌打量著他——半舊的西裝外套和皮鞋，新整理的髮型，手上有枚徽章戒指，手指有點微微發抖，那是衰老的跡象，他自己沒法控制，不過他盡量做到使自己融入周圍的環境，而且做得很好——他看上去像個疲倦的老華僑，從年輕時代起就生活在風雨飄搖之中，習慣了與憂患的意識共生存——但也許這正是他此刻人生的寫照。他們在年輕的時候相識，最後一次見面的時候他正意氣風發——用舊時代的說法，是他們得了天下；在新時代裡，他們可以自信地宣告得到了民心，世界從此可以任由他們改造了。然後十餘年就這樣過去了。這些年她想要問他的太多，當他站在面前，身上歲月碾壓的痕跡卻讓她猶豫不知如何開口——流逝的時光難道真的如此沉重？

他也在端詳她，同時回答道，不，我不回日內瓦。不過他沒有解釋自己的行程，而是忽然感慨，道，蘇菲亞，妳做出的總是正確的選擇。

他突然用她的俄文名字相稱，當然是想起了年輕歲月；那是他們都學會了熟練運用這種語言，彷彿掌握了某張通行證。他對自己的信念總是抱著滿腔的熱忱，而且他願意相信。可是，她一直覺得彼時的自己與他不同；而到了後來，這些不同都不重要了，因為他們以為最後的結果總歸是殊途同歸。然而，到了此刻，他們都不得不重新審視彼此間的距離。她看著他，彷彿想看清他此時心中的想法。

他們借用一位阿爾巴尼亞外交官的寓所見面，公寓在外交使館區，在一座不起眼的老樓的頂樓，主人迴避了出去。樓梯寬敞家具陳設很簡單，一塵不染，好像一面生活，一面抹去了所有痕跡。何年示意她坐，自己坐下前，看了看四周，隨後彎腰，伸手探入沙發下，撿起了一隻玩具熊。他沒說什麼，很有興趣地捏著那隻熊把玩著，然後把它放在自己的身邊。他彷彿不經意地說，妳以前在維也納住過好些年？

杜亓點頭，問，戰前你來過維也納？

他卻答非所問，道，我們是在德國認識的，可是在莫斯科見面的機會卻沒有那麼多。他的口氣像在拉家常，可是分明話中有話，想要迂迴地接近他心中的目標。

杜亓揣摩著他的心思，道，那時的莫斯科風聲鶴唳，見面有各種各樣的顧慮。

何年等她說下去，她便道，我記得我們每一次會面。她注意著他的神情，道，四九年我們離開之前，在南京見過一面。

何年嗯了一聲，臉上有個注意聆聽的表情。杜亓於是說，你把那時稱作黎明前的黑夜，鼓勵我，並且作出保證，說你們不一樣，莫斯科的往事不會再重複。

何年張口，卻沒有說話，彷彿要掩飾嘴角的肌肉不能自主的輕微抖動。杜亓以為他會辯白，誰知他卻長嘆了口氣，道，這才是個開始而已。說完，臉上露出疲態，她注視著他的眼睛，他亦不迴避，有一個瞬間，他看上去像個無助的孩子，瞳仁深處藏著憂慮。

杜亓錯愕，她當然深明他指的是什麼，一時不知如何回應，沉默片刻才開口，道，停不下來？

他已經恢復鎮定，不過下意識抹了一下額頭，苦笑道，人民已經被組織起來。

杜亓皺眉，輕聲道，你見過當時莫斯科是怎樣一副情形，你怎麼能容忍著一切在自己的眼皮子底下再發生一次？

他再次重複道，這一次，人民已經被發動。

她覺得他的話不可思議，如同一堵冰冷的高牆，讓人無法往前跨上一步，她不由往後靠，沙發的後背很硬，彷佛杜絕了後退逃避的可能，她回想他剛才說的話，問，你覺得以後我們恐怕沒有見面的機會？

他點頭，道，是的。這次回去之後，我不覺得近期內會有再出國的可能……國內的形勢很複雜，任何海外關聯都是要設法規避的。

杜亓還是摸不透他的心思，瞧著他，試探問，這次你來，用的是什麼護照？

何年無奈笑苦笑道，是英國海外領土公民護照。我二月去了趟九龍海關——與香港一水之隔。我們去視察反走私的工作，那次我找了妳在香港的聯絡人，幸好如此，才知道妳要來維也納。既然已經挨著香港了，我想就順便做份護照吧。他看她一眼，說，護照倒是貨真價實，費那麼大周折，犯不著做一份贗品。

他已經逐漸放鬆下來，說話的時候，手勢恢復指點江山的那種氣勢，輕易透露出他的身分地位。

你去了香港？

不，沒有去。事情交給下面的人辦就好，自己去一趟少不得又要驚動英國人，不值得。何年這麼說，看她一眼，口氣帶著抱怨，道，妳也沒回過香港，如果妳過去，我可能會走一趟——去香港見面還是有可能的，英國人還是識時務的，他們對新中國還是比較友好，也懂得如何表示，最近，他們就驅逐了幾名台灣人出境。間諜活動嘛，多一事不如少一事，人走了清淨。我倒也一直想找妳在外面敘一敘。

杜亓猜不透他的意圖，斟字酌句道，假如，你不想回去了——如果有這個可能，是有辦法可想的。手上既然已經拿著英國的護照，手續上就少了許多麻煩……

何年一呆，然後哈哈笑了，數聲而止，抱怨道，妳怎麼會這麼想？我怎麼可能離開？這是叛國！他再次端詳她，說，我跟妳不一樣。我早就說過，妳適合留在外面。妳沒有各種歷史的負擔，不用背著十字架，在哪裡都可以生長。

是嗎？杜亓注視著他臉上沒隱退的笑容，那笑容如同水上的一片浮冰，映射著早春一抹陽光，然後還是慢慢地消失了，她問，你呢？

何年出神了片刻，談後輕描淡寫說，我習慣了政治生活，離開了這些鬥爭的漩渦，反而會不習慣。

杜亓輕輕道，你的意思是一切都是自願的？這一場場政治鬥爭不過是一個個精緻的遊戲？

何年輕咳一聲，道，我沒有這麼說。我們都有逃不過的宿命。

杜亓哦一聲，說，我以為你是無神論者？何年攤開雙手，聳聳肩，並未把聽到的話作為針鋒相對的挑戰，道，我當然是無神論者，只不過我們也都受傳統文化的影響。話音剛落，他也意識到自己動作幅度有些大，便沉默下來。

杜亓無意挑他話中的毛病，眼波一轉，彷彿隨口問道，你還沒忘記三十年代莫斯科的政治風氣？史達林的那一套就是把人綁在新的宗教裡，在他的宗教裡只有一個神，就是他自己，別的人統統可以踩在腳下。他追隨列寧的思想，認定這宗教越是經歷清洗，就越堅強。你旁聽過莫斯科的庭審？還有多少人沒有經過審訊，其中還有許多年輕人，原本去莫斯科是為了追求理想，可是最後客死異鄉也沒有明白自己到底做錯了什麼。

何年皺了皺眉，可是接觸到杜亓的目光，臉色更顯凝重，忽然搖頭道，我當然記得。可是，在我們的隊伍裡，這也不是沒有發生過，妳沒有到過四十年代的延安，對有些歷史不清楚。而且要我說，更壞的也許還沒有來。

杜亓錯愕，自他的瞳仁中望見自己驚疑不定的神態，心中一沉，忽然咄咄逼人問道，四九年前，我們在南京見過一面，那是四六年，還是四七年？

何年的眼睛避開她的視線，想了想道，是四七年，那時已經過了元旦了。口氣有些無可奈何，道，妳剛才不是已經提過了嗎？我們那次談得不錯，終於有了共識。

杜亓道，那時你沒有跟我說真話，你只說對蘇聯的那種做法反感，不會重複他們的道路。可是對於延安剛剛發生的事，你只字不提。如果不能反思，若無其事，只當過去一切全沒發生過，那終歸還會有再發生的一天。

何年辯解道，我如何能預測到後來發生的事，而且我一個人又如何能左右大局。我一向對妳坦白，我跟妳說的是我的希望，我們的希望難道不是一樣的嗎？他也許真的有些著急，所以聲音高了幾度，然而一抬頭忽然撞見杜亓的眼神，話說了一半就戛然而止。起先他不明白她臉上為什麼出現這樣一種受傷的表情，然後電光石火間忽然恍然大悟——他從來沒有真正站在她的角度來看整件事。如果她要堅持是他成心欺騙，他也沒有太多辯白的餘地；事實上他或多或少也背叛了自己，心中有無數無法向人訴說的苦衷，但是某個方向的門已經關上，路走到現在，他也無意再費心思將緊閉的門再打開。一瞬間，他覺得非常疲倦，而且委屈。

何年緩緩地呼吸，讓自己有時間思索，忽然長吸一口氣，坦誠道，我們這次見一面很重要，往後很長時間內我不認為我會再有出國的可能。我會找機會跟妳聯絡的，對這個妳要有信心，以前我跟妳說過的話我也不會收回，不管妳聽到什麼，都要相信我們的初衷是不會改變的。他說這話的時候，像一個將要溺水的人，那一段宣誓般的話少了應該有的力量，顯得有些蒼白。

杜亓驚奇地看著他，何年道，所以，我堅持要見你，我們之間有應該坦白地互相交流的必要。也許，這是個試驗——今天，讓我們開誠布公，然後如果我們都能經受考驗，經得起歲月的洗禮，在時光隧道的另一端再見的時候，那將是我們慶祝之時。

何年顯然說著肺腑之言，目光中露出溫情，道，我知道妳已經成長，或者說羽翼豐滿也不為過。其實我已經不再具備任意差遣妳的資格，可是我還是會對妳有要求，因為我希望妳記得我們的初心，對我們今後各種各樣的作法也多抱一些同情。不管發生什麼，看在我們多多少少共同擁有過的歷史的分上，對我們詬病的時候，請手下留情。這一天會到來的——這一天來的時候，請給這個國家的人民一個機會，他們沒有任何罪過，他們的錯也許不過就是因為過於求好，才會反應過激，他們比誰都更需要一個未來。他說到這裡，停下來看著她，像一個執拗的孩子，非要達到自己的目的不可。

杜亓聽了動容，可是掂量著他的話，心中卻沒有底，緩緩吐出一口氣。何年喘了口氣，端起茶杯喝了一大口，然後技術性地沉默著，好像他話已說盡，提醒她亦不好咄咄逼人，可是，他分明還是不甘心，如同後退的潮汐，儘管溫柔拍著海岸，可是海平線處的雲層卻堆積如山催促著又起風浪。何年一口氣說下去，道，那時候，我跟其他人一樣，就讀的是中山大學。我是在列寧山受訓的，可是，在整個過程中，我都沒有見過妳的影子，這些年，我一直在想這個問題，領妳進門的這個人可真是小心翼翼，像珍藏一枚棋子，從頭開始就不願輕易出手。

杜亓揚眉，不客氣道，你現在才想起來審問，問這種問題是不是已經太遲？我是如何出道的到今時今日又有什麼要緊？

何年打個哈哈，那是習慣的做法，以一句玩笑話遮掩尷尬，可他忽然呆了呆，臉上的肌肉由於光線的關係，看上去好似完全鬆垮，不受控制地跳動了一下，因此露出一絲不想隱藏的心酸，道，這不是我的意思，妳知道我走這一趟不容易，去什麼地方，見什麼人不是我一個人能決定的，而且我要給組織一個交代的。

杜亓盯著他，緩緩搖頭，道，這不是我的問題。

何年本來往前挪了挪位置，說了剛才那句話後，就急於重塑表情，這時臉部的肌肉不受控制地跳動一下，他站起來，到窗邊拉開一點窗簾，看了看外頭，彷彿自言自語，道，一九四二年，我的確在延安。當年主持運動的康生現在又回到了政治舞台中間，他熟悉蘇聯的那套做法，善於營造鋪天蓋地，無處不在的攻勢。何年說到這裡，回頭苦笑一下，道，即便我在這邊，也在他的視線之下；不過妳放心，我不會願意將這一條脈絡暴露在任何人視線之下，不管是敵人，還是自己人，即便要付出一些代價也在所不惜。

何年說到這裡口氣一轉，接著說，現在的黨內不是沒有一些基本的共識的，他的回歸當然也是因為某些默契的緣故。五三年，史達林過世之後，赫魯雪夫接班，世界革命的形勢變得軟弱了——這一點鄧小平也是這樣認為的——中國應該成為新的世界革命的中心。

杜亓敏感反問，這就是近期反美宣傳升溫的原因？

何年小心答道，我們一致認為，上一任美國總統艾森豪比較容易打交道，他固然一直奉行足以碰觸戰爭邊緣的政策，但至少知道何時鬆手，而現任總統則危險得多，甘迺迪年輕，容易一意孤行，分明打算冒更大的險。

杜亓問，你指的是柏林，還是台灣問題？

何年語氣略帶諷刺，說，柏林問題上，我們相信美國與蘇聯必定要達成某種妥協，我們不會有什麼堅持；對於台灣問題，我們是不會妥協的，如果美軍不撤出台灣，我們不會考慮接受聯合國的席位——這一點，不久前，陳毅在接受匈牙利報紙採訪時已經闡明。

杜亓道，所以，這代表中國願意考慮加入聯合國的可能——你們堅持的條件不見得是不能夠達到的。

何年道，美國政府中有這樣的說法，阿德萊·史蒂文森在甘迺迪就職之後提出建議，這樣來解決中國加入聯合國的問題——給台灣十年事實獨立的時間，然後由公民公投表決統一或獨立的去向，如此這般，美國便可以準備第七艦隊從台灣撤出——這是兒戲，根本不知所云。連蔣介石也不會同意這樣的安排——不管如何，維持一個中國，是他與我們少有的共識之一。

杜亓說，這不是結論，也許這可以當作以關係正常化為目標的各種假設方案的一個，至少是以和平解決問題為前提……

何年嘆口氣，道，妳難道這麼天真，覺得這種所謂的假設中有公平的成分？我倒是覺得現在談什麼都太早，還不如等到中國擁有了核武器，可以躋身在超級大國行列再來談進不進聯合國，那時談條件，才合乎我們的利益。

杜亓說，未必要等到那時，世界不應當停留在弱肉強食的年代——談總比不談好……

何年顯然不贊成她說的，不客氣地打斷她的話，不緊不慢又道，說起核武，我倒想起另一件事來——最近，我才聽說美國當年曾在維也納丟失過一份核武的文件，推算起來，妳當時應該就在這兒，妳對這事的首尾了解嗎？

杜亓遲疑，皺眉想了想，道，我知道當時有位參與了曼哈頓計劃的猶太籍科學家想要約見蘇聯人，結果人死了，身上的文件也下落不明，不過，他當時究竟有沒有帶東西也很難講……

何年意味深長看著她，說，妳留心一下，文件既然下落不明，一定還在什麼地方，如果可能，我們想要那份文件。

杜亓奇道，過了那麼久了，如果屬於技術性的信息，未必還有時效？

何年淡淡說，這妳不用管，妳只管留心到底有沒有這份文件就是。他瞧著她，好像在這場談話中逐漸又掌握了主動權，不願意失去這個有利位置，急忙說下去道，那個時候，康斯坦丁諾夫還沒有出事吧？

他留心看著杜亓對這個名字的反應，杜亓看了他一眼，沒有掩飾驚訝，道，他與這份文件有什麼關係？

何年不急著回答，只是一味打量著她，像醞釀著氣氛；杜亓沒有躲避他的目光，坦然看著他，臉上有些迷惘，像遽然與過去正面相逢，來不及反應，可又分明有種不可說的心知肚明，彼此之間的距離比過去還要遙遠。對他們來說，傾訴從來都是太奢侈的舉動，彼此都拿捏著恰當的分寸。

何年嘆道，如果當年他有這份文件，也許就不會死了。

杜亓一呆，隔了數秒才追問，為什麼這麼說？

何年道，我只是猜測，如果當時他手上有這樣重要的東西，別的罪名都是可以商榷的吧。何年還是瞧著她，說，他對妳很好，戰後那年，妳跟內務部惹了麻煩——到底是什麼麻煩，我至今不清楚，是他來找我的，暗示我可以將妳轉換組織到我們這邊來。他還提醒我，三十年代我能躲過莫斯科的清洗，安然無恙，全是妳的功勞，他的口氣不是沒有威脅的成分的。當然，我是念舊的人，也惜才，事實上跟日本人的戰爭勝利了，內戰不可避免，我們的情報工作急需要人才，我將妳要過來，對所有人來說都是最好的安排。不過……

他賣個關子，停了停，但分明也沒有期望杜亓的回應，陳述著一個不相干的故事，接著道，不過，他當時找我，如此這般，諸多要求，指點江山，我就有預感，這個人的政治前途恐怕快要到頭了——不是因為妳這件事，而是他的態度，那種自以為是，高高在上，以為自己有神的手筆可以在歷史的隨意塗抹的態度太危險了——驕傲在這個體制內是絕對行不通的。聽說他是史達林身邊的人，最重要的一點，他自己怎麼沒有看到——我們做情報的，最終也不過是工具而已——這一點，我們組織內部有些人也沒有看清楚。說到這裡，他聲音轉高，顯得尖利刺耳，可同時變得輕鬆，道，剛才我說的就是我回去向組織匯報的內容，他們當然知道有妳這樣一個人的存在，只不過不清楚具體是誰而已——說白了，我也需要掌握著這樣的關係，才好生存下去。蘇菲亞，關於妳的過去，妳願意說，我就聽，不過妳放心，即便說了，也止於今晚這個房間，不會再傳到第三人耳中。

杜亓像忽然想起什麼，問，這些年，我一直好奇，在你們內部，我的代號是什麼？

何年猶豫幾秒，然後嘴角也彎了彎，輕輕吐出兩個字——異境。

然後，他欠一欠身，似乎想表示了解或者是某種程度的和解。杜亓盯著他的瞳仁，然後率先放棄，彷彿不習慣如此地望向一個人的心靈深處，她輕輕轉過頭去，靜默了一會兒，說，康斯坦丁諾夫的存在非常特別，我也不清楚他的路數。但從我跟他打交道的經驗看，他的確有驕傲的理由。我在維也納的那幾年跟他有過接觸。他的個人目標定得很高，不是權利的目標，而是他心中的確有一幅關於這個世界的藍圖——杜亓吸了一口氣，好似無可奈何，但口氣變得犀利，說，這樣的藍圖恐怕許多人都有，只是我很好奇，經歷了三十年代的莫斯科那樣的政治風景，他心中究竟是怎麼說服自己繼續下去的。杜亓停下來，何年下意識噢了一聲，眼光飄了開去，像故意要忽略這個問題。

這一次，杜亓的目光卻沒有移開，何年的側面看上去沒有那種席捲一切的疲態，年輕時那種剛毅和稜角還留在那個角落，甚至彼時的天真和熱血彷彿也還是依稀可辨。這個發現讓她心中一軟，下意識裡她覺得自己早就跟歲月妥協，因此也不好要求他什麼，她像因此放下了戒備，道，我在維也納回國前，聽說他被調查，之後，就失去了他的消息……也許，你說得對，在他所處的環境裡，他的性格決定了他的命運……但我很幸運，你們都很照顧我。

何年嗯了一聲，道，只要力所能及，我們誰不想照應一下我們身邊的人。

他的聲音有些酸楚。杜亓知道這次的會面將告一段落。她也有些意興闌珊，問，還沒到時候？

何年知道她指什麼，搖頭，道，還沒有。中美還沒有到坐下來談的時候。他避開杜亓的視線，語氣中有點苦澀，道，這幾年，我們的經濟出了問題，這不是一年兩年就能扭轉的……

杜亓心中突地一跳，忍不住道，按理說有前車之鑑，不該犯下一樣的錯誤，政治的清算是一回事，但經濟政策上明擺著的失誤也不願意看見嗎？蘇聯要快速實現重工業化，不惜犧牲農民利益……覺得集體化是接近目標的捷徑，但那是有代價的。

他立刻下意識道，我們做得比他們好，我們比布爾什維克更同情農民的處境，我們在農村的掃盲做得很成功，各種傳染病也得到控制……而且我們的富農可以參加合作社，既沒有入獄，也沒有被下放到像西伯利亞，或者中亞沙漠和蒙古那樣的地方，這跟蘇聯不一樣。

杜亓揚眉，不無諷刺道，看來對蘇聯的那一套你不是沒有瞭解。然後她緩緩說，一九三二年時候你在哪裡？已經在蘇聯？你有沒有聽說過那些關於飢荒的傳言。

何年動了動嘴唇，卻沒有開口。

杜亓不慾為難，想了想，怔怔道，苦難不斷，誰也不願相信。烏克蘭跟北高加索地區的飢荒當時是有西方的記者報導的，可是連西方也不願相信。那時候我不在蘇聯，就像現在，我也不在中國，我只能希望傳言不是真的。

何年皺眉，道，什麼樣的傳言，妳聽誰說的？

杜亓瞧著他的表情，說，為了加速工業化，過度徵糧——英國在北京有代辦處，他們涵養夠好，任是什麼也不往外說，不知是好事還是壞事，但私下裡到底還是忍不住議論——當然，他們能看到的也有限，饒是有限，也已經……她忍住那半句話，沒有說下去，似乎顧忌對方的感情。她視線轉開，接著就事論事道，但是畢竟是外人，要管也管不上，而且說到底，他們也不關心吧——她說到這裡，垂下眼簾，像徬徨迷失的孩子，看上去有種惶然。

他看著她，表情複雜，眼神裡翻滾著說不出口的辯白，然而他還是後悔開了剛才的口，深吸一口氣，語氣突然一轉，聲音略顯高昂，以終結一切的口吻道，這兩三年的確困難，我們只能怪自然災害，老天不幫忙，但這應該要過去了……他像用盡了力氣，聲音逐漸顯得虛弱空泛，嘆口氣道，這一攤子在往後幾年都顧不過來，誰也不會想有外國人在這種時候在旁邊指手畫腳——他們哪裡會懂中國人的事。——何年說完搖了搖頭。

雖然也不算全在意料之外，杜亓仍舊覺得失望，原來何年對美蘇峰會的內容並非那麼感興趣，他彷彿早已預知了往後幾年的風雨和道路，焦慮的同時，帶著難言的苦衷。

他們在沉默中感覺道時間的分秒流逝，滴答滴答走向分道揚鑣的時刻，但是也許兩人同時憶及過去，總有些可圈可點的時刻，讓人硬不起心腸來——而且此刻相會畢竟來之不易，兩人也幾乎同時互相覺察到對方細密心思，不約而同鬆了口氣。確實，他們誰也不想在劍拔弩張的狀態下分手。

何年一放鬆，整個人又顯得溫暖和煦，他一面起身作出告別的準備，一面恢復寒暄的口氣，問，孩子十四歲了？

杜亓點了點頭。

何年呵呵笑笑，說，這個年紀的孩子有主見了，相處比較微妙了吧？不等杜亓開口，自己接著說，我們家一個孩子也差不多大，在大院長大的，現在這環境也真是催人長大啊——

杜亓沒想到他提及家事，知道他定有用意，索性微笑不語。

何年站起來，鄭重伸手與她相握，算作告別。回身，走幾步，在門邊站住，並不回首，繼續說，你們在外頭，的確也不知道裡邊的情形。可是，再壞，也不是你們想的那樣，成天陰霾，生活裡誰不想找些陽光。我那孩子，在城裡長大，沒受過苦，也算是看了些書，也知道法國大革命，一心想把自己經歷的運動往那輝煌的想像上推。當下，我也不好跟他說什麼，有一天他會長大，他青春時候的回憶，不管怎麼樣也得挑出一些可以懷念的東西吧。當然，我是不忍心讓他失望，事實上誰也不會准許把自己這一代全都否定了。我以為瘋狂的年月是到頭了，可是現在卻也吃不準——這些年的種種以後要怎麼交代是個問題，但是對中國人來說，生存下去一直是個更大的問題。我知道妳在想什麼，我們的確是耽誤太多，可是一代又一代，該來的總是會來，該過去的總會獲取……你們要給我們一些時間，說到底你們不是魔鬼，我們也不是。

然後他開門閉門，離開。決絕地，好像已經作出不再見面的準備，至少長時間內沒有可能。

杜亓聽到門搭一聲關上，心中一酸，到最後，他竟然把一切推給了時間。她忽而想念他年輕時的那些責任感和正義感。

但他的最後的措辭用了你們和我們，跟她劃下了界線，可是也把希望留在了時間的盡頭——像過去朝代中那些墮入亂世的無可奈何的失意人。

史密夫很意外，他不能明白中國人居然沒有對談的意願。

杜亓無奈道，不是在此時。

他們在城市公園約見，斯特勞斯的金色雕像就在前面不遠——就跟過去一樣。戰爭期間他們常常在此處交換訊息。和平年代的城市大可以自豪地宣稱已經把過去留在了後面，但杜亓恍然覺得仍舊能聽到戰爭的餘音，可究竟什麼是戰爭之聲，她也說不上來。迎面吹來的風有股凜然之氣，提醒她一切還遠遠沒有結束，看來命運替她另闢了戰場。

史密夫忽然說，見老朋友總是好的，語氣氣帶著些惋惜。

杜亓咦了一聲，口氣不是沒有一些敷衍。她與他並排而坐，所以目光可以直視著遠方。她心中有些怪他，與過去一樣，他總是把她推到所有事實之前，可接著要如何自處又變成她自己的責任。他對一切心知肚明，了解的想必比她還多，所以她不想接觸他的眼神，不願去讀那眼神中可能的同情。可她也不能要求他做什麼，那本來不是他們的責任。

史密夫猜得到她的想法，淡淡道，英國人在北京有代辦處，他們只要睜開眼睛，也許不能看到一切，但知道的肯定比我們更多，不過他們選擇沉默，我們更無權說什麼。

杜亓有些煩躁，打斷他的話，道，我認識他在認識你之前。

史密夫臉上微露訝異，微微側臉打量，杜亓意識道自己也許說錯了話，可是心中無限疲倦，打算順其自然，何況事實與謊言之間的界線本來就模糊不清，她乾脆開誠布公，道，我在莫斯科念書的時候就見過他，他在中國的學生圈子當中很活躍，每個中國學生他都要接觸，我後來知道他是在列寧山接受培訓的——我離開莫斯科，在維也納認識了你們，戰爭期間回莫斯科，他還在那裡，那時，我已經猜到他的身分——能夠在莫斯科安然無恙地度過三十年代，真是不容易。

史密夫哦了一聲，視線回到前方。

杜亓說，我從來也沒有真正明白過他的想法。在過去，他總是對未來抱著無限的憧憬，即便在最困難的時候，他也從來沒有放棄追求自己的理想，試圖說服所有人跟他站在一起，這種屬於年輕人的熱情的確迷人。而現在我們都老了，事實擺在眼前，你覺得他還能有憧憬嗎？

史密夫驚訝地反問，為什麼不能？沒有什麼是永恆不變的，所有的一切都有過去的一天。同一條路上走得太艱難，他們自然會回頭的。

杜亓輕輕啊了一聲，史密夫等她開口，她卻沉默下來。周圍有孩子的嬉鬧聲，戰時也是如此。那歡笑像在時光膠囊中保存完好，來自過去，也將會直達未來。

過了半晌，史密夫開口問，他還說了什麼？

杜亓嗯了一聲，回答，他問我這次在維也納是不是見了蒙古人。

哦？

杜亓道，他覺得這對於蒙古人來說也許是個機會，蒙古人一直想加入聯合國，可是因為台灣的反對票，不得其門而入；這一次，他覺得美國也許會向台灣施壓，讓蔣介石放棄反對票。

哦？

看來在一段時間內，台灣仍舊會保留在聯合國的席位，既然北京無意去爭那個位置，他覺得美國肯定會借此賣個好，如果答應支持台灣，蔣介石也應該作一點犧牲，他一味不承認蒙古已經獨立的事實，是沒有意義的。

他這麼想？

杜亓說，他怎麼想不重要，就像我怎麼想也都無關緊要一樣。

史密夫不以為然問道，我記得妳提起過，妳母親是蒙古人，妳父親是漢人，而妳父親一直不贊成蒙古獨立這樣的事實，妳自己的立場是什麼？

杜亓彷彿意興闌珊，喃喃道，立場？我遠離那個地方多年，已經沒有資格回答這樣的問題。你應該比我清楚，民意才是重要的——人民怎麼想——他們總是忘了問。

香港，一九九一

席德寧問，你覺得俄羅斯的人民此刻是怎麼想的？歡欣鼓舞，錯愕徬徨，還是無端憤怒？

費烈也想過這個問題，可這時猶豫著搖了搖頭，說，每個人未必想的都一樣。

席老意味深長看了他一眼，道，你說得沒錯，這樣的時刻，終歸會有人失意落寞，有人摩拳擦掌要一展宏圖，不過對於年輕人來說，過去已經過去，接下來無非是憧憬未來，年輕總是占著優勢。

那是一九九一年十二月二十六日，聖誕節次日，蘇聯總統米哈伊爾．戈巴契夫辭職之後的一天，蘇聯最高蘇維埃通過決議宣布蘇聯停止存在。

費烈在印第安納州的大學生活已經踏入正軌，此刻正是假期，他沒法看到周圍同學會有何種反應，不過他不覺得他們會對此表達出強烈的感情——左派右派，這個陣營和那個陣營——在這代人眼裡不再代表一種尖銳的抵觸，一切的變化都是水到渠成的結果。

席老卻感嘆道，這是巨變的年代，會影響許多人，杜家也不會例外。

費烈不解，問，冷戰結束了，許多爭端失去了理由，不是誰都可以鬆口氣了嗎？

席老搖頭，道，杜亓的過去一定與蘇聯有切不斷的關係，蘇聯解體，許多部門解散。散兵游勇最是危險，為了生活可以不擇手段，勢必會從過去著手，虎視眈眈，將一些切斷的線索重新撿起——杜家的問題很多，那是杜亓自己種下的因，怪不得別人。

費烈知道席老一直試圖想與杜亓取得聯繫，甚至是某種程度的默契，可是屢次碰壁，杜家絲毫不賣半分面子，可是席老也一直沒有放棄，費烈覺得過去兩年，席老在杜家身上過分地耗費了精力。雖然他無權詬病席老的動機與手段，可是難免覺得自己像伺機埋伏的兩隻飢餓的獸，放棄了原本廣闊的叢林，卻虎視眈眈對著一條他們不熟悉的崎路，心中未免覺得不踏實。

聖誕之前，席老去了趟紐約，此行也必定與杜家有關。他回來那天下雪，飛機延誤。費烈已經放假，這個學期他從宿舍搬到席老的家，外人以為他們是親戚。這一天他獨自在家等候，整日心緒不寧。窗外漫天大雪，輕而易舉蓋住了外頭的車道，把整個世界所有的可能都阻斷了一般。

席老的車在近午夜才自街角緩緩駛近，費烈看見車頭燈光立刻開門衝出屋子。雪已經停了，皚皚世界映著近鄰們的燈飾，光影交匯，有種奇異的熱鬧，但是空氣格外清朗，幾點浮雪在鼻尖飄過，冰冷爽利。費烈看清席老下車的身影，一老一少相視而笑，都鬆了口氣，不約而同向街道的盡頭望去，只見一路華燈，影影綽綽看得見幾扇窗子後面的聖誕樹，然後回頭看他們的這幢房子，雖然沒有聖誕樹的彩燈，可是也是燈光通明，像是個家的樣子。席老拍拍費烈的肩膀，說，明天我們也去搬棵聖誕樹回家。

費烈鼻子一酸，低頭替席老挽起行李，讓席老先走，跟在身後一面留意著他腳下的積雪。

席老進門，脫下大衣，忽然道，也許我錯了，這兩年不應該把那麼多注意力放在杜家身上。

費烈一愣，席老又開口道，可是太遲了，恐怕是停不下來了。我們不盯著他們家，也有別人虎視眈眈，只得繼續下去。往後是個什麼結果，誰也說不準。說到這裡，嘆了口氣。

費烈嗯了一聲，因為這段話，或者是這一天的等待，他忽然想通了，先前心中的不踏實也因此消失，他沒有說什麼，可是告訴自己不必多慮，今後凡事都跟著席老就是了。

席老將大衣脫下，又說了一句，杜家的孩子跟你差不多年紀，往後，遲早會交集。

費烈又嗯了一聲，接過席老的大衣。這時，他已經打定主意，不打算在心中存著懷疑，也不問多餘的問題。

席老當然立刻注意到費烈細微的變化，心中道句好險。他一路回來，穿過五彩繽紛的無邊節日氣氛，那種理所當然的幸福難免讓他產生一絲寂寞，自己也沒有想到印第安納州的這座小房子居然是他心中分外牽掛的目的地。他以前沒有想過會讓費烈與自己同住，可是這像是一場賭博——飛機穿過長夜，他望向無邊夜空，不由這樣想——也許自己餘生已經無法離開這少年，他的前半生已經結束，往後如果能夠給這個世界留下一些什麼，能夠繼續下去的似乎只能靠這年輕的孩子了。不過這一向他感覺到這孩子心中的糾結，雖不道破，可是也不無憂慮，他沒有應付青春期少年的經驗，所以沒有把握是否能夠順利將他們微妙關係維結下去。現下，稍微放心。今後的路還長著，今夜他們彼此覺得是親人，可以相濡以沫。

可是，他們兩人站在一起，比起杜家來，多少顯得孤軍奮戰；費烈比起杜家那些少年來，也顯得單薄得多。席老覺得不公平，他認為費烈不比他們差，他們擁有的，費烈為什麼不能去爭取？——這樣的求勝心是從哪裡來的，席老故意不願追究，他沒有睡意，在書房盤恆到黎明時分，像要周密地籌劃出一個棋局來，因為各枚棋子已經逐步就位，他要把這個少年從不起眼的位置，推到一個矚目的光圈下。他可以做到，但是需要許多的耐性。

他在紐約沒有與杜亓正面交鋒，她在明，他在暗，因此發現在暗處居然有許多雙窺視的眼睛。杜家有許多值得推敲的地方，他本以為這些暗中虎視眈眈的人多半打著杜家財產的主意，難道都聽到了些風聲？可是後來發現杜家比他想像得複雜得多，他們手中的東西也肯定比黃金或單純的錢財更有意思，他甚至想——就是真的與琥珀屋有關也不無可能。

離開紐約前的一天，他本來托人安排了一場午宴，請了杜亓，可是臨時她沒有赴約，來的是家族的一個年輕人。他當然失望，可是別人在他耳邊悄悄告訴他，這個年輕人本是杜家的領養的孩子，也是未來繼承人的未婚夫。他冷眼瞧著那年輕人，忽然心中打定主意，可能時機已到，一切還是要從年輕的一代身上開始——這世界今後不是他們的嗎。

這世界曾經是屬於他的，年輕的時候，肖恩就是這樣跟他說的。那時候，他是他們眼中的未來。彼時的世界不一樣，白熱化的鬥爭在地平線上此起彼伏——左派，右派，陣營分明。他試圖回憶那時自己在想些什麼，相信什麼，還是一腔熱血全是因為年輕，與立場沒有太大關係。

香港，一九六七

席德寧二十二歲，他父親覺得他應該跟著肖恩見見世面，肖恩也願意提攜，況且他正需要像席德寧這樣本地的年輕人替他辦幾件事。

大時代來臨了，那一年，席德寧這樣想。

肖恩問他，是不是明白什麼是大時代。

他猶豫一下，想要給出一個聽上去聰明的答案，他說，對於個人，尤其是普通人來說，大時代未必是好事。

他話出口，卻見肖恩臉上儼然罩了一層寒霜，於是想起肖恩剛從北京回來，心中一動，便問，這兒與上面比起來，哪邊鬧得兇？

他覺得肖恩分明倒吸一口氣，開口卻答非所問，像在說服自己，道，總不會一直這樣下去吧，不管鬧多兇，總有停下來的時候。

席德寧不知道他指的是香港的局面，還是內地的運動。英國在北京一直設有代辦處，這次肖恩去北京為的是處理紅衛兵火燒英國代辦處的突發事件，他以為肖恩回來，總會跟他講一些臨場的光景，可是肖恩對所見所聞隻字不提，到這時也還不願開口評述，席德寧心中不以為然，乾脆直接追問道，上面到底是怎樣一幅情形。

肖恩淡淡道，那是他們自己的事，哪裡輪得到我們來說三道四。

席德寧不以為然，覺得肖恩在敷衍，少年氣盛，忍不住抱怨道，那是你根本不關心，所以才會這麼說，是的，這裡發生的一切都與你無關，也許你就在等著任滿，可以回到英國去，然後把這裡的煩惱事統統忘記——這裡本來就不是你的故鄉。這大概就是殖民地的可悲之處，什麼都是可捨棄的……

他還要滔滔不絕地說下去，肖恩詫異打斷他道，回去英國？我從來沒有這麼想過，我一直以為我將會在這裡終老，這裡是我的家……他清了清嗓子，

他認真地瞧著席德寧，說，對於上面發生的，不是我不關心，而是無能為力。你知道嗎，很多人生活在一場自己也不相信的鬧劇裡，可是他們決定跟著這鬧劇走下去，也許他們認為沒有別的選擇，可是我能怎樣？你覺得我應該跟他們說，這是不對的？你以為他們會願意聽一個外人指手畫腳？我很同情他們，我能做的只有不把苛責或者譏笑的語言加在他們身上，雖然我不明白其中的前因後果，可是我相信他們有苦衷，這就是我不想多說的原因。

席德寧道，可是香港……

肖恩將手放在他肩上，說，我知道，你心中著急，許多人也一樣。滿街炸彈人心惶惶這樣的事的確

不該在這裡發生，維持和平與秩序是市民的基本願望，可這要雙方有共識才能夠解決，況且香港的問題還不是雙方的問題，而是三方或四方，港府，倫敦和北京，還有香港的左派——他們未必清楚中央政府的想法……況且現在北京的情況也很複雜，不是一種聲音就可以說了算……

席德寧聽他這麼說，立刻緊追不放，問道，在北京，您究竟看見了什麼？

肖恩倒笑了，說，可見你是真的關心。這一點很難得，我一直很欣賞，我常跟你父親說，你適合接他的衣缽，想要改變這個世界，的確是要先關心這個世界。

席德寧知道他開了個頭，勢必會說下去，所以氣閒神定，不再催促；可肖恩仍舊推託，無奈搖頭，道，只是，我恐怕還是會讓你失望，我確實並沒有太多機會到處參觀，你也知道我的行程是受限制的，境內外國人不多，在任何地方出現都會是倍受矚目的對象，他們不希望我們去不適當的地方東張西望。

席德寧點頭，卻堅持說，這我知道，但是，你一定還是去了一些地方吧。

肖恩也笑了，說，是的，我的確去了一個意想不到的地方——北京大學，而且是夜訪北大——這是我沒有想到的。肖恩若有所思，道，我去北京是為了協助處理火燒英國代辦處的事件。等我到北京，其實事件已經塵埃落定，周恩來第一時間親自道歉，指示修復代辦處，對倫敦來說，幾個月來的疑慮就此明朗，倫敦與港府對於如何處理香港的亂局終於可以達成共識，香港的問題隨之迎刃而解，所以我這趟北京之行可以說很輕鬆，正好見一見一位老朋友。

席德寧疑惑問，五月開始，香港的局面一直得不到控制，難道是倫敦不想有作為？

肖恩神情頗為篤定，反問，你說呢？

席德寧說，五六年右派發起的雙十暴動，港府雖然沒有立刻反應，但在一兩天實行戒嚴，出動英軍控制局面，一週內就平息了局勢。這一次也不至於一籌莫展，除非……

除非——肖恩接著說，除非，倫敦另有顧慮。倫敦一直在估量北京是否打算用武力收回香港，擔心如果處理不慎，會為武力收回香港製造一個合理的依據。

可港府不是逮捕了幾份左派報紙的關鍵人物，並且提出起訴，而且勒令停刊？

嗯，那是《香港夜報》，《新午報》和《田豐日報》，這都是周邊的左派報章，倫敦同意港府放手一搏，可是依舊不同意向那幾份有政府背景的報紙《大公報》，《文匯報》動手。結果這樣一來，就引發了北京代辦處被燒的暴動，可也不算沒有收穫，終於得到周恩來的明確表態，他願意道歉就是表明北京無意在此時收回香港，總之，險象環生之後，這算是個好的結果，要不然……

要不然會如何。

要不然英國會考慮放棄香港的可能。

席德寧啊了一聲，肖恩看他一眼，道，在五六年的暴動之後，倫敦也認真考慮過這個選擇，要把香港從手中交回去——所以，英國並不是非要抓著香港不放，而目前看來中國也並非要迫切收回香港，所以雙方之間可以說沒有不能解決的刻骨矛盾。

席德寧緊盯著他問，所以，你去一趟北京就是為了印證這個說法？

肖恩心中暗讚一聲聰明，覺得也許有必要跟他交代自己在北京的見聞——確切地說，是北大的魔幻之夜，那不屬於他熟悉的世界，也不同於他想像的彼岸，他保證過不會向外人張揚，但是這少年不是外人。其實少年已經作出某種承諾，想對這世界負起某種責任，那麼他也有義務將這世界的各種面貌展現給他看，這一點，北京的何也不會有異議吧——

他與何是戰爭期間在重慶國共談判時候認識的，他只知道他姓何，或者是「長河」——他的代號，他從沒問過他的大名，因為那不重要。他參與一場別人的盛會，可是深知談判的結果會影響他周圍的世界，人們抱著巨大的希望而來，最終卻黯然分道揚鑣。何與他一樣是記者，而且很懂得與外國人打交道，跟俄國人的交情尤其好，不過欠一座跟美國人之間的橋梁。美國人也是這場談判的主角，費盡力氣在中間撮合，想要把國共兩黨推到一笑泯恩仇的境界；英國人不在聚光燈下，同行看肖恩，多少覺得他應當覺得落寞。何注意到他，刻意靠近，不著痕跡送了他一些小道消息，然後問他是否與幾位美國記者相熟；肖恩願意做這個中間人，他看出何對和談的結果並不太感興趣，好像早就預測到了未來，於是猜到何的身分——想必與自己一樣，當然有些惺惺相惜。

他們沒有刻意保持聯繫，因為相信總有一天他們的道路會交集，到那時記得彼此就好。

就像這一次，他果然又在北京遇見了何。他們在中英雙方交換意見的正式場合遇見，雙方人員在一張長桌前相對坐下，他們都認出了對方，可是不動聲色。

他等何主動來找自己，而何果然乘夜而來，見面笑道，你也不做記者了。

這個「也」字說得意味深長。

肖恩注意到他其實笑得勉強，心不在焉，一上來就亮出自己底牌，應該不是粗心之故。果然何建議說，我們出去走走。他帶著一個綠色的帆布書包，對他說，不過要麻煩你換套衣服。

包裡是一套六五式軍服，領子是全紅領章，帽子上有顆紅星，何解釋說，兩年前我們改了軍服，上頭的意思，軍銜制取消了，所有軍人一律一面紅旗，一顆紅星。

肖恩啞然失笑，入鄉隨俗，換上衣服隨何掩入北京的夜色。他們的車穿過寂靜的街道，偶爾有幾個穿著藍布制服的人騎著自行車在路燈下奮力地趕著路，他們的車毫不猶豫地超過去，越過騎車的人和地上那些拖得長長的影子——肖恩知道他們在離開市區，可是不知道要去哪裡，直到何問，以前你在中國的時候，去過北京大學？

肖恩望著窗外黑魆魆地後退著的樹影，道，我去過燕京大學，但聽說燕京大學已經被撤銷，併入了北京大學？

何波瀾不驚地說，是的，北京大學現在的校園就是當年燕大的燕園，燕大文科併入了北大，理科併入了清華——世界就是這樣，改變是難免的。

司機與肖恩穿著一模一樣的制服，肖恩下意識把帽簷拉得低一點，覺得自己這般年紀真是不適合做易妝夜行這樣的事，況且他也懷疑這喬裝到底有沒有用處，他身形高大，而且走路的姿態也是難以掩飾的，不過誰能抵擋深入紅色中國鐵幕之後的誘惑，他當然願意一步踏進來。可是何的用意是什麼，他無法猜到。

校園裡是另一個世界，燈火通明，好像在沙漠中突然起了一座海市蜃樓的城，鑼鼓喧天，上演的戲到了高潮。肖恩覺得自己好像走在歷史電影的場景裡——對，一齣未來的歷史電影，多年之後當這些年輕的孩子回憶往事，大概會想要把這裡的鏡頭復原吧——為了那些消耗掉的青春和熱情，為紀念，或者也會為了——記錄教訓？

他不知怎麼會想到教訓這個詞，眼前的少年們深入角色，像著了魔一樣癲狂，梳著兩根麻花辮子的女孩子們有種戰士的姿態，男孩子們也擺出攜手共戰的戰友風姿，還有許多人在忙著往牆上貼大字報，整堵牆已經密密麻麻貼滿了寫著大字的海報，恐怕貼了好幾層，喇叭裡唱著飽含宣傳意味的歌曲。他被嚇了一跳，覺得自己永遠不可能參與到這樣的狂熱中去，所以不由地有些佩服他們狂熱的勇氣，可是他覺得自己不能認識他們，他心中縱有無數問題，也無法向他們其中的任何一人提問，他走在一個魔幻的夜裡，他能做的只有小心翼翼穿過去，千萬不要中了魔法，被永遠地留在那裡。

何在他身邊說，去年運動的第一張大字報就是在北大的食堂被貼出來的。

「炮打司令部」？

何看了他一眼，說，不是那一張。那是毛主席的大字報。然後他轉身，將背後懸掛的一幅巨幅標語念給他聽——用鮮血和生命保衛黨中央，用鮮血和生命保衛毛主席。

肖恩不想表示驚訝，但還是忍不住說，已經到了用鮮血和生命的時候了？這不是和平建設時期？

誰知何說，我同意你的看法，但不是所有人這樣想。

肖恩咦了一聲。

何不帶著感情色彩，接著說，誰想到一張大字報推出了一場運動，別的城市已經開始發生武鬥——這就是所謂的鮮血和生命——衝突開始勢必一發不可收拾，失去控制是我擔心的，可是有些事我們個人無能為力，就像香港……

香港？

何示意肖恩跟著他走，肖恩低頭跟進，同時感覺到四周投來的一些異樣的目光，不過那些年輕人沒空理會他們，或者是他身上的軍裝多少發揮了作用，抵擋了一些來不及反應的好奇。他們離開這裡熱火朝天的一團熱鬧，他依稀辨認著路邊他曾經見過的老建築，然後意識到何正帶他走向未名湖畔。

他們花了些時間走路，好像在散步，彷彿這世界什麼大事也沒有發生，肖恩想到適才自己看到的，覺得不像是真實的，他等著何開口。

何像改變了主意，不疾不徐地說，我總是喜歡故地重遊，你還認得出這裡的景色嗎？過去你到這兒來的時候，是哪一年？

肖恩說，我來的那一年，司徒雷登在這裡當校長。他正到處替學校籌錢，騎著一頭毛驢到處奔波，我還跟著他跑了一趟……那時的學生，也是滿腔熱忱——嗯，也是很有熱情，當然，穿著是不一樣了……

何哦了一聲，嘆口氣說，這些年輕人一腔熱血沸騰起來了，恐怕我們已經管不住了。可是香港你們可以管啊，香港這個地方，現在還是維持那個樣子比較好。暴動開始，到現在，按理說也該消停了。

這是誰的意思。

何苦笑，像自嘲，道，你就當是我個人的觀點，你覺得還有點分量嗎？他遲疑一下，說，因為這次火燒代辦處的事件，周恩來開始整頓外交部——外交部前段時間有些複雜，不同的派別有不同的想法……插不進手去——你們封了報紙，這兒燒了座大樓，倒是因此讓局面明朗了——我說的是香港的局面——香港的副食品和飲水供應我也可以向你保證一切恢復正常。他急急忙忙說完這一席話，喘了口氣，背著月光，又加了一句，總之，我們覺得，這裡發生的不必影響到香港那邊。

肖恩望著未名湖的水面，東邊有座塔，黑暗中只望得見一個暗影。

何說，還有，今晚看到的最好不要跟外人說，外人明白不了。

那我呢？我不是外人？

我希望你可以明白。何似乎想開個玩笑，使得氣氛輕鬆一點，但免不了口氣苦澀，道，我們都需要盟友，但是人民需要革命，這把距離拉開了。

肖恩清了清嗓子，道，這麼說吧，我們還是應該相信彼此的誠意，哪怕是那麼一點。

何同意，道，誰說不是呢，你們的代辦處不是仍在北京，往後幾年……

肖恩說，往後幾年，我們看到什麼，都會盡量理解。只是——肖恩忽然語氣尖刻，道，我們看到的有限，就像這次，這裡對我們來說一直是個非請莫入的地方——可是有必要這樣嗎？如果有一些是你們自己也不願讓外人看到的，想必自己也承認其中必有問題，那為什麼不作一些改變，不要讓它發生？

何卻微笑，心平氣和地說，改變不是一兩天就能做到的。我們不是要掩蓋什麼，也許，我們太講究唯美了，這的確是我們的問題。

肖恩一愣，隨即笑了，這大概是何能夠想到的最合適的回應。肖恩隨即陷入回憶，短暫沉默後，說，記得在重慶的時候，你說過給你們機會，你們會好好建設這個國家。那時，我以為你說的是兩黨，現在我才明白你的意思。

何招招手，示意他應當離開了，一面走，一面說，有一點，你們西方人一直沒有搞清楚，當年孫中山革命的時候在西方沒有找到支持，只有蘇聯拋出了橄欖枝。

肖恩咦了一聲。

何笑著搖頭，道，所以，有些觀念國民黨跟我們是有共識的。兩黨相爭，並不像你想像的那樣是兩個陣營相爭。

月光正好一瀉而下，肖恩借著那點光線看他，彼此好似都眼光閃爍，談話就此打住了。

ℰ

肖恩將話說完，席德寧立刻問，這麼說，香港很快就可以恢復正常了？

肖恩說，是的，首先要解決的是炸彈的問題。左派不再放置炸彈，港府就停止搜查公會。

席德寧張大眼睛看著他，肖恩笑道，我知道你閒不住，有件事要你幫忙去辦。我們這邊會由助理工商會處長麥理覺出面，我們要找個人向左派傳話，你覺得找誰合適？

席德寧想一想，說，有位盧偉誠律師，跟左派傳媒一向很友好，或者可以從他這邊試一試？但是，為什麼不索性直接找上門去呢？

肖恩點頭，然後笑道，這世界上的事若都能直接辦好，還用得到你我嗎？

席德寧於是開始打點。

不久，肖恩陪麥理覺去了趟《大公報》，與李俠文約談，報紙果然依約刊出一則新聞，表示達成共識，後來香港街上果然不再出現炸彈。接著《大公報》又安排麥理覺去普慶劇院觀看左派影星演出的粵語話劇《紅燈記》，一開始麥理覺頗受了一些白眼，不過他不介意，對方也就釋然，總不能看一場戲始終擺著臉色，自己也嫌累。之後《大公報》刊出這則拋開成見，相聚一堂的新聞，顯得皆大歡喜。

麥理覺稍後撤銷了八月入稟大公報誹謗的控訴，中央裁判署審理被拘控者時，大部分都予以輕判。街頭爭鬥減少，港府果然沒有再搜查公會。終於塵埃落定。

席德寧覺得自己頂天立地，終於長大了。

十月，他坐在文華酒店咖啡廳看《工商日報》，新聞版大標題表示訪港英聯邦事務部次官石寶德表態，否定對放炸彈者處死刑的建議，他「相信大部分的炸彈都不是特別用以殺人的」。

席德寧一面等人，一面看著那段新聞，心中有些得意。這時有個聲音在耳邊響起，道，我叔叔跟我提起過，我知道你在這件事裡做了什麼，現在諸事告一段落，恭喜你，年輕有為喔。

那聲音清脆甜美，而且他鼻息邊拂過淡淡一抹梔子花的味道，還沒反應過來，已經有人在對面坐下，一把長髮，笑意盈盈。

那是慧慧。

他跟她認識的時候正是他的高光時刻。台灣有人表示想要認識他，他沒想到前來與他聯絡的是與他年齡相仿的美麗的慧慧。

慧慧坐下，壓低聲音對他說，這不公平，現在對付左派的暴動瞻前顧後，當年五十年代對付右派的暴動可沒有那麼手軟——難怪國民黨要不成氣候了。

她是國民黨的人，正因為如此，說話毫無顧忌，話中有恨鐵不是鋼的味道。

而後他們合作一直愉快。

後來，席德寧問肖恩，英國真的認真考慮過放棄香港？

肖恩想了想，回答，九月財政部提交了一份《失去香港後對香港造成的經濟影響》的報告。

嗯？

肖恩說，報告評估的是港英間的雙邊貿易數據。失去香港本身，對英國影響不會很大，因為六六年的英國對港的逆差是一千三百萬英鎊。不過，如果因為失去香港，中英關係惡化造成的逆差會達到三千萬英鎊。如果中國收回香港，必然會同時收回香港存放在英國的資產，共三億三千萬英鎊，屬於香港政府的有兩億英鎊，雖然倫敦指示這筆資金可以在必要時凍結，但如果被迫解除凍結，英鎊可能會迅速貶值——英鎊本來已經瀕臨貶值的邊緣。

所以，這是經濟決定的，不是政治的決定。席德寧這樣概括。

肖恩覺得沒必要更正他的結論，聳聳肩道，原來一切是因為貿易的緣故。

紐約，一九九八

席老帶費烈去往紐約辦事的時候，彷彿不經意提起，道，杜家的孩子進了大學，轉眼就要是下一代的世界了。

費烈還記得最早一次在照片上見過杜家的那些孩子們，那還都是些童年時代的影像，他禮貌地表示出興趣，實則覺得彼此距離疏遠。席老當然不是無意間提起，看著費烈道，孩子們都長大了。今年進大學的是杜琥珀。另外兩個男孩子早就成長。一個是蘇景臣，他跟杜琥珀已經訂婚，中規中矩，已經開始接手杜家的各種事務；另一位莫邪則是匹黑馬，他離開杜家，回亞洲待了幾年，在尼泊爾的難民營做義工，聽說在那兒愛上一個女孩子，杜家老太太顯然不看好這段感情，他僵持著不肯回來——結果不幸難民營起了場大火，那女孩子運氣不好，人就這樣沒了——他們家花了些時間才說服莫邪，現在總算是回來了，人也在紐約。

費烈看著席老，揣測他的用意，席老接著說，莫邪行事總是出人意表，但我看他們家三個孩子中，也只有他有這樣的自由；杜琥珀和蘇景臣應該一早知道自己重任在身，家裡也步步為營，不讓他們有任何差池。莫邪就不一樣了，不止我看到這一點——有意思的是中情局一度想招募他，惹的杜老太太很不高興，事情當然沒有成功。不過……

席老意味深長停了片刻，道，他們恐怕還沒有放棄，還想要約見他——我們不如留意一下，看他們見了面會聊些什麼？

費烈露出吃驚的表情，席老又說，那孩子也不糊塗，他跟他們約在公眾地方，你過去看看？

費烈點了點頭，把這當作是席老交代下來的任務，席老瞧著他，看了一會兒，不知想起了什麼，忽而嘆口氣，說，你跟杜家三個孩子很像——你們都不夠飢餓……

費烈咦一聲詫異抬頭，卻見席老目光憂慮，分明出自關心，席老看著他的眼眸，繼續說下去，道，他們那三個孩子原本用不著飢渴，可是你不一樣，就像動物一樣，自己不多進取一些，就拿不到食物……

費烈一呆，旋即回答道，我不相信叢林規則。

哦。你不相信。席老看著他，點了點頭，口氣有商有量，說，我也不覺得叢林法則應該是生存的準則，但是我提醒你，是因為……你知道，我希望能夠保障你的未來，可是我不能永遠照顧你，做這一行是孤獨的——本來，我以為你會高興見到茉莉，她不是你少年時代的朋友？

費烈沒有想到費老會提起茉莉，垂下頭囁嚅道，我們都變了。我讓您失望了。

席德寧這時動容，道，你千萬不要這麼說，遇見你，是我運氣好。然後他補充道，莫邪的事，你略為留意就好，他這邊的也不是正事，不用花太多功夫。

費烈沒有想到莫邪跟人在大學的圖書館約見面。紐約大學沒有校園，他跟著莫邪走到華盛頓廣場，見他進了圖書館的大門，略為躊躇，待跟進去，果然需要核查證件。他一轉身，見身後匆匆進來一位亞洲女生，未及多想，就攔住她道，不好意思能不能幫個忙，我剛在裡邊查資料，但幫我簽到的朋友走了，我得進去拿東西，你能幫我重新登記一下嗎？

女生沒有細想就點了點頭，顯然想著心事，一面在前台出示了自己的學生證，一面只顧向著館內張望，似乎在找人，恐怕連自己幫什麼人登記也全然沒有看清——這樣容易輕信旁人，讓費烈啞然失笑，忍不住多打量幾眼，一面點頭道謝，擦身而過，匆忙往裡邊走。他走了幾步，又下意識回頭，女孩落後幾步，有些神不守舍，不知是不是她的茫然讓他心中怦然一動，彷彿看到自己幾年前的樣子——站在人生的十字路口，等著什麼將要發生似的……於此同時，眼角餘光讓他瞥見高層一閃而過莫邪的身影。

圖書館高十幾層，圍繞中庭而建，一色都是玻璃牆，各層書架一覽無遺，也看得見每一層電梯的出口，跟莫邪一起走出電梯的是另一個年紀較大的男子。莫邪在欄杆處停下來，費烈覺得他朝自己這邊俯視過來，分明是在揮手。費烈一瞬間的錯愕，然後馬上明白過來，他是在跟後面的那位女孩子打招呼——他們原來是一起的。

他一面朝電梯走去，一面像不經意地向上看去，莫邪對那女孩子做了個手勢，朝左邊指了指，然後跟他旁邊的那個男子一起消失在書架的後頭。背後的女孩緊走幾步，率先進了電梯。

莫邪坐另一台電梯到了同一層，繞著中庭走了一圈，明白莫邪跟人在自習室談事，獨立的小房間關起門來倒是說話的好地方，密不透風。那個女孩子已經在書架邊上靠牆的一張桌子坐下，看來是要寫作業。

費烈覺得自己失職，本來這樣冒冒失失跟在人後頭就不是妥當的好辦法，只好見機行事，遠遠隔著書架在另一端揀了張桌子，拿了幾本書翻看著，一面有些心神不寧，只能從影影綽綽書的縫隙中打量那女孩，他不知為什麼覺得自己了解她——看上去心事重重，舉棋不定，又抵擋不住眼前的願景——這難道不是他自己，但也許這都是他自己想像的——他已經先入為主認定莫邪不是她的良配。

沒有過太長的時間，就聽見開門的聲音，只聽見腳步聲，一人直接離開，莫邪則過來找女孩子，從她背後走過來，雙手攬住她的肩，她抬頭的時候，他的唇便要落下去，一副旁若無人的樣子，女孩的臉肯定紅了，剛碰到唇便抬起頭來左右張望——她看不清費烈這邊的動靜，可是總有顧慮，怕人注意，於是站起身來，走到書架後面，莫邪跟過去，輕輕拉住她，像要安慰小朋友，輕擁她入懷，有書架擋著，女孩子放鬆下來，不再躲避他的吻——那一刻，兩人都那麼專心，好像一面要取悅對方，同時又充分享受著彼此的接觸……像兩頭飢餓的小動物——費烈不由想到席老說的話，想起他說的飢渴兩個字——固然是可愛的小動物，但是這種不由自主從身體深處流淌出來的渴望還是讓他吃驚，甚至妒嫉。那一刻，他怕那女孩子看到自己，怕任何人窺探出自己心中的祕密。

時間走得過得分外緩慢，費烈低著頭，可是沒法不聽到書架另一邊的動靜，覺得自己臉上漸漸有些發燙，使得他暗自詫異，因為這是不應該的。他不由自主輕咳了一聲，女孩子輕輕啊了一聲；費烈知道他們走回到桌子邊去了，鬆了口氣。

他過了一會兒，站起來，在書架上找書，漸漸靠近他們的桌子，聽到莫邪說，……是老太太的熟人，要找我幫忙，可是他們又不敢找琥珀和景臣。

這是為什麼？

莫邪稍停才開口，說，小彌，我們家就是這樣，琥珀永遠是主角，她身邊有許多碰不得的禁忌，我這邊就比較隨和，可進可退……

女孩沒有說話，莫邪卻願意和盤托出，道，他是國務院的，想問問我們家最近跟北京有沒有聯絡。明年，中國的總理朱鎔基要訪美，討論關於中國加入世貿的問題……有些不方便官方渠道交流的，老太太這邊可以幫著帶幾句話，但年紀大了，說話有保留，所以，他也想問問我……

說到這裡，莫邪忽而警覺，聲音驟然低下去。費烈這時蹲下身，在書架的底層抽出本書來。莫邪不再說話，女孩子似乎在做功課。費烈覺得不能再逗留下去，站起身的時候，從整排書脊上方的空隙看出去，他們那張桌子靠窗，敞亮的日光籠罩在他們身上——女孩子埋頭書寫著，書攤開占了大半張桌子，莫邪坐在她的對面，什麼也不做，只管看著她——被叫作小彌的女孩子偶爾抬頭，於是兩人對視，兩個人分明像是兩個無憂的孩子——費烈心中哼了一聲，想，這怎麼做大事？然後意識到，這是自己心中的無名妒意。

他走出圖書館，往右拐，到了百老匯大街再往北走，然後坐六號線地鐵到上城東的酒店。席老沒有在紐約置產，但是到這裡總是住同一家酒店的高層單位，看得見中央公園的綠樹。

費烈回來的時候遠遠看見俄國人從酒店出來，他等他上了車，才走過去。席老在房間等他，問，康斯坦丁諾夫剛走，你碰到他了？

費烈說，遠遠看到了，不過沒有打招呼——他來做什麼？

席老似乎有點不耐煩，道，還不是為了杜家，也不覺得乏。

費烈詫異，心想，他們這幾年做的事何嘗不也是為了杜家？不知席老怎麼忽然失去了耐性。於是搭訕問，杜家在紐約的房子在這附近嗎？

席老心不在焉，嗯了一聲，道，他們家有幾處房子，公園邊上有，河邊上也有……然後咦一聲，似乎剛才醒覺，問，你碰到莫邪了？

費烈便將適才的經過講了一遍，席老光聽著，想一想，說，看來美國這一屆總統是要轉型幫中國搞經濟了，他大概覺得中國加入ＷＴＯ，經濟上去了，所有的問題都能解決。

費烈問，難道不是？您覺得呢？

席老說，我怎麼想不重要，重要的是中國人怎麼想，是不是就願意從此韜光養晦了……

費烈說，那麼多人都在互相虎視眈眈，難道心中都沒有底？

席老淡然一笑，說，歷史沒發生前，誰有底？

費烈不好再說什麼，猶豫片刻，忍不住問，莫邪在跟人約會，那個女孩……您，有……她……您知道她大概的資料嗎？

席老揚眉看過來，卻見費烈眼光閃爍著躲開，竟有些靦腆。席老沒有說什麼，就事論事道，我們可以查一查……同時，他細細打量費烈，覺得他臉上有不一般的神采。

後來發生的一切的確不是席老一開始預期的。

香港，二零二零

費烈與涂彌約在美國會所見面。他們已經多年未見。費烈有些躊躇，不知道該以什麼樣的方式開場寒暄。

難道要跟她說他們第一次相遇的情形嗎？——可是，他確定，她一定記不得他們在大學圖書館的那次相遇，後來發生太多事，他們被推到一起，又被隔開，到現在，說什麼都太遲了，照旁人的眼光看來，他們已經形同陌路。

涂彌單獨赴會，地方是她選的。現在杜家要與他談，最合適的中間人當然是她。他們之間有許多可以敘舊的空間，然後自然可以打開那些令人焦慮的問題。

這是年初，大街上已經有人開始戴上口罩，自媒體上眾說紛紜，也許人們在焦慮地等一個官方的說法，可是整個世界顯然都還沒有作好準備要如何應對即將到來的大瘟疫。

費烈先到，一個人對著維多利亞港的景色，這是他熟悉的城市；席老在半山的房子也對著相同的方向，席老手上的攤子已經全部交給他，當然也附帶了所有的麻煩。

涂彌沒有讓他等很久，在他出神的時候，她已經在他身邊的桌子坐下。饒是一月天氣，他們還是坐在室外的露台上，幾盞暖氣燈都打著了，閃著暗藍的火——其實，香港的冬天還不那麼冷，或者寒風算不上什麼，事實上有比溫度更讓人覺得寒冷的東西。

周圍空無一人，沒有等他來得及問好或者出聲，涂彌先開口道，他們說你從去年夏天開始就一直留在香港——怎麼，不需要北上匯報？

費烈沒有料到她會以此開場，一時愕然，甚至覺得委屈，然而涂彌還沒有說完，繼續道，你現在是紅人了，要約見你不容易，但揣摩上意更不容易，你在中間不會覺得疲倦？

她的話分明帶著揶揄，但是一瞬間他明白，她這樣毫無顧忌跟他抱怨，當然是仗著他們之間的交情——可他們之間何止只有交情，他們分明是已經論及婚嫁，差一步就是終身的伴侶。

一時之間，他們同時望著維多利亞港的水面，誰也不出聲，直到服務生過來問涂彌要什麼飲品。

費烈好奇，想要知道她這些年喝東西的口味是不是改變了。結果她像孩子一樣叫了一杯熱巧克力。

他手上的威士忌還沒有喝完，欠身問她要不要到裡邊坐，她卻搖頭，看了他一眼，眼光轉向水面。

她說，我只是客居香港幾年，對這個城市已經有感情；你從小在這裡長大，這是你的城市。

嗯？他一動不動地看著她的側面，等她說下去，看她是不是會說出更犀利，甚至傷人感情的話。

誰知，她轉過臉來，滿臉傷感，對他說，雖然，你做的，總歸會有人要做，但是，你為什麼願意做這樣吃力不討好的事？

費烈不在意她話中有刺，語氣平和地說，就像你說的，有些事總得有人做，而且，這年月，有誰能真正活得安心？

涂彌輕輕說，你到底是怎樣的一個人，你自己知道嗎？是現在的這個你，還是跟我在一起的那個人，還是……你還有另外的一個自己？

費烈一呆，一時說不出話來，他的腦海中一瞬間滑過許多畫面，其中有少年的那個自己，可是他來不及讓那些畫面停下來，彷彿已經太遲了。

涂彌一直沒有把視線轉開去，像是要盡量細細打量著他。費烈期待她再說些什麼，她卻放棄了，言歸正傳，道，你清楚武漢的情形嗎？現在簡直是風聲鶴唳，官方與民間的聲音根本不同步，我們不知道會嚴重到什麼程度——會不會走到封城的地步？

費烈凝眉，說，恐怕要作最壞的打算。

涂彌一呆，問，是官方的態度？

費烈猶豫片刻，道，是我個人的感覺。

涂彌輕舒出一口氣，道，你這樣說，根本不是一個答案。

費烈看著她，這一次看的彷彿不是她本人，而是問題的實質，他自己在退縮，根本想要躲避，但還是逼不得已開口問，美國人怎麼想？

涂彌將臉轉開去，道，很多人還是不明白，美國不是一個人說了算。

這次輪到費烈語氣帶著揶揄，道，不是一人說了算？你們的總統未必沒有想法吧？只不過他也並非那麼受歡迎，不是嗎？

他的口氣中用了你們，一下子讓人覺得生分了。

涂彌無奈道，我們都想知道解決問題的辦法。老太太在世的話……

費烈忽然接口說，世界已經跟那時不一樣了。

事實上他自己也已經改變了。從第一次見到她，已經過去了二十多年，中間已經相隔千山萬水，為了窺視杜家的祕密，他打開了潘朵拉的盒子，是他對不起她。

箱根，二零一六

何作與他父親分坐兩輛不同的車，一前一後行駛在箱根的山路上。

風異常大，山路迴轉中，車窗前飛濺著雨與花瓣，何作身邊的小秦不斷發出低聲的表示讚美的驚呼。何作不由看了她幾眼，忍不住道，這樣的景色看習慣了就不會大驚小怪了。

他們正在春天裡，路邊正在努力嘗試新綠的綿延樹林子中少不了正盛極綻放的櫻花，只是這一場風雨也許標誌著櫻花季的結束；遠山徘徊在蒼綠與新綠之間，不過其中那一抹抹略顯蒼白的色調都是櫻花的顏色。整個初春的色盤是淺色的，一切都在醞釀之中——可偏偏碰到這樣的風雨天，讓人疑心濃重的顏料就要從什麼地方潑墨一般傾覆下來了。

小秦轉過頭去，乾脆一動不動看著外頭的風景，何作又瞧她一眼，皺眉道，你去見他本來沒有必要，但是既然見了，後面就停不下來了。你明白吧？

小秦咦了一聲，頭也不轉地說，你年紀真是大了，同一句話說了那麼多遍，我人都在這裡了，你要不讓車轉頭送我回去？

她看一看前頭那輛車，笑道，如果我們掉頭了，你父親會怎麼想？

何作嘟噥一句，道，誰管他怎麼想。

小秦輕笑，故意老氣橫秋，拍了拍他擱在座位上的手，道，你當然不能不管。

何作低頭，小秦的手很美，那手腕露出一截，讓人產生玉石般溫潤的聯想。於是他看著那手，像意味漾然，可一動不動，也不接話，結果小秦無趣地將手收了回去，繼續看外頭風景。

他們要去見席德寧和費烈。席德寧身體不好，前一年搬過來，說是養病，就一直沒有離開。

那是座建於十九世紀末的日式別墅，老房子對著一個庭院，遠望群山。席老坐在椅子上，沒有起來迎客。兩輛車子到的時候，費烈已經站在屋前，兩手交叉放在腹前，站得像個保鑣，臉上露出疲態。他跟何尚平握手，然後是何作，待看清後面的秦秦，滿臉驚訝，完全忘記將手伸出去。

秦秦與車上相比，像完全換了一個人，彷彿挽了一線陽光澆在自己身上，所有人中間只有她亮閃閃的。她也沒有想到費烈再見自己會是這樣的反應，可見何家父子沒有說錯，過去一年，他過得不容易。

何尚平對費烈的失態孰若未見，笑呵呵介紹道，小秦就是我提到過的那個女孩子，她是學護理的，讓她留段時間搭把手。

這話何作早就跟費烈提過，早前費烈總是一意推辭，這次他什麼也沒有說。

他們魚貫而入，費烈走在最後面，看著前頭秦秦的背影，覺得恍然是在一場夢裡，但夢裡的自己好像正靠近著久違的生活中溫暖，好像應該藉機甦醒過來——醒來的其實是一年前沉埋的記憶——那種肌膚與肌膚的觸覺，猶如玉的溫潤的質地帶著芬芳，誘惑著要把自己與之揉捻成為一體——他以為與她不過一夜的緣分，從此失之交臂——但看樣子，這是早就安排妥當的橋段，要讓他全無招架餘地——是他忽然決定不再招架了，對他設這樣的局也算是看得起他，他倒應該謝謝他們的費心。

席老認得出他們，只是說話有點費神。有對日本老夫婦幫著在屋子裡料理照顧，見到有人來，就退了下去，秦秦也跟著去了，去了一會兒，回來的時候端著茶，利索地放在各人面前。

何尚平是來探望席老的，很有耐心地向他報告這一年來的大事，包括去年領導人九月至十一月頻繁的外事活動，九月訪問西雅圖，十月高調訪問英國，十一月在韓國的中日韓領導人，而今年的活動會更加頻繁，包括要在杭州舉行的G20峰會等等……他說得鉅細靡遺，當然也是在說給費烈聽，費烈沉默著，但心中尋思著他的用意。秦秦沒有閒著，換了一條厚一點的毯子來，替席老蓋在腿上。

後來，席老表示累了，看上去像個要逃課的孩子，他輕輕說了句什麼，何尚平湊過去聽他重複，把話說完，不斷地點頭，像是誠摯地應承著託付。費烈走上前去，席老卻搖搖頭，說，你再跟他們聊聊，我先去休息了。他的目光落在費烈後面，秦秦連忙走上去，說，我使得。我知道臥室在哪裡，歐巴桑已經在房間了。

原來她早已反客為主，已經跟日本的老媽媽交代過了。席老點了點頭，秦秦就推著他的輪椅，先往臥室去了。

何尚平看著他們消失在門口，低咳一聲清清喉嚨，道，席老的房間是和式，還是西式的？

費烈料不到他有這樣一問，回答道，原先這裡房間都是和式的，前兩個月把臥室都改成西式的了。

何尚平點點頭道，養病方便一點。然後，他走到落地的玻璃窗前，看著外面庭院中架在小小一池水上的紅色木橋，木橋通往池子後濃蔭的林子，有一株關山櫻開得異常濃烈，他用閒話家常的口氣繼續道，這裡養病是最好了。

何作則一直沒有開口，坐在沙發裡，彷彿找到了完美的舒適姿態，不想起身，不過視線在他父親與費烈的身上來回移動著。

何尚平回身坐下，繼續看著玻璃窗外的庭院，即便天氣依舊是風雨飄搖，可是園子裡的淺綠深粉分明給人已經到了春之彼岸的印象。何尚平說，我知道席老一直想跟杜家合作，杜家老太太過世之後，你們也坐下來談過幾次吧？不過，我看，合作這種事畢竟還是緣分不足……要我看，費烈，你還不如跟著我們一起，才能做些大事。

費烈說，我們不是已經有一兩個共同的項目？

何尚平直接地說，那不夠，我想你成為我們自己的人……

費烈沒有露出明顯的驚訝，他直視著何尚平的眼睛，雖然疲倦如席捲而來的山雨，可是他覺得自己正要重新拿捏著在這樣的風雨中的位置，不由不打起精神來。

何尚平用理所當然的口氣，道，你是在香港長大的，他們從小就在美國，論理來講，你跟我們不是應該更近，更應該有共同的語言？

這時何作卻咳了一聲，沒大沒小道，你這是一廂情願，我看他們才更有共同的語言才是。費烈在美國念的大學，從小在香港受的也是西方式的教育。你別老提你自己熟悉的那一套，人家不一定聽得進去。

何尚平不悅道，你閉嘴，這裡還沒有你說話的分。我了解費烈，他當然也能了解我的想法。

費烈愕然看著他們父子口角，不知這是不是他們一貫以退為進的做法。何尚平揮揮手，像要趕走空氣中的微塵，對費烈繼續說下去道，我知道你的想法，你的困惑，前些年，年紀還小的時候，你不是一直對我們過去的歷史耿耿於懷嗎？——那些彎路，讓你們年輕人有想法是難免的，但是，不管怎樣，到了最後，我們都得跟過去和解——你看現在的形勢，一切都走在陽關大道上，你看，這兩年我們也誠心誠意在跟外面的世界交流，打定主意正走在一條復興的路上——這不也是你希望的，在這過程中，你想想能有多大的作為？還猶豫什麼？

何作卻像控制不住自己的反骨，開口說，這您確定嗎？不是自己一廂情願？上頭的意思，這些年您都看準了嗎？

何尚平皺眉瞥了他一眼，不加理會，對著費烈繼續道，你考慮考慮，我們需要你，你也需要我們。

費烈直言問道，您指的是類似我們先前在做的大數據那樣的項目？

何尚平道，當然還有更多可合作的空間。他猶豫一下，道，你熟悉技術這一塊，有許多領域是可以拓展的，比如生命科學，如何延長生命，提高老齡人口的生活質量——我們需要可靠的人來負責這樣的項目。

費烈聽著他的話，一抬頭看見何作也正看著自己，目光複雜。

這時，何尚平道，我該走了。他看了何作一眼，話還沒說完，這時費烈道，何作之前說有空可以盤恆幾日，他不急的話，不如就在這兒住兩天。

何尚平於是語氣輕鬆地回答，道，那太好了。正好秦秦也可以多留兩日，你看看她是不是可以幫得上手？只要需要，往後她留下來也不妨。

第二天，他們起得都早。秦秦一副反客為主的模樣，說費烈該帶何作去逛逛。

此刻他與何作走在山林當中，好像誰也不需要說話。山路潮濕，遠遠近近，裊裊婷婷總有幾株櫻花，連日的風雨像是褪去了花的顏色，剩下的是淡淡一抹意象般的物事。路邊有間小神社，木屋裡供著大大小小幾十隻狐狸的塑像。何作咦了一聲。

費烈便解釋，狐狸是掌管五穀的神靈。

何作看了他一眼，說，香港的孩子熟悉日本的文化。我們跟日本總是隔了一層。

費烈看了他一眼，淡淡說，明治之後，許多中國的留學生遠赴東瀛，想要找到一條強國之路……

何作相顧一笑，不予置評，只是問，你們在這兒也有幾個月了？

費烈點頭，道，真是意外。這樣的年紀本來不應該中風——後來恢復了一些，他想過來，看看山林，清淨一些，我們就過來了。

何作說，真是沒有想到。
費烈忽然問，秦秦是她本名？
何作詫異道，當然。一面抬眼看他，好像聽到了匪夷所思的問題。
費烈掛著一個無奈的表情，道，你們是從哪裡找到她的？
何作還是用驚訝口吻道，哪裡？還能從哪裡？她是我乾妹妹，我們從小認識。
費烈聽他的口吻跟兩年前，介紹秦秦給他認識時一模一樣，知道已經問不出更多的所以然，不由失望，勉強笑了笑。何作看著他如少年般迷惘的笑容，心中詫異，不覺呆了呆，道，秦秦是真的喜歡你。
費烈聽了，只有苦笑。他側過頭去，回憶瞬間湧了上來。
那天，秦秦不停給他倒酒，她自己也喝了不少。後來他們才能賴著酒意做出少年才做的事。他按著她的手掌，將她整個人按住，可是她整個人不斷帶給他意外。她彷若擁有玉的滑膩質地，不光皮膚，骨胳肌理也如此。他漸漸鬆開她的手掌，握住她的肩，彷彿抱著名為如意的一柄玉，他只想與之撮合揉捻，如同天地間天經地義的定律應該合為一體，他似乎流淚了，或者還呼喚出了心中的名字。她抱住他，嘴裡說，可憐的孩子。
他心中一熱，一下子便衝過了界點。俯在她身上過了一會兒又起了爭強的心，將她轉過去，使勁地衝擊。她卻尖叫起來，充滿了喜悅一般，如興奮的小獸，用行動鼓勵他繼續挑戰她，也挑戰他自己。那一刻他忘記了小彌，竟然自顧自登上了綺麗的境地。
何作不知是不是猜到他在想什麼，臉上好脾氣地客氣微笑，又像洞悉著一切。費烈回過神來，問道，你跟杜家這一代從小認識？
他本來是敷衍著提起個話頭，可誰知何作嘆道，沒錯，我們小的時候就認識，家裡的大人也鼓勵我們去熟悉對方，我們也一度以為彼此了解——可現在卻慢慢發現了解還是不夠的，我們生活在不同的體制內，注定是要做不同的事，漸漸就要走上不同的路了。

他說這話是正走到一棵山櫻底下，顯得格外意興闌珊，他說，因此我們需要你，你要與我們站在一起。

費烈看了他一眼，問，你父親怎麼說到那些和解的話？這是他的想法，還是只不過為了聽上去冠冕堂皇，所以說一說也不妨？

何作笑了，道，你為什麼不當面問他這些問題？他說這些話當然是真心的，可是——他也不是先知，他說的你願意信自然好，要不信，我也不會怪你。

費烈皺眉，何作依舊笑嘻嘻，道，我是不得不信，你是有選擇的——至少在目前。

費烈喃喃道，像秦秦這樣的女孩子，為什麼要聽你的話？

何作還是笑道，不是她聽我的話，是我聽她的話。她是我乾妹妹，她喜歡上什麼人，我總得幫個忙。在體制內，我剛好做得到，有時我自己也對我們的體制覺得驚奇——你知道，個人總有局限，體制是龐大無限的——這是不是剛好能夠回答你少年時候那些疑惑？說到這裡，何作見費烈一臉驚異，哈哈笑了，說，我取笑你呢——但是當年你去拜訪一位老人問的問題，也傳到了我父親耳裡。

嗯？

他覺得你很有意思，那都是老人們不願想，也回答不了的問題啊。我們……我們都覺得你真是可愛……

費烈揚眉望著何作，過了片刻才低聲說，結果，我們也都在慢慢變老了。

何作臉上有一個看上去百分百純潔的微笑，道，的確，大家都在慢慢變老，正因為如此，我們才需要一些人情味，漸漸容易習慣生活中的那些舒適，我們的制度從來都是也很了解我們的啊……他一時變得推心置腹，道，你要當心，有些生活的節奏變成習慣，就是常態，便很難拋棄。——他的聲音好像竊竊私語，可是彷彿為了避嫌，刻意退開一步，離開他說話的對象遠了一些，才接著說，我們都是寂寞的，最後誰願意關心我們，我們就只好作出相應的選擇，不是嗎？那些所謂的自由的翅膀，如何能夠慰籍我們的寂寥？我們有什麼選擇？——他說這話的時候甚至擠了擠眼，像說一個輕鬆的笑話。

他們正在穿過山林，遠處有湖，水面看得見紅色的鳥居憑岸而立，凌駕於水上，如同詮釋人們心中的海市蜃樓。他們誰也不再說話，在同一條山路上一前一後地往前走去。

第八章

遺逝年代

恰克圖1918-烏里雅蘇臺1895-惠遠1895-拜城1895-
恰克圖1918

恰克圖，一九一八

米夏站在通往茶交易所的拱門之下，面前是一片廣闊延伸的寂靜，他聽見背後有人走近，然後伊萬的聲音說，繁華散盡，最後總歸都是如此。

米夏回頭，伊萬停下來，與他並肩而站，說，我比你更傷感。這曾經是我生命中的一切，我這個人是為熱鬧而生的，我想念那些商隊來來去去的日子，忙忙碌碌心裡自在。現在什麼都停頓了，我的生命也快走完了，已經沒有憧憬。

他緩緩側身凝視米夏，米夏的目光中有一絲驚懼，可伊萬卻坦然地看著他，然後說，你的未來正在前面朝你招手。

他說這話的時候，眼睛彷彿穿透面前的米夏，看著遠方的地平線。米夏心中不是味道，這時伊萬他轉過臉，用手拍拍米夏的肩膀，說，我明白的。年輕人是該這樣，與時俱進。

可是。伊萬接下去說，我的孩子們，他們也還年輕。

米夏不由回身，看著伊萬家那座大房子的方向，這裡並看不到房子的全貌，只看見一群鳥忽地從房子那兒騰空而起，空中隱隱傳來啾啾的一片鳥鳴。

米夏喃喃道，我知道的。

伊萬也轉過頭去望著那群鳥，鳥在半空盤旋不去，伊萬的視線追隨著，眼神溫柔，低聲像對自己說，他們都在這裡出生，我想念他們年幼的時光，那時，你也經常到這裡來——你沒有忘記吧。米夏遲疑著不知該點頭還是搖頭，伊萬的口氣突然變得尖銳，問，可是，我不明白，不是說好了嗎？一切都應該是為了讓大家更好地生活，現在難道不是我們應當無憂無慮地享受著陽光和空氣的時候？

米夏的眼睛慢慢瞇起來，好像陽光驟然刺目。

伊萬卻氣餒了，盡量克制著自己的語氣，聲線陡然降低，道，我明白，我明白，我這樣的人，是不合時宜了，我不該提這樣那樣的要求。但是，我們究竟做錯了什麼，難道我們要為生在這個時代付出代價？

米夏無法不直視著他，老人臉上充滿了悲傷，並沒有期待一個答案，他攬住米夏的肩膀，耳語般低聲道，你有沒有想過，如果做錯了呢？今後，你要怎麼辦？你可以面對更大的錯誤嗎？還有你自己，你要如何面對你的朋友？

米夏輕輕掙脫他的手臂，下意識往旁邊挪了一步，然後立刻後悔，老人臉上有種受傷的表情，稍縱即逝，很快換上一幅打算默默承受一切的習以為常的木然，但這表情刺傷了米夏，他脫口說，我們難免付出一些代價，也願意付出一些代價——錯誤算什麼，為了更好的明天，我們不能停下來；當然會有那一天，每個人可以更好地生活，無憂無慮地享受陽光和空氣。

他沒有說下去，因為發現老人正認真地看著他，老人嘀咕了一句，畢竟年輕啊。

鳥還在盤旋鳴叫，老人換了個話題，道，這些鳥怕是看到了什麼，不會是那頭熊吧？那熊總留著，也不是辦法。他看了米夏一眼，說，你要過去看看茶交易所？還是要去趟買賣城？

米夏搖頭說，今天不去了。

伊萬說，那先回家？

也許他是故意那麼說，家這個字眼的確讓米夏心頭一顫，雖然不說一句話，但是與伊萬並肩往回走。

院子裡很熱鬧，他們遠遠就聽見孩子興奮的叫嚷，女孩子尖叫著在指揮，男孩子跟著吆喝，還有大人附和的笑聲。

孩子們說的是俄文，女孩子脆生生的聲音遠遠傳來，伊萬與米夏交換眼神，伊萬先笑了，說，是那個孩子，眼看她這麼幾天就把俄文學會了，真是個機靈的孩子。

米夏嗯了一聲，神情有些自豪，如同剛被春風拂過，伊萬看在眼裡，暗嘆了口氣。

他們走進院子，才明白裡邊這般熱鬧是為了什麼，米夏仰視，不遠處仍舊盤旋著那群鳥，呱呱叫著，不知為什麼那麼興奮。院子中央女孩子騎過的那匹馬正埋頭嗒嗒地一圈圈奔跑，不知何時起開始聽話，任由一個布里亞特族的男孩子牽著，那男孩的父母都在葛都賓家幫忙，因此男孩子可以說是在他們家長大的，他比女孩子大幾歲，可是竟然對她言聽計從——他聽她的話把那頭幼熊放在馬背上，用一根帶子縛住，那熊個頭小，坐得還算穩當，一隻爪子舉在嘴邊不停咂巴咂巴地舔著，另外三隻爪子為了保持平衡抵著馬背，有一副奮勇向前的姿態，而且頭上戴了頂帽子，看樣子是伊萬的。

眾人的注意力都在那頭熊身上，米夏卻看著女孩子，她正清脆地用俄文命令那男孩子，讓馬轉彎，快跑，慢行，注意別讓熊掉下來……

伊萬視線落在亓亓格和米夏的身上，高聲問那男孩子，道，你從哪裡把這頂帽子偷出來的。聲音裡可沒有責備的意思，男孩子抓著頭，步子慢了下來，露出不好意思的笑容，瞟著女孩子，不開口回答，周圍的人都笑了，笑著笑著，突然都安靜了下來，伊萬順著他們的視線望過去，院門大開，門外一步一步緩緩走近的是頭大個子的熊，眾人都後退了一步，靜默中只聽到頭頂的鳥繼續聒噪著，原來它們若即若離一直盤旋在熊的頭頂，此時如同囂張的扈從，拿腔作態地鼓吹著進攻的高調，伊萬措手不及，頓足，低聲道，糟糕，現在槍都被收走了！——我早說不該留著這熊。

米夏上前了一步，伊萬看他架勢是要衝向女孩子那邊，連忙拉住他的手臂，輕輕搖頭，他知道這樣一頭急著尋找幼仔的熊是不能被輕易激怒的。幼熊已經看到了自己的母親，嗚嗚地在馬背上發出呼聲，母熊扭動著身子，一面呼應，一面一步步走近，眼睛露出不耐煩的攻擊性的怒意。

米夏又往前一步，要甩開伊萬的手，可這時那女孩子卻移動腳步，張開雙臂，嘴中小聲發出噓噓的口哨聲，面向大熊，一步步後退，退向靜止在院子中央的那匹馬的身邊，那頭大熊仍在走近，女孩子靠著馬，反手試圖解開幼熊身上的繩子。

伊萬緊緊拉著米夏的右臂，沉聲道，你不能過去，你過去只會壞事。

女孩子終於鬆開繩結，反身將幼熊抱下來，兩手費勁地托著它的身子，幼熊勾著她的脖子，竟似擁抱著這孩子，不捨得離開。母熊停下來，疑惑地打量，發出不耐煩的低低的吼聲，前爪刨著地上的土。屋子的前門被拉開，米夏看到門口素之驚懼的臉，母熊在此時輕吼一聲，站了起來。米夏又往前一步，可手臂還是牢牢被伊萬扯住了。他遠遠看見素之也在門邊立定，僵持著，小心翼翼不敢發出聲響。

女孩子卻若無其事蹲下身，將幼熊放在地上，幼熊抬頭看她，她拍拍它的背，溫柔地附身在它耳邊說著什麼，然後推推它，讓它往母熊那邊去。

那等待的過程格外漫長，直到母熊帶著幼熊離開從院門中搖搖擺擺走遠。素之臉色煞白，衝上前去摟住女孩，她朝米夏望過來的時候，眼神複雜，既發愁，又疏遠，可是卻沒有責備的意思。米夏心中煩亂，右臂大力甩開伊萬的手。

伊萬退後一步，覺得米夏驟然冷冷站直身子，順著米夏的目光望過去，看到馬林正一臉笑意充滿諷刺。

伊萬有些茫然，滿院子一時聲音鼎沸，所有人都一時奔走忙碌起來，忙著關院門，忙著牽馬；剛才的男孩子扔了韁繩，坐在地上，哭起來，被自己父親責備著；福祥從屋子裡奔出來，蘇應之慢了他一步，在門邊站住掃視著院中一切；素之抱起女孩子，女孩子朝著米夏望過來，嘴裡分辨著什麼，米夏沒辦法聽清，想著馬林臉上那抹意味深長的笑容，全身在戒備的狀態。

馬林氣閒神定走過來，伊萬悄悄退了開去。

馬林迎面而來，在他身邊站定，望著相反的方向，右手放在他的右肩上，慢慢地用力使勁，米夏僵立不動，滿院的人好像都消失了，地平線上好像只餘下他們兩人——他與馬林——他們這樣僵持著似乎只為了角力，或者是等著號角響起，號令指明方向。

馬林卻等不及了，急著開口，抑制不住得意，說，他們都說你這個手臂廢了是為了救他。都說你這一注押對了，他是我們現在當然的領袖了——他看重你，多少是因為感激？你覺得他會怎麼想，如果知道這條手臂原來完好如初，他不知該有多高興吧。

米夏在這時打斷他的話，撥開他放在自己肩膀上的手，嘴角有一抹嘲諷的笑，淡淡道，你以為自己很聰明？

馬林哼了一聲，有些疑惑，他回頭的時候，院子裡只剩了零零落落的幾個人，風卷著幾枚不知哪裡飄來的葉子，似乎誰也沒有關心他發現了什麼。他抬頭，天異常高，遠處傳來馬兒的嘶鳴。他覺得自己這樣孤單，勢單力薄，突然想念聖彼得堡，他在那座城市長大，永遠屬於那兒，他現在有能力可以一點點地去改變她了。

一轉頭，米夏已經不在他身邊

大房子的門這時緊閉著，風驟然一陣大過一陣，所有人都回到屋裡去了。

這時，門開了一條縫，有個小腦袋探出頭來，是那個女孩子，朝他招了招手，他剛要啟步，那門被拉得開了一些，女孩子被人抱起，他看到是米夏，抱著女孩的正是那隻右手，米夏沒有表情地看著他，似乎在等他走過去。

馬林覺得自己好像站在迷宮的入口，推開門進去，裡邊就是自己渴求的所有問題的核心，可不知道要付出什麼代價。

他心中有絲慌亂，背上出了冷汗，不知道哪裡出了差錯。

ᘓ

革命對馬林來說，一直是一場迷宮中的追逐。

他加入布爾什維克夠早，革命真正來臨的時候，他已經處於革命比較上層的圈子，周圍的人開始用一種特別的口氣說起史達林這個名字，不是作為領袖，而是作為一個不可忽視的嚴肅革命者的名字。既然不能忽視，他也開始留心他，以及他身邊的人。

他就是在那個時候注意到米夏的。

那真是個謎樣存在的人物。

他原先以為自己是以獨一無二的姿態存在於革命的浪潮之中，但是米夏動搖了他的地位，讓他覺得壓力和威脅。

他也出身於貴族的家庭，在接受新的思潮的時候，充滿了負疚感，他沒有辦法接受俄國存在的那些不公平。可是在這條路上走下去的時候，他發現沒有中間路線可選，要麼打倒一切，要麼放棄。停下來已經太遲，他只有沿著一個方向走下去。

馬林深吸口氣，向屋內走去。他在一瞬間改變了主意。

米夏替他擋著門，那女孩子已經跑走了，只聽見走道傳來一陣細碎的腳步，甚至有些歡快，彷彿一面跳著，一面哼著一支曲子。

馬林走近，彷彿迫不及待想要和解，開口道，去年二月二十六日，我在方唐卡街十六號見過你。

米夏淡淡道，奧克瑞納總部？

馬林沒想到他一點否認的意思也沒有，反而不知道如何說下去。

米夏說，我們燒了一些資料——你看到了？

馬林點頭。

米夏說，那時你替誰辦事？二月革命時就懂得站在正確位置的人不多，你那時就已經看清楚了形勢？

馬林錯愕。正要回答，米夏已經轉身，示意他跟上來。

馬林在原地沒動，可是米夏並沒有等他，他想一想，只好跟上去，情勢不等人，就像革命不會停留在原地。他看著米夏的背影，他想起二月革命烈火中他看到的那個相同的背影，在火光，槍影，人潮之中，那影子格外鎮定，暴動的人群天生依附於這種鎮靜，都跟了上去。

米夏那個時候出現在奧克瑞納是有目的的吧，馬林相當好奇他一把火想要銷毀的到底是什麼檔案。那幾天，那個城市到處在燃燒著，將種種輝煌的，或者隱晦的紀錄吞噬而走，煙消雲散，歸於塵土。

馬林隨著米夏穿過走廊，他們倆的腳步聲交疊在一起，顯得此起彼伏，不自覺地透露出進行曲般的節奏，馬林耳邊彷彿響起穿越時空而來的鼎沸人聲，和萬眾一心的腳步聲——想起那時刻，他不由想要振作——馬林的腳步一時有些凌亂，彷彿找不到節奏，該是什麼節奏呢？當時他聽到的明明是《工人馬賽曲》吧——「舊世界一定要徹底打垮，舊勢力一定要連根拔起……」——他們說這歌曲的節奏與法國的《馬賽曲》很接近，原本的馬賽曲歌頌的是一場革命，而他們這首新的馬賽曲歌頌的是另一場革命，應該是更徹底的革命吧——他這樣告訴自己。

米夏這時推開沙龍的門，裡邊的壁爐點著，木頭發出輕微的劈啪燃燒的聲音，火焰溫柔地竄起，映著沙發上的那些絲綢的軟墊子和各種裝飾物，一屋子都是絲質的暖色光輝。馬林微微皺眉，他一直覺得這屋子裡的生活太奢侈了一點，他想起他們在二月間衝進聖以撒廣場的阿斯托利亞酒店的情形，劈劈啪啪打破裡邊的秩序對他來說當然有非常大的成就感，他不由再次打量米夏的背影——回到那一天，他與人群是跟著這個人衝進酒店的——他想起米夏揮舞著拳頭，喊著口號的樣子，他並不是領隊的人，可是他的聲音誰都可以聽見，那聲音聽上去理所當然緊跟著革命的號角。然而那一天，米夏並不忙著摧毀舊的世界，他與酒店裡的那些外國人交涉，讓女人和孩子先行離開，接著安排那些住在酒店的俄國人的後路，最後人群退了出去——他對醉心著勝利的人們宣布這是一場勝利，從酒店的酒窖裡搬出酒讓人來在廣場上暢飲狂歡——酒其實已經不多了，是米夏提醒那些外國住客要將酒窖裡的酒盡數摧毀，要不然人群的興奮如果得到酒精的催化鼓勵，該是一幅怎樣的景象——是他警告那些酒店的住客的——馬林記得酒窖裡瀰漫著醉人的酒香，及膝的液體混合著香檳和伏特加，說不清是什麼顏色——就像米夏本人，馬林這時不由瞇起眼，好像這樣才能從米夏的背影看清楚他真實的面目。

米夏這時轉身，沙龍另外一邊的門被推開，進來的是丹東。

米夏笑意盎然，對馬林說，丹東在這裡，我們正好聊一聊葛都賓家的婚禮。

馬林臉色一變。

米夏拍拍他的背，低聲在他耳邊說，我記起來了，去年二月的時候，我整天看到你跟在我的身邊，我們這樣有緣分，又在此地碰頭，我們要敘舊，有的是時間，但眼下，有別的輕重緩急。

馬林臉上現出不屑，伸手要撥開米夏搭在自己身上的手，但發現米夏拍著自己後背的竟然就是他的右手，彷彿他根本沒有擔心被人識破的祕密。

米夏若無其事，看了自己的手一眼，低聲笑道，不管你向誰報告，丹東將要到手的東西你的上級都會有興趣。

素之忙著收拾衣物，應之站在一旁，彷彿一籌莫展，有時他覺得自己雙生的妹妹比他更有決斷，雖然他總能猜到她的心意，但從來左右不了她的想法，此時他終於開口，商量著說，其實不必急著回買賣城，米夏還在這兒。

素之將手上扎了一半的包袱放一放，尋思著說，就是因為他在這裡，我才想走。

應之連忙道，他是有分寸的。

素之看了他一眼，搖了搖頭，說，他不一樣了。

此話怎講？

素之卻答不上來，緩緩坐下，彷彿求助，兩人都疑心聽到彼此心跳的節奏，咚咚地，一聲又一聲，有些話被堵著，說不出口。她問，你還在等米夏的決定？

應之點頭，他情願拿外面的大事來說，道，可不是，伊爾庫茲克滯留那麼多僑民等著回國，早一天解決，早一天安心。段祺瑞派出了兩支軍隊，一支是海軍海容艦的艦長帶領，正往海參崴去，這還算離得遠。另一支由宋煥章統率的第三十三混成團，已經到了烏梁海，就等著直攻伊爾庫茲克。

素之咦一聲道，這一開火，還怎麼提撤僑的事？

應之煩躁道，還不止如此，北洋政府一面要撤僑，一面又加入協約國的聯合軍，跟著美國，日本一起往西伯利亞派兵，所有不能的事都在一處發生，相當棘手。他想一想，忽然說，妹妹，我有個主意，你去請米夏過來。

素之估摸著米夏在沙龍，推開門卻只看見丹東與馬林兩個，面對面坐著，有什麼事懸而未決地對峙著。她正待退回，卻有隻手按在肩膀上，她唬了一跳，回頭見是米夏。米夏拉她一把，順便輕輕帶上門，輕聲道，我正在找你們。應之呢？

他在我房間，讓我來找你過去一趟。

米夏沒有讓開，把素之堵在門前。沙龍比外頭暖得多，門一關，走廊裡冷風寒浸浸的。米夏下意識地看一眼素之身上，見她換上了蒙古式的長袍，退後一步，道，妳要走？然後打量著她神情肅然，強自開個玩笑，道，素，妳還在生氣，是因為適才我沒有幫亓亓格解圍？——你聽我說，我不敢驚動母熊，那只會變得更危險……

素之不覺得那玩笑開得高明，靠後，輕輕搖頭，道，米夏，你還不明白嗎？我們不是你的責任，亓亓格也不是你的負擔，何況你護不了她一輩子的。而且，你有沒有想過，她要走的路，也許跟你不一樣。

米夏一把抓住她的手，低聲道，你怎麼可以這麼說？

素之聲音輕而清晰，說，你鼓勵她做這些危險的事，可是你想過嗎，倘若危險真的來了，你不一定救得了他們。

米夏將她拉近一點，反問，他們？所以，你指的是應之與福祥？沒錯，我鼓勵他們，可是作選擇的是他們自己。素之，他們是要做大事的人，做大事總是會有犧牲的。

素之輕輕掙脫他的手，聽見了他的辯白，可置若罔聞，轉開臉，說，應之找你。

素之的房間是客房，她住了幾日，裡邊全是她的氣息，米夏在門口猶豫片刻，他自己也訝異於這種膽怯，彷彿裡邊全是兵氣。素之等著他進去，然後逕自走在前頭，在窗前站定，背對著他們，一幅事不關己的樣子。米夏瞧著她背影倔強，像少女時候那般，一旦堅持，就很難轉變心意，不過那時的辮子換成了沉甸甸的髮髻，她自己可對這樣的轉換滿意——他總是不肯相信她是幸福的。應之打量兩人的形容，一時倒遲疑開不了口了。

米夏見了應之便開門見山，口氣略帶責備，道，段祺瑞的軍隊是參加協約國的干涉軍來干涉蘇維埃革命的，一面武裝干涉，一面想要和平撤僑，哪有這麼好的事？

應之急急辯白道，國內政象變幻，張作霖和吳佩孚本來要一舉消滅段祺瑞，一聽段祺瑞派兵，就握手言和了，所以他出兵不是為了反赤化，多半是為了替自己爭取時間。且不說他的政治目的，他要撤僑，光憑這一項，我幫定了。

米夏沉吟道，他的軍隊已經開到烏梁海了？你跟他們說得上話？

應之點頭，說，正是如此，雙方一旦開火，再說什麼就太遲了。

米夏口氣有些敷衍，道，蘇維埃政府不會把北洋政府當作敵人，蘇維埃在遠東西伯利亞的敵人是日本。但是，如今你們自己全副武裝送上門來，你覺得我應該如何解釋這種誠意。

這時素之忽然回頭，問，我聽你們說起過，蘇維埃紅軍的重炮實力遠遠不及北洋軍的裝備？

應之驚奇地看著她，素之說，若要表達誠意，這樣的重炮裝備夠不夠？用武器來換二十萬僑民勞工返鄉的保證，應該算是值得的。

應之咦了一聲，看著米夏。

素之理所當然接著道，他們返鄉，奧嘉正好搭那幾班火車，他們結婚以後，她不是想要去海參崴，然後南下中國？去的是一樣的地方。

米夏遲疑不語。

素之少有地不耐煩道，難道還有別的問題？

米夏無奈道，素，妳聽我說。奧嘉的未婚夫能不能過來，我是不是可以保證他的安全，我完全沒有把握……

素之想了想，隨即釋然，回頭對應之說，安德烈若來不了這邊，乾脆就跟你去烏梁海，從那兒可以回伊爾庫茨克。

米夏猶豫片刻，說，不行，東西在恰克圖，他非要回來不可。

他說完就看見素之驚愕的臉。他權衡片刻，點頭道，他說他來恰克圖，就是等著丹東，他帶著高爾察克手上的一部分黃金，要去換取武器，東西就在這兒。

馬林在屋子裡上下找了一圈，才在廚房找到米夏，米夏看上去心情不錯，正從廚房的薩姆瓦裡倒了濃濃的黑茶，麵包就著濃茶，看上去安詳從容，知天樂命。

馬林氣急敗壞，俯身去，想看清他的表情，同時好質問他。

米夏卻拍拍桌面，示意他也坐下。

馬林說，你知道丹東來這裡的目的？

米夏輕描淡寫說，現在你也知道了。

馬林道，他要的跟我完全相反。

米夏說，人是可以改變的，要求也會相應轉換。

馬林看不慣他到這時還慢條斯理，啪地在桌子上拍下去，米夏卻一把抓住他的手，按在桌上，拍拍他肩膀，讓他坐下。

米夏說，這一趟火車如果能從伊爾庫斯克開出去，中國的僑民回中國，你放安德烈一馬，他就可以帶著丹東和他要的貨中途也上那趟火車，條件你跟丹東自己開，他願意把他的貨分一部分出來，至於分多少出來，就要看如何讓所有人都滿意。

馬林低聲恨道，滿意的人是你吧。

米夏說，這是皆大歡喜。

馬林說，我是個愛憎分明的人。

米夏說，這筆黃金著落之後，功勞是你的。你很清楚我們需要這筆資金，哪怕是一小部分。

馬林將信將疑，沉默著。

米夏替馬林回答他沒有問出口的話，道，丹東沒有選擇，他只能放棄一些利益作為通行證，一個人連自己的生命也保不住的時候，他會願意作出一些妥協。

馬林看著他的臉龐，想要找出一些能讓自己信服的理由，那種屬於同志式的惺惺相惜，可以點燃內心深處火焰的那種東西。米夏站起來，從薩姆瓦裡另倒了一杯茶放在馬林面前，說，你要相信我，歸根結底，只有我們是站在同一邊的，不是嗎？

他伸出右手，馬林不由自主也伸手與他相握，米夏說，你看到的，聽到的有時並非是表面那樣子的。假以時日，你如果想要更靠近核心，就要學會怎樣把表面的現象剝離，並非按規矩才能辦好事——從二月的革命開始，你一直在用心地看，用心地聽，用心地學，這很好。是時候了，你可以獨立地作一些決定。你要明白我們的目標，如果要團結所有一切可團結的，就不能還沒過河，就拆了橋梁。

馬林握著他的右手，那手溫暖柔軟，不像是一隻受傷的手。

此時，他只好握著那隻手，心中有什麼彷彿期待的東西徐徐蕩漾開來，就等著要乘風破浪。

女孩子跑進廚房的時候，正看見兩個成年人握手言和的樣子。她來的正是時候，兩人對孩子投以微笑，自己也恍然覺得好像撥開雲霧，眼前驟然擠進了一線光亮。

孩子戴著頂馴鹿羔毛帽，手上也袖著個毛套子，身上的外套是俄式的，鑲了一色的毛邊，驟然看過去像個俄國的孩子。

馬林問，這是奧嘉小時候的衣服吧？

孩子笑著轉個圈，大衣的下擺劃了個弧形，她本人笑而不答，跳上桌邊的木凳子，坐下來，晃著腳，一隻手從毛套子裡伸出來，托著腮，望著米夏，道，媽媽讓我跟你道別，我們要走了。

馬林看著她，漫不經心說，這孩子已經會說俄文！

米夏皺眉，隔著桌面，拉住她的手，問，你們要去哪裡？

孩子脆生生回答，先去買賣城，然後我們就回烏梁海了。

米夏驀地站起來，冷冷看了馬林一眼，大踏步走了出去，到了門口，回頭，等著女孩子跟上去。馬林摸了摸自己的臉，他想剛才自己的臉上多少有些幸災樂禍，沒法掩飾。

院子裡的馬車果然已經套好。黃昏的風呼啦啦地從他們頭頂吹過，接著就要席捲整個原野。

米夏拉著女孩子的手出來，素之站在馬車邊等著，身上一件斗篷的下擺被風吹得像大鳥展翅般飛捲而起，讓她看上去好像要凌空而去。她一抬頭，斗篷的帽子就落了下來，髮髻綁得再緊，也被吹得滿頭亂絲，整個世界就要被吹散了，她回眸一凝神，卻正見米夏站在那裡。

米夏這時倒不急了，走上前將馬的轡繩拉在手裡，低聲問，怎麼這會兒要走？

素之若無其事說，應之要去烏梁海。庫倫剛好也來人了，我要去見一面——他們不方便越境到這邊來。

風太大，米夏咦了一聲，探身趨近，不知是不是沒聽清她的話，風沙颼颼地隔開了他們，他伸手想把她的帽兜挽起，她抬手擋住了他的動作，自己將斗篷整好。米夏提高了聲音，彷彿要在風中殺出一條道來，大聲道，妳要回來，參加奧嘉的婚禮——

這時伊萬和奧嘉跟著福祥及應之正從屋裡出來，聽到這話，奧嘉臉上忽然地被晴光照亮了，伊萬錯愕間張大了嘴，急上前一步，拉著米夏就問，談妥了？這事就這麼定了。

米夏哂然一笑，點頭，然後看到馬林身影在門後一閃，人沒有出來，但也許他聽到了他們的對話。

米夏的右手握了個拳頭，又緩緩放開，胸中忽而有種無力與荒蕪一閃而過，於是他又握緊了自己的手，彷彿以拳頭的姿態就可以驅散不該有的軟弱。

這是一齣戲，一旦開始了就要演到底。

馬車回到買賣城的藥鋪，外頭已經停了輛車，兩個蒙古人遠遠見到他們就從坐著的車轅上跳下來，恭身等著他們停靠，垂手行禮。女孩子扶著母親的手，下車站好了，學著大人的口氣，用蒙古話問，府裡都好？

兩人連忙福了福，臉上笑著，可猶豫著拖拖拉拉竟答不了話，素之轉眸望一望應之，都是一臉憂色。福祥將孩子抱起，對那兩人道，風大，趕緊的也都到裡邊去吧。

兩人答應了，又行個禮，說，謝謝姑爺關心，少王爺在裡邊一定也等急了，你們快先進去，車跟馬交給我們。

掌櫃的也已經迎了出來，穿得鼓鼓囊囊，人像縮短了一截。風把鋪子前的一方院子吹掃得乾乾淨淨，像把匾額上的字也吹沒了，遠遠近近都是黑魆魆的。掌櫃起先還袖著手，可要說話的時候不得不伸手擋一擋風，說，少王爺一到，我就讓人捎信到你們那兒去了。他停了一停，有些為難似地說，那個日本人也跟著他一起來了。

應之漫不經心應道，哦，藤本還沒回去？

掌櫃連忙嗯了一聲。

他們穿過鋪子，就這幾天的光景，裡邊已經新結了蛛網，橫空映著一盞昏暗的燈，天花板虛晃晃顯得更高，所有光線之外的物件和陳設都虛化了，偌大的屋子變成了一條半明不暗的通道。隔牆傳來樂聲，像把黑暗撕開了道口子。女孩子小跑著，忙不迭推開後面的門，樂聲乘風而來，她等不及，循聲奔了過去。

蒙古人與日本人都站在廊下，各持著一柄尺八，一個吹得清揚，一個和得婉轉，背影在一方蒼藍的天空下有種遺世出塵的風姿。兩人對視，深吸口氣，稍息片刻，一鼓作氣將樂聲凌駕在風聲之上。

女孩子在他們身後喘著氣，還沒開口，蒙古人回過身來，臉上一喜，樂聲戛然而止，上前一步抱起女孩子，舉起來轉了半個圈；日本人沒有停下來，固執地對著蒼穹維持不變的姿態，努力繼續傾訴。

福祥走在最後，看著藤本的背影，與應之對視，雖不以為然，不過舉手鼓掌，寥寥數下。藤本回過身，深深吸氣，吐出最後的幾個音符，盡力讓那聲線在風中留得久一點，不過有些勢單力薄，顯得徒勞，便乾脆收了樂器，微微一哂，對來人深深鞠一躬。那曲子的碎片似乎還在風中吃力地飛散，他自己也回頭看了看，天空有些蕭索，幾隻鷹本來在高高地盤旋，此時像銜著那些碎片終於飛遠了。

少王爺阿罕也看了看那些鳥，瞥見應之的目光，解釋道，我在庫倫碰到藤本君，相談甚歡，解開了我心頭一些困擾，他本來要回去日本了，是我邀他先遊歷一番，再一起南下，往後的行程我們可能會在一起——我還有些事要相托於他，你們都來了，我們正好商量。

應之冷冷看了藤本一眼，用手勢請他們都往屋裡去。

女孩子只呼他阿罕，抱著他的脖子不肯放，所有人之中只有她滿懷欣然，素之無奈將她接過去，像跟大人說話一般同她商量說，天晚了，先休息，好不好？

應之會意，他們之間的談話他的確不想讓孩子聽到。

ℰ

素之哄著孩子睡下，回轉時候，四人談話的氣氛有些僵。

應之對阿罕說，你自己跟她講。

阿罕看福祥一眼，福祥道，他決定了，想到日本去。

應之哎了一聲，不想再聽一遍同樣的話，一跺腳甩手走了出去。素之知道攔不住，由著他走了，自己坐下來，就事論事道，哥哥覺得你應該去蘇俄？

阿罕看了她一眼，沒有否認。

藤本在一邊拿著他的尺八，坐不是，站也不是，這時期期艾艾站起來道，你們談家事，我先不打擾了。

阿罕連忙站起來，卻也不挽留，點了點頭，拱拱手，送他出去，等腳步聲聽不見了，才頹然拉把椅子坐下，對著素之說，妹妹，我有什麼選擇？現在的蘇俄會歡迎我這樣的人嗎？

福祥用勸慰的口氣說，為什麼不能，那是個新世界，一切可以有個新的開始。

阿罕神情複雜看了他一眼，說，我做不了新人了，我不懂那些新的名詞，也學不會唱新的歌曲。

福祥還是勸道，你知道應之不喜歡你跟日本人走在一起，更不用說去日本了……

阿罕澹然道，藤本只是個愛音樂的人罷了，他沒有別的目的。再說我也不是非去日本不可，不過我聽藤本說的情狀，暫時在那裡找個容身的場所似乎不難，也不是就此不回來了，我也不想終老在異鄉——可我得替自己找一條出路，路總要走走看，也許就能走出一個新局面來。

福祥有些同情地看著他，他們雖然意見並不總是相同，但凡事也總有商有量，他有些擔心地問，怎麼，在庫倫碰到為難的事了？

阿罕說，我乏了。北洋政府派人來談，想取消蒙古的自治，有的人又想跟著蘇維埃走，親近蘇維埃的新政黨恐怕很快會成立，我不知道該怎麼做，離開大概最簡單。他看一眼福祥，說，我知道你們一向不贊成我的想法，我來這趟，也不是想說服你們，但是總要道個別——我父親，他不願走——你們看，我誰也說服不了，只能給自己作個決定。他老人家脾氣倔，以後保不定有苦頭吃……說到這裡，他鏗鏘有力的語氣像用盡了，臉上出現強烈的傷感，嘴唇微啟，一下子說不出話來。他垂頭想了想，重新開口對素之說，上一輩的恩怨妳別放在心上，他心裡還是惦記著自己的小妹妹——妳的母親——她一心一意要嫁自己喜歡的人，我父親和老王爺不是不喜歡你父親，可婚嫁這些事族人們都看著，他們有他們有為難的地方，大家心裡都不好受。這麼些年……

福祥看看素之，她抿嘴不語，便替她說下去，道，這麼些年，幸虧有你在中間，兩邊才不算完全斷了，但你這一走——

阿罕嘆了口氣，在素之邊上坐下，從口袋裡掏出個本子，裡邊夾了兩張照片，他取出一張，說，妳看，這照片照得居然不錯，我沖印出來以後，一直忘了給妳。那天，咱們擺姿勢，正襟危坐費了半天時間照的那些結果都照壞了，底片全黑了，偏偏只有這張拍得好，本來是按錯了快門，卻形神兼備。

阿罕將照片遞給福祥，說，可惜你不在，要不然可以算是全家福了——那天，我們在葛都賓的家裡——伊萬，他真是個好客的主人，那次他招待的都是革命者吧？現在革命成功了，革命者是不是還記著他曾經幫著他們張羅的好處？——還是只會怪他分不清是非？我聽說他的女婿被堵在這兒，不能回去完婚。你們幫得上忙嗎？然後，他想起什麼，又湊近那照片，指著背景上一個模糊的人影，說，這是你們認識的那個俄國人？聽說他現在已經非同往日，他為什麼不替葛都賓家說句話？

福祥動作驀然僵住了，阿罕兀自說下去，道，我不想強人所難，如果有一天我也到了這樣的境地，我不想你們為我擔心，我明白你們有理想，有追求，可是人都身不由己——現今誰都有些說不清的難處，與其彼此折磨，還不如離開為好。

素之握著自己的手，像個因為吃驚而傷心的孩子，阿罕看她一眼，語氣誠懇地說，妹妹，妳有沒有想過離開這個地方？

素之卻轉開臉，答非所問，口氣疏離，道，你們王爺都知道？

阿罕唉了一聲，嘆道，起先，父親當然是不願意，可是他帶我去見了大喇嘛，聽大喇嘛說了些話，他聽了以後，不知為何竟然轉了念頭，也鼓勵我走。他抬頭，知道避不開素之的眼神，自嘲道，看來我注定要成為一個流浪的人了，也許這才是適合我的命運。然後，他收起玩世不恭的語氣，道，大喇嘛問起妳，也想見妳一面，他記掛著你們的女孩兒，說想要看看她……

素之嗯了一聲，像沒聽清他的話，只顧端詳著他，他起初被瞧得不太自在，然而迎著那目光，心中一動，一些壓抑的情感像決堤的水潑了出來，眼角一時亦濕了一點。

阿罕。素之輕喚他的名字，道，這些年，你是王府裡唯一跟我們有聯繫的人。

阿罕一呆，眼神閃了閃，微微一頷，有些不好意思道，是我臉皮厚，纏著你們，你們沒有法子將我趕走。

素之露出笑意，亦想起往事，當年他們都還是孩子，彼此相遇的時候雙方都充滿了好奇。

阿罕接著說，妳母親走了，可每個人都在悄悄說著她的故事。老王爺不喜歡也沒有辦法，我被各種各樣的傳說吸引，後來知道這個傳奇的人物就是我姑姑，我羨慕她可以自由自在地離開王府，於是就心心念念想來找你們，想看看她的後人到底變成了什麼樣子。後來，後來——

素之微微揚眉，阿罕繼續說，後來，我發現你們跟我認識的人都不一樣，原來外面的世界是這般廣大，我想要去看更大的世界，去連你們也沒有到過的地方——這有錯嗎？他忽然轉向福祥，語氣嚴肅而執拗。

福祥動容，阿罕垂目自言自語，道，起初，你們說什麼，我都覺得新鮮，都是對的，後來我卻糊塗了，這些年在王府，數不清多少人來遊說，要給這草原指一條未來的道路，有的人跟你們說的一樣，有的人說的相反，每個人都頭頭是道，說的都不無道理；也有人非要爭一個是非黑白，堅持別人說的都是錯的；有的人光顧著喋喋不休，不在乎對錯。其實他們說的雖然不一樣，可是要的壓根卻又是同樣的東西。他們吵吵鬧鬧，我聽多了，不知道該站在哪邊，也不想再聽這些爭執了。

福祥嘆氣，低聲道，即便你不同意我們說的和做的，可是也不用逃跑啊。

可阿罕卻倔強地說，這不是逃跑，有時，放手是沒有辦法的。你們都在做夢。你跟應之做的是未來的夢，追著一個願景跑；我父親做的是成吉思汗沒做完的夢，還活在過去，可草原早就不一樣了。

福祥說，正是不一樣了，你才應該留下來，今後的草原……

阿罕打斷他的話，說，我心中沒有那麼宏大的藍圖，在這亂世之中，我只想先給自己找一條心安的路，我想要自由。

這時，門外聽到一聲冷笑，卻是應之又折返回來，阿罕臉上神情一鬆，福祥忙起身推開門，怕外頭的人改變主意又走了，拉著應之進來，再小心翼翼掩上門，好把冷風和夜色擋在外面。阿罕看著應之的臉色，心虛地咧咧嘴，陪笑說，這就像以前秉燭夜談的樣子了。

應之嗯了一聲，之前的不快也許因為太疲倦而偃旗息鼓，離別之情占了上鋒，無可奈何間長嘆了口氣，問，你究竟要什麼樣的自由。

阿罕搖頭，迷惘道，我也說不上來，只是，我身邊的人全都沒有的，我不管怎樣也要試一試。他轉向素之，認真地問，素之，妳同意我的做法？

素之從頭至尾直視著他，這時卻移開視線，避重就輕道，天冷，我先去沏壺茶。

阿罕點頭，沉默下來，外頭隱隱聽見風聲，叱吒而來，呼嘯而去，席捲過整個大漠，他忽然懷念與兄妹倆初遇之時，一切事理明晰，歷歷可鑑。

應之微微仰頭，目光越過近旁的一切，心中所想也許與阿罕一樣，沒錯，是歲月把他們帶到了不一樣的境地，今後還要把他們推得離彼此更遠——他們曾經想成為一樣的人，努力過，可是失敗了。素之總不回來，讓人疑心是不是故意迴避；阿罕等得有些不耐煩，站起身來，福祥看他視線所至，知道他的意圖，先一步自牆上幫他拿下掛著的馬頭琴。

阿罕撥動琴弦，熟悉的音調流淌出來，他吸一口氣，開始低聲吟唱，唱的是古老的關於阿爾泰山的讚歌，曲聲一起，便七情上面，好像把自己的整個人生都放進去了——天高地遠，天然是一個英雄的出身地——本來他不必唱得那麼用力氣，但不如此表達，好像就會要太遲了，他怕自己今後將要忘了故鄉了。

這本來是支應該眾人齊唱的曲子，如今只有一人吟唱，被關在這小屋子裡，縈繞滿室，像找不到同伴和出路的一隻焦慮的鳥；素之推門進來，那樂聲像找到了去處，從那門縫中飄飛了出去。阿罕停了下來，手仍擱在琴上，撫著琴弦，忽然說，蒙古英雄的偉大時代已經過去了，我們許多人都應該醒來了。

素之咦了一聲，抬頭飛快地瞥了他一眼，將托盤上的茶壺和杯子一一擺上桌子，那是一套銀質的茶具，壺柄鑲象牙，壺蓋點著一粒翡翠，壺身和杯子裝飾著水草和幾尾黃銅的魚。應之在桌邊坐下，隨手拿起個茶杯把玩，眼睛卻看著阿罕。

阿罕還捧著琴，意興闌珊道，我的夢醒了，可是你們的夢大概正開始呢。

福祥低咳一聲道，這還要分彼此嗎，我們不是說好了要走在一起，這樣路上才有伴。

阿罕嗯了一聲，拿起面前的茶杯，轉了一圈，說，藤本看到過這套茶具，他說這上頭的圖案是日本風格的，但這套茶具是哪裡做的，他也吃不準，他說也許是歐洲，也許是一個叫做美利堅的國家。他說按年代看，這是產業革命之後的東西，但這肯定不是機器大量生產出來的，看來到了機器的年代，還有工匠不願意用新技術來製造——你看，走在一起，也並不一定要走一模一樣的路。

福祥一怔，可是隨即釋然，拍了拍阿罕的肩膀，說，我知道你去意已定，可不需要再講這一套套的道理，你想做什麼，我們還攔著你不成？他朝應之打了個眼色，斟壺倒茶，看茶色，問素之道，沏的是普洱？怎麼用這個壺？

素之一直瞧著阿罕的神色，心不在焉回答，道，沒有別的趁手的，我想著普洱茶濃，可以像西洋茶那樣兌著奶喝，城外的蒙古包剛巧送了新鮮的奶過來，我燙了些。

應之接過壺去，自己調了奶茶，嘆道，茶有各種各樣的喝法，路也當然有不同的走法，阿罕你想說的到底是什麼，你是懷疑了，不相信我們說的那些話了？

你是說理想？阿罕困惑地說，什麼是理想？阿布的理想是一個偉大的蒙古，只有成吉思汗時候的蒙古回來了，他才覺得一切完滿無缺；你們阿爸的理想是一個偉大的包容滿漢蒙回藏的國家；你們呢，卻覺得這個世界上所有人有應該有一個共同的更偉大的目標——也許是我跟不上腳步了，我們說到底是不一樣的人——偉大也許並不能帶來每個人的自由。

應之冷笑一聲，道，這世上哪有真正隨心所欲的自由，要成大事，總要犧牲些什麼吧。

犧牲？阿罕認真看著他，道，你說的是什麼樣的犧牲？要求所有人放棄本來的宗教信仰就是所謂的犧牲嗎？阿布說俄國革命了，今後只能有一種信仰。成吉思汗的時候不是這樣的，蒙古大軍橫掃歐亞大陸，可沒有要求當地人改變宗教信仰，他覺得那樣才是偉大的。

應之打斷他的話說，過去都留在了過去，值得留戀。你阿布的想法也不全是對的，他心繫著蒙古那些過去的輝煌，何嘗又得到了自由。

阿罕一怔，忽而頹然，如果一個人看到的只有那麼多，能做的就也只有那麼一點……我們每個人到最後，其實是在給自己找一個方向，當然，誰都在設法走得遠一點，看得清楚一些。你阿爸當年來到漠北，胸懷大志，想要給自己和朝廷找一條出路；我阿布，老王爺不也是這樣，心中記掛著蒙古的前程。可是他們誰也沒有能夠走得隨心所欲——路走得這樣艱難，瞻前顧後，也不知道走不走得通——按說我們不應該重複上一輩無用的做法……

應之打斷他的話，道，我們蘇家的家訓，世代如此，但求報效，而不是回報。

阿罕抬頭，飛快道，沒錯，我敬重你們的父親——可是我做不到心無旁騖，我總是對身邊的種種忍不住懷疑，想到今後的事就愈發焦慮。

應之嘆道，他當然也有他的無奈，要不然當年也不會走那麼遠。他走的路雖說是自己的選擇，但難免受了際遇的影響。

說到這裡，他的口氣已經恢復平和，好像已經想通，不打算再干涉阿罕的去向。

阿罕卻忽然耿耿於懷，道，可惜你們阿爸不在這裡，我一直想聽他敘敘舊，其實誰也不真正知道他的過去；我這一去，也許從此無緣知曉了……

應之瞧了一眼素之，道，上一代的事，我們也許還知道一些……今晚也許正是時候重提草原舊事……

他自言自語思忖著，那該從俄羅斯，還是烏里雅蘇台說起？他父親蘇寧的故事在他心中一直是個傳奇。

烏里雅蘇台，一八九五

當年，蘇寧離開新疆，他自己也沒想到居然在極北之地俄羅斯待了那麼多年。當然，最後還是到了回歸的時候。他從聖彼得堡出發，先到烏梁海，然後在科布多和烏里雅蘇台停留，忙著拜會新舊知交，眼前就是他熟悉的漠北蒙古。早年在新疆的失意已成過去，他忽然意識到歷史正在他面前緩緩展開一幅新的畫卷，他彷彿又處在了一個縱橫交錯的驛馬路口，這本來就是他應該站的位置。

原本他打算一路進京，不過烏里雅蘇台參贊大臣滿洲正紅旗他塔喇氏志銳正要赴新疆參與司牙孜會讞，與俄羅斯一起仲裁邊境民事刑事積案，臨行還在物色合適的通譯人才，有人大力舉薦蘇寧，並且直言做通譯實是浪費了他的才能。志銳當然要問原委，舉薦之人道說來話長，用心理了理思路，才說，過去的十幾年，他一直在俄羅斯，替大盛魁照應當地的生意。大盛魁在莫斯科，聖彼得堡，伊爾庫茨克都有分號，你說他這個人是不是得有些能耐？別的不說，他一口俄文異常流利，據說不管什麼方言，外國話，他學起來都是得心應手，王爺此去伊犁，不僅要跟俄國人打交道，還得在哈薩克人跟新疆人之間周旋調停，不正需要一個像他這樣什麼話都能說得上來的人？只不過……

他說得吞吞吐吐，志銳皺眉叫他不必有顧慮，他才近身上前，壓低聲道，他原本是左宗棠左大人的門生，跟著左大人去新疆，仕途本應一派光明；可他後來卻投靠了大盛魁，去了俄羅斯，不是沒有原因的——左大人與李鴻章李大人之間有過節，當時有人在左大人面前告了他一狀，說蘇寧是李大人安插的人……

志銳瞧他一眼，問，那到底是不是呢？

這可就不好說了。說話的人遲疑道，說，當時，蘇寧離開左大人，甘心投靠大盛魁，棄政從商，後來去了俄國，還絞了辮子——總之，始終沒有回京向李大人邀功，而且一去俄羅斯那麼多年，就耐人尋味了，您說是不是？

志銳沉吟片刻，便說，你先去請他來。

蘇寧答應見一見志銳，志銳在私宅見他，顯然是有意將他收作門客，不過蘇寧心中也有保留，對於要不要重返仕途，以什麼樣的方式在官場重占一個位置，有種近鄉情怯，舉棋難定。

烏里雅蘇台在雍正年間就設了定邊左副將軍，經過百多年的經營，儼然形成了一派邊關重鎮的風貌，草原上比著塞內風光，平地起了樓閣廟宇。參贊大臣的衙門和府第建在關帝廟後面，有幾個蒙古包和兩進漢式房屋，後面也圍起有個小園子，仿照江南園林，架設了亭台假石。

志銳在書房會客。也許是故意的，蘇寧來的時候，他正鋪了薛濤箋，謄寫書稿，先不開口，手中的箋子還在一氣寫下去，他示意蘇寧隨意，蘇寧便上前來看。

封面題的是張家口至烏里雅蘇台竹枝詞——廓軒懷豳雜俎，詩箋鋪展開來，第一首寫的是——雄關夾峙真天險，亂石河流馬不前，一自羯胡來入貢，丸泥不用靖烽煙。小字題著——明永樂稱張家口為天險，設重兵守北邊；國朝蒙古悉入版圖，關不設戍，而謐安如堵。

蘇寧知道志銳到烏里雅蘇台實是被貶，他是朝中珍妃，瑾妃的堂兄。帝黨后黨權力爭鬥，帝黨落敗，兩妃被貶，他受牽連，遠調塞外，這首竹枝詩是出關時候所做。蘇寧看了心中一動，脫口說聲佩服，道，大人心中始終懷著家國。

志銳放下毛筆，看了他一眼，道，蘇先生何嘗不是如此。這些年屈居番外商肆，心中怕是壯志未酬，實在埋沒人才。

蘇寧於是便知道他對自己履歷想必已經打聽清楚，便微微一笑，不多加解釋，不過誠心誠意道，比起大人，我並不曾多受委屈，何況我的想法跟士大夫不同，我個人從不敢小看商業貿易，近九百年前，日本平安朝出了一本奇書，描寫細膩精緻的日本宮廷生活，這樣的雅興情懷實則是得益於當時日本與大唐以及吳越國的貿易往來積累，到了北宋也沒有停頓，沒有這樣的商業往來支撐，區區一個島國何以迅速滋生這樣精緻的文化。所以我對士大夫重仕輕商的想法，從來不敢苟同。

志銳眼光鋒利地剜了他一眼，哼了一聲，冷冷道，你們漢人士大夫的想法有時的確是迂腐了一些。你既然提到日本，那你說說你對中日之間這一場戰爭有甚麼看法？

蘇寧知道他會有此一問，點了點頭，就事論事道，在這一點上，我覺得李鴻章大人最早的主張不無道理，他主理洋務多年，對外國實力應是有一些正確的了解，兩國相爭，如果因為沒有勝的把握，想要全力周旋避免戰爭，在我看是沒有錯。光緒八年中法之間在越南打了一仗，從此中越的宗番關係終結，法國成了越南的保護國；當時左宗棠大人力主戰爭，自有他的理由，當也盡了全力，可是大勢所趨，事與願違，不是他一個人能左右的。況且，李大人的北洋水師從光緒十七年起，朝廷就沒有撥過資金，更不用提擴建，作戰實力實在堪憂。

志銳緊繃著臉，沉默片刻，忽然哈哈笑道，好，好，你沒有一味說我想聽的話，我欣賞你這種直話直說的性格，當年想必也是因此才會有人在左大人面前捕風捉影，讒言你與李大人交好吧。你明知我與李中堂意見相左，還願意實話實說，這很難得。一面說，一面注意著蘇寧神色變化。

蘇寧從容道，大人忠心為國，才會與李大人在朝堂上針鋒相對，大人主戰，指責李大人因循頑物，葉志超大人瞻循畏縮，說到我愈退則彼愈進，我益讓則彼益驕，養痈胎患，以至今日——也是心中痛極，急國家之所急，才會如此。與別國外交，風雲變幻，原本就有各種途徑，不到最後關頭也很難定論。大多數時候，我們侃侃而談說的都是馬後炮罷了。

志銳聽他所說正是自己素日的言談觀點，不論是因為平日關心時事，還是刻意打聽過，對這次會面應該是頗為上心，不禁頷首；不過提到中日戰爭的戰況，他的臉色還是陰鬱起來，為免讓蘇寧誤會，便喚人上茶，同時隨口問，你這些年做茶生意，自己到底愛喝哪種茶。

蘇寧從容一笑，道，我常喝的是普洱，不過也不拘哪一種，俄國的，英國的茶都喝。

志銳也笑道，他們也懂喝茶麼？不如你揀幾種，我們一同擇日也品一品。

他這麼說便是有意留蘇寧在身邊，蘇寧微微欠身，待笑不語。志銳見他如此，就請他坐，說，我從京裡帶來的碧螺春，擱了大半年，路上舟車勞頓，好茶怕也難免疲憊，失去了原味，只好將就著喝點。我此番赴任，實質是降職貶謫，原不敢留蘇先生這般有抱負的人。

蘇寧聽他話說至此，只得開口，道，大人不要這樣說，抱負可大可小，但若是不能施展，便也說不上是抱負了；在下人微力薄，所謂抱負也不過是想力所能及替人解一些燃眉之急，避免一些紛爭而已。

志銳擊掌道，這正是我此去伊犁司牙孜會讞的目的，自光緒十年，新疆建省，南疆中俄邊民積案無數，從未審理，歷年既久，斷案想必不易，如果蘇先生願意，請隨我西去，蘇先生想當然可以大刀闊斧有一番施展，而我也的確需要一臂之力。

蘇寧未有立刻回應，志銳則頗為急切地又開口道，難道蘇先生還有顧慮？我明白，之前你在左大人身邊走動，左大人是漢人大臣，你亦是漢人，聽說你也有回京的打算，想必京中已有人在盼望先生的到來？你是否擔心若在我身邊耽擱，會影響先生以後回京的前程？

蘇寧立刻道，大人言重了，京中並沒有人等著我，況且我從未覺得滿漢的分別應是實際辦事的障礙。

志銳立刻說好，道，我們就這樣說定了，蘇先生可以立刻搬來，我撥一頂蒙古包給您，我們稍作準備，指日就要上路了。他一面說，一面拱手施禮。

蘇寧點頭，拱手還禮，此事便這樣說定了。

接下來的寒暄甚為輕鬆，志銳隨口問，我聽說你祖上是位有名的縱橫家。

蘇寧答道，蘇秦是在下先人。

志銳點頭道，蘇秦是鬼谷子的門生。

蘇寧便道，也可以這麼說，但蘇家有個說法，這兩人其實是同一個人——看來是我們祖上假托了鬼谷子的名諱。

志銳一怔，但旋即恢復談笑風生，道，原來如此，鬼谷子這名號終歸是因此才名揚天下的，那要請教蘇先生，所謂縱橫之術，到底該怎麼講？

蘇寧淡淡一笑，回答，所謂縱橫捭闔實際上無非是落在無為這兩字上。

此話怎講？

「自然無為」是老子道論的說法，先人借用無非取其「順勢而為」的意思，知己知彼，因循形勢，才能有最好的結果。

志銳聽了一呆，彷彿醍醐灌頂，想了想，連說兩聲，有道理。然後長嘆道，順勢而為，說得不錯，但是難免會被世人誤解詬病，漢人儒家推崇的是「舍利而取義，殺身以成仁」；我是滿人，可是從小讀儒家的書，亦是深受其影響，即便知道順勢而為有時於己於故國未必不優於其他選擇，可是不易做到啊。

蘇寧微微一笑，欠身拱手再施一禮，道，見笑。

志銳擺擺手，說，哪裡，哪裡。我敬佩先生，有蘇先生助一臂之力，此去伊犁，我已經放心許多。有勞了。說到這裡，志銳心中一動，道，蘇先生此次南返，不知是不是協同家室同歸，如若需要安置，請容我為先生盡力。

蘇寧微微垂目，口氣頓了一頓，淡淡道，多謝大人周到，不過在下並沒有家累，不勞大人費心，先謝過。

蘇寧拱了拱手，似不願多言，但志銳打量他，明知他是個人才，可心中不知為何有些沒底，他身上存在太多讓人捉摸不透的疑問，不知是不是值得冒險將他籠絡在身邊。志銳略斟酌，還是開口相問道，蘇先生年輕有為，一表人才，是沒有遇見心儀的女子，還是胸中懷著天下事，無暇兼顧成家立室。

蘇寧抬頭，見志銳眼鋒銳利望著自己，想必是聽說過什麼，才會這樣執著相問，不由苦笑，坦白道，我不必相瞞大人，這幾年在聖彼得堡，我實則娶了一名俄國女子，並且育有一子……

他話未完，志銳已經鬆了口氣，彷彿對於自己的試探有些過意不去，急忙接下去道，那是好事，蘇先生何不把母子二人從俄羅斯接來？難不成蘇先生有顧慮，怕世人對混血孩童有看法？那讓我告訴先生，我識得一位內閣侍讀學士裕庚，是漢軍正白旗人，娶了一名法國女子，有兩位混血女兒，隨名姓，叫作裕德齡和裕容齡，長得冰雪可愛，指日就會隨父親出任日本欽差大臣。所以先生不必多慮，憑你的才幹，語言的天賦，今後有的是報效朝廷的機會，我看先生就是極好的放洋人才，處理洋務沒有比先生更合適的人選，今後回京……

蘇寧聽他滔滔不絕說下去，臉上掛著客氣恍惚的笑容，始終不答話，志銳瞧著他的神色，說著說著就停了下來。蘇寧此時才像恍然從某個夢境醒來，可夢境中感受的痛苦分明攫住了他，他轉開臉去，垂目道，光緒十五年，聖彼得堡和莫斯科有一場瘟疫，染疫之人無數，據說是從中亞布哈拉傳過來的疾病，得病的人如同感染風寒，可是症狀纏綿不去，甚至失去味覺和嗅覺，孩子和孩子的母親都不幸染疫不治。

志銳聽得戚戚然，後悔不該多問，但是心中打量若不是這個原因，蘇寧大約也不會一時決定南歸，對人生無常，不由覺得唏噓，不過至此，他倒是放心將蘇寧留在了身邊。

伊犁，一八九五

伊犁素來被稱為塞外江南，芳草萬里，遠眺天際，總是雲羊成群。對於蘇寧來說，這是舊地重遊，上一次他跟著左宗棠西進新疆，正是戰亂之時，雖說奪回了疆土，可是身陷在無盡的權謀漩渦中，絲毫也感受不到戰勝的快樂，反而眼看著功名輕易在指尖流走。這一次跟隨志銳而來，照例要拜會伊犁將軍長庚。長庚之前是駐藏大臣，剛剛升任伊犁將軍，率官兵從綏定城遷駐惠遠新城——伊犁正值大亂過後，百廢待興，惠遠老城毀於歷年戰亂，新城花了數十年的營建才有了今日的規模。長庚意氣風發，因為這座新落成的城如今在他治下，正是施展抱負的地方。

長庚與志銳素日交好，頗為自豪帶領他們瀏覽城內的衙署國庫，營盤壇廟，商鋪飯莊。最後他們登上城牆，俯瞰城內人頭湧湧，一派繁榮景象；伊犁河在城外汩汩流淌而過，遠眺天山皚皚積雪，長庚說起各種邊疆設置籌劃，顯得豪情萬丈，甚至提到一種叫做電報的新事物，如果能夠引進，各種信息瞬間即至，惠遠城就能彷若與京師比鄰……他的言辭讓人心頭大振，相信大亂已逝，今後都是平安兆年了。

長庚的豪情讓志銳的心情也明朗起來，出關之後心中的鬱結似乎可以慢慢打開。蘇寧看在眼裡，也留意打量長庚，他知道長庚家族的沉痛往事。

伊爾根覺羅氏長庚，是滿洲正黃旗人，父親在江寧駐防時，正逢太平天國起事，家中五十余人口悉數被屠殺。長庚背著他的母親千里迢迢投靠他父親的故交，綏遠都統景廉，當時他只是個十歲的少年。後來他憑縣丞出身，再後被保舉為知縣，傳說故事當然略過了其中艱難細節。當白彥虎率西寧回人圍攻哈密，同時回人首領帕夏圍攻沙山子之時，長庚聯合當時轉任烏魯木齊都統的景廉解圍沙山子，立下軍功，此後在西部回疆逐漸積累功勳。母親過世之後，他便把報效朝廷當作了人生唯一的目的。滿心想著精忠報國，這也是他跟志銳惺惺相惜的原因。蘇寧此刻隨侍在兩人身旁，難免掂量自己心中的一股報效之情，眼前這一對好友的情緒感染了他們自己，也感染了他，這種簡單的不問緣由，不容懷疑的熱情讓人羨慕，可是對他自己來說，他要尋求的已經不一樣了，這一點，他不好明說。

長庚公務繁忙，陪客人遊覽之後，便先行回衙門去。志銳放眼遠處風景，一時捨不得走，蘇寧也無去意，依舊留在城牆之上。城牆外有八米深，八米寬的護城溝，讓人感覺他們彷彿在一座島上；風呼呼地吹來，彷彿千軍萬馬正由遠及近，他們只有緊密地站在一起才能抵擋住這隱隱逼近的威脅，這讓他們彼此惺惺相惜。天色已晚，夕照正染紅西邊的大片天空，將遠近的風景籠罩在一層瑰麗的光輝中，讓人覺得自己也變成了正在醞釀的偉大前程的一部分。回身看去，城中央那座鐘鼓樓四層重樓三層檐面琉璃瓦正流光溢彩，看上去儼然是一番盛世的風景，志銳不由脫口而出問蘇寧，蘇先生有何感想。

蘇寧道，只要放得下干戈擾攘，此地繁華指日可待啊。

志銳一怔，忽覺意興闌珊，展望西天，夕陽正沉沉下墜，他不願等到西天完全暗沉，也是到了打道回府的時候。走下城牆之時，他忍不住向蘇寧傾訴，或者是覺得有解釋的必要，道，先前我們談過中日之戰，關於主戰，還是議和，我不是沒有仔細想過。有道是寧為太平犬，莫做作離亂人。誰願意見到戎馬倥傯，生靈塗炭，但是議和也要有議和的條件，要有議和的人才。他轉頭瞧了蘇寧一眼，道，我倒是覺得蘇先生是這方面的適當的人選，他日我的話若能夠有些分量，定當全力保薦蘇先生。然後他嘆道，我自己也是朝不保夕，原沒有資格作保證，但是我這一番心跡請蘇先生明白，他日進京，我願意為蘇先生的前程作保。

蘇寧微微一笑，欠一欠身，表示領情，同時道，大人請不要這樣說，我願意跟著大人，並不是為了加官晉爵。

志銳搖頭道，蘇先生不要誤會，是我希望蘇先生這樣的人才可以為朝廷效勞，現在的朝廷不了解外面的世界，因此才更需要像先生這樣的人才。可惜朝廷的體制卻不能讓有識之士適得其所，這真是讓人扼腕焦慮。他的語氣鄭重道，我與蘇先生投緣，即使你我想法未必一致，也仍然覺得我們可以一起共事，相信力所能及之處還是可以有些作為。實話實講，如今我能掌握的其實並不多，然而我相信眼前還是可以有些作為，至少我們能在司牙孜會讞盡力，希望能將這裡的積案盡量了結，也算造福於民。在這上面，我應該還是能作一些主。

ℰ

司牙孜會讞一開始就進行得很順利，宛如一個熱鬧集墟，許多人早早占了位置想要看個新鮮熱鬧，好比是看大戲，一頭鑽在別人的故事裡，急他人所急，想他人之所想，一個仲裁的結果如果得到眾人交口稱頌，便振奮人心，人人叫好，儼然是這仲裁會繼續下去的動力。多日下來，志銳暗自慶幸，深覺當初下決心找蘇寧，確確實實找對了人。仲裁會由俄方共同審理，邊境特殊，案例不適合用中國或俄國法律，於是變通用哈薩克習慣法或者伊斯蘭教法來決定罪罰，早年只是處理邊境哈薩克族人的糾紛，如今漢人，以及非穆斯林的索倫人，希伯人也願意到這仲裁會上來討個公道。

會下蘇寧跟幾位俄國人相談甚歡，仲裁會一開始，雙方不苟言笑，但協商過程不難達成共識，加上蘇寧不光對各族語言大多能信手拈來，而且對審理過程也思路清晰，對解決各種紛爭有獨到的見解。他的出現似乎變成了一劑定心劑，能讓喧嚷的會場安靜下來，根本不用執事開口要求肅靜。

志銳時時覺得驚奇，各種糾紛帶出各族人情世故和風土人情，這世界彷彿比他往日了解的大出許多，他得出結論，認為雖然各族人種形形色色，可是歸根結底，大家要的其實無出左右，要一個公道，要生存下去，活也想要活得自在。仲裁程序只需按照人情世故就不會出錯。他將這個想法說與蘇寧聽，蘇寧沉吟之中，頗為猶豫，道，大人說的有道理。可是……

志銳聞言意外，眼中露出不解之意，蘇寧便說，有一部西洋書叫做《萬國公法》，在中國海關執事的英國人郝德曾經翻譯過一部分內容，後來另一位叫做丁韙良的英國傳教士在總理衙門資助下把整本書翻譯了出來。接觸這本書之後，我才意識到律例法規的重要，顯然遠在人情世故之上，尤其在處理中國與列強糾紛的時候需要了解《萬國公法》中提及的那些框架體系，制度原則，還有西方人的思想觀念。一八六四年，朝廷按照《萬國公法》據理力爭，解決了天津港普魯士與丹麥的衝突。有清楚的律例，對內對外都是事半功倍有益的事。

志銳聽聞，沉吟多時，思前想後反而多添了幾層顧慮，心中覺得留蘇寧在此處到底還是大材小用了。事後，蘇寧如常盡心盡力，對於各種瑣碎的案件也沒有表現出絲毫的不耐煩，可正是這種無可挑剔，讓志銳隱隱感覺到他身上有種危險，因為自己看不清他究竟想要什麼，要做什麼。此時志銳覺得自己願意冒一冒險，暫時把他留在身邊，也許會有意想不到的收穫，當然，他這樣的人是留不住的。

蘇寧沒有想到會在司牙孜會上遇見舊識，還在同一天出現，一位是罕阿林盟，蒙古人仍舊稱作土謝圖汗部的王爺府管家，他在這裡出現也不算出奇，只不過他跟在一位少年身側。少年看樣子是他少主，居然穿一身西式騎馬戎裝，臉上有一股子得意，洋溢著無限的歡喜。這歡喜太明媚，雀躍著彷彿出籠的小鳥一樣，讓蘇寧不由多看了兩眼。管家正找好座位讓少年上座，少年卻不願意，固執地站在人群之中，管家無奈只好站到他的身側。少年顧盼之間，眼波流轉，一瞥之下接觸到蘇寧的眼神，忽然臉上飛紅，蘇寧心中一動，立刻意識到她分明是位少女，既然如此，他當然不好意思盯著她細看，不動聲色轉開臉去，於是便看見另一位俄國人，他似乎在等著蘇寧發現自己，待接觸到他的眼神，便微微一笑，手扶著帽沿，算是遠遠施了一禮；蘇寧只好頷首回禮，他們在聖彼得堡的時候見過幾次，沒有想到又在這裡碰見。蘇寧聽人說過，此人隸屬奧克瑞納，是替沙皇辦事的祕探。

蘇寧微微皺眉，轉開視線，可是餘光還注意著那俄國人——俄國人德米特里站在人群邊上，如同站在海水之濱，可海浪之奔放飛騰與他無關，他臉上有個與周圍不太搭調的和煦笑容，那抹笑意將他與周圍的人群區分開來，好像他是高於他們的；而且他望向蘇寧的目光也沒有半分顧忌，一面繼續打量，一面走向王府的管家——管家連忙欠身行禮，態度恭敬，他們顯然認識。少女則帶著矜持，看了他一眼，便算打過招呼。蘇寧遠遠看著俄國人的背影，意識到他與那少女身上的外套也許出自同一家聖彼得堡的英國裁縫店。德米特里這時轉身，他們的視線再次碰觸，這一次俄國人明白無誤地傳達了他要表達的信息——他就是來找他的。

蘇寧覺得自己在聖彼得堡的往事都已經告一段落，倒不怕有人尋上門來，只是不知道他為何與王府的管家走在一處。那男裝的少女忽然對管家說了什麼，於是管家湊近德米特里耳邊傳達，然後德米特里便含笑回應，一面依舊望著蘇寧，顯然他們的話題跟他有關。俄國人說了句什麼，少女的眼神忽然像受驚的小鳥，倏然飛到蘇寧臉上，又趕緊跳開。蘇寧覺得臉上一熱，少女已經轉身離開，原來她的隨從不止管家一人，眾人隨她魚貫而出，場子中間空出大片位置，不過立刻被人群填補，如同海水悄然無聲淹過平原。德米特里也沒有停留，他頗具深意地看了蘇寧一眼，在人潮漫過來之前，便也跟著王府的隨從離場了，他對如何調停邊民的糾紛當然沒有興趣。蘇寧望著他離去，對他此行的目的產生了興趣，而且他不愁找不到他。

果然，審案間歇的時候，有個維族孩子亦步亦趨走近，遞了一份帖子給他。志銳見了，笑道，蘇先生真是朋友遍天下。不知要約先生去哪裡小酌怡情？志銳的心情很好，惠遠城內繁華景象讓他恍然有回到北京城的錯覺，或者是他願意這樣相信，而且這些日子司牙孜的事務順利，他也算是春風得意。

蘇寧看了看帖子，笑答，這位朋友要約我去城外騎馬。

志銳說，正是騎馬的好天氣。你從將軍府挑一匹好馬，正好暢快地去跑一跑。

惠遠城外一碧萬里，黃昏未至，微微西下的斜陽替整個世界塗上了一層金色。蘇寧到了約定的地方，卻不見人，他正勒馬四下打量，身後聽見一陣馬蹄聲，急馳而來。他來不及回頭，就覺得一陣疾風迎面撲來，那一人一騎已經到了身畔，只聽見馬上的人急道，快跑，我們比誰快。

蘇寧還沒回應，那人的馬鞭已經不由分說掠過他的坐騎，蘇寧坐下亦是匹良駒，受到鞭策，好勝心起，一聲嘶響之後，便飛奔起來。蘇寧當然知道那是誰，不禁啞然失笑。王府的王女恐怕就是這樣任性慣了，但她騎馬的身姿是如此漂亮，充滿了象徵性，彷彿追隨她就能把握住了天性中的自由和奔放，格外讓人動心；他願意敷衍她，於是策鞭緊緊跟上；因為西向而行，他剛好看見西下的陽光在她周身勾勒了一圈光芒。風在耳邊幾乎是呼嘯而過，他許久不曾這樣暢快，也幾乎要忘記自己居然還能從馳騁中找到如此鮮明的快樂，彷彿重新跟這個世界靠近，心中某些說不清的沉睡的意願冉冉甦醒。不過他始終落後半步，連自己也分不清是不是故意如此。

少女在前頭有些得意，或者不耐煩，忍不住時時回頭，馬也在同時扭過脖子來，誰知一瞬間前蹄忽然一絆，亂了陣腳，邁不開步，猛地直立起來。少女一聲驚呼，眼看就要墮下馬來，千鈞一髮間，蘇寧用力驅馬靠近，伸出手臂，可是完全沒有把握是否能將她救起，可那少女卻一把拉住他的手，腰肢就勢一扭，借力使力，躍上他的馬來，像被大力擲入他的懷中，順勢攬住他的腰身。馬匹吃重，跑出一段距離便緩緩停下。蘇寧驚出一身冷汗，少女面向著他，臉龐埋在他胸前，他卻聽得見她的心跳，不知道周身的熱氣是他自己出了一身汗，還是從她身上徐徐傳遞過來的。馬慢下來，她也直起身，抬頭看著他，臉上升起的紅暈像帶著芬芳的果實的顏色，可是她神情沒有半分不好意思。蘇寧片刻失神，然後道一聲得罪，先放她安然落地，然後一躍下馬。

少女的帽子已經跌落，長辮子垂在胸前，臉上笑嘻嘻的，對蘇寧拱拱手，也不道謝，卻說，沒有想到馬騎得還不錯。然後回頭打了個呼哨，她那匹惹事的馬兒遠遠嘶聲響應，然後篤篤跑近，知道自己做錯事，跑得小心翼翼，到近處原地踏著步不敢靠近。少女板起臉呵斥一聲，甩鞭在地，那配著華貴蒙古鞍轡的灰色名種馬才乖乖垂頭走過來。少女銀鈴般笑了，摸摸它的鬃毛，翻身一躍上馬，又似模似樣拱了拱手，勒馬退後一步，從懷裡掏出一份帖子投擲到蘇寧懷裡，嘴上也學著他剛才的口氣，也說聲得罪，便返身朝來的方向絕塵飛奔而去。

蘇寧將手上的帖子打開，不禁哭笑不得，原來這才是原本該送來的帖子，由郡王王府的管家出面，約在城中數一數二的會芳園雅座。他打量時辰，可著時間回城倒應該是正好，王女頑皮，可是也沒打算誤了正事。

他進了城門，就將馬留給護城軍，他們認得他，保證會將馬送回將軍府。他則信步自西大街走到鐘鼓樓，再轉上北大街，街道兩邊上鋪林立，攤販成陣，京廣雜貨，絲綢首飾，花鼓戲院，酒樓小吃，一派熱鬧，誰都願意忘卻戰亂，眼前生活的一點小舒適讓人歡欣鼓舞，忙不迭地要大施拳腳經營太平景象。如果條件允許，人們將很快醉心於更偉大的營建，直到另一場破壞來臨——他自己也處在這樣的一段窗口期，正從失意中走出來，心中一些未酬的志願彷彿又可以握在手裡，所謂的野心其實是他需要的，一旦被點亮，他便如同從灰燼中復活——切切實實活著的感覺是如此親切。

會芳園是津商宮德銘開設的酒樓，官場宴客大多在此。主人到得早，隨扈早就候在酒樓門口，見了蘇寧就引他往裡邊請，一面小聲告訴他志鋭也在酒樓雅座，問他要不要去打個招呼。

蘇寧便問管家是否還請了別的客人。隨扈回說還有一位俄國大人。蘇寧於是道，我回頭會見志鋭大人，現在不用打擾他。

俄國大人果然就是德米特里。桌上已經上了涼菜，都是京師酒樓常見的小菜，南京板鴨，金華頁腿，南糟鰣魚，肉鬆蜜餞，什錦蒸食，小酒盅裡已經盛了米酒，桌上還擺了一瓶法蘭西的香檳。德米特里用俄文跟他說，我們在聖彼得堡的時候共飲過這一支酒，那時候您與尊夫人一起賞光，真是其樂融融，我還以為你從此就會在聖彼得堡落戶，如果您還在那裡，哪裡還有巴德瑪耶夫這號人說話的分？

蘇寧聽到這個名字，眼梢抬起，飛快看了他一眼，德米特里笑容意味深長，朝管家努了努嘴。

管家為了不失禮先敬酒，寒暄客套幾句，少不得解釋，原來蘇寧剛跟著志銳離開烏里雅蘇台，土謝圖汗部的王爺府就派總管家來急請蘇先生。這一旗的王爺與蘇寧原本是舊識，知道他從俄羅斯返轉，也想要見面敘舊，想聽他這些年遊走在俄羅斯的經歷——草原上還是行走著一些南方的漢商和北方俄羅斯商人，總會夾帶一些關於蘇寧的傳聞回來，讓人浮想聯翩。當然王爺找蘇寧這般著急，的確事出有因，確實是為了需要一位通譯，有一位叫做巴德瑪耶夫的俄國人從赤塔過來，據說奉了沙皇之命，要與蒙古喀爾喀各部聯絡，共商大計。

管家身後站了一位年輕的布里亞特人，管家一面說，他就一面翻譯給德米特里聽，但說得磕磕絆絆，德米特里聽得直皺眉頭。管家見了笑著推他一把，道，蘇先生到了，你別獻醜了，先下去吧。

那年輕的孩子急急忙忙低頭走了出去。

蘇寧靜靜看著德米特里，俄國人卻擺出了一副看熱鬧的神態，讓人摸不清他的意圖。

管家熱切地瞧著蘇寧，等著他回應，蘇寧淡淡說，巴德瑪耶夫不是俄國人，他是布里亞特人——跟那剛走的孩子一樣——他會說蒙古話，用不著找通譯。

管家哦了一聲，愣了一會兒，忽然醒悟，道，即便不需要通譯，王爺也想要請先生過去敘一敘舊。

蘇寧不置可否，看了一眼德米特里，忍不住問，你們怎麼走到一起的？

管家欸了一聲，朝俄國人福了福，對著蘇寧說，這位大人是王爺的客人，王爺托他在俄羅斯採辦一些物品。他聽說王爺要去烏里雅蘇台找您，說是認識您就一路跟來了。他說可以幫王爺請到您的大駕。

蘇寧奇道，那我們是在烏里雅蘇台錯過了？你們難道就一路跟著到了惠遠？

管家笑道，可不是。然後彷彿很不好意思，解釋道，是我們郡主堅持要來。本來她想去烏里雅蘇台逛逛，後來聽說你們去了惠遠，就想來瞧瞧熱鬧——新城剛落成，可不是想看個新鮮嗎？

蘇寧便用俄文對著德米特里道，是你推波助瀾攛掇他們過來的吧？是你自己想要找我？

德米特里嘆道，我原本也沒有想到會遇見你，但郡王正好要找你，我覺得何不幫幫他，找到你對他對我都有好處。

蘇寧皺眉道，巴德瑪耶夫在這裡為沙皇活動，你不是該幫他？

德米特里很快地回答，我看不慣他這個人，可又不能攔著他，可我能幫你攔住他——如果我沒有猜錯，你並不想讓他達成那樣的目的？

蘇寧淡淡道，但我這裡的事還沒有完。

德米特里將香檳啵一聲打開，一面低聲抱怨沒有像樣的杯子。將酒倒入平口的碟型碗裡的時候，語氣輕鬆地說，你可別讓郡主失望。這是王爺最寵愛的王女，對她寄予了無限的厚望，這也是她為什麼這樣膽大妄為的原因吧，膽敢把王府請客的帖子置換的也只有她。說到這裡，俄國人哈哈笑起來，同時雙手托起倒了香檳的淺底薄胎瓷碗，杯子透著光，載盛著緩緩上升的氣泡。蘇寧皺眉說，這樣的氣泡酒太過甜美，難為你一路帶過來？

德米特里語帶雙關地回答，我特意備下一支，好在與您相聚時慶賀，今日正是這樣的好日子。

管家與他們碰杯，見他們逕自說著話，而蘇寧沒有翻譯的意思，打量他們神情，於是搭訕說，王爺府上有上好的喝洋酒的杯子，就是這位大人帶來的。

蘇寧問道，你稱呼他為大人，那是為什麼？

管家道，那自然是因為他是替沙皇當差的緣故，他是這麼說的。

蘇寧冷笑一聲，道，每個人都說自己是替沙皇當差的，你們就信了？

管家聽他口氣，知道他說的是先前提到的巴德瑪耶夫，便陪笑道，所以王爺請您過去，給他幫幫眼嘛。

德米特里忽然開口道，你問他是不是知道郡主適才在什麼地方？

蘇寧疑心自己在墮入他的圈套，但還是將原話譯給管家，管家一愣，說，我們這位郡主，怎麼會告訴我她要做什麼，只有我向她交代。我們王爺也很傷腦筋。

德米特里不用等他翻譯，便把握十足道，他不知道吧，所以，郡主的事你要問我才對。

他眼神炯炯看著蘇寧，可蘇寧沒有回答，不過俄羅斯人要再跟他碰杯的時候，他也舉起了杯子，兩人眼神相觸，蘇寧自知目前沒有多少與對方交鋒的籌碼，可是焉知對方手上有多少可以與人討價還價的餘地，不過想起他在聖彼得堡時的作為，心中不免失笑，覺得自己不必過分防範，將他拒千里之外，因為德米特里的確時時有出乎人意料之舉，蘇寧其實並不討厭他，此時也對他的目的產生了新的興趣。

德米特里當然注意到了蘇寧的姿態驟然鬆弛，便也不著急了，將碗中的酒一飲而盡，對蘇寧說，你讓他把那翻譯的孩子叫回來，你只管跟他聊天。他朝著管家努了努嘴，然後又說，那孩子給我提醒幾句就好，我們另找時間說話，我知道的事你會感興趣的……他眼稍充滿笑意，甚至擠了擠眼，臉上有種急於想要施展什麼的急切。蘇寧心中咯噔一下，忽然意識到眼前此人其實寂寞孤單，恐怕與自己一樣，因為看不清今後方向才滯留在此地。

酒樓的喧囂變得格外清晰，但是他彷彿能聽見城外此起彼伏的風聲，其中還夾雜著兇猛的動物的嘶叫，如果出了城，任意找個方向，一路走下去，旅程都會一樣充滿艱險——可自己到底要往哪裡走，也還是說不定。他一抬眼，卻見德米特里仍舊看著自己，目光並不咄咄逼人，彷彿也自那酒肆喧嚷中分辨出了呼嘯的風聲，因此變得安靜……他與他好像在瞬間找到共識，蘇寧來不及意外，可是當然應該覺得奇怪，自己在一天之內如何變得容易動心，身段好像也變得柔軟，所有一切都有商榷接納的餘地——彷彿年輕的時候。

蘇寧轉而跟管家聊天，自然而然說起巴德瑪耶夫的事來。

管家絮絮叨叨說，巴德瑪耶夫在赤塔有個辦事的地方，好多人都去見他，王公，喇嘛，他卻親自來見我們王爺，還帶來了禮物，駱駝，馬匹，武器，彈藥，還要贈送款項給我們的寺廟，要的回報卻不過是想借我們寺廟的房子存放一些東西……他說在聖彼得堡，他隨時可以覲見沙皇。

蘇寧冷冷問，他需要千里迢迢跑到蒙古去儲存什麼樣的東西？

翻譯的孩子眼睛注意看著蘇寧跟管家，在德米特里耳邊小心翼翼說著什麼，德米特里卻指點著桌上的菜，似乎隨意地問了些問題，孩子鬆了口氣，一面回答，一面仍舊注意聽著桌子另一邊的問答，他怕俄國人冷不丁地追問。

管家卻遲疑著似乎不知怎麼回答蘇寧的問題。蘇寧於是再問，那他來見你們王爺，寒暄的時候，對什麼最感興趣。

管家想一想，道，他問了王爺許多關於西藏的種種，對去西藏的路線很感興趣，聽說他特別願意見西藏來的喇嘛……

聽到這裡，蘇寧看了德米特里一眼，俄國人聽翻譯的孩子結結巴巴跟他解釋，臉上露出通曉一切的表情，一副高高在上的樣子，這提醒了蘇寧，當日他有多不喜歡他的原因——就因為這種神態——那時他們在聖彼得堡，但現在回想，似乎從那時起德米特里就在刻意試圖靠近自己。

管家接著說，他問西藏來的喇嘛是不是有英國人在那邊，問得特別仔細，來的是什麼人，從印度走哪條路線來，用什麼樣的武器，王爺說俄國人當然是對英國人有些忌憚，怕英國人從印度過來，由南往北地跟俄國人爭地盤。

蘇寧哼了一聲，道，爭地盤？這地盤是他們的嗎？

管家唉了一聲，看德米特里一眼，對著那翻譯的孩子使個眼色，一面繼續道，王爺也是這麼說，所以千萬想請先生過去，想聽聽先生的高見，共同商議商議……最近王爺煩心的事挺多，得有個人幫他紓解紓解。管家欲言又止，可想了想，壓低聲說，王爺說朝廷靠不住了，關起門來不問外頭的事，在現時該是行不通的吧。乾隆朝的時候，我這是道聽塗說——在那時候，朝廷還有心安插探子，不單在這邊盯著俄國人的動靜，就連遠到印度那一帶，也跟一些小國保持著密切的文書來往，那時侯的北京是知道天下事的啊，哪像現在，我們在草原上更是好比兩眼一抹黑，什麼也不能知道……他嘆口氣，轉眼見德米特里煞有介事瞧著他們，便拋開了王府的事暫且不提，跟蘇寧說起了惠遠城的風物，一路上的景緻，這些年草原上的風起雲湧的變化。一眨眼，人老了，而孩子們都長大了。

說到孩子，管家展顏露出笑容，道，我們的郡主，蘇先生您是見過的，那年您要去俄羅斯，臨行之前王爺跟您在庫倫見了面，那時小郡主也跟去了，還是個小娃娃，滿頭綁著小辮子呢……

蘇寧動容，恍然想起有這麼個小女孩，好奇地問俄羅斯在哪裡，還問他會不會回來。那時正是他的失意之時，可是女孩子眼中的他既勇敢，又神奇，分明是遠征的英雄。他要離開了，她在送別的人群當中。馬隊辭別庫倫，蜿蜒離開人煙聚集處，一路北上，他屢屢回頭，離開起點越來越遠，有種難言的傷感。此時回想，好像因為她的存在，他的前世和今生終於連在了一起。但這樣的牽絆到底好嗎？他這樣問自己。

德米特里忽然開口，問，郡主真是個可愛的少女，替郡主作媒的人一定是踏破了門檻吧？我聽說有人在王爺面前活動，說要把郡主嫁到京裡去。光緒皇帝還年輕，也許皇妃的位置有空缺？當然，賽因諾顏部紮薩克和碩親王在京裡也有王府，若是與賽因諾言部聯姻，倒也有可能去京城。

管家一怔，顯然沒有想到俄國人會驟然說起這樣的話題，回過神來，嗐了一聲，道，嫁進宮裡？這是打哪裡說起，自乾隆之後，宮中就不曾有過蒙古族的妃子。當然，憑我們郡主的氣派和模樣，真要進宮，是絕對不會失禮，只不過，她太調皮了一些，去宮裡拘了性情，她阿巴吉也捨不得。他瞧了蘇寧一眼，道，志銳大人是宮中二妃的堂兄，他說起過宮中的事嗎？據說珍妃娘娘的性格也是機靈得很，可是在宮中就反而是個負累……他想一想，道，至於喀爾喀各部，也算是近在眼前，可郡主自己的心意如何，我就不知道了，連王爺也得揣摩揣摩。

蘇寧一抬眼，見德米特里若有所思看著自己，兩人視線對撞，各懷著心事。

管家瞧了瞧蘇寧，又望了一眼德米特里，覺得桌子上一下子冷了場，趕緊陪著笑，覺得該說點什麼，便道，這世道不一樣了。郡主若是生在過去，那是不可限量……

德米特里噗嗤笑了一聲，轉著手裡的杯子，頗不以為然，取笑道，難不成你說的是成吉思汗的時候。

管家一愣，回過神來，正色說，我說的正是成吉思汗的年代，若是在那會兒，公主們的作為比男兒還要大，成吉思汗養育女兒用心灌輸的就是當家理國的觀念，女兒們一樣負起保護氏族的責任，也能擔當統治者的責任。

德米特里咦了一聲，似笑非笑，不以為然。

管家嘆口氣，說，黃金家族沒有意願將家族的祕辛公布於眾，往事紀錄沒有流傳下來，難怪世人難以了解蒙古帝國的過去。當年征服世界，新的領地一旦臣服，所有敘事紀錄都被束之高閣，鎖進了隱密之處。即便有流傳下來的紀事，敘事也一概隱晦——這是我聽我的祖父說的。

蘇寧問，此話怎講？

管家瞇起雙眼，露出神祕的笑容，道，他年輕時候讀到過一本手卷，寫的是黃金家族的祕事，有許多關於成吉思汗的女兒們的故事，真是意味無窮啊。

他的語氣讓人心馳蕩漾，蘇寧眼光閃動，說，有這樣的事？你要將這本手卷拿給我看一看。

管家嗐一聲，說，這要到哪裡去尋？我倒希望這會兒這手卷能又橫空出世。

德米特里打量兩人的神情，並不甚上心，敷衍道，那書上寫了什麼，你講講看？

管家又嗐了一聲，仔細想一想，臉上煥發出不一樣的神采，彷彿瞬間成了方圓幾里內最好的說書人，醞釀著不一般的熱心，他抑揚頓挫說，成吉思汗在征途上面向子民和部下，鼓舞軍心，稱呼他的子民是五色四夷之民——五色是他留給家中五名男子的領土，他的四個兒子和一名兄弟；四夷指的是他的四個女兒。由此可見，他是多麼看重自己的女兒們，她們統治著絲路上的王國，串連起絲路沿線所有的綠洲，使得商隊的規模前所未有地壯大；在蒙古帝國的保護下，商隊從東到西暢通無阻，能夠及時得到必要的補給。你來想像一下駝隊行進的樣子，滿載著漂亮的貨物，刺繡的絲質衣服像雪花一樣飄逸，柔軟的駝毛的袍子像羽毛一樣輕盈，羚羊皮革的小袋子裡裝著珍珠，珊瑚，象牙和各種寶石，更加神奇的是各種奇巧器皿物件，能夠指引方向的魔針，製造出美妙音樂的盒子，還有來自遠方的藥物，書籍……

德米特里打斷他，不耐煩道，你說得倒是迷人，若有半分真，我就情願回到那時候去，暢遊世界，不比現在束手束腳強？

蘇寧笑笑，敬他一杯，道，你哪裡就受約束了，如果你願意，這個世界還不是任意隨你行？德米特里把這當作恭維，哼了一聲，頗有些沾沾自喜。蘇寧便問管家，那些女兒們有名字流傳下來嗎？

管家哦了一聲，說，阿剌海，我祖父說書中提到有個女兒叫作阿剌海別乞，嫁到了汪古部，這位蒙古皇后從此掌管漠南，這是蒙古帝國往後擴張的橋頭堡，解決了蒙古軍隊越過戈壁沙漠的補給，即是前鋒，又是後盾，蒙古軍隊從此向南所向披靡，帝國版圖裡繁華的城市一字排開……

德米特里此時說，真是振奮人心啊，誰能想到蒙古王女可以有這樣的抱負。然後他看著蘇寧，道，是不是讓人刮目相看啊。他意有所指，蘇寧但笑不語。

這飯局終是散了，德米特里特別拉住蘇寧，道，不忙走。但又不說下去，自顧自怔了一會兒，像是喝多了酒，也許是思前想後，終於打個哈哈，說，過幾日，你來寧遠城找我。

蘇寧未答話，德米特里的口氣像是祈求，或是和解，懇切道，去一趟，你不會後悔的。

蘇寧仍舊不置可否。德米特里搖了搖頭，好似逼不得已，勉強道，娜塔莎在寧遠城住過，你不會不知道？

蘇寧臉色微微一變，德米特里接下去道，按你們的曆法，是同治十年，同治回變之後，伊犁在我們俄國人手裡，我們是花了力氣興建寧遠城的，那時娜塔莎一家都搬了過去，在北門那邊開了間商鋪。後來你跟著左宗棠來了，就把俄國人一併趕出了伊犁。他一面看著蘇寧，一面道，你知道她在寧遠住過，可她不知道你也到過寧遠吧？你看，我是有分寸的，從來沒有跟她提過你的這段歷史。不過，她從小在這一帶長大，倒因為你們左大人回到了聖彼得堡，那真是截然不同的地方啊——但我覺得她是喜歡這客鄉比較多。

蘇寧沉聲問，你是如何知道的？

德米特里沉吟片刻，說，他父親幫我做過事，他們一家人我自然都熟悉，他們回聖彼得堡還是我安排的。娜塔莎想要嫁給你，他父親也問過我的意見。我跟他說這是莊好親事，你雖然是亞洲人，可是願意順應時勢——而且她父親不是總想要回到亞洲來嗎？可哪裡知道後來會有這樣一場瘟疫，他們全沒躲過去……德米特里仔細看著蘇寧，說，我找你，沒有惡意，因為娜塔莎的關係，我也應該照顧你——當然，你不需要別人照顧。但是，他欲言又止，說，沒把握的事我不說，總之，你來一趟寧遠就好，就到俄國的領事館來找我。定了時間，讓王府的管家遞個信就是了。

蘇寧不知他葫蘆裡賣什麼藥，但憶及前事，倒的確也不曾發現他有不妥當的舉動，便點頭答應。

寧遠在惠遠城東邊，蘇寧既然通知了管家，料想郡主也知道他的行程。管家一意要替他安排車馬，臨行及出城的時候他不免張望，然而並沒有那少女的身影，他不知自己是失望還是鬆口氣，竟然有點不敢揣摩自己的心事。緩緩行去，放眼眺望，天高地遠，可是他不見得能夠隨意去任何一個方向。

領事館白牆的俄式建築在綠樹欉中格外顯眼，樹林子中間還有一座灰褐色的磚石塔樓，頂上安了一間暗紅的木屋，緊閉的窗戶忽而被推開，一陣清脆的笑聲之後，一大一小兩人探頭出來，伏在窗上往下看。蘇寧抬頭，恍然見是郡主和另一位俄國幼童。陽光穿過樹林，正投在那所木屋之上，玻璃窗反射的一束光飛了過來，迎面撞上了他的臉，他猝不及防，伸手擋了擋，下意識想要接住那一點光亮，卻已經太遲，那頂上的兩人已經縮回去，窗戶又被拉上，像什麼也沒有發生過。

這時，德米特里已經站在了他的身後，未等蘇寧開口，先問道，你看清那幼童是誰？

蘇寧心中一動，驀然抬頭再看那塔頂，卻哪裡還找得到人影。德米特里一把按住他的肩膀，輕輕點了點頭，示意他朝後頭一幢小樓看。一扇門被推開，有個廚娘打扮的俄國女人遲疑著不知進退，於是倚門站立。這時塔樓底層那扇門被驀然從裡邊撞開了，適才樓頂的那位幼童率先跑出來，歡呼一聲，朝那俄國女人飛奔而去，筆直撞在她的懷裡。

德米特里招呼蘇寧過去，一面說，那孩子叫米夏，跟他父親的名字一樣。

蘇寧心中驚疑，問，米夏呢？

德米特里回頭看了他一眼，似是責怪，道，你沒有聽說？他——在辦事的時候出了點意外，留下孩子和孩子的母親。他頓了頓，然後輕描淡寫道，我找到他們，給孩子母親在領事館找了個差事——這也算安頓下來了。

蘇寧看著那母子倆，同時知道那少女也在身後看著自己，他蹲下身子，招手叫那個孩子走近，拉著他的手，端詳他的臉龐，果然與故友有極相似的地方。孩子畏羞，待了片刻，朝德米特里望了一眼，扭身跑回到他母親的身邊。蘇寧站起身的時候，德米特里站在一旁，彷彿就事論事一般，低聲道，你當年跟他父親交好，被人在左宗棠前告了一狀，說你跟俄國奸細互通有無，結果連累了你的仕途，可那也不算冤枉你，他父親確實是做這個的，走的夜路多了，難免遇見鬼，把自己一條生死搭了進去。

蘇寧打斷他的話，道，你待想怎樣。

德米特里不在意地說，我覺得那孩子可憐，孩子的母親也不容易，說起來還有貴族的血統——你知道十二月黨人的故事？他停頓一下，出了片刻神，接著道，但我能做的也只有這樣，也許今後你可以照顧他多一點，你不是一直在找他嗎？對著蘇寧懷疑的目光，德米特里接著說，不過，我也有求於你，所以總要先幫你做點什麼——只是我的事不急，慢慢再敘。大家既然來了，我要盡些地主之誼，讓孩子高興一下。

蘇寧總覺得背後有雙眼睛看著自己，一回頭卻不見少女的影子；德米特里看在眼裡，也不說什麼，招手叫他跟著自己進屋。那小樓原來是領事館廚房所在，米夏踩著凳子，趴在一張大木桌上，滿心期待看他母親操作——桌上擺著一隻木桶，裡邊套著隻黃燦燦的銅內膽，內膽頂部的蓋子連著一把手柄。孩子的母親握著手柄緩緩轉動，帶動銅膽迅速地旋轉，那幼童偎依到母親身邊，可往前越湊越近，嗅著空氣中的薄薄一層乳香，神情露出陶醉的表情，如同執著覓食的小動物。他母親小心翼翼，怕手柄碰到孩子的臉，又不忍心叫他讓開，自己也同時好奇，不確定手中會出現什麼樣的奇蹟。

幼童央求他母親停下來看一看，母親好脾氣地順了他的意，打開內膽的蓋子，便看見裡邊乳白色的一團，中間突起，如同蠢蠢欲動拱起的夢中出現的小丘；那加入了蜂蜜和雞蛋的牛奶正脫胎換骨呈現出奇異的質地，脫離了原本的液態，微微凝固，看上去柔軟而且甜蜜。幼童啊了一聲，深深吸口氣，露出沉醉之中的樣子。

蘇寧看德米特里一眼，他顯得神閒氣定，臉上有種造世之主般的慈祥，蘇寧在那一刻忽然原諒了他所有的傲慢，他不再掩飾心中好奇，走近細看，原來那木桶與銅膽的夾層裡裝著冰屑，銅膽旋轉受冷讓內容物漸漸凝結，正是他在聖彼得堡見過的冰淇淋，可是不知道是這樣做出來的。

德米特里拉過那個幼童，貼著他耳朵說了些什麼，孩子歡呼一聲，跳起來。德米特里抱起他，打開木櫃子的門，任他選了裡邊三兩個罐子，滿滿當當捧在懷裡走回來。孩子打開罐子，伸手便掏，他母親笑著皺眉，待要制止，德米特里摟住她的肩搖了搖，示意她別說話，由著孩子將葡萄乾，堅果一枚枚投入到銅膽中那一窩冰與糖的甜蜜之中。蘇寧一眼掠過德米特里扶著那女子肩膀的手，德米特里當然不會沒有覺察，可是那手一直扶在那裡，也許故意宣誓著某種親密。等銅膽的蓋子又蓋上，他對孩子的母親輕輕耳語，然後接手過來，迅速地轉動手把，金屬摩擦冰塊的聲響哧哧地響起來，如同風車的聲音，兜著擋不住的歡樂，至少對於孩子是如此。

德米特里對那孩子說，你去把你的那位朋友找來，告訴她，我們的冰已經可以大功告成了。

孩子跑了出去，帶回來的那位朋友不出所料就是郡主。

蘇寧有些恍惚，他覺得眼前的場景不是真的，而自己過去十幾年的生活也在虛幻之中。他告訴自己那是不可能的，然而一種必然彷彿在慢慢生成，要漸漸演變成擺脫不了的命運。

來自蒙古的少女和異域出生的孩子都是第一次品嚐到這種冰的點心，銅膽打開的時候，裡邊凝固的牛乳彷彿驟然竄高，是憑空生長出來的一蓬積雪，是夏天裡的奇蹟。蘇寧能夠明白德米特里的得意，可是訝異於他肯在這樣的小事上花心思，他打量幼童的母親，想起往事，當年與那位俄國年輕人米夏結交，覺得投契，他確實提起過自己心儀的少女，想必就是眼前這一位了。

那女子也在打量他，蘇寧不由問，米夏帶妳去過哈密？

那女子點頭，蘇寧心中感慨，前程往事好像終於串連了起來，接著又問，哈密的安家妳認識？

女子道，他們家有間布莊，那年去的時候，孩子還沒有出生。後來，米夏不在了，就沒有再去過。

蘇寧道，安家是可靠的朋友，如果有事可以找他們。

這一次，女子認真地看他一眼，又點了點頭，道，米夏也這麼說過。然後補充道，他也說起過你。她有些迷惘地彎了彎嘴角，像迷失在記憶裡，隨即瞥了德米特里一眼，垂目不語。

話題突然中斷，德米特里若無其事，像一位慈祥的長者招呼著大家吃冰，如果不及時，這冰就要在眼前化了。蘇寧恍然覺得過去已逝，所有苦難也可以昇華了。

然後，蘇寧才意識到主角其實是在座的這位少女，此刻她以王女的姿態端坐在桌子的另一端，態度刻意沉靜，她安靜的時候似乎能讓任何一個粗魯的人也願意溫順地屈膝行禮，答應她任何的要求；可她突然又改變主意，本性裡的調皮無法掩飾，巧笑倩兮，笑容裡飛濺著光芒，整間屋子驟然一亮——蘇寧想這才是她本來的樣子。德米特里這時說，郡主的名字像她本人，她叫亓亓格。

孩子米夏面前的小碗空了，亓亓格伸手將銅膽裡剩下的冰舀出來，剛好又裝滿一碗，推到孩子面前，眼睛卻望著蘇寧，開口問，您在俄羅斯的時候，就見過這個？

這是這一天她跟他說的第一句話。米夏一面舀著冰往嘴裡送，一面一點點挪到郡主的身邊，視線一直在她與蘇寧間穿梭，此時臉上出現羨慕，轉頭問他的母親，我們什麼時候回俄羅斯？

德米特里心情頗為愉悅地回答他，你當然會回去的。就連郡主要去俄羅斯，也不是不可能的事。

郡主卻回答道，我還不想去俄羅斯，不過眼下你去的地方可不能不帶上我。

德米特里看了蘇寧一眼，輕咳一聲，道，這不是由我說了算，能不能成行也是未可知，我不是正在等路票麼。

原來德米特里想去南疆阿克蘇的拜城，蘇寧正尋思其中原委，郡主已經替他解釋道，拜城附近有一處石窟，有個俄國人已經去過兩次，那個人叫什麼名字？她想一想，問德米特里道，是繆恩漢克？我從來沒有聽說過有這樣的地方，他說要去探一探，那我便也要去瞧一瞧。她說到這裡瞧著蘇寧，指了指德米特里，分明話中有話，可莞爾一笑，偏不說下去，又掌不住得意洋洋，眼角瞟向德米特里，不小心透露了祕密，他們分明一起在謀劃著什麼。

蘇寧瞧著他們關係看上去密切而且融洽，心中不免尋思郡主的俄文說得那麼流利，難不成是跟德米特里學的？德米特里像讀得懂他的念頭，主動解釋道，我聽說有一種人學語言特別容易，你便是其中一個，但這世上當然也不止你一人有這樣的能力，郡主居然也是這樣的人。土謝圖汗部中旗有庫倫，中左翼末旗有買賣城，也就是恰克圖，這些地方總有一些俄國人來來去去，她沒專門跟人學過俄文，不過聽聽就懂了，講講就會了。

蘇寧臉色一沉，道，王爺明明已經有通譯的人才，還要費事另外找人？

德米特里若無其事道，話不是這麼說，郡主身分尊貴自然不方便做這種拋頭露面的事，王爺的通譯當然還是要另請高明。

他的話也算說得過去，找不出破綻。蘇寧看著桌子對面的少女和幼童，他們低頭說著什麼，咕咕地笑著，像被一團明媚的光影籠罩，使得蘇寧覺得自己心存懷疑是不恰當的，他想走進那和煦的光芒之中去，甚至覺得這是自己走出陰影的唯一的機會，然後他意識到原來自己心中還藏著渴望，想要靠近屬於遙遠過去的天真無邪，這意外使得他沉默下來。

少女顧自說著話，有時瞟他一眼，蘇寧在她的視線下淡淡地掛著笑意。屋子的門是開著的，外頭的樹林子蒼蒼鬱鬱，地上有一團團光點，隔了那麼大的距離竟然仍舊覺得有些晃眼，他忽然覺得有些心酸，好像深藏著的那些無限的悲憫都在找著一個出口，要噴湧而出。郡主忽然也安靜下來。

德米特里倒是一直在說著話，盡是些瑣碎的見聞，漸漸變成他與那幼童的問答，全都關於俄羅斯。

蘇寧覺得德米特里自動擔任起了引導孩子的責任，要讓他了解自己的祖國，可是不知有意還是無意，他一面津津有味描述聖彼得堡的貴族生活，一面又滿懷熱忱地表達變革的必要，這樣的矛盾也不知那孩子是不是能夠明白。蘇寧越聽越詫異，不知德米特里想要這孩子成為怎樣的人，而他自己到底有怎樣的一副面目。孩子的母親卻視這一切理所當然，她跟德米特里說話的時候，也摻雜著法文，好像是以此來證明他們同屬於一個世界。蘇寧想起德米特里適才提及十二月黨人，看來這些貴族的後代還是固執地把過去擱在心裡。

蘇寧待回到了惠遠城方才明白德米特里花了那麼多周折跟自己糾纏的原委——他一到惠遠，志銳已經等著他，然後委婉提出長庚的託付。原來德米特里確實在申請去拜城的路票，朝廷始終不放心外國人在這一帶單獨活動，但他是土謝圖汗部的王爺特別關照的人，本人也保證絕不會涉及考察活動，長庚不想多生枝節，折衷想法是讓蘇寧跟著走一趟，確保沒有各種意外便交代得過去了。蘇寧猶豫是否要提起德米特里的身分，但轉念一想，忽然願意走這一趟，因為他也想要了解這個人。

不出所料，郡主堅持要隨同前往，於是同行隊伍加入了王府的隨從，一路打點成了管家的要務，儼然成了一趟出巡。德米特里由衷對蘇寧同行表示欣慰。這一段路途實則不算太遙遠，但有足夠時間讓他們彼此試探，若要達成默契和共識，也不是沒有可能，蘇寧如此一想，便也釋然。事實上，一開始他們都被彼此身上某種相似的特質吸引，因此互相想要靠近；只不過到旅程終結的時候，他們還是決定把彼此放在類似平行線的位置，雖然經過了一些惺惺相惜的時刻，但還是保持著適當的距離比較好。

郡主堅持將舒適的馬車留在了惠遠。騎馬當然可以縮減行程，她也不願意帶上太多累贅之物，吩咐除非必需，在路上驛站隨時補給即可，可是管家覺得新疆的驛站到底比不上草原上的台站可以予取予求，悄悄另行指派了人馬先行一步打點。

他們在清晨出發，所有人馬都欣然。城外草原風和日麗，大片紫色的花田瀰漫著令人著迷的濃郁花香。郡主在隊伍的最前面，像等不及要去冒險的孩子，她瞻前顧後，時時回頭。德米特里與蘇寧押尾，隊伍在他們前方伸展出蜿蜒的姿態。

俄國人感嘆道，傳言土謝圖汗部王爺們的勢力和富庶在草原上無人能匹，看這郡主出行的排場就知道所言不虛。他昂然坐在馬上，對蘇寧說，王府裡每年從外國購買的舶來品，也是數目驚人，讓人感慨王府對外國的東西是不是有不一般的好感，看來有些誘惑是難以抵禦的。然後他指著他們前面的隊伍，突然又開口道，蒙古人和滿族人都是在馬背上得天下的，這樣走一趟對他們來說是符合天性的有趣的遠足吧。雖然在規模上不能相提並論，但是我還是想起了清朝皇帝的木蘭秋獮，木蘭是捕鹿的意思吧？

蘇寧沒想到他有這樣一問，隨口答道，秋獮是皇家秋季打獵的名號，以前稱春季打獵為春蒐，夏季打獵為夏苗，冬季打獵為冬狩。

德米特里道，聽說歷史上的秋獮是皇家了不得的盛事，但是現在的皇帝卻不再進行這樣大規模的活動了，你覺得這是因為國力衰退的緣故？

蘇寧看了他一眼，不予置評，繼續驅馬前行。

德米特里趕上來，仍舊與他並肩，說，如今你回來了，是打算要重新蓄辮子了嗎？我真不明白你們這些漢人，你們事奉滿族皇帝的時候到底是抱著怎樣的心態，當真是打算忠貞不一，還是幻想著要把滿族皇帝同化了，你們就可以繼續在儒家的傳統下為官，逍遙自在，欺騙自己天下從來沒有變過？

蘇寧聽了這話，勒馬停下來，德米特里淡淡道，你現在這個樣子，如果不作改變，是難容於大清官場的，難有作為，除非你想的是要改變他們……

德米特里兀自往下走，回頭的時候見蘇寧猶自站在原地，太陽在他身後投下了一個不長不短的影子。待蘇寧趕上來，已經神情如常，問德米特里道，你關心的是我的心境，還是大清天下的命運？

德米特里一怔，蘇寧道，如果你真心關心，我們倒是可以聊一聊。可是，你真正關心的應該是俄羅斯的命運吧，你說，像俄羅斯這樣的一個國家，最後要走到哪裡去？一半在歐洲，一半在亞洲，可是歐洲國家未必覺得你們屬於歐洲，亞洲的國家恐怕也沒有把你們當成同類，這真是有點尷尬。

德米特里一時不能回答，只好搖頭嘆道，我從來沒有碰到過像你這樣奇怪的人，你跟我見過的任何清帝國的子民都不一樣。

蘇寧且行且打量這俄國人，淡淡道，你恐怕也覺得自己與別的俄羅斯帝國的子民不一樣罷，所以才會在遠離聖彼得堡的地方遊蕩。但所謂不同，不是也很好嗎？如果為了與周圍的人一樣，埋身在帝國熱鬧的人群之中，哪裡就能夠看到帝國之外的風光呢？不管怎麼說，這個世界還是很大的——這是我離開大清帝國之後的深切感受——對於你來說，想必也一樣，你到了這裡也一定看到了世界更為廣闊的一面吧。

德米特里聽了微微一笑，過了一會兒，說，未必需要遠行才能知道世界的浩瀚——你在聖彼得堡住了這麼多年，可看了一些書籍？

蘇寧反問，你說的是俄國的文學作品，還是那些從歐洲傳來的關於社會主義的著作，那些著作在俄國有許多熱烈的追隨者吧？可是這恐怕不是沙皇樂見喜聞的？

德米特里不緊不慢說，馬克思的那本《資本論》一八七二年在俄國出版了俄文版，說起來，這還是那本書的第一個外文版本，確實，這本書在俄羅斯出現是個錯誤，是條漏網之魚。以沙皇的利益來說，審查的機構不該讓這本書出版，但既然木已成舟，說什麼也太遲了。

他的口氣裡聽不出是不是有抱恨已晚的遺憾。蘇寧揚眉，心中詫異，過了一會兒，才斟酌道，我聽說你是替沙皇辦事的，難道杜絕這些書的出現不是你的責任？

德米特里將眼光投向前方，閒閒說道，責任是一回事，真理是另一回事，你心中願意維護的是什麼？

蘇寧淡淡道，俄羅斯不是我的國家，我關心的自然與你不同。

德米特里道，此話錯了，你們不是也講大同嗎？這個世界到最後無非是同一個，你我今天同時走在這條路上，你不覺得有深遠的意義？他將目光投向地平線處，好像欣賞著美妙的風景，悠然道，世界終將走向同一個方向，所有人都走到一起來，那不是一件鼓舞人心的事嗎？

他說的這樣理所當然，讓蘇寧怦然心動。他們正一路向東，前方的原野籠罩在逐漸熱烈的晨光之中，所有的山巒被耀眼的光線勾勒，有種全新的姿態，好像一切正在被熱情地塑造著。德米特里的語氣帶著蠱惑，或許這是他一貫的說話的姿態，很難不讓人心旌動盪，蘇寧掃了他一眼，想像他在大庭廣眾之下，用抑揚頓挫的語調煽動人群的樣子——他在聖彼得堡去過這樣的場合，難道德米特里也是那些人中的一員——想到這裡，蘇寧不禁皺眉，心中琢磨著德米特里的身分和立場，他究竟贊成什麼，反對什麼。

蘇寧且思且行，走在前面的郡主突然勒馬停下來，回頭張望，陽光毫不吝嗇地照著她，把她的身姿襯托得像天選之人一般；整支隊伍亦緩緩停下，郡主揮手讓眾人繼續前行，自己則退到路邊等候，臉容在晨光裡熠熠生輝。德米特里經過她身邊的時候，看了一眼蘇寧，眼角難免閃過一絲屬於狐性動物的那種狡詰，他自己大概也不想掩飾，就在這個時候，蘇寧已經與郡主並肩而行。

郡主跟他用蒙古話交談，開門見山，略帶羞澀，由衷地說，你是我見過的草原上最特別的人。如果有機會，我也想跟你一樣，可以隨心所欲做自己想做的事。

蘇寧彷彿看著她眼中的自己，覺得自己胸中的一扇門正被打開，關也關不上，打開的心胸有種他自己也陌生的純潔，急於汲取來自外界的和煦光芒，這溫暖來自此時的大地，山河，還有身邊她的目光——他含笑問她，難道你想去聖彼得堡？

誰知少女回答，我不知道我是不是想去聖彼得堡那樣的地方，我大半還是會留在草原上吧，可是我願意跟有能力的人在一起。

蘇寧因為少女的大膽表白吃了一驚，側過臉去看她的時候，更加驚異於她的坦然，她看上去一塵不染，溫柔地看著遠方，神情堅定，彷彿訴說著神的旨意，懷著執著的期待，簡直讓蘇寧疑心是不是自己會錯了意——她說的也許是一些更遠大的理想？這樣才配得上那樣的面容。

然而少女側頭碰到他的目光的時候，露出一絲嬌羞，連忙轉開臉去，握著韁繩的手好像也在微微顫抖，透露心中緊張，但她展顏，微笑蕩漾在臉上如同春日裡席捲過花野的風，氣息溫柔。清晨的空氣實則依舊冷冽，蘇寧深吸口氣，胸中一片澄明，此時眼前世界猶如一張白紙，可以放手塗抹，可是難以下筆，讓他患得患失。

少女繼續說，阿布說你這個樣子，如果不續髮辮，是沒法回到京師去的。可我覺得你這個樣子很好，為什麼要去京城呢？就留在草原上好了。我們可不會管你留不留辮子。

蘇寧失笑道，是誰說我要去京師的？

少女抿嘴不語，過了一會兒才答非所問，道，我也不想去京裡。總有喜歡多管閒事的人——如果您聽說了什麼，可一定要拜託您對阿布曉之以理。她看了一眼走在前頭的德米特里高大的背影，換了一種世故的口吻，道，連日本這樣的小國也不是敵手的話，朝廷恐怕是應該想想要怎樣改變自己了吧。她猶豫一下，小聲道，滿蒙和親這種事怎麼說也過時了。

蘇寧心中咦了一聲，聽少女的口氣，顯然受這俄國人的影響頗深，他於是想起德米特里先前說過的話，心中更添猶疑，難道關於郡主進宮的傳聞不是空穴來風。

可少女說出心中的話之後，心情便豁然開朗，好像把包袱丟給了別人，自己就可以輕鬆上路了，那種單純快樂的姿態很容易感染到身邊的人，蘇寧覺得心情不因此變得輕鬆簡直不應該；只不過德米特里時時回頭，視線疊加著訴說不盡的曲折。

蘇寧望著德米特里的背影，忍不住問少女，王爺是怎麼與他熟識起來的？

少女輕聲笑道，起先阿布不喜歡他，可是這個俄國人帶來了各種各樣有趣的物件，吃的，用的，玩的，大家都覺得新奇，阿布就沒話可說了。再說，他這個人有許多有趣的念頭，後來反而是阿布叫我多跟他接近，聽聽他到底有哪些驚世駭俗的想法。少女說得輕描淡寫，得意道，只有我聽得懂他說的古怪的話，所以阿布也不攔著我跟他接近。當然，德米特里喜歡讓大家以為阿布很看重他，我可也不想說破啊，要不然，我就不能到處玩耍了。

玩耍？蘇寧重複，笑道，只是為了玩耍嗎？

少女笑嘻嘻的，似乎敷衍著，可過了一會兒，迅速瞟了他一眼，一時憂思滿臉，道，草原也不是以前的草原了，阿布也揪心得很。我們都在疑惑著今後要走到哪裡去啊。

突如其來的愁緒如同雲層瞬間遮住了太陽，少女轉過臉去將面紗拉起，或許只是想遮住慢慢飛紅的臉頰，她低聲道，我們快一點，還要翻山呢！說完便快馬加鞭一往向前，整支隊伍於是迅速地移動起來。

少女一馬當先，蘇寧落在隊伍的末尾，不忙著趕上去，但他的目光追隨著前頭的身影，心中有種奇異的感覺，一時分不清自己出現在此時此地，到底是不是自己的選擇，可是他已經沒有可能掉頭而去。那個俄國人一直沒有回頭，姿態中分明有種洋洋得意。

然後，他們逐漸接近山脊，這是古時候烏孫通往龜茲的道路，墨綠的冷杉樹林灑落在遠遠近近淡青的山坡上，遠處雪山反射著陽光。嚮導推測前方道路也許已經飄起小雪，想到即將翻越天山，幾位蒙古人小聲嘀咕著，露出畏懼之色。蘇寧心中卻逐漸生出期待，他本來就是為了冒險而生的。

一路都是杉樹林，人在高大的古木下穿行而過，顯得格外渺小，他們如同闖入神話中人類從未踏足的禁區，必須小心翼翼，不能驚動任何神靈，堅持走下去，才有重新創世的機會。

高高低低的冷杉林連綿不絕，偶爾遇見哈薩克牧民趕著羊群與他們錯肩而過，想來是趕著回山梁後面哈薩克人聚居的瓊庫什台村落，馬隊好幾次差點被羊群沖散，不過總是很快重新集結成隊。天空果然飄起雪來，越往前積雪越厚，可是也沒到難以行走的地步，只不過需要換上冬衣。郡主在西式的騎馬裝外披上蒙古的羊皮袍子，裝束跟草原上常見的蒙古孩子一般模樣，乍看乖巧，可她一雙烏溜溜的眼睛朝蘇寧看過來，蘇寧忍不住失笑，他知道她心中充滿了各種奇異的點子，包括這一趟旅程能夠成行恐怕也有她的功勞。可是長此以往，她的這些奇思異想要在何處安置，他不由替她擔憂，而這何嘗不是他自己的問題，他自己異想天開的那些抱負埋在心裡，不知道最後應該如何收場……

他們向高處行進，淺雪完全覆蓋了周圍的世界，一些小道河流也由於冰凍失去了蹤影，他們想要盡快翻越瓊達坂，可是山巒連綿，一坡接著一坡簡直永無止境；他們在一天內穿越四季，路復下行時，又回到深秋，積雪如魔法般消失不露痕跡，眼前出現大片金色的草原；日落前他們快行抵達河谷，先行的人馬已經在科克蘇河畔紮營等待。嚮導如預言家般宣布前方將會有一座美麗的湖泊出現，然後他們將要翻越另一座更高的山巒，與一座冰凍的湖泊相遇，抵達天山的南麓，接近目的地。蒙古人聽了都歡呼起來，已經無視險途。

天空在夜色中由碧藍轉深，群星密集地相擁而至，杉樹林在黑夜中如同盡忠職守的衛士，可是好像也缺乏通情達理的姿態，不知是保護抑或看守著他們。

蘇寧打量樹的時候，德米特里在他身邊坐下，說，我在聖彼得堡的時候就注意你了。那時你參加過一些集會。

蘇寧知道他遲早要提及往事，在此時星空下彼此心平氣和，正是好時機。德米特里又說，那個時候，我真的不知道該拿你怎麼辦？我完全可以把你投入監獄，也算是交差——而且不得罪任何人，你這樣的外國人在俄羅斯消失了，誰也不會注意吧。我幾乎要下手了，可是娜塔莎出現了。你居然娶了一個俄國女人，這就不一樣了。可是，現在，她已經不在了，一切也就又該重寫了。

蘇寧看了德米特里一眼，他說到別人的痛處，揭著他人的傷疤，可沒有半分不好意思或者同情，可他這樣毫不留情，反而讓蘇寧恍然覺得過去真的已經遠離，與自己不再相干。

蒙古人點起篝火，熊熊火光像映亮了大半個河谷。郡主在篝火的另一邊，跳動的火焰讓她的身影也有種舞蹈的姿態，她的臉在光影交替中若隱若現。德米特里忽然說，有的女子真的不應該錯過。在這方面，你一直很懂得把握。

蘇寧打斷他的話，道，我記起來了，我也見過你，那一次他們討論的是康・列昂季耶夫的觀點，他覺得人間一切都不可靠，不可信賴，他對俄羅斯民族更沒有信心……我看到你，你聽得出神，但是，你本來到那個集會去的目的不是為了去聆聽那樣的預言的吧，不會是為了尋找共鳴？

德米特里臉上浮現一抹謎樣的笑容，轉過臉來，兩人都籠罩在火的熱烈光影之中，熱浪像被有力的手推動著翻湧過來。一個蒙古人快步地走近，擺出邀請的姿勢，說著客氣禮貌的蒙古話，原來是郡主煮了奶茶。

德米特里說，郡主的奶茶很特別，與草原上通常喝的馬奶茶不一樣。

少女嫣然笑道，那是因為喝過外國的茶，自然會想要試著換一換口味。

蘇寧這才見識到郡主出行的排場，雖說是輕裝上陣，但是隨行侍從帶的恐怕都是她的行裝。地上鋪著氈子，木包銀碗的碗托上鏨刻的卷草紋烘托著四色鑲著寶石的花卉。奶茶滾燙，帶著醇厚乳香，加了糖，甜，摻了少許酒，喝下去胃中陡然地竄起一股暖意。

蘇寧說，這不是用一般的茶磚沏的？

少女愉快回答，道，當然不是，這用的是你們商行的普洱茶，你們每年送幾餅過來，結果都被我搶了去。

蘇寧哦了一聲，商行每年從南邊帶上來的普洱不在交易之列，幾餅上好的茶去了哪裡他當然也大略知道，只是沒想到在這裡相遇。

隨行的那幾位蒙古人另起了一堆篝火，火焰乍起時，琴聲和歌忽然也平地響起，蒙古的山嶺讚歌在天山迴盪起來，一人唱著主調，眾人應聲和歌，唱的彷彿也是眼前的這座山脈，蒼涼中帶著一種執拗向前的倔強。少女換回了蒙古的裝束，盤膝而坐，手打著節拍，小聲哼唱著她族人的歌曲，此時的她毫無疑問是個屬於草原的蒙古女子。

蘇寧想起德米特里適才說的話——他說有些女子不應該錯過——猛然一抬頭，意識到自己心中已經被播下了種子，而這種子如果生根發芽是會帶來麻煩的吧，但是他除了任其生長之外好像沒有別的辦法，因為他被眼前的場景迷惑了——漸漸沉溺，不能抽身。自古多少人在讀了陶淵明之後苦苦尋找桃源，他覺得眼睛一酸，不肯再多想一層。

德米特里在此時忽然打算不解風情，說出革命兩個字——似乎理所當然接著剛才的話題，道，康·列昂季耶夫對於革命的預言你記得嗎？

蘇寧嗯了一聲，眼光閃爍，德米特里已經說下去道，他預言革命必將要來臨——你看過一些書籍，應該能夠明白他的預言基於什麼——他說將要到來的革命是社會主義的，既不是民主主義，也不屬於自由主義。

蘇寧驚異地看著他，德米特里的話彷彿打破了某種禁忌，因而他也不應該有顧慮了，所以猶豫了片刻，看了一眼身邊的少女，下決心似地開口道，康·列昂季耶夫說革命不會完美無缺地完成，革命需要服從，因此自由將隨著革命而被廢除。你覺得這是俄羅斯願意嘗試的道路？俄羅斯的問題依靠革命就能解決？

德米特里打斷他的話，搖頭道，不，他預見的不是俄羅斯的革命，而是世界的革命。

蘇寧更加驚奇地看著他，過了好一會兒，才道，我以為你本來的職責應該是要替沙皇的政府消除任何革命的可能性。

德米特里卻懶洋洋道，我的職責跟俄羅斯的命運連在一起。這就像郡主和王爺一樣，他們的命運跟草原在一起。倒是你，你想清楚了嗎，你要把自己的位置放在哪裡？

少女此時困惑著，眼光在面前兩人的臉上游移，喃喃重複道，廢除自由的革命？那為什麼還要革命？

德米特里沉默了一會兒，說，真是孩子，你聽，這孩子想要自由，草原上的孩子想要自由也沒有錯吧——但革命這樣的詞她是打哪兒聽來的，革命——她懂得什麼是革命嗎？革命總是需要犧牲的——你說是不是？

少女一怔，此時犧牲這種詞在她心中根本沒有具體的意義，也不會帶來疼痛的感覺。

蒙古人的長歌繼續著，在無垠的暗夜中，如同點燃火樹，那絢爛的銀花在瞬間綻放飛揚，餘韻飄向遠方，不知在何處消聲匿跡。德米特里嗯了一聲，尾音拖得很長，像在尋找一個答案，他有意無意望向蘇寧。蘇寧疑心這是他的狡猾，要鼓動別人朝他自己的目標靠近，可是火光之中俄國人也面露迷惘，真誠地坦露著自己的疑惑——關於前方的路，也許誰都只能擺出謙虛的態度。

篝火在早晨變成了灰燼，有幾隻鳥盤旋著尋找食物的蹤跡，然後長嘯而去。他們在沉默中上路，只有嚮導哼著昨晚聽到的那首關於山巒的蒙古頌歌。也許是為了鼓舞士氣，嚮導忽然興致盎然說起古時侯西域三十六國，他們走的這條烏龜古道曾經連結烏孫和龜茲兩個西域大國。烏孫曾經是西域最強之國，與西漢結盟，也由於西漢的干涉分裂衰弱，不過以地域來說，伊犁河谷一直是商路的必經之地，改了名字，以不同的姿態接納的還是一樣的東西；而龜茲也一直處於商路的中央，歷來習慣你來我往送去迎來。從兩漢，到三國，西晉，前秦，北魏，唐朝年間這兒一直是佛教之國；宋朝年間，突厥人建立的喀喇汗國改宗伊斯蘭教，對西域佛教諸國發動聖戰，之後龜茲歸附喀什葛爾汗，改信伊斯蘭教。到了清朝，西域版圖重整，龜茲從此改名庫車。他們從伊犁惠遠出發，去庫車，走的卻是與古人相同的一條路……

後半程需要攀登的峰頂更高，風景也更美麗，然而德米特里卻不以為然說最美的風景在拜城的克孜爾村，當地人把那兒叫做明屋依，就是千間房的意思——那是他們的目的地。

嚮導聽了便說，沒錯，那就是我們要去的地方，到了木扎提河的北岸，明屋依就在卻勒塔格山對面的斷崖上。

他們到達木扎提河畔的時候，河谷大片的油菜花正開得飛揚跋扈，而赭紅色的山崖卻寸草不生，河水蜿蜒與之相映，兩岸零星散落著紅柳白楊，一眼望去天地間儼然藏著一幅天然的壯麗圖卷，蒼涼的繼續荒涼，繁盛的則努力綻放。山崖上綿延的石窟就是德米特里口中的明屋依，座落在懸崖峭壁上的那些洞窟有的由棧道相連，有的孤懸在崖壁，依附山勢走向，彷彿是自生自長自凋零的結果，如今的荒蕪讓人油然想起那些消失了的人間氣息；繁華盡去，可是他們卻又熱熱鬧鬧地來了，那些被歲月深埋的應不應該露出痕跡？彷彿是自生自長自凋零的結果，如今的荒蕪讓人油然想起那些消失了的人間繁盛。

嚮導說那些石窟其實由一條內部的通道相連，他也是道聽塗說，沒有試探過深淺。蒙古人在河谷紮營，他們的郡主已經迫不及待策馬往最近的棧道直奔而去，蘇寧與德米特里只得緊隨其後，把嚮導扔在了身後。郡主早有準備，懷中揣著火摺子，只等著照亮傳說中黑暗裡的驚奇，雖然她也不清楚期待的究竟應該是什麼。

他們就這樣闖入黑暗，不發一言，手中的火摺子一時擦不亮，三人聽著彼此呼吸的聲音，說不清是興奮還是忐忑。蘇寧的袖子一角驟然被捏住，他知道那是誰，伸手過去卻被握住，他從那手裡接過火摺子，終於擦亮——火光瞬間將這個世界上所有的顏色都還給了他們。那只是他們進入的第一個石窟，微弱的一點光亮中，券頂和四壁那些線條和形體都還看不太分明，只覺得滿目應接不暇，這無比荒蕪寂寞中竟然藏著一個芬芳熱鬧的繁華世界。德米特里這時也擦亮了手裡的火種，火把像一個小火炬，點亮了整個空間，少女輕輕啊了一聲，朝石壁靠近一步，幾乎要走進壁畫中去。

德米特里擒著火把走了一圈，見少女依舊站在原地，便將火炬舉得更高一點。少女說，這是佛本生的故事。

蘇寧也上前一步端詳，道，沒錯。這是世尊釋迦摩尼還未成佛的前世，無數次輪迴轉生才立地成佛。

少女嗯一聲，聲音裡帶著歡喜，回一回頭，用商量的口氣道，可這跟我看過的那些佛的畫像不一樣？

蘇寧嗯了一聲，說，畫畫不只一種技法。石窟畫像該是受了印度的影響，印度畫擅於描摹人像；不過展露人體本來的樣子在西洋畫裡是很平常的，這看上去竟似也有些西洋畫的影子，這倒是有意思。

德米特里邊走邊說，同一個題材不同的人有不同的詮釋，畫出來，自然有不同的風格，如果類似，你說是誰影響了誰。

蘇寧說，非要說影響嗎？也許不過是殊途同歸而已。

少女想了想，轉身朝下一個洞窟一徑走去，穿過一扇扇小門，轉眼過了好幾間石室，居室中還看得到遺留的灶炕桌椅；佛殿則供養著佛像，主尊釋迦摩尼佛在主室正壁，兩側是各種本生故事和菩薩說法圖；後室有佛的涅槃像，面容安詳，端然已經滅盡煩惱，超越生死輪迴⋯⋯一個石窟接著另一個，綿延不絕，彷彿迷宮，走不通了，就回頭，在另一個轉角處往往別開生面又藏著一方新的天地，描繪著眾生的疾苦和超脫的喜悅。

少女走著走著，忽然停下來，回頭道，革命是為了解決佛也解決不了的問題嗎？但會不會到最後也不過是殊途同歸呢？同一個問題不同的人有不同的解決方法，要改變應該也不只革命這一種方式？

德米特里聽了一愣，隨即哈哈大笑起來，聲音響徹整間洞窟，像對著回音壁，傳達到了洞頂又嗡嗡折回，聽他朗聲道，你聽聽她說的話，在佛的面前說革命——也只有她想得出來！可是，誰知道呢，也許革命者身邊就是需要這樣冷靜的頭腦啊；所以，至於誰會影響誰，妳應該可以想清楚，這是不言而喻的。

蘇寧沒有想到他會這麼不著痕跡說出這樣模稜兩可卻鼓動人心的話，輕而易舉想要左右別人的想法。他走在最後，看著前頭兩個人的背影，默默想著心事。

也許是因為受了震動，灰塵撲朔朔地飄下來，他們抬頭，舉高火種，原來上頭還有個穹窿頂。少女咦一聲，瞧著風格迥異的洞頂，呆了呆，繼而興奮，拍手道，這就是你要找的那個波斯風格的洞窟？

德米特里顧不上回答，只管抬頭凝視，彷彿不知如何是好，喃喃道，果然如此，這洞窟果然是存在的！你看，這上面簡直跟歐洲教堂的穹頂一模一樣，你說究竟有誰來過這裡，或者是這裡的人到底去過哪裡？他環視四周，夢遊般轉入左右相連的石窟，貼著石壁細細端詳，激動地指著石壁上的畫像，說，這些供養人分明穿著歐洲中世紀貴族的服飾；他們身上的十字型寶劍與歐洲加洛林王朝時期的根本是一個模樣。

蘇寧淡淡道，當然也可以說這個地方跟歐洲都受了波斯與突厥的影響，你看他們配戴的匕首是不是也帶著波斯的古風。

少女不出聲，舉著火把繼續往前，好像專心致志在黑暗的洞窟中探索一條通道。左右石壁忽而出現跟真人一般大小的供養人的圖像，彷彿華服列隊而行，少女的身影在忽明忽暗中好像加入了畫中人的行列。後面兩人緊隨其後，小心翼翼，屏息而行，似乎怕驚擾了沉睡的魂魄，失去同行的機會。

少女忽然轉身問，這是歐洲騎士的打扮？

德米特里像驀然驚醒，一拍額頭，醒悟道，沒錯，這正是歐洲中世紀騎士的服飾，居然在這裡出現，真是謎樣的過去。

蘇寧淡淡說，龜茲國是靠商路興盛起來的，這自然是經商互通往來的結果。

少女急忙道，蒙古帝國的時候也是一樣。

這是蘇寧第一次聽少女提到蒙古往事，她的臉孔籠罩在一圈金黃的光線下，唇角微揚，口氣故意輕描淡寫，不過流露出她無法掩飾的驕傲。德米特里在少女耳邊說了句什麼，鼓勵她繼續說下去，少女於是道，蒙古帝國是一個海洋和陸地的帝國，帝國疆域控制了世上最富裕的貿易路線，從中原北方的城市開始，穿過河西走廊，和維吾爾綠洲，中原和草原連結一體，也結合了穆斯林的商業勢力；海上貿易從東海的海港出發，貿易船隊經過那些穆斯林的國家，甚至去得更遠。她轉向德米特里，老氣橫秋對他說，您可以想像那時的世界是多麼和衷共濟嗎？您如果對這些壁畫覺得著迷，那蒙古的歷史恐怕會讓您更加驚奇呢。

德米特里聽得出神，不覺點頭道，我知道這就是你們王爺心中的榮耀。蒙古帝國的過往的確讓人心盪神馳，彼時的世界也許真的相隔比我們想像的要近得多。若說我對未來的期望，這樣的世界不正是我們想要的？只是世界已經老朽，過去無法複製，想要彼此聯合起來，在往後只能用我說的那種方式達到，一勞永逸改變一切。

這時火把濺出幾顆火星，發出輕微的一點劈啪聲，少女將火把高舉過頭頂，照著石壁上遙遠異國的凡塵俗世，佛本生的故事已經轉換成了世俗生活。

德米特里感慨道，我們誰不想被照耀著。今後能夠帶來榮光的是什麼呢？我看，只有革命。而且，那將是世界性的變革，多麼讓人熱血沸騰。

蘇寧迅速看了他一眼，心裡不是沒有一絲驚懼，眼前這個人滿心已經被革命的念頭填滿，而且孜孜不倦要把這念頭灌輸到身邊每個人的心中去。

而少女站在石壁之前，在朦朧的光線中，好像選擇了壁畫中的世界，正要離他們而去，她伸手觸摸石壁，彷彿輕叩大門，然後下意識摩挲著指尖，好像沾了牆上的塵或色彩，她輕快道，那麼你跟我講講革命究竟是怎麼回事吧，你能說一說那一場場偉大的革命嗎？

德米特里此時滿意地含笑點頭，端詳著那些繁複絢爛的色彩和圖案，回身跟少女保證，說，我會讓妳了解一切的。

他是如此自信，覺得自己穿針引線，擁有把各種各樣的命運編織到一起的能力。

如果有時間，德米特里會喋喋不休跟郡主從頭敘說法國革命的來龍去脈，他當然化過功夫了解一七八九年法國的那場大革命，還有一八四八年那一場更激動人心，結束了傳統政治核心；前一場產生了《人權宣言》，後一場孕育了《共產黨宣言》，哪一場更鼓舞人心或者激勵著他自己的心靈，其實他自己也說不準——或者美利堅的革命也可以說一說，但那確實不是他十分關心的，而且他有些藐視新大陸的種種。蘇寧感覺的沒錯，德米特里的確滿腦子充斥著革命的念頭，他想迅速改變一切，要找各種理由說服自己——解決一切問題的靈丹妙藥就是革命，但過去的對他來說已經失去了意義，他迫不及待想要擁抱未來將要發生的一切。

在這之前蘇寧還沒有認真想過革命這兩個字，也沒有想過這會成為一條自己真正踏足的道路，他一直把希望寄託在君主的開明之上，覺得憑著一個強大的中央機構就可以實現有志之士的各種理想。德米特里提醒了他另外的可能性。這是他原本沒有想到的——迅速變革的可能是這樣誘人。

世界充滿了未知。

他們也沒有料到的是這趟拜城之行最終匆匆結束，土謝圖汗部王府快馬傳書到惠遠，惠遠的王府管家再馬不停蹄著人趕到拜城，王府急召郡主回庫倫。書信上沒有寫明原因，少女有可怕的預感，當夜便啟程，只有蘇寧陪同在側。

這是一趟奇異的旅程尾聲，他們突然變得親密無間，可是無比憂傷。

少女在路上流淚，她告訴蘇寧，她覺得母親要離她而去了，她的悲傷如此強烈；蘇寧卻無從反駁和安慰，生離死別的無常像大山一樣壓在他們面前。蘇寧忽然也有預感，這將成為少女安逸生活的分水嶺，而且多半是因自己而起，他對命運如此安排充滿了歉意。他們日夜兼程，同乘一騎——這讓他想起初見時她差一點墜馬的險境，那一次彼此只有一瞬間的接觸，當時他心中就已經震撼不已；此時在寒夜中，他們靠得如此近，感覺得到彼此的溫度，他的心徹底融化了。天空繁星密布，他抬頭看見一顆星殞落劃過天際，啊了一聲，少女靠在他胸前，他看不見她的臉，不知道她是醒著還是依舊沉睡，他內心深深覺得難過，可是卻逐漸堅定起來，好像重新找到了生的目標——也許這就是這一趟旅途的全部意義。

福晉終究沒有能等到郡主回程，消息已經抵達惠遠。郡主下馬的時候腳一軟，倒在了蘇寧懷裡；管家數日之內似乎蒼老了許多，打量他們，一言不發。他早已打點好回謝圖汗部的行轅，次日啟程。

蘇寧清晨去道別的時候，管家將他攔在驛館之外，只管寒暄，兩人都心不在焉。管家自己也沒有意識到同樣的話重複了許多遍——郡主自小順風順水，往後可要怎麼好？

他們彷彿無可奈何等著一個新時代的開始。

出發的時候到了，蘇寧與那些看熱鬧的陌生人中間，遠遠望去，侍女打著淡茶色的傘，遮著陽光，少女一身素裝走在傘下，一眼瞥見蘇寧，眼圈一紅，豆大的一滴淚滾自眼角滾下。送行的女眷將他們隔開，她被簇擁著上車，車隊緩緩行進，消失在視野之外。

他們再見是在一年之後。

在草原上，蘇寧還是先看到那一柄淡茶色的傘，少女在傘下款款走來，後面隨從眾多的隊伍在綠野間蜿蜒而行。蘇寧負手站立，見面固然歡喜，可也患得患失，怕這美麗的圖卷只在自己面前展開一瞬，就要合攏。少女走到他跟前，目光與一年前有些不同，沉著安靜，說出深思熟慮的話，貼著他的耳邊，用只有他們兩聽得到的聲調，她說——你要帶我走。

蘇寧這次在圖謝圖汗部的領地，是郡王的客人，德米特里與他同行。因為有蘇寧的存在，德米特里躊躇滿志，一面打算淡出草原生活，讓蘇寧接手過去他在草原上的活動；一面放手規劃，要將自己的精力放到屬於歐洲的俄羅斯。這是德米特里在拜城作的決定——當時蘇寧伴隨郡主離去，德米特里留在當地，繼續他在佛教洞窟中的探險，同時覺得心滿意足，因為自己潛心的規劃終於卓有成效，他看見未來的藍圖。

德米特里回到惠遠之後，蘇寧曾經問他，到底為什麼要走這一趟，德米特里沒有再琅琅繼續關於革命的宣言，只是簡單地回答，這一趟很值得，我終於想清楚了一些疑難的問題。

蘇寧有種宿命之感，覺得一切身不由主。

當然有一些事件要稍等時間醞釀之後才能看清楚。

這一年中，德米特里與蘇寧相互影響，他們似乎應該同舟共濟，可是各自心中難免有些小算盤，衡量著輕重緩急，他們成為盟友，可也相互提防。德米特里一直掛在心上的巴德馬耶夫的威脅倒是迎刃而解，他原本擔心這個亞洲人的勢力在沙皇面前膨脹，勢必會影響自己這個亞洲通的地位。蘇寧在這上面表現出高瞻遠矚，三兩撥千金對他指出其中關鍵——中日戰爭之後，大清落敗，俄羅斯需要防範日本日益壯大的勢力，因此巴德馬耶夫用武力奪取清帝國西北及西藏的計劃是不可能再被認真考慮了，俄國不可能有這樣的餘力同時應對各方面威脅。

德米特里知道他說的有道理，可忍不住提醒，你覺得大清為什麼落敗？

蘇寧嘆口氣，終於承認他說得對，也許，只有革命才是出路。

可是蘇寧固然對天下大事有獨到的見解，可是對於私事卻如同墜入五里迷霧，無法決斷。而且，德米特里也錯了，他一直以為郡王抱著滿蒙一家的態度，郡主的親事大半應該是以滿蒙和親為目的。然而郡王心中另有計畫，為郡主議親的對象是南蒙卓索圖盟喀喇沁郡王旺都特那木濟勒的長子貢桑諾爾布。貢桑諾爾布已有位居正位的嫡福晉，是肅親王善耆的妹妹善坤——後來，眾人盛傳也許這就是郡主不滿意這門親事的原因。

德米特里聽郡王說起此事，心中倒是咯噔一下，他對滿蒙事務到底是隔了一層，沒有能夠摸準王公的心思動向並不奇怪，站在他的立場，滿蒙一家不是他樂見的，如果是南蒙與北蒙之間的親和他倒可以鼓勵一下。因此，他情願對蘇寧與郡主的事推波助瀾，因為那是他在草原上落下的手筆，怎麼樣也不願中途而廢。

後來，人們傳說，郡主被逐出家門是有多重原因的。她與蘇寧私奔固然是其中之一，一位郡王無法與另一位郡王交代也是傷腦筋的癥結；加之蘇寧是漢人，蒙古人不與漢人通婚，也是越不過的障礙；另外，蘇寧與俄國人走得近也是郡王忌憚的，他本來覺得自己禮賢下士，與這位才子彼此至少有些惺惺相惜之心，到最後只好覺得蘇寧不管在何種道義上都背叛了他。

最後，蘇寧帶著郡主離開，卻還是留在了草原上。

郡主亓亓格歿於光緒二十二年，難產留下一對雙胞胎，應之和素之。

德米特里覺得非常難過，他曾經斷言她是革命者身邊不可缺少的冷靜的頭腦，如今，他得到了革命者，卻失去了一縷溫暖明媚的光。

蘇家與王府的關係從此再難修好。

買賣城，一九一八

深夜的低訴，並不能帶來事實的全貌，過去的事也許最後都會消失在時間的長河裡，只能供人揣測。阿罕與他們說了整夜的話，各種的回憶碎片勾勒出似是而非的過去，可這樣的夜裡，他們之間好像和解了。從哪裡來，到何處去，在親情面前變得不重要了，剩下的只有依依惜別之情。

告別的時候，阿罕最難捨的是那小小的孩子，他語氣帶著傷感，道，孩子往後會將我忘記吧，她那麼小，此時種種恐怕難以留下記憶。

素之一怔。

阿罕似不甘心，又追問道，往後，妳會怎麼跟孩子解釋過去？他見素之總不開口，急道，難不成，妳從此瞞著她，再不提起她外祖母的家族史。

素之輕輕道，到了時候我自然會跟她說的。然後黯然一嘆，道，我要跟她說什麼呢？連我自己也沒有見過我自己的母親。我從小聽人說她長相秀氣，知書達禮，寫一手好詩好字，聽多了我總錯覺她是關內讀書人家出來的小姐。也許，這就是父親心裡的一廂情願……

阿罕走了。

這也好——應之跟素之這樣說。晨光中，天遠地高，過去已經倉促地結束，似乎是為了讓他們接下來可以責無旁貸負起另一些責任。

年輕的俄國人安德烈在等他們，見到他們立刻從坐著的石凳上跳起來，順手在石凳上按熄了半截菸。他似乎一早就坐在那裡，因為這個位置遠遠望得見茶交易市場的磚樓。年輕人穿著軍隊的制服，領口的扣子敞開著，顯得沒精打彩。

應之說，該刮刮鬍子了，要不怎麼見新娘？

安德烈眼睛一亮，手中的菸掉在地上也沒有察覺，急著要一個確認，追問，此話當真。臉上已經清風萬里無限陽光……

安德烈當日就返回了恰克圖。

恰克圖，一九一八

葛都賓家終於開始準備婚禮。

伊萬央托米夏帶來的貨本來都是為了籌備婚禮採辦的，到此時才張羅開箱。奧嘉看著一箱箱暗紅，金黃，深藍的天鵝絨裝飾面料和垂飾，笑著搖頭，跟素之抱怨道，給人這樣不合時宜的奢侈印象，在這個時候有什麼好處呢？

素之一面數著箱子，一面在眼角餘光中看到女孩子燦爛的笑容，她願意被那歡樂傳染，只能也愉悅地回答，妳父親想要妳開心。

奧嘉一怔，忽然決定打定主意拋開煩惱，一門心思喜氣洋洋。

素之呀一聲，終於找到她要找的那口箱子——沒錯，除了奧嘉，他們都知道箱子裡裝的是什麼，此刻全都等著她掀開那蓋子那一刻的驚喜——那襲婚紗從巴黎訂製，雲般的袍子如同夢般從那箱子裡升起，沒有人在那一刻開口。奧嘉捂著自己的嘴，好使自己不會尖叫；然後雙手移到胸前，像要按耐住那快速的心跳——她太快樂了，像被賦予了自由飛翔的翅膀，這一刻，她覺得自己愛這個世界所有的一切。

素之感覺到身後有人走近，側身一看，正是米夏。她將一縷散髮挽到耳後，雙手抱在胸前。米夏湊近一點，才聽得到她說，你居然在這種時候費那麼大勁，把這些東西運過來。

米夏在她耳邊輕輕道，現在你相信我了？我是真心祝福他們，希望他們幸福快樂的。

素之側頭看他，在一群歡笑的人中間，他的表情異常嚴肅。

有咚咚的腳步奔近，不用說是那個小女孩，她跑得飛快而且專心，如同一枚離弦的箭，在大人身邊急收住步子，驟然站定，嘩地一聲，由衷讚美說，這就是奧嘉姐姐結婚要穿的袍子？在整個蒙古和俄羅斯，我沒有見過更美的袍子，在整個世界都沒有。

米夏低頭，笑著問她，妳知道整個的意思？妳可知道這整個世界究竟有多大？

小女孩不理會他的問題，昂首宣布，我要看奧嘉姐姐試穿她的袍子和那一襲綴滿小珠子的頭紗。

那是婚禮前的星期六，正是烤婚禮麵包korovai的日子。廚房裡飄出歡快的歌聲，一曲方罷，緊接著另一曲，烤麵包的幾個女人心情愉快，笑聲歌聲一直沒有歇下來。具備參與烤婚禮麵包的資格得首先擁有幸福的家庭，怎能讓人不珍惜這份殊榮。麵包上代表吉祥的裝飾有玫瑰，日月星辰，相互依偎的鴿子，女人們花了一天的時間細心捏造這些藝術品。

新娘跟她的女伴們在一起，她穿起婚紗，女伴們將門打開一條縫，看到走廊一端的新郎的時候便呼一聲關上。屋子裡爆發出頑皮的笑聲，新郎遠遠瞧著那門，鬆口氣，回頭走開去，像夢遊一樣穿過走廊，他知道整間屋子，整個小城，都在為他們忙著，這份人情簡直承受不起。

伊萬出出進進，走到哪裡都能聽得到自己的心跳，像一把鐵鎚，一記一記在心房中撞擊。最讓他煩心的是不管走到哪裡，總能看到馬林的身影，像一個不請自來的固定裝飾，總出現在某個角落，在忙碌的人群之外冷眼旁觀——他究竟要找什麼呢——伊萬努力在每個人面前擺出一張笑臉，同時掩飾自己的緊張。

安德烈也讓他擔心，他覺得那孩子有事瞞著自己，但是手邊的事千頭萬緒，也顧不得太在意，更重要的當務之急是他們要離開恰克圖了，行裝待整，幾十年的生活要裝入幾口箱子中帶走簡直不可能，而且要盡量避免讓人看出他們將要遠行不歸。

安德烈換下了在買賣城穿的制服，他的年輕少了一層盔甲，彷彿將所有的軟弱暴露在外，讓他顯得徬徨無所適從；而且馬林的目光卻並不友善，像在看一場笑話；這讓安德烈對自己也忽然懷疑起來。奧嘉也覺得他比之前沉默，那些藏在心裡對未來的憧憬像在一夕間失去了顏色；他們大多數時間在屋子裡，從窗戶看出去，原野是他們自小熟悉的，依舊廣闊無邊；天上總是有飛鳥掠過，明明振翅飛到了天邊，卻又翱翔著返轉，像他們自己一樣失去了方向感。

奧嘉問他，也像在問自己，我們真的需要走嗎？留下來的也許也沒什麼。

安德烈沒有答案，以沉默代替回答，嘆口氣用手臂將她攬住，坐在自己身邊。

婚禮前，他要去趟托斯高薩維斯克，他不得不走這一趟。從恰克圖往北大約四公里，路途不遠，他與米夏同行，感覺卻如同長途跋涉。一路上天氣不好，頭頂總是烏雲壓陣，他們不約而同有不好的預感，可都不願開口點破。安德烈知道自己目光閃爍，像個做錯事的孩子，可是怎麼也控制不了自己心中忐忑，彷若站在懸崖之畔。

托斯高薩維斯克原本是為了支援恰克圖而建，稍微遠離邊界，平地上營造出一個俄羅斯小鎮，許多恰克圖的商人將家安置在此，葛都賓家在這兒有房子，也建了倉庫，小城面面俱到布置著商鋪，學校，醫院，原本假以時日也許有機會獲得更重要的機會，甚至與南邊的恰克圖接壤起來，但是這樣的藍圖至少在此刻已經被放棄了。

米夏冷眼瞧著安德烈，等他給自己揭露他藏在此地的祕密，或者祕密根本在他心中——這當然是此行的目的，難道不是嗎？可是安德烈卻像夢遊一般，一進入小鎮，就顯得腳步虛浮，彷彿冰上行走。

葛都賓家的房子空置了一段時日，蛛網和灰塵無可避免地侵蝕了往日有過的熱鬧，空氣中漂浮著的陳腐的氣息，好像一切在迅速走向衰敗。

安德烈檢視著每個房間，彷彿在尋找關於過去的記憶的痕跡。米夏有無限耐心，是安德烈自己沉不住氣，頹然說，不用去看倉庫了，東西不在那兒。

米夏豎眉奇道，誰的東西？伊萬的？還是你的？你說的東西到底在哪裡？

安德烈避開他的視線，說，是，那兒的確有些東西，伊萬有一批槍藏在醫院的倉庫，他想一起帶走，在路上可以轉手。然後遲疑說，可我沒有東西在這裡。

米夏死死瞧著他，安德烈終於和盤托出，說，我手上並沒有黃金……我手上什麼也沒有……他話出口，被米夏的表情嚇到，囁嚅著許久，終究再說不出一句話來。

米夏退後幾步，被椅子擋住，只得緩緩坐下來，然後說，讓我好好想一想。

婚禮近在眼前。

丹東似乎心無旁騖，像個天真的孩子般雀躍，俄羅斯婚禮的風俗的確讓他覺得新鮮。他拿了兩杯酒，攔住米夏，興致勃勃要乾杯，在他看來，所有疑難均已塵埃落定，抱怨也帶著玩笑的口氣，對米夏說，那個傢伙是怎麼回事？整個婚禮就數他最不開心。

米夏朝馬林望去，馬林已經起身，背轉離開，頭頂彷彿飄著一片陰雲。米夏左手不由自主伸過去摸著自己的右臂，想了想，對丹東說，你讓安德烈到馬林的房間找我。然後跟著馬林走了過去。

人群之外任何一個角落都顯得過分寧靜。米夏在空無一人的走廊裡想了想，然後他聽到輕微的喀嚓的聲響，皺眉走到馬林的房間門口，試著推門，門竟然沒有鎖。馬林站在屋子中央，手中拿著一柄槍，槍對著米夏，顯然剛上了膛。米夏並沒有顯得驚慌，馬林卻更為緊張，握槍的手微微顫抖，低聲說，進來，把門關上。

米夏按他的話做，似乎沒有看到槍的存在，語調平常道，我以為我們有共識。

這時，樓下院子中傳來一陣喧嚷，似乎一時間來了許多人。

馬林也豎耳傾聽，自己退後一步，卻呵斥道，別動。他有些吃驚地看著米夏，他覺得米夏臉上有個神祕莫測的笑容。

米夏沒有再走上前，等著他開口。馬林張了張口，覺得喉嚨不知什麼時候覺得異常乾涸，他恨米夏臉上的那個笑容，終於恨恨出聲，道，你欺騙了黨的信任，我要盡我的責任。

米夏溫和地看著他，重複道，我們有共識。

馬林恨聲道，什麼共識，我要揭發你。你自己做過什麼，你自己知道。

米夏似乎詫異，問，我究竟做了什麼？

馬林說，你的手根本沒有受傷，你騙取黨內領袖的信任，你要圖謀不軌。

米夏愕然而笑，彷彿他講了個笑話，並非威脅。

這時外頭走廊裡也傳來一個人的腳步聲。馬林更顯惱怒，而且緊張，冷笑道，我怎麼會與你這樣的人有共識，莫斯科來的工作組今天就到，負責向他們報告的是我不是你。安德魯的事我自有打算。至於你，你總歸咎由自取。你以為我會與你同流合污，那是做夢。

米夏微微皺眉，道，黃金的事你要怎麼跟上面交代。

馬林冷笑道，那是我的事，不勞你費心。

米夏忽然臉露憂色，側耳傾聽外頭走廊的動靜，那腳步聲在門外停住，眼看就要推門，米夏臉色一變，矮身跨出一步，帶著攻擊性；馬林也許是想要喝止，可來不及張嘴，手中扳機已經扣下。米夏從旁讓了開去，門剛好在此時打開，槍膛中射出的子彈正好當胸擊中。馬林眼看安德烈倒下，一愣的瞬間，被米夏抓住手腕，反轉抵胸，硬生生扣下扳機，倒下時，驚懼的眼睛還來不及合攏。

米夏覺得自己聽見鮮血汩汩而流的聲音，遙遠的記憶驟然被喚醒，那是在漢口。那一天，他覺得自己這輩子再也看不得血了，但是沒有想到自己此刻還能怎樣鎮定自若地站在這裡。他居然覺得鬆了口氣。

雜亂地腳步聲從樓下湧上來，米夏凝立如同雕像，緩緩轉身。對所有人他已經有完美的解釋，唯一難以面對的是其中那一雙眼睛。

第九章

輪迴年代

香港2023／2003-台北 2023-香港2003-紐約1956-
莫斯科1956-紐約1963-恰克圖1919

香港，二零二三

二零二零年到二零二三年，世界基本上停頓。在這期間，人們常常說起一九一八年的西班牙流感，不過沒有預期這一次的大規模疫情也會持續那麼多年，所有人都疲憊不堪。可是即便是跌跌撞撞，也還是要往前走，只是即便在這樣艱難的時刻，人們好像還是沒能夠拋開成見共度難關，紛爭不斷，俄國在二零二二年在烏克蘭點燃戰火，同時全世界的視線亦落在另外幾個有可能引爆戰爭的地區，包括台海。

然後，終於要走入後疫情時代。亞洲協會的這一次晚宴算得上是城中盛事——大規模的聚會終於又可以進行，而且還邀請了澳大利亞前首相在宴會上就他的新書《可以避免的戰爭》作一席對台海局勢和中美關係的對談。誰都對標題中所謂的戰爭的可能的交戰雙方心照不宣，誰都想問這個問題，所有難題數不清，理還亂。

結果，會上有人提問——提問者是某大銀行駐香港的外派人員，他自座位站起來，接過話筒，姿態充滿儀式感，彷彿要承前啟後，開天闢地地做一番大事，可是開口的時候問的是一個常人問的問題，他說，如果有事發生——如果有任何事發生，我們這些人——你明白我說的是誰——我們在這裡住了那麼多年，以此為家——如果衝突一旦發生，我們要何去何從——香港還能像過去一樣保持一種中立的位置，給人提供一個避風港嗎？

聽到這個問題，費烈從自己的座位起身，走出會場。宴會廳的另一端有人一直注意著他的舉動，此時也悄悄跟著離開。

費烈沿著台階往下走，聽到身後有人叫他的名字，他驀然回頭，看到的是涂彌。

他站在台階的地段，她還未走下來，酒店的客人從他們身邊走過，他一直仰頭著頭，短暫數秒如同若干年遲緩時光，他聽見自己問，妳一個人？

她走下來，到他身邊的時候，低聲說，他在裡面——我們想跟你談一談。

費烈略為猶豫，點了點頭，說，談一談沒有問題，不過，對未來我們其實都在觀望之中。

這一刻他想起的是二十年前與涂彌在香港相遇的情景，相比那時，她已經完全康復了，靠著自己的力量也可以在人生路上走下去了。

香港，二零零三

SARS剛剛結束。

費烈從三藩市轉機飛往香港。

如同在夢中，他回想席老跟他交代的每一句話。這一次去香港，他要去熟識一個人，讓她了解自己；而關於她的一切，也許他比她自己還要了解。這個人就是涂彌。

席老是這樣跟他說的——這是我們接近杜家的一個機會，此時她離開杜家，異常脆弱，正好是你接近她的時候；但是，他們會再來找她的。

涂彌是意外的受害者，官方的說法是綁匪本來要綁架杜家大小姐杜琥珀，可是找錯了人。費烈從頭到尾都關注著整個事件，比杜家更了解事情的來龍去脈，可是無能為力改變什麼，多少有些負疚感。

事情始作俑者是俄國人，當時，費烈氣急敗壞繞過席老，直接找到康斯坦丁諾夫，質問是怎麼一回事。康斯坦丁諾夫陰陽怪氣地說，在紐約的俄國人又不止我們，盯上他們家的也不止我們。

席老沒有干涉，可是將一切看在眼裡，但在那時候，他心中已經有了計劃——他想要與杜家聯手，也願意讓費烈能夠找到快樂，哪怕是一時的也好；這孩子，他想成全他——因為他想起慧慧，心中難免一軟，他覺得凡事也不用急，所謂放長線也有道理，暫且先靜觀其變也好；事實上，對未來他也沒有把握，誰知道會發生什麼事，也許順其自然讓年輕人得償所願也不是一件壞事。

費烈作過各種假設，要如何跟涂彌相遇，彷彿自己是一位小說家，可以任意編織故事，甚至塑造世界。

他知道她住在哪裡，在哪裡工作，知道她表面平靜，實則正徘徊在精神崩潰核修復的邊緣。最後，他只是選擇了最單調沒有火花的作法，只是單純地出現在她的身邊，讓她習慣他的存在——不管怎麼說，那時他們是同事他在教書，穩步走在以終身教授為目標的授業道路上；她躲在學校IT部門的電腦螢幕後面，沉默得讓人覺得心酸。

他亦給人木訥的印象，可是因為電腦的問題時時出現在IT部門，讓好事的部門中的大姊姊自以為看出端倪，竭力撮合他們，他一副順其自然的樣子，而她實在是累了，想要一個肩膀可以靠一靠……

可是，他始終沒有跟她提起，那一年他們曾經在紐約大學圖書館的偶遇。那是一九九八年，竟然已經是上個世紀，恍若隔世。

台北，二零二三

費烈在客廳等杭老。

陽明山上的房子俯視著台北市。夜景總是有特別吸引人的魅力，遠處薄霧中的城市燈光在微微搖曳閃爍。

他記得第一次坐在這裡的時候，席老佇立在落地窗前良久，那是在慧慧出意外之後。那天大霧，外面其實什麼也看不清，可是席德寧固執地遠眺不回頭。費烈望向外頭白茫茫一片，終於看清霧氣湧動，他鼻子一酸，眼淚要替他與她掉下來。然而席德寧在那一刻回頭，臉上並沒有特別悲愴的表情，朝他努努嘴，也許是示意他該擦一擦眼角，因為杭老的腳步聲已經在門外。

這一次來，恍若隔世。祕書推著輪椅進來，杭老伸手跟他相握，足足過了半分鐘也不放開，他說，終於能見面了，希望這惡夢已經結束了。誰想得到疫情三年讓我們這樣艱難。

費烈坐下的時候，杭老道，我心力憔悴啊。

費烈傾聽，杭老接著說，我覺得這兩年，我們都困在了孤島上。不是光是因為抗疫，封鎖，斷航，爭吵，死亡，失望……他停下來，兀自搖了搖頭，道，你說這種孤立無援的感覺是哪裡來的？難道是我老眼昏花，感覺出了差錯？

老人在那一瞬間露出軟弱，像個尋求幫助的孩子，看著費烈。

費烈起身，幫他把桌上的紫砂保溫杯拿過來。老人喝了一口暖茶，閉了一會兒眼睛，重新開口的時候已經鎮定，他說，這個世界又要被分割開來了，按理說現在比任何時候都需要有人做橋梁。說到這裡，他的嘴唇抖了抖，眼神一黯，顯然有些要求的話說不出口。

費烈動容，側身對著老人，想要給他一些安慰。杭老眼睛裡露出期待，但是說任何保證的話都不是費烈的習慣。他想了想，說，我從香港過來，來之前先去探了監。

老人揚眉，抬眼看他。費烈接下去說，是為了替這邊的一些朋友帶幾封信。都是年輕人。我便跑了一趟。當然，這兩年，這也不是唯一的一次。現在，我能做的，也做得到的也只有這麼一點點，不值一提。

老人等著他說下去。

費烈接著道，這樣一來一往，監獄的教官我也認識了幾位。有時也會輕鬆聊幾句，聽他們說以往來探監遞送的都是些香菸之類解乏解悶的日用品，現在倒是不一樣了，送進來的都是書和報紙……

老人哦了一聲，一時不予置評，過了半天，才說，我本來一直相信所有的矛盾是會有更好的解決方式的。看來，我顯然是老了，年老而且天真，就是錯了，而且愚蠢。

費烈道，您不可以這麼說。有好的願望有什麼錯。

這不夠。老人搖頭，然後說，讓人心痛。

香港，二零二三

費烈從台北回到香港，康斯坦丁諾夫也接踵而來。

俄烏戰爭已經進行了一年，仍在繼續。西方各國陸續表態，形成聯盟，對俄羅斯實施經濟和金融制裁。

康斯坦丁諾夫替自己倒了一杯酒，站在這半山公寓的窗前打量維多利亞港口的水面，看了一會兒，開口時先問候仍舊在箱根的席老。

費烈說，你可以去拜訪他。最近，他恢復得很好，現在醉心寫字畫畫，只是不打算再出山。

康斯坦丁諾夫不以為然道，你們中國人都喜歡這樣，江湖太亂，就歸隱去畫畫寫詩。然後他用不在乎的口氣說，日本我暫時還是不去了。日本制裁俄羅斯，跟美國站在一起——我倒是想在紐約跟你見面，無奈不合適，犯不著去挑戰那些可能的麻煩。他半真半假，自我欷歔，道，所以，我只能來香港。

費烈站在他身後，像是隨口提起，道，我在紐約的時候，去了大都會博物館，出來的時候，博物館斜對面正好就是烏克蘭學院，我走進去看了幾個展覽，那幾個展覽都跟戰爭有關，其中一間展室掛著許多附帶著簡介的照片——照片上的都是平民，都從事藝術創作，芭蕾舞者，指揮，小提琴家，劇作者，作家，電視台主持……但所有人都不在人世了，過去短短一年中，這個國家經歷了巨變——放下原本的職業，拿起武器——你看人民願意戰鬥——甚至還有孩子，其中一位穿著芭蕾舞裙，曾經是充滿潛質的未來舞者，不過也在城市轟炸中去世了——你覺得呢？對這場戰爭，你是怎麼看的？

康斯坦丁諾夫皺眉，看著城市夜之燈火，說，我也不喜歡戰爭。可是，深陷泥沼的時候，要怎麼抽身出來，你倒是說說看？你有這樣的感覺嗎？一腳踩在爛泥裡，沒處使力——我這次來之前去了我們家族長輩的墓地——墓地是前些年我替他安置的，他在大清洗年代之後獲罪，說起來也當真不值——最壞的已經過去，他卻偏偏自投羅網，但是這種倒霉的事，在我們的國家，就這樣存在著，過去，和現在，都一樣，但麻煩卻偏偏正是我們自己的選擇，不是嗎？

費烈問，你說的這位前輩就是跟你同名的那一位？

康斯坦丁諾夫臉上有個神祕莫測的表情，可並不否認。

他究竟做了什麼？

康斯坦丁諾夫搖頭，語氣頗為意興闌珊，說，我也不清楚，歸根結底，他是對這個世界太放不開手，大概一開始有太多執著——傾注了太多感情，也許那就是愛——他應該是熱烈地愛著這個世界的——然而，那些感情到後來畢竟是全都被慢慢地消耗了——連生命也是如此。

他搖搖頭，還在兀自感嘆，可是他說話的口氣和用詞簡直不像是他一貫的風格，好像在一瞬間，整個靈魂被過去吞噬；然後，等重新在時光隧道的盡頭被吐出來，又在這人世浮現的時候，臉上出現一個複雜的笑容，過了一會兒，才緩緩道，我八歲的時候，家裡來了一位客人，與我母親相談很久……我印象深刻是因為母親失手摔了一個盤子，連帶家裡最好的茶壺茶杯一併粉碎無遺。我剛回家，進門進去，她臉上震驚的表情，和一地碎片給我留下深刻印象，然後他們把我趕出屋子，讓我到外邊去玩……到了很久之後，她才跟我說起那天她究竟聽到了什麼事。那是一九五六年，沒錯，就是赫魯雪夫在蘇共二十次代表大會上作祕密報告抨擊史達林的那一年。

費烈咦了一聲。

康斯坦丁諾夫抬頭，注視著他說，你太年輕，也許不明白這份報告將會產生的影響。你不是對跟我同名的那位長輩感興趣嗎？他一開始追隨的到後來應該是使他失望了吧，我倒是好奇，想知道如果他能夠活著聽到這份報告被宣讀出來，心中會怎麼想——他應該是有資格在現場聽那份祕密報告的人；當然，那不可能，他已經過世，就是那種政策和錯誤的受害者，他固然擁有巨大的能量和特權，也沒有能夠倖存——這些最終都是可以被輕易地剝奪的，很難說他沒有預見到這樣的結局，可是，有什麼辦法呢……

費烈呆了一呆，輕輕說，這不是一個人的錯誤吧。

康斯坦丁諾夫卻不在意地點點頭，聳肩，用調侃的語氣說，歷史是個共同體，我們被影響，也影響他人，所有人無意識中作出選擇，匯聚成流，把時代推向最後這樣的結局。說到這裡，他站起來，走到窗前，兩手撐著窗框，彷彿有大志，要將底下的城市景色盡數納入囊中，他看了一會兒，忽然意興闌珊，道，那份報告的原文在蘇聯國內直到一九八九年才被公開，儘管紐約時報在一九五六年六月已經刊登了整篇文章，其實早已成為整個世界知曉的事。

紐約，一九五六

圖書館的閱覽室很安靜，杜亓聽到腳步聲，不過沒有抬頭，因為她知道那是誰，而來人也沒有要隱藏自己行蹤的意思。她專心看著攤在桌面的報紙，那是幾個月前紐約時報的舊刊，報紙上的日期是六月五日。她一直有些心神不寧，感覺到自己的心跳，如重鎚，好像不能集中心思看面前的文字。

來人在桌前站定，將手上一份報紙推到她面前——那是同一期報紙，頭版頭條醒目地印著赫魯雪夫抨擊史達林的大幅標題。她無奈抬頭，他在同時彎腰低聲道，你要看這份報紙，問我不就可以了？

他盡量壓低聲線，但已經引起鄰桌側目，杜亓作個噤聲的動作，站起來，將圖書館的報紙還回櫃檯，然後跟著他往外走

四十二街和第五大道的圖書館外面蹲著兩隻石獅子，他們拾級而下，一群鴿子呼地飛起，有兩隻盤旋大半圈暫落在獅子的頭上。杜亓側過頭去打量，不由瞇起眼睛，只覺得看見的是大幅的藍天，但是新古典主義學院派的巨型建築明明橫亙在眼前，理應是眼前風景的主體。她有一瞬間的恍惚，想起記憶中另一個城市的那些巍峨的建築，那些年，她穿過那些街道，模糊的身影消失在灰色的建築群當中……

史密夫瞄了一眼那些鴿子，輕咳一聲，說，我想聽聽妳的意見。

她嗯了一聲，一眼望去沒有在原先的位置看見自己的車。史密夫舉手，一輛泊在遠處的卡迪拉克緩緩駛近，他解釋道，我讓妳的司機先走了，等下我送妳回去——要不了多久時間。

車子開動，他卻改變主意，用徵詢的口吻問道，不如去下城走走？來回也不遠……

杜亓點頭，知道他有話要說，並且需要時間，只不過她自己心中的驚懼慢慢在滯後中甦醒，記憶像開了個口子，有決堤的感情要傾瀉而出，可是又不適合在他面前流露，於是便扭頭看著外面的風景。史密夫這時問，妳不會是第一次看到這篇報導？

她含糊的應道，的確是，但竟然一直沒有細看。

史密夫嗯了一聲，道，妳是什麼時候知道毛澤東那篇〈論十大關係〉的？

杜亓詫異地轉頭細看他的表情，道，那還是你告訴我的，不是嗎？而且當時你得出的結論——中國

政黨制度不同於蘇聯。

史密夫道，我難道錯了嗎？在報告中，中共領導人設想參照美國聯邦制的特點，改革中央與地方政治的關係。據知，毛在作報告時說，中國憲法規定地方沒有立法權，立法權集中在全國人民代表大會，這一條卻是學蘇聯的——歸根結底確實跟美國不一樣啊……

杜亓打斷他，調侃道，從過去到現在，你們一直一廂情願，覺得別人都願意參照你們的制度……

史密夫一愣，道，怎麼是一廂情願，赫魯雪夫那篇〈關於個人崇拜及其後果〉的祕密報告就發布在數月前，當時所有共產陣營都受到震動，有改變也很正常……

杜亓反問，難道你真覺得〈論十大關係〉跟赫魯雪夫在二十大上關於史達林的報告有關係？這是改變的開始？

史密夫端詳她，道，當時妳沒有告訴我妳的真實想法。

杜亓微弱地辯解，道，我的想法？我並非中國問題專家。

史密夫立刻說，我不需要中國問題專家，我身邊已經有太多這樣的專家。

然後，他們沉默下來，車離開第五大道，沿百老匯大街一路向南，高樓如林，猶如穿越叢林中窄小的路徑，或者車流如河，這不過是一瞬間「輕舟已過萬重山」的演繹——這句詩出現在杜亓的腦海中，便盤旋不去，恍如這些年她生活的寫照，回首的時候已經看不清起始的位置。她望向史密夫那一邊的窗戶，視線與他接觸，他們之間似乎有些默契，但是那默契只能把他們往前推得稍微近一些，只能到一個靠近中間的位置，那前半段的風景不是他了解的——不知他對這一點是不是一直心知肚明。

過了市府大樓，就是金融區，標誌性的辦公大樓都是杜亓熟悉的，及至華爾街就幾乎已經到了百老匯大街的盡頭，車停在砲台公園邊上，這裡是曼哈頓的最南端。史密夫下車，帶她穿過公園，走到水邊才停下來。這不是一個熱鬧的公眾場所，周圍寂靜，史密夫請她在公園長椅坐下，從這個位置可以看見水面的自由女神像。

杜亓看著對面水中的艾利斯島，說，幾年前我就是從這裡入境的，說起來我還要感謝你。

史密夫卻有些尷尬，道，我請你到這裡來，不是為了要妳說這樣的話啊——我只是想看看風景。話出口，也覺得有些言不由衷，自己笑著搖了搖頭。

杜亓問，怎麼，這兩天又碰到難題？讓我猜猜，難道是匈牙利的事件？

史密夫點頭，笑容有些蒼白，但也略鬆口氣，道，妳總是猜得到我的念頭。匈牙利十月十六日爆發學生遊行，要求按照民主原則改革政治體制，到二十三日布達佩斯秩序已經失控，領導人納吉宣布結束一黨制，要求蘇聯軍隊撤出匈牙利。蘇聯的態度必然會受中方態度影響——撤軍，還是出動軍隊，全世界都在看——結果十一月四日，蘇聯還是出動了軍隊鎮壓——我們在布達佩斯也有一些線人，截獲了一些中國使館與蘇聯的交接，這段時間雙方聯絡頻繁——但是也許是遺漏了什麼，我們沒有重要發現。我想聽聽妳的看法。

杜亓露出沉思的表情，想了好一會兒，才說，我跟香港有些接觸，間接地聽到一些說法。「百家爭鳴，百花齊放」的倡議你想必也聽說了，的確儼然是一種風氣，變成了運動，也許你的想法就是從這上頭得到了鼓勵，覺得這是一個變化的開始？

史密夫揚眉，克制不說話，聽她繼續說下去，杜亓便道，但我也聽說下半年，中國國內的形勢也有些微妙，全國工人罷工，學生罷課，群眾遊行請願的事件有了顯著的增加——

史密夫立刻說，這不可能，這不像是這個時候的新中國會發生的事。

杜亓不肯多說，只順著他的口氣道，這種不可能發生的事情如果發生，你覺得這會對領導層產生什麼樣的影響？

史密夫驚訝，聲音也高了八度，反問，你說呢？

杜亓卻搖頭，說，我不知道，我只是羅列事實而已。這顯然都是在赫魯雪夫那篇祕密報告之後的形勢發展，一環扣著一環，政策是可能出現一些搖擺的——另外……她猶豫一下，道，我聽說十月，劉少奇曾去過布達佩斯。

史密夫反而不再吃驚，看牢她。

杜亓用眼神把他擋了回去，淡淡道，你不知道，並不代表公司，或者國務院沒人知道——他們看到的一定比你我多，如果劉在布達佩斯，他可以直接傳達北京的意思——可是，我不了解事件的全部，不敢說匈牙利事件中，中國有多少話語權，但我感覺從這個事件的結果，應該就可以看出中國今後的形勢走向。

史密夫清了清喉嚨，不再問下去，可是無意離開，彷彿眷戀著這片水面；水面上來往著幾艘帆船，像點綴著生活一樣裝飾著水面。

他低聲嘆息，好似失望，自言自語道，能預先知道這世界會變成什麼樣子就好了

她沒有開口，他便轉向她，問，妳一直不相信我真的關心中國？

她眼梢飛過他的表情，淡淡道，你關心？

史密夫說，當然，對於我來說，這不只是一份工作。人是有感情的，投入了時間和精力，難免會牽帶著感情。

她哦了一聲，彷彿不甚在意。

他問，你知道《蒲安臣條約》嗎？

她說，是中國與美國之間簽訂的一份條約？

對。史密夫繼續看著水面，道，是一八六八年的條約，是中國同西方國家簽訂的第一份平等條約。是之前中美天津條約的修訂，確立了兩國間的友好關係，對等地位，美國也承諾給中國最惠國待遇。

杜亓輕嘆道，沒錯，因為這部條約，美國成了當時清政府派遣留學生的首選國，中國公派留美學習的第一批幼童就是那之後被派遣前往美國的。

史密夫微微意外，道，妳很清楚歷史。

杜亓卻苦笑道，歷史？誰有資格說自己看得清歷史？

史密夫頓了頓，道，有一度，我也曾經以為歷史會重新輪迴——好的輪轉……他長嘆一口氣，可是又想要補救，說，我覺得始終還是要抱著希望的，你我無法改變歷史，可是歷史的細微之處，我們注定會看到，也會比一般人看得多一些——這其實是負擔……

杜亓咦了一聲，他卻彷彿心中一動，問，怎麼突然想起去看紐約時報的舊文。

杜亓這時顯得輕鬆了一些，道，你不是也把報紙帶來了？

那報紙被史密夫捲起，到此時還拿在手裡，他這時遞給她，說，妳留著吧。

杜亓接過來，下意識掂量了一下，那紙並無重量，便暫時擱在了膝上，她側一側身，遲疑問，我有點好奇，不知這個消息傳來的時候，你周圍的人有什麼樣的反應……

史密夫搓了搓手，彷彿心照不宣，有種大局已定的施然，口氣卻刻意謙虛，說，我們都還在摸索當中，要說什麼制度是真正好的制度，也許還為時尚早。

杜亓微微揚眉，沒想到他開口論述的便是孰好孰壞，不便開口，聽他繼續說下去道，俄國革命的時候，我還是個少年，俄羅斯產生了新的制度，對許多人來說是振奮人心的，好像很多社會問題就會迎刃而解了，儼然就是未來道路的不二之選。但是慢慢地我們也都應該明白了，所謂解決問題的辦法，沒有唯一之說。比如一九五零年三大汽車公司跟全美汽車工人聯合會達成《底特律協議》，放棄強硬反工會的態度，坐下來與工會談判，滿足工人加薪，醫療，養老的訴求……雖然這條路上一定還會有更多的矛盾需要協商，但妳得承認這是一個好的開始，至少解決了一些本來以為只有革命才能解決的問題。我還是不能說哪種方式才是最好的辦法，總有出錯的時候，出了錯，能不能及時做出反應，盡量更正才是重要的吧。

史密夫瞟了一眼那一卷報紙，忽爾又開口問道，妳呢？三十年代妳也在莫斯科待過一段時間？妳看這篇文章，是否會因為曾經身臨其境而有一些——感慨？

杜亓低頭想了一會兒，然後抬頭望向遠方，視線平視著水上的雕像，她說，那年我們在維也納相遇，我就跟你說過，我們是因為不喜歡那樣的政治空氣才離開莫斯科的——可是，不喜歡，這用詞顯然是太輕巧草率了。

史密夫注視著她側面的臉龐，問，在那個時間，除了那位與你接頭的俄國人，你可還有別的親近的人受到牽連？

嗯？

史密夫這時亦將視線投於水上，道，那位俄國人的名字是康斯坦丁諾夫？那是他的本名？妳最後一次去莫斯科是與他見面，但他已經不幸成了肅反的對象——都已經是戰後了……他……

史密夫欲言又止，杜亓心中詫異，側身直視著他，心中突地一跳，在一瞬間瞭然——這些年他畢竟還是對她隱瞞了若干事，也許是他的職責不允許他坦承布公，可是此時他敞開胸懷，多半也是因為得到了機構的首肯，也許是到了解密的期限。

她於是點了點頭，緩緩轉身靠著椅背，仰首望天空雲朵移動的姿態，然後垂目，視線掠過遠處水上的自由女神像，瞥了史密夫一眼。他與她之間當然應該具備某種默契，不會因此心生芥蒂，於是開口，雖然無奈，但語氣平和道，你說。

史密夫斟酌片刻，然後解釋，道，二戰期間，我們曾在烏克蘭建立空軍基地，作為歐洲戰場穿梭轟炸行動的補給站，好讓義大利起飛的轟炸機飛越德國之後，在烏克蘭停留。我們在烏克蘭設置了三個機場，希望我們的轟炸機可以在英國，義大利，烏克蘭的基地穿梭；基地備有燃料和炸彈，不單是對德國目標的戰略布置，還可以規劃今後對日本開戰後的空中戰線。這個計畫我們與蘇聯協商得非常辛苦，後來終於得到史達林首肯才得以進行。軍事行動代號「瘋狂」，從一九四三年六月到一九四四年九月持續了一年多，我們有近千名相關人員駐紮在基地。

杜亓咦了一聲，淡淡道，那個年代美蘇是盟友。美國未參戰就已經啟動租借法案支持盟國，這樣的合作應當不算意外吧？

史密夫輕笑一聲，重複「盟友」這個詞，意味深長的停頓，隨即搖了搖頭，道，不過整個行動後來並沒有能順利地進行，最後應該是在不太愉快的情形下收場，蘇聯一直充滿疑慮，合作並不情願。追根究底我們的價值觀不一樣，到最後難免分道揚鑣。回想前因後果，那大概也預示著今後一場冷戰的宿命啊。

杜亓看他一眼，輕輕道，當年我們在維也納，你讓我去了幾趟莫斯科，可從來沒有提到過這個計畫，但當時你其實參與在那個行動中？

史密夫沒有回答，讓沉默逐漸消化這個問題，然後簡單的歸納道，一場戰爭的勝利包括諸多因素，得來不易。

杜亓微微側頭，算是回應，挪了挪位置，彷彿為了坐得更輕鬆一點，她知道史密夫還沒有言歸正傳。

果然，他清了清嗓子，有些突兀地開口，重新提到康斯坦丁諾夫的名字。那個名字猶如一枚投入湖水的卵石，蕩漾起一圈圈漣漪。杜亓無言，那在湖面緩緩消失的漣漪其實已經直達心底，彷彿要撼醒那些深藏在湖底的祕密，那裡其實原本城池林立，只因為時光久遠，頹敗變成了廢墟——那廢墟是她無論如何不能擺脫的過去，如同天邊徐徐飄近的雲朵，無法躲避。

史密夫沒有注意她的表情，只是專心看著水面波光粼粼，就事論事道，康斯坦丁諾夫其實是促成這個計畫的關鍵人物，緊要的關頭是他在史達林面前推進了決定，但他也因此付出代價。這個計畫並沒有成功，敵人變成朋友，朋友變成敵人，他不幸處在了尷尬的位置，在他們的那個系統中，這是致命的。我猜想這恐怕是他在戰後被調查成立的罪名之一。說到這裡，他惋惜道，事實上，他跟美國的關係一直不錯，在他年輕時代就已經跟我們駐聖彼得堡的大使有友好的交往，說起來那還是在俄國革命之前。我跟你說這件事，是想妳了解他被清算是由種種原因造成的，是他們內部體制的問題。我與他有若即若離的聯絡，中間人也不止妳一個。三十年代末，妳我在維也納相識，然後妳替我們跑了幾趟莫斯科，但早在妳接觸他之前，我就已經知道他這個人了，我們有過種種合作——他有不一般的抱負，這是肯定的；是他周圍的世界不夠大，容納不了他的理想。

說到這裡，史密夫長嘆一聲，總結道，他的死。妳不要覺得是自己的責任。

杜亓含糊地嗯了一聲，彷彿不知道說什麼好。她只覺得自己胸中轉著無數念頭，可一個也抓不住，只有一縷嘆息從靈魂深處糾結盤纏而來，她沒有轉頭看史密夫，心中覺得他若要一廂情願這樣認為，她也沒有糾正的必要；她知道他們的坐姿從背後看，大概一模一樣，沉著安然，坐得越挺拔端正，才越不易疲勞，才能在萬變的世界中維持不變的初衷——這些年過去，他們竟然好像變作了同志。

史密夫嘆口氣道，我對他深表同情，雖然我們在不同的陣營，可是畢竟他協助過我們，也在關鍵時刻，向妳伸出了援手——妳說他這樣做是基於人性的——考量？

杜亓緩緩吐出一口氣，心中明明如刀絞，可是卻無法表達感受，這些年她已經習慣忍受各種各樣難堪的情感，就像此時，她只能端坐，無非看著水面往返的船隻和時光流逝，說什麼都太遲了。當然，她希望他不要對適才他提到的另一個問題追究下去——你可還有別的親近的人受到牽連——過去在她心中從來沒有遠離，可她竟沒有訴說的對象。

而史密夫似乎也已經忘記剛才提到的問題。

莫斯科，一九五六

那時盒子式砌體結構的公共住房或者花園城市還沒有大規模建造，許多人住在舊時代高級公寓整合重組後的集體公寓中。這棟建於十九世紀末摩爾復興風格的建築落成之後便是聖彼得堡的一座美麗地標，如今還維持著體面的外觀，不過內部的格局已經不同往日，盡職地替所謂的新人與新時代作出詮釋——廚房與衛生間是共用的，屬於私人的空間是個人分得的一間屋子。他們這間不大，可是鑲木地板總是被擦得發亮，簡單的家具和家居用品也總是一塵不染。他疑心自己的母親有潔癖，他不能把東西放在不該放的地方，也不能說不該說的話。

男孩不記得父親的樣貌，但是從記憶比較清晰的過往開始，他便只與母親同住。他們不與鄰居來往，鄰居也並不對他們發生興趣。他記得那一天是因為家中來了訪客，當然，訪客會引來鄰里的注意，但是她母親替客人倒水的時候，砸了一個盤子，連同杯子，動靜比較大，引得鄰居紛紛側目，帶來關心或者幸災樂禍的問候。因此他固然年紀小，也記得那一天。

年輕的母親不想惹麻煩，可她的野心勃勃的丈夫去了一趟遠東就再也沒有回來——她甚至不知道他去了哪裡，是西伯利亞？還是符拉德沃斯多克，或者更遠的地方。她不想嫁給複雜的歷史，可是她以為身世簡單的少年結果卻背負著高於他們生活的負擔，結果他受不了誘惑，一心要成就大事，一步踏出去，就將所有生活中的瑣碎和麻煩扔給了她。

什麼是對的，什麼是錯的，她全分不清了。來人跟她說了一個驚天的祕密，完全不是她這樣的人應該知道的——赫魯雪夫全盤否認了史達林的政策，這是在前幾天黨大會上發生的——但這跟她有什麼關係呢？

她因為震驚和懼怕，將手中端的東西全摔了——他不該在她沒有準備好的時候匆匆說出這樣聳人聽聞的話，連孩子也被嚇到——然後，她看到他望著那孩子的表情，瞬間便明白了他的用意——從她的丈夫打算踏出那一步開始，她就知道這是一條不歸路，他們全都被算計在內了——包括孩子在哪，一切從他出生前就已經注定。

她讓孩子自己去外頭玩，當然，她也知道他們的談話是不可能進行下去了——鄰居們的眼神和竊竊私語已經如密箭般投影到他們的門口——或許他該約她去他們的辦公大樓談話，或者更好的方法是替他們換一套住所——她知道他們手上有那種能夠保障隱私的公寓——那樣的話，她就不必將孩子在這樣的時候趕出去，讓他一個人在大街上遊蕩——她可以想像他此刻孤獨地走在摩爾復興式巨宅的陰影下的小小的身影——也許，是她故意的，故意在這個時候將東西摔破，這樣一來，他們便沒有辦法將這談話進行下去了……

而後，一切都不一樣了，他們搬了家，換了學校，每天到了點心時間，孩子們會排隊等一位穿圍裙的胖媽媽給每個人喂一大勺魚子醬，因為蘇聯小兒科醫生建議含鐵豐富的魚子醬可以防止貧血，當然這是原先的學校沒有的福利。

到此為止，他們全家彷彿以全新的姿態進入了一個新的俱樂部，這裡，黨會照顧一切。

紐約，一九六三

Nina Simone在卡內基的表演剛剛結束，杜亓與史密夫隨著人群魚貫而出。有時，杜亓懷疑史密夫已經退休，所以對許多事不再避嫌。她把這個想法當作開玩笑跟史密夫提過，史密夫也輕鬆地回應，道，妳不是我的線人，更不是間諜，我跟妳見面何用避嫌？我們交換意見，不過是朋友間的交流而已，跟我是不是退休無關。

她疑心他適才看見了自己眼角的淚光——當然，聽一首歌出現情緒的波動也實屬平常，這幾十年來，誰沒有經歷過一些無常？她也習慣了自己心中永遠的傷口，也沒有必要非要在傷感的時刻找個地方躲起來大哭一場。

因此史密夫提議找個地方喝點東西，她也覺得沒有什麼不可以。附近就是俄國茶室，可是史密夫又表現出挑剔，道，還是隨便找個小地方？

結果他們往西走，找了一家二十四小時營業的小餐館，地面鋪著棋盤似的瓷地磚，狹長的空間一邊是酒吧，另一邊是紅色皮質沙發的卡座。

史密夫說，Nina Simone的一把聲音真是特別，剛才我聽她唱那一首*If you knew*，讓我心裡不由一動。

杜亓聽他這麼說，便知道他剛才注意到了自己的失態——當然，這是他的職業習慣，況且如他所說，她也沒有需要掩飾自己感情的職業需要，被他瞧破了也沒什麼。

他說，失去所愛的人，始終是痛苦的事。

他一面說，一面緊緊盯著她的表情，她模稜兩可地敷衍道，離開香港也有十年了，我不想再想過去的事了。她一面說，一面並不迴避他的視線，也任由一滴淚水滑下臉龐，然後她的視線也彷彿滾落，掉在桌面上。

他立刻說，抱歉，我不該再提杜先生，惹妳傷心。

她沒有抬頭，彷彿需要時間讓那滴淚水乾涸。傷心是真的，他以為是為了杜先生，那是最好不過——也許他有過懷疑，對她的過去始終放心不下，所以才一次次地試探，但是終究還是心軟，邁出最後一步前便放過了她——大概是她對不起他才是真，但是這種生死的命題，不該去計較也罷。

她在沉默中回想那支曲子，If you knew how I missed you / You would not stay away today. Don't you know how I need you / Stay here my dear with me... can't go on without you / Your love is all I'm living for / I love all things about you/Your heart, your soul, my love...她一時懷疑是不是自己聽錯了，她唱的究竟是I can go on without you還是I can’t go without you? 事實是，沒有她，她竟然還是活下來了，歲月如此流逝，而她獨個活下來了，這真是讓人傷感。

到最後，似乎她的悲傷不過是為了保護自己而已，這個發現深深刺傷了她。

不過，她花了若干分鐘讓自己平靜下來，史密夫有很好的耐心。他替自己叫了漢堡和啤酒，替她點了香草冰淇淋。杜亓等冰淇淋端上來的時候，已經鎮定，同時也要了一杯啤酒。

冰淇淋靜靜地融化，啤酒她也沒有碰太多。不過接下來他們聊得很愉快。

怎麼能不愉快呢？在身邊，畢竟他是最了解她過去的人，至少以時間跨度來說，在這裡，他們算是認識最久的戰友了。

他讓她講講童年的事。

於是，她把記憶中的蒙古高原傾囊講給他聽，講著講著，她自己心中充滿了鄉愁，甚至分不清哪些是記憶，哪些是想像，哪些是刻意的編織。

莫斯科，一九七四

福特總統剛剛離開海參崴，他鬆了口氣，立刻返程莫斯科。在海參崴，他是少數可以近距離接觸美國人的人，這代表著無上的信任，但他沒有可以浪費的時間，而且最後搭坐專機離開賦予他殊榮，有目共睹地將他跟一般的隨員區分開來——他可以感覺到命運賦予他的冉冉上升的飄逸感覺，他正處於階梯中間的位置，不管朝那個方向看他都覺得充滿了驕傲。

總之，在如今的這個制度之下，他覺得如魚得水，所以絲毫也不羨慕那些美國人引以為傲的一切——那些美國人天真得有趣。勃列日涅夫將身上的一件皮草給了福特，這當然是事先經過深思熟慮的舉措，但是美國人表現出真摯的雀躍，讓他在一瞬間也覺得相當感動，然後也難免覺得有一絲鄙夷——他們真的相信嗎——但是不管如何，海參崴的會談的確有了實質的進展，世界也許真的將出現轉機，雀躍也許是應該的。

回到莫斯科，他才想起這是應該跟他母親共進晚餐的星期五。

他是在搬離之前住過的公共住房之後才發現他母親的美麗的。這些年過去，這美麗竟然還盛極未衰，這讓他驚訝，同時佩服，也覺得不確定自己這些年的成就要歸功於他自己，還是她——亦或她的情人——或者他們兩人都是純粹的機會主義者，不過是互相扶持，只有他們倆是親人，別的人，包括那位位居高職的情人也是外人。

蘇維埃社會主義共和國聯盟對實際存在的非婚關係眼開眼閉，甚至鼓勵私生子的存在，因為蘇維埃聯盟中嬰兒出生率始終太低。這些潛在的默契剔除了他母親私生活可能產生的負面影響。

是她母親忘記了他們每個月的晚餐約定，但她回來的時間倒不是太晚，身上那件毛皮大衣跟勃列日涅夫身上脫下來送給福特的應該出自同一間製衣廠，那頂毛皮帽子是深棕色的，與她白瓷般的臉頰形成顯明對比，帽子壓住了所有頭髮，只漏了幾縷淺色金髮，也將臉部的輪廓完全被勾勒出來，也許俄國套娃造型的靈感就來自於這樣的裝束，讓俄國女人不管多大年紀都憑添一層娃娃般的俏皮。她看見坐在客廳的兒子，顯然吃了一驚，有些慌亂，趕緊脫下外套，一面問他有沒有吃過，一面走進廚房，企圖在短時間內整出一頓像樣的晚餐來——對於她來說，這已經不是難事，擔心物資緊缺的年月早就過去，她無論何時都能餵飽她的孩子。
他坐著沒動，倒像他才是長輩，有些不耐煩地說，我看還有些湯剩下，熱一下，拿點麵包就行了，我不餓。
他母親轉回來，脫了外套，手裡還拿著手提包，看見他的審視的目光，忙從手提包掏出個罐子，說，他給的，我想著你這兩天也該回來了。
他拿過罐子，噗嗤笑一聲，說，這在學校裡的時候，他們每天給我們一大勺，也是這個牌子，可不是便宜貨。
他母親心不在焉，嗯了一聲，隔一會兒才說，那是換了學校之後？
他詫異道，那是當然。
她回過神來，眼波一閃，開了罐頭，放在他面前，自己回去廚房熱湯。
兩人在燈下坐下來的時候，外頭下起雪來，她拉上窗簾，問，遠東怎樣？
很冷。
美國人怎麼樣？
很熱情。
她想一想，說，我從沒去過那麼遠。
妳不需要去。他笑道，像開個玩笑，說，妳那些擔心是完全不必要了，古拉格這種事不會找上門來了。
她臉色有點發白，遲疑片刻，問，你改了名字？現在你的名字是康斯坦丁諾夫？
他咦一聲，道，妳聽誰說的？
她聳聳肩，沒有回答。

他說，不過是個代號。

她嗯了一聲。

他忽然問，妳見過他嗎？

她驀然抬頭，然後轉開視線，他給她時間思考，然後，她終於回答，道，是的，我見過他。

他眼睛一閃，變得目光炯炯。

她嘆口氣，後悔適才將窗簾拉上了，這會兒少了一個視線可以逃避的地方，把自己逼進了一個角落，但也許是時間了，她該告訴他自己知道的前因後果，即使這只是冰山一角。

她說：

他是在衛國戰爭期間來找我們的。大多數時間找你父親談，我不知道他們談的是什麼，多半是要說服他做一些什麼。他來的時候通常會帶麵包來，非常新鮮可口的白麵包，所以我希望他能夠常常來找我們……不過，你父親不喜歡他——他們是不一樣的人，這一點我早就看出來了。

他母親這時拿起一支菸，手有點抖，還是他幫她點的。

你父親不喜歡他。她重複道，他也看出來了，有一次跟我說，他更希望找我為他工作。

他一直專心聽著母親的話，這時咦了一聲。

她聳聳肩，接著道，他說了這話又立刻搖頭，說女孩子感情用事，還是算了。她一面說，臉上不由自主升起一絲笑容，道，於是我就問他，是不是你手下的女孩子把事情辦砸了？事實上，我對他們組織裡的那些女孩子有些好奇，想知道他們是怎麼招募訓練她們的。話雖然問出了口，可是也不期待他會真的回答。誰知他卻說——這個女孩子簡直讓我操碎了心。我開玩笑說——她不行，不如讓我來接班？他搖頭說——誰也接不了她的班，我在她身上花了多大的心血，往後再也沒有可能了。

他母親停下來，吸口菸，吐出去，他等了一會兒，忍不住追問，然後呢？他說的是誰？

他母親聳聳肩，道，他說——那是個奇蹟，奇蹟不是每天會發生的。

他不以為然的看著母親，想像她年輕時候的樣子，道，瞎說的，糊弄妳吧。

她冷笑一聲，將燃了半截的煙在魚子醬的瓶蓋中按熄了，道，誰知是不是真的，也許這個奇蹟今天還在你們部門裡活動著呢，或許還會與你共事。

他哼了一聲，道，那也得有這麼個人。

他母親說，怎麼沒有。他說——他親自到那麼偏僻的小地方去找她，她父母盡失，獨自流落，是他找到她。他找到她，將她帶回來，說找到她的感覺猶如創世。

猶如創世！他重複那句話，有點不屑，又將信將疑。

他母親說，他給我看過一個小本子，有一些速寫，都是風景。他揚眉聽她說下去，她笑笑，道，有一頁畫的就是他說的那個偏僻的地方。

是什麼地方？

記不清了，連綿都是山，還有樹——鋼筆畫，他畫得不錯……

他咦一聲，道，妳倒記得清楚。

他母親，不經意揚了揚下頷，那是她年輕時就慣有的表情——不能不說，她一直是個美人。此時，她忽然說，要把握住機會。所有一切依序推進，走到今日，對於你來說，無非是手邊的機會抓不抓得住……

她想了想又說，但那不像俄國的風景。

咦？

他那個小本子上的畫，畫的不是俄國的風景。

恰克圖，一九一八

米夏推開門，裡邊的瑪黎驀然一驚，回頭看清是米夏，只得默然。她面前堆著奧嘉的婚紗，本來潔白如雲，但沾了血跡，被貶入了凡塵。瑪黎似乎已經在那裡坐了很久，一臉困惑。

瑪黎？米夏喚她的名字。

瑪黎說，奧嘉呢？

米夏想一想，說，她在收拾東西？你呢？明天就要上火車了……準備好了？

瑪黎立馬站起來，搖搖晃晃走到桌子跟前，俯身要抱起早上壘著的一排書，但拿不起那麼多，書東倒西歪倒成一片，稀裡嘩啦掉了一地，她人也一歪，靠著桌子坐到地上，嘴一扁，哭了起來。

米夏走過去摟住她，過了許久，她停了哭泣，兩人還在地上坐著。瑪黎撿起地上一本書，像忽然意識到什麼，抬頭依舊茫然，說，這些書都拿不走了。

米夏接過那本書看，原來是俄文版的《共產黨宣言》，恍然記得正是自己某一年拿過來的。

瑪黎慘澹地笑一笑，問，米夏，如果我跟著你走，你覺得好不好？

米夏還沒來得及答話，她已經搖了搖頭，說，你保護不了我的，我不要成為你的累贅。你出去罷。

米夏起身，低頭走出了她的房間。

他聽見有人在屋子某個角落小聲啜泣著。

米夏安排葛都賓家的人坐上去海參崴的火車。

沒有新郎的婚禮已經無法進行，但米夏覺得自己說到做到，照顧了其他的家人

伊萬上火車的時候，回頭看一看恰克圖的方向，說，恰克圖衰退了。

許多地方都在衰退之中。米夏這樣說，伊萬的表情讓他忍不住解釋，道，我在漢口待過幾年，我們也對那裡寄予過厚望，也許是因為茶葉的熱潮過去了，衰退變得勢不可擋。

是嗎？伊萬哼了一聲，連嘆氣也省略了，冷冷道，連羅馬帝國也會衰亡，又有什麼能夠例外？恰克圖又怎會不同？他的語氣少了應該有的悲傷，顯得空洞可怕。

奧嘉已經與妹妹坐在車廂裡，她甚至不願意朝外面望一眼。她替沒有能夠進行的婚禮和不幸的新郎穿著黑色的喪服。

丹東蒼白的臉出現在列車的窗後面，他在找站台上的米夏。

少了馬林和安德烈，這個世界好像仍舊依序而行。丹東的手握了個拳頭，他的旅程才開始。

ℰ

回到葛都賓大宅的只有米夏和應之，素之，兄妹二人。

三人沉默無話。

不過米夏與應之檢查馬林留下的行裝，裡邊有一捲宣傳畫，蘇維埃的宣傳畫有不變的主角——工人士兵和農民——永遠擁有一種讓人印象深刻的特質——這樣的畫就是為了產生影響而存在的吧。

兩人不自覺地湊在一起看那些畫，然後，米夏開口說，第三國際馬上要成立了，我們正為每個國家和地區擬定不同的行動計劃，需要找到可靠的共產黨人來主持，並且建立支部。

應之嗯了一聲，似乎分著神。

米夏忽然苦口婆心說，這次在莫斯科，我見了一位從美國回來的黨員，叫作鮑羅廷。他也在倫敦待過。他相信我們的理想才是世界的未來，像不列顛這樣的日不落帝國最終會被拆散。有機會，你要見一見他，他擅於懂得人的心理，我聽過他與知識分子談話，他告訴他們，要相信自己是為窮人而非特權階級服務的，要把握機會利用主義走向較好的社會。有一些富人聽了他的話，也對自己的致富產生罪惡感，會為了想要贖罪而同情我們共同的目標。你見見他會有好處，也許有一天他會到中國來擔任代表。米夏越說，聲音越低下去，似乎擔心應之心中的想法。

應之這時喔了一聲，抬頭看著米夏。過了半晌，終於點了點頭。

半晌無話。

米夏開口時說，這次回去，我恐怕要結婚了。

應之轉頭看著他，然後像要掩飾自己的驚訝，搭訕道，是俄國女孩子？人在莫斯科嗎？你這次回去就舉行婚禮？……新時代的婚禮是怎麼樣的……

他兀自低頭說得喋喋不休，沒有聽到任何回答，一抬頭卻見米夏正目光炯炯看著自己，應之呆一呆，話說不下去。米夏這時忽然開口，語氣出奇誠懇，說，你知道的，如果你妹妹肯嫁給我，我不會跟別人結婚。

應之沒想到他會把心裡的話這樣坦然說出來，這些年他們雖然心知肚明，但是從來沒有點破個中情由，有時應之自己也覺得一切都是自己的揣測——米夏這些年走的道路又是這樣風雲迭起，變化莫測，漸漸把自己變成了一個讓人仰視的人。

米夏的這句話固然在一瞬間把他們拉回了少年時代，可是他們回不去了——應之很清楚這一點，臉上神情變得不太自然，想要給彼此一個台階，他只好盡量委婉地說，那一定是個可愛的姑娘，想必與你志同道合……

米夏卻打斷他的話，說，志同道合沒有錯，事實上，我並沒有見過她，這是組織上的安排，我相信這是最好的安排。

應之一時不知如何回應。

米夏一副開誠布公的神情，道，從此之後，對於我來說，只有革命這一條路了。在這條路上，她將會是我的同志——但是這條路還是會充滿了危險，為了工作，我們都隨時作出了犧牲的準備。

犧牲？應之似乎有些吃驚。

米夏淡淡道，革命還沒有結束呢。

然後，他站起來拍了拍應之的肩膀，走了出去。

到了告別的時候。

他有些害怕面對她。

可是有些話他非得問清楚不可。

在這高原上，走出了屋子他就覺得勢單力薄，四野蒼茫，好像只剩下他一個人，幾乎讓他怯場，不由想要回到他習慣的新生活中去——人潮湧動，口號震天，他已經徹底遠離了幼年的自己，過去回不去了。他遠眺地平線的方向，現在那裡什麼也沒有，不過他彷彿看見拔地而起的城池正在彼處結集，有大把空間留給了大有作為的未來。

其實是素之找到他。他坐在那天與那小女孩聊天的高坡上。素之遠遠走來，穿過一片長草萋萋；他即便背對著她，似乎也能清楚知道她行走的姿態，因為他側耳聽見衣角掠過草叢的窸窣聲響——那彷彿是極長的一段旅程，長到可以把他這些年的生活和歷練安置進去，面前似乎有些鏡頭快速地拉過去，快到他也分辨不出細節，但卻清楚知道那是屬於他個人的歷史——她已經越走越近，可他還來不及把一切理清。

她在他身後站立了一會兒，他正想起身，她卻按住他肩膀，稍停，在他身邊坐下。這短暫的遲疑中，他在心中權衡——這也許是他們最後可以開誠布公的機會。

此時，她與他近在咫尺，並肩而坐，他看她神色如常，彷若少年時可以知無不談，忍不住脫口便問，妳可還在生氣？這問題有些突兀，但出口，他便釋然，想這樣也好，至少讓她知道他始終顧念著她的感受。

她搖了搖頭，出口語氣相當溫和，說的竟然是，沒有什麼是不可原諒的。你說是不是？她似乎在自言自語，試圖說服自己，起先他疑心自己沒有聽清楚，可是不好讓她再重複，思前想後，終於確定她是這麼說的，長長地舒了口氣。

素之轉向他，他們彼此端詳，彷彿都不知道該在臉上掛一個什麼樣的表情，但他明白他們之間也許是和解了，所以他盡可以向她提問，乾脆把所有傷疤揭開，將疑惑全部解釋清楚。

她比他先開口，放眼遠處，低聲喃喃而語，道，米夏，你要怎麼辦？今後的路你打算要怎麼走下去？她的語氣裡有真誠的關心，讓他即便錯愕，也無法反駁話中透露出來的擔心。他囁囁嚅嚅模稜兩可回答，為什麼要這麼問？怎麼辦？我們把路走下去，走通了，不就可以了……

素之轉頭瞧了他一眼，又轉開去，繼續道，九月的時候我跟應之去了趟伊爾庫茨克。

米夏喔了一聲，忽然醒悟他與她之間的障礙在哪裡——他早該想到這一年中她去過俄國，路上必定遇見了什麼——但是，他可以跟她解釋，他們本該志同道合，彼此不應該有任何誤會——他一面尋思，一面皺眉道，你們去伊爾庫茨克，怎麼沒有告訴我，那時我也可以去一趟。

素之道，你那時正忙著。

米夏陡然抬頭，以為她是針鋒相對，眼神接觸，卻見她似乎難以啟齒，怔怔對著他，想了半晌，才意識到應該解釋，道——我們去伊爾庫茨克是為了見中國勞工代表，當然應之也想看看新的蘇維埃，想看看革命後的樣子。我們從烏梁海出發，路上碰到了好幾撥人，那時侯一定出了大事，他們看上去都很奇怪，一面分明在倉皇地逃離，一面卻拼命掩飾。

她一面說，一面看著米夏的反應，米夏不得不回答道，妳說得沒錯，八月底的確有幾件大事發生，彼得格勒的契卡總部發生了一起命案，烏里茨基被刺殺，他是那裡的負責人。緊接著，列寧也在視察莫斯科工廠的時候遇刺，契卡抓了很多人……他見她一動不動看著自己，便解釋說，契卡是全俄肅清反革命及怠工委員會，一七年革命之後成立的，任務是肅清反革命……

素之打斷他的話，道，我們聽到了一些故事，可是不願意相信，只覺得那些是個別的事件，也許是他們運氣不好，或者是他們真做過什麼，咎由自取，才在新世界裡絆倒。等到了伊爾庫茨克，卻發現好些人居然是從莫斯科附近莫羅佐夫斯克地區過來的……大多數是農民，居然成了肅清的對象，難道他們都是反革命？我倒覺得他們都是普通馴良的人民……她停下來，靜靜看著他，輕輕問，他們的遭遇都是真的？這是你們對待自己人的方式？你告訴我，革命是為了繼續鬥爭？是這樣嗎？

米夏來不及回答，她飛快地繼續說下去，道，你呢？你是一開始就加入契卡的？所以，你熟悉他們所有的做法？這兩天，這裡發生的一切是你這些年你處理事情的一貫的方法？

米夏遽然一驚，低聲問，素，妳這樣說，到底想要證明什麼？

素之欲說還休，頹然放棄，道，我只是不明白，如果同志間也不能互相相信，這條路要如何走下去？

米夏詫異地看著她，像不明白她說的是什麼，道，你要相信我。這不是革命的常態。

素之一愣，米夏一鼓作氣，一瞬間告訴自己要恢復了信心，緊接著說下去，如果有錯誤，我們當然會糾正。剛才，你不是說，沒有什麼是不可以原諒的嗎？革命才剛開始，我們還在摸索之中……這兩天這裡發生的，相信我，我努力嘗試過要給奧嘉一個幸福的保證……

素之像兒時那樣抱膝而坐，久久望著遠方，最終點了點頭。

米夏不放心，又加一句說，妳要相信我。同時彷彿是要表達意志，緩緩握緊了拳頭。

素之在此時起身，手擱在他肩膀上，目光落在那拳頭上，嘆道，當然，我當然相信你，米夏，畢竟我們認識那麼多年，我怎麼可以不相信你？

米夏覺得自己應該覺得高興，可是卻沒有笑意。

素之卻又接著說道，米夏，不要讓我們成為你的責任。即便我們最後走在不同的路上，答應我，我們也會得到你的祝福。

米夏遲疑著點頭，似懂非懂，可是心中卻還是隱隱覺得失落，但他沒有開口再提關於她的小女孩的前程的話題，或者這是他們暫時達成的默契。

ℰ

送別的那天，女孩似乎也知道分別在即，察言觀色，等沒有旁人的時候，才走近拉拉他的袖子，晃了晃手，算作道別。

他仔細看她的眼神，那裡清澈卻毫無內容，正是這個年紀的孩子。

女孩子忽然問他，你會想念恰克圖嗎？

他一怔，道，自然會想念的。

你知道恰克圖這個名字的意思嗎？

嗯。他想一想，回答，應該就是有茶的地方的意思？

女孩子點頭，語氣肯定地說，那是蒙語。可是隨即她若有所思又說，母親說其實有茶的地方並不是恰克圖。她說你去過真正有茶的地方。

他哦了一聲。

女孩卻忽然東張西望，顯得三心二意，不能專心告別。

他被她的目光牽動，亦左右觀望著，卻什麼也沒有看到。

女孩終於失望地說，那隻貓，不見了。

他才恍然大悟，女孩卻老氣橫秋安慰他，說，貓一定是躲起來了，他也知道一定會分別，於是就走了。媽媽說，分別是難免的。

她是這麼說的嗎？

女孩卻抬頭，笑了笑，問，你相信她說的話嗎？

他一時不知如何作答。

ꞔ

成人們重複說著客套的告別之辭，然後他終於要上路，可抑制不住好奇，轉身回頭，他們都還在原地，她與她的小女孩相依靠在一起，於是他大聲問道，妳給她取了個什麼樣的中文名字，你看，這些日子太忙，竟然一直沒有問妳。

素之認真看著他，他們之間隔著一小段距離，路在他的身後延伸，那裡有青山，有一望無際的天空，一眼望過去，非常壯闊。而她的目光裡沒有留戀，好像忙不迭決絕地要把他往這路的那一端推。如果那是這個世界的盡頭，也沒有什麼不好，因為他終將遠離她周圍的一切——她已經做出決定，將錯過他的所有的那些遠行。

他看著她，沐浴在敞亮的陽光下，看上去乾淨明朗。她於是開口說，莫小嫻，名字是莫小嫻。

米夏啊了一聲，問，這麼簡單的一個名字？這是妳的意思？

素之看了看莫福祥，兩人相視一笑。

福祥正要開口，米夏卻搶先道，也是，她的這個姓，莫，在你們中國話裡，加了這個字，意思不就是相反了嗎？——取名字不容易——只是我不明白，你們這樣的人家，取的名字本來該是往大處想，用這個「小」字，是什麼緣故？——妳究竟是希望她做大事，還是——只要能安身立命，也就罷了……

在那一刻，素之臉上的表情出奇地安靜，她背後無垠藍天像一塊巨大的背景，可並不使她顯得渺小，只不過看上去有絲猶豫徬徨。米夏在這一刻意識到，他們倆人此刻所處的位置是這樣窄小——這個叫做恰克圖的地方是這樣微不足道，輕輕一吹便會如揚起的微塵，消失在地平線上——可地方消失了，路卻還是會存在著，有的地方存在的理由是為了讓路通過——也許他們還站在同一條路上，也許這路有兩個延伸的方向，往任何一邊走下去都能抵達世界的盡頭。

那一瞬間，米夏看到了她眼中一閃，似乎有些水光，他不知那是不是離別的悲傷，他也不明白素之情緒中的那些執著的悲觀，他覺得這個世界正在翻天覆地走向光明，即便有些障礙，她不是也說過，一切皆可原諒——是的，為了終極的目標，一切皆可原諒。

也許有一天，她會同意他，重新與他站在一起。

可此時，他只有轉身重新踏上他的道路。

有時候，有些門難免會關上，但另一個方向總會有另外的大門敞開著。

8

一九一九年初。

米夏離開恰克圖。

他決定把米夏這個名字徹底拋棄，今後他就是康斯坦丁諾夫了。

他覺得異常孤獨。

彷彿是要懲罰自己，他獨自一人穿過行路最艱難的戈壁。

快要春天，這一向他幾乎忘記了氣候更替和季節，此時才感覺到氣溫逐漸回暖，他換上一件黑色的皮衣——這也許會漸漸變成他們不成文的制服，但是他恐怕只會在這無人之處才會把這樣醒目的標誌穿在身上，那串琥珀色的念珠也在口袋裡，他早就超越了這些繁文縟節，也不會是那些面目模糊只知道一往向前的行進軍中的一員，他有更為遠大或者偉大的目標要追趕。

蒼天之下，有一隻蒼鷹盤旋而上，他覺得那是好的徵兆。

有一天，他路過西寧。

有一群孩子在嬉戲。

其中一個孩子的彈弓打偏，擊中了他的肩，其實也不太疼痛，他回頭一眼看見站在樹下的那個男孩，眉眼清秀倔強，神情中亦沒有抱歉。

康斯坦丁諾夫一笑置之，撣撣肩膀，問，這是哪家的孩子。

旁邊的人看他不介意，也鬆了口氣，輕描淡寫答道，這裡的回民大多姓馬，大概是馬家的孩子吧。

他走了幾步，旁邊是間新辦的學校，有讀書聲琅琅傳出來，背頌的好像是〈少年中國說〉中的句子。

一九二零年的西伯利亞，高爾察克最終迎來自己悲劇性的失敗。時代沒有選擇他，人民也沒有。

一九二八年，西北河州發生事變，有個年輕的孩子也相信自己可以改變這世界，滿心憧憬著和諧統一。

康斯坦丁諾夫當時也在西北，熱切關注著時局變化發展，他不免想起這些年他穿過這個區域時遇見的那些年輕的西北孩子們，倔強而且勇敢，一往直前，跟他自己一樣。有時，同一類人，無法避免遲早會在一條狹窄的路上迎面相逢。

他一直相信自己在為接下來的這個宏偉的世紀鋪設道路。

革命正遍地開花。

參考書目 Bibliography

包文漢，《蒙古回部王公表傳》，呼和浩特：內蒙古大學出版社，二零零八

畢可思，葉品岑譯，《太古集團與近代中國》，台北：麥田出版社，二零二三

畢仰高，夏沛然譯，《歷史的覆轍：中俄革命之比較》，香港：香港中文大學出版社，二零二零

陳籙，止室筆記，《中國少數民族古籍集成第二十九冊》，成都：四川民族出版社，二零零二

蔣宋美齡，《與鮑羅廷談話的回憶》，台北：黎明文化事業股份有限公司，一九七七

岡田英弘，陳心慧、羅盛吉譯，《從蒙古到大清：遊牧帝國的崛起與承續》，台北：台灣商務印書館，二零一六

郭文深，《清代中國人的俄國觀》，長春：吉林大學出版社，二零一零

韓翔，朱英榮，《龜茲石窟》，烏魯木齊：新疆大學出版社，一九九零

亨寧・哈士綸（丹麥），徐孝祥譯，《蒙古的任何神》，烏魯木齊：新疆人民出版社，一九九九

江上波夫，趙令志譯，《蒙古高原行紀》，呼和浩特：蒙古人民出版社，二零零七

李華川，《晚清一個外交官的文化歷程》，北京：北京大學出版社，二零零四

李瑞哲，《龜茲石窟寺》，北京：中國社會科學出版社，二零一五

林友蘭編著，《香港史話》，香港：香港上海印書館，一九八零

魯特・維爾納（德國），張黎譯，《索尼亞的報告》，北京：解放軍文藝出版社，二零零零

娜・費・傑米多娃，費・斯・米亞斯尼科夫（俄羅斯），黃玫譯，《在華俄國外交使者（一六一八—一六五八）》，北京：社會科學文獻出版社，二零一零

尼爾斯・安博特（瑞典），楊子、宋增科譯，《駝隊》，烏魯木齊：新疆人民出版社，二零一零

秋原，《清代旅蒙商述略》，北京：新星出版社，二零一五

杉山正明，蔡偉傑譯，《蒙古帝國的漫長遺緒》，台北：八旗文化，二零一九

元邦建編，《香港史略》，香港：中流出版有限公司，一九九三

張翔，《大同立教——康有為政教思想研究》，北京：社會科學文獻出版社，二零二三

周奕，《香港左派鬥爭史》，香港：利訊出版社，二零零二

Bischof, Gunter, Karner, Stefan, SrelzL-Marx, Barbara, *The Vienna Summit and Its Importance in International History*, UK: Lexington Books, 2014

Brackman, Roman, *The Secret File of Joseph Stalin, A Hidden Life*, London: Frank Cass Publishers, 2001

Christopher,Warren, *Chances of a Life Time*, New York: Scribner: 2001

Davis, Sue, *The Russian Far East: The Last Frontier?*, New York: Routledge, 2003

Deakin, F.W & Storry, D.R, *The Case of Richard Sorge*, New York: Harper & Row, 1966

Dingle, Edwin J., *China's Revolution 1911-1912*, New York: McBridge, Nast & Co., 1912

Dollar, Robert, *Private Diary of Robert Dollar on his Recent Visits to China*, 1912

Hobsbawm, Eric, *The Age of Capital*, New York: Vintage, 1996

Jones, J. Sydney, *Hitler in Vienna, 1907-1913: Clues to the Future*, New York: Cooper Square Press, 2002

Kennan, George, *Siberia and the Exile Sytem*, Cambridge: Cambridge University Press, 1891

Larson, Frans August, *Larson - Duke of Mongolia*, Boston: Little, Brown, and the Company, 1930

Lattimore, Owen, Edited by Isono, Fujiko, *China Memoir: Chiang Kai-Shek and the war Against Japan*, Tokyo: University of Tokyo Press, 1991

Lattimore, Owen, *Nomads and Commissars Mongolia revisited*, New York: Oxford University Press, 1962

Lattimore, Owen, *Mongol Journeys*, London: Johnathan Cape, 1941

Lee, Chunyun, *From Kiachta to Vladivostok: Russian Merchants and the Tea Trade*, Region Vol3, No.2 (2014) PP 195-218

Lockhart, R.H. Bruce, *Memoirs of a British Agent*, Yorkshire: Frontline Books, 2011

Johnson, Charmers, *An Instance of Treason: Ozaki Hotsumi and the Sorge Spy Ring*, Clarendon: Charles E Tuttle Company, 1977

Kowner, Rotem, *The Impact of the Russo-Japanese War*, New York: Routeledge, 2007

Ma, Ho-t' ien, Translated by John De Francis, *Chinese Agent in Mongolia*, Baltimore: John Hopkins press, 1949

MacKinnon, Stephen R., *Chen Hansheng: China's Last romantic Revolutionary*, Hong Kong: The Chinese University Of Hong Kong Press, 2023

Mortan, Frederick, *Thunder and Twilight, Vienna in 1913-1914*, Boston: Da Capo Press, 2001

Pereira, N.G.O., White Siberia, The Politics of Civil War, Quebec: McGill-Queen' s University Press, 1996

Petroff, Serge P., *Remembering a Forgotten War, Civil War in Eastern European Russia and Siberia, 1918-1920*, Boulder: East European Monographs, 2000

Petroff, Serge P., *Life Journey: A Family Memoir*, Bloomington: iUniverse, 2008

Sebag Montefiore, Simon, *Young Stalin*, New York: Alfred Knopf, 2007

Schlögel Karl, *The Soviet Century: Archaeology of a Lost World*, New Jersey: Princeton Univrsity Press, 2023

Share, Michael, *Where Empires Collided: Russian and Soviet Relations with Hong Kong, Taiwan and Macao*, Hong Kong: Chinese University Press, 2007

Steinberg, John W., *The Russo-Japanese War in Global Perspective, World War Zero*, Leiden: Koninklijke Brill NV, 2005

Trapeznik Alexander, *Samovars: The Art of Tula metal Workers*, New Zealand Slavonic Journal Vol. 46(2012) PP 91-107

Tucker, Robert C., *Stalin as Revolutionary, 1879-1929: A Study in History and Personality*, New York: W.W. Norton & Company, 1974

Salkeld, Kim, *Witness to the Revolution: Surgeon Lieutenant Bertram Bickford on the China Station 1910-12*, Journal of the Royal Asiatic Society Hong Kong Branch Vol. 51 (2011)

Share, Michael, *The Soviet Union, Hong Kong, and the Cold War, 1945-1970*, Cold War International History Projects, Washington, DC

Rasputin, Valentin, *Siberia, Siberia*, Northwestern University Press, 1997

United States Congress. *Hearing on Institute of Pacific Relations. Vol. 11, Part 4, Volume IV, Part 1*1, U.S. Government Printing Office, 1952

United States Congress. *American Aspect of the Richard Sorge Spy Case*. U.S. Government Printing Office, 1951

United States Congress. *Investigation of Un-American Propaganda Activities. Part 2*, U.S. Government Printing Office, 1938-1944

國家圖書館出版品預行編目資料

恰克圖遺事 / 聞人悅閱著 . -- 初版 . -- 臺北市 :
聯合文學出版社股份有限公司 , 2025.03
640 面 ; 17×23 公分 . --（聯合文叢 ; 770）

ISBN 978-986-323-667-2（平裝）

857.7　　114002135

聯合文叢 770

恰克圖遺事

作　　者／聞人悅閱
發 行 人／張寶琴
總 編 輯／周昭翡
主　　編／蕭仁豪
資深編輯／林劭璜
編　　輯／劉倍佐
資深美編／戴榮芝
業務部總經理／李文吉
發行助理／詹益炫
財 務 部／趙玉瑩　韋秀英
人事行政組／李懷瑩
版權管理／蕭仁豪
法律顧問／理律法律事務所
陳長文律師、蔣大中律師
出 版 者／聯合文學出版社股份有限公司
地　　址／（110）臺北市基隆路一段 178 號 10 樓
電　　話／（02）27666759 轉 5107
傳　　真／（02）27567914
郵撥帳號／ 17623526 聯合文學出版社股份有限公司
登 記 證／行政院新聞局局版臺業字第 6109 號
網　　址／ http://unitas.udngroup.com.tw
E-mail:unitas@udngroup.com.tw
印 刷 廠／沐春行銷創意有限公司
總 經 銷／聯合發行股份有限公司
地　　址／（231）新北市新店區寶橋路 235 巷 6 弄 6 號 2 樓
電　　話／（02）29178022

出版日期／ 2025 年 3 月　初版
定　　價／ 650 元

ISBN 978-986-323-667-2（平裝）